Conte de fées

STEPHEN KING

Conte de fées

ROMAN

Traduit de l'anglais (États-Unis)
par Jean Esch

Albin Michel

Ce livre est un ouvrage de fiction. Les noms, les personnages, les lieux et les événements relatés sont le fruit de l'imagination de l'auteur et sont utilisés à des fins de fiction. Toute ressemblance avec des faits avérés, des lieux existants ou des personnes réelles, vivantes ou décédées, serait purement fortuite.

Édition originale américaine parue sous le titre :
FAIRY TALE
Chez Scribner, an imprint of Simon & Schuster, Inc. à New York

Publié avec l'accord de l'auteur
c/o The Lotts Agency.
RIEN QU'UNE FOIS de Keen'V / Zonee. L / Matthieu Evain / Fabrice Vanvert

En pensant à REH, à ERB
et, bien évidemment, à HPL.

« Laisse ta conscience être ton guide. »

La fée bleue

CHAPITRE UN

Ce foutu pont. Le miracle. Les hurlements.

1

Je suis sûr de pouvoir raconter cette histoire. Et je suis sûr que personne n'y croira. Je m'en fiche. La raconter me suffit. Mon problème – je parie que beaucoup d'écrivains ont le même, il n'y a pas que les débutants comme moi –, c'est de savoir par où commencer.

Tout de suite, j'ai pensé au cabanon, parce que c'est là que mes aventures ont débuté réellement, mais ensuite, je me suis aperçu que je devrais parler de M. Bowditch d'abord, et de la manière dont on est devenus proches. Seulement, tout cela ne serait jamais arrivé sans le miracle qu'a vécu mon père. Un miracle très ordinaire, pourrait-on dire, un miracle que des milliers d'hommes et de femmes ont connu depuis 1935, mais aux yeux d'un gamin, c'était un miracle.

Seulement, ce n'est pas le bon choix non plus car je ne crois pas que mon père aurait eu besoin d'un miracle sans ce foutu pont. Alors, c'est par là que je dois commencer, par ce foutu pont de Sycamore Street. Et maintenant, en y repensant, je vois clairement un fil qui traverse les années, jusqu'à M. Bowditch et au cabanon cadenassé derrière sa vieille maison victorienne délabrée.

Mais un fil, ça se brise facilement. Alors non, pas un fil, une chaîne plutôt. Solide. Et moi, j'étais le gamin qui avait les menottes aux poignets.

2

La Little Rumple River coule à l'extrémité nord de Sentry's Rest (Sentry pour les gens du coin) et jusqu'en 1996, année de ma naissance, un pont de bois l'enjambait. Cette année-là, les inspecteurs du Département des transports routier l'ont examiné et jugé dangereux. Les habitants le savaient depuis 1982, disait mon père. Si le pont était interdit aux véhicules de plus de cinq tonnes, les gens de la ville au volant d'un pick-up chargé préféraient souvent l'éviter et prendre la bretelle de l'autoroute, un sacré détour qui vous faisait perdre du temps. Mon père affirmait qu'on sentait les planches trembler et gronder sous les roues, même en voiture. Ce pont était dangereux, oui, les inspecteurs avaient raison, mais voilà l'ironie : si le vieux pont de bois n'avait pas été remplacé par un pont en acier, ma mère serait peut-être toujours de ce monde.

La Little Rumple est une petite rivière, comme son nom l'indique, et la construction du nouveau pont n'a pas duré longtemps. Il a été ouvert à la circulation en avril 1997.

« Le maire a coupé un ruban, le père Coughlin a béni cette saloperie, et voilà », m'a raconté mon père un soir. Il était complètement soûl. « Pour nous, c'était pas vraiment une bénédiction, hein, Charlie ? »

On l'avait baptisé pont Frank-Ellsworth, du nom d'un gars d'ici mort au Vietnam, mais les gens disaient « le pont de Sycamore Street ». C'était une rue joliment pavée de part et d'autre, mais le pont, lui – quarante-deux mètres de caillebotis en acier –, bourdonnait quand les voitures passaient et vrombissait quand un camion l'empruntait, ce qui était possible maintenant car il était autorisé aux véhicules jusqu'à vingt-sept tonnes. Ce n'était pas assez pour un semi-remorque, mais de toute façon, il n'y en avait jamais dans Sycamore Street.

Tous les ans, le conseil municipal parlait de paver le pont et d'ajouter au moins un trottoir, mais tous les ans, il y avait des dépenses plus urgentes, apparemment. Je ne crois pas qu'un trottoir aurait sauvé ma mère, mais un dallage, peut-être. On ne peut pas savoir, hein ?

Foutu pont.

3

On habitait au milieu de cette longue rue qu'est Sycamore Street Hill, à environ cinq cents mètres du pont. De l'autre côté, il y avait une station-service-épicerie, le Zip Mart. On y trouvait les trucs habituels, de l'huile pour moteur au Wonder Bread ou aux gâteaux Little Debbie, mais aussi du poulet frit cuisiné par le propriétaire, M. Eliades (que tout le monde par ici appelait Mr Zippy). Comme l'indiquait la pancarte derrière la vitre, ce poulet était tout simplement LE MEILLEUR DU PAYS. Je me souviens encore de son goût, mais après la mort de maman, je n'en ai plus jamais mangé, pas un seul morceau. Je me serais étouffé.

Un samedi de novembre 2003 – le conseil municipal continuait à débattre du dallage du pont, pour décider une fois de plus que ça pouvait attendre encore un an –, ma mère nous annonça qu'elle allait chercher du poulet frit au Zippy pour le dîner. Mon père et moi, on regardait un match de football universitaire à la télé.

« Tu devrais prendre la voiture, dit mon père. Il va pleuvoir.

– J'ai besoin de faire un peu d'exercice, répondit maman. Mais je vais prendre mon imperméable de Petit Chaperon rouge. »

Et c'est comme ça qu'elle était habillée la dernière fois que je l'ai vue. Elle n'avait pas mis la capuche car il ne pleuvait pas encore, et ses cheveux étaient lâchés sur ses épaules. J'avais sept ans, et je trouvais que ma mère avait les plus beaux cheveux roux du monde. Voyant que je la regardais par la fenêtre, elle m'adressa un signe de la main. Je l'imitai puis me tournai de nouveau vers la télé – LSU[1] menait. Je regrette de ne pas avoir regardé ma mère plus longtemps, mais je ne m'en veux pas. Dans la vie, on ne sait jamais où sont les pièges, hein ?

Ce n'était pas ma faute, ni celle de papa, même si je sais que lui s'en voulait, il se disait : *Si seulement j'avais levé mon cul pour l'emmener en voiture jusqu'à cette foutue épicerie.* Et sans doute que ce n'était pas non plus la faute du plombier dans sa camionnette. Les flics ont déclaré qu'il n'avait pas bu et lui jurait qu'il avait respecté la vitesse autorisée, limitée à trente dans notre zone résidentielle. Il avait sûrement raison. Papa, lui, disait que même si tout ça était vrai, l'homme avait dû quitter la route des yeux pendant quelques secondes. Papa était expert auprès d'une compagnie d'assurances, et il m'avait raconté un jour que le seul véritable accident dont il avait entendu parler, c'était cet homme tué par la chute d'une météorite en Arizona.

« Il y a toujours un fautif quelque part, déclara-t-il. Ce qui ne veut pas forcément dire coupable.

– Tu en veux à l'homme qui a écrasé maman ? »

Il réfléchit à ma question. Porta son verre de gin à ses lèvres et but. C'était six ou huit mois après la mort de maman, et il avait quasiment laissé tomber la bière. Il ne buvait plus que du Gilbey's.

« J'essaie de ne pas lui en vouloir. Et la plupart du temps, j'y arrive. Sauf quand je me réveille à deux heures du matin et qu'il n'y a personne dans le lit à côté de moi. Là, je lui en veux. »

1. Louisiana State University. *(Toutes les notes sont du traducteur.)*

4

Maman descendit la colline à pied. Un panneau annonçait la fin du trottoir. Elle le dépassa et traversa le pont. Il commençait à faire nuit et à pleuvioter. Elle entra dans la boutique et Irina Eliades (que tout le monde appelait Mrs Zippy, évidemment) l'informa que le poulet serait prêt dans trois minutes, cinq au maximum. Quelque part dans Pine Street, non loin de notre maison, le plombier avait terminé son dernier chantier de la journée ; il rangeait sa boîte à outils à l'arrière de sa camionnette.

Le poulet frit arriva, tout chaud, tout croustillant, tout doré. Mrs Zippy en mit huit morceaux dans une boîte en carton et offrit une aile à maman, pour qu'elle la grignote en chemin. Maman la remercia, paya et s'arrêta devant le présentoir des magazines. Sans cela, elle aurait peut-être traversé le pont saine et sauve, qui sait ? La camionnette du plombier avait dû tourner dans Sycamore Street et attaquer la longue descente de plus d'un kilomètre pendant que maman feuilletait le dernier numéro de *People.*

Elle remit le magazine à sa place, ouvrit la porte et lança à Mrs Zippy, par-dessus son épaule : « Bonne soirée ! » Elle a peut-être hurlé en voyant que la camionnette allait la percuter, et Dieu seul sait ce qu'elle a pensé à cet instant, en tout cas ce sont les dernières paroles qu'elle a prononcées. Elle est sortie. La pluie tombait dru maintenant, glaciale, elle traçait des traits argentés dans la lumière de l'unique lampadaire qui éclairait le pont, du côté du Zip Mart.

Ma mère marchait sur le revêtement métallique en grignotant son aile de poulet. Les phares de la camionnette l'éclairèrent et projetèrent son ombre loin derrière elle. Le plombier passa devant le panneau installé à l'autre extrémité, celui qui indiquait : RISQUE DE VERGLAS SUR LE PONT – PRUDENCE. Regardait-il dans son rétroviseur ? Consultait-il son téléphone pour voir s'il avait des messages ? Il a répondu non à ces deux questions, mais quand je repense à ce qui s'est passé ce soir-là, j'entends toujours mon père dire que le seul véritable accident dont il avait entendu parler, c'était cet homme qui avait reçu une météorite sur la tête.

Il y avait assez de place pour passer, le nouveau pont était bien plus large que le précédent en bois. Le problème, c'étaient les caillebotis métalliques. En voyant ma mère au milieu du pont, le plombier freina, non pas parce qu'il roulait trop vite (c'est ce qu'il a prétendu), mais par réflexe. La surface du tablier avait commencé à geler. La camionnette dérapa et pivota en glissant sur le côté. Ma mère se colla contre le garde-corps, lâchant son aile de poulet. Emportée par son élan, la camionnette la percuta et la fit tournoyer contre le garde-corps, telle une toupie. Je préfère ne pas penser aux mutilations subies par son corps lors de cette pirouette mortelle, mais parfois je ne peux pas m'en empêcher. Je sais juste que, pour finir, l'avant de la camionnette l'encastra dans un pilier du pont, du côté du Zip Mart. Une partie d'elle tomba dans la Little Rumple. La majeure partie resta sur le pont.

J'ai une photo de nous dans mon portefeuille. Je devais avoir trois ans quand elle a été prise. Elle me tient dans ses bras, calé sur sa hanche. J'ai la main dans ses cheveux. Elle avait de beaux cheveux.

5

Un Noël de merde cette année-là. Vous pouvez me croire.

Je me souviens de la réception après l'enterrement. Chez nous. Mon père accueillit les gens, il accepta leurs condoléances, puis il disparut. Je demandai à son frère, l'oncle Bob, où il était. « Il a été obligé de s'allonger, répondit l'oncle Bob. Il était vanné, Charlie. Va donc jouer dehors. »

Jamais je n'avais eu aussi peu envie de jouer, mais j'obéis quand même. En passant devant un groupe d'adultes qui étaient sortis eux aussi, pour fumer, j'entendis l'un d'eux dire : *Pauvre gars, soûl comme une barrique*. Bien que noyé dans mon chagrin, je savais de qui ils parlaient.

Avant la mort de maman, mon père était ce que j'appellerais un buveur régulier. Je n'étais qu'un petit gamin en CE1, alors sans doute qu'il faut prendre cette affirmation avec des pincettes, mais je maintiens. Je ne l'avais jamais entendu avoir la voix pâteuse, il ne titubait pas, il n'allait pas dans des bars et n'avait jamais levé la main sur maman ou sur moi. Quand il rentrait à la maison avec son attaché-case, maman lui servait un verre, un martini généralement. Elle en buvait un elle aussi. Et le soir, devant la télé, il buvait peut-être une ou deux bières. Pas plus.

Mais tout changea après ce foutu pont. Il était soûl (*comme une barrique*) le jour de l'enterrement, soûl à Noël et soûl le Jour de l'An (que les gens comme lui, je l'appris plus tard, appelaient « la soirée amateurs »). Les semaines et les mois qui suivirent la disparition de maman, il était soûl quasiment tout le temps. En général à la maison. Il continuait à éviter les bars (« Y a trop de connards dans mon genre », me confia-t-il un jour) et il ne levait jamais la main sur moi, mais sa consommation d'alcool était devenue ingérable. Je le sais aujourd'hui ; à l'époque je l'acceptais, simplement. Comme le font les enfants. Et les chiens.

Je me retrouvai obligé de préparer moi-même mon petit-déjeuner deux matins par semaine tout d'abord, puis quatre, puis presque tout le temps. Je mangeais des Alpha-Bits ou des Apple Jacks dans la cuisine, et je l'entendais ronfler dans la chambre, on aurait dit un moteur de bateau. Certains jours, il oubliait de se raser avant de partir travailler. Après le dîner (des plats à emporter, de plus en plus souvent), je planquais ses clés de voiture. S'il voulait une bouteille pleine, il n'avait qu'à marcher jusqu'au Zippy. Parfois, j'avais peur qu'il croise une bagnole sur ce foutu pont, mais pas vraiment. J'étais certain (*presque* certain) que mes deux parents ne pouvaient pas se faire tuer au même endroit. Mon père travaillait dans les assurances et j'avais entendu parler des tables actuarielles : le calcul des probabilités.

Il connaissait bien son boulot, mon père, et il passa entre les gouttes pendant plus de trois ans, malgré son problème d'alcool. Est-ce qu'il avait eu droit à des avertissements au travail ? Je ne sais pas, sûrement. Est-ce qu'il s'était fait arrêter par la police pour conduite en état d'ivresse quand il avait commencé à boire l'après-midi ? Dans ce cas, peut-être qu'il s'en était tiré avec un simple avertissement, là aussi. Sûrement, car il connaissait tous les flics de la ville. Traiter avec la police, ça faisait partie de son boulot.

Au cours de ces trois années, nos vies suivaient un rythme. Un rythme pas terrible sans doute, sur lequel vous n'aviez pas envie de danser, mais sur lequel je pouvais me caler. Je rentrais de l'école vers quinze heures. Mon père débarquait sur le coup de dix-sept heures, avec déjà quelques verres derrière la cravate et l'haleine chargée (il ne sortait toujours pas dans les bars le soir, mais je découvris plus tard que c'était un habitué de la Duffy's Tavern, où il s'arrêtait après le boulot). Il rapportait une pizza, des tacos ou du chinois de chez Joy Fun. Certains soirs, il oubliait et on commandait un truc… ou plutôt… je commandais. Et après le dîner, il se mettait à picoler pour de bon. Du gin principalement. Ou d'autres trucs quand il n'y avait plus de gin. Parfois, il s'endormait devant la télé. Ou alors il titubait jusqu'à la chambre, et c'était moi qui devais ramasser ses chaussures et sa veste froissée. De temps à autre, je me réveillais en sursaut en l'entendant pleurer. C'est affreux d'entendre ça en pleine nuit.

Tout s'est effondré en 2006. Pendant les grandes vacances. Je disputais un match de la Shrimp League à dix heures : j'avais réussi deux *home runs* et une super réception. Quand je rentrai à la maison un peu après midi, mon père était là, assis dans son fauteuil ; il regardait la télé, où deux acteurs d'autrefois se battaient en duel dans l'escalier d'un château. En caleçon, il buvait un liquide transparent qui sentait le Gilbey's pur à plein nez. Je lui demandai ce qu'il faisait à la maison.

Sans quitter le duel des yeux, d'une voix à peine pâteuse, il répondit :

« Il semblerait que j'aie perdu mon boulot, Charlie. Ou plutôt, pour citer Bobcat Goldthwait : "Je sais où il est, mais c'est quelqu'un d'autre qui le fait à ma place. Ou alors, ça va pas tarder." »

Je ne savais pas quoi dire, du moins c'est ce que je croyais, car les mots sortirent de ma bouche malgré tout :

« Parce que tu bois.

– Je vais arrêter. »

Je montrai le verre. J'allai dans ma chambre, claquai la porte et me mis à pleurer.

Il frappa à la porte.

« Je peux entrer ? »

Je ne répondis pas. Je ne voulais pas qu'il m'entende chialer.

« Oh, allez, Charlie. J'ai vidé le verre dans l'évier. »

Comme si je ne savais pas que la bouteille l'attendait sur le comptoir de la cuisine, et qu'il y en avait une autre dans le bar. Ou deux. Ou trois.

« Allez, Cha'lie, ouv'e-moi. »

Je ne supportais pas de l'entendre manger ses mots.

« Va te faire foutre, papa. »

Je n'avais jamais dit ça à personne ; c'était comme si je voulais qu'il entre pour me coller une gifle. Ou me serrer dans ses bras. Peu importe. Au lieu de ça, je l'entendis retourner dans la cuisine en traînant les pieds, là où l'attendait la bouteille de Gilbey's.

Quand je ressortis enfin de ma chambre, il dormait dans le canapé. La télé était toujours allumée, mais sans le son. C'était encore un vieux film en noir et blanc, avec des vieilles voitures qui traversaient à fond un décor de cinéma, ça se voyait – papa regardait toujours TCM quand il picolait, sauf quand j'étais là et que j'insistais pour regarder autre chose. La bouteille trônait sur la table basse, presque vide. Je versai ce qui restait dans l'évier. J'ouvris le bar et envisageai de vider toutes les bouteilles, mais en voyant le gin, le whisky, les mignonnettes de vodka, la liqueur de café… je me sentis fatigué. Vous n'imaginez pas qu'un gamin de dix ans puisse être fatigué à ce point, eh bien si.

Je mis un plat surgelé Stouffer's dans le micro-ondes pour le dîner – le Poulet rôti grand-mère, notre préféré – et secouai mon père pour le réveiller, pendant que le plat réchauffait. Il se redressa, regarda autour de lui comme s'il ne savait pas où il était, et se mit à produire d'horribles halètements, que je n'avais jamais entendus. Il zigzagua jusqu'à la salle de bains, les mains plaquées sur la bouche, et je l'entendis vomir. J'avais l'impression qu'il n'allait jamais s'arrêter, mais au bout d'un moment si, quand même. Le four à micro-ondes sonna. Je sortis le Poulet rôti grand-mère en me servant des gants qui disaient BONNE CUISINE sur celui de gauche et BON REPAS sur celui de droite. Si un jour vous oubliez de prendre les gants pour sortir un truc chaud du four, vous ne les oubliez pas deux fois, croyez-moi. Je versai un peu de hachis de poulet dans nos assiettes et retournai dans le salon, où mon père était assis dans le canapé, tête baissée, les doigts entrelacés sur la nuque.

« Tu peux manger ? »

Il leva la tête.

« Peut-être. Si tu m'apportes de l'aspirine. »

La salle de bains empestait le gin et autre chose, peut-être le dip aux haricots blancs, mais au moins, il avait vomi dans la cuvette et tiré la chasse. J'aspergeai du Glade un peu partout et lui apportai le flacon d'aspirine avec un verre d'eau. Il en avala trois et posa le verre d'eau à la place de la bouteille de Gilbey's. Il me regarda avec une expression que je ne lui avais encore jamais vue, pas même après la mort de maman. Ça me fait mal de dire ça, mais je le dis quand même car c'est ce que j'ai pensé : il avait la tête d'un chien qui a chié par terre.

« Je pourrai manger si tu me fais un câlin. »

Je le serrai dans mes bras et dis que je regrettais mes paroles.

« C'est rien. Sans doute que je le méritais. »

On passa dans la cuisine et on mangea ce qu'on pouvait du Poulet rôti grand-mère, c'est-à-dire pas grand-chose. Pendant qu'il raclait nos assiettes dans l'évier, il m'annonça qu'il allait arrêter de boire, et ce week-end-là, il tint parole. Il déclara aussi qu'il chercherait du travail dès le lundi, mais il ne le fit pas. Il resta à la maison à regarder des vieux films sur TCM, et quand je rentrai de mon entraînement de la Little League et de ma séance piscine au YMCA, il était bourré de nouveau.

Voyant que je le regardais, il secoua la tête.

« Demain. Demain. Promis juré.

– Te fatigue pas », répondis-je et j'allai dans ma chambre.

6

Ce fut le pire été de mon enfance. *Pire qu'après la mort de ta mère ?* vous pourriez me demander, et je répondrais oui, car mon père était le seul parent qui me restait, et parce que tout semblait se dérouler au ralenti.

Il essaya vaguement de trouver du boulot dans le milieu des assurances, sans résultat, même quand il se lavait, se rasait et se mettait sur son trente et un. Sans doute que la rumeur le précédait.

Les factures s'empilaient sur la table du vestibule, sans qu'il les ouvre. C'était moi qui m'en chargeais quand la pile devenait trop haute. Je les déposais devant lui et il faisait des chèques pour les payer. Je ne savais pas quand ces chèques allaient revenir impayés, et je ne voulais pas le savoir. C'était comme se trouver sur un pont et imaginer qu'un camion fou fonçait droit sur vous. En vous demandant quelles seraient vos dernières pensées avant qu'il vous écrabouille.

Finalement, il dénicha un boulot à mi-temps chez Jiffy Car Wash, près de la bretelle de l'autoroute. Ça dura une semaine, soit qu'il ait démissionné soit qu'il se soit fait virer. Il ne me donna pas la raison, et je ne posai pas la question.

J'avais été sélectionné dans la All-Star Shrimp League, mais on se fit rétamer lors des deux premiers matchs du tournoi à double élimination. Au cours de la saison régulière, j'avais réussi seize *home runs*, j'étais le meilleur batteur de Star Market, mais lors de ces deux matchs, je me tapai sept retraits, notamment à cause d'une balle à terre et pour avoir loupé une balle qui était passée si haut au-dessus de ma tête qu'il m'aurait fallu un ascenseur pour l'atteindre. Le coach me demanda ce qui n'allait pas. Rien, je répondis. Rien. Fichez-moi la paix. Je faisais des conneries aussi. Avec un pote, ou tout seul.

Et je dormais mal. Pas à cause des cauchemars comme après la mort de ma mère, mais impossible de trouver le sommeil avant minuit, ou même une heure du matin parfois. Je pris l'habitude de tourner mon réveil pour ne pas voir les chiffres.

Ce n'était pas que je haïssais mon père (mais je suis sûr que cela aurait fini par arriver), j'éprouvais surtout du mépris pour lui. *Faible, faible*, pensais-je, couché dans mon lit, l'écoutant ronfler. Et bien sûr, je me demandais ce qu'on allait devenir. La voiture était payée, tant mieux, mais pas la maison et le montant des remboursements me terrorisait. Combien de temps encore avant qu'il ne puisse plus payer les mensualités ? Ce jour viendrait sûrement car le crédit courait encore sur neuf ans, et les économies ne dureraient pas jusque-là, impossible.

Des sans-abri, me disais-je. *La banque va nous prendre notre maison, comme dans* Les Raisins de la colère, *et on deviendra des sans-abri.*

J'en avais vu en ville, plein, et quand je n'arrivais pas à dormir, je pensais à eux. Je pensais souvent à ces vagabonds urbains. Avec leurs vêtements usés qui pendaient sur leurs corps tout maigres, ou étaient au contraire tendus par leurs corps obèses. Leurs baskets rafistolées avec du ruban adhésif. Leurs lunettes cassées. Leurs cheveux longs. Leurs yeux de fous. Leur haleine qui empestait l'alcool. Et je nous imaginais, mon père et moi, dormant dans notre voiture, près de l'ancienne gare de triage ou sur le parking du Walmart au milieu des camping-cars. J'imaginais mon père poussant un caddie contenant tout ce qui nous restait. Et dans ce chariot, il y avait toujours mon réveil. Je n'aurais pas su dire pourquoi cette vision me terrorisait.

Bientôt, je retournerais à l'école, sans-abri ou pas. Sans doute que dans mon équipe on me surnommerait Charlie Strike-Out, l'Exclu. Ce serait mieux que « le fils du poivrot », mais ça aussi, ça ne tarderait sans doute pas. Les habitants de notre rue savaient déjà que George Reade n'allait plus travailler, et ils savaient sûrement pourquoi. Je ne me faisais pas d'illusions.

On n'a jamais été une famille très pratiquante, ni même très croyante, dans le sens traditionnel du terme. Un jour, j'avais demandé à maman pourquoi on n'allait pas à l'église : était-ce parce qu'elle ne croyait pas en Dieu ? Elle m'avait répondu qu'elle y croyait, mais qu'elle n'avait pas besoin d'un pasteur (ni d'un prêtre ou d'un rabbin) pour lui expliquer comment elle devait croire en Lui. Elle n'avait qu'à ouvrir les yeux et à regarder autour d'elle. Papa, lui, avait été élevé en baptiste, mais il avait cessé d'assister aux offices quand son Église s'était intéressée à la politique plus qu'au Sermon sur la montagne.

Un soir pourtant, une semaine environ avant la reprise des cours, l'idée me vint de prier. Une envie si forte qu'on pourrait parler de compulsion. Je m'agenouillai près de mon lit, joignis les mains, fermai les yeux de toutes mes forces et priai pour que mon père arrête de boire. « Si vous faites ça pour moi, qui que vous soyez, je ferai quelque chose pour vous. Croix de bois croix de fer, si je mens je vais en enfer. Promis juré. »

Je me recouchai et, cette nuit-là, je dormis jusqu'au matin.

7

Avant d'être renvoyé, papa travaillait pour Overland National Insurance. Une grosse boîte. Vous avez certainement vu leurs publicités, avec Bill et Jill, les deux chameaux qui parlent. C'est super drôle. Papa disait : « Toutes les compagnies d'assurances utilisent des pubs humoristiques pour attirer l'attention, mais dès que l'assuré fait une demande d'indemnisation, il arrête de rire. C'est là que j'interviens. Je suis expert en sinistres, ce qui signifie – mais ça reste tacite – que je suis censé faire baisser le montant forfaitaire. Parfois, je le fais, mais il y a un secret : je me place toujours du côté du requérant au départ. Sauf si je vois des raisons de ne pas le faire, évidemment. »

Le siège d'Overland dans le Midwest est situé à la périphérie de Chicago, dans ce que papa appelait la Rue des Assurances. À l'époque où il faisait l'aller-retour quotidiennement, c'était quarante minutes de bagnole depuis Sentry, une heure quand ça roulait mal. Plus de cent experts travaillaient là-bas, et un jour, en septembre 2008, un agent qui avait été le collègue de mon père lui rendit visite. Son nom, c'était Lindsey Franklin. Papa l'appelait Lindy. C'était en fin d'après-midi et je faisais mes devoirs sur la table de la cuisine.

La journée avait débuté par un bordel mémorable. Ça sentait encore un peu le brûlé dans la maison, bien que j'aie aspergé du Glade partout. Papa avait décidé de faire une omelette pour le petit-déjeuner. Allez savoir pourquoi il était debout à six heures, et pourquoi il avait décrété que j'avais besoin d'une omelette. Quoi qu'il en soit, il avait dû aller aux toilettes, ou bien il avait allumé la télé et il avait oublié ce qu'il y avait sur le feu. Il était encore à moitié bourré de la veille, à coup sûr. Réveillé par les beuglements du détecteur de fumée, j'avais cavalé dans la cuisine, en slip, et j'avais vu le nuage qui montait de la poêle. Ce qu'il y avait dedans ressemblait à une bûche calcinée.

Finalement, je raclai le contenu de la poêle au-dessus de la poubelle et mangeai des Apple Jacks. Papa portait encore un tablier, et il avait l'air idiot. Il essaya de s'excuser, et je marmonnai quelque chose, pour le faire taire. Quand je repense à ces semaines, à ces mois, je le revois toujours en train d'essayer de s'excuser, ce qui me rendait dingue.

Mais ce fut aussi une belle journée, une des meilleures, grâce à ce qui se passa ensuite, dans l'après-midi. Vous connaissez déjà la suite, je parie, mais je vous la raconte malgré tout car je n'ai jamais cessé d'aimer mon père, même quand je ne le supportais plus, et cette partie de l'histoire me rend heureux.

Lindy Franklin travaillait pour Overland, donc. Et c'était un ancien alcoolique. Il n'avait jamais fait partie des collègues proches de mon père, sans doute parce qu'il ne s'arrêtait pas à la Duffy's Tavern après le travail, avec les autres. Mais il savait pourquoi mon père avait perdu son boulot, et il avait eu envie de faire quelque chose. D'essayer, au moins. En effectuant ce qu'on appelait, je l'apprendrais plus tard, une visite des Douze Étapes. Il devait régler un paquet de litiges dans le coin et sa journée finie, il décida subitement, sur un coup de tête, de s'arrêter chez nous. Par la suite, il avoua qu'il avait failli changer d'avis car il n'avait pas d'assistant (d'habitude, les anciens alcooliques font ce genre de démarche à deux, un peu comme les mormons). Et puis zut, se dit-il, et il chercha notre adresse sur son téléphone. Je n'aime pas penser à ce qui aurait pu nous arriver s'il s'était ravisé. Je ne me serais jamais retrouvé dans le cabanon de M. Bowditch, c'est certain.

M. Franklin était en costume-cravate. Et il avait une coupe de cheveux impeccable. Papa – pas rasé, chemise à moitié sortie du pantalon, pieds nus – nous présenta. M. Franklin me serra la main, dit qu'il était enchanté de me rencontrer et me demanda si je voulais bien aller jouer dehors pour qu'il puisse parler à mon père en tête à tête. Je ne me fis pas prier, mais les fenêtres étaient restées ouvertes à cause du désastre du petit-déjeuner et j'entendis presque tout. Je me souviens surtout de deux choses. Papa expliqua qu'il buvait car Janey lui manquait affreusement. Et M. Franklin répondit : « Si l'alcool pouvait la faire revenir, je dirais : très bien. Mais ce n'est pas le cas, et que penserait-elle si elle voyait comment vous vivez maintenant, avec votre fils ? »

Et puis il ajouta : « Vous n'en avez pas marre, vous n'êtes pas fatigué d'en avoir marre et d'être fatigué ? » C'est à ce moment-là que mon père se mit à pleurer. D'habitude je détestais le voir pleurer (*faible, faible*), mais je me disais que ces larmes-là étaient peut-être différentes.

8

Vous connaissez tous la chanson, et vous connaissez sans doute aussi la fin de l'histoire. En tout cas c'est sûr si vous-même êtes en sevrage ou si vous avez près de vous quelqu'un dans ce cas. Ce soir-là, Lindy Franklin emmena papa à une réunion des AA. Quand ils revinrent, M. Franklin appela sa femme pour l'informer qu'il passait la nuit chez un ami. Il dormit dans le canapé convertible et le lendemain, il emmena papa à une autre réunion des AA, à sept heures du matin, baptisée Aube Sobre. Papa prit l'habitude d'assister à cette réunion, et c'est là qu'il reçut sa médaille de la première année d'abstinence. J'avais séché les cours pour la lui remettre moi-même, et ce jour-là, c'est moi qui avais chialé un peu. Mais tout le monde s'en fichait : ça chialait pas mal dans ces réunions. Papa me serra dans ses bras après, et Lindy aussi. Je l'appelais par son prénom maintenant parce qu'il était souvent à la maison. C'était le parrain de mon père.

Voilà pour le miracle. Je connais bien les AA maintenant, je sais que ça arrive à des hommes et à des femmes dans le monde entier, mais à mes yeux, ça restait un miracle. Papa n'obtint pas sa première médaille un an jour pour jour après la première visite de Lindy Franklin car il fit quelques rechutes, mais il les avoua et les gens des AA lui dirent ce qu'ils disaient toujours : continue et tiens bon, ce qu'il fit. Et son dernier faux pas – une seule bière, provenant d'un pack de six qu'il vida entièrement dans l'évier – eut lieu juste avant Halloween 2009. Quand Lindy prit la parole lors du premier anniversaire de papa, il déclara qu'un tas de gens se voyaient proposer le programme, sans jamais le *comprendre*. Papa faisait partie des chanceux, dit-il. C'était peut-être vrai, peut-être que ma prière n'était qu'une coïncidence, mais j'ai choisi de croire le contraire. Aux AA, vous pouvez croire ce que vous voulez. C'est écrit dans ce que les alcoolos repentis appellent le Grand Livre.

Et j'avais une promesse à tenir.

9

Les seules réunions des AA auxquelles j'assistais, c'était pour les anniversaires de papa, mais comme je le disais, Lindy était souvent à la maison et j'ai retenu la plupart des slogans. J'aimais bien : *Un cornichon au vinaigre ne redevient pas un concombre* et : *Dieu ne fabrique pas de la camelote.* Mais les paroles qui me restent – jusqu'à aujourd'hui –, c'est celles que Lindy a dites à papa, un soir où celui-ci parlait des factures impayées et de sa peur de perdre la maison. Lindy a répondu que sa guérison était un miracle. Et il a ajouté : « Mais les miracles, ce n'est pas de la magie. »

Après six mois d'abstinence, papa postula de nouveau chez Overland, et grâce à Lindy Franklin et à d'autres – dont son ancien patron, celui qui l'avait viré –, il retrouva sa place, mais il était en sursis, avec mise à l'épreuve, et il le savait. Ce qui l'incitait à travailler deux fois plus dur. Et puis, à l'automne 2011 (après deux ans d'abstinence), il eut une longue discussion avec Lindy, si longue que celui-ci dormit dans le canapé convertible encore une fois. Papa voulait se mettre à son compte, mais pas sans la bénédiction de son parrain. Après s'être assuré que papa ne recommencerait pas à boire si jamais il échouait dans son entreprise – tout en sachant qu'il ne pouvait pas en être absolument sûr car le sevrage n'est pas une science exacte –, Lindy l'encouragea à aller de l'avant.

Papa me prit entre quat'z'yeux pour m'expliquer ce que ça signifiait : travailler sans filet.

« Alors, qu'est-ce que tu en dis, fiston ?

– Je pense que tu devrais dire *adios* aux chameaux qui parlent. »

Ma réponse le fit rire. Et j'ajoutai ce que j'avais à dire :

« Mais si tu recommences à boire, tu vas tout foutre en l'air. »

Quinze jours plus tard, il donna son préavis chez Overland et, en février 2012, il vissa sa plaque sur la porte d'un minuscule bureau de Main Street : GEORGE READE – EXPERT EN ASSURANCES ET ENQUÊTEUR INDÉPENDANT.

Il ne passait pas beaucoup de temps dans ce cagibi ; il arpentait le bitume. Il discutait avec des flics, il discutait avec des agents de probation (« Ils ont toujours des bonnes pistes »), mais surtout, il discutait avec des avocats. Beaucoup d'entre eux l'avaient connu quand il travaillait chez Overland, et ils savaient qu'il était réglo. Ils lui confiaient des dossiers : les plus difficiles, ceux où les grandes compagnies d'assurances réduisaient fortement les indemnités qu'elles étaient prêtes à verser ou rejetaient carrément les demandes des assurés. Il faisait de longues, de très longues journées. Souvent quand j'arrivais le soir, la maison était vide et je devais préparer mon dîner. Ça m'était égal. Dans les premiers temps, lorsque mon père rentrait enfin, je le serrais dans mes bras pour repérer discrètement, dans son haleine, l odeur inoubliable du Gilbey's. Au bout d'un moment, je me contentai de le serrer dans mes bras. Il loupait rarement une réunion Aube Sobre.

Parfois, Lindy venait déjeuner le dimanche. Il apportait des plats préparés et tous les trois, on regardait les matchs des Bears à la télé, ou des White Sox si c'était la saison du baseball. Au cours d'un de ces après-midi, mon père annonça que ses affaires marchaient de mieux en mieux.

« Et ça marcherait encore mieux, ajouta-t-il, si je me rangeais plus souvent du côté du requérant dans les affaires d'accidents corporels, mais trop souvent, ça sent l'arnaque.

– À qui le dis-tu, répondit Lindy. Tu gagnerais peut-être plus d'argent sur le coup, mais à l'arrivée, ça se retournerait contre toi. »

Juste avant mon entrée en première à Hillview High, papa voulut qu'on ait une petite discussion, lui et moi. Je me préparai à subir un sermon sur la consommation d'alcool chez les mineurs ou sur les conneries que j'avais faites avec mon pote Bertie Bird à l'époque où il picolait (et même après, pendant quelque temps). Mais non, il avait autre chose en tête. Il voulait me parler du lycée. Il m'expliqua que je devais travailler dur si je voulais aller dans une bonne université. *Très* dur.

« Mon cabinet marche bien. Au début, j'ai eu la trouille. J'ai même dû demander un prêt à mon frère, mais j'ai presque tout remboursé et je crois que bientôt, j'avancerai sur des bases solides. Mais pour ce qui est de l'université… » Il secoua la tête. « Tu ne pourras pas trop compter sur moi, hélas. Au début, du moins. On a déjà une sacrée chance de payer nos factures. C'est ma faute. Et je fais tout ce que je peux pour remédier à cette situation…

– Je sais.

– … mais tu dois t'aider toi-même. Tu dois travailler. Il faut que tu obtiennes de bons résultats aux tests d'aptitude. »

J'avais l'intention de les passer en décembre, mais je le gardai pour moi. Il était parti sur sa lancée.

« Tu dois également penser aux prêts étudiants, mais uniquement en dernier ressort car c'est un truc que tu traînes longtemps ensuite. Pense aux bourses aussi. Et continue le sport, c'est un bon tremplin pour décrocher une bourse. Mais le plus important, ce sont les notes, les notes, les notes. Je ne te demande pas de finir major de ta promotion, mais au moins dans les dix premiers. Tu as compris ?

– Oui, père », dis-je et il me donna une petite tape espiègle sur la tête.

10

Je travaillai dur et j'obtins de bonnes notes. Je jouais au football en automne et au baseball au printemps. En seconde, j'avais été sélectionné pour jouer dans l'équipe du lycée, dans ces deux sports. Le coach Harkness voulait que je me mette au basket également, mais je refusai. Je lui expliquai que j'avais besoin de faire autre chose au moins trois mois par an. Il repartit en secouant la tête, attristé par l'état de la jeunesse en cette époque de déliquescence.

J'allai danser dans quelques soirées. J'embrassai quelques filles. Je me fis quelques bons amis, surtout des sportifs, mais pas seulement. Je découvris des groupes de heavy metal, que j'écoutais à plein volume. Mon père ne protestait jamais, mais pour Noël il m'offrit des EarPods. J'allais vivre de terribles choses à l'avenir – j'y viens –, mais aucune de celles que j'avais imaginées quand je n'arrivais pas à dormir ne se produisit. On avait conservé notre maison et ma clé ouvrait toujours la porte d'entrée. Ça faisait du bien. Si vous avez déjà eu peur de dormir dans votre voiture en plein hiver, ou dans un refuge pour sans-abri, vous savez de quoi je parle.

Et je n'ai jamais oublié l'accord passé avec Dieu : *Si vous faites ça pour moi, je ferai quelque chose pour vous*, avais-je promis. À genoux. *Montrez-moi ce que vous voulez et je le ferai. Juré.* Ce n'était qu'une prière d'enfant, un bel exemple de pensée magique, mais une partie de moi-même (la plus importante) y croyait. Et y croit aujourd'hui encore. Je pensais que ma prière avait été exaucée, comme dans ces films à l'eau de rose qu'ils passaient sur la chaîne Lifetime entre Thanksgiving et Noël. Ce qui voulait dire que je devais remplir ma part du contrat. Sinon, j'avais l'impression que Dieu allait reprendre son miracle et que mon père recommencerait à boire. N'oubliez pas que les lycéens – si forts soient les garçons, si belles soient les filles – restent avant tout des enfants à l'intérieur.

Alors, j'essayai. Malgré mes journées chargées, surchargées devrais-je dire, entre les cours et les activités après le lycée, je fis de mon mieux pour rembourser ma dette.

Je m'inscrivis dans un club de bénévoles « Adoptez une route ». On nous attribua trois kilomètres de la Highway 226, qui n'est rien d'autre qu'un immense terrain vague bordé de fast-foods, de motels et de stations-service. Je crois que je ramassai une tonne d'emballages de Big Mac, deux tonnes de canettes de bière et au moins deux douzaines de sous-vêtements. Une année, pour Halloween, j'enfilai un pull orange ridicule et fis une collecte au bénéfice de l'Unicef.

À l'été 2012, je pris place à la table où étaient disposés les bulletins dans un bureau de vote du centre, alors que je n'avais pas encore l'âge de voter. Tous les vendredis, après l'entraînement, j'aidais mon père au cabinet en remplissant des paperasses et en entrant des données dans l'ordinateur – les basses besognes, quoi – tandis que le ciel s'assombrissait dehors, et on mangeait des pizzas de chez Giovanni's à même le carton.

Papa affirmait que tout cela serait du meilleur effet dans mes dossiers d'inscription à la fac, et j'approuvais, sans lui avouer mes motivations. Je ne voulais pas que Dieu puisse penser que je ne remplissais pas ma part du contrat, mais parfois j'avais l'impression d'entendre un soupir de désapprobation venu du ciel : *Ce n'est pas suffisant, Charlie. Tu crois qu'il suffit de ramasser des détritus au bord d'une route pour rembourser la belle vie que vous menez maintenant, ton père et toi ?*

Ce qui m'amène – enfin – au mois d'avril 2013, l'année de mes dix-sept ans. Et à M. Bowditch.

11

Ce bon vieux lycée de Hillview ! Ça me paraît tellement loin maintenant. L'hiver, je prenais le car, assis à l'arrière avec Andy Chen, un copain depuis l'école primaire. Un sportif qui avait fini dans l'équipe de basket de Hofstra. Bertie était déjà parti à cette époque-là, il avait déménagé. Ce qui constituait une sorte de soulagement. Un bon copain qui est aussi un mauvais copain, ça existe. À vrai dire, Bertie et moi, on avait une influence néfaste l'un sur l'autre.

À l'automne et au printemps, je me déplaçais à vélo parce qu'on habitait une ville pleine de montées et que c'était un bon moyen de me muscler les jambes et les fesses. Et puis, ça me permettait de réfléchir et d'être seul, ce que j'aimais bien. Pour rentrer à la maison, du lycée, il fallait prendre Plain Street jusqu'à Goff Avenue, puis Willow Street jusqu'à Pine. Pine Street coupait Sycamore en haut de la colline qui redescendait vers ce foutu pont. Et au coin de Pine et de Sycamore, il y avait la Maison de Psychose, comme l'avait surnommée Bertie Bird quand on n'avait que dix ou onze ans.

En fait, c'était la maison des Bowditch, le nom figurait sur la boîte aux lettres, effacé, mais encore lisible si on plissait les yeux. N'empêche, Bertie avait raison. On avait tous vu ce film (comme les autres qu'il fallait forcément avoir vus à onze ans, *L'Exorciste* et *The Thing*) et, en effet, cette maison ressemblait un peu à celle dans laquelle Norman Bates vit avec sa mère empaillée. Rien à voir avec les petits pavillons et les pseudo-ranchs bien proprets de Sycamore et de tout notre quartier. La Maison de Psychose était une construction de style victorien, pleine de coins et de recoins, au toit affaissé, qui avait sans doute été blanche mais avait pris une couleur que j'appelais « gris chat sauvage ». Tout autour de la propriété, il y avait une vieille clôture en bois qui penchait vers l'avant ou vers l'arrière. Un portillon rouillé, à mi-hauteur, barrait l'accès à l'allée pavée, presque entièrement recouverte de chiendent. La terrasse semblait se détacher peu à peu de la maison. Les stores restaient baissés en permanence, mais Andy Chen disait que ça ne servait à rien car les fenêtres étaient si sales qu'on ne voyait pas à travers, de toute façon. Une pancarte DÉFENSE D'ENTRER disparaissait à moitié parmi les herbes hautes. Sur le portillon, une autre pancarte, plus grande, indiquait : CHIEN MÉCHANT.

Andy racontait une anecdote à propos de ce chien, un berger allemand nommé Radar, comme le type dans la série *M*A*S*H*. On avait tous entendu parler de ce chien (sans savoir que Radar était une chienne en réalité), on l'avait même entraperçu quelques fois, mais seul Andy l'avait vu de près. Ce jour-là, racontait-il, il s'était arrêté en passant sur son vélo parce que la boîte aux lettres de M. Bowditch était ouverte et tellement pleine que des prospectus jonchaient le trottoir, éparpillés par le vent.

« Je les ai ramassés et je les ai fourrés dans la boîte avec tous les autres, dit-il. Je voulais juste lui rendre service, moi ! Soudain, j'entends des grognements et des aboiements, du style *YABBA-YABBA-ROW-ROW*. Je lève la tête et là, je vois débouler ce clebs monstrueux. Il pesait *au moins* cinquante kilos, avec une gueule pleine de dents, de la bave qui sortait et putain, qu'est-ce qu'il avait les yeux *rouges* !

– Ouais, c'est ça, dit Bertie. Comme Cujo dans ce film. Arrête.

– Je t'assure, dit Andy. Ma parole. Si le vieux lui avait pas gueulé dessus, il aurait traversé le portillon. Tellement mal en point qu'il aurait eu besoin de Medicure.

– Medi*care*, rectifiai-je.

– Bref, le vieux sort sur sa terrasse et se met à gueuler : "Radar, *couché* !" et là, le clebs s'allonge à plat ventre. Sauf qu'il arrêtait pas de me regarder, toujours en grognant. Et le vieux me lance : "Qu'est-ce que tu fiches, petit ? Tu voles mon courrier ?" Et moi : "Non, non, monsieur. Il était tombé, alors je l'ai ramassé. Votre boîte est sacrément pleine, monsieur." Là, il me répond : "Mon courrier, je m'en charge. Toi, fiche le camp." C'est ce que j'ai fait. » Andy secoua la tête. « Ce chien, il m'aurait sauté à la gorge, j'en suis sûr. »

Moi, j'étais sûr qu'Andy exagérait, comme d'habitude. Néanmoins, ce soir-là, j'ai interrogé papa au sujet de M. Bowditch. Il ne savait pas grand-chose sur lui. À part que c'était un célibataire qui vivait déjà dans cette maison à moitié en ruine avant que lui-même emménage dans Sycamore Street, il y avait bien vingt-cinq ans de ça.

« Ton copain Andy n'est pas le premier qu'il envoie au diable. Bowditch est réputé pour son mauvais caractère et pour son berger allemand tout aussi mal luné. La municipalité aimerait bien qu'il casse sa pipe, pour pouvoir détruire cette baraque, mais il tient bon. Je lui glisse deux ou trois mots quand je le croise, ce qui n'arrive pas souvent, et il me paraît plutôt courtois, mais je suis un adulte. Certains vieux bonshommes sont allergiques aux enfants. Si tu veux un conseil, Charlie, évite-le. »

Ce qui ne me posa aucun problème jusqu'à ce jour d'avril 2013. Dont je vais vous parler maintenant.

12

En rentrant chez moi à vélo, après l'entraînement de baseball, je m'arrêtai au croisement de Pine et de Sycamore pour décoller ma main gauche du guidon et la secouer. Elle était encore rouge et en feu après les exercices de l'après-midi dans le gymnase (le terrain demeurait trop boueux). Le coach Harkness – responsable également du basket et du cerceau – m'avait placé sur la première base, pendant que des gars qui postulaient au poste de lanceur s'entraînaient à envoyer des boulets de canon. Certains avaient une sacrée force. Je ne dirais pas que le coach voulait se venger parce que j'avais refusé de jouer au basket – les Hedgehogs avaient remporté cinq victoires pour vingt défaites la saison précédente –, mais je ne dirais pas le contraire non plus.

La vieille maison victorienne de M. Bowditch, affaissée et pleine de coins et de recoins, se trouvait sur ma droite, et vue sous cet angle, elle ressemblait plus que jamais à la Maison de Psychose. Au moment où je reprenais le guidon, prêt à repartir, j'entendis un chien pousser un hurlement. Il venait de derrière la maison. Je pensai au monstre décrit par Andy, avec ses crocs, ses yeux rouges et la bave qui dégoulinait, mais ce n'étaient pas les *YABBA-YABBA-ROW-ROW* d'un animal féroce qui attaque. C'était un hurlement de tristesse et de peur. Peut-être même de chagrin. Depuis, j'y ai repensé, me demandant si ce n'était pas un sentiment rétrospectif, mais je ne crois pas Parce que ça a recommencé. Puis une troisième fois, mais moins fort, avec moins de détermination, comme si le chien se disait : *À quoi bon ?*

Et puis, beaucoup plus faible que le dernier hurlement : « À l'aide. »

Sans ces hurlements, j'aurais dévalé la colline jusque chez moi et j'aurais bu un verre de lait, avec un demi-paquet de Milano Pepperidge Farm, heureux comme un prince. Ce qui aurait pu être fatal à M. Bowditch. L'après-midi touchait à sa fin, les ombres s'allongeaient à l'approche du crépuscule et c'était un mois d'avril sacrément froid. Le vieil homme aurait pu rester allongé dehors toute la nuit.

On me félicita de lui avoir sauvé la vie. Un bon point supplémentaire pour mon entrée à la fac si, comme le suggérait mon père, j'avais mis ma modestie de côté et joint à mon dossier d'inscription l'article publié une semaine plus tard, mais je n'y étais pour rien, ou presque.

C'était Radar qui, avec ses hurlements de désespoir, l'avait sauvé.

CHAPITRE DEUX

M. Bowditch. Radar. La nuit dans la Maison de Psychose.

1

Je tournai au coin de la maison et pédalai jusqu'à l'entrée dans Sycamore Street. J'appuyai mon vélo contre la clôture affaissée. Le portillon n'était pas très haut – il m'arrivait à peine à la taille – mais il refusait de s'ouvrir. Jetant un coup d'œil de l'autre côté, je découvris un énorme verrou aussi rouillé que le portillon lui-même. Je tirai dessus d'un coup sec, mais il était complètement bloqué. Le chien hurla de nouveau. Je me débarrassai de mon sac à dos chargé de bouquins et m'en servis comme d'un marchepied. En escaladant le portillon, je me cognai le genou contre la pancarte CHIEN MÉCHANT et quand je voulus passer l'autre jambe, ma basket resta coincée en haut. Je me demandais si je serais capable de sauter par-dessus, en sens inverse, si jamais le chien décidait de se jeter sur moi comme il l'avait fait avec Andy. Je songeais à ce vieux dicton selon lequel la peur donnait des ailes et j'espérais ne pas être obligé de vérifier si c'était vrai. Mon truc, c'était le football et le baseball. Le saut en hauteur, je laissais ça aux fans d'athlétisme.

Je contournai la maison en courant ; les herbes hautes fouettaient mon pantalon. Je ne me souviens pas d'avoir vu le cabanon, pas à ce moment-là, je cherchais le chien. Il était sur la véranda de derrière. D'après Andy Chen, il pesait au moins cinquante kilos, et c'était peut-être vrai quand on était mômes et que le lycée nous apparaissait comme une chose lointaine dans un avenir encore plus lointain, mais l'animal que j'avais devant moi ne pesait pas plus de trente kilos. Il était efflanqué, il avait le pelage miteux, une queue ébouriffée et un museau presque tout blanc. Lorsqu'il me vit, il descendit les marches branlantes et faillit tomber en évitant l'homme qui y était affalé. Il vint vers moi, non pas en chargeant à toute vitesse, mais en boitillant comme un vieillard arthritique.

« Radar, *couché* », dis-je.

Je ne pensais pas vraiment qu'il obéirait, et pourtant il s'allongea dans les mauvaises herbes et se mit à gémir. Je fis quand même un grand détour pour atteindre la véranda.

M. Bowditch était couché sur le côté gauche. Une bosse déformait son pantalon de toile, au-dessus du genou droit. Pas besoin d'être médecin pour comprendre qu'il avait la jambe cassée, et à en juger par la grosseur de la bosse, c'était une méchante fracture. Je n'aurais su dire quel âge avait M. Bowditch, en tout cas il était très vieux. Il avait les cheveux presque entièrement blancs, mais dans sa jeunesse, ça devait être un vrai Poil de carotte car on apercevait encore quelques mèches rousses. Du coup, on avait l'impression que ses cheveux rouillaient. Sur ses joues et autour de sa bouche, ses rides étaient si profondes qu'elles formaient des sillons. Malgré le froid, des gouttes de sueur constellaient son front.

« J'ai besoin d'aide, dit-il. Je suis tombé de cette putain d'échelle. »

Il essaya de la montrer du doigt. Ce faisant, il se déplaça légèrement sur les marches et gémit de douleur.

« Vous avez appelé les secours ? » demandai-je.

Il me regarda comme si j'étais débile.

« Le téléphone est *à l'intérieur*, petit. Et moi, je suis *dehors*. »

Je compris plus tard seulement. M. Bowditch n'avait pas de portable. Il n'avait jamais vu l'intérêt d'en avoir un, il savait à peine ce que c'était.

Il voulut bouger de nouveau et un rictus dévoila ses dents.

« Ah, bon Dieu, ça fait mal.

– Restez tranquille, alors. »

J'appelai les secours pour leur demander d'envoyer une ambulance au coin de Pine et de Sycamore car M. Bowditch s'était cassé la jambe en tombant. J'ajoutai que ça semblait grave. Je voyais l'os qui tendait la jambe de son pantalon et son genou avait l'air enflé aussi. La régulatrice me demanda le numéro de la rue, et je dus poser la question à M. Bowditch.

J'eus droit à ce même regard qui semblait dire : « Tu es débile ou quoi ? »

« C'est au 1. »

Je transmis l'information à la régulatrice, qui promit d'envoyer immédiatement une ambulance. En attendant, dit-elle, je devais rester près du blessé et le réchauffer.

« Il transpire déjà.

– Si la fracture est aussi grave que tu le dis, c'est certainement le choc.

– Ah, d'accord. »

Radar s'approcha de son pas claudicant, les oreilles plaquées en arrière, en grognant.

« Stop, fifille, ordonna Bowditch. Couchée. »

La chienne donc – et non pas le chien – s'allongea à plat ventre sur les marches et se mit à haleter. Elle paraissait soulagée.

J'ôtai mon blouson aux couleurs du lycée et l'étendis sur le vieil homme.

« Qu'est-ce que tu fous ?

– Je dois vous réchauffer.

– J'ai déjà chaud. »

Moi, je voyais bien que non car il s'était mis à grelotter. Il baissa la tête pour regarder mon blouson.

« Tu vas au lycée ?

– Oui, monsieur.

– Rouge et or. Hillview.

– Oui.

– Tu fais du sport ?

– Football et baseball.

– Les Hedgehogs. Quel… » Il essaya de bouger, ce qui lui arracha un cri. Radar dressa les oreilles et regarda son maître d'un air inquiet. « Quel nom stupide[1]. »

Je ne pouvais pas dire le contraire.

« Essayez de ne pas bouger, monsieur.

– Ces marches me rentrent dans la peau. J'aurais dû rester sur le sol, mais je pensais pouvoir atteindre la terrasse. Pour retourner à l'intérieur. Fallait que j'essaie. Ça va pas tarder à cailler dehors. »

Je trouvais que ça caillait déjà.

« Je suis content que tu sois là. Je parie que tu as entendu ma fifille hurler à la mort.

– Oui, elle d'abord, et vous ensuite. »

Je levai les yeux vers la porte, en haut des marches. Il n'aurait pas pu atteindre la poignée sans prendre appui sur son bon genou. Et à mon avis, il n'en aurait pas été capable.

M. Bowditch avait suivi mon regard.

« La chatière pour chien, expliqua-t-il. Je me disais que je pourrais peut-être entrer par là, en rampant. » Il grimaça. « Tu n'aurais pas un truc contre la douleur, par hasard ? Une aspirine ou un truc plus fort ? Vu que tu fais du sport… »

Je secouai la tête. Au loin, très loin, j'entendais une sirène.

« Et vous ? Vous en avez ? »

1. Hedgehogs : les Hérissons.

Il hésita, puis hocha la tête.

« Oui, à l'intérieur. Va jusqu'au bout du couloir. Il y a une petite salle de bains, à côté de la cuisine. Je crois qu'il y a un flacon d'Empirin dans l'armoire à pharmacie. Touche à rien d'autre, surtout.

– Promis. »

Je savais qu'il était vieux et qu'il souffrait, mais j'étais un peu agacé par ce sous-entendu.

Il agrippa ma chemise au passage.

« Ne fouine pas partout. »

Je me libérai.

« Je vous ai dit que non. »

Pendant que je gravissais les marches, M. Bowditch dit :

« Radar ! Suis-le ! »

La chienne me rejoignit sur la véranda péniblement et attendit que j'ouvre la porte, plutôt que d'utiliser le battant découpé en bas. Elle me suivit dans le couloir, sombre et incroyable. D'un côté s'empilaient des paquets de vieux magazines ficelés avec de la corde à fourrage. J'en connaissais certains, comme *Life* et *Newsweek*, mais d'autres, en revanche – *Collier's*, *Dig*, *Confidential* et *All Man*, je n'en avais jamais entendu parler. Le mur opposé disparaissait derrière les piles de livres, vieux pour la plupart, qui dégageaient cette odeur caractéristique des vieux bouquins. Sans doute que tout le monde n'aime pas cette odeur, mais moi si. Ça sent le moisi, mais le bon moisi.

Dans la cuisine, tout était vieux : la cuisinière Hotpoint, l'évier en porcelaine entartré à cause de notre eau trop calcaire, les robinets à l'ancienne, le sol en linoléum tellement usé qu'on ne distinguait plus le motif. Mais elle était d'une propreté impeccable. L'égouttoir n'accueillait qu'une seule assiette, une seule tasse et un jeu de trois couverts : couteau, fourchette, cuillère. Cela me fit de la peine. Par terre était posée une gamelle, propre, sur le côté de laquelle était écrit RADAR. Et ça aussi, ça me fit de la peine.

J'entrai dans la salle de bains, à peine plus grande qu'un placard. Il y avait juste une cuvette, au couvercle relevé, entartrée là encore, et un lavabo surmonté d'une armoire de toilette avec un miroir. Je l'ouvris et tombai sur un lot de médicaments poussiéreux qui semblaient dater de Mathusalem. J'avisai un flacon d'Empirin sur l'étagère du milieu. En le prenant, je découvris derrière ce que je crus être un plomb de carabine à air comprimé.

Radar m'attendait dans la cuisine car il n'y avait pas assez de place pour nous deux dans la salle de bains. Je pris la tasse dans l'égouttoir, la remplis au robinet et traversai en sens inverse le Musée des Vieux Papiers, suivi de Radar. Dehors, la sirène de l'ambulance s'était rapprochée. M. Bowditch, toujours couché dans l'escalier, avait posé sa tête sur son avant-bras.

« Ça va ? » demandai-je.

Il leva la tête, pour me montrer son visage en sueur et ses yeux hagards et cernés.

« Est-ce que ça a l'air d'aller ?

– Non, pas trop. Mais je ne suis pas sûr que vous devriez prendre ces cachets. Le flacon indique qu'ils sont périmés depuis août 2004.

– File-m'en trois.

– Franchement, monsieur Bowditch, peut-être que vous devriez attendre l'ambulance. Ils vous donneront...

– File-les-moi. Ce qui ne te tue pas te rend plus fort. Tu ne sais pas qui a dit ça, j'imagine ? On ne vous apprend plus rien de nos jours.

– Nietzsche. Dans *Crépuscule des idoles*. Je suis des cours d'histoire mondiale ce trimestre.

– Bravo. » Il fouilla dans sa poche, ce qui provoqua un grognement, mais il continua jusqu'à ce qu'il en sorte un gros trousseau de clés. « Sois gentil de verrouiller la porte, petit. C'est la clé argentée avec la tête carrée. La porte de devant est déjà fermée. Et rends-les-moi ensuite. »

Je détachai la clé en question du trousseau et le lui rendis. Il le fourra dans sa poche en grognant de nouveau. L'ambulance était proche maintenant. J'espérais qu'ils auraient plus de chance que moi avec la serrure rouillée du portillon. Sinon, ils seraient obligés de le dégonder. Je me relevai et mon regard se posa sur la chienne. Sa gueule était plaquée au sol, entre ses pattes. Elle ne quittait pas son maître des yeux.

« Et Radar ? » demandai-je.

J'eus droit au regard « Tu es débile ou quoi ? ».

« Elle peut entrer par la chatière et sortir quand elle veut pour faire ses besoins. »

Idem pour un gamin ou un adulte de petite taille qui aurait envie de voir s'il n'y avait pas des trucs à voler dans la maison, pensai-je.

« Oui, d'accord, dis-je, mais qui va lui donner à manger ? »

Je n'ai pas besoin de vous dire, je suppose, que M. Bowditch ne m'avait pas fait une très bonne première impression. C'était un vieillard ronchon doté d'un sale caractère. Pas étonnant qu'il vive seul : une épouse l'aurait tué ou serait partie. Mais quand il regardait cette vieille chienne berger allemand, je voyais autre chose : je voyais de l'amour et du désespoir. Son visage indiquait qu'il ne savait pas quoi faire. Il devait souffrir le martyre, et pourtant, il n'avait qu'une seule préoccupation : sa chienne.

« Merde, merde, *merde.* Je ne peux pas la laisser. Il va falloir que je l'emmène avec moi à l'hosto. »

L'ambulance venait de s'arrêter devant la maison. La sirène mourut lentement. Des portières claquèrent.

« Ils ne voudront pas, dis-je. Vous le savez bien. »

Sa bouche se pinça.

« Dans ce cas, je n'irai pas. »

Oh, si, vous irez, pensai-je. Et puis, une autre pensée me traversa l'esprit, mais on aurait dit qu'elle ne venait pas de moi. J'étais sûr que si pourtant. *On a conclu un marché. Oublie le ramassage des ordures au bord de la route. C'est maintenant que tu vas tenir ta parole.*

« Hé ho ! cria quelqu'un. C'est l'ambulance. Quelqu'un peut nous ouvrir le portillon ?

– Laissez-moi la clé, dis-je au vieil homme. Je viendrai la nourrir. Dites-moi juste quelle quantité et…

– Hé ho ! Répondez !

– … et quand. »

Il transpirait à grosses gouttes maintenant et les cernes sous ses yeux ressemblaient à des coquards.

« Va leur ouvrir avant qu'ils enfoncent ce foutu portillon. » Il laissa échapper un soupir râpeux. « Ah, quel merdier. »

2

L'homme et la femme qui attendaient sur le trottoir portaient des blousons sur lesquels on pouvait lire : ARCADIA COUNTY HOSPITAL – AMBULANCES. Ils avaient sorti un brancard à roulettes chargé de tout un tas de matériel. Ils avaient déplacé mon sac à dos et le type essayait de tirer le verrou. Il n'était pas plus chanceux que moi.

« Il est derrière la maison, dis-je. Je l'ai entendu appeler au secours.

– Ouais, d'accord, mais j'arrive pas à ouvrir ce truc. File-moi un coup de main, petit. Peut-être qu'à nous deux… »

On tira ensemble sur le verrou. Qui finit par céder en me pinçant le pouce. Dans le feu de l'action, je m'en aperçus à peine mais, le soir venu, la moitié de mon ongle était tout noir.

Les ambulanciers contournèrent la maison. Le brancard tressautait dans l'herbe haute et le matériel empilé dessus brinquebalait. Radar apparut au coin en boitant et en grognant pour paraître menaçante. Elle faisait de son mieux, mais après toute cette excitation, je voyais bien qu'elle n'avait plus de forces.

« Couchée, Radar », dis-je et elle s'allongea à plat ventre, comme reconnaissante.

Malgré cela, les deux ambulanciers firent un écart pour passer.

Ils découvrirent M. Bowditch allongé sur les marches de la véranda et déchargèrent aussitôt leur matériel. La femme prononça quelques paroles rassurantes en affirmant que ça ne semblait pas très grave et qu'ils allaient lui donner quelque chose contre la douleur.

« Il a déjà pris un truc », dis-je et je sortis de ma poche le flacon d'Empirin.

L'homme l'examina et lâcha :

« Ah, la vache, ils sont pas d'aujourd'hui, ces cachets. Ils sont plus efficaces depuis longtemps. CeeCee, une injection de Demerol. Vingt centilitres, ça devrait suffire. »

Radar était revenue. Elle adressa un grognement symbolique à la dénommée CeeCee et rejoignit son maître. Celui-ci lui caressa la tête d'une main hésitante, et quand il la retira, la chienne se coucha en boule près de lui.

« Cette chienne vous a sauvé la vie, monsieur, dis-je. Elle ne peut pas aller à l'hôpital avec vous. Mais vous ne pouvez pas la laisser mourir de faim. »

J'avais toujours la clé de la porte de derrière. Le vieil homme regardait cette porte pendant que CeeCee lui faisait une injection. Il sembla ne même pas s'en apercevoir. De nouveau, il émit une sorte de râle.

« Ah, nom de Dieu. Est-ce que j'ai vraiment le choix, hein ? Sa bouffe est dans un grand seau en plastique, dans le cellier. Derrière la porte. Faut lui donner un gobelet à six heures le soir et un autre à six heures du matin. Au cas où ils me garderaient pour la nuit. » Il regarda l'ambulancier. « Ils vont me garder ?

– Je ne sais pas, monsieur. Je ne suis pas assez payé pour formuler ce genre de diagnostic. »

Pendant qu'il dépliait un tensiomètre, CeeCee me lança un regard qui semblait dire : « Oui, ils vont le garder pour la nuit. Et ce n'est qu'un début. »

« Un gobelet à six heures du soir, un gobelet à six heures du matin. Pigé.

– Je ne sais pas quelle quantité il reste dans le seau. » Ses yeux devenaient vitreux. « Si tu dois en racheter, va chez Pet Pantry. Elle mange uniquement des croquettes Orijen Regional Red. Pas de viande ni de cochonneries. Un garçon qui connaît Nietzsche saura s'en souvenir.

– Je m'en souviendrai. »

L'ambulancier lui prenait sa tension, et ce qu'il voyait ne lui plaisait pas.

« On va vous allonger sur le brancard, monsieur. Je m'appelle Craig, et ma collègue, c'est CeeCee.

– Charlie Reade, dis-je. Lui, c'est M. Bowditch. Je ne connais pas son prénom.

– Howard », dit le vieil homme.

Ils voulurent le soulever, mais il leur demanda d'attendre. Il prit la tête de Radar entre ses mains et la regarda droit dans les yeux.

« Sois une gentille fille. Je te dis à très bientôt. »

La chienne poussa un couinement et lui donna un coup de langue. Une larme coula sur la joue du vieil homme. La douleur peut-être, mais je ne pense pas.

« Il y a de l'argent dans la boîte de farine dans la cuisine », ajouta-t-il. Son regard s'éclaira un instant et sa bouche se crispa. « Non, oublie ce que j'ai dit. La boîte de farine est vide. Je ne m'en souvenais plus. Si tu…

– Monsieur, intervint CeeCee, il faut vraiment qu'on vous conduise à… »

Il se tourna vers elle et lui ordonna de se taire une minute. Puis il revint sur moi. « Si jamais tu dois acheter un sac de croquettes, paie avec tes sous, je te rembourserai. Tu as compris ?

– Oui. »

Il y avait autre chose que je comprenais. Malgré l'effet produit par la drogue de premier choix qu'ils lui avaient injectée, M. Bowditch savait qu'il ne rentrerait pas chez lui ce soir-là, ni même le lendemain soir.

« Occupe-toi bien d'elle. Je n'ai personne d'autre. »

Il fit une dernière caresse à Radar en lui frottant les oreilles et adressa un signe de tête aux ambulanciers. Quand ils le hissèrent sur le brancard, il poussa un cri de douleur entre ses dents. La chienne aboya.

« Mon garçon ?

– Oui ?

– Ne fourre pas ton nez partout. »

Je ne daignai même pas répondre. Craig et CeeCee firent le tour de la maison en soulevant plus ou moins le brancard pour éviter de secouer M. Bowditch. Je m'approchai de l'échelle renversée dans l'herbe et levai les yeux vers le toit. Sans doute était-il tombé en nettoyant la gouttière. En essayant, du moins.

Je retournai m'asseoir sur les marches. Devant la maison, la sirène se remit à mugir, et je l'écoutai faiblir à mesure que l'ambulance descendait la colline, vers ce foutu pont. Radar suivait le son du regard, les oreilles dressées. Je me risquai à la caresser. Comme elle ne me mordit pas et ne grogna même pas, je recommençai.

« Eh bien, nous voilà tous les deux, ma vieille, on dirait. »

Elle posa sa truffe sur ma chaussure.

« Il ne m'a même pas remercié, dis-je. Quel sale gosse. »

Je n'étais pas en colère car ça n'avait pas d'importance. Je n'attendais pas de remerciements. Je payais ma dette.

3

J'appelai papa pour le mettre au courant, pendant que je revenais devant la maison en espérant que personne ne m'avait volé mon sac à dos. Non seulement il était toujours là, mais un des ambulanciers avait pris le temps de le déposer de l'autre côté du portillon. Papa me demanda s'il pouvait faire quelque chose. Non, répondis-je, j'allais rester sur place et faire mes devoirs jusqu'à ce qu'il soit l'heure de nourrir Radar. Je rentrerais ensuite. Il dit qu'il rapporterait du chinois, on se retrouverait à la maison. « Je t'aime », ajoutai-je. « Moi itou », dit-il.

Je sortis mon antivol de mon sac à dos et envisageai de faire passer mon Schwinn de l'autre côté de la clôture. Et puis merde. Je me contentai de l'attacher au portillon. En reculant, je faillis trébucher sur Radar. Elle aboya et s'enfuit.

« Désolé, ma vieille. »

Je m'agenouillai et tendis la main. Après quelques secondes, elle s'en approcha, la renifla et lui donna un petit coup de langue. Cujo le Terrible, tu parles.

Je retournai derrière la maison, suivi de près par Radar, et c'est là que je remarquai la construction extérieure. Une cabane à outils, supposai-je. Pas assez large pour accueillir une voiture. J'envisageai d'y ranger l'échelle couchée dans l'herbe, puis décidai de ne pas me donner cette peine étant donné qu'il n'y avait aucun signe de pluie. Comme je le découvris plus tard, je l'aurais trimbalée sur quarante mètres pour rien car le cabanon était fermé par un énorme cadenas, et M. Bowditch avait emporté les autres clés.

J'ouvris la porte et on entra dans la maison. J'actionnai un interrupteur à l'ancienne, ceux qu'on tourne, et j'empruntai le Musée des Vieux Papiers jusqu'à la cuisine. La lumière provenait d'un plafonnier en verre dépoli qui semblait sorti d'un décor de vieux film, comme ceux que papa regardait sur TCM. Une toile cirée à carreaux, usée mais propre, recouvrait la table. Je songeai que *tout* dans cette cuisine ressemblait au décor d'un vieux film. J'imaginais Mr Chips entrant d'un pas nonchalant, avec sa toge et sa toque de prof. Ou bien Barbara Stanwyck disant à Dick Powell qu'il arrivait juste à temps pour boire un verre. Je m'assis à table. Radar se glissa dessous et se coucha en émettant un petit grognement très distingué. Je lui dis qu'elle était une gentille fille et elle frappa le sol avec sa queue.

« Ne t'inquiète pas, il va bientôt rentrer. »

Peut-être.

J'étalai mes livres devant moi, fis quelques exercices de maths, après quoi je mis mes EarPods dans mes oreilles pour écouter mon devoir de français du lendemain, une chanson pop intitulée « Rien qu'une fois ». Ce n'était pas vraiment ma tasse de thé, je suis plutôt rock classique, mais c'était une de ces chansons qu'on aime de plus en plus à chaque écoute, jusqu'à ce qu'elle nous trotte dans la tête toute la journée et qu'on finisse par la détester. Je la passai en entier trois fois, puis essayai de chanter par-dessus les paroles, comme la prof nous l'avait demandé :

« *Je suis sûr que tu es celle que j'ai toujours attendue…* »

En jetant un coup d'œil sous la table, je vis que Radar me regardait. Elle avait les oreilles plaquées en arrière et je crus percevoir de la pitié dans ses yeux. Cela me fit rire.

« Je ne dois pas me lancer dans la chanson, hein ? »

Un coup de queue.

« Je n'y suis pour rien, c'est un devoir. Tu veux écouter la chanson encore une fois ? Non ? Moi non plus. »

J'avisai quatre boîtes en fer assorties, alignées sur le plan de travail à gauche de la cuisinière. Dessus était écrit : SUCRE, FARINE, CAFÉ et BISCUITS. J'avais la dalle. Chez moi, j'aurais dévalisé la moitié du frigo, mais évidemment, je n'étais pas chez moi, et je n'y serais pas avant… je consultai ma montre… une heure encore. Alors, je décidai de voir ce que contenait la boîte à biscuits. On ne pouvait pas appeler ça fouiller. Elle était remplie à ras bord d'un mélange de sablés aux noix de pécan et de guimauves enrobées de chocolat. Je me dis qu'étant donné que je faisais du dogsitting, M. Bowditch ne me reprocherait pas de manger un biscuit… Ni deux. Ni même quatre. Je m'obligeai à m'arrêter là, mais j'eus du mal. Ces sablés étaient vraiment délicieux.

En regardant la boîte de farine, je repensai à M. Bowditch disant qu'elle contenait de l'argent. Puis son regard était devenu plus perçant. *Oublie ce que j'ai dit. La boîte de farine est vide. Je ne m'en souvenais plus.* Je faillis soulever le couvercle, et fut un temps, pas si lointain, où je l'aurais fait, mais cette époque était révolue. Je me rassis et ouvris mon livre d'histoire.

J'épluchai péniblement un texte ardu consacré au traité de Versailles et aux réparations allemandes, et quand je regardai ma montre de nouveau (il y avait une pendule au-dessus de l'évier, mais elle était arrêtée), il était six heures moins le quart. Estimant avoir terminé ma journée, je décidai de nourrir Radar.

Je supposais que la porte à côté du frigo était celle du cellier, et j'avais vu juste. Il y régnait cette bonne odeur caractéristique. Je tirai sur le cordon électrique qui pendait du plafond pour allumer la lumière, et pendant un instant, j'en oubliai de donner à manger à Radar. Cette petite pièce était remplie du sol au plafond, et d'un mur à l'autre, de boîtes de conserve et de denrées non périssables. Il y avait du corned-beef et des haricots à la sauce tomate, des sardines, et des soupes Campbell's ; des paquets de crackers et de pâtes, de la sauce pour les pâtes, des bouteilles de jus de raisin et de cranberry, des bocaux de confiture et de *jelly*, des bocaux de légumes par dizaines, peut-être même par centaines. M. Bowditch était paré pour l'Apocalypse.

Radar émit un gémissement qui signifiait : *N'oublie pas le chien.* Je regardai derrière la porte, là où se trouvait le seau de croquettes. Plein, il devait contenir une quarantaine de litres, mais on voyait presque le fond. Si M. Bowditch restait à l'hôpital plusieurs jours, ou une semaine, je serais obligé d'en acheter.

Le gobelet doseur était dans le seau. Je le remplis et versai les croquettes dans la gamelle qui portait le nom de la chienne. Elle s'en approcha d'un air déterminé, en remuant lentement la queue. Malgré son grand âge, elle prenait toujours plaisir à manger. C'était bon signe, supposai-je.

« Tout va bien, lui dis-je en enfilant mon blouson. Sois sage et à demain matin. »

Elle n'eut pas à attendre aussi longtemps.

4

Papa et moi, on se goinfra de plats chinois pendant que je lui racontais par le menu mon aventure de l'après-midi : la découverte de M. Bowditch couché sur les marches, la traversée du Musée des Vieux Papiers, pour finir par le Cellier de l'Apocalypse.

« On appelle ça des écureuils, m'apprit papa. J'ai connu ça dans ma carrière, surtout après le décès de l'écureuil en question. Mais tu dis que la maison est propre ?

– Oui. La cuisine, en tout cas. Une place pour chaque chose, chaque chose à sa place. Il y avait de la poussière sur les flacons de médicaments dans la minuscule salle de bains, mais je n'en ai pas vu ailleurs.

– Pas de voiture ?

– Non. Et le cabanon n'est pas assez grand.

– Il doit se faire livrer. Et puis, il y a toujours Amazon, évidemment. Qui deviendra en 2040 le gouvernement mondial dont l'extrême droite a si peur. Je me demande d'où vient son argent, et combien il lui reste. »

Je m'étais posé la question aussi. Une curiosité tout à fait normale, pensais-je, de la part de personnes qui ont failli se retrouver à la rue.

Papa se leva.

« Bon, j'ai acheté et rapporté à manger. Maintenant, j'ai de la paperasse à remplir. Tu débarrasses. »

Ce que je fis. Après quoi, je travaillai quelques morceaux de blues sur ma guitare (je pouvais jouer quasiment n'importe quoi, du moment que c'était en *mi*). Généralement, j'étais capable de m'absorber dans la musique jusqu'à en avoir mal aux doigts, mais pas ce soir-là. Je rangeai ma Yamaha dans son coin et annonçai à papa que je retournais chez M. Bowditch pour voir si Radar allait bien. Je l'imaginais seule là-bas. Peut-être que les chiens se fichent de ce genre de choses, mais peut-être pas.

« Très bien, dit-il, mais tu ne le ramènes pas à la maison.

– La, corrigeai-je.

– Il ou elle, je n'ai pas envie d'entendre un chien abandonné hurler à trois heures du matin.

– Je ne la ramènerai pas. »

Il n'avait pas besoin de savoir que cette idée m'avait traversé l'esprit.

« Et méfie-toi de Norman Bates. »

Je le regardai, étonné.

« Quoi ? fit-il. Tu croyais que je ne savais pas. » Il affichait un large sourire. « Les gens la surnommaient la Maison de Psychose bien avant que vous soyez nés, tes copains et toi, mon petit gars. »

5

Cela m'avait fait sourire moi aussi, mais en arrivant à l'intersection de Pine et de Sycamore, je trouvais ça moins amusant. Perchée au sommet de la colline, la maison semblait masquer les étoiles. J'entendais Norman Bates s'écrier : *Mère ! Tout ce sang !* Et je regrettais d'avoir vu ce satané film.

Au moins, le verrou du portillon s'ouvrit plus facilement. J'utilisai la lumière de mon portable pour contourner la maison. Je promenai le faisceau lumineux sur le côté, et là aussi je le regrettai. Les fenêtres étaient poussiéreuses, les stores baissés. On aurait dit des yeux aveugles, qui observaient malgré tout cet intrus indésirable. Je tournai au coin, et au moment où je me dirigeais vers la véranda de derrière, un bruit sourd me fit sursauter. Je laissai échapper mon portable. Je vis une ombre bouger dans l'obscurité. Je ne criai pas, mais je sentis mes boules se ratatiner contre mon scrotum. Je me figeai en regardant cette ombre ondoyer vers moi, et avant que je puisse décamper, Radar frotta sa truffe contre ma jambe de pantalon en gémissant et essaya de me sauter dessus. Mais à cause de son dos et de ses hanches en piteux état, elle ne put esquisser que quelques bonds. Le bruit sourd que j'avais entendu, ce devait être le battant de la chatière qui se refermait.

Je m'agenouillai pour l'attraper, lui caresser la tête d'une main et lui gratter le cou de l'autre. Elle me lécha le visage et se plaqua contre moi, manquant de me faire tomber à la renverse.

« Tout va bien. Tu avais peur d'être seule, je parie. » Depuis quand n'était-elle pas restée seule si M. Bowditch n'avait pas de voiture et s'il se faisait livrer ses courses ? Très longtemps sans doute. « Tout va bien, répétai-je. Viens. »

Je ramassai mon téléphone, attendis que mes boules retrouvent leur place, et me dirigeai vers la porte de derrière. Radar marchait si près de moi que sa truffe cognait contre mon mollet. Jadis, Andy Chen s'était retrouvé face à un chien monstrueux dans ce jardin, affirmait-il. C'était il y a fort longtemps. Aujourd'hui, elle n'était plus qu'une vieille dame effrayée qui avait jailli par la chatière pour m'accueillir en m'entendant arriver.

On gravit les marches de la véranda. J'ouvris la porte avec la clé argentée et actionnai le vieil interrupteur pour éclairer le Musée des Vieux Papiers. J'examinai la chatière. Il y avait trois petits verrous : deux sur le côté et un en haut. Il faudrait que je pense à les fermer avant de partir pour empêcher Radar de se sauver. Le jardin de derrière était sans doute clôturé, comme celui de devant, mais je n'en étais pas certain, et pour l'instant la chienne se trouvait sous ma responsabilité.

Dans la cuisine, je m'agenouillai de nouveau devant Radar et pris sa tête entre mes mains. Elle me regardait fixement, oreilles dressées.

« Je ne peux pas rester, mais je te laisserai une lumière, et je reviendrai demain matin pour te nourrir. D'accord ? »

Elle gémit, me lécha la main et s'approcha de sa gamelle. Vide. Elle la lécha et me regarda. Le message était clair.

« Non. Il faut attendre demain matin. »

Elle posa sa truffe sur ses pattes jointes, sans cesser de me regarder.

« Bon… »

J'ouvris la boîte portant l'inscription BISCUITS. M. Bowditch avait bien dit : pas de viande, pas de cochonneries, mais peut-être qu'il voulait parler de cochonneries avec de la viande, décrétai-je. La sémantique est une chose merveilleuse, non ? Je me souvenais vaguement d'avoir entendu dire, ou lu quelque part, que les chiens étaient allergiques au chocolat, alors je pris un sablé aux noix de pécan et j'en cassai un petit morceau, que je lui tendis. Elle le renifla et le prit délicatement dans sa gueule.

Je m'assis à la table où j'avais fait mes devoirs en songeant que je devrais m'en aller. C'était une chienne, bon sang, pas un enfant. Elle ne risquait pas d'ouvrir le placard sous l'évier pour boire de l'eau de Javel.

Mon téléphone sonna. C'était mon père.

« Tout va bien là-bas ?

– Oui, très bien. Mais heureusement que je suis revenu. J'avais laissé la chatière ouverte. La chienne est sortie de la maison quand elle m'a entendu. »

Inutile de préciser qu'en voyant son ombre bouger, j'avais eu la vision fugitive de Janet Leigh sous la douche essayant d'échapper aux coups de couteau.

« Ce n'est pas ta faute, Charlie. Tu ne peux pas penser à tout. Tu rentres ?

– Oui, bientôt. » Je regardai Radar qui me regardait. « Papa, peut-être que je…

– Mauvaise idée. Tu as cours demain. Et c'est une chienne adulte. Elle peut passer une nuit seule.

– Oui, je sais. »

Radar se leva. Un spectacle un peu douloureux. Ayant réussi à se remettre sur ses quatre pattes, elle disparut dans l'obscurité de ce qui était certainement le salon.

« Je reste encore quelques minutes. C'est une gentille chienne.

– OK. »

En coupant la communication, j'entendis un léger couinement. Radar revint en tenant un jouet dans sa gueule. Je crus reconnaître un singe, mais il était tellement mâchonné que c'était difficile à dire. Comme j'avais encore mon portable à la main, je la pris en photo. Elle déposa son jouet au pied de ma chaise. Ses yeux m'indiquaient ce que j'étais censé faire.

Je le ramassai et le lançai à travers la cuisine, en cloche. Radar alla le chercher en clopinant, le prit dans sa gueule, le fit couiner deux ou trois fois pour montrer qui commandait, et me le rapporta. Elle le laissa tomber à mes pieds. Je l'imaginais plus jeune, plus massive et beaucoup plus agile également, se jetant avec fougue sur ce pauvre singe (ou son prédécesseur). Comme elle s'était jetée sur Andy ce jour-là, disait-il. L'époque des cavalcades était révolue, mais elle faisait de son mieux. Elle devait se dire : *Regarde comme j'assure ! Reste avec moi, je peux jouer toute la nuit !*

Malheureusement, non. Et de toute façon, je ne pouvais pas rester. Papa voulait que je rentre à la maison, et si je restais ici, je craignais de mal dormir. Il y avait trop de craquements et de grincements mystérieux, trop de pièces dans lesquelles n'importe quoi pouvait se cacher… et s'approcher de moi à pas feutrés, une fois les lumières éteintes.

Radar me rapporta le singe couineur encore une fois.

« Non, terminé, dis-je. Repose-toi, ma vieille. »

Alors que je me dirigeais vers le couloir du fond, une idée me vint. Je me rendis dans la pièce obscure où Radar avait trouvé son jouet et cherchai à tâtons l'interrupteur en espérant que rien ni personne (la mère momifiée de Norman Bates, par exemple) n'allait m'agripper la main. L'interrupteur produisit un claquement lorsque je le trouvai enfin et l'actionnai.

À l'image de la cuisine, le salon de M. Bowditch datait d'une autre époque, mais il était propre. Il y avait un canapé recouvert de tissu marron. J'avais le sentiment qu'il ne servait pas beaucoup. Contrairement au gros fauteuil, posé lourdement au milieu d'un tapis démodé. Je voyais l'empreinte des mollets décharnés de M. Bowditch. Une chemise en chambray bleu était posée à cheval sur le dossier. Le fauteuil faisait face à un téléviseur préhistorique. Surmonté d'une antenne. Je le photographiai avec mon téléphone. Je ne savais pas si une télé aussi ancienne pouvait fonctionner, mais à en juger par tous les livres empilés de chaque côté, dont beaucoup marqués par des Post-it, j'en déduisis que même s'il fonctionnait, il n'était pas souvent allumé. Dans le coin le plus éloigné, un panier en osier débordait de jouets pour chien, et cela en disait long sur l'amour que M. Bowditch portait à sa chienne. Celle-ci traversa la pièce d'un pas lent pour aller chercher un lapin en peluche, qu'elle m'apporta d'un air plein d'espoir.

« Je ne peux pas, dis-je. Mais je peux te donner ça. Elle porte sûrement l'odeur de ton maître. »

Je pris la chemise sur le dossier du fauteuil et l'étalai sur le sol de la cuisine, à côté de la gamelle. Radar la renifla et se coucha dessus.

« Bravo, fifille. »

En marchant vers la porte de derrière, je me ravisai et allai rechercher le singe. Elle le mordilla un peu, juste pour me faire plaisir peut-être. Je reculai de quelques pas et pris une autre photo avec mon téléphone. Après quoi, je m'en allai, sans oublier de verrouiller la chatière. Si elle faisait ses besoins à l'intérieur, je serais obligé de nettoyer.

Sur le chemin du retour, je pensai aux gouttières sans doute obstruées par les feuilles. Aux mauvaises herbes dans le jardin. La maison avait besoin d'un bon coup de peinture. Ce n'était pas dans mes cordes, mais je pouvais faire quelque chose pour les fenêtres sales, sans oublier la clôture affaissée. Si j'avais le temps, évidemment, mais la saison de baseball allait commencer, alors je ne l'avais pas. Et puis, il y avait Radar. Cela avait été un coup de foudre. Pour elle autant que pour moi, peut-être. Si vous trouvez ça bizarre, ou cucul la praline, ou les deux, tout ce que je peux vous répondre, c'est : faites-vous une raison. Comme je l'avais dit à mon père : c'était une gentille chienne.

Ce soir-là, avant de dormir, je mis mon réveil à sonner à cinq heures. Puis j'envoyai un texto à M. Neville, mon prof d'anglais, pour l'informer que je n'assisterais pas au premier cours et lui demander de prévenir Mme Friedlander que je risquais de louper le deuxième cours également. Je devais aller voir un gars à l'hôpital.

CHAPITRE TROIS

Visite à l'hôpital.
Ceux qui abandonnent ne gagnent jamais.
Le cabanon.

1

La Maison de Psychose paraissait moins angoissante dans la lumière naissante de l'aube, même si la brume qui montait de toutes ces hautes herbes lui conférait un aspect gothique. Radar devait m'attendre car elle se jeta contre le battant de la chatière dès que je montai les marches. Branlantes et vermoulues. Encore un accident en perspective, et une tâche supplémentaire pour quelqu'un.

« Du calme, fifille, dis-je en introduisant la clé dans la serrure. Tu vas te faire mal. »

Elle jaillit dès que j'ouvris la porte. Elle se dressa et posa ses pattes avant sur mes cuisses. Au diable l'arthrite ! Elle me suivit dans la cuisine et me regarda en remuant la queue racler le fond du seau de croquettes pour remplir à ras bord un dernier gobelet. Les réserves diminuaient. J'envoyai un texto à papa pour lui demander s'il voulait bien passer dans une boutique appelée Pet Pantry, à l'heure du déjeuner ou après son travail, et acheter un sac de croquettes. Des Orijen Regional Red. Je lui envoyai un autre message pour préciser que je le rembourserais et que M. Bowditch me rembourserait ensuite. Après réflexion, j'en envoyai un troisième : **Achète un gros sac.**

Cela ne m'avait pas pris beaucoup de temps, mais Radar avait déjà vidé sa gamelle. Elle alla chercher le singe et le déposa à côté de ma chaise. Et rota.

« Excuse-toi, voyons. »

Je lançai le singe, pas trop loin. Elle bondit aussitôt pour me le rapporter. Je le lançai de nouveau, et pendant qu'elle partait à sa recherche, mon téléphone émit une petite sonnerie. C'était papa. **Pas de problème.**

Je lançai le singe une troisième fois, mais au lieu de courir le chercher, Radar traversa en clopinant-trottinant le Musée des Vieux Papiers et sortit de la maison. Ne sachant pas si elle avait une laisse, je pris un morceau de sablé aux noix de pécan pour l'inciter à revenir au cas où. Radar était la parfaite incarnation du morfal.

Finalement, la faire rentrer ne posa pas de problème. Elle s'accroupit dans un coin du jardin pour faire la petite commission, et dans un autre coin pour la grosse. Sur ce, elle revint vers la maison et contempla les marches de la véranda tel un alpiniste face à une ascension difficile. Elle grimpa jusqu'au milieu. Après s'être assise un instant, elle réussit à atteindre le sommet. Je me demandais combien de temps encore elle pourrait se débrouiller seule.

« Faut que j'y aille, dis-je. À plus. »

On n'avait jamais eu de chien, et j'ignorais que leurs regards pouvaient être aussi expressifs, surtout de près. Le sien me suppliait de rester. Ce que j'aurais fait volontiers, mais comme le dit un poème, j'avais des promesses à tenir. Je lui fis quelques caresses en lui demandant d'être bien sage. Je me souvenais d'avoir lu quelque part qu'une année d'un être humain équivalait à sept années pour un chien. Un calcul au doigt mouillé certainement, mais ça donnait quand même une bonne idée. Qu'est-ce que ça signifiait pour un chien, en termes de temps ? Quand je reviendrais nourrir la chienne ce soir à six heures, il se serait écoulé douze heures pour moi. Et quatre-vingt-quatre heures pour elle ? Trois jours et demi ? Dans ce cas, pas étonnant qu'elle soit si heureuse de me voir. D'autant que M. Bowditch devait lui manquer.

Je verrouillai la porte de derrière, descendis les marches et regardai l'endroit où elle avait fait ses besoins. Encore une corvée qui s'imposait : nettoyer le jardin. M. Bowditch s'en occupait-il habituellement ? Difficile à dire avec toutes ces herbes hautes. S'il ne l'avait pas fait, quelqu'un devrait s'en charger.

Tu es quelqu'un, songeai-je en regagnant mon vélo. Exact. Mais en l'occurrence, j'étais quelqu'un de très occupé. Outre le baseball, j'avais dans l'idée de passer les auditions pour la pièce de fin d'année *High School Musical.* Je m'imaginais en train de chanter « Breaking Free » avec Gina Pascarelli, une superbe fille de terminale.

Une femme emmitouflée dans un manteau écossais était arrêtée près de mon vélo. Mme Ragland, devinai-je. Ou était-ce Reagan ?

« C'est toi qui as appelé les secours ? me demanda-t-elle.

– Oui, madame.

– Comment il va ? Bowditch ?

– Je ne sais pas. Une chose est sûre : il s'est cassé la jambe.

– C'était ta B.A. de la journée. Peut-être même de l'année. Ce n'est pas un voisin très aimable, il reste dans son coin, mais je n'ai rien contre lui. Même si sa maison défigure le paysage. Tu es le fils de George Reade, hein ?

– Exact.

– Althea Richland. »

Je serrai la main qu'elle me tendait.

« Enchanté.

– Et le clébard ? Un vieux berger allemand effrayant. Il le promenait le matin très tôt et parfois le soir, après la tombée de la nuit. Quand les enfants du quartier étaient rentrés chez eux. » Elle montra la clôture qui penchait pitoyablement. « Ce n'est certainement pas *ça* qui va le retenir.

– C'est une chienne et je m'occupe d'elle.

– C'est très gentil. J'espère que tu ne vas pas te faire mordre.

– Elle est vieille maintenant. Et elle n'est pas méchante.

– Avec *toi*, peut-être, répondit Mme Richland. Mon père disait toujours : "Un vieux chien mord deux fois plus fort." Un journaliste de la feuille de chou qui fait office d'hebdomadaire est venu me demander ce qui s'était passé. C'est le gars qui s'occupe des faits divers, je crois. Les crimes, les incendies, les accidents, etc. » Elle renifla. « Il n'avait pas l'air plus vieux que toi.

– J'y penserai, répondis-je, sans savoir pourquoi je devrais y penser. Il faut que je vous laisse, madame Richland. Je veux aller voir M. Bowditch avant d'aller au lycée. »

Elle rit.

« S'ils l'ont emmené à Arcadia, les visites ne commencent qu'à neuf heures. Ils ne te laisseront pas entrer. »

2

Eh bien, si. Quand j'expliquai à la femme de l'accueil que je devais aller au lycée, puis à mon entraînement de baseball, elle demeura intraitable, mais quand je précisai que c'était moi qui avais appelé l'ambulance, elle m'autorisa à monter.

« Chambre 322. Les ascenseurs sont sur ta droite. »

Au milieu du couloir du troisième étage, une infirmière voulut savoir si je venais voir Howard Bowditch. Oui, dis-je, et je demandai comment il allait.

« Il a subi une opération, mais il va devoir être réopéré. Et ensuite, il devra respecter une longue période de convalescence, avec un gros travail de rééducation. C'est certainement Melissa Wilcox qui va le prendre en charge. En plus de la vilaine fracture à la jambe, il s'est gravement abîmé la hanche. Il va falloir la remplacer. Sinon, il devra se déplacer avec un déambulateur jusqu'à la fin de sa vie, ou dans un fauteuil roulant, malgré tout le travail de rééducation.

– Ah, la vache. Il est au courant ?

– Le médecin qui s'est occupé de sa jambe lui a probablement dit tout ce qu'il avait besoin de savoir pour le moment. C'est toi qui as appelé l'ambulance ?

– Oui, madame.

– Tu lui as peut-être sauvé la vie. Le choc d'une part et le risque de passer la nuit dehors… »

Elle secoua la tête.

« C'est sa chienne, dis-je. Je l'ai entendue hurler.

– C'est elle qui a appelé les secours ? »

Je dus reconnaître que c'était moi.

« Si tu veux le voir, je te conseille de faire vite. Je viens de lui faire une piqûre d'antalgique. Il ne va pas tarder à sombrer. Outre la jambe cassée et le problème de hanche, il est très maigre. Ça favorise l'ostéoporose. Tu disposes peut-être d'un quart d'heure avant l'arrivée du marchand de sable. »

3

La jambe de M. Bowditch était maintenue en l'air grâce à un appareil à poulie qui semblait tout droit sorti d'une comédie hollywoodienne des années trente… mais M. Bowditch ne riait pas. Et moi non plus. Les rides de son visage semblaient plus profondes encore, comme sculptées dans la peau. Ses cernes s'étaient assombris. Ses cheveux, très fins, paraissaient morts, et les filaments roux étaient décolorés. Sans doute y avait-il un patient dans le lit voisin, mais je ne le vis pas car un rideau vert séparait en deux la chambre 322. En m'apercevant, M. Bowditch se redressa, ce qui lui arracha une grimace et un soupir.

« Hello. C'est quoi ton nom, déjà ? Si tu me l'as dit, je ne m'en souviens plus. Ce qui, compte tenu des circonstances, serait excusable. »

Je ne me souvenais plus si je lui avais dit mon nom ou pas, alors je le lui donnai (ou lui redonnai) et lui demandai comment il se sentait.

« Comme une merde. Regarde-moi.

– Désolé.

– Pas autant que moi. » Puis, faisant un effort pour se montrer courtois : « Merci, jeune Reade. Il paraît que tu m'as sauvé la vie. Pour l'instant, j'ai l'impression que ça n'en valait pas le coup, mais comme aurait dit Bouddha : tout change. En mieux parfois, mais d'après mon expérience, c'est rare. »

Je lui dis – comme je l'avais dit à mon père, aux ambulanciers et à Mme Richland – que c'était sa chienne qui l'avait sauvé. Si je n'avais pas entendu ses hurlements, je ne me serais pas arrêté sur mon vélo.

« Comment elle va ?

– Très bien. »

Je m'assis sur une chaise près du lit et lui montrai les photos de Radar avec son singe, sur mon portable. Il les fit défiler plusieurs fois (je dus lui montrer comment faire). Ces photos semblèrent lui remonter le moral, à défaut de le requinquer. *Une longue période de convalescence*, avait dit l'infirmière.

Quand il me rendit mon téléphone, son sourire avait disparu.

« Ils ne m'ont pas dit combien de temps j'allais rester dans ce foutu hôpital, mais je ne suis pas idiot, je sais que ça va durer un moment. Et je sais bien que je devrais penser à la faire piquer. Elle a eu une belle vie, mais maintenant, ses hanches…

– Ne dites pas ça ! m'exclamai-je, affolé. Je m'occuperai d'elle, moi. Avec plaisir. »

Il me regarda, et pour la première fois, son expression ne trahissait ni exaspération ni résignation.

« Tu ferais ça ? Je pourrai compter sur toi ?

– Oui. Elle n'a presque plus rien à manger, mais mon père va aller acheter un sac de croquettes Orijen machin-chose aujourd'hui. Six heures du matin, six heures du soir. Je n'oublierai pas. Vous pouvez en être sûr. »

Il tendit la main, peut-être pour prendre la mienne, ou la tapoter simplement. Je l'aurais laissé faire, mais il la retira.

« C'est… c'est très gentil.

– Je l'aime bien. Et elle m'aime bien aussi.

– Vraiment ? Tant mieux. Ce n'est pas une méchante bête. » Ses yeux devenaient vitreux, sa voix un peu pâteuse. Le produit que lui avait injecté l'infirmière commençait à produire son effet. « Elle ne ferait de mal à personne, mais elle flanquait la frousse aux mômes du quartier. Ce qui n'était pas pour me déplaire. Des sales petits fouineurs pour la plupart. Des fouineurs braillards. Et les cambrioleurs ? Ah. S'ils entendaient Radar aboyer, ils se carapataient dans les collines. Mais elle est vieille maintenant. » Il soupira, puis toussa. Ce qui le fit grimacer. « Et elle n'est pas la seule.

– Je prendrai bien soin d'elle. Peut-être même que je l'emmènerai se promener jusque chez moi. »

Son regard retrouva un peu de sa vivacité en m'entendant évoquer cette possibilité.

« Elle n'est jamais allée chez quelqu'un d'autre depuis que je l'ai eue toute petite. Juste dans ma maison… et le jardin…

– Mme Richland m'a dit que vous l'emmeniez se promener.

– La fouineuse d'en face ? Oui, exact. On allait se promener. Quand elle pouvait marcher sans se fatiguer. Aujourd'hui, je n'ose plus l'emmener. Imagine qu'on descende Pine Street et qu'elle ne puisse plus remonter ? » Il se regarda. « Maintenant, c'est *moi* qui ne pourrais plus revenir. Je ne pourrai plus aller nulle part.

– On n'ira pas trop loin. Je ne l'épuiserai pas. »

Le vieil homme se détendit.

« Je te paierai… pour la nourriture. Et pour tes heures aussi.

– Ne vous en faites pas pour ça.

– Peut-être que je pourrai encore profiter d'elle quand je rentrerai à la maison. Si je rentre un jour.

– Bien sûr que oui.

– Si tu dois… la nourrir… tu devrais m'appeler Howard. »

Je n'étais pas sûr d'en être capable, mais j'acceptai.

« Et peut-être que tu pourrais m'apporter d'autres photos ?

– Pas de problème. Bon, il faut que j'y aille, monsieur… Howard, pardon. Reposez-vous.

– J'ai pas le choix. » Ses yeux se fermèrent, mais ses paupières se relevèrent lentement. « Ce truc qu'elle m'a donné... Ouah ! C'est du costaud. »

Ses yeux se fermèrent de nouveau. Je me levai et me dirigeai vers la porte.

« Petit, c'est quoi ton nom, déjà ?

– Charlie.

– Merci, Charlie. Je me disais que peut-être... lui donner encore une chance. Pas pour moi... une seule m'a suffi... la vie devient un fardeau... si tu vis assez longtemps, tu t'en apercevras. Mais *elle*... Radar... je suis devenu vieux et je suis tombé de cette putain d'échelle...

– Je vous apporterai des photos.

– Oui, très bien. »

Je me retournai vers la porte. Il recommença à parler, mais il ne s'adressait plus à moi.

« Un homme courageux offre son aide. Un lâche se contente d'offrir des cadeaux. »

Il se tut et se mit à ronfler.

Quand j'arrivai au milieu du couloir, l'infirmière avec qui j'avais discuté sortit d'une chambre en tenant à la main ce qui ressemblait à une poche d'urine trouble. En me voyant, elle la cacha sous une serviette. Et me demanda si j'avais pu discuter avec M. Bowditch.

« Oui, mais à la fin, il délirait un peu. »

Elle sourit.

« C'est le Demerol. Allez, file. Tu devrais être à l'école. »

4

Le temps que j'arrive au lycée, le deuxième cours avait commencé depuis dix minutes et les couloirs étaient déserts. Je dus aller au bureau demander un billet de retard à Mme Silvius, une charmante vieille dame aux cheveux bleus un peu effrayants. Elle avait au moins soixante-quinze ans et aurait dû prendre sa retraite depuis longtemps, mais elle avait conservé toute sa vivacité d'esprit et sa bonne humeur. La bonne humeur était une qualité indispensable, selon moi, quand on avait affaire à des ados.

« Il paraît que tu as sauvé une vie hier, me dit-elle en signant le billet de retard.

– Comment vous le savez ?

– C'est un petit oiseau bleu qui me l'a dit. Tweet-tweet. Les nouvelles vont vite, Charlie. »

Je pris le billet.

« En fait, ce n'est pas moi. C'est la chienne de ce vieux bonhomme. Je l'ai entendue hurler. » J'en avais marre de répéter ça aux gens car personne ne me croyait. Bizarrement. Je pensais que tout le monde aimait les histoires où les héros sont des chiens. « J'ai juste appelé les secours.

– Si tu le dis. Allez, dépêche-toi d'aller en cours.

– Je peux vous montrer un truc d'abord ?

– Seulement si c'est un truc rapide. »

Je sortis mon téléphone pour lui montrer la télé de M. Bowditch que j'avais photographiée.

« C'est bien une antenne sur le dessus ?

– Oui, on appelait ça des oreilles de lapin. » Le sourire de Mme Silvius me rappela celui de M. Bowditch quand il regardait les photos de Radar avec son singe. « On mettait du papier d'alu au bout car c'était censé améliorer la réception. Mais regarde cette *télé*, Charlie ! Oh, bon sang ! Elle marche vraiment ?

– Je ne sais pas. Je n'ai pas essayé de l'allumer.

– La première télé qu'on a eue ressemblait à ça. Une Zenith. Tellement lourde que mon père s'était fait un tour de reins en la montant jusqu'à l'appartement où on vivait à l'époque. On la regardait du matin au soir ! *Annie Oakley*, *Wild Bill Hickok*, *Captain Kangaroo*, *Crusader Rabbit*… à en avoir mal à la tête ! Le jour où elle est tombée en panne, l'image défilait sans cesse de bas en haut, sans s'arrêter, alors mon père a appelé un réparateur, qui est venu avec une valise remplie de tubes.

– Des tubes ?

– Des tubes à vide. Ils émettaient une lumière orange, comme les ampoules d'autrefois. Il a remplacé celui qui était grillé et la télé s'est remise à marcher. » Ses yeux revinrent se poser sur la photo. « Les tubes de celle-ci ont certainement grillé depuis longtemps.

– M. Bowditch en a peut-être acheté d'autres sur eBay ou Craigslist. On peut tout acheter sur Internet. Si on a les moyens, évidemment. »

Mais je n'étais pas certain que M. Bowditch surfe sur Internet.

Mme Silvius me rendit mon téléphone.

« Allez, file, Charlie. La physique t'attend. »

5

Cet après-midi-là, à l'entraînement, le coach Harkness ne me lâcha pas, comme une mouche autour d'une merde, devrais-je dire. Car je jouais comme une merde. Lors de l'exercice de déplacement avec les trois cônes, je partais tout le temps du mauvais côté ; à un moment, j'essayai même de partir des deux côtés à la fois, et je me retrouvai sur le cul, ce qui provoqua l'hilarité générale. Au cours des exercices de double jeu, je fus pris à contre-pied. La balle du joueur de deuxième base passa en sifflant à l'endroit où j'aurais dû me trouver et alla rebondir contre le mur du gymnase. Quand le coach m'envoya une balle à rebond, je l'attaquai comme il faut, mais j'oubliai de baisser mon gant et la balle – un cadeau pourtant – me passa entre les jambes. Pour le coach Harkness, les amortis furent la goutte d'eau. Je ne cessais de renvoyer la balle au lanceur, au lieu de la déposer le long de la troisième base.

Il jaillit de sa chaise pliante pour se diriger d'un pas raide vers le marbre, avec son ventre qui se balançait et son sifflet qui tressautait entre ses seins aux dimensions non négligeables.

« Nom de Dieu, Reade ! On dirait une vieille dame ! Arrête de vouloir frapper dans la balle ! Baisse-moi cette batte et laisse venir la balle. Combien de fois je vais devoir te le répéter ? »

Il me prit la batte des mains, m'écarta d'un coup de coude et se plaça face à Randy Morgan, le candidat du jour au poste de lanceur.

« Envoie ! Et mets-y un peu de nerf ! »

Randy lança la balle de toutes ses forces. Le coach s'accroupit et exécuta un amorti parfait. La balle roula le long de la ligne de la troisième base, proprement. Steve Dombrowski se précipita, tenta de la ramasser à main nue et la laissa échapper.

Le coach se tourna vers moi.

« Et voilà ! C'est comme ça qu'il faut faire. Je sais pas ce qui te tracasse, mais tu devrais arrêter d'y penser. »

Ce qui me tracassait, c'était Radar, seule dans la maison de M. Bowditch. Douze heures pour moi, trois jours et demi pour elle. Elle ne devait pas comprendre pourquoi elle se retrouvait seule, et un chien ne pouvait pas jouer avec un singe couineur s'il n'y avait personne pour le lui lancer. Se retenait-elle pour ne pas salir l'intérieur de son maître, ou bien, la chatière étant fermée, avait-elle déjà fait ses besoins quelque part ? Dans ce cas, elle se croyait peut-être en faute. Sans oublier le jardin laissé à l'abandon et la clôture qui s'écroulait : ça aussi, ça me tracassait.

Le coach me rendit la batte.

« À toi, maintenant. Fais-moi un bel amorti. »

Randy n'essaya pas de m'allumer. Il m'envoya une balle facile, d'entraînement, pour que le coach me foute la paix. Je me mis en position et… frappai la balle sur le côté. Randy n'eut même pas besoin de quitter le marbre pour la rattraper dans son gant.

« Ça suffit ! dit le coach. Reade, tu m'en fais cinq. »

Comprenez cinq tours de gymnase.

« Non. »

Tous les bavardages cessèrent à l'intérieur du gymnase. Dans notre moitié, mais aussi du côté des volleyeuses. Tout le monde assistait à la scène. Randy plaqua son gant sur sa bouche, peut-être pour masquer un sourire.

Le coach posa les mains sur les bourrelets de ses hanches.

« Qu'est-ce que tu as dit ? »

Je ne lâchai pas la batte sur le sol car je n'étais pas en colère. Je la lui tendis et, à son grand étonnement, il la prit.

« J'ai dit non. J'arrête. »

Je marchai vers la porte des vestiaires.

« Reviens ici, Reade ! »

Je ne secouai même pas la tête, je continuai à marcher.

« Reviens ici tout de suite, pas quand tu seras calmé ! Ce sera trop tard ! »

Je n'étais pas énervé. J'*étais* calme. Heureux même, comme quand vous découvrez que la solution à un problème est moins compliquée que vous ne l'aviez cru.

« Nom de Dieu, Reade ! »

Il paraissait un peu affolé maintenant. Peut-être parce que j'étais son meilleur batteur, ou peut-être parce que cet acte de révolte se déroulait devant toute l'équipe.

« Reviens ici ! Un gagnant n'abandonne jamais et ceux qui abandonnent ne gagnent jamais !

– Dans ce cas, traitez-moi de loser », dis-je.

Je descendis l'escalier qui menait au vestiaire et me changeai. Ainsi prit fin ma carrière de joueur de baseball au lycée de Hillview. L'ai-je regretté ? Non. Ai-je regretté d'avoir laissé tomber mes coéquipiers ? Un peu, mais comme aimait à le répéter le coach : un sport d'équipe se joue en équipe. Ils devraient se débrouiller sans moi. J'avais autre chose à faire.

6

Je récupérai le courrier dans la boîte aux lettres de M. Bowditch – rien d'important, uniquement les cochonneries habituelles – et ouvris la porte de derrière avec ma clé. Voyant que Radar avait du mal à me faire la fête, j'en déduisis qu'elle n'était pas en forme, et je soulevai délicatement ses pattes avant pour les appuyer contre mes hanches et caresser sa tête renversée en arrière. Sans oublier quelques gratouilles sur sa truffe en prime. Elle descendit prudemment les marches de la véranda et fit sa petite affaire dans le jardin. De nouveau, elle contempla les marches avant de réussir à remonter. Je lui dis que c'était une brave fille. Le coach Harkness serait fier d'elle.

Je lui lançai deux ou trois fois le singe couineur et pris quelques photos. Elle avait d'autres jouets qui faisaient du bruit dans son panier, mais le singe était sans aucun doute son préféré.

Elle me suivit lorsque j'allai ramasser l'échelle dans l'herbe. Je la transportai jusqu'au cabanon, découvris le gros cadenas sur la porte et l'appuyai contre le mur, sous l'avant-toit. Radar se mit à grogner. Accroupie à six ou sept mètres de la porte, les oreilles plaquées en arrière, la truffe plissée.

« Qu'y a-t-il, fifille ? Si une mouffette ou une marmotte a réussi à entrer là-dedans, je ne peux pas… »

Derrière la porte, un grattement, suivi d'un étrange gazouillis, me donna la chair de poule. Ce n'était pas un bruit produit par un animal. Je n'avais jamais rien entendu de semblable. Radar aboya, gémit, puis recula, le ventre plaqué au sol. J'avais envie de reculer moi aussi, mais au lieu de cela, je cognai à la porte et attendis. Rien. J'aurais pu mettre ces bruits sur le compte de mon imagination sans la réaction de Radar, mais de toute façon, je ne pouvais rien faire. La porte était cadenassée et il n'y avait pas de fenêtre.

Je donnai un autre coup de poing dans la porte, comme pour mettre au défi ce bruit étrange de se reproduire. Ce qu'il ne fit pas, alors je regagnai la maison. Radar se releva péniblement et me suivit. En tournant la tête, je constatai qu'elle aussi regardait derrière elle.

7

Je jouai un moment avec Radar et son singe. Quand elle se coucha sur le linoléum en ayant l'air de dire : *J'arrête*, j'appelai mon père et lui annonçai que j'avais plaqué le baseball.

« Je sais, dit-il. Le coach Harkness m'a déjà appelé. Il m'a expliqué que ça avait un peu chauffé, mais il veut bien que tu reviennes à condition que tu t'excuses, auprès de lui d'abord, et de toute l'équipe ensuite. Parce que tu les as laissés tomber, d'après lui. »

C'était exaspérant, et amusant.

« C'était pas la finale du championnat, papa. C'était juste un entraînement. Et il s'est comporté comme un vrai connard. »

Même si j'y étais habitué, et les autres aussi. La photo du coach aurait pu figurer à côté du mot « connard » dans le dictionnaire.

« Donc, pas d'excuses, si je comprends bien.

– Je pourrais m'excuser d'avoir eu la tête ailleurs, c'est vrai. Je pensais à M. Bowditch. Et à Radar. À cette maison. Elle est sur le point de s'écrouler. Il y a un tas de trucs que je pourrais faire si j'avais le temps, et maintenant je l'ai. »

Mon père prit quelques secondes pour réfléchir, puis il avoua :

« Je ne suis pas sûr de comprendre pourquoi tu te sens obligé de faire ça. S'occuper de cette chienne, d'accord, c'est une bonne action, mais ce Bowditch, tu ne le connais ni d'Ève ni d'Adam. »

Que répondre à cela ? Pouvais-je expliquer à mon père que j'avais conclu un arrangement avec Dieu ? Même s'il avait la gentillesse de ne pas éclater de rire (ce qu'il ne ferait certainement pas), il me répondrait que ce genre de raisonnement était réservé aux enfants, aux évangélistes et aux accros du téléachat qui croyaient véritablement qu'un oreiller ou un régime magiques pouvaient les guérir de tous leurs maux. Dans le pire des cas, il pouvait penser que j'essayais de m'attribuer le mérite de cette abstinence qu'il respectait au prix d'un gros effort de volonté.

Et puis, il y avait une autre raison : c'était intime. C'était mon secret.

« Charlie ? Tu es toujours là ?

– Oui. Je veux faire tout ce que je peux jusqu'à ce qu'il soit rétabli, c'est tout. »

Papa soupira.

« Ce n'est pas un enfant qui s'est cassé le bras en tombant d'un pommier. Il est vieux. Peut-être qu'il ne se rétablira *jamais*. Tu as pensé à ça ? »

Non, je n'y avais pas pensé, et je ne voyais aucune raison de commencer.

« Tu sais ce qu'ils disent dans ton programme : une étape à la fois. »

Il ricana.

« On dit aussi que le passé c'est de l'histoire ancienne, et l'avenir un mystère.

– Excellent, papa. Alors, on est d'accord au sujet du baseball ?

– Oui. Mais être retenu dans la sélection régionale à la fin de la saison, ça aurait fait bien dans ton dossier d'inscription à la fac. Tu le sais, hein ?

– Oui, je sais.

– Et le football ? Tu envisages de laisser tomber aussi ?

– Pas dans l'immédiat. » Au moins, au football je n'étais pas obligé de supporter le coach Harkness. « M. Bowditch ira peut-être mieux quand l'entraînement reprendra en août.

– Ou pas.

– Ou pas, concédai-je. L'avenir est un mystère.

– En effet. Quand je repense à ce fameux soir où ta mère a décidé de marcher jusqu'au Zippy… »

Il n'acheva pas sa phrase. Je ne savais pas quoi dire moi non plus.

« Tu veux bien me rendre un service, Charlie ? Un journaliste du *Weekly Sun* est passé à la maison, il voulait tes coordonnées. Je ne les lui ai pas données, mais j'ai noté les siennes. Il souhaite t'interviewer au sujet du sauvetage de Bowditch. Sous l'angle humain. Je pense que tu devrais accepter.

– Ce n'est pas vraiment moi qui l'ai sauvé, c'est Radar…

– Tu lui expliqueras. Mais si les facs dans lesquelles tu postules se demandent pour quelle raison tu as laissé tomber le baseball, ce genre d'article…

– Pigé. File-moi son numéro. »

Je l'enregistrai dans mes contacts.

« Tu seras là pour le dîner ?

– Dès que j'aurai donné le sien à Radar.

– Très bien. Je t'aime, Charlie. »

Je répondis que je l'aimais aussi. Ce qui était la vérité. C'était quelqu'un de bien, mon père. Il avait traversé une mauvaise passe, mais il s'en était sorti. Tout le monde ne peut pas en dire autant.

8

Après avoir nourri Radar et lui avoir promis de revenir dès le lendemain matin de très bonne heure, je marchai jusqu'au cabanon. Cette petite construction dépourvue de fenêtre avait quelque chose de désagréable dans l'obscurité grandissante d'une soirée d'avril glaciale. Planté devant la porte cadenassée, je tendis l'oreille. Pas de grattement. Pas d'étrange gazouillis émanant d'une créature extraterrestre dans un film de science-fiction. Je n'avais pas envie de cogner à la porte, mais je m'obligeai à le faire. Deux fois. Fort.

Rien. Quel soulagement.

J'enfourchai mon vélo, dévalai Sycamore Street Hill, lançai mon gant de baseball sur l'étagère du haut de mon armoire et le contemplai avant de fermer la porte. C'est un chouette sport, le baseball. Il n'y a rien de mieux que de remonter au score dans la neuvième manche, rien de mieux que de rentrer en car après une super victoire à l'extérieur, quand tout le monde rigole, chahute et se tape sur les fesses. Alors, oui, j'avais quelques regrets, mais pas trop. Je pensais à ces paroles de Bouddha : tout change. Je me dis qu'il y avait une bonne dose de vérité dans ces deux mots. Une sacrée dose.

J'appelai le journaliste du *Weekly Sun*. Un hebdomadaire gratuit qui contenait quelques infos locales et des articles sur le sport noyés sous un paquet de pubs. Il y en avait toujours une pile à l'entrée du Zippy, dans un présentoir qui disait PRENEZ-EN UN, et un petit malin avait ajouté PRENEZ-LES TOUS. Le journaliste en question s'appelait Bill Harriman. Je répondis à ses questions en attribuant presque tout le mérite à Radar encore une fois. M. Harriman voulut savoir s'il pourrait nous prendre en photo elle et moi.

« Oh, je ne sais pas. Il faudrait que je demande la permission à M. Bowditch, et il est à l'hôpital.

– Tu pourrais lui demander demain ou après-demain ? Je dois rendre mon papier vendredi après-midi, pour la semaine prochaine.

– Je lui poserai la question si je peux, mais je crois qu'il doit subir une autre opération. Alors, peut-être qu'ils ne me laisseront pas le voir, et je ne peux pas faire ça sans sa permission. »

Je n'avais aucune envie que M. Bowditch soit en colère contre moi, et c'était le genre d'homme qui se mettait en colère rapidement. Plus tard, je cherchai dans le dictionnaire le mot qui désignait ces gens-là : *misanthrope*.

« Compris, compris. Tiens-moi au courant dès que possible. Dis-moi, c'est pas toi qui as marqué le touchdown gagnant contre Stanford Prep pendant le Turkey Bowl en novembre dernier ?

– Si, mais ça me mérite pas de figurer dans le top ten de *SportsCenter*. On était sur leur ligne des deux yards et je suis passé en force. »

Il rit.

« Modeste, par-dessus le marché ! Ça me plaît. Appelle-moi, Charlie. »

Je promis de le faire et redescendis pour regarder un peu la télé avec mon père avant d'attaquer mes devoirs. Je pensais à Radar. J'espérais qu'elle allait bien. Et qu'elle s'habituait à cette nouvelle vie. Une fois de plus, l'adage de Bouddha me vint à l'esprit. Il fallait le garder en tête.

CHAPITRE QUATRE

Visite à M. Bowditch. Andy Chen. La cave. Une rencontre à l'hôpital.

1

Lorsque j'arrivai au 1 Sycamore Street le lendemain matin, Radar me réserva un accueil enthousiaste mais moins frénétique. J'en déduisis qu'elle s'habituait à cette nouvelle vie. Après avoir fait ses besoins matinaux et englouti son petit-déjeuner (papa avait rapporté à la maison un sac de douze kilos de croquettes), elle voulut jouer avec son singe. Quand elle se lassa, il me restait encore un peu de temps, alors j'allai dans le salon voir si le téléviseur vintage fonctionnait. Je perdis plusieurs minutes à chercher la télécommande, mais évidemment, la boîte à conneries de M. Bowditch datait de l'ère pré-zapping. Il y avait deux gros boutons sous l'écran. Celui de droite portait des chiffres – les différentes chaînes, supposai-je –, alors je tournai celui de gauche.

Le bourdonnement du téléviseur n'était pas aussi troublant que les bruits qui s'échappaient du cabanon, mais un peu inquiétant quand même. Je reculai d'un pas en espérant qu'il n'allait pas imploser. Au bout d'un moment, le décor de *Today* apparut sur l'écran : Matt Lauer et Savannah Guthrie bavardaient avec deux politiciens. L'image n'était pas en 4K, ni même en 1K. Mais au moins, il y avait une image. J'essayai de bouger l'antenne que Mme Silvius appelait des oreilles de lapin. Lorsque je l'orientai dans un sens, l'image s'améliora (très légèrement). Lorsque je l'orientai dans le sens opposé, *Today* disparut dans une tempête de neige. Je regardai derrière. L'arrière du téléviseur était percé de petits trous destinés à évacuer la chaleur (considérable), à travers lesquels on apercevait la lumière orangée des lampes. Source de ce bourdonnement, je l'aurais parié.

J'éteignis l'appareil en songeant que ça devait être exaspérant de se lever chaque fois qu'on voulait changer de chaîne. J'expliquai à Radar que j'allais au lycée, mais avant cela, je devais prendre une autre photo. Je lui tendis le singe.

« Tu veux bien le tenir dans ta gueule ? C'est trop mignon. »

Radar se fit un plaisir d'accepter.

2

Débarrassé des entraînements de baseball, j'arrivai à l'hôpital en milieu d'après-midi, après avoir fait un saut chez M. Bowditch pour sortir Radar, afin qu'elle ne soit pas obligée de se retenir jusqu'à six heures. Je lui promis de revenir très vite et je pédalai jusqu'à l'hôpital.

À l'accueil, je demandai si Howard Bowditch avait le droit de recevoir des visites car une infirmière m'avait dit qu'il devait subir une autre opération. La femme installée derrière le comptoir consulta son ordinateur et m'autorisa à monter. Alors que je me dirigeais vers l'ascenseur, elle me rappela : elle devait me faire remplir un formulaire. Une fiche de renseignements « en cas d'urgence ». Le patient concerné était M. Howard Adrian Bowditch. J'apparaissais sous le nom de Charles Reed.

« C'est bien, toi, hein ? demanda la femme de l'accueil.

– Oui, mais mon nom est mal écrit. » Je le rayai et notai à côté : *Reade*. « C'est lui qui vous a dit de me choisir ? Il n'a personne d'autre ? Un frère ou une sœur ? Je crains d'être trop jeune pour prendre des décisions importantes, si par exemple… »

Je n'achevai pas ma phrase, et ce n'était pas nécessaire.

« Il a signé un NPR avant l'opération. Ce formulaire, c'est juste s'il a besoin que tu lui apportes quelque chose.

– C'est quoi un NPR ? »

Elle me l'expliqua. Je n'avais pas envie d'entendre parler de ça. En revanche, elle ne répondit pas à ma question concernant la famille de M. Bowditch, sans doute parce qu'elle n'avait pas la réponse. Et ce n'était pas étonnant. J'inscrivis mon adresse, mon mail et mon numéro de portable sur la fiche. Et je pris l'ascenseur, en songeant qu'il y avait un paquet de choses que j'ignorais au sujet de Howard Adrian Bowditch.

3

Il était réveillé et sa jambe n'était plus maintenue en l'air, mais à en juger par la lenteur de son élocution et son regard vitreux, il était défoncé.

« Encore toi », dit-il.

Ce n'était pas tout à fait : *Ah, je suis bien content de te voir, Charlie.*

« Oui, encore moi. »

Il sourit. Si nous avions été un peu plus intimes, je lui aurais conseillé de sourire plus souvent.

« Approche une chaise et dis-moi un peu ce que tu penses de ça… »

Il souleva la couverture, dévoilant un appareil en acier complexe qui emprisonnait sa jambe du tibia jusqu'en haut de la cuisse. De fines tiges métalliques s'enfonçaient dans la chair. Les points d'entrée étaient scellés par des sortes de joints en caoutchouc noircis par du sang coagulé. Son genou bandé avait la grosseur d'une miche de pain. Ces mêmes tiges formaient un éventail planté dans les bandages.

Voyant mon expression, il ricana.

« On dirait un appareil de torture inventé par l'Inquisition, non ? Ils appellent ça un fixateur externe.

– Ça fait mal ? »

C'était sans doute la question la plus débile de l'année. Ces tiges métalliques pénétraient certainement dans les os de sa jambe.

« Oui, j'en suis sûr. Mais heureusement, j'ai ça. » Il leva sa main gauche qui tenait un petit gadget semblable à une télécommande, du genre de celle que son téléviseur d'une autre époque ne possédait pas. « Une pompe à morphine. C'est censé en envoyer assez pour soulager la douleur, mais pas assez pour me faire planer. Enfin, comme je n'ai jamais rien pris de plus fort que de l'aspirine, je crois que je plane à dix mille.

– Oui, je crois aussi », dis-je, et cette fois, il ne se contenta pas de glousser, il éclata de rire.

« Ça fera mal plus tard, j'imagine. » Il toucha le fixateur qui enserrait à l'intérieur d'une série d'anneaux métalliques une jambe tellement noircie par l'hématome qu'on souffrait rien qu'à la regarder. « Le médecin qui m'a posé ce truc ce matin m'a expliqué que le système avait été inventé par les Russes durant la bataille de Stalingrad. » Il tripota une des tiges, juste au-dessus de la ventouse croûtée de sang. « Mais les Ruskoffs, eux, utilisaient des rayons de roue de bicyclette.

– Combien de temps vous allez garder ça ?

– Six semaines, si j'ai de la chance et que ça guérit bien. Trois mois si j'ai moins de chance. Ils m'ont filé un nouveau genou – je crois qu'il était question de titane –, mais le temps qu'ils retirent le fixateur, il se sera solidifié. La rééducation devrait le décoincer. Ils m'ont prévenu quand même que cela entraînerait "une gêne importante". Toi qui connais Nietzsche, tu dois pouvoir traduire.

– Ça veut dire que ça fera un mal de chien. »

J'espérais un autre éclat de rire – un ricanement au moins –, mais je n'obtins qu'un sourire sans joie et il appuya deux fois, avec son pouce, sur la télécommande qui distribuait de la drogue.

« Oui, je crois que tu as parfaitement raison. Si j'avais eu la chance de quitter cette enveloppe mortelle pendant l'opération, je me serais épargné cette “gêne importante”.

– Vous ne le pensez pas. »

Ses sourcils – gris et broussailleux – se rejoignirent.

« Ne me dis pas ce que je pense. Ça me rabaisse et tu passes pour un idiot. Je sais très bien ce qui m'attend. » Et il ajouta, comme à contrecœur : « Je suis content que tu viennes me voir. Comment va Radar ?

– Bien. »

Je lui montrai les dernières photos que j'avais prises. Il s'attarda sur celle où Radar était assise avec son singe dans la gueule. Puis il me rendit mon téléphone.

« Vous voulez que je vous l'imprime, vu que vous n'avez pas de téléphone pour que je vous l'envoie ?

– Oui, j'aimerais bien. Merci de lui donner à manger. Et de lui apporter de l'affection. Je suis sûr qu'elle apprécie. Comme moi.

– Je l'aime bien, monsieur Bowditch…

– Howard.

– Oui, OK, Howard. J'aimerais tondre votre jardin, si vous êtes d'accord. Il y a une tondeuse dans le cabanon ? »

Son regard se durcit et il posa la pompe à morphine sur le lit.

« Non. Il n'y a rien dans ce cabanon. Rien d'utile, je veux dire. »

Dans ce cas, pourquoi il est fermé par un cadenas ?

Une question que j'avais assez de jugeote pour ne pas poser

« J'apporterai la nôtre, alors. On habite un peu plus loin dans la rue. »

Il soupira, comme s'il n'avait pas le courage de s'occuper de tout ça. Et compte tenu de la journée qu'il avait vécue, ce n'était pas étonnant.

« Pourquoi tu ferais ça ? Pour l'argent ? Tu cherches un boulot ?

– Non.

– Pourquoi, alors ?

– Je n'ai pas trop envie d'en parler. Je parie qu'il y a des choses dont vous ne voulez pas parler vous aussi, non ? »

La boîte de farine, par exemple. Ou le cabanon.

Un léger tic agita ses lèvres, comme un rire étouffé.

« Bien vu. C'est ce truc chinois ? Quand tu sauves la vie d'une personne, tu es responsable d'elle ensuite ?

– Non. » C'était à la vie de mon père que je pensais. « On peut parler d'autre chose ? Je tondrai l'herbe et je réparerai la clôture de devant aussi. Si vous voulez bien. »

Il me dévisagea. Puis, avec une perspicacité qui me surprit, il dit :

« Si j'accepte, je te rendrai service ? »

Je souris.

« En fait, oui.

– Alors, d'accord. Mais une tondeuse va rendre l'âme après la première bouchée si elle s'attaque à cette jungle. Tu trouveras des outils dans la cave. Merdiques pour la plupart, mais il y a une faux qui pourrait couper le plus gros avant de passer la tondeuse. À condition que tu enlèves la rouille et que tu l'affûtes. Il y a peut-être même une pierre à aiguiser sur l'établi. Surtout, empêche Radar de descendre. L'escalier est raide, elle risque de tomber.

– Entendu. Et l'échelle ? J'en fais quoi ?

– Elle va sous la véranda. J'aurais mieux fait de la laisser où elle était. Foutus médecins avec leurs foutues mauvaises nouvelles. Autre chose ?

– Euh... un journaliste du *Weekly Sun* voudrait écrire un article sur moi. »

M. Bowditch leva les yeux au ciel.

« Ce torchon ? Et tu vas accepter ?

– Mon père voudrait. Il dit que ça pourrait me servir pour mes demandes d'inscription à la fac.

– Et il a peut-être raison. Même si... c'est pas le *New York Crimes*, hein ?

– Il voudrait une photo de moi et de Radar aussi. Je lui ai dit que je vous demanderais avant, mais j'ai pensé que vous ne seriez pas d'accord. Et ça me va très bien.

– Le chien héroïque, c'est ça son idée ? Ou c'est la tienne ?

– Je pense que tout le mérite devrait lui revenir, voilà tout. Et elle ne peut pas vraiment faire entendre sa voix. »

M. Bowditch réfléchit.

« Bon, d'accord, mais je ne veux pas que ce type entre chez moi. Tu poseras avec elle sur le trottoir. Sa photo, il la prendra du portillon. À l'extérieur. » Il récupéra sa pompe à morphine et appuya deux fois dessus. Puis, de mauvaise grâce, avec une certaine crainte presque, il ajouta : « Une laisse est accrochée à côté de la porte d'entrée. Je ne m'en suis pas servi depuis longtemps. Peut-être que Radar aimerait aller se promener… en laisse, évidemment. Si elle se fait écraser par une voiture, je ne te le pardonnerai jamais. »

Je dis que je comprenais, et c'était la vérité. M. Bowditch n'avait pas de frère, pas de sœur, pas d'ex-épouse, divorcée ou décédée. Il n'avait que Radar.

« Et pas trop loin, précisa-t-il. Dans le temps, elle pouvait marcher plus de six kilomètres, mais plus maintenant. Allez, file. Je crois que je vais dormir jusqu'à ce qu'ils m'apportent cette bouillie qu'ils appellent un repas.

– OK. Ça m'a fait plaisir de vous voir. »

Là aussi, c'était la vérité. J'aimais bien cet homme, et sans doute que je n'ai pas besoin de vous dire pourquoi, mais je vous le dis quand même : je l'aimais bien parce qu'il aimait Radar. Et moi aussi.

Je me levai, envisageai de lui tapoter la main, m'en abstins et marchai vers la porte.

« Oh, bon sang, je viens de penser à autre chose…, dit-il. Parmi toutes celles que j'oublie certainement. Si je suis encore ici lundi – et je parie que oui –, l'épicier va me livrer.

– Kroger's ? »

Une fois de plus, j'eus droit à ce regard qui disait : « Tu es débile ou quoi ? »

« Tiller and Sons. »

Je connaissais Tiller, mais on ne faisait pas nos courses là-bas car c'était une « épicerie fine », comme on disait. Comprenez : très chère. Je me souvenais que ma mère m'avait acheté un gâteau d'anniversaire chez eux quand j'avais cinq ou six ans. Avec un glaçage au citron et de la crème au milieu. Le meilleur gâteau du monde.

« Le livreur vient généralement le matin. Tu peux les appeler pour leur demander de passer dans l'après-midi plutôt, quand tu seras là ? Ils ont ma commande.

– OK. »

Il posa sa main sur son front. Difficile d'en être certain, car j'étais arrivé à la porte, mais je crus la voir trembler légèrement.

« Il faudra que tu paies. C'est possible ?

– Pas de problème. »

Je demanderais à papa de me signer un chèque en blanc et j'inscrirais le montant.

« Dis-leur d'annuler les commandes hebdomadaires jusqu'à nouvel ordre. Et note bien tout ce que tu dépenses. » Il passa sa main sur son visage, lentement, comme s'il voulait lisser les rides : cause perdue s'il en était. « Ah, bon sang, je déteste être dépendant. Pourquoi suis-je monté sur cette foutue échelle ? J'ai dû perdre la boule.

– Ça va s'arranger », affirmai-je, mais en marchant vers les ascenseurs au bout du couloir, je ne cessai de repenser à ce qu'il avait dit quand on parlait de l'échelle : *Foutus médecins avec leurs foutues mauvaises nouvelles.* Sans doute faisait-il allusion au temps que mettrait sa foutue jambe pour guérir, et à la nécessité, peut-être, d'accueillir chez lui un foutu kiné (certainement un foutu fouineur par-dessus le marché).

Mais je m'interrogeais.

4

J'appelai Bill Harriman et l'informai qu'il pouvait me photographier avec Radar s'il le souhaitait toujours. Je lui indiquai les conditions de M. Bowditch. Il était d'accord.

« C'est une sorte d'ermite, hein ? dit-il. Je ne trouve rien sur lui dans nos dossiers, ni dans *The Beacon*.

– Je ne sais pas. Samedi matin, ça vous va ? »

Ça lui allait et on convint de se retrouver à dix heures. Je remontai sur mon vélo et rentrai à la maison en pédalant tranquillement et en réfléchissant à toute vitesse. À Radar pour commencer. À la laisse accrochée dans le vestibule : jamais je n'avais pénétré aussi loin dans la maison. Réflexion faite, il n'y avait pas de médaille accrochée à son collier. Ce qui voulait certainement dire pas de carnet de vaccination prouvant qu'elle n'avait pas la rage. Radar était-elle déjà allée chez le véto, d'ailleurs ? J'en doutais.

M. Bowditch se faisait livrer ses provisions : un moyen très chic de se faire plaisir, et Tiller and Sons était assurément une boutique très chic où les gens très chics qui avaient les moyens se fournissaient. Ce qui m'amenait à me demander, comme l'avait fait papa, de quelle manière M. Bowditch avait gagné sa vie avant de prendre sa retraite. Il s'exprimait de manière plutôt élégante, presque comme un professeur, mais à mon avis, les profs à la retraite n'avaient pas les moyens de fréquenter une épicerie qui se targuait de posséder une « cave à vin en sous-sol ». Un vieux téléviseur. Pas d'ordinateur (j'étais prêt à le parier) et pas de portable. Pas de voiture non plus. Je connaissais son deuxième prénom, mais pas son âge.

De retour à la maison, j'appelai Tiller and Sons pour fixer l'heure de livraison à quinze heures le lundi. J'envisageais d'aller faire mes devoirs chez M. Bowditch quand Andy Chen frappa à la porte de derrière, pour la première fois depuis je ne sais pas combien de temps. Gamins, Andy, Bertie Bird et moi, on était inséparables, on s'était même surnommés les Trois Mousquetaires, mais les parents de Bertie étaient partis vivre à Dearborn (c'était sans doute une bonne chose pour moi), et Andy était un cerveau qui suivait un tas de cours de préparation à la fac, en physique notamment, dans une annexe locale de l'Université de l'Illinois. C'était aussi un sportif, évidemment, qui excellait dans deux sports que je ne pratiquais pas. Le premier était le tennis. Le second, le basket, sous les ordres du coach Harkness, et je devinais la raison de sa visite.

« Le coach dit que tu devrais revenir pour jouer au baseball », annonça Andy, après avoir ouvert notre frigo à la recherche d'un truc à grignoter. Il jeta son dévolu sur un reste de poulet kung pao. « Il dit que tu as laissé tomber l'équipe.

– Oh, oh. C'est parti pour la séance de culpabilisation. Sans moi, désolé.

– Il dit que tu ne seras pas obligé de t'excuser.

– Je n'en avais pas l'intention.

– Il devient cinglé. Tu sais comment il m'appelle ? Le Péril Jaune. Du style : "Allez, Péril Jaune, bloque-moi ce gros salopard !"

– Tu te laisses faire ? »

J'étais à la fois curieux et horrifié.

« Dans sa bouche, c'est un compliment. Et ça me fait marrer. De toute façon, encore deux saisons et *bye-bye* Hillview. Je jouerai pour Hofstra. Division 1, j'arrive ! Une bourse complète, mec. Fini le Péril Jaune. C'est vrai que tu as sauvé la vie de ce vieux bonhomme ? C'est ce qu'on raconte au bahut.

– C'est sa chienne qui l'a sauvé. Moi, j'ai juste appelé les secours.

– Le clebs ne t'a pas sauté à la gorge ?

– Non. Elle est adorable. Et elle est vieille.

– La fois où moi je l'ai vue, elle était pas vieille. Ce jour-là, elle était assoiffée de sang. Hé, c'est flippant chez lui ? Y a des animaux empaillés ? Une horloge Kit Cat qui te suit du regard ? Une tronçonneuse dans la cave ? Des gens disent que ça pourrait être un serial killer.

– Non, c'est pas un serial killer et la maison ne fait pas flipper. »

Je ne mentais pas. C'était le cabanon qui faisait flipper. Ces bruits étranges de débandade. Et Radar les trouvait flippants elle aussi.

« Bon, dit Andy, je t'ai transmis le message. T'as rien d'autre à bouffer ? Des cookies ?

– Non. »

Les biscuits étaient chez M. Bowditch. Des guimauves enrobées de chocolat et des sablés aux noix de pécan qui venaient sûrement de chez Tiller and Sons.

« OK. À plus, mec.

– À plus, Péril Jaune. »

On se regarda et on éclata de rire. L'espace d'un court instant, ce fut comme si on avait de nouveau onze ans.

5

Le samedi, donc, je me fis photographier avec Radar. Une laisse était effectivement accrochée dans le vestibule à côté d'un manteau suspendu au-dessus d'une paire de caoutchoucs. Un instant, j'envisageai de fouiller dans les poches – simple curiosité, vous voyez – mais je m'interdis de jouer les fouineurs. Un collier de rechange était fixé à la laisse, sans médaille : aux yeux de la municipalité, le chien de M. Bowditch échappait aux… ha ha… aux radars. On marcha jusqu'à la clôture de devant et on attendit Bill Harriman. Il arriva pile à l'heure, à bord d'une vieille Mustang cabossée. On aurait dit qu'il sortait tout juste de la fac.

Radar grogna un peu, pour la forme, quand il descendit de voiture. Je la rassurai en disant que tout allait bien et elle se calma, se contentant de passer sa truffe à travers les barreaux rouillés du portillon pour renifler la jambe de pantalon du journaliste. Elle se remit à grogner quand il tendit le bras par-dessus pour me serrer la main.

« Elle est très protectrice, souligna-t-il.

– En effet. »

Je m'attendais à le voir sortir un gros appareil photo – influencé sans doute par un vieux film de TCM sur les reporters – mais il nous photographia avec son téléphone. Après avoir pris deux ou trois photos, il voulut savoir si la chienne pouvait s'asseoir.

« Tu pourrais t'agenouiller à côté d'elle. Ça serait chouette. Le gamin et sa chienne.

– Elle n'est pas à moi », répondis-je.

Mais peut-être que si, en fait. Pour le moment, du moins. Je demandai à Radar de s'asseoir, sans savoir si elle allait obéir. Et elle s'assit aussitôt, comme si elle attendait cet ordre. Je m'accroupis à côté d'elle. Je remarquai que Mme Richland était sortie de chez elle pour nous observer, la main en visière.

« Passe ton bras autour d'elle », dit Harriman.

Je m'exécutai. Radar me lécha la joue. Ce qui me fit rire. Et c'est cette photo qui parut dans le numéro du *Sun*. Et dans plein d'autres journaux.

« C'est comment à l'intérieur ? » demanda Harriman en montrant la maison.

Je haussai les épaules.

« Comme n'importe quelle maison, j'imagine. Normal. »

Même si, évidemment, je n'en savais rien. N'ayant vu que le Musée des Vieux Papiers, la cuisine, le salon et le vestibule.

« Rien d'extraordinaire, alors ? Parce que vue de dehors, elle fout la trouille. »

Je faillis préciser que la télé datait d'une autre époque, d'avant le câble, sans même parler du streaming, mais je me retins. Je compris que Harriman était passé du rôle de photographe à celui d'intervieweur. De manière pas très subtile, disons-le, car il débutait dans le métier.

« C'est une maison comme les autres. Il faut que j'y aille.

– Tu vas t'occuper de cette chienne jusqu'à ce que M. Bowditch sorte de l'hôpital ? »

Cette fois, c'est moi qui tendis la main par-dessus le portillon. Radar s'abstint d'aboyer, mais elle restait aux aguets.

« J'espère que les photos sont réussies. Viens, Radar. »

Je me dirigeai vers la maison. Lorsque je tournai la tête, je vis Harriman traverser la rue pour aller interroger Mme Richland. Je ne pouvais pas l'en empêcher, alors je contournai la maison, suivi de près par Radar. Je remarquai qu'elle boitait après avoir marché un peu.

Je rangeai l'échelle sous la véranda, où il y avait déjà une pelle à neige et une longue cisaille de jardin qui semblait aussi rouillée que la serrure du portillon, et était sans doute aussi peu maniable. Radar me regardait faire, arrêtée au milieu des marches. Je trouvais ça adorable et je pris une autre photo. Je devenais un peu gaga. Je l'avouais sans honte.

Il y avait des produits d'entretien sous l'évier et une pile de sacs de courses en papier, bien rangés. La plupart portaient le logo de chez Tiller. Je dénichai également des gants en caoutchouc. Je les enfilai, et emportai un des sacs pour partir à la pêche aux cacas. Elle fut fructueuse.

Le dimanche, je remis sa laisse à Radar et l'emmenai se promener jusque chez nous, plus bas sur la colline. Au début, elle marcha lentement, à cause de son arthrite des hanches, mais aussi parce qu'elle n'avait pas l'habitude de s'aventurer loin de sa maison, de toute évidence. Elle ne cessait de lever la tête vers moi pour être rassurée, ce que je trouvai émouvant. Mais au bout d'un moment, elle prit de l'assurance et commença à s'arrêter pour renifler les poteaux téléphoniques et s'accroupir ici et là, afin que les autres chiens du coin sachent que Radar Bowditch était passée par là.

Papa était à la maison. Tout d'abord, Radar recula devant lui en grognant, mais quand il lui tendit la main, elle s'approcha, juste assez pour la renifler. Une demi-tranche de saucisse scella leur entente. On resta une heure environ. Papa m'interrogea sur ma séance photo et rit quand je lui racontai comment Harriman avait tenté de me questionner au sujet de la maison, et comment je l'avais rembarré.

« S'il continue dans le journalisme, dit-il, il apprendra. Pour l'instant, il fait ses armes au *Weekly Sun*. »

Radar dormait près du canapé dans lequel papa s'évanouissait autrefois, ivre mort. Il se pencha pour la caresser.

« Je parie qu'elle débordait d'énergie dans sa jeunesse. »

Je songeai à ce monstre terrifiant qu'Andy disait avoir rencontré quatre ou cinq ans plus tôt et j'acquiesçai.

« Tu devrais regarder si M. Bowditch n'a pas des médicaments pour son arthrite. Et il faudrait lui donner quelque chose contre les vers du cœur.

– Je regarderai. » Quand je raccrochai la laisse à son collier, elle dressa la tête. « On ferait bien de rentrer.

– Tu ne veux pas la laisser ici pour la journée ? Elle a l'air à son aise.

– Non, je préfère la ramener. »

Si mon père me demandait pourquoi, je lui dirais la vérité : je pensais que Howard Bowditch ne serait pas content. Il ne posa pas la question.

« OK. Tu veux que je vous ramène en voiture ?

– Non, pas la peine. Ça devrait aller si on marche lentement. »

J'avais raison. En remontant la colline, Radar parut heureuse de renifler une herbe autre que la sienne.

6

Le lundi après-midi, une petite camionnette verte portant sur le côté l'inscription TILLER & SONS (en lettres dorées, rien que ça) s'arrêta devant la maison. Le conducteur me demanda où était M. Bowditch. Je lui expliquai la situation et il me passa les sacs de courses par-dessus le portillon comme si c'était une habitude, et j'en déduisis que ça l'était. Je notai le montant de la facture sur le chèque en blanc que m'avait fait papa – j'étais horrifié à l'idée de claquer cent cinq dollars pour trois sacs de courses – et le lui tendis. Il y avait des côtelettes d'agneau et du faux-filet que je rangeai dans le congélateur. Je n'avais pas l'intention de manger ces provisions (à l'exception des cookies), mais je ne voulais pas non plus qu'elles se gâtent.

Cela étant fait, je descendis à la cave en prenant soin de refermer la porte derrière moi pour que Radar n'essaie pas de me suivre. Humide et poussiéreuse, elle n'avait rien de l'antre d'un serial killer ; on avait plutôt l'impression que personne n'y avait mis les pieds depuis très longtemps. Elle était éclairée par des néons installés au plafond (l'un d'eux, à moitié grillé, clignotait faiblement). Le sol était en béton brut. Des outils étaient accrochés au mur, parmi lesquels la fameuse faux, qui ressemblait à celle que brandissait la Mort dans les dessins animés.

Au centre, un établi était recouvert d'un drap. Je le soulevai pour jeter un coup d'œil dessous et découvris un puzzle d'un milliard de pièces au moins. Autant que je pouvais en juger (il n'y avait pas de boîte pour servir de modèle), il représentait une prairie de montagne, avec les Rocheuses en toile de fond. Une chaise pliante était posée à une extrémité de l'établi, là où la plupart des pièces restantes étaient éparpillées. La poussière qui recouvrait l'assise indiquait que M. Bowditch ne s'était pas attaqué à son puzzle depuis un certain temps. Peut-être avait-il renoncé. Et je pouvais le comprendre car j'avais l'impression qu'il ne restait que des pièces bleu ciel à assembler, sans un seul nuage pour rompre la monotonie. Peut-être que je m'attarde sur ces détails plus qu'ils ne le méritent… mais peut-être pas. Il y avait là quelque chose de triste. Sur le coup, je n'aurais pas su expliquer la cause de cette tristesse, mais maintenant que j'ai vieilli, je crois en être capable. C'était lié au puzzle, mais aussi au vieux téléviseur, au Musée des Vieux Papiers. C'était lié aux passe-temps solitaires d'un vieil homme. Et la poussière – sur la chaise pliante, sur les livres et les magazines – suggérait que même eux se réduisaient peu à peu. Dans cette cave, seules deux choses semblaient utilisées régulièrement : le lave-linge et le sèche-linge.

Je remis le drap sur le puzzle et inspectai un placard installé entre la chaudière et le chauffe-eau. C'était un vieux meuble avec un tas de tiroirs. Dans le premier, je trouvai des vis ; dans le deuxième, des pinces et des clés à molette ; dans un troisième, des liasses de tickets de caisse retenus par des élastiques ; et dans le quatrième, des burins et ce qui devait être une pierre à aiguiser. Je la fourrai dans ma poche, pris la faux et remontai. Radar voulut me sauter dessus, mais je l'obligeai à reculer pour ne pas risquer de la blesser avec la lame.

On ressortit dans le jardin, où j'étais certain d'avoir quatre barres de réseau sur mon téléphone. Je m'assis sur les marches et Radar s'assit à côté de moi. J'ouvris Safari, tapai : *affûtage avec une pierre à aiguiser*, visionnai deux tutos, et me mis au travail. Très vite, j'obtins une faux à la lame tranchante.

Je la pris en photo pour la montrer à M. Bowditch et pédalai jusqu'à l'hôpital. Où je le trouvai endormi. Je fis le trajet en sens inverse dans la lumière déclinante de la fin d'après-midi et nourris Radar. Le baseball me manquait un peu.

Enfin… peut-être plus qu'un peu.

7

Le mardi après-midi, j'entrepris de faucher les hautes herbes, d'abord devant la maison, puis derrière. Après une heure environ, je regardai mes mains toutes rouges et compris que des cloques n'allaient pas tarder à apparaître si je ne faisais pas attention. Je pris Radar en laisse pour marcher jusque chez moi, où je dénichai dans le garage une paire de gants de bricolage de mon père. On remonta la colline, sans se presser pour ménager les hanches de la chienne. Je m'attaquai alors à l'herbe sur le côté de la maison, pendant que Radar ronflait, après quoi je lui donnai à manger. J'avais fini ma journée. Papa fit cuire des hamburgers au barbecue et j'en mangeai trois. Plus une part de tourte aux cerises en dessert.

Papa me conduisit à l'hôpital et m'attendit en bas en lisant des rapports pendant que je montais voir M. Bowditch. Lui aussi avait eu un burger au dîner, avec du gratin de macaronis, mais il y avait à peine touché. Évidemment, il n'avait pas manié une faux pendant deux heures et même s'il s'efforça de paraître aimable en regardant de nouvelles photos de Radar (plus une de la faux et une autre du jardin de devant à moitié tondu), je voyais bien qu'il souffrait terriblement. Il ne cessait d'appuyer sur le bouton de la pompe à morphine. La troisième fois, elle émit un bourdonnement grave, comme dans les jeux télé quand le candidat donne une mauvaise réponse.

« Ah, saloperie. J'ai atteint la dose autorisée. Pendant une heure. Tu ferais mieux de me laisser, Charlie, avant que je te crie dessus uniquement parce que j'ai mal. Reviens vendredi. Non, samedi. Peut-être que je me sentirai mieux.

– Ils vous ont dit quand vous pourriez sortir ?

– Dimanche, peut-être. Une dame est venue me voir pour me dire qu'elle voulait m'aider à établir un... » Il leva ses grandes mains, couvertes de bleus à cause des perfusions, pour mimer des guillemets. « ... "programme de convalescence". Je l'ai envoyée chier. Enfin, pas dans ces termes. J'essaie d'être un patient modèle, mais c'est difficile. Il n'y a pas que la douleur, il y a aussi... »

Il esquissa un cercle, mollement, et ses bras retombèrent sur le couvre-lit.

« Trop de monde, dis-je. Vous n'êtes pas habitué.

– Tu as compris. Dieu soit loué, enfin quelqu'un qui comprend ! Et trop de bruit aussi. Avant de s'en aller, cette femme – elle a un nom du style Ravenhugger – m'a demandé si j'avais un lit au rez-de-chaussée chez moi. Non, je lui ai dit, mais j'ai un canapé qui se déplie. Même s'il n'a pas servi de lit depuis longtemps... s'il a servi un jour. Je l'ai acheté parce qu'il était soldé.

– Je le préparerai si vous me dites où sont les draps.

– Tu sais faire ça ? »

Pour le fils d'un veuf qui avait été alcoolique au dernier degré, la réponse était oui. Je savais également faire la lessive et les courses. J'avais été un bon petit codépendant.

« Oui.

– Dans la penderie. Au premier étage. Tu es déjà monté là-haut ? »

Je secouai la tête.

« Eh bien, profites-en. C'est en face de ma chambre. Merci.

– De rien. Et la prochaine fois que cette femme viendra vous voir, dites-lui que votre “programme de convalescence”, c'est moi. » Je me levai. « Bon, je vous laisse vous reposer. »

Je me dirigeai vers la porte. Je l'entendis prononcer mon nom, alors je me retournai.

« Tu es ce qui m'est arrivé de mieux depuis longtemps. » Et puis, comme s'il se parlait à lui-même : « Je vais devoir te faire confiance. Je n'ai pas trop le choix. »

Je répétai ces paroles à mon père : j'étais ce qui lui était arrivé de mieux. Mais mon instinct me conseillait de ne pas évoquer la remarque sur la confiance. Il me serra contre lui, d'un bras puissant, m'embrassa sur la joue et déclara qu'il était fier de moi.

Une bonne journée.

8

Le jeudi, je m'obligeai à frapper de nouveau à la porte du cabanon. Je n'aimais vraiment pas cette petite construction. Pas de réponse. Pas de grattements. Je pensai que j'avais imaginé ces curieux gazouillis. Mais dans ce cas, Radar les avait imaginés lui aussi, et à mon avis, les chiens n'étaient pas très doués question imagination. Peut-être qu'elle avait réagi à ma réaction ? C'est-à-dire à ma peur et à ma répulsion quasi instinctive.

Le vendredi, je transportai notre tondeuse jusqu'en haut de la rue pour m'occuper du jardin à moitié domestiqué maintenant. J'espérais le rendre relativement attrayant avant la fin du week-end. La semaine d'après, c'étaient les vacances de printemps, et j'avais l'intention de passer pas mal de temps au 1 Sycamore. Je nettoierais les fenêtres, à l'intérieur et à l'extérieur, après quoi je m'attaquerais à la clôture pour essayer de la redresser. Je me disais que ça remonterait le moral à M. Bowditch s'il voyait ça.

Je tondais l'herbe du côté de Pine Street (Radar s'était réfugiée dans la maison, loin du rugissement de la machine) quand mon téléphone vibra dans ma poche. J'arrêtai la tondeuse et vis ARCADIA HOSPITAL s'afficher sur l'écran. Mon ventre se noua. Quelqu'un allait m'annoncer que l'état de M. Bowditch s'était dégradé. Ou pire, qu'il était décédé.

L'appel concernait effectivement M. Bowditch, mais rien de grave. Une certaine Mme Ravensburger voulait savoir si je pouvais venir le lendemain matin à neuf heures pour parler « de la convalescence et du suivi médical » de M. Bowditch. Oui, dis-je. Elle me demanda alors si je pouvais venir accompagné d'un parent ou d'un tuteur. Probablement, répondis-je.

« J'ai vu ta photo dans le journal. Avec son formidable chien. M. Bowditch te doit une fière chandelle. »

Elle parlait de l'article du *Sun*, en toute logique, mais Radar et moi étions apparus ailleurs. Ou peut-être devrais-je dire *partout*.

Papa rentra tard, comme souvent le vendredi, avec un exemplaire du *Chicago Tribune* ouvert à la page 2, où le *Trib* publiait chaque jour un encadré intitulé « Et aussi », qui rassemblait des nouvelles brèves plus joyeuses que les infos de la première page. La photo de Radar et moi était surmontée de ce gros titre : LA CHIENNE ET L'ADOLESCENT. LES DEUX HÉROS. Je n'étais pas vraiment choqué de me voir dans le *Trib*, plutôt surpris. Nous vivons dans un monde assez agréable, en dépit de toutes les preuves du contraire ; et chaque jour, des milliers (voire des millions) de personnes accomplissent de bonnes actions. Un gamin qui vient en aide à un vieux bonhomme qui s'est cassé la jambe en tombant d'une échelle, cela n'avait rien d'extraordinaire, mais c'était la photo qui faisait tout. On voyait Radar en train de me lécher la joue, alors que je la tenais par le cou en éclatant de rire. Et j'étais plutôt pas mal, avouons-le. Je me demandais si Gina Pascarelli, la fille de mes rêves, l'avait vue.

« Tu vois ça ? demanda papa en tapotant du doigt la légence. AP. Associated Press. Ça signifie que cette photo est certainement parue dans cinq ou six cents journaux aujourd'hui, d'une côte à l'autre. Sans parler d'Internet. Andy Warhol a dit que tout le monde en Amérique finirait par connaître son quart d'heure de gloire, eh bien, je crois que c'est ton tour. Tu veux qu'on aille dîner au Bingo's pour fêter ça ? »

Et comment ! Et pendant que je savourais mes travers de bœuf, je demandai à papa s'il voulait bien m'accompagner à l'hôpital le lendemain pour discuter avec une Mme Ravensburger. Avec plaisir, répondit-il.

9

On se retrouva donc dans le bureau de Mme Ravensburger. Elle était accompagnée d'une certaine Melissa Wilcox : une grande fille athlétique dont les cheveux blonds étaient attachés en une courte queue de cheval austère. Elle serait la kinésithérapeute de M. Bowditch. Ce fut essentiellement elle qui parla, en consultant parfois un petit carnet pour ne rien oublier. Elle annonça que, après une « discussion » avec M. Bowditch, celui-ci avait accepté qu'elle se rende à son domicile deux fois par semaine pour faire sa rééducation afin de le remettre sur pied, à l'aide de béquilles d'abord, puis avec un déambulateur. Par ailleurs, elle prendrait ses constantes pour s'assurer qu'il « progressait ». Elle examinerait également ce qu'elle appelait « l'entretien des broches ».

« Ça, ce sera ton domaine, Charlie. »

Je lui demandai ce que ça voulait dire et elle m'expliqua que les broches fixées dans sa jambe devaient être désinfectées régulièrement. Une opération douloureuse, précisa-t-elle, mais moins qu'une infection pouvant provoquer une gangrène.

« Je voulais venir quatre jours par semaine, mais il a refusé, ajouta Melissa. Il sait très bien ce qu'il veut et ce qu'il ne veut pas. »

Ne m'en parlez pas, songeai-je.

« Au début, il aura besoin d'énormément d'aide, Charlie, et il dit qu'il peut compter sur toi.

– D'après lui, intervint Mme Ravensburger, tu es son "programme de convalescence". »

Elle s'adressait à moi mais regardait mon père, comme pour l'inciter à protester.

En vain.

Melissa tourna une page de son carnet, d'un violet éclatant et décoré d'un tigre rugissant.

« Il dit qu'il y a une salle de bains au rez-de-chaussée ?

– Oui. »

Je ne pris pas la peine de préciser qu'elle était minuscule. Elle s'en apercevrait lors de sa première visite.

« C'est une bonne chose, dit-elle, car il ne pourra pas monter l'escalier avant quelque temps.

– Mais ça reviendra ?

– Oui, bien sûr, s'il travaille dur. Il est âgé – il affirme ne pas connaître son âge *exact*, soit dit en passant –, mais plutôt en forme. Il ne fume pas, il dit qu'il ne boit pas et il n'a pas de surcharge pondérale.

– C'est important, souligna papa.

– Oh que oui. L'obésité est un énorme problème, surtout chez les personnes âgées. On a prévu de le faire sortir lundi. Mais avant cela, il faudra installer des barres d'appui dans la salle de bains. Tu peux t'en charger ce week-end, Charlie ? Sinon, il faudra attendre mardi pour le faire sortir.

– Je m'en occupe. »

Je voyais un avenir immédiat fait de tutos sur YouTube.

« Il aura besoin également d'un urinal pour la nuit et d'un bassin pour les urgences. Ça ne te pose pas de problème ? »

Non, répondis-je, et c'était la vérité. J'avais nettoyé du vomi plus d'une fois. Vider dans les toilettes le caca d'un bassin, ce serait peut-être un peu moins dégradant.

Melissa referma son carnet.

« Il y a mille autres choses encore. Des petites choses principalement. Ce fascicule devrait t'aider. Jettes-y un coup d'œil. »

Elle sortit un petit livret de la poche arrière de son jean. *Les Soins à domicile pour les nuls*, en quelque sorte. Je promis de le lire et le glissai dans ma poche.

« J'aurai une idée plus précise de ses besoins quand je me serai rendue sur place, reprit Melissa. Je pensais y faire un saut dès cet après-midi, mais il a été catégorique : il ne veut pas que j'entre chez lui en son absence. »

Oui, M. Bowditch pouvait se montrer très catégorique. Je l'avais découvert très vite.

« Tu es vraiment certain de vouloir assumer tout ça, Charlie ? » me demanda Mme Ravensburger.

Cette fois, elle n'interrogea pas mon père du regard d'abord.

« Oui.

– Même si ça signifie passer trois ou quatre nuits avec lui dans les premiers temps ? ajouta Melissa. J'ai essayé d'évoquer l'éventualité d'un centre de rééducation – il y en a un très bien, baptisé Riverview, et il reste des places –, mais il ne veut même pas en entendre parler. Il veut rentrer chez lui, un point c'est tout.

– Je resterai avec lui, pas de problème », dis-je. Même si la perspective de dormir au premier étage, dans une chambre que je n'avais jamais vue, me faisait bizarre. « C'est les vacances scolaires. »

Mme Ravensburger se tourna alors vers mon père.

« Ces dispositions vous conviennent, monsieur Reade ? »

J'attendis sa réponse, sans trop savoir ce qu'il allait dire, mais il assura.

« Je m'inquiète un peu, avoua-t-il, et c'est naturel sans doute, mais Charlie est un garçon responsable. Par ailleurs, M. Bowditch semble avoir établi un lien avec lui, et il n'a personne d'autre. »

J'intervins :

« Mademoiselle Wilcox, au sujet de la maison… »

Elle sourit.

« Appelle-moi Melissa, s'il te plaît. Après tout, on va être collègues. »

C'était plus facile pour moi de l'appeler Melissa que d'appeler M. Bowditch Howard car il y avait moins de différence d'âge.

« Au sujet de la maison… il ne faut pas vous vexer. Ce n'est pas parce qu'il a peur que vous voliez des trucs. Mais il est… euh… »

Je ne savais pas comment terminer ma phrase, heureusement papa vola à mon secours :

« Il aime son intimité ?

– Oui, voilà, dis-je. Et il ne faut pas lui en vouloir s'il est un peu grognon car… »

Melissa n'attendit pas mon explication.

« Crois-moi, dit-elle, si j'avais un fixateur externe planté dans la jambe, je serais grognon moi aussi.

– Vous savez s'il a une assurance ? » demanda papa à Mme Ravensburger.

Cette dernière échangea un regard avec Melissa Wilcox. Et répondit :

« Ça me gêne d'évoquer la situation financière d'un patient. Sachez simplement que, d'après l'intendant de l'hôpital, il a l'intention d'assumer personnellement tous les frais.

– Ah », fit papa comme si cela expliquait tout.

Mais son visage disait que ça n'expliquait rien du tout. Il se leva et serra la main de Mme Ravensburger. Alors, j'en fis autant.

Melissa nous suivit dans le couloir ; elle semblait glisser sur le sol dans ses baskets blanches éclatantes.

« LSU ? » demandai-je.

Elle parut surprise.

« Comment tu le sais ?

– Le carnet. Basket ? »

Elle sourit.

« Et volley. »

Avec sa taille, elle devait avoir un sacré smash.

CHAPITRE CINQ

Shopping. La pipe de mon père. Un appel de M. Bowditch. La boîte de farine.

1

À la quincaillerie on acheta des barres d'appui, puis on s'arrêta chez Pet Pantry, où un vétérinaire recevait sans rendez-vous. J'achetai des comprimés à mâcher contre les vers du cœur et du Carprofen pour l'arthrite de Radar. Normalement, il fallait une ordonnance, mais quand j'expliquai la situation à la dame, elle me donna le médicament, en précisant qu'il fallait payer en liquide. M. Bowditch achetait ici tous les produits pour Radar, précisa-t-elle, en s'acquittant d'un supplément pour la livraison. Papa régla les barres d'appui avec sa carte de crédit. Je payai les médicaments avec mon argent. Dernière étape, le drugstore, où j'achetai un urinal, un bassin, le désinfectant avec lequel j'étais censé nettoyer les broches et deux sprays triple action pour les vitres. Là encore, c'est moi qui payai, mais pas en liquide. J'avais un plafond de deux cent cinquante dollars sur ma carte Visa, mais je savais qu'elle ne serait pas refusée. Je n'ai jamais été du genre à faire des folies.

Sur le trajet du retour, je m'attendais à ce que papa évoque l'engagement que j'avais pris… Ce n'était pas une mince affaire pour un garçon de dix-sept ans. Mais il ne dit rien, se contentant d'écouter du bon vieux rock à la radio, en chantant parfois. Très vite, je compris qu'en vérité, il n'avait pas encore décidé ce qu'il allait dire.

Je marchai jusque chez M. Bowditch, où Radar m'accueillit. Je déposai les médicaments sur le comptoir de la cuisine et allai jeter un coup d'œil dans la salle de bains. Finalement, songeai-je, l'exiguïté des lieux faciliterait l'installation (et l'utilisation) des barres d'appui, mais cela devrait attendre le lendemain. J'avais repéré une pile de torchons propres sur l'étagère au-dessus de la machine à laver dans la cave. Je descendis en chercher quelques-uns. C'était une belle journée de printemps, et mon idée première avait été de la passer dehors, à réparer la clôture, mais je décrétai que les vitres passaient avant, afin que l'odeur désagréable du produit ait disparu quand M. Bowditch rentrerait chez lui. Et puis, ça m'offrait un prétexte pour faire le tour de la maison.

Outre la cuisine, le cellier et le salon – les pièces où M. Bowditch vivait véritablement –, il y avait une salle à manger dotée d'une longue table recouverte d'une housse. L'absence de chaises la faisait paraître vide. Une autre pièce était conçue pour servir de bureau, ou de bibliothèque, ou les deux. Je remarquai, avec un authentique désarroi, qu'à cause d'une fuite au plafond, certains livres avaient été mouillés. De beaux livres reliés en cuir, qui avaient sans doute coûté cher. Rien à voir avec ceux empilés n'importe comment dans le couloir du fond. Il y avait les œuvres complètes de Dickens, de Kipling, de Mark Twain et d'un dénommé Thackeray. Quand j'aurais un peu plus de temps, décidai-je, je les descendrais des étagères et je les étalerais sur le sol pour voir s'ils pouvaient être sauvés. Il existait certainement des tutos sur la question. Ce printemps-là, je fis une grosse consommation de YouTube.

Au premier étage, il y avait trois chambres, plus un placard à linge et une deuxième salle de bains, plus grande. D'autres étagères de livres occupaient les murs de sa chambre et une lampe de bureau était disposée à côté du lit, là où il dormait de toute évidence. Dans la chambre, il y avait principalement des livres de poche : des romans policiers, de science-fiction, de fantasy et des *pulps* d'horreur des années quarante. Certains paraissaient excellents, et je me disais que si tout se passait bien, je demanderais la permission de les emprunter. Je devinais que la lecture de Thackeray serait ardue, mais *La mariée était en noir* semblait tout à fait dans mes cordes. Sur la couverture, la mariée en question, sexy, portait du noir, en effet, mais ses vêtements n'étaient pas très couvrants. Deux livres étaient posés sur la table de chevet. Un livre de poche intitulé *La Foire des ténèbres*, de Ray Bradbury, et un grand format *: Les Origines de la fantasy et sa place dans la matrice du monde : une approche jungienne*. La couverture représentait un entonnoir rempli d'étoiles.

Dans une des autres chambres, un lit à deux places était fait, mais couvert d'une bâche en plastique. La troisième, totalement vide, sentait le renfermé. Si j'avais porté de vraies chaussures, et non des baskets, mes pas auraient résonné de manière inquiétante dans cette pièce.

Un escalier étroit (un escalier à la *Psychose*, pensai-je) menait au deuxième étage. Ce n'était pas un grenier, mais il était utilisé comme tel. Une grande quantité de meubles s'entassaient dans ces trois pièces, parmi lesquels six chaises élégantes qui allaient sans doute avec la table de la salle à manger, et également le lit de la chambre vide, avec la tête de lit posée dessus dans le sens de la longueur. Outre les meubles, il y avait deux vélos (dont un n'avait qu'une seule roue) et des cartons poussiéreux remplis de vieux magazines. Dans la troisième pièce, la plus petite, une caisse en bois contenait ce qui ressemblait à des outils de menuisier qui dataient au moins de l'époque où le cinéma parlant était encore une nouveauté. Sur le côté de la caisse, à moitié effacées, on distinguait deux initiales : AB. Je pris la chignole en songeant qu'elle pourrait m'être utile pour installer les barres d'appui, mais elle était grippée. Pas étonnant. Le toit avait fui dans le coin, là où les outils étaient entreposés et tous – la chignole, deux marteaux, une scie, un niveau avec une bulle d'un jaune trouble au milieu – avaient échoué à Rouille Ville. Il fallait s'occuper de cette fuite, me dis-je, avant le prochain hiver, ou sinon la charpente risquait de souffrir. Si ce n'était pas déjà le cas.

Je commençai par nettoyer les vitres du deuxième étage car c'étaient les plus sales. Pour ne pas dire crasseuses. Je compris que j'allais passer mon temps à changer l'eau du seau, et bien entendu, l'intérieur des carreaux ne représentait que la moitié du travail. Je m'arrêtai à l'heure du déjeuner et fis réchauffer une boîte de chili sur la vieille cuisinière Hotpoint.

« Est-ce que je peux te laisser lécher le bol ? » demandai-je à Radar. Elle me regarda avec ses grands yeux marron. « Je ne dirai rien si toi non plus. »

Je posai le bol par terre et elle se jeta dessus. Je m'attaquai de nouveau aux vitres. Le temps que je termine, l'après-midi était déjà bien entamé. Mes doigts étaient tout fripés et j'avais mal aux bras à force de frotter, mais le Windex mélangé au vinaigre blanc (merci YouTube), c'était vraiment efficace. Désormais, la lumière envahissait la maison.

« Je suis content du résultat. Tu veux qu'on aille faire un tour chez moi ? Pour voir ce que papa fabrique ? »

Radar aboya pour signifier qu'elle était d'accord.

2

Papa m'attendait sur la véranda. Sa pipe était posée sur la rambarde, à côté d'un paquet de tabac. Alors on allait l'avoir, cette conversation, finalement. Une conversation sérieuse.

À une époque, mon père avait fumé des cigarettes. J'ai oublié quel âge il avait quand maman lui avait offert cette pipe pour son anniversaire. Ce n'était pas une pipe très chic, à la Sherlock Holmes, mais elle avait dû coûter cher malgré tout. Je me souviens que maman insistait pour qu'il arrête les clous de cercueil, et il promettait (vaguement, comme tous les drogués) d'arrêter un jour. La pipe avait emporté le morceau. Il avait commencé par réduire sa consommation de clopes, puis il avait arrêté totalement, peu de temps avant que maman traverse ce foutu pont pour aller nous chercher du poulet.

J'aimais l'odeur du Three Sails qu'il achetait au bureau de tabac du centre, mais très souvent, il n'y avait rien à sentir car la pipe s'éteignait sans cesse. Cela faisait peut-être partie du plan de maman, hélas je n'ai pas eu l'occasion de lui poser la question. Finalement, la pipe avait échoué sur le porte-pipe, sur la cheminée. Jusqu'à la mort de maman du moins. Après quoi, elle avait fait son retour. Durant ses années d'alcoolisme, je n'avais jamais vu mon père avec une cigarette, mais la pipe l'accompagnait tous les soirs quand il regardait ses vieux films, même s'il la bourrait et l'allumait rarement. En revanche, il mâchonnait sérieusement le tuyau, et il avait dû le changer. Il emportait sa pipe aux réunions des AA, dans les premiers temps. Comme il était interdit de fumer, il mâchonnait le tuyau, avec le fourneau à l'envers parfois (je le tenais de Lindy Franklin).

À l'approche de son deuxième anniversaire d'abstinence, la pipe était retournée sur la cheminée. Lorsque je l'avais interrogé là-dessus, il m'avait répondu : « Je suis sobre depuis deux ans. Il est temps que j'arrête de me faire les dents. »

Néanmoins, la pipe réapparaissait parfois. À l'occasion d'une réunion importante des courtiers au siège de Chicago, s'il devait faire une présentation. Lors de l'anniversaire du décès de maman, à chaque fois. Et aujourd'hui. Avec le paquet de tabac, signe qu'il s'agissait d'une conversation *très* sérieuse.

Radar monta sur la véranda, telle une vieille dame, en s'arrêtant pour examiner chaque marche. Papa la gratta derrière les oreilles.

« C'est qui la plus gentille ? »

La chienne émit un *ouaf* et s'allongea à côté du fauteuil à bascule de papa. Je m'assis dans l'autre.

« Tu as commencé à lui donner ses médocs ?

– Non, pas encore. Je cacherai le vermifuge et les comprimés contre l'arthrite dans son dîner.

– Tu n'as pas emporté les barres d'appui.

– C'est pour demain. Je vais lire les instructions ce soir. » Ainsi que le fascicule *Les Soins à domicile pour les nuls*. « J'aurai besoin de ta perceuse, si tu veux bien. J'ai trouvé une boîte à outils – avec les initiales AB dessus –, elle appartenait peut-être à son père ou à son grand-père. Mais tout est rouillé à l'intérieur. À cause d'une fuite dans le toit.

– Je te prête la mienne. » Il prit sa pipe. Elle était déjà bourrée. Il sortit des allumettes de sa poche de chemise et en frotta une contre l'ongle de son pouce : un tour de magie qui me fascinait quand j'étais gamin. Et qui me fascinait toujours. « Et tu sais bien que je me ferai un plaisir de venir te donner un coup de main.

– Pas la peine. La salle de bains est minuscule, on se gênerait plus qu'autre chose.

– Ce n'est pas vraiment ça le problème, hein, Chip ? »

Depuis quand ne m'avait-il pas appelé comme ça ? Cinq ans ? Il approcha l'allumette – déjà à moitié consumée – du fourneau de la pipe et se mit à téter le tuyau. En attendant ma réponse, évidemment, mais je n'avais rien à lui offrir. Radar dressa la tête pour renifler le tabac aromatique, puis reposa sa truffe sur le plancher de la véranda. Elle paraissait heureuse.

Papa secoua l'allumette.

« Il y a quelque chose que tu ne veux pas que je voie là-bas ? »

Je pensai à Andy qui m'avait demandé s'il y avait des animaux empaillés et une pendule Kit-Cat qui vous suivait des yeux. Je souris.

« Non, c'est juste une maison plutôt délabrée, avec un toit qui fuit. D'ailleurs, il va falloir faire quelque chose, tôt ou tard. »

Papa hocha la tête et tira sur sa pipe.

« J'ai parlé avec Lindy de… cette situation. »

Ça ne me surprenait pas. Lindy était son parrain, et papa était censé lui confier tout ce qui le tracassait.

« Il dit que tu es peut-être fait pour t'occuper des autres. Et que ça date de l'époque où je picolais. Je ne sais combien de fois tu as dû t'occuper de moi, malgré ton jeune âge. Tu faisais le ménage, la vaisselle, tu préparais ton petit-déjeuner, et parfois même ton dîner. » Il s'interrompit. « Pour moi, c'est dur de repenser à cette période, et encore plus dur d'en parler.

– Non, c'est pas ça.

– Alors, quoi ? »

Je rechignais encore à lui avouer que j'avais conclu un pacte avec Dieu, et que je devais remplir ma part du contrat. En revanche, il y avait une chose que je pouvais lui dire, une chose qu'il comprendrait et, coup de chance, c'était vrai.

« Aux AA, comme tu le sais, ils disent qu'il est important de garder une attitude reconnaissante ? »

Il hocha la tête.

« Un alcoolique reconnaissant ne picole pas. Voilà ce qu'ils disent.

– Et moi, je suis reconnaissant que tu ne boives plus. Même si je ne te le dis pas tous les jours, je le suis. Alors, si on disait que j'essaie de rendre la pareille, tout simplement ? »

Il ôta sa pipe de sa bouche et passa sa main sur son visage.

« D'accord, disons ça. Mais je veux le rencontrer. J'estime que c'est mon devoir. Tu comprends ? »

Je dis que je comprenais.

« Peut-être quand il sera un peu remis de son accident ?

– Entendu. Je t'aime, fiston.

– Moi aussi, papa.

– Du moment que tu sais que ce n'est pas facile, ce dans quoi tu t'engages. Tu en es conscient, hein ? »

Oui, je le savais, et je savais aussi que je n'avais pas conscience de l'ampleur de la tâche. Tant mieux. J'aurais pu me décourager.

« Ça aussi, ils en parlent dans ton programme : un jour après l'autre.

– Exact. Mais les vacances de printemps vont passer vite. Et tu ne dois pas négliger tes études, même si tu penses que tu es utile là-bas. J'insiste.

– OK. »

Il regarda sa pipe.

« Elle s'est éteinte. Une fois de plus. » Il la posa sur la rambarde et se pencha pour gratter le poil épais dans le cou de Radar. Elle dressa la tête, et la laissa retomber. « C'est vraiment une gentille chienne.

– Oui.

– Tu es tombé amoureux d'elle, hein ?

– Euh… je crois.

– Elle a un collier, mais pas de médaille. Ce qui veut dire que M. Bowditch n'a pas payé la taxe canine. Et je parie qu'elle n'est jamais allée chez le vétérinaire. » Je l'aurais parié également. « Elle n'a pas reçu de vaccin antirabique. Entre autres. » Après un silence, il ajouta : « Je me pose une question, et je veux que tu y réfléchisses. Très sérieusement. Est-ce qu'on va en être de notre poche à l'arrivée ? Les provisions, les médocs, les barres d'appui ?

– N'oublie pas l'urinal, ajoutai-je.

– Alors ? À ton avis ?

– Il m'a dit de noter toutes les dépenses, et qu'il me rembourserait. »

Ce n'était pas vraiment une réponse. Je le savais et papa aussi, probablement. Réflexion faite, vous pouvez supprimer le *probablement*.

« Même si on ne va pas se retrouver dans le pétrin à cause de lui. C'est un coup de deux ou trois cents dollars, pas plus. Mais l'hôpital… Tu sais combien coûte une semaine à Arcadia ? Sans même parler des opérations, évidemment, et du suivi. »

Je n'en avais aucune idée, mais en tant qu'expert en assurances, papa connaissait la réponse.

« Quatre-vingt mille dollars. Minimum.

– C'est pas nous qui allons pouvoir payer cette somme, si ?

– Non. C'est lui. Je ne sais pas quel genre d'assurance il a, ni même s'il en a une. J'ai interrogé Lindy : il n'a rien trouvé chez Overland. Medicare peut-être ? Mais à part ça, comment savoir ? » Il changea de position dans son fauteuil. « Je me suis un peu renseigné à son sujet. J'espère que tu ne m'en veux pas. »

Non, et je n'étais pas étonné, car se renseigner sur les gens, c'était justement son métier. Avais-je envie d'en savoir plus moi aussi ? Évidemment.

« Alors, qu'as-tu découvert ?

– Presque rien. J'aurais cru que c'était impossible à notre époque.

– Il n'a pas d'ordinateur, ni même de portable. Ce qui élimine d'emblée Facebook et les autres réseaux sociaux. »

Je devinais que M. Bowditch n'aurait eu que mépris pour Facebook, même s'il avait possédé un ordinateur et un smartphone. Facebook était un « fouineur ».

« Tu disais qu'il y a des initiales sur la boîte à outils. AB, c'est bien ça ?

– Exact.

– Ça correspond. La propriété en haut de la colline possède presque un hectare de terrain, c'est pas mal. Elle a été achetée par un certain Adrian Bowditch en 1920.

– Son grand-père ?

– Possible. Mais compte tenu de son âge, ça pourrait être son père. » Papa reprit sa pipe sur la rambarde, mâchonna le tuyau deux ou trois fois et la reposa. « Quel âge a-t-il, d'ailleurs ? Tu crois qu'il l'ignore vraiment ?

– Possible.

– Quand je le croisais à l'époque – avant qu'il se transforme plus ou moins en ermite –, je lui donnais une cinquantaine d'années. Je le saluais d'un geste de la main, et parfois il répondait.

– Tu ne lui as jamais parlé ?

– Il se peut que je lui aie dit bonjour, ou que j'aie fait une remarque sur le temps, si ça en valait la peine, mais il n'était pas du genre bavard. Bref, il avait l'âge d'être allé au Vietnam, mais je n'ai trouvé aucun dossier militaire à son nom.

– Donc, il n'a pas fait l'armée.

– Il n'a *sans doute* pas fait l'armée. J'aurais pu en apprendre davantage si je travaillais encore chez Overland, mais ce n'est pas le cas et je n'ai pas voulu demander à Lindy.

– Je comprends.

– J'ai quand même découvert qu'il avait un peu d'argent car les taxes foncières sont des documents publics, et pour le 1 Sycamore Street, en 2012, la somme à payer s'élevait à vingt-deux mille dollars et des poussières.

– Il paie cette somme tous les ans ?

– Ça varie. Le plus important, c'est qu'il paie, et il habitait déjà là quand ta maman et moi, on a emménagé dans cette rue, je te l'ai peut-être dit. Il payait certainement moins à l'époque car les taxes foncières ont beaucoup augmenté, comme le reste, mais on parle quand même d'une somme à six chiffres en tout. C'est une grande propriété. Que faisait-il avant de prendre sa retraite ?

– Aucune idée. Je viens de faire sa connaissance, et il n'était pas au mieux de sa forme quand je l'ai rencontré. On n'a pas eu une conversation à cœur ouvert, comme tu dirais. »

Cela n'allait pas tarder. Mais je ne le savais pas encore.

« Je n'en sais rien non plus. Je n'ai rien trouvé. Au risque de me répéter, je ne pensais pas que ce soit possible à notre époque. J'ai entendu parler de personnes qui disparaissent de la circulation, mais généralement, ça se passe au fin fond de l'Alaska, dans des sectes de gens qui pensent que la fin du monde approche, ou dans le Montana, comme Unabomber.

– Una-qui ?

– Un terroriste. Ted Kaczynski de son vrai nom. Tu n'as pas trouvé du matériel servant à fabriquer des bombes dans la maison de Bowditch, par hasard ? »

Papa avait-il haussé les sourcils pour montrer que c'était de l'ironie ? Je n'en étais pas certain.

« Ce que j'ai vu de plus dangereux, c'est une faux. Et une hachette rouillée dans cette boîte à outils au deuxième étage.

– Et des photos ? De son père ou de sa mère, par exemple ? Ou de lui, plus jeune ?

– Non, rien. Juste une photo de Radar sur la petite table à côté de son fauteuil dans le salon.

– Hmmm. » Papa tendit la main vers sa pipe, puis se ravisa. « On ignore d'où vient son argent – à supposer qu'il lui en reste – et on ignore ce qu'il faisait dans la vie. Un boulot à domicile, je parie, car il est agoraphobe. Ça signifie…

– Je sais ce que ça veut dire.

– Selon moi, c'est une tendance qui s'est accentuée avec l'âge. Il s'est replié sur lui-même.

– La femme qui habite en face m'a dit que dans le temps, il promenait Radar la nuit. » La chienne dressa l'oreille en entendant son nom. « J'ai trouvé ça bizarre. La plupart des gens promènent leur chien dans la journée, mais…

– Le soir, il y a moins de monde dans les rues.

– Ouais. C'est sûr qu'il n'est pas du genre à sympathiser avec ses voisins.

– Autre chose…, dit papa. Un truc bizarre… Mais *lui-même* est plutôt bizarre, tu ne trouves pas ? »

J'esquivai la question et demandai quel était ce « truc bizarre ».

« Il possède une voiture. Je ne sais pas où elle est, mais il en a une. J'ai trouvé l'immatriculation sur Internet. C'est une Studebaker de 1957. Il bénéficie d'une réduction sur la vignette car elle est enregistrée comme véhicule de collection. Il la paie tous les ans, comme la taxe foncière, mais c'est beaucoup moins cher. Une soixantaine de dollars.

– S'il a une voiture, tu devrais pouvoir trouver son permis de conduire. Ça te donnera son âge. »

Papa sourit et secoua la tête.

« Bien vu, mais aucun permis de conduire n'a jamais été délivré à un dénommé Howard Bowditch dans l'État de l'Illinois. Et puis, tu n'es pas obligé d'avoir un permis de conduire pour acheter une voiture. D'ailleurs, peut-être qu'elle ne roule plus.

– À quoi bon payer la vignette tous les ans pour une voiture qui ne roule pas ?

– Mieux encore : à quoi bon payer la vignette quand tu n'as pas le permis ?

– Cet Adrian Bowditch ? Le père ou le grand-père… Il avait peut-être le permis, lui ?

– Je n'y ai pas pensé. Je vérifierai. » Un silence. « Tu es sûr de vouloir te lancer là-dedans, Chip ?

– Oui.

– Alors, interroge-le sur tout ça. Car, autant que je puisse en juger, c'est comme s'il n'existait pas. »

Je promis de me renseigner, et cela sembla mettre fin à la discussion. Je faillis évoquer le drôle de bruit que j'avais entendu à l'intérieur du cabanon, derrière la porte fermée par un gros cadenas, alors qu'il était censé être vide, mais je m'abstins. Ce bruit s'était dissous dans mon esprit, et j'avais d'autres choses en tête.

3

Des choses auxquelles je pensais encore en retirant la bâche en plastique qui recouvrait le lit dans la chambre d'amis, où je dormirais une bonne partie des vacances de printemps, peut-être même toutes les vacances. Le lit était fait, mais les draps sentaient le renfermé et le moisi. Je les remplaçai par des draps propres trouvés dans le placard à linge. Étaient-ils *vraiment* propres, je n'en savais rien, en tout cas ils sentaient moins mauvais, et il y avait une autre parure pour le canapé convertible, ainsi qu'un couvre-lit.

Je redescendis. Radar m'attendait au pied des marches. Je déposai les draps sur le fauteuil de M. Bowditch et constatai que j'allais devoir déplacer la petite table pour déplier le canapé. Au cours de l'opération, le tiroir s'entrouvrit. Je vis des pièces de monnaie, un harmonica si vieux que le chrome était presque entièrement parti… et un flacon de Carprofen. Ce qui me fit plaisir car je n'aimais pas penser que M. Bowditch ignorait les problèmes de vieillissement de sa chienne, et cela expliquait certainement pourquoi la dame de chez Pet Pantry avait accepté si facilement de m'en vendre. Toutefois, j'étais moins heureux de constater que le traitement n'était pas très efficace.

Je lui donnai à manger, en glissant dans sa nourriture un comprimé provenant du nouveau flacon (en partant du principe qu'ils étaient moins vieux et peut-être plus puissants), puis remontai chercher un oreiller pour le canapé-lit. Quand je redescendis, Radar m'attendait de nouveau en bas des marches.

« La vache, tu as déjà tout mangé ? »

La chienne remua la queue et s'écarta, juste assez pour me laisser passer.

Je retapai l'oreiller et le laissai tomber sur ce qui était maintenant un lit au milieu du salon. M. Bowditch pesterait sans doute, mais on s'arrangerait. L'entretien des broches de son fixateur semblait assez simple. En revanche, j'espérais trouver dans *Les Soins à domicile pour les nuls* une méthode pour le transporter de son fauteuil roulant (dans lequel il allait certainement arriver) à son lit, et vice versa.

Quoi d'autre ? Quoi d'autre ?

Mettre les draps sales dans le lave-linge. Mais ça pourrait attendre demain ou même lundi. Un téléphone ! Voilà ce qui manquait. Il aurait besoin d'un téléphone à portée de main. Son poste fixe était un vieil appareil blanc sans fil qui semblait sorti d'un de ces films policiers des années soixante-dix dans lesquels les types portaient des rouflaquettes et les nanas des choucroutes sur la tête. Je le retirai de son socle pour m'assurer qu'il y avait une tonalité. Au moment même où je le reposais, il sonna dans ma main. Je sursautai en poussant un grand cri et le laissai tomber par terre. Radar aboya.

« Tout va bien, fifille. »

Je ramassai le téléphone. Il n'y avait pas de touche pour prendre la communication. J'étais encore en train de la chercher quand j'entendis la voix de M. Bowditch, métallique et lointaine.

« Allô ? Y a quelqu'un ? Allô ? »

Pas de touche pour prendre la communication, et pas moyen de savoir qui appelait. Avec un téléphone aussi vieux, il fallait prendre des risques.

« Allô, dis-je. C'est Charlie, monsieur Bowditch.

– Pourquoi est-ce que Radar aboie ?

– J'ai crié en laissant tomber le téléphone. Je l'avais dans la main quand il a sonné.

– Oh, ça t'a surpris, hein ? » Il n'attendit pas la réponse. « J'espérais bien que tu serais là. C'est l'heure du repas de Radar.

– Elle a déjà tout mangé. D'un coup. »

Il laissa échapper un rire rauque.

« Je la reconnais bien là. Elle a du mal à tenir sur ses guiboles, mais elle a toujours de l'appétit.

– Comment vous vous sentez ?

– Ma jambe me fait un mal de chien, malgré la drogue qu'ils me filent. Mais aujourd'hui, ils m'ont fait sortir du lit. Je dois me trimbaler avec ce foutu fixateur et j'ai l'impression d'être Jacob Marley.

– "Ce sont les chaînes que je portais de mon vivant." »

Nouveau rire enroué. Je le sentais à moitié défoncé.

« Tu as lu le livre ou vu le film ?

– Le film. Tous les ans à Noël, sur TCM. On regarde beaucoup TCM à la maison.

– Je sais pas ce que c'est. »

Non, évidemment. Impossible de recevoir Turner Classic Movies sur une télé équipée seulement de… comment Mme Silvius appelait ça ? Des oreilles de lapin.

« Je suis bien content que tu sois là. Ils vont me laisser sortir lundi après-midi, et il faut que je te parle avant. Tu peux venir me voir demain ? Mon compagnon de chambre sera dans la salle commune pour regarder le baseball, on pourra discuter tranquillement.

– D'accord. Je vous ai préparé le canapé-lit. Moi, je prendrai le lit de la chambre d'amis. Et…

– Tais-toi une minute, Charlie… » Il y eut un long silence. Puis : « Garder un secret, c'est dans tes cordes ? Comme faire un lit et nourrir mon chien ? »

Je repensai aux années d'alcoolisme de mon père. Ses années perdues. À l'époque, je devais me prendre en main très souvent, et je ressentais de la colère. J'étais en colère contre ma mère ; je lui en voulais d'être morte de cette manière, ce qui était idiot car elle n'y pouvait rien, mais souvenez-vous que j'avais sept ans seulement quand elle a été tuée sur ce foutu pont. J'aimais mon père, mais j'étais en colère contre lui aussi. Un enfant en colère, c'est souvent synonyme de problèmes, et j'avais un complice de choix en la personne de Bertie Bird. Quand on était avec Andy Chen, ça allait, car Andy était une sorte de boy-scout, mais dès qu'on était livrés à nous-mêmes, Bertie et moi, on faisait de sacrées conneries. Des trucs qui auraient pu nous valoir de sérieux ennuis si on s'était fait prendre. J'entends par là des ennuis avec la police. Heureusement, on ne s'est jamais fait prendre. Mon père n'a jamais rien su. Et si ça ne tenait qu'à moi, il n'en saurait jamais rien. Avais-je envie d'avouer à mon père que Bertie et moi, on avait maculé de merde de chien le pare-brise de la voiture d'un prof qu'on détestait ? Rien que de l'écrire, alors que j'ai promis de tout raconter, je suis mort de honte. Et il y a eu pire.

« Charlie ? Tu es toujours là ?

– Oui, je suis là. Et, oui, je sais garder un secret. Du moment que vous ne m'avouez pas que vous avez tué quelqu'un, et que le corps est caché dans le cabanon. »

Cette fois, c'est lui qui demeura muet, mais je n'avais pas besoin de lui demander s'il était toujours là, j'entendais son souffle rauque.

« Non, rien de tel, Charlie, mais ce sont des secrets importants. On en parlera demain. Tu me fais l'impression d'être un gars réglo. J'espère ne pas me tromper. On verra bien. Dis-moi, à combien se monte mon ardoise ?

– Vous voulez dire : combien on a dépensé, papa et moi ? Pas énormément. Le plus cher, c'étaient les provisions. En tout, y en a pour deux cents dollars environ, je crois. J'ai gardé les tickets de caisse...

– Il faut que tu comptes tes heures aussi. Si tu es décidé à m'aider, tu dois te faire payer. Que dirais-tu de cinq cents dollars par semaine ? »

J'étais abasourdi.

« Monsieur Bowditch... Howard... pas besoin de me payer. Ça me fait plaisir de...

– Toute peine mérite salaire. Évangile de Luc. Cinq cents par semaine, et si ça se passe bien, une prime de fin d'année. D'accord ? »

J'ignorais quel avait été son métier, mais il n'avait pas gagné sa vie en creusant des tranchées. Il savait manier ce que Donald Trump appelle l'art de la négociation. Autrement dit, il savait surmonter les objections. D'autant que les miennes étaient assez faibles. J'avais fait une promesse à Dieu, mais si M. Bowditch voulait me payer pendant que je tenais ma promesse, je n'y voyais aucune contradiction. Et puis, comme me le rappelait sans cesse mon père, je devais penser à l'université.

« Marché conclu, Charlie ?

– Oui, d'accord, si ça fonctionne. » Mais s'il m'avouait être un serial killer, je ne garderais pas son secret pour cinq cents dollars par semaine. Il faudrait qu'il double la somme, au moins. (Je plaisante.) « Merci. Mais je ne fais pas ça pour…

– Je sais », me coupa-t-il. Un maître en la matière, ce M. Howard Bowditch. « Tu es un jeune homme charmant à bien des égards. Et un gars réglo, comme je le disais. »

Le penserait-il encore s'il savait qu'un jour où on avait séché les cours, Bird Man et moi, on avait trouvé un portable dans Highland Park avec lequel on avait appelé l'école primaire Stevens pour lancer une fausse alerte à la bombe ? L'idée venait de lui, mais j'avais suivi.

« Dans la cuisine, il y a une boîte de farine. Tu l'as peut-être vue. »

Non seulement je l'avais vue, mais il m'en avait déjà parlé. Il avait peut-être oublié, car il souffrait beaucoup à ce moment-là. Elle contenait de l'argent, avait-il précisé, avant d'affirmer qu'elle était vide. Il s'était trompé.

« Oui, dis-je.

– Prends sept cents dollars dedans. Cinq cents pour ton salaire hebdomadaire et deux cents pour rembourser les frais. Jusqu'à maintenant.

– Vous êtes sûr…

– Oui. Et si tu crois que c'est pour te soudoyer, pour t'amadouer dans le but de te faire une proposition scandaleuse… absolument pas. C'est pour services rendus, Charlie. Pour services rendus. Sur ce point, tu peux être parfaitement honnête avec ton père. Concernant tout ce dont on pourrait parler à l'avenir, non. Je sais que c'est beaucoup demander.

– Du moment que ce n'est pas un crime… Un crime *grave*, précisai-je.

– Peux-tu venir à l'hôpital vers quinze heures ?

– Oui.

– Dans ce cas, je te dis bonsoir. Fais une caresse à Radar de la part du vieil idiot qui n'aurait pas dû monter sur cette échelle. »

Il raccrocha. Je tapotai plusieurs fois la tête de Radar et lui fis deux longues caresses, de la tête à la queue. Elle roula sur le dos pour se faire masser le ventre. Je me fis un plaisir d'obéir. Après quoi, je me rendis dans la cuisine pour soulever le couvercle de la boîte de farine.

Elle était bourrée d'argent. Il y avait un méli-mélo de billets sur le dessus, de dix et de vingt principalement, mais aussi quelques billets de cinq et d'un dollar. Je les sortis de la boîte. Ils formaient un joli tas sur le comptoir. Sous ces billets en vrac se cachaient des liasses de billets de cinquante et de cent, maintenues par des ganses de papier portant la mention FIRST CITIZENS BANK à l'encre violette. Je les sortis également, non sans mal car elles étaient tassées. Six liasses de dix billets de cinquante. Cinq liasses de dix billets de cent.

Radar m'avait rejoint dans la cuisine. Assise à côté de sa gamelle, elle m'observait, oreilles dressées.

« La vache, ma vieille. Il y a huit mille dollars en tout. Sans compter les billets en vrac sur le dessus. »

Parmi lesquels je comptai sept cents dollars, que je lissai et pliai soigneusement avant de les glisser dans ma poche, où ils formèrent une bosse. C'était dix fois plus d'argent que je n'en avais jamais eu sur moi. Je commençai à remettre les liasses dans la boîte, puis m'arrêtai. Il y avait trois petits plombs au fond, rougeâtres. J'en avais déjà vu un dans l'armoire à pharmacie. Je renversai la boîte pour les faire glisser dans ma paume. C'était trop lourd pour être des balles de carabine à air comprimé et, si mon raisonnement était juste, ils pouvaient expliquer l'origine des revenus de M. Bowditch.

Je pensais que c'était de l'or.

4

Je n'étais pas venu à vélo et le trajet à pied jusqu'à la maison ne prenait que dix à douze minutes. Mais ce soir-là, je choisis de le faire durer. Je devais réfléchir et prendre une décision. En marchant, je palpais la bosse dans ma poche pour m'assurer qu'elle était toujours là.

Je parlerais à papa de l'appel de M. Bowditch et de son offre d'emploi. Je lui montrerais les billets : deux cents dollars pour rembourser ce qu'on avait acheté et cinq cents pour moi. Je lui demanderais de mettre quatre cents dollars sur mon compte épargne pour la fac (à la First Citizens justement) en promettant de faire pareil chaque semaine, tant que je travaillerais pour M. Bowditch… ce qui pourrait durer pendant tout l'été, ou au moins jusqu'à la reprise des entraînements de football, en août. La question était de savoir si je devais lui dire combien il y avait dans la boîte de farine. Et bien sûr : devais-je lui parler de ces plombs de carabine à air comprimé en or ? S'ils étaient vraiment en or.

Lorsque je poussai la porte de la maison, ma décision était prise. Je garderais pour moi l'existence des huit mille dollars et des plombs de carabine qui n'en étaient pas. Au moins jusqu'à ce que j'aie écouté ce que M. Bowditch avait à me dire le lendemain.

« Bonsoir, Charlie, me lança papa du salon. La chienne va bien ?

– Oui, très bien.

– À la bonne heure. Va te chercher un Sprite et prends-toi une chaise. Ils passent *Fenêtre sur cour* sur TCM. »

J'allai chercher un Sprite, entrai dans le salon et coupai le son de la télé.

« J'ai un truc important à te dire.

– Qu'y a-t-il de plus important que James Stewart et Grace Kelly ?

– Ça, par exemple. »

Je sortis les billets de ma poche et les lâchai au-dessus de la table.

Je m'attendais à une réaction de surprise, de méfiance et d'inquiétude. J'eus droit à une réaction intéressée et amusée. Pour papa, cacher de l'argent dans une boîte de farine correspondait tout à fait à ce qu'il appelait la manie du stockage des agoraphobes (je lui avais parlé du Musée des Vieux Papiers, de l'antique téléviseur et des appareils électroménagers d'une autre époque).

« Il y en avait d'autres, des billets ? demanda-t-il.

– Quelques-uns. »

Ce n'était pas un mensonge.

« Tu as regardé dans les autres boîtes ? Il y a peut-être des centaines de dollars cachés dans le sucre ? »

Il souriait.

« Non. »

Il prit les deux cents dollars.

« C'est un peu plus que ce qu'on a dépensé, mais il aura sûrement besoin d'autres trucs. Tu veux que je dépose les quatre cents sur ton compte ?

– Oui.

– Très bonne idée. En un sens, il fait une affaire avec toi. Pour la première semaine en tout cas. Une aide à domicile à temps plein lui coûterait plus cher. D'un autre côté, tu seras payé pour apprendre, et puis, tu ne dormiras là-bas que pendant les vacances de printemps. » Il se tourna vers moi pour me regarder droit dans les yeux. « On est bien d'accord ?

– Oui, absolument.

– Bien. Cet argent planqué me met un peu mal à l'aise car on ne sait pas d'où il vient, mais je suis prêt à accorder le bénéfice du doute à M. Bowditch. Je suis content qu'il te fasse confiance, et je suis content que tu sois prêt à relever ce défi. Tu pensais faire tout ça gratuitement, hein ?

– Oui.

– Tu es un brave garçon, Charlie. Je ne sais pas ce que j'ai fait pour te mériter. »

En pensant à tout ce que je lui cachais – au sujet de M. Bowditch, mais aussi de toutes les conneries que j'avais faites dans le temps –, je me sentis un peu honteux.

Ce soir-là, couché dans mon lit, j'imaginai que le cabanon de

M. Bowditch cachait une mine d'or dans laquelle s'activaient des nains. Des nains qui portaient des noms tels que Grincheux ou Dormeur. Cette idée me fit sourire. Je devinais que le contenu de ce cabanon était peut-être ce grand secret dont il voulait me parler, mais je me trompais. Je ne découvris que plus tard la vérité au sujet du cabanon.

CHAPITRE SIX

Visite à l'hôpital. Le coffre-fort. Stantonville. La soif de l'or. M. Bowditch rentre chez lui.

1

M. Bowditch et moi, on eut une sacrée conversation pendant que son compagnon de chambre était dans la salle commune en train de regarder le match entre les White Sox et les Tigers avec un moniteur cardiaque sanglé sur la poitrine.

« Il a des ennuis de palpitant qu'ils n'arrivent pas à scigner, m'expliqua-t-il. Dieu merci, je n'ai pas ce genre de problème. J'en ai suffisamment comme ça. »

Il me montra qu'il pouvait se rendre seul aux toilettes, en prenant appui sur ses béquilles. Manifestement, il en bavait, et quand il revint après avoir vidé sa vessie, il avait le front couvert de sueur. Néanmoins, j'y voyais un motif de satisfaction : il aurait certainement besoin de l'urinal avec son long col sinistre pour les envies nocturnes, mais on pourrait peut-être se passer du bassin. Du moment qu'il ne tombait pas en pleine nuit et ne se cassait pas la jambe encore une fois. Je voyais les muscles de ses bras décharnés trembler à chaque pas saccadé. Il s'assit sur le lit en poussant un soupir de soulagement.

« Tu peux me donner un coup de main avec… »

Il montra la quincaillerie qui emprisonnait sa jambe.

Je soulevai la jambe équipée du fixateur et lorsqu'elle se retrouva étendue sur le lit, il soupira de nouveau et réclama les deux comprimés qui se trouvaient dans un gobelet en carton sur la table de chevet. Je les lui donnai, versai un peu d'eau du broc et il les avala. Sa pomme d'Adam montait et descendait dans son cou ridé tel un singe sur une branche.

« Ils m'ont retiré la pompe à morphine pour me donner ça. De l'oxycodone. Le médecin dit que je vais devenir accro, si je ne le suis pas déjà, et que je devrai me désintoxiquer ensuite. Pour le moment, le marché me semble équitable. Rien que pour aller aux toilettes, j'ai l'impression de courir un putain de marathon. »

Je m'en étais aperçu, et chez lui les toilettes étaient encore plus éloignées du canapé convertible. Alors, peut-être qu'on aurait besoin du bassin finalement, ne serait-ce qu'au début. J'allai dans le cabinet de toilette, mouillai un gant et l'essorai. Lorsque je me penchai vers lui, il eut un mouvement de recul.

« Hé, hé ! Qu'est-ce que tu fabriques ?

– J'essuie la sueur. Ne bougez pas. »

Dans une relation, on ne sait jamais quels sont les instants qui marquent un tournant. C'est plus tard seulement que je découvris que celui-ci en était un, pour lui et moi. Au bout d'un moment, il se détendit (un peu) et m'autorisa à lui essuyer le front et les joues.

« J'ai l'impression d'être un putain de bébé.

– Vous me payez, alors laissez-moi gagner mon putain de fric. »

Je réussis à le faire rire. Une infirmière glissa la tête à l'intérieur de la chambre pour savoir s'il avait besoin de quelque chose. Non, dit-il, et dès qu'elle fut repartie, il me demanda de fermer la porte.

« C'est là que je te demande de te battre pour moi. Jusqu'à ce que je puisse le faire moi-même. Et pour Radar aussi. Tu te sens prêt, Charlie ?

– Je ferai de mon mieux.

– Oui, peut-être. Et je ne peux pas t'en demander plus. Je ne te mettrais pas dans cette situation si j'avais le choix. Une femme nommée Ravensburger est venue me voir. Tu l'as déjà rencontrée ? »

Je lui dis que oui.

« Tu parles d'un nom ! J'essaie d'imaginer un burger à la viande de corbeau[1], et ça me laisse perplexe. »

Je ne dirais pas qu'il était défoncé à l'Oxy, mais je ne dirais pas le contraire non plus. Maigre comme il était – plus d'un mètre quatre-vingts pour moins de soixante-dix kilos sans doute –, ces petits cachets roses devaient lui flanquer un sacré coup derrière la tête.

« Elle voulait me parler de ce qu'elle a appelé mes options de paiement. Je lui ai demandé à combien s'élevaient les dégâts jusqu'à présent et elle m'a donné une facture. Elle est là, dans le tiroir... » Il montra la table de chevet. « ... mais ne t'occupe pas de ça pour le moment. "C'est pas donné", je lui ai dit. Et elle m'a répondu : "Les bons traitements coûtent cher, monsieur Bowditch, et vous avez eu droit à ce qu'il y a de mieux." Elle m'a dit que si je souhaitais consulter un spécialiste du financement – ne me demande pas ce que ça signifie au juste –, elle se ferait un plaisir d'organiser un rendez-vous, avant que je quitte l'hôpital ou après mon retour chez moi. Je lui ai répondu que ça ne serait pas nécessaire. Que je pouvais payer la totalité, mais uniquement si j'obtenais une ristourne. Là, on a commencé à marchander. Finalement, on s'est mis d'accord sur une réduction de vingt pour cent, ce qui fait un rabais d'environ dix-neuf mille dollars. »

Je laissai échapper un sifflement. M. Bowditch sourit.

« J'ai essayé de la faire descendre jusqu'à vingt-cinq pour cent,

1. *Raven* : corbeau.

mais elle est restée fixée sur vingt. À mon avis, c'est la norme industrielle, car l'hôpital est une industrie, au cas où tu ne le saurais pas. Les hôpitaux et les prisons gèrent leur business plus ou moins de la même manière, à la différence que dans le cas des prisons, c'est le contribuable qui paie la facture à l'arrivée. » Il passa sa main devant ses yeux. « J'aurais pu payer l'intégralité, mais j'ai pris plaisir à marchander. Ça faisait longtemps que je n'en avais pas eu l'occasion. Jadis, je faisais les vide-greniers. J'aime les choses anciennes. Est-ce que je divague ? Oui. Bref : je peux payer la note, mais pour ça, j'ai besoin de toi.

– Si vous pensez à l'argent qui est dans la boîte de farine… »

Son geste semblait indiquer que huit mille dollars, c'étaient des broutilles. Et en effet, à côté de la facture de l'hôpital, ça l'était.

« Voici ce que je veux que tu fasses… »

Quand il eut terminé, il me demanda si j'avais besoin de noter.

« Ça ne m'embête pas, dit-il, du moment que tu déchires tout ensuite.

– Juste la combinaison du coffre, peut-être. Je la noterai sur mon bras, et je l'effacerai ensuite.

– Tu veux bien faire ça pour moi, alors ?

– Oui. »

Je ne m'imaginais pas refuser, ne serait-ce que pour vérifier si tout ce qu'il disait était vrai.

« Parfait. Répète-moi toutes les étapes. »

Je m'exécutai, après quoi j'utilisai le stylo posé sur la table de chevet pour écrire sur mon biceps une série de chiffres et de sens de rotation. Ils seraient cachés par la manche de mon T-shirt.

« Merci, dit-il. Tu devras attendre demain pour voir M. Heinrich, mais tu peux te préparer dès ce soir. Quand tu auras nourri Radar. »

OK, dis-je. Je lui souhaitai bonne nuit et m'en allai. J'étais « baba », pour reprendre l'expression de mon père. À mi-chemin de l'ascenseur, je repensai à quelque chose et fis demi-tour.

« Tu as déjà changé d'avis ? »

Il souriait, mais l'inquiétude se lisait dans son regard.

« Non. Je voulais juste vous poser une question au sujet d'un truc que vous avez dit l'autre jour.

– Quoi donc ?

– Une histoire de cadeaux. Vous avez dit qu'un homme courageux offrait son aide et un lâche offrait des cadeaux.

– Je ne m'en souviens pas.

– Si. Qu'est-ce que ça signifie ?

– Je ne sais pas. C'est sûrement les pilules qui parlaient à ma place. »

Il mentait. J'avais vécu avec un alcoolique pendant plusieurs années et je savais reconnaître un mensonge quand j'en entendais un.

2

Je retournai à Sycamore Street sur mon vélo. Il ne serait pas exagéré de dire que j'étais ivre de curiosité. Je déverrouillai la porte de derrière et acceptai l'accueil exubérant de Radar. Elle parvenait à se dresser sur ses pattes arrière pour recevoir des caresses et j'en déduisis que les nouveaux cachets étaient puissants. Je la laissai sortir dans le jardin pour qu'elle fasse ses petites affaires et l'encourageai mentalement : *Dépêche-toi de trouver un endroit.*

Dès qu'elle rentra dans la maison, je montai dans la chambre de M. Bowditch et ouvris l'armoire. Il possédait tout un tas de vêtements, essentiellement des trucs décontractés style chemises en flanelle et pantalons de toile, mais aussi deux costumes. Un noir et un gris. Semblables à ceux que portaient George Raft et Edward G. Robinson dans des films comme *À chaque aube je meurs* : vestes croisées et épaules larges.

J'écartai les vêtements suspendus pour laisser apparaître un coffre-fort Watchman : un vieux modèle d'environ un mètre de haut. Je m'accroupis et au moment où je tendais la main vers la molette, je sentis quelque chose de froid dans le bas du dos, là où mon T-shirt était sorti de mon pantalon. Je poussai un cri et me retournai brusquement pour découvrir Radar qui remuait la queue. Cette chose froide, c'était sa truffe.

« Non, ne fais pas ça, fifille. »

Elle s'assit avec un grand sourire et l'air de dire qu'elle ferait ce qu'elle voulait. Je me retournai vers le coffre. Je me trompai dans la combinaison à mon premier essai, mais le second fut le bon. La porte s'ouvrit.

Ce qui me sauta aux yeux, ce fut l'arme posée sur l'unique étagère du coffre. Plus grosse que celle que mon père confiait à ma mère quand il devait s'absenter plusieurs jours... et même toute une semaine, une fois, pour un séminaire d'entreprise. C'était un revolver calibre 32, une arme de femme. Je devinais qu'il l'avait toujours, mais je n'en étais pas sûr. À l'époque où il picolait méchamment, je l'avais cherché dans la maison, sans jamais réussir à mettre la main dessus. Ce flingue, un revolver, était plus gros. Sans doute un calibre 45. Et comme presque tout ce que possédait M. Bowditch, il ressemblait à une antiquité. Je le pris, délicatement, et trouvai le poussoir qui libérait le barillet. Les six chambres étaient chargées. Je refermai le barillet et reposai le revolver. Compte tenu de ce qu'il m'avait raconté, la présence de cette arme s'expliquait. Une alarme aurait été plus appropriée sans doute, mais il ne voulait pas voir la police débarquer au 1 Sycamore Street. En outre, dans le temps, Radar offrait une protection très efficace contre les cambrioleurs, à en croire Andy Chen.

Sur le plancher du coffre, je trouvai ce que M. Bowditch m'avait décrit : un gros seau en métal, sur lequel était posé un sac à dos. Je soulevai le sac et découvris que le seau était rempli presque à ras bord de ces plombs de carabine à air comprimé, qui étaient en réalité des pépites d'or massif.

Le seau était muni de deux anses. Dans ma position accroupie, j'eus un mal fou à le déplacer. Il contenait au moins vingt kilos d'or, peut-être même vingt-cinq. Je m'assis par terre et me retournai vers Radar.

« La vache ! Y en a pour une putain de fortune. »

Elle frappa le sol avec sa queue.

3

Ce soir-là, après avoir nourri Radar, je montai voir le seau d'or, pour m'assurer que je n'avais pas rêvé. Quand je rentrai chez moi, papa me demanda si j'étais prêt à accueillir M. Bowditch. Oui, dis-je, mais j'avais encore des choses à faire avant son arrivée.

« Tu es toujours d'accord pour me prêter ta perceuse et ton tournevis ?

– Bien sûr. Et je serais venu avec plaisir te donner un coup de main, comme je te l'ai dit, mais j'ai un rendez-vous à neuf heures. C'est au sujet de cet incendie dont je t'ai parlé, dans un appartement. Il se pourrait que ce soit un acte criminel.

– Je vais me débrouiller.

– J'espère. Tout va bien ?

– Oui. Pourquoi ?

– Tu m'as l'air un peu nerveux. Tu t'inquiètes à cause de demain ?

– Oui, un peu. »

Je ne mentais pas.

Vous vous demandez peut-être si j'éprouvais le besoin de parler à mon père de ce que j'avais découvert. Eh bien non. D'une part, M. Bowditch m'avait fait jurer de garder le secret. Et d'autre part il affirmait que cet or n'avait pas été volé « au sens où on l'entend ». C'était la deuxième raison. Je lui avais demandé ce que ça voulait dire, mais il m'avait simplement répondu que personne sur terre ne cherchait cet or. Jusqu'à plus ample informé, j'étais disposé à le croire sur parole.

Mais ce n'était pas tout : j'avais dix-sept ans et c'était le truc le plus excitant qui m'était jamais arrivé. De loin. Je voulais en profiter.

4

Le lundi, de bon matin, j'enfourchai mon vélo et me rendis chez M. Bowditch pour nourrir Radar, qui ne me quitta pas des yeux une seule seconde pendant que j'installais les barres d'appui. L'accès à la cuvette des toilettes n'était pas aisé dans la minuscule salle de bains, et les barres d'appui ne faciliteraient pas l'opération, néanmoins cela me paraissait être une bonne chose. Je m'attendais à des récriminations, mais au moins, il ne risquait pas de tomber. Par ailleurs, il pourrait se tenir aux poignées pendant qu'il urinait : encore un plus. Je vérifiai qu'elles étaient solidement vissées.

« Qu'est-ce que tu en penses, Radar ? C'est bien ? »

Elle frappa le sol avec sa queue.

« Tu pourras peser l'or avec ma balance de salle de bains, m'avait dit M. Bowditch lors de notre conversation. Ça ne sera pas très précis, mais avec une balance de cuisine, ça prendra des siècles. Je parle par expérience. Sers-toi du sac à dos pour le pesage et le transport. N'hésite pas à en rajouter un peu. Heinrich pèsera l'or lui-même, sur une balance plus précise. Nu-mé-rique. »

Il détacha les syllabes de ce mot pour lui donner un aspect à la fois idiot et prétentieux.

« Comment vous faites pour lui apporter l'or quand vous avez besoin d'argent liquide ? »

Stantonville se trouvait à dix kilomètres.

« Je prends un Yoober. C'est Heinrich qui paie. »

Je ne compris pas tout de suite.

« Qu'est-ce qui te fait sourire, Charlie ?

– Rien. Vous faites ça la nuit ? »

Il hocha la tête.

« Vers dix heures généralement. Quand la plupart des habitants du quartier sont bien au chaud chez eux. Surtout Mme Richland, la voisine d'en face. Une sacrée fouineuse.

– Oui, vous me l'avez déjà dit.

– Et je te le répète. »

J'avais eu la même impression.

« Je pense ne pas être le seul client nocturne de Heinrich, mais il a accepté de baisser son rideau de fer demain matin pour que tu puisses y aller entre neuf heures trente et dix heures. Je n'ai jamais effectué une transaction aussi importante avec lui. Je suis sûr que tout se passera bien, il a toujours été réglo avec moi, mais il y a un revolver dans le coffre, et si tu veux l'emporter – pour te protéger –, je n'y vois pas d'inconvénient. »

Je n'avais aucune intention de prendre ce revolver. Je sais que certaines personnes se sentent plus fortes avec une arme, mais je n'en fais pas partie. Rien que de la toucher, ça me fichait la trouille. Si vous m'aviez dit que dans un futur proche je me trimbalerais avec, je vous aurais traité de fou.

Je trouvai une louche dans le cellier avant de monter. J'avais effacé la combinaison inscrite sur mon bras, après l'avoir enregistrée dans mon téléphone, dans une note protégée par un mot de passe. Mais je n'eus même pas besoin de la consulter. Le coffre s'ouvrit du premier coup. J'ôtai le sac à dos qui couvrait le seau et demeurai fasciné, une fois de plus, par tout cet or. Incapable de résister, j'y plongeai les mains jusqu'aux poignets et fis couler les pépites entre mes doigts. Je recommençai. Et une troisième fois. Cela avait quelque chose d'hypnotique. Je secouai la tête pour reprendre mes esprits et entrepris de transvaser l'or dans le sac à dos.

Je le pesai. La balance indiquait un peu plus d'un kilo et demi. J'ajoutai une louche d'or et montai jusqu'à deux kilos et demi. Après le troisième essai, l'aiguille s'arrêta sur trois kilos deux. J'estimais que c'était bien. Si la balance nu-mé-rique de M. Heinrich indiquait un poids supérieur aux trois kilos convenus, je rapporterais le surplus. J'avais encore du travail avant le retour de M. Bowditch. Je me rappelai que je devais trouver une clochette qu'il pourrait agiter la nuit en cas de besoin. *Les Soins à domicile pour les nuls* suggérait d'utiliser un babyphone, mais je devinais que M. Bowditch préférerait quelque chose de plus *old school*.

Je lui avais demandé combien valaient trois kilos d'or, partagé entre l'envie de savoir et de ne pas savoir quelle somme d'argent j'allais transporter sur mon dos pour parcourir dix kilomètres à vélo dans une zone principalement rurale, jusqu'à Stantonville. La dernière fois qu'il s'était renseigné auprès du Gold Price Group, au Texas, l'or valait environ quinze mille dollars la livre.

« Mais je lui laisse à quatorze, c'est le prix sur lequel on s'est mis d'accord. Donc, il y en a pour quatre-vingt-quatre mille dollars au total, mais il te fera un chèque de soixante-quatorze mille. De quoi payer l'hôpital, plus un petit quelque chose pour moi et un joli bénef pour lui. »

Joli était un euphémisme. J'ignorais quand M. Bowditch avait consulté le Gold Price Group pour la dernière fois, mais par rapport au cours de l'or fin avril 2013, il était très en dessous. Le dimanche soir, avant de me coucher, j'avais consulté les chiffres sur mon ordi. L'or se vendait maintenant à plus de mille deux cents dollars l'once, ce qui faisait environ vingt mille dollars la livre. Trois kilos d'or valaient donc cent quinze mille dollars sur le marché de Zurich. Conclusion, ce Heinrich allait empocher quarante mille dollars. Et l'or, ce n'était pas comme des diamants volés qui permettaient à l'acheteur de faire baisser les prix à cause des risques encourus. Les pépites n'étaient pas marquées ; elles étaient anonymes et pouvaient facilement être fondues pour fabriquer de petits lingots. Ou transformées en bijoux.

J'avais failli appeler M. Bowditch à l'hôpital pour l'informer qu'il se faisait avoir, mais je m'étais ravisé. Pour la simple raison qu'à mon avis il s'en fichait. Et d'une certaine façon, je pouvais le comprendre. Même après avoir prélevé trois kilos d'or dans le coffre au trésor du capitaine Kidd, il en restait encore plein. Ma tâche (même si M. Bowditch ne l'avait pas formulé ainsi), c'était d'effectuer la transaction sans me faire détrousser. Une sacrée responsabilité, et j'étais bien décidé à me montrer à la hauteur de la confiance qu'il plaçait en moi.

Je fermai les sangles du sac à dos et vérifiai que je n'avais pas fait tomber des pépites sur le sol entre le coffre-fort et le pèse-personne. Je fis une longue caresse à Radar (pour me porter chance) et quittai la maison en emportant cent quinze mille dollars dans un vieux sac à dos.

Un sacré paquet de thune, aurait dit mon vieil ami Bertie Bird.

5

Le centre de Stantonville se limitait à une rue unique bordée de quelques boutiques ringardes, de deux ou trois bars et d'une cafétéria, le genre qui servait des petits-déjeuners toute la journée, accompagnés de mauvais café à volonté. Certains commerces étaient fermés, et même murés. Des pancartes indiquaient qu'ils étaient à louer ou à vendre. Mon père disait que Stantonville avait été une petite communauté prospère, un lieu de shopping très agréable pour les gens qui ne voulaient pas aller jusqu'à Elgin, Naperville, Joliet, ou encore plus loin : Chicago. Puis en 1970, le centre commercial avait ouvert ses portes. Un « méga » centre commercial, avec un multiplexe de douze salles, un parc d'attractions pour les enfants, un mur d'escalade, une zone de trampolines baptisée Fliers, un escape game et des types qui déambulaient déguisés en singes savants. Ce temple scintillant de la consommation se trouvait au nord de Stantonville. Il avait éradiqué presque toute forme de vie dans le centre, et les rescapés avaient été aspirés par le Walmart et le Sam's Club installés au sud, à la sortie de l'autoroute.

Me déplaçant à vélo, j'étais obligé d'éviter l'autoroute et de prendre la 74-A, une route à deux voies qui longeait des fermes et des champs de maïs. Ça sentait le fumier et la verdure. En cette belle matinée de printemps, le trajet aurait été agréable si je n'avais pas transporté une petite fortune sur mon dos. Je me souviens d'avoir pensé à Jack, le garçon qui avait escaladé le haricot magique.

À neuf heures quinze, je pénétrai dans la rue principale de Stantonville. Comme j'étais en avance, je m'arrêtai à la cafétéria et commandai un Coca que je sirotai assis sur un banc sur une petite place sale qui accueillait une fontaine asséchée remplie de détritus et la statue, maculée de fientes, d'un personnage dont je n'avais jamais entendu parler. Plus tard, je repenserais à cette place et à cette fontaine asséchée, dans un endroit encore plus désert que Stantonville.

Je ne jurerais pas que Christopher Polley était présent ce matin-là, mais je ne jurerais pas le contraire. Polley faisait partie de ces gars capables de se fondre dans le paysage jusqu'à ce qu'ils soient prêts à se montrer. Il aurait pu être au *diner*, en train d'avaler des œufs au bacon. Il aurait pu se trouver sous l'abribus ou en train de faire semblant d'examiner les guitares et les énormes *ghetto blasters* dans la vitrine du prêteur sur gages. Ou bien il aurait pu être nulle part. Tout ce que je peux dire, c'est que je ne me souviens pas d'avoir vu un type coiffé d'une casquette rétro des White Sox, avec le rond rouge sur le devant. Peut-être qu'il ne la portait pas ce jour-là, mais je n'ai jamais vu ce salopard sans sa casquette.

À dix heures moins vingt, je jetai mon gobelet de Coca encore à moitié plein dans une poubelle et descendis Main Street en pédalant lentement. Le quartier commerçant, si on peut l'appeler ainsi, s'étendait sur quatre pâtés de maisons seulement. À sa périphérie, à un jet de pierre d'un panneau annonçant : MERCI D'AVOIR VISITÉ NOTRE BELLE VILLE, j'avisai la boutique EXCELLENT JEWELLERS – VENTE ET ACHAT DE BIJOUX. Elle me parut aussi miteuse et délabrée que les autres commerces de ce bourg à l'agonie. Il n'y avait rien dans la vitrine poussiéreuse. La pancarte suspendue derrière la porte à une petite ventouse en plastique indiquait : FERMÉ.

Il y avait une sonnette. J'appuyai dessus. Pas de réponse. Je recommençai, en sentant le poids du sac sur mon dos. Je collai mon nez à la vitre, les mains en visière pour combattre le reflet. Je distinguai un tapis élimé et des présentoirs vides. Je commençais à croire que M. Bowditch ou moi avions commis une erreur lorsqu'un petit homme coiffé d'une casquette en tweed, vêtu d'un gilet en laine et d'un pantalon ample, apparut dans l'allée centrale en boitillant. Il ressemblait au jardinier dans une série policière britannique. Il me dévisagea à travers la vitre et repartit, toujours en boitillant, pour appuyer sur un bouton installé près de la caisse enregistreuse à l'ancienne. La porte s'ouvrit dans un bourdonnement électrique. Je la poussai et pénétrai dans une odeur de poussière et de lent déclin.

« Viens derrière, viens derrière », dit-il.

Je m'arrêtai sur le seuil.

« Vous êtes bien M. Heinrich ?

– Qui veux-tu que je sois ?

– Je… euh… je pourrais voir votre permis de conduire ? »

Il fronça les sourcils, avant d'éclater de rire.

« Le vieux m'a envoyé un garçon méfiant. À la bonne heure. »

Il sortit de sa poche arrière un portefeuille très fatigué qu'il ouvrit d'un mouvement du poignet pour me montrer son permis de conduire.

Avant qu'il le referme avec le même geste, j'eus le temps de remarquer qu'il se prénommait Wilhelm.

« Satisfait ?

– Oui, merci.

– Viens derrière. *Schnell.* »

Je le suivis dans l'arrière-boutique, dont il ouvrit la porte grâce à un boîtier en prenant bien soin de se cacher pour taper le code. Cette pièce abritait tout ce qui n'était pas dans la boutique. Des étagères regorgeaient de montres, de médaillons, de broches, de bagues, de pendentifs et de chaînes. Des rubis et des émeraudes projetaient des éclats enflammés. Je remarquai une tiare surchargée de diamants.

« C'est des vrais ?

– *Ja, ja*, c'est des vrais. Mais tu n'es pas venu pour acheter. Tu es venu ici pour vendre. Tu as peut-être remarqué que je ne t'ai pas demandé *ton* permis de conduire.

– Tant mieux parce que je n'en ai pas.

– Je sais qui tu es. J'ai vu ta photo dans le journal.

– Le *Sun* ?

– *USA Today.* Tu es connu dans tout le pays, Charles Reade. Cette semaine, du moins. Tu as sauvé la vie à ce vieux Bowditch. »

Je ne pris pas la peine de préciser que c'était la chienne, j'en avais marre de raconter cette histoire. Je voulais remplir ma mission et foutre le camp. Tous ces bijoux, tout cet or me flanquaient un peu la frousse, surtout comparés aux présentoirs vides dans la boutique. Je commençais à regretter de ne pas avoir pris le revolver car je n'avais plus l'impression d'être Jack et son haricot magique, plutôt Jim Hawkins dans *L'Île au trésor*. Heinrich était courtaud et inoffensif, mais peut-être que son complice, Long John Silver, se cachait quelque part ? Ce n'était pas une idée totalement paranoïaque. Je me répétais que M. Bowditch traitait avec Heinrich depuis des années, mais de son propre aveu, jamais ils n'avaient conclu une affaire aussi importante.

« Montre-moi ce que tu m'apportes. »

Dans un roman d'aventures pour enfants, Heinrich aurait incarné l'image même de la cupidité : le type qui se frotte les mains, la bave aux lèvres. Mais Heinrich se comportait en professionnel, avec peut-être même une pointe d'ennui. Néanmoins, je me méfiais de ce numéro, et je me méfiais de lui.

Je posai le sac à dos sur le comptoir. Il y avait une balance. Numérique, en effet. Je soulevai le rabat et maintins le sac ouvert. Quand Heinrich jeta un coup d'œil à l'intérieur, je perçus un léger changement sur son visage : la bouche se crispa, les yeux s'écarquillèrent un bref instant.

« *Mein Gott.* Tu te promenais avec ça sur ton vélo ! »

La balance était dotée d'une coupelle transparente suspendue à des chaînes. Heinrich y versa de petites poignées de pépites d'or jusqu'à ce que le cadran indique un kilo et demi. Il les mit de côté, dans un petit récipient en plastique, et renouvela l'opération. Quand la seconde fournée eut rejoint la première, il restait au fond du sac à dos, dans les plis de toile, une petite rivière d'or. M. Bowditch m'avait demandé d'avoir la main un peu lourde, j'avais obéi.

Heinrich regarda à l'intérieur du sac.

« À vue d'œil, il reste dans les cent grammes, dit-il. Si tu me les vends, je t'en donne trois mille dollars, en liquide. Bowditch n'a pas besoin de le savoir. Considère ça comme un pourboire. »

J'y voyais plutôt un moyen de pression potentiel. Je le remerciai malgré tout et refermai le rabat du sac à dos.

« Vous avez un chèque pour moi, je crois.

– Oui. »

Le chèque était plié dans la poche de son gilet de vieillard. Émis par la PNC Bank de Chicago, succursale de Belmont Avenue, il était libellé au nom de Howard Bowditch, pour un montant de soixante-quatorze mille dollars. Sur le talon, Heinrich avait noté : *Services personnels*. Tout m'avait l'air réglo. Je glissai le chèque dans mon portefeuille et mon portefeuille dans ma poche avant gauche.

« Bowditch est un vieux bonhomme entêté qui refuse de vivre avec son temps, dit Heinrich. Autrefois, quand on négociait des sommes beaucoup moins importantes, très souvent je le payais en liquide. Une ou deux fois, je lui ai fait un chèque. Un jour, je lui ai demandé : "Vous n'avez pas entendu parler des virements ?" Et tu sais ce qu'il m'a répondu ? »

Je fis non de la tête, mais ce n'était pas difficile de deviner.

« Il m'a répondu : "Non, je n'en ai pas entendu parler et je ne veux pas en entendre parler." Et aujourd'hui, pour la première fois, il m'envoie un *zwischen gehen* – un émissaire –, parce qu'il a eu un accident. Jamais je n'aurais cru qu'il ferait suffisamment confiance à quelqu'un pour lui confier cette mission. Et pourtant, te voilà. Un gamin sur une bicyclette.

– Oui. Et je m'en vais », dis-je en marchant vers la porte qui donnait sur la boutique vide dont il allait peut-être, ou peut-être pas, garnir les présentoirs un peu plus tard. Je m'attendais à ce que cette porte soit verrouillée, mais ce n'était pas le cas. Je me sentis mieux dès que je retrouvai la lumière du jour. Mais l'odeur de vieille poussière était désagréable. On se serait cru dans une crypte.

« Il sait ce qu'est un ordinateur, au moins ? demanda Heinrich en refermant derrière lui la porte de l'arrière-boutique. Je parie que non. »

Je n'avais aucune envie de me laisser entraîner dans une discussion sur ce terrain. Je répondis que j'avais été ravi de le rencontrer. Ce qui n'était pas vrai. J'étais soulagé de voir qu'on ne m'avait pas volé mon vélo. En partant de chez moi ce matin-là, j'étais tellement préoccupé que j'avais oublié mon antivol.

Heinrich me prit par le coude. En me retournant, je découvris, finalement, le Long John Silver en lui. Il ne manquait qu'un perroquet perché sur son épaule pour parachever le tableau. Silver affirmait que son perroquet avait vu autant d'atrocités que le diable lui-même. Je devinais que Wilhelm Heinrich n'était pas en reste à ce niveau-là, mais n'oubliez pas que j'avais dix-sept ans et que j'étais plongé jusqu'au cou dans des histoires qui m'échappaient. Autrement dit : j'étais mort de trouille.

« Combien d'or il possède ? » me demanda Heinrich tout bas, d'une voix gutturale. L'emploi de mots allemands ici et là m'était apparu comme une marque d'affectation, mais à cet instant, il ressemblait vraiment à un Allemand. Et un Allemand pas gentil. « Dis-moi combien d'or il possède, et d'où il vient. Tu n'auras pas à le regretter.

– Il faut que je m'en aille. »

Et je joignis le geste à la parole.

Christopher Polley était-il là, à m'observer, pendant que je remontais sur mon vélo et repartais en emportant le surplus de pépites au fond de mon sac à dos ? Je l'ignore car j'étais trop occupé à regarder, par-dessus mon épaule, le visage grassouillet et pâle de Heinrich suspendu au-dessus de la pancarte FERMÉ derrière la porte de sa boutique poussiéreuse. C'était peut-être un effet de mon imagination – sûrement – mais il me semblait apercevoir le rictus de la cupidité sur ses traits. En outre, je comprenais ce sentiment. Je me souvenais d'avoir plongé les mains dans le seau pour laisser couler les pépites entre mes doigts. Ce n'était pas juste de la cupidité, c'était la soif de l'or. Comme dans une histoire de pirates.

6

Cet après-midi-là, vers seize heures, une camionnette portant sur le côté l'inscription ARCADIA HOSPITAL – CONSULTATIONS EXTERNES s'arrêta le long du trottoir. J'attendais dans l'allée avec Radar, tenue en laisse. Le portillon – débarrassé des plaques de rouille et huilé maintenant – était grand ouvert. Un aide-soignant descendit de la camionnette et alla ouvrir les portes arrière. Je vis Melissa Wilcox, debout derrière le fauteuil roulant où était assis M. Bowditch. Sa jambe emprisonnée dans le fixateur était tendue devant lui. La kinésithérapeute déverrouilla le fauteuil, le poussa vers l'avant et appuya sur un bouton avec le talon de la main. En voyant la plateforme électrique et le fauteuil roulant descendre lentement, je sentis mon ventre se nouer. J'avais pensé au téléphone, à l'urinal et même à la clochette. Le chèque de Heinrich était à l'abri dans mon portefeuille. Tout était prêt… mais il n'y avait pas de rampe pour fauteuil roulant, ni devant ni derrière ! Je me sentais idiot. Heureusement, ce sentiment ne dura pas car Radar était là pour me distraire. Dès qu'elle vit son maître, elle se précipita vers lui. Oubliée l'arthrite dans les hanches. Je parvins à bloquer la laisse avant que la plateforme lui écrase les pattes, mais la secousse se répercuta jusque dans mon bras.

Ouah ! Ouah ! Ouah !

Ce n'étaient pas les grognements de molosse qui avaient tant effrayé Andy à l'époque, mais des cris si plaintifs, si humains, qu'ils me brisèrent le cœur. *Tu es revenu !* disaient ces aboiements. *Dieu soit loué, je croyais que tu étais parti pour toujours !*

M. Bowditch lui tendit les bras et Radar se dressa, les pattes avant posées sur la jambe tendue de son maître. Celui-ci grimaça, puis sourit et prit la tête de sa chienne entre ses mains.

« Oui, ma fifille », roucoula-t-il.

J'avais du mal à croire qu'il était capable de produire un son pareil, et pourtant je l'entendais de mes propres oreilles : ce vieil homme ronchon *roucoulait*. Et il avait les larmes aux yeux. Radar, elle, émettait des petits gémissements de bonheur, et sa grosse queue battait l'air.

« Oui, ma fifille. Tu m'as manqué toi aussi. Allez, descends maintenant, tu me fais mal. »

Radar retomba sur ses quatre pattes et marcha à la hauteur du fauteuil que Melissa poussait dans l'allée, tant bien que mal.

« Il n'y a pas de rampe, dis-je. Désolé, désolé. Mais je peux en construire une. Je regarderai sur Internet. On trouve tout sur Internet. » Je ne pouvais plus m'arrêter de parler. « Je crois que tout le reste est plus ou moins prêt… »

M. Bowditch m'interrompit :

« On engagera quelqu'un pour installer une rampe, arrête de t'inquiéter. Tu n'es pas obligé de tout faire. Ce qu'il y a de bien quand on est un secrétaire particulier, c'est qu'on peut déléguer les tâches. Et puis, rien ne presse. Comme tu le sais, je ne sors pas souvent. Tu t'es occupé de notre petite affaire ?

– Oui. Ce matin.

– Très bien. »

Melissa intervint, s'adressant à l'aide-soignant :

« À vous deux, vous devriez pouvoir porter le fauteuil dans l'escalier, des costauds comme vous. Qu'en penses-tu, Herbie ?

– Pas de problème, répondit celui-ci. Hein, fiston ?

– Oui, bien sûr », répondis-je et je pris un côté du fauteuil roulant. Radar gravit les premières marches, s'arrêta lorsque ses pattes arrière la trahirent, mais elle parvint à réembrayer pour monter jusqu'en haut. Elle nous toisa en frappant la véranda avec sa queue.

« Et il faudrait s'occuper de cette allée, s'il doit l'utiliser avec son fauteuil, dit Melissa. C'est pire que la route de terre au bord de laquelle j'ai grandi, là-bas dans le Tennessee.

– Prêt, champion ? » me lança Herbie.

On hissa le fauteuil sur la véranda. Je cherchai parmi les clés de M. Bowditch jusqu'à ce que je trouve celle qui ouvrait la porte d'entrée.

« Hé, fit l'aide-soignant, j'ai pas vu ta photo dans le journal ? »

Je soupirai.

« Oui, possible. Avec Radar. Devant la maison, près du portillon.

– Non, non, l'année dernière. C'est toi qui as marqué le touchdown de la victoire du Turkey Bowl. Cinq secondes avant la fin du temps réglementaire. »

Il leva la main au-dessus de sa tête en brandissant un ballon imaginaire, comme je le faisais sur la photo. Je n'aurais su dire pourquoi ça me faisait plaisir qu'il se souvienne de cette image, et non de la plus récente.

Dans le salon, j'attendis – plus nerveux que jamais – pendant que Melissa Wilcox inspectait le canapé-lit.

« Très bien, dit-elle. Parfait. Un peu bas, peut-être, mais on fait avec ce qu'on a. Il faudrait un traversin ou quelque chose dans le genre pour soutenir sa jambe. Qui a fait le lit ?

– Moi », dis-je, et son air surpris me fit plaisir lui aussi.

« Tu as lu la brochure que je t'ai donnée ?

– Oui. J'ai acheté ce produit antibactérien pour les broches…

– Une simple solution saline fera l'affaire. Ou de l'eau chaude avec du sel. Tu te sens prêt à le transférer ?

– Oh hé, fit M. Bowditch. Peut-être que je pourrais participer à la conversation ? Je suis là, je vous signale.

– Oui, mais ce n'est pas à vous que je parle, répondit Melissa avec un grand sourire.

– Euh… je ne sais pas, avouai-je.

– Monsieur Bowditch, dit Melissa. C'est à vous que je m'adresse maintenant. Vous êtes d'accord pour que Charlie fasse un essai ? »

Le vieil homme se tourna vers Radar, assise le plus près de lui possible.

« Qu'est-ce que tu en dis, fifille ? On fait confiance à ce gamin ? »

La chienne émit un aboiement.

« Si Radar est d'accord, moi aussi. Ne me lâche pas, mon garçon. Cette jambe me fait dérouiller. »

J'approchai son fauteuil roulant du canapé-lit, actionnai le frein et lui demandai s'il pouvait prendre appui sur sa jambe valide. Il se redressa à moitié, ce qui me permit de débloquer et d'abaisser le repose-jambe. Il poussa un grognement, mais parvint à parcourir la distance restante en chancelant un peu, mais droit.

« Tournez-vous pour placer vos fesses face au lit, mais n'essayez pas de vous asseoir. Attendez que je vous le dise. »

Melissa hocha la tête d'un air approbateur.

M. Bowditch obéit. Je repoussai le fauteuil.

« Je ne peux pas rester longtemps debout sans les béquilles. »

La sueur perlait sur son front et ses joues.

Je m'accroupis pour saisir le fixateur.

« Vous pouvez vous asseoir maintenant. »

Il ne s'assit pas, il se laissa tomber. En poussant un soupir de soulagement. Il s'allongea. Je déposai sa jambe cassée sur le lit. Et voilà, j'avais réussi mon premier transfert. Je transpirais moins que M. Bowditch, mais je transpirais quand même, de nervosité. C'était autre chose que de renvoyer les balles d'un lanceur.

« Pas mal, commenta Melissa. Pour le lever, il faudra que tu le prennes dans tes bras. Tu croises tes doigts dans le milieu de son dos et tu le soulèves. Sers-toi de ses aisselles…

– Oui, pour le soutenir, dis-je. C'est marqué dans la brochure.

– J'aime les garçons studieux. Assure-toi que ses béquilles sont toujours à portée de main, surtout s'il veut se lever. Eh bien, comment vous sentez-vous, monsieur Bowditch ?

– Comme si j'avais enfilé un caleçon trop petit. C'est l'heure de mes médocs ?

– Vous les avez pris avant de quitter l'hôpital. Il faut attendre six heures maintenant.

– C'est loin. Juste un petit oxycodone pour m'aider à passer le cap ?

– Je n'en ai pas. » Elle s'adressa à moi : « Tu t'amélioreras à force, d'autant qu'il va se rétablir peu à peu et gagner en autonomie. Accompagne-moi dehors un instant.

– Vous allez parler dans mon dos, nous lança Bowditch. En tout cas, il est hors de question que ce jeune homme m'administre des lavements.

– Ouah ! » fit Herbie. Penché en avant, les mains sur les genoux, il examinait le téléviseur. « C'est la plus vieille boîte à conneries que j'aie jamais vue. Elle marche ? »

7

Le soleil de cette fin de journée était éblouissant, et il avait conservé un peu de chaleur. Après un long hiver et un printemps froid, c'était un délice. Melissa m'entraîna vers la camionnette de l'hôpital, se pencha à l'intérieur et ouvrit la large console centrale. Elle en sortit un sac en plastique qu'elle déposa sur le siège.

« Les béquilles sont à l'arrière. Ça, ce sont ses médicaments, plus deux tubes d'arnica. Il y a une feuille avec les dosages exacts à l'intérieur. » Elle sortit les flacons du sac et me les montra un par un. « Ça, c'est des antibiotiques. Ça, des vitamines. Quatre différentes. Ça, c'est une ordonnance pour du Lynparza. Tu iras le chercher au CVS de Sentry Village. Ça, ce sont des laxatifs. Ce ne sont pas des suppositoires, tu devras lire la notice pour savoir comment les administrer, en cas de besoin. Il ne va pas aimer.

– Il n'aime pas grand-chose, dis-je. À part Radar.

– Et toi. Il t'aime bien, Charlie. Il dit que tu es digne de confiance. J'espère qu'il ne dit pas ça uniquement parce que tu es arrivé au bon moment pour lui sauver la vie. Car il y a cette chose-là aussi. »

Le plus gros flacon était rempli de comprimés d'OxyContin de vingt milligrammes. Melissa me regarda d'un air solennel.

« C'est une sale drogue, Charlie. Très addictive. Mais c'est très efficace contre le genre de douleurs dont souffre ton ami et qui vont peut-être durer de huit mois à un an. Peut-être même plus, en fonction de ses autres problèmes.

– Quels autres problèmes ?

– Ce n'est pas à moi de t'en parler. Contente-toi de respecter le dosage et de faire la sourde oreille quand il en réclamera encore. Il pourra avoir du rab avant nos séances de rééducation, et ça deviendra une de ses principales motivations – voire la plus importante – pour poursuivre ses séances, même si ça fait mal. Cache-les dans un endroit où il ne peut pas les atteindre. Tu as une idée ?

– Oui. » Je pensais au coffre-fort. « Jusqu'à ce qu'il puisse monter l'escalier, du moins.

– Trois semaines donc, s'il suit sa rééducation. Un mois peut-être. Dès qu'il pourra se lever, tu devras trouver une autre cachette. Et il n'y a pas que lui dont tu dois te méfier. Pour des personnes accros, ces comprimés valent leur pesant d'or. »

Je ne pus m'empêcher de rire.

« Quoi ? Qu'est-ce qu'il y a de drôle ?

– Rien. Je les mettrai à l'abri et s'il en réclame encore, je tiendrai bon. »

Elle me dévisagea.

« Et toi, Charlie ? Je n'ai pas le droit de confier ces médicaments à un mineur. Le médecin qui les a prescrits croit qu'ils vont être administrés par un adulte, un professionnel. Je risque gros. Tu pourrais être tenté d'en essayer un ou deux, pour planer un peu ? »

Je pensai à mon père, à ce que l'alcool lui avait fait. À une époque, j'avais peur qu'on finisse sous les ponts, trimbalant toutes nos affaires dans un caddie de supermarché volé.

Je pris le gros flacon d'OxyContin et le remis au fond du sac, avec les autres médicaments. Puis je pris Melissa par la main et la regardai droit dans les yeux.

« Ça ne risque pas d'arriver. »

8

Elle avait d'autres instructions, et je fis durer ce moment car j'avais peur de me retrouver seul avec M. Bowditch. Imaginez qu'il se passe quelque chose et que ce foutu téléphone des années soixante-dix décide de ne pas fonctionner ?

Eh bien, tu appelleras les secours avec ton téléphone du vingt et unième siècle, me dis-je. *Comme le jour où tu l'as découvert allongé sur les marches derrière la maison. Oui, d'accord, mais supposons qu'il fasse un infarctus.* Ce que je savais sur les massages cardiaques, je l'avais appris dans les séries télé. Et si son palpitant s'arrêtait, je n'aurais pas le temps de visionner une vidéo sur YouTube. Encore des devoirs en perspective.

Je regardai s'éloigner la camionnette et retournai dans la maison. M. Bowditch était allongé dans le canapé-lit, un bras sur les yeux. Radar montait la garde à côté. Maintenant, on n'était plus que tous les trois.

« Ça va ? » demandai-je.

Il ôta son bras et tourna la tête vers moi. Son expression trahissait son désarroi.

« Je suis au fond du trou, Charlie. Et je ne sais pas si je pourrai en sortir.

– Bien sûr que si », dis-je en espérant paraître convaincant, car franchement j'avais des doutes. « Vous voulez manger quelque chose ?

– Je veux mes médocs contre la douleur.

– Je ne peux pas... »

Il m'arrêta d'un geste.

« Je sais bien que tu ne peux pas. Et je ne m'abaisserai pas – je ne t'insulterai pas – en te suppliant. Du moins, j'espère. » Il caressait la tête de Radar, qui demeurait immobile, remuant lentement la queue, sans le quitter des yeux un seul instant. « Donne-moi le chèque et un stylo. »

Je lui apportai ce qu'il demandait, avec un gros livre relié pour qu'il puisse prendre appui dessus. Il endossa le chèque en griffonnant sa signature.

« Tu veux bien aller le déposer à la banque demain ?

– Pas de problème. First Citizens, c'est ça ?

– Exact. Une fois que mon compte aura été crédité, je pourrai payer mes frais d'hospitalisation. » Il me rendit le chèque, que je rangeai dans mon portefeuille. Il ferma les yeux, les rouvrit et contempla le plafond. Sa main n'avait pas quitté la tête de Radar. « Je suis épuisé. Et la douleur ne prend pas de vacances. Pas même une putain de pause café.

– Vous avez faim ?

– Non. Mais ils disent que je dois manger. Alors des sardines en boîte avec des crackers peut-être. »

Un mélange répugnant. Néanmoins, j'allai chercher ce qu'il me demandait, avec un verre d'eau glacée. Dont il but la moitié goulûment. Avant d'attaquer les sardines (sans têtes et luisantes d'huile – beurk), il me demanda si j'avais toujours l'intention de passer la nuit ici.

« La nuit et toute la semaine, répondis-je.

– Tant mieux. Avant, je m'en fichais d'être seul, mais maintenant, c'est différent. Tu sais ce que cette chute m'a appris ? Ou réappris, plus exactement ? »

Je secouai la tête.

« La peur. Je suis un vieil homme, et je suis mal en point. » Il avait dit cela sans s'apitoyer sur son sort, comme on énonce une évidence. « Je pense que tu devrais rentrer chez toi, le temps de rassurer ton père en lui disant que tout se passe bien. Et peut-être même manger un morceau avec lui. Tu reviendras pour nourrir Radar et me filer mes satanés médocs. Ils disaient que j'allais devenir dépendant, et ça n'a pas tardé à se vérifier.

– Bonne idée », dis-je. Puis, après un bref silence : « Monsieur Bowditch… Howard… j'aimerais faire venir mon père pour qu'il fasse votre connaissance. Je sais que vous n'êtes pas quelqu'un de très sociable, même quand vous n'êtes pas mal en point, mais…

– Je comprends. Il veut se rassurer, ce qui est tout à fait normal.

Mais pas ce soir, Charlie. Ni demain. Mercredi, éventuellement. D'ici là, peut-être que je me sentirai un peu mieux.

– OK. Une dernière chose. » Je notai mon numéro de portable sur un Post-it et le posai sur la petite table à côté du canapé-lit. Une table qui serait bientôt couverte de pommades, de compresses et de médicaments (à l'exception de l'Oxy). « La clochette, c'est pour quand je suis à l'étage...

– Ça fait très victorien.

– Mais si vous avez besoin de moi quand je ne suis pas là, appelez-moi sur mon portable. Même si je suis au lycée. J'expliquerai la situation à Mme Silvius, au bureau.

– Très bien. Allez, file. Va rassurer ton père. Mais dépêche-toi de revenir, sinon je vais essayer de me lever pour dénicher mes médocs. »

Il ferma les yeux.

« Mauvaise idée », dis-je.

Sans les ouvrir, il répondit :

« L'univers en est plein. »

9

Le lundi est toujours une journée très chargée pour mon père (à cause du retard accumulé durant le week-end), et souvent il ne rentre pas avant six heures et demie ou sept heures, aussi ne m'attendais-je pas à le trouver à la maison, et d'ailleurs il n'y était pas. Car il m'attendait devant le portillon de M. Bowditch.

« J'ai fini plus tôt, dit-il en me voyant approcher. Je m'inquiétais pour toi.

– Il n'y avait pas de raison. »

Il passa son bras autour de mes épaules et me serra contre lui.

« Fais-moi un procès, alors. En montant jusqu'ici, je t'ai aperçu dans l'allée, en train de bavarder avec une jeune femme, mais tu ne m'as pas vu. Tu semblais très concentré sur ce qu'elle te racontait.

– Et tu as attendu là pendant tout ce temps ?

– J'ai failli frapper à la porte, mais je suis un peu comme un vampire dans ce contexte : je ne peux entrer sans y être invité.

– Mercredi, dis-je. Je lui en ai parlé.

– Ça marche. En soirée ?

– Vers sept heures peut-être. Il prend ses médicaments contre la douleur à six heures. »

On descendit vers le bas de la colline. Il me tenait toujours par les épaules. Ça ne me gênait pas. Je lui expliquai que je ne voulais pas laisser M. Bowditch seul trop longtemps, alors je ne pouvais pas dîner avec lui. Je prendrais quelques affaires – ma brosse à dents notamment – et je trouverais bien quelque chose à grignoter dans son cellier (mais pas des sardines).

« Inutile, dit mon père. J'ai rapporté des sandwichs de chez Jersey Mike's. Prends-les.

– Super !

– Comment il va ?

– Il souffre beaucoup. J'espère que ses médicaments l'aideront à dormir. Il doit en prendre encore à minuit.

– De l'Oxy ?

– Oui.

– Surtout, il ne doit pas savoir où tu les caches. »

C'était un conseil qu'on m'avait déjà donné, mais au moins, mon père ne me demanda pas si je pourrais être tenté d'essayer.

À la maison, je fourrai des affaires pour deux jours dans mon sac à dos, ainsi que ma borne Wi-Fi portable Nighthawk car mon téléphone marchait bien, mais la Nighthawk offrait une connexion d'enfer. J'ajoutai ma brosse à dents et le rasoir que j'avais commencé à utiliser deux ans auparavant. Au lycée, certains gars arboraient une barbe de trois jours – c'était un style –, mais moi, je préférais avoir un visage bien net. Je préparai mon sac rapidement, sachant que je pourrais toujours revenir le lendemain si j'avais oublié un truc. Et je pensais à M. Bowditch, seul dans sa grande maison au toit qui fuyait, avec sa vieille chienne pour seule compagnie.

Quand je fus prêt à repartir, mon père m'étreignit de nouveau et me prit par les épaules.

« C'est une sacrée responsabilité que tu as acceptée. Je suis fier de toi, Charlie. J'aimerais que ta mère puisse te voir. Elle serait fière, elle aussi.

– Ça me fait un peu peur, avouai-je.

– Le contraire serait inquiétant. Souviens-toi que tu peux toujours m'appeler, quoi qu'il arrive.

– Je n'y manquerai pas.

– Tu sais, j'ai toujours eu hâte que tu ailles à la fac. Un peu moins maintenant. Cette maison va paraître vide sans toi.

– Je suis à cinq cents mètres, au bout de la rue, papa », dis-je.

Mais j'avais une boule dans la gorge.

« Je sais, je sais. Allez, file, Chip. Va faire ton travail. » Il déglutit bruyamment. « Et fais-le bien. »

CHAPITRE SEPT

Première nuit. Maintenant tu connais Jack. Un simple bûcheron. Thérapie. La visite de mon père. Lynparza. M. Bowditch fait une promesse.

1

Je demandai à M. Bowditch si je pouvais m'asseoir dans son fauteuil, et il dit oui, bien sûr. Je lui proposai la moitié de mon sandwich et fus un peu soulagé quand il refusa : il n'y a pas meilleur que les *subs* de Jersey Mike's.

« J'essaierai peut-être d'avaler une soupe après mes médocs de six heures. Poulet vermicelles. On verra. »

Je lui demandai s'il voulait regarder les infos à la télé. Il secoua la tête.

« Mets-les si tu veux. Moi, ça ne m'intéresse pas. Les noms changent, mais c'est toujours les mêmes conneries.

– Je n'en reviens pas que cette télé marche encore. Les tubes ne grillent pas à force ?

– Si, bien sûr. De même que les piles d'une lampe de poche s'usent. Ou les piles neuf volts d'un transistor. » Je ne savais pas ce qu'était un transistor, mais je ne le dis pas. « Alors, on les change.

– Mais où vous trouvez ces tubes ?

– Je les achète à une société appelée RetroFit, dans le New Jersey. Hélas, ils sont de plus en plus chers d'année en année, à mesure que les stocks diminuent.

– Bah, vous avez les moyens, non ? »

Il soupira.

« Tu fais allusion à l'or ? Tu te poses des questions, évidemment. Comme n'importe qui à ta place. Tu en as parlé à quelqu'un ? À ton père ? À un prof en qui tu as confiance ?

– Je sais garder un secret, je vous l'ai dit.

– OK, pas le peine de prendre la mouche. Il fallait que je te pose la question. On en reparlera. Mais pas ce soir. Ce soir, je ne me sens pas capable de parler de quoi que ce soit.

– Ça peut attendre. Mais pour en revenir aux tubes du téléviseur… comment vous les commandez, puisque vous n'avez pas Internet ? »

Il leva les yeux au ciel.

« Tu crois que cette boîte aux lettres, dans la rue, c'est juste pour faire beau ? Pour accrocher des branches de houx à Noël ? »

Que des gens se servent encore de la poste pour leurs affaires, c'était pour moi une révélation. Je faillis lui demander pourquoi il n'achetait pas une télé neuve, mais je croyais connaître la réponse : il aimait les vieilles choses.

Alors que les aiguilles de la pendule du salon approchaient lentement de six heures, je m'aperçus que j'avais hâte de lui donner ses médicaments, presque autant que lui de les avaler. Enfin, ce fut l'heure. Je montai chercher deux comprimés et les lui tendis avec un verre d'eau. Il me les arracha de la main. Malgré la fraîcheur qui régnait dans la maison, la sueur perlait sur son front.

« Je vais donner à manger à Radar, dis-je.

– Ensuite, tu l'emmèneras dans le jardin derrière. Elle fait rapidement tout ce qu'elle a à faire, mais reste un peu dehors avec elle. Avant cela, passe-moi cet urinal, Charlie. Je ne veux pas que tu me voies utiliser ce satané truc, et à mon âge, faut être patient. »

2

Le temps que je revienne et que je vide l'urinal, les cachets produisaient leurs effets. Il réclama sa soupe de poulet aux vermicelles. Il appelait ça « la pénicilline des Juifs ». Il but le bouillon et mangea les pâtes avec une cuillère. Quand je revins, après avoir rincé le bol, il s'était endormi. Pas étonnant. Il avait eu une sacrée journée. Je montai dans sa chambre, pris son exemplaire de *La mariée était en noir*, et j'étais plongé dedans lorsqu'il se réveilla à huit heures.

« Allume donc la télé et essaie de nous trouver ce concours de chant. Radar et moi, on aime bien regarder ce truc de temps en temps. »

J'allumai la télé, fis défiler les quelques chaînes disponibles et dénichai *The Voice* à travers une tempête de neige. J'ajustai les oreilles de lapin jusqu'à ce que l'image soit aussi nette qu'elle pouvait l'être et on regarda plusieurs concurrents faire leur numéro. La plupart étaient vachement doués. Je me tournai vers M. Bowditch pour lui dire que j'aimais bien le gars qui chantait de la country. Il dormait à poings fermés.

3

Je posai la clochette près de lui sur la petite table et montai l'escalier. En me retournant, je découvris Radar assise au pied des marches. Voyant que je la regardais, elle fit demi-tour et retourna auprès de son maître, où elle passa la nuit, et toutes les nuits suivantes. M. Bowditch continua à dormir dans le canapé-lit, même quand il put de nouveau monter les marches car désormais, c'était pour sa chienne que c'était devenu trop difficile.

Je n'avais pas à me plaindre de ma chambre, même si l'unique lampadaire projetait des ombres flippantes au plafond et si la maison craquait de tous les côtés. Quand le vent soufflait, ça devait être une véritable symphonie. Je branchai mon Nighthawk pour surfer sur la toile. Je me revis avec ces kilos d'or sur le dos, et cela me fit penser à ma mère qui me lisait une vieille histoire dans un Petit Livre d'Or. Sur le coup, je croyais simplement tuer le temps, mais aujourd'hui, je me le demande. Je crois que parfois on sait où on va, même si on croit ne pas le savoir.

Je trouvai au moins sept versions de *Jack et le haricot magique*, que je lus sur mon téléphone, à la lumière de cette seule lampe. Je me promis de prendre mon ordinateur le lendemain, mais pour ce soir-là, je devrais me contenter de mon téléphone. Je connaissais cette histoire, évidemment ; à l'instar de *Boucle d'or* et du *Petit Chaperon rouge*, elle faisait partie de ce fleuve culturel qui entraîne les enfants vers leur avenir. Il me semblait avoir vu l'adaptation en dessin animé, après que maman m'avait lu le livre, mais je n'en étais pas certain. L'histoire originale (merci Wikipédia) était bien plus violente que celle dont j'avais gardé le souvenir. Pour commencer, Jack vit uniquement avec sa mère car le géant a tué son père au cours d'une de ses nombreuses démonstrations de fureur.

Vous connaissez certainement l'histoire, vous aussi. Jack et sa mère sont fauchés. Tout ce qu'ils possèdent, c'est une vache. Sa mère demande à Jack d'aller la vendre au marché et d'en tirer au moins cinq pièces d'or (ce ne sont pas des pépites). En chemin, Jack rencontre un colporteur beau parleur qui le convainc d'échanger sa vache contre cinq haricots magiques. Furieuse, sa mère jette les haricots par la fenêtre. En l'espace d'une nuit, ils donnent naissance à une tige de haricot qui monte jusqu'aux nuages. Au sommet se trouve un immense château (aucune des versions n'explique comment il fait pour flotter là-haut), où vit le géant, avec son épouse.

Pour résumer, Jack vole plusieurs trucs en or : des pièces, une oie qui pond des œufs en or et la harpe d'or qui avertit le géant. Mais ce n'est pas vraiment du vol au sens propre, car le géant avait lui-même volé toutes ces choses. J'appris que sa célèbre chanson « Fee-fi-fo-fum » avait été pompée dans *Le Roi Lear*, où un personnage nommé Edgar déclare : « Le chevalier Roland s'en vint au noir donjon. Répétant sans arrêt : "Fee-fi-fo-fum, je flaire le sang d'un Breton." » Autre chose dont je ne me souvenais pas non plus, ni dans le dessin animé ni dans les Petits Livres d'Or : la chambre du géant est jonchée des os des enfants qu'il a tués et mangés. En découvrant le nom du géant, je fus parcouru d'un frisson, profond et prémonitoire.

Gogmagog.

4

J'éteignis la lumière à onze heures et somnolai jusqu'à ce que l'alarme de mon téléphone me réveille à minuit moins le quart. Je n'avais pas pris la peine, pour l'instant, de ranger les Oxy dans le coffre ; ils étaient posés sur la commode dans laquelle j'avais rangé mes quelques affaires. J'en descendis deux à M. Bowditch. Radar me grogna après et se redressa.

« Chut, fifille », ordonna M. Bowditch et elle obéit.

J'allumai la lampe. Couché sur le dos, il contemplait le plafond.

« Pile à l'heure. Parfait. Je n'avais aucune envie d'agiter cette clochette.

– Vous avez dormi ?

– Un peu. Après avoir avalé ces fichus cachets, il se peut que je replonge. Jusqu'à l'aube, peut-être. »

Je lui donnai les antalgiques. Il se dressa sur un coude pour les avaler, me rendit le verre et se rallongea.

« Je me sens déjà mieux. L'effet placebo, j'imagine.

– Vous voulez autre chose ?

– Non. Retourne te coucher. Les garçons en pleine croissance ont besoin de se reposer.

– Je crois que j'ai fini ma croissance. »

Du moins, je l'espérais. Je mesurais déjà un mètre quatre-vingt-quinze et je pesais près de cent kilos. Si je continuais à grandir, j'allais…

« Gogmagog », lâchai-je sans réfléchir.

Je m'attendais à un éclat de rire, je n'eus même pas droit à un sourire.

« Je vois qu'on a révisé ses contes de fées. »

Je haussai les épaules.

« Transporter l'or jusqu'à Stantonville m'a fait penser aux haricots magiques.

– Alors tu connais Jack maintenant.

– Oui, je crois.

– Dans la Bible, Gog et Magog sont deux nations guerrières qui s'affrontent sur terre. Tu le savais ?

– Non.

– C'est dans l'Apocalypse. Si tu les réunis, tu obtiens un véritable monstre. Qu'il vaut mieux éviter. Éteins la lumière, Charlie. On a besoin de dormir, toi et moi. À chacun son repos. Des petites vacances loin de la douleur, ce serait pas mal. »

Je donnai une petite tape à Radar, puis éteignis la lumière. Avant d'atteindre l'escalier, je me retournai.

« Monsieur Bowditch ?

– Howard, corrigea-t-il. Tu as encore besoin de t'entraîner. Tu n'es pas mon putain de majordome. »

Un peu, quand même, me semblait-il, mais je ne voulais pas ouvrir ce débat à cette heure tardive.

« D'accord, Howard. Que faisiez-vous dans la vie avant de prendre votre retraite ? »

Il ricana. Un son de métal rouillé, mais pas désagréable.

« J'étais géomètre à mi-temps et ouvrier forestier à mi-temps. Un simple bûcheron, autrement dit. Les contes de fées en regorgent. Allez, au lit, Charlie. »

Je remontai me coucher et dormis jusqu'à six heures. Heure à laquelle je devais lui donner ses cachets, pas uniquement les antalgiques cette fois, mais la totale. De nouveau, je le trouvai réveillé, les yeux fixés au plafond. Je lui demandai s'il avait réussi à dormir. Oui, me dit-il, mais je n'étais pas sûr de le croire.

5

Au petit-déjeuner, je fis des œufs brouillés. M. Bowditch s'assit au bord du canapé-lit pour manger, sa jambe immobilisée par le fixateur était appuyée sur le repose-pieds de son fauteuil. Comme la veille, il me demanda de sortir pendant qu'il se servait de l'urinal. Quand je revins, il était debout, appuyé sur ses béquilles, et il regardait par la fenêtre de devant.

« Vous auriez dû attendre que je vous aide. »

Il émit une sorte de *pff*.

« Tu as redressé la clôture.

– Radar m'a filé un coup de main.

– J'en suis sûr. C'est beaucoup mieux. Aide-moi à me rallonger, Charlie. Il faut que tu me tiennes la jambe, comme la dernière fois. »

Je le couchai. Et j'emmenai Radar se promener dans Pine Street. Les nouveaux médicaments, non périmés, semblaient efficaces car elle parcourut une sacrée distance, signant son passage au pied des poteaux téléphoniques et d'une ou deux bouches d'incendie : Radar de Bowditch. Ensuite, j'allai déposer le chèque sur le compte de M. Bowditch. Je passai chez moi – papa était parti depuis longtemps déjà – pour prendre quelques affaires et mon ordi. Au déjeuner, ce fut encore sardines en boîte et crackers pour M. Bowditch et hot-dog pour moi. Pour le dîner, un plat surgelé aurait été parfait (je raffole des Stouffer's), mais M. Bowditch ne possédait pas de four à micro-ondes. Alors je fis décongeler de la viande de chez Tiller and Sons. Si on ne voulait pas se nourrir exclusivement de soupe en boîte et de sardines, je voyais se profiler un avenir fait de tutos de cuisine sur YouTube. Je donnai à M. Bowditch ses cachets de la mi-journée. Puis j'appelai Melissa Wilcox pour la tenir au courant, comme convenu. J'étais censé lui dire combien de fois M. Bowditch s'était levé, ce qu'il avait mangé et s'il avait un bon transit. Vraiment pas, non, concernant la dernière question, ce qui ne la surprit pas. L'OxyContin était sacrément constipant. Après le déjeuner, je déposai une enveloppe dans sa boîte aux lettres et levai le petit drapeau pour la signaler au facteur. Elle contenait le chèque à l'ordre d'Arcadia Hospital. J'aurais pu aller le déposer, mais M. Bowditch voulait s'assurer au préalable que le chèque de Heinrich n'était pas en bois.

Je vous livre tous ces détails non pas parce qu'ils sont particulièrement intéressants, mais parce qu'ils constituaient une routine qui se poursuivit jusqu'à la fin du printemps et se prolongea presque tout l'été. Des mois agréables à certains égards. Je me sentais utile, indispensable même. Cela faisait longtemps que je n'avais pas eu une aussi bonne image de moi-même. Seule la fin fut horrible.

6

Le mercredi après-midi, durant ma semaine de vacances de printemps, Melissa se présenta pour la première séance de rééducation de M. Bowditch. Elle appelait ça rééducation ; lui, séance de torture. Il eut droit à un Oxy supplémentaire, ce qui le réjouit, et à de nombreux mouvements d'étirement et de traction avec sa jambe blessée, ce qui le réjouit beaucoup moins. Je passai presque toute la séance dans la cuisine, où me parvenait un florilège de mots fleuris, parmi lesquels *Fait chier*, *putain de merde* et *stop*. *Stop* revenait souvent, parfois accompagné de *nom de Dieu*. Melissa ne se laissait pas décontenancer.

La séance terminée, après vingt minutes qui durent paraître beaucoup plus longues à M. Bowditch, elle m'appela. J'avais descendu deux chaises supplémentaires du deuxième étage (pas celles qui allaient avec la table de salle à manger et ressemblaient à des engins de torture elles aussi). M. Bowditch était assis sur l'une d'elles. Melissa avait apporté un gros coussin de mousse, sur lequel reposait la cheville de sa jambe invalide. Le coussin étant plus bas que le repose-pieds, son genou (toujours bandé) était légèrement plié.

« Regarde ça ! s'exclama Melissa. Cinq degrés de flexion déjà ! Je ne suis pas seulement enchantée, je suis stupéfaite !

– J'ai mal à en crever, grommela M. Bowditch. Je veux me recoucher. »

Elle rit gaiement comme si elle n'avait jamais rien entendu d'aussi drôle.

« Encore cinq minutes et après, on reprend les béquilles. Avec l'aide de Charlie. »

Il arriva au bout des cinq minutes, après quoi il se remit debout, péniblement, et prit appui sur ses béquilles, mais l'une d'elles lui échappa. Elle heurta le sol bruyamment, provoquant les aboiements de Radar. Je le retins à temps et l'aidai à achever le tour de la pièce. Pendant ces quelques instants où nous étions collés l'un à l'autre, en nous tenant par la taille, je sentis les battements de son cœur, forts et rapides. *Violents* est le mot qui me vint à l'esprit.

Je le recouchai, mais au cours de l'opération, son genou se plia de beaucoup plus que cinq degrés et il hurla de douleur. Radar se leva aussitôt en aboyant, les oreilles plaquées en arrière.

« Tout va bien, fifille », dit-il. Il était essoufflé. « Couchée. »

Elle s'allongea à plat ventre, sans quitter son maître des yeux. Melissa donna un verre d'eau à M. Bowditch.

« En guise de récompense pour votre excellent travail, vous aurez le droit de prendre vos médicaments du soir à cinq heures aujourd'hui. Je reviendrai vendredi. Je sais que c'est très douloureux, Howard. Ces fichus ligaments refusent de s'étirer. Mais ça viendra. Si vous insistez.

– Ah, bon Dieu. » Puis, à contrecœur : « OK.

– Charlie, raccompagne-moi. »

Je m'exécutai, en portant son gros sac de toile rempli de matériel. Sa petite Honda Civic était garée devant le portillon. En soulevant le hayon pour charger le sac à l'arrière, j'aperçus Mme Richland de l'autre côté de la rue, la main en visière, comme toujours, pour ne rien manquer des festivités. Voyant que je la regardais, elle agita les doigts.

« Il va vraiment s'en remettre ? demandai-je.

– Oui. Tu as vu comment il plie le genou ? C'est extraordinaire. Certes, j'ai déjà vu ça, mais chez des patients plus jeunes. » Après un instant de réflexion, elle ajouta : « Son état va s'améliorer. Pendant quelque temps du moins.

– Qu'est-ce que ça veut dire ? »

Melissa ouvrit sa portière.

« C'est un vieux ronchon, hein ?

– Il n'a pas trop le sens du contact », dis-je, conscient qu'elle n'avait pas répondu à ma question.

Elle émit le même rire joyeux. Je la trouvais très jolie sous le soleil de printemps.

« C'est le moins qu'on puisse dire. Je reviendrai vendredi. Jour différent, même programme.

– C'est quoi, le Lynparza ? Les autres médicaments je connais, mais pas celui-ci. Il sert à quoi ? »

Le sourire de Melissa s'évanouit.

« Je ne peux pas te le dire, Charlie. Secret médical. » Elle s'assit au volant. « Mais tu peux chercher sur Internet. On trouve tout sur Internet. »

Sur ce, elle s'en alla.

7

À sept heures ce soir-là, mon père poussa le portillon, dont je n'avais pas pris la peine de tirer le verrou, et remonta l'allée jusqu'aux marches de la véranda sur lesquelles j'étais assis. J'avais demandé à M. Bowditch s'il souhaitait reporter la visite de mon père à la suite de sa séance de rééducation. J'avais presque envie qu'il dise oui, mais après un moment de réflexion, il avait secoué la tête.

« Non, allons-y. Il sera plus tranquille. Il veut sans doute s'assurer que je ne suis pas un pédophile. »

Je ne fis aucun commentaire, mais dans son état présent, M. Bowditch n'aurait pas fait de mal à un louveteau, et encore moins à un gaillard d'un mètre quatre-vingt-quinze qui excellait dans deux sports.

« Salut, Charlie.

– Salut, papa. »

Je l'étreignis.

Il avait apporté un pack de Coca.

« Tu crois que ça va lui plaire ? Je me suis cassé la jambe quand j'avais douze ans et je me souviens que j'ingurgitais des litres de Coca.

– Entre, on va lui poser la question. »

M. Bowditch était assis sur une des chaises que j'avais descendues. Il m'avait demandé de lui apporter une chemise habillée et un peigne. Exception faite de son pantalon de pyjama déformé par le fixateur, je le trouvais impeccable. J'étais nerveux, malgré tout, j'espérais qu'il ne serait pas trop grognon avec mon père. Je m'inquiétais à tort. Ses médicaments faisaient effet, mais il n'y avait pas que ça. Cet homme avait du savoir-vivre. Un peu rouillé, mais toujours présent. Il faut croire que certaines choses, comme le vélo, ne s'oublient pas.

« Monsieur Reade, dit-il, je me souviens de vous avoir croisé dans le temps, mais je suis content de vous rencontrer officiellement. » Il tendit une de ses grosses mains veinées. « Vous me pardonnerez de ne pas me lever. »

Papa lui serra la main.

« Je vous en prie. Et appelez-moi George.

– Entendu. Moi, c'est Howard. Mais j'ai un mal fou à faire entrer ça dans la caboche de votre fils. Je tiens à vous dire qu'il est d'une grande gentillesse avec moi. Un vrai boy-scout, sans le baratin, si je peux me permettre.

– Faites donc. Je suis très fier de lui. Comment vous sentez-vous ?

– Je me remets… Du moins, à en croire la Reine de la Torture…

– La rééducation ?

– Oui, ils appellent ça comme ça.

– Et voici cette brave fifille, dit papa en se penchant pour distribuer de grandes caresses à Radar. On a déjà fait connaissance, elle et moi.

– Oui, il paraît. Si mes yeux ne me jouent pas des tours, on dirait du Coca.

– Exact. Vous en voulez, avec des glaçons ? J'ai peur qu'il soit chaud.

– Un Coca avec des glaçons, c'est pas de refus. Fut un temps où une petite dose de rhum aurait ajouté un peu de peps. »

Je me raidis, mais papa répondit en riant :

« On est d'accord.

– Charlie ? Tu veux bien prendre trois grands verres sur l'étagère du haut et les remplir de glaçons ?

– OK.

– Rince-les d'abord. Ils n'ont pas servi depuis un moment. »

Je pris mon temps et en profitai pour écouter la conversation pendant que je rinçais les verres et ôtais les glaçons du bac à l'ancienne. M. Bowditch adressa ses condoléances à papa pour le décès de son épouse, précisant qu'il avait bavardé plusieurs fois avec elle dans Sycamore Street (« à l'époque où je sortais davantage »), et qu'elle lui avait fait l'impression d'être une femme charmante.

« Ils auraient dû paver ce foutu pont dès le départ, dit-il. Le drame aurait pu être évité. D'ailleurs, je m'étonne que vous n'ayez pas attaqué la municipalité en justice. »

En ce temps-là, me dis-je, il était trop occupé à boire pour penser à ce genre de choses. Mes vieilles rancunes s'étaient effacées, sans disparaître entièrement. La peur et le chagrin laissent des traces.

8

Il faisait nuit quand je raccompagnai papa au portillon. M. Bowditch était couché. Il n'avait presque pas eu besoin de mon aide pour passer du fauteuil au lit, sous les yeux de mon père.

« Il n'est pas comme je l'imaginais, avoua celui-ci quand on atteignit le trottoir. Je m'attendais à voir un vieux bonhomme ronchon. Acariâtre même.

– Ça peut arriver. Avec toi, il s'est montré… Je ne trouve pas le mot.

– Il a pris sur lui. Il voulait me séduire parce qu'il t'aime bien. Ça se voit dans la manière dont il te regarde, fiston. Tu comptes énormément pour lui. Ne le laisse pas tomber.

– Du moment que *lui* ne tombe pas. »

Papa m'étreignit, m'embrassa sur la joue et redescendit la colline. Je le regardai traverser chaque flaque de lumière, lampadaire après lampadaire, puis disparaître. Parfois, je lui reprochais encore ses années perdues car c'étaient aussi les miennes. Mais j'étais heureux de l'avoir retrouvé.

« Tout s'est bien passé, hein ? demanda M. Bowditch lorsque je le rejoignis à l'intérieur.

– Oui, très bien.

– Et maintenant, que va-t-on faire de notre soirée, Charlie ?

– J'ai eu une idée. Attendez-moi. »

J'avais téléchargé deux émissions de *The Voice* sur mon ordinateur. Je l'installai sur la petite table à côté du canapé-lit pour qu'on puisse le voir tous les deux.

« Nom d'une pipe ! regarde-moi cette image ! s'exclama-t-il.

– Oui, je sais. Pas mal, hein ? Et aucune coupure pub. »

On regarda la première émission. J'étais partant pour regarder la seconde, mais il s'endormit moins de cinq minutes après le début. Je remontai dans ma chambre avec mon ordi pour me renseigner sur le Lynparza.

9

Le vendredi, alors que je déchargeais le matériel de Melissa de sa Civic, je refermai le hayon et dis :

« Je me suis renseigné sur le Lynparza.

– Je m'en doutais.

– Ce médicament soigne quatre choses. Je sais bien que M. Bowditch ne le prend pas pour le cancer du sein ou le cancer des ovaires. Alors, c'est lequel ? La prostate ou l'autre ? »

Je priais pour que ce ne soit pas le cancer du pancréas. Le père de mon père en était mort moins de six mois après le diagnostic

« Secret médical, Charlie. Je n'ai pas le droit d'en parler. »

Son expression disait le contraire.

« Oh, allons, Melissa. Vous n'êtes pas médecin. Et quelqu'un vous l'a dit.

– Parce que je le fais travailler. Et pour ça, j'ai besoin d'avoir une vision d'ensemble.

– Je sais garder un secret. Vous avez bien vu, non ? »

Je faisais allusion aux antalgiques ultra-forts que mon jeune âge ne m'autorisait pas à dispenser.

Elle soupira.

« C'est un cancer de la prostate. Abrams – l'orthopédiste qui s'occupe de lui – l'a remarqué sur ses radios. Déjà bien avancé, mais pas métastasé. Le Lynparza sert à ralentir le développement des tumeurs. Parfois même, il parvient à les faire disparaître.

– Il ne devrait pas avoir un autre traitement en plus ? De la chimio ? Des rayons ? »

Mme Richland était sortie de chez elle encore une fois. Elle nous salua en agitant les doigts. On en fit autant.

Melissa hésita. Sans doute décida-t-elle ensuite qu'elle était allée trop loin pour s'arrêter maintenant.

« Il a consulté le Dr Patterson, le chef du service d'oncologie d'Arcadia. Il lui a exposé toutes les options. M. Bowditch les a toutes refusées, à l'exception du Lynparza.

– Pourquoi ?

– Il faudra lui poser la question, Charlie. Mais dans ce cas, ne lui parle pas de cette conversation. Je ne perdrais pas forcément mon boulot, mais techniquement parlant, c'est possible. Et puis, pas mal de médecins estimeraient qu'il a fait le bon choix. Le cancer de la prostate progresse lentement chez les hommes âgés. Avec le Lynparza, il a peut-être encore des années devant lui. »

10

Ce soir-là, on regarda un autre épisode de *The Voice*. L'émission terminée, M. Bowditch se leva péniblement en prenant appui sur ses béquilles.

« C'est peut-être le grand soir, Charlie. Je crois que je vais aller chier.

– Le feu d'artifice est prêt.

– Garde-le pour ton one-man-show. »

Je voulus le suivre dans la cuisine, mais il tourna la tête et me lança :

« Va regarder ton gadget, nom d'un chien. Si je tombe, tu viendras me relever. »

Je retournai m'asseoir. J'entendis la porte de la petite salle de bains se refermer. J'attendis. Cinq minutes s'écoulèrent. Puis dix. Je lançai son singe à Radar, jusqu'à ce qu'elle refuse de me le rapporter et se couche en boule sur son tapis. Finalement, je m'approchai de la porte de la cuisine pour lui demander si tout allait bien.

« Oui, dit-il. Mais j'aurais besoin d'un bâton de dynamite. Saloperie d'OxyContin ! »

Enfin la chasse d'eau se déclencha, et quand il sortit des toilettes, il était en nage, mais souriant.

« *L'aigle s'est envolé*. Dieu soit loué. »

Je l'aidai à se recoucher et décidai de profiter de sa bonne humeur. Je lui montrai le flacon de Lynparza.

« Je me suis renseigné sur ce truc. Vous pourriez faire beaucoup plus.

– Vraiment, Dr Reade ? »

Le petit sourire qui retroussait ses lèvres me donna le courage de continuer.

« De nos jours, les médecins disposent d'un tas d'armes contre le cancer. Je ne comprends pas pourquoi vous ne voulez pas les utiliser.

– C'est très simple. Tu sais que je souffre. Tu sais que je ne peux pas dormir sans ces foutus cachets qui me constipent. Tu m'as entendu hurler sur Melissa, qui est pourtant une jeune femme charmante. Jusqu'à présent, j'ai réussi à ne pas la traiter de connasse ou de salope, mais ça pourrait sortir à tout moment. Alors, pourquoi voudrais-je ajouter des nausées, des vomissements et des crampes d'estomac à la douleur que je ressens déjà ? »

Je voulus répondre, mais il se dressa sur un coude et me fit taire. *Chut.*

« Il y a autre chose, mon garçon. Une chose qu'une personne de ton âge ne peut pas comprendre. Je ne suis pas loin d'en avoir assez. Pas tout à fait, mais presque. Vivre devient lassant. Tu ne peux pas y croire, je sais que je n'y croyais pas quand… » Il s'interrompit. « … quand j'étais jeune, pourtant c'est la vérité. »

Il se rallongea, tendit la main vers Radar, la trouva et se mit à la caresser.

« Mais je ne voulais pas la laisser seule, tu comprends ? On est potes, elle et moi. Maintenant, je sais que je n'ai plus à m'inquiéter. Si elle me survit, tu l'adopteras, hein ?

– Oui, bien sûr.

– Quant à la rééducation… » Son sourire s'élargit. « Aujourd'hui, j'ai atteint dix degrés de flexion et j'ai commencé à utiliser ce truc en caoutchouc pour plier la cheville. J'ai l'intention de travailler dur car je ne veux pas mourir dans mon lit. Et surtout pas dans ce putain de canapé convertible. »

11

On n'avait pas encore parlé de l'origine des pépites d'or – c'était le grand sujet tabou – mais, le dimanche venu, je m'aperçus qu'il y avait autre chose dont on devait absolument parler. Une fois que j'aurais repris les cours, je pourrais toujours lui donner ses médicaments du matin et du soir, mais ceux du midi ?

« Melissa pourrait vous les donner le lundi, le mercredi et le vendredi quand elle vient pour vos séances de rééducation, mais ils n'auraient pas le temps de faire effet avant que vous commenciez vos exercices. Et puis, il reste le problème du mardi et du jeudi.

« Je demanderai à Mme Richland de me les donner. Elle pourra en profiter pour fouiner partout. Et peut-être prendre des photos pour les mettre sur son compte Facebook ou Twitter.

– Très drôle.

– Et il n'y a pas que les médocs du midi, ajouta-t-il. Il y a ceux de la nuit aussi.

– Je serai là pour…

– Non, Charlie. Il est temps que tu rentres chez toi. Je suis sûr que ton père se languit de toi.

– J'habite au bout de la rue !

– Oui, mais ta chambre est vide. Et quand il rentre du travail, il n'y a personne pour dîner avec lui. Un homme seul nourrit parfois de sombres pensées. Je sais de quoi je parle, crois-moi. Alors, tu me laisseras mes cachets du midi quand tu viendras me voir le matin et nourrir Radar ; et le soir, avant de rentrer chez toi, tu me laisseras mes cachets de la nuit.

– Je n'ai pas le droit !

– Oui, je sais. Pour m'empêcher de tricher. Et ce serait tentant, je l'avoue, car je suis devenu accro à ces saloperies. Mais je te donne ma parole. » Il se dressa sur ses coudes et plongea son regard dans le mien. « Si un jour je triche, je te le dirai. Et je renoncerai définitivement à ces médocs. Je passerai au Tylenol. C'est une promesse, et je la tiendrai. Ça te va ? »

Je réfléchis et répondis par l'affirmative. Il me tendit le bras. On échangea une poignée de main. Ce soir-là, je lui montrai comment accéder aux films et aux émissions chargés sur mon ordinateur. Je déposai deux comprimés d'Oxy de vingt milligrammes dans une soucoupe sur la table près du lit. Je chargeai mon sac à dos sur mon épaule et brandis mon téléphone.

« En cas de besoin, appelez-moi. Jour et nuit.

– Jour et nuit. »

Radar me suivit jusqu'à la porte. Je me penchai pour la caresser et la serrer contre moi. Elle me lécha la joue. Et je rentrai à la maison.

12

Jamais il ne tricha. Pas une seule fois.

CHAPITRE HUIT

De l'eau sous les ponts. La fascination pour l'or. Un vieux chien. Des infos dans le journal. Une arrestation.

1

Au début, je faisais la toilette de M. Bowditch avec une éponge et une bassine trois fois par semaine, car il n'y avait pas de douche dans le cabinet de toilette du bas. Il insistait pour laver lui-même ses parties intimes (tant mieux). Moi, je frottais son torse maigre et son dos qui l'était encore plus, mais un jour, à la suite d'un malencontreux accident, survenu alors qu'il se dirigeait à petits pas vers ce cabinet de toilette exigu, je dus laver ses fesses décharnées. Les jurons et les obscénités proférés à cette occasion devaient autant à la gêne qu'à la colère.

« Ne vous en faites pas pour ça, dis-je quand il eut remis son pantalon de pyjama. Je ramasse les crottes de Radar dans le jardin tous les jours. »

J'eus droit à son fameux regard breveté « Tu es débile ou quoi ? ».

« Ce n'est pas pareil, répondit-il. Radar est une *chienne*. Elle chierait sur la pelouse devant la tour Eiffel si tu la laissais faire.

– Ah bon ? fis-je. Il y a une pelouse devant la tour Eiffel ? »

Cette fois, j'eus droit à un autre grand classique : les yeux levés au ciel.

« J'en sais rien. C'était un exemple. Je peux avoir un Coca ?

– Oui, bien sûr. »

Depuis que mon père avait apporté un pack de Coca, j'en avais toujours à la maison pour M. Bowditch.

Quand je revins avec son Coca, il avait quitté son lit pour s'asseoir dans son vieux fauteuil, Radar à ses côtés.

« Laisse-moi te poser une question, Charlie. Tout ce que tu fais pour moi…

– Ça me rapporte un joli chèque toutes les semaines, ce que j'apprécie grandement, même si je n'ai pas toujours l'impression de l'avoir mérité.

– Tu l'aurais fait gratuitement. Tu me l'as dit quand j'étais à l'hôpital, et je te crois. Alors, tu rêves d'être canonisé, ou bien tu veux expier tes péchés ? »

Il n'était pas tombé loin. Je repensai à ma prière – à mon arrangement avec Dieu –, mais aussi à cette fausse alerte à la bombe à l'école primaire Stevens. Bertie avait trouvé ça hilarant, mais moi, ce soir-là, pendant que mon père cuvait son vin dans la pièce voisine, je ne pensais qu'à une seule chose : j'avais flanqué la frousse à un tas de gens, des gosses principalement.

M. Bowditch m'observait.

« Quel genre de péché ? Je me le demande.

– Vous m'avez offert un bon travail, et je vous en suis reconnaissant. Je vous aime bien, même quand vous êtes ronchon. Mais je l'avoue, c'est un peu plus difficile dans ces moments-là. Pour tout le reste, l'eau a coulé sous les ponts. »

Après un moment de réflexion, il dit une chose que je n'ai pas oubliée. Peut-être parce que ma mère est morte sur un pont, à l'époque où j'allais encore à l'école primaire, peut-être parce que ça me semblait important à l'époque. Et ça l'est toujours.

« Le temps, c'est de l'eau, Charlie. La vie n'est rien d'autre que le pont sous lequel il passe. »

2

Le temps passa. M. Bowditch continua à pester, et à hurler parfois, durant ses séances de rééducation, ce qui perturbait tellement Radar que Melissa l'obligeait à sortir avant de commencer son travail. Les exercices de flexion étaient douloureux, très douloureux, mais en mai, M. Bowditch parvenait à plier le genou à dix-huit degrés, et en juin il avait presque atteint les cinquante degrés. Melissa lui apprit à monter l'escalier avec les béquilles (et surtout à redescendre sans chute désastreuse), alors je transférai ses Oxy au deuxième étage. Je les cachai dans une vieille cage à oiseaux dont le dessus s'ornait d'un corbeau sculpté qui me filait les jetons. M. Bowditch se déplaçait de plus en plus facilement avec ses béquilles et il prit l'habitude de se laver lui-même à l'éponge (ce qu'il appelait faire une toilette de chat). Je n'eus plus jamais l'occasion de lui laver les fesses car il n'y eut pas d'autre accident sur le trajet des toilettes. On regardait des films sur mon ordi, de *West Side Story* à *Un crime dans la tête* (qu'on adorait tous les deux). Il parlait d'acheter une nouvelle télé, et j'y voyais le désir de renouer avec la vie, mais il changea d'avis quand je lui expliquai que cela voudrait dire faire installer le câble ou une antenne satellite (du coup, il n'était plus si enthousiaste). J'arrivais à six heures tous les matins et, libéré des entraînements et des matchs de baseball (le coach Harkness me lançait un regard noir quand on se croisait dans les couloirs), j'étais généralement de retour au 1 Sycamore Street vers trois heures l'après-midi. Et j'effectuais diverses corvées, le ménage principalement, sans y trouver à redire. Dans les étages, les sols étaient sales, surtout au deuxième. Quand je proposai de nettoyer les gouttières, M. Bowditch me regarda comme si j'avais perdu la raison et me dit d'engager quelqu'un pour le faire. Je fis donc venir une entreprise, Sentry Home Repair, et une fois les gouttières nettoyées, à la grande satisfaction de M. Bowditch (qui assista à l'opération de la véranda de derrière, voûté sur ses béquilles, son pantalon de pyjama flottant par-dessus le fixateur), il me chargea de les engager pour réparer le toit. En découvrant le devis, il m'ordonna de marchander (« Joue la carte du vieil homme sans le sou »). Je parvins à obtenir une ristourne de vingt pour cent. Les gars installèrent également une rampe pour accéder à la véranda de devant (que ni M. Bowditch ni Radar n'utilisèrent : elle en avait peur) et proposèrent de réparer les dalles totalement disjointes de l'allée qui allait du portillon à la véranda. Je refusai leur proposition et m'en chargeai moi-même. Je remplaçai également les marches voilées et fendues des vérandas de devant et de derrière (avec l'aide de plusieurs tutos sur YouTube). Bref, un printemps et un été riches en travaux d'entretien et de réparation sur les hauteurs de Sycamore Street Hill. Mme Richland ne savait plus où donner de la tête. Au début du mois de juillet, M. Bowditch retourna à l'hôpital pour faire enlever le fixateur externe, et ceci plusieurs semaines avant les estimations les plus optimistes de Melissa. Quand elle lui annonça qu'elle était très fière de lui et le serra dans ses bras, le vieil homme en eut la chique coupée, pour une fois. Mon père nous rendait visite le dimanche après-midi – à l'invitation de M. Bowditch, sans aucune intervention de ma part – et on faisait des parties de gin rami, remportées généralement par notre hôte. Les soirs de semaine, je lui préparais un repas, je descendais dîner avec mon père, après quoi je remontais chez M. Bowditch pour faire un peu de vaisselle, promener Radar, et regarder des films avec lui. Parfois, on mangeait du pop-corn. Le fixateur ayant été retiré, je n'avais plus besoin de nettoyer les broches, mais je devais encore désinfecter les endroits où elles avaient été plantées. Je faisais travailler ses chevilles avec de gros élastiques rouges et l'obligeais à effectuer ses exercices de flexion.

Des semaines agréables, dans l'ensemble. Car tout n'était pas rose.

Pour Radar, les promenades étaient de plus en plus courtes. Très vite, elle se mettait à boiter et reprenait le chemin de la maison. Et elle avait de plus en plus de mal à grimper les marches de la véranda. Un jour, M. Bowditch me vit la porter et il m'interdit de recommencer. « Pas tant qu'elle peut monter toute seule », me dit-il. Et parfois, je remarquais des gouttelettes de sang sur le bord de la cuvette des toilettes après que M. Bowditch était allé uriner, une opération qui prenait de plus en plus de temps, soit dit en passant.

Un jour, à travers la porte fermée, je l'entendis s'emporter : « Allez, vas-y, fais ton boulot, sale machin inutile. »

Le Lynparza ne semblait pas très efficace. J'essayai d'aborder le sujet avec M. Bowditch ; je lui demandai pourquoi il se donnait tant de mal pour marcher si, à côté de ça, il ne luttait pas contre son « véritable problème » (euphémisme de ma création). Il me répondit de me mêler de mes oignons. Finalement, ce n'est pas le cancer qui a eu raison de lui. C'est une crise cardiaque. Enfin pas vraiment.

C'est ce foutu cabanon.

3

C'est au mois de juin, je crois, que j'abordai de nouveau le sujet de l'or. De manière indirecte. Je demandai à M. Bowditch s'il ne s'inquiétait pas à cause du petit Allemand boiteux, surtout après la livraison que j'avais effectuée pour qu'il puisse payer ses frais d'hospitalisation.

« Il est inoffensif. Il traite pas mal d'affaires dans son arrière-boutique, et à ma connaissance, il n'a jamais attiré l'attention de la police. Ni du fisc, ce qui paraîtrait plus probable.

– Vous n'avez pas peur qu'il parle à quelqu'un ? Je veux dire… Il est certainement en relation avec des gens qui revendent des diamants volés, des cambrioleurs et ainsi de suite. J'imagine qu'il sait garder le silence. Mais trois kilos de pépites d'or, ce n'est pas la même chanson. »

Il émit une sorte de ricanement moqueur.

« Il mettrait en danger les énormes bénéfices que lui rapportent nos transactions ? Ce serait stupide, franchement, et Willy Heinrich n'est pas stupide. »

On était dans la cuisine et on buvait du Coca dans de grands verres (avec des brins de menthe cueillis le long de la maison du côté de Pine Street). M. Bowditch me lança un regard malicieux par-dessus la table.

« Je crois que ce n'est pas de Heinrich que tu as envie de parler mais de l'or, et de sa provenance. »

Je restai muet, mais il n'avait pas tort.

« Dis-moi une chose, Charlie… Tu es monté là-haut de temps à autre ? » Il montra le plafond. « Pour le regarder ? Vérifier qu'il était toujours là ? Tu l'as fait, hein ? »

Je rougis.

« Euh…

– N'aie pas peur, je ne vais pas te gronder. Pour moi, ce qu'il y a là-haut, c'est juste un seau en métal qui pourrait tout aussi bien contenir des boulons et des écrous, mais je suis vieux. Ce qui ne m'empêche pas de comprendre ta fascination. Dis-moi… Tu as plongé tes mains dedans ? »

J'envisageai de mentir, mais à quoi bon ? Il l'aurait su.

Il continuait à me dévisager de son petit air narquois, l'œil gauche plissé, le sourcil droit en bataille. Sourire aux lèvres.

« Tu as plongé tes mains dans le seau et laissé ces pépites couler entre tes doigts ?

– Oui. »

J'avais les joues en feu. Je ne m'étais pas limité à une seule fois. J'avais recommencé depuis, à plusieurs reprises.

« La fascination pour l'or n'a rien à voir avec sa valeur. Tu le sais, hein ?

– Oui.

– Supposons – dans l'intérêt de la conversation – que M. Heinrich parle trop, devant la mauvaise personne, après avoir trop bu dans le petit bar répugnant au bout de sa rue. Je suis prêt à parier cette maison, et le terrain sur laquelle elle repose, que le vieux Willy le boiteux ne boit jamais trop, sans doute même qu'il ne boit pas une goutte, mais supposons. Et supposons que la personne à qui il a parlé, seule ou accompagnée de complices, attende que tu partes d'ici un soir pour faire irruption chez moi et exiger que je lui remette mon or. Mon arme est en haut. Ma chienne… effrayante jadis… » Il caressa Radar qui somnolait à ses pieds. « … est encore plus vieille que moi maintenant. Que ferais-je dans ce cas-là ?

– Euh… vous le lui donneriez, j'imagine.

– Exact. Je le maudirais, mais je lui donnerais mon or. »

C'est alors que je posai la question :

« D'où vient-il, Howard ?

– Je te le dirai peut-être un jour. Je n'ai pas encore décidé. Car l'or n'est pas uniquement fascinant. Il est dangereux. Et celui-ci vient d'un endroit dangereux. Il me semble avoir vu une côte d'agneau dans le frigo. Il y a du coleslaw aussi ? Tiller fait le meilleur coleslaw. Tu devrais goûter. »

En d'autres termes : fin de la discussion.

4

Un soir de la fin juillet, Radar ne parvint pas à gravir les marches de la véranda de derrière lorsqu'on rentra de notre promenade dans Pine Street. Après deux tentatives, elle s'assit à leur pied, haletante, et leva les yeux vers moi.

« Vas-y, prends-la dans tes bras », dit M. Bowditch. Il était sorti de la maison, appuyé sur une béquille. La seconde avait été plus ou moins mise au rebut. Je le regardai pour avoir confirmation. Il hocha la tête. « Le moment est venu. »

Quand je la soulevai de terre, Radar poussa un jappement et montra les dents. Je déplaçai le bras qui la plaquait contre moi pour éviter l'endroit sensible, et la portai ainsi. Sans peine. Elle avait maigri, sa truffe était presque entièrement blanche et ses yeux toujours larmoyants. Je la reposai délicatement dans la cuisine et, tout d'abord, ses pattes arrière flanchèrent. Mais elle se ressaisit – je la vis rassembler sa détermination – et elle boitilla, très lentement, jusqu'à son tapis installé près de la porte du cellier, sur lequel elle se laissa plus ou moins tomber avec un long soupir d'épuisement.

« Il faut l'emmener chez le vétérinaire », dis-je.

M. Bowditch secoua la tête.

« Elle aura trop peur. Je refuse de lui infliger ça sans raison.

– Mais… »

Il s'exprimait sans hausser le ton, ce qui était d'autant plus effrayant que ça ne lui ressemblait pas.

« Aucun vétérinaire ne peut rien pour elle. Radar est presque au bout du rouleau. Pour l'instant, elle a besoin de se reposer et moi, j'ai besoin de réfléchir.

– À quoi, putain ?

– À ce qui est préférable. Rentre chez toi maintenant. Va dîner. Et ne reviens pas ce soir. On se verra demain matin.

– Et vous, votre dîner ?

– J'ai des sardines et des crackers. Allez, file. J'ai besoin de réfléchir », répéta-t-il.

Je rentrai chez moi, mais je mangeai à peine. Je n'avais pas faim.

5

À partir de cette époque-là, Radar ne termina plus ses gamelles du matin et du soir, et même si je la portais pour monter les marches de la véranda (elle pouvait encore les descendre seule), des « accidents » commencèrent à se produire dans la maison. Je savais que M. Bowditch avait raison quand il affirmait qu'aucun vétérinaire ne pouvait rien pour elle… sauf peut-être à la toute fin, car il était évident qu'elle souffrait. Elle dormait beaucoup et parfois, elle aboyait et tentait de mordre son arrière-train, comme si elle voulait chasser ce qui lui faisait mal. J'avais deux patients sur les bras maintenant. Si l'un des deux allait mieux, l'autre dépérissait.

Le 5 août, un lundi, je reçus un mail du coach Montgomery concernant le planning des entraînements de football. Avant de répondre, j'eus la courtoisie d'annoncer à mon père que j'avais décidé de renoncer à ma dernière année de football. Bien que visiblement déçu (je l'étais moi aussi), il dit qu'il comprenait. Il était venu chez M. Bowditch la veille, pour jouer au gin, et il avait vu dans quel état se trouvait Radar.

« Il y a encore un max de boulot qui m'attend là-bas, dis-je. Je voudrais m'occuper du bazar au deuxième étage, et quand je jugerai que Howard est capable de descendre au sous-sol, il y a un puzzle qui attend d'être terminé. Il a oublié son existence, je parie. Oh, il faut aussi que je lui apprenne à se servir de mon ordi pour qu'il puisse surfer sur Internet, en plus de regarder des films. Et puis…

– Arrête, Chip. C'est à cause de la chienne, hein ? »

Je me revis la portant dans mes bras pour monter les marches ; je repensai à son air penaud quand elle faisait ses besoins dans la maison. Et je fus incapable de répondre.

« J'ai eu un cocker quand j'étais gamin, dit mon père. Elle s'appelait Penny. C'est dur de voir un brave chien vieillir. Et quand il arrive au bout de sa vie… » Il secoua la tête. « Ça te brise le cœur. »

Oui, c'était exactement ça.

Finalement, ce ne fut pas mon père qui piqua une colère en apprenant que j'avais décidé d'arrêter le football, ce fut M. Bowditch. Une colère noire.

« Tu es fou ? » Il hurlait presque. Ses joues ridées s'embrasèrent. « Tu débloques ? Tu es complètement cinglé ? Tu vas devenir une vedette dans cette équipe ! Tu pourras jouer dans l'équipe de la fac, peut-être même décrocher une bourse !

– Vous ne m'avez jamais vu jouer.

– Je lis les pages sport du *Sun*, si merdiques soient-elles. Tu as remporté ce foutu match du Turkey Bowl l'année dernière !

– On a inscrit quatre touchdowns dans cette partie. J'ai marqué le dernier, c'est tout. »

Il baissa la voix.

« Je viendrai te voir jouer. »

J'étais scotché. Venant de la part d'un homme qui vivait en ermite avant même son accident, c'était une proposition stupéfiante.

« Rien ne vous empêche d'aller voir les matchs. J'irai avec vous. Vous paierez les hot-dogs, je paierai les Coca.

– Non. *Non.* Je suis ton patron, bon sang. C'est moi qui te verse ton salaire et je t'interdis de faire ça. Tu ne louperas pas ta dernière année de foot au lycée à cause de moi. »

J'ai un sale caractère parfois, même si je ne l'avais pas montré devant lui. Mais ce jour-là, on pourrait dire que j'ai pété un plomb, je crois.

« Il ne s'agit pas de vous ! Ça n'a rien à voir avec vous ! Et *elle*, alors ? » Je pointai le doigt sur Radar, qui leva la tête et poussa un gémissement de contrariété. « C'est vous qui allez la porter pour monter et descendre les marches de la véranda, pour qu'elle puisse aller pisser et chier ? Vous avez déjà du mal à marcher ! »

Il paraissait outré.

« Je... elle fera dans la maison... je mettrai du papier journal...

– Elle détesterait ça, vous le savez bien. Ce n'est peut-être qu'une chienne, mais elle a sa dignité. Et si c'est son dernier été, son dernier automne... » Je sentais monter les larmes, et vous trouverez ça ridicule seulement si vous n'avez jamais eu un chien que vous adoriez. « Je ne veux pas être en train de cavaler sur le terrain d'entraînement, à percuter un putain de mannequin, au moment où elle mourra ! J'irai au lycée, je suis obligé, mais le reste du temps, je veux rester ici. Et si ça ne vous plaît pas, virez-moi ! »

Il demeura muet, les mains croisées. Quand il releva la tête, ses lèvres étaient pincées, presque inexistantes, et l'espace d'un instant, je crus qu'il allait le faire : me virer. Finalement, il demanda :

« Tu crois qu'un vétérinaire accepterait de se déplacer ? Et de faire abstraction du fait que ma chienne n'a jamais été déclarée ? Si je le paie suffisamment ? »

Je poussai un long soupir.

« Je pourrais essayer de me renseigner. »

6

Finalement, je dénichai non un vétérinaire, mais une assistante, une mère célibataire que connaissait Andy Chen, qui nous mit en relation. Elle vint examiner Radar et donna à M. Bowditch quelques cachets qu'elle qualifia d'expérimentaux, mais bien meilleurs que le Carprofen. Plus forts.

« Que les choses soient bien claires, dit-elle. Ces cachets vont améliorer sa qualité de vie, mais ils risquent probablement d'en diminuer la durée. » Une pause. « *Certainement.* Alors quand elle sera morte, ne venez pas me dire que je ne vous avais pas prévenus.

– Combien de temps vont-ils faire effet ? demandai-je.

– Peut-être qu'ils ne feront pas effet. Je vous le répète : c'est un médicament expérimental. C'est ce qu'il reste d'une étude clinique menée par le Dr Petrie. Pour laquelle il a été grassement payé, entre nous soit dit… même si je n'ai pas vu la couleur de cet argent. Si ces cachets sont efficaces, Radar pourra peut-être vivre un mois bien. Voire deux. Mais certainement pas trois. Elle n'aura pas l'impression d'être redevenue un chiot, mais elle se sentira mieux. Et puis un jour… » Elle s'accroupit pour caresser les flancs maigres de la chienne. « Un jour, elle mourra. Je serais surprise qu'elle soit encore là à Halloween. »

Je ne savais pas quoi dire, mais M. Bowditch, si. Et Radar était sa chienne.

« C'est déjà ça. » Et il ajouta une chose que je ne compris pas sur le coup, et que je comprends mieux aujourd'hui : « Ce sera suffisant, peut-être. »

Après le départ de l'assistante vétérinaire (plus riche de deux cents dollars), M. Bowditch s'approcha sur ses béquilles pour caresser sa chienne. Il se retourna vers moi en affichant un petit sourire en coin.

« Personne ne va venir nous arrêter pour trafic de médicaments pour chiens, hein ?

– Ça m'étonnerait. » En revanche, l'or risquait de poser beaucoup plus de problèmes, si quelqu'un découvrait son existence. « Je suis content que vous ayez pris cette décision. Moi, je n'aurais pas su choisir.

– C'est le choix de Hobson. » Il continuait à caresser Radar, de longs mouvements qui allaient du cou à la queue. « En définitive, je me dis qu'un ou deux mois de belle vie, c'est mieux que six mois de souffrances. Si ces médocs fonctionnent, évidemment. »

Et ils fonctionnèrent. Radar finissait de nouveau ses gamelles et elle gravissait les marches de la véranda (avec parfois un petit coup de main de ma part). Mieux encore : elle était toujours partante pour une partie de chasse au singe couineur le soir. Néanmoins, je n'aurais jamais cru qu'elle survivrait à M. Bowditch. Et pourtant.

7

Vint ensuite ce que les poètes et les musiciens appellent une césure. L'état de Radar continua à... je ne dirais pas à s'améliorer, mais du moins ressemblait-elle davantage à la chienne que j'avais découverte le jour où M. Bowditch était tombé de l'échelle (même si, le matin, elle avait encore du mal à se lever de son tapis et à marcher jusqu'à sa gamelle). L'état de M. Bowditch, lui, s'améliorait pour de bon. Il avait arrêté l'Oxy et troqué son unique béquille contre une canne dénichée dans un coin du sous-sol. Où il avait repris son puzzle. Quant à moi, j'allais au lycée, je passais du temps avec mon père, et encore plus au 1 Sycamore Street. L'équipe de football des Hedgehogs avait commencé la saison par trois défaites pour zéro victoire, et mes anciens coéquipiers ne me parlaient plus. C'était moche, mais j'avais trop de choses en tête pour me laisser abattre. Plusieurs fois, généralement pendant que M. Bowditch faisait la sieste dans le canapé-lit, qu'il utilisait encore pour pouvoir rester près de Radar, j'ouvris le coffre-fort pour plonger les mains dans le seau d'or. Toujours surpris par le poids des pépites, je les laissai couler entre mes doigts en fins ruisseaux. Dans ces moments-là, je songeais aux paroles de M. Bowditch concernant la fascination de l'or. Je méditais sur ce sujet, pourrait-on dire. Melissa ne venait plus que deux fois par semaine et elle s'émerveillait des progrès de son patient. Elle l'informa que le Dr Patterson, l'oncologue, souhaitait le voir, mais M. Bowditch refusa, affirmant qu'il se sentait bien. Je le prenais au mot, non pas parce que je le croyais, mais parce que je voulais y croire. Je sais maintenant que les malades ne sont pas les seuls à vivre dans le déni.

Une période de calme. Une césure. Puis tout se produisit presque en même temps, et dans le lot, aucune bonne surprise.

8

J'avais une heure de perm avant le déjeuner. En général, j'allais à la bibliothèque pour faire mes devoirs ou lire un des vieux romans aux couvertures tape-à-l'œil de M. Bowditch. En cette journée de fin septembre, j'étais plongé dans *The Name of the Game is Death*, de Dan J. Marlowe, magnifiquement sanglant. À midi moins le quart, je décidai de garder le suspense de la fin pour mon orgie de lecture du soir et pris un journal au hasard. Il y avait des ordinateurs à la bibliothèque, mais l'accès aux quotidiens était payant. Et puis, j'aimais bien l'idée de lire les infos dans un vrai journal, je trouvais ça délicieusement rétro.

J'aurais pu choisir le *New York Times* ou le *Chicago Tribune*, auquel cas je serais passé à côté de cet article, mais le journal posé sur le dessus de la pile était le *Daily Herald* d'Elgin, et c'est celui que je pris. La une était consacrée à Obama, qui souhaitait intervenir militairement en Syrie, et à une tuerie, survenue à D.C., qui avait fait treize morts. Je survolai ces deux articles, jetai un coup d'œil à la pendule – dix minutes encore avant le déjeuner – et feuilletai le journal pour accéder à la page des bandes dessinées. Mais je n'allai pas jusque-là. Un article publié en page 2 de la section infos locales m'arrêta net. Littéralement.

UN BIJOUTIER DE STANTONVILLE ASSASSINÉ

Un homme d'affaires vivant depuis longtemps à Stantonville a été retrouvé mort dans sa boutique, « Excellent Jewellers », la nuit dernière. La police avait été alertée par un appel téléphonique signalant que la porte de la boutique était ouverte, alors que la pancarte FERMÉ était suspendue à l'intérieur. L'officier James Kotziwinkle a découvert le corps de Wilhelm Heinrich dans l'arrière-boutique, dont la porte était ouverte elle aussi. Interrogé pour savoir si le mobile était le vol, le chef de la police de Stantonville, William Yardley, a déclaré : « Bien que l'enquête se poursuive, le doute n'est guère permis. » Quand on leur demande si quelqu'un a entendu des bruits de bagarre, ou peut-être même des coups de feu, le chef Yardley et l'inspecteur Israel Butcher, de la police d'État de l'Illinois, se refusent à tout commentaire, se contentant de souligner que la plupart des commerces situés à l'extrémité ouest de la rue principale sont inoccupés depuis l'ouverture du centre commercial à la périphérie de la ville. « Excellent Jewellers » constituait une exception notable. Yardley et Butcher promettent « une résolution rapide de cette affaire ».

La cloche du déjeuner sonna, mais je restai collé sur ma chaise. J'appelai M. Bowditch.

« Si vous êtes un démarcheur, rayez-moi de votre liste, répondit-il de la manière habituelle.

– C'est moi, Howard. M. Heinrich a été assassiné. »

Un long silence. Puis :

« Comment tu le sais ? »

Je regardai autour de moi. Il était interdit de manger à la bibliothèque, et par conséquent, j'étais seul à cette heure-ci. Alors je lui lus l'article. Ce ne fut pas long.

« Merde, lâcha M. Bowditch, ma lecture terminée. Où est-ce que je vais vendre mon or maintenant ? C'était mon contact depuis presque vingt-cinq ans. »

Aucune compassion. Aucune marque d'étonnement, autant que je pouvais en juger.

« Je vais faire des recherches sur Internet…

– Avec prudence ! Et discrétion !

– Oui, évidemment. Je serai la prudence même. Mais il me semble que vous passez à côté de l'essentiel. Vous avez traité une grosse affaire avec cet homme. Une *énorme* affaire. Et maintenant, il est mort. Si quelqu'un lui a soutiré votre nom… en le torturant ou en promettant de lui laisser la vie sauve…

– On n'est pas dans un de mes vieux romans policiers, Charlie. Tu as vendu ces trois kilos d'or pour moi en avril dernier.

– Ça ne date pas du Moyen Âge. »

Il ne releva pas.

« Je n'aime pas rejeter la faute sur les victimes, mais il refusait de fermer sa boutique dans ce bled pourri. La dernière fois que j'ai traité avec lui en personne, quatre mois environ avant que je tombe de l'échelle, je lui ai dit : “Willy, si vous ne fermez pas cette boutique pour aller vous installer dans le centre commercial, vous allez vous faire cambrioler.” C'est ce qui s'est passé, et il s'est fait tuer par-dessus le marché. Pas la peine d'aller chercher midi à quatorze heures.

– N'empêche, je serais plus rassuré si vous descendiez votre arme.

– Si ça te rassure, d'accord. Tu passes après le lycée ?

– Non. J'avais prévu d'aller à Stantonville pour essayer d'acheter du crack.

– L'humour des jeunes d'aujourd'hui est vulgaire et rarement drôle », dit M. Bowditch et il raccrocha.

Le temps que j'arrive au réfectoire, il y avait déjà un kilomètre de queue et l'infâme bouillie qu'ils nous servaient devait être froide. Je m'en fichais. Je pensais à l'or. M. Bowditch disait qu'à son âge, ce n'était plus qu'un seau en métal ordinaire. Peut-être, mais je me disais qu'il mentait, ou bien qu'il était hypocrite.

Sinon, pourquoi en aurait-il eu *autant* ?

9

On était mercredi. Je m'abonnai au journal d'Elgin afin de le recevoir sur mon téléphone, et le vendredi, je découvris un second article, en première page de la section locale cette fois : UN HABITANT DE STANTONVILLE ARRÊTÉ DANS L'ENQUÊTE SUR LE CAMBRIOLAGE ET LE MEURTRE DU BIJOUTIER. L'homme en question, un certain Benjamin Dwyer, âgé de quarante-quatre ans, était présenté comme « sans domicile fixe ». Un sans-abri, autrement dit. Le propriétaire de la boutique de prêts sur gages de Stantonville avait alerté la police lorsque Dwyer avait tenté de mettre au clou une bague en diamants « d'une valeur considérable ». Au poste, on avait trouvé sur lui un bracelet serti d'émeraudes. La police s'était étonnée – à juste titre – de voir de tels objets en possession d'un individu sans domicile fixe.

« Alors, tu vois bien, me dit M. Bowditch quand je lui montrai l'article. Un idiot commet un crime idiot et se fait arrêter en essayant de monnayer son butin de manière idiote. Ça ne ferait pas une très bonne histoire policière, hein ? Même pour un roman de gare.

– Non, en effet.

– Tu as l'air contrarié malgré tout. » On était dans la cuisine et on regardait Radar manger son repas du soir. « Un Coca va arranger ça. »

Il se leva et alla ouvrir le réfrigérateur en boitant à peine.

Je pris le Coca, mais il ne parvint pas à me réconforter.

« Son arrière-boutique débordait de bijoux. Il y avait même une tiare avec des diamants, comme en porterait une princesse pour aller au bal. »

M. Bowditch haussa les épaules. Pour lui, l'affaire était classée.

« Tu es parano, Charlie. Le vrai problème, c'est de savoir quoi faire d'une partie de l'or qui me reste. Concentre-toi sur cette question. Mais…

– Avec discrétion, je sais.

– Le vrai courage, c'est la prudence, dit-il en hochant la tête d'un air solennel.

– Quel rapport ?

– Aucun. » Il m'adressa un grand sourire. « J'avais juste envie de prononcer cette phrase. »

10

Ce soir-là, j'allai sur Twitter pour chercher des infos concernant Benjamin Dwyer. Je tombai sur une poignée de tweets consacrés à un compositeur irlandais, alors je tapai *Dwyer accusé de meurtre*. Cette fois, j'obtins une demi-douzaine de réponses. Le chef de la police de Stantonville, William Yardley, se félicitait de cette arrestation rapide. Dans un autre tweet, une personne se faisant appeler Punkette44 se montrait aussi prévenante et attentionnée, comme il fallait s'y attendre sur Twitter : **J'ai grandi à Stantonville. C'est naze. Ce Dwyer pourrait buter tout le monde dans ce bled il rendrait service à la planète.**

Mais celui qui attira mon attention était signé BullGuy19 : **Benjy Dwyer accusé de meurtre ? Me faites pas rire. Il zone dans ce trou à rats depuis mille ans. Il devrait se faire tatouer IDIOT DU VILLAGE sur le front.**

Je me promis de montrer ce message à M. Bowditch le lendemain, en suggérant que si BullGuy19 avait raison, cela faisait de Benjy Dwyer le bouc émissaire idéal. Hélas, je n'en eus pas l'occasion.

CHAPITRE NEUF

La chose dans le cabanon. Un endroit dangereux. J'appelle les secours. Le portefeuille. Une conversation intéressante.

1

Je n'étais plus obligé d'aller nourrir Radar à six heures du matin, M. Bowditch pouvait s'en charger désormais. Mais j'avais pris l'habitude de me lever tôt, alors, ce jour-là, sur le coup de sept heures moins le quart, je pédalai jusqu'en haut de la rue pour l'emmener faire ses besoins. Comme on était samedi, je me disais qu'on pourrait faire une petite promenade dans Pine Street, où elle aimait lire les messages laissés par ses congénères sur les poteaux téléphoniques (et en laisser quelques-uns). Mais il n'y eut pas de promenade ce jour-là.

Quand j'entrai dans la maison, M. Bowditch était assis à la table de la cuisine, devant un bol de porridge et un énorme bouquin de James Michener. Je me servis un verre de jus d'orange et lui demandai s'il avait bien dormi.

« J'ai survécu », répondit-il sans quitter son gros livre des yeux.

Howard Bowditch n'était pas trop du matin. Il n'était pas du soir non plus, évidemment. Ni même du midi, d'ailleurs.

« N'oublie pas de rincer ton verre quand tu auras fini.

– Je le rince toujours. »

Il émit un grognement et tourna une page de son pavé, intitulé *Texas*. Je vidai mon jus d'orange d'un trait et appelai Radar, qui nous rejoignit dans la cuisine presque sans boiter.

« Radie veut aller faire sa petite promenade ?

– Ah, nom de Dieu, pesta M. Bowditch. Arrête de lui parler comme à un bébé. En âge humain, elle a quatre-vingt-dix-huit ans. »

Radar attendait déjà à la porte. Je lui ouvris et elle descendit les marches de derrière sans se presser. Je la suivis, avant de me souvenir que je devais prendre sa laisse si on allait se promener dans Pine Street. Et j'avais oublié de rincer mon verre de jus d'orange. Cet oubli réparé, je me dirigeais vers la patère où était suspendue la laisse, dans le vestibule, lorsque Radar se mit à aboyer, méchamment et très très fort. Rien à voir avec un aboiement du style *J'ai vu un écureuil.*

M. Bowditch ferma son livre brutalement.

« Qu'est-ce qui lui prend, nom de Dieu ? Tu devrais aller voir, Charlie. »

Je devinais ce qui se passait car je l'avais déjà vue réagir de cette façon. Ces aboiements signifiaient : *Alerte aux intrus.* Une fois encore elle s'était tapie dans l'herbe, beaucoup moins haute désormais et presque débarrassée de tous les cacas. Elle faisait face au cabanon, les oreilles plaquées en arrière, les babines retroussées sur ses crocs. À chaque aboiement, des filets de bave jaillissaient de sa gueule. Je me précipitai vers elle, agrippai son collier et tentai de la faire reculer. Elle refusait de me suivre, et en même temps, je voyais qu'elle ne voulait pas se rapprocher du cabanon cadenassé. Malgré le tir de barrage des aboiements, je perçus ces étranges raclements, ces grattements à l'intérieur. Cette fois-ci, ils étaient plus forts, et la porte tremblotait. Comme les battements d'un cœur invisible. Aucun doute : quelque chose essayait de sortir.

« Radar ! cria M. Bowditch depuis la véranda. Reviens ici ! Tout de suite ! »

La chienne continua à aboyer sans lui prêter attention. Quelque chose heurta la porte de l'intérieur, suffisamment fort pour faire entendre un bruit sourd. S'éleva alors un curieux miaulement, pareil à celui d'un chat, en plus aigu. C'était comme écouter une craie crisser sur un tableau noir. J'en avais la chair de poule.

Je me plaçai devant Radar pour masquer le cabanon et marchai vers elle pour l'obliger à reculer d'un ou deux pas. Ses yeux fous étaient cerclés de blanc et soudain, je crus qu'elle allait me mordre.

Mais non. Il y eut d'autres bruits sourds, d'autres grattements, et de nouveau cet effroyable miaulement aigu. Radar en avait assez entendu. Elle fit demi-tour et fila vers la véranda. Elle en avait oublié de boiter. Elle gravit les marches et se blottit aux pieds de son maître, sans cesser d'aboyer cependant.

« Charlie ! Éloigne-toi de là !

– Il y a quelque chose à l'intérieur qui essaie de sortir. Un truc énorme, on dirait.

– Reviens ici, mon garçon ! Je t'ordonne de revenir ici ! »

Nouveau choc assourdi. Nouveaux grattements. J'avais plaqué ma main sur ma bouche, comme pour étouffer un cri. Sans m'en apercevoir.

« *Charlie !* »

Imitant Radar, je me mis à courir vers la maison. Car maintenant que je ne voyais plus le cabanon, il était facile d'imaginer que la porte était arrachée de ses gonds et qu'une vision cauchemardesque se lançait à ma poursuite en rampant ou en titubant avec des cris inhumains.

M. Bowditch portait son horrible bermuda et ses vieilles pantoufles qu'il appelait des mules. Les cicatrices laissées par les broches du fixateur rougeoyaient sur sa peau blanche.

« Rentre dans la maison ! Rentre dans la maison !

– Mais…

– Ne t'inquiète pas, la porte du cabanon tiendra bon. Mais il faut que je règle ce problème. »

Je gravis les marches et entrai dans la maison juste à temps pour l'entendre dire, tout bas, comme les gens qui se parlent à eux-mêmes :

« Ce salopard a déplacé les planches et les parpaings. Il doit être balèze.

– J'ai déjà entendu ces bruits, pendant que vous étiez à l'hôpital. Mais moins forts. »

Il me poussa dans la cuisine et me suivit, manquant de trébucher sur Radar qui tremblait entre ses jambes. Il se retint à l'encadrement de la porte.

« Reste ici. Je m'en occupe. »

Il claqua la porte de derrière et se rendit dans le salon en traînant les pieds, d'un pas chancelant. Radar le suivit, la queue entre les pattes. J'entendis M. Bowditch marmonner et pousser un juron de douleur, suivi d'un grognement d'effort. Quand il revint, il tenait le revolver que je lui avais demandé de descendre, mais pas seulement. Le revolver était maintenant glissé dans un étui en cuir, lui-même attaché à une ceinture en cuir frappée de conchos argentés. On aurait dit un accessoire sorti tout droit de *Règlement de comptes à OK Corral*. Il fixa la ceinture autour de sa taille pour que le revolver repose juste sous sa hanche droite. Deux lanières de cuir pendaient le long de son bermuda en madras. Cet attirail aurait dû avoir l'air ridicule – et lui aussi –, mais ce n'était pas le cas.

« Reste ici.

– Monsieur Bowditch, qu'est-ce… vous ne pouvez…

– Reste ici, bordel ! » Il agrippa mon bras, à m'en faire mal. Il respirait par à-coups. « Reste avec la chienne. Je ne plaisante pas. »

Il sortit en claquant la porte derrière lui et descendit les marches en crabe. Radar appuya sa truffe contre ma jambe en gémissant. Je la caressai distraitement en regardant par la fenêtre. À mi-chemin du cabanon, M. Bowditch extirpa son trousseau de clés de sa poche gauche. Il en choisit une et continua d'avancer. Il l'introduisit dans le gros cadenas, puis dégaina son calibre 45. Il tourna la clé et ouvrit la porte, le revolver pointé légèrement vers le sol. Je m'attendais à voir quelque chose ou quelqu'un se jeter sur lui, mais cela n'arriva pas. En revanche, je perçus un mouvement : une silhouette noire et fine. Une fraction de seconde. M. Bowditch entra dans le cabanon et ferma la porte derrière lui. Rien ne se produisit pendant un long, très long moment, qui ne dura sans doute pas plus de cinq secondes. Puis deux coups de feu retentirent. Les murs du cabanon devaient être extrêmement épais car les détonations, sans doute assourdissantes dans cet espace clos, me parvinrent sous la forme de coups étouffés, comme un marteau enveloppé de feutre.

Et puis plus rien, pendant beaucoup plus longtemps que cinq secondes. Plutôt cinq minutes. La seule chose qui me clouait sur place était le ton autoritaire de M. Bowditch, et son expression féroce quand il m'avait ordonné « Reste ici, bordel ». Mais au bout d'un moment, cela ne suffit plus à me retenir. J'étais certain qu'il lui était arrivé malheur. J'ouvris la porte de la cuisine, et juste au moment où je sortais sur la véranda, la porte du cabanon s'ouvrit et le vieil homme en émergea. Radar fila entre mes jambes comme un boulet de canon et – oubliant son arthrite – traversa le jardin ventre à terre vers son maître, tandis que celui-ci refermait le gros cadenas. Auquel, heureusement, il put s'accrocher lorsque sa chienne lui sauta dessus.

« Couchée, Radar ! Couchée ! »

Elle s'allongea à plat ventre en agitant la queue furieusement. M. Bowditch revint vers la maison, encore plus lentement qu'il n'avait marché jusqu'au cabanon, en boitant de manière visible. Une de ses plaies à la cuisse s'était rouverte et laissait perler quelques gouttes de sang presque noir. Elles me rappelèrent les rubis que j'avais vus dans l'arrière-boutique de M. Heinrich. Il avait perdu une mule.

« Aide-moi, Charlie. Ma putain de guibole est en feu. »

Je passai son bras autour de mon cou, saisis son poignet osseux et le traînai presque dans l'escalier, à l'intérieur de la maison.

« Faut que je m'allonge. Je n'arrive plus à respirer. »

Je le transportai dans le salon – il perdit sa seconde mule en chemin car ses pieds raclaient le sol – et l'allongeai sur le canapé-lit.

« Bon sang, Howard, c'était quoi, ça ? Sur quoi vous avez ti…

– Le cellier. L'étagère du haut. Derrière les bouteilles de Wesson Oil. Le whisky. Juste ça. »

Il écarta légèrement son pouce et son index. Ils tremblaient. Si je l'avais trouvé pâle précédemment, maintenant que les taches rouges s'éteignaient sur ses joues il ressemblait à un cadavre aux yeux encore vivants.

J'entrai dans le cellier et dénichai la bouteille de Jameson à l'endroit indiqué. Malgré ma grande taille, je dus me hisser sur la pointe des pieds pour l'atteindre. La bouteille était poussiéreuse et presque pleine. Malgré mon état de peur panique, l'odeur du whisky lorsque j'ôtai le bouchon fit ressurgir les horribles souvenirs de mon père affalé dans le canapé dans un état semi-comateux ou penché au-dessus des toilettes pour vomir. Le whisky n'a pas la même odeur que le gin… et pourtant si. Pour moi, tous les alcools ont la même odeur de tristesse et de destruction.

J'en versai une petite dose dans un verre à jus de fruits. M. Bowditch l'avala d'un trait et fut pris d'une quinte de toux, mais il retrouva quelques couleurs. Il déboucla la ceinture tape-à-l'œil de cow-boy.

« Enlève-moi cette saloperie. »

Je tirai sur l'étui et la ceinture suivit. M. Bowditch laissa échapper un « Putain » entre ses dents lorsque la boucle frotta contre ses reins.

« Qu'est-ce que j'en fais ?

– Planque-le sous le lit.

– D'où vient cette ceinture ? »

J'étais certain de ne l'avoir jamais vue.

« T'occupe. Fais ce que je te demande, c'est tout. Mais avant, recharge le flingue. »

Il y avait un porte-balles sur la ceinture, entre les conchos. J'éjectai le barillet du gros revolver, remplis les deux chambres vides, le remis dans son étui et glissai le tout sous le canapé-lit. J'avais l'impression de vivre un cauchemar tout éveillé.

« C'était quoi ? demandai-je. Dans le cabanon ?

– Je te le dirai, mais pas aujourd'hui. Inutile de t'inquiéter. Tiens, prends ça. » Il me tendit le trousseau de clés. « Va le poser sur l'étagère, là-bas. Et donne-moi deux Oxy pour que je dorme. »

Je lui apportai deux cachets. Ça ne me plaisait pas qu'il mélange ce médicament puissant et le whisky, mais il en avait bu juste un fond.

« N'entre pas là-dedans, dit-il. Un jour peut-être, mais pas maintenant. N'y pense même pas.

– C'est de là que vient l'or ?

– C'est compliqué, comme ils disent dans les séries télé de l'après-midi. Je ne peux pas en parler maintenant, Charlie. Et toi, tu ne dois pas en parler à qui que ce soit. *À qui que ce soit*. Les conséquences… je ne peux même pas l'imaginer. Promets-le-moi.

– Promis.

– Bien. Maintenant, fiche le camp. Laisse le vieil homme dormir. »

2

Habituellement, Radar se faisait un plaisir de descendre la rue avec moi, mais ce samedi-là, elle refusa de quitter le chevet de son maître. Alors, je rentrai seul chez moi et me préparai un sandwich au jambon et à la moutarde, avec du Wonder Bread : l'en-cas des champions. Mon père avait laissé un mot indiquant qu'il assistait à une réunion des AA. À neuf heures, après quoi il irait jouer au bowling avec Lindy et deux autres amis abstinents. Tant mieux. J'aurais tenu la promesse que j'avais faite à M. Bowditch envers et contre tout – *Les conséquences… je ne peux même pas l'imaginer*, avait-il dit –, mais j'étais certain que mon père aurait perçu quelque chose sur mon visage. Il était vachement plus sensible à ce niveau-là depuis qu'il ne buvait plus. En temps normal, je trouvais ça bien. Mais pas aujourd'hui.

Quand je retournai au 1 Sycamore Street, M. Bowditch dormait encore. Il semblait aller un peu mieux, mais sa respiration était rauque. Comme le jour où je l'avais découvert affalé sur les marches de la véranda, la jambe cassée. Je n'aimais pas ça.

Le soir, sa respiration était redevenue normale. Je nous fis du popcorn, à l'ancienne, en le faisant sauter dans une poêle sur la Hotpoint.

On le mangea en regardant *Le Plus Sauvage d'entre tous* sur mon ordi. Choix de M. Bowditch. Je n'avais jamais entendu parler de ce film, mais c'était bien. Je m'en fichais que ça ne soit pas en couleurs. À un moment donné, M. Bowditch me demanda de faire un arrêt sur image, alors que la caméra filmait Paul Newman en gros plan.

« N'est-ce pas le plus bel homme de tous les temps, Charlie ? Qu'est-ce que tu en penses ? »

Je répondis qu'il avait peut-être raison.

Je dormis sur place. Le lendemain, le dimanche, l'état de M. Bowditch semblait s'être encore amélioré, alors j'allai pêcher avec mon père près du barrage de South Elgin. On n'attrapa pas un seul poisson, mais c'était agréable d'être avec lui sous le doux soleil de septembre.

« Tu es sacrément silencieux, Charlie, me dit-il sur le chemin du retour. Quelque chose te tracasse ?

– Je pense à la vieille chienne, c'est tout. »

Un mensonge, oui, où il y avait tout de même un peu de vrai.

« Amène-la cet après-midi », proposa papa, et j'essayai d'emmener Radar à la maison, mais elle refusa de quitter son maître.

« Dors dans ton lit cette nuit, me dit M. Bowditch. Ma fifille et moi, on va se débrouiller.

– Vous avez la voix éraillée. J'espère que vous ne couvez rien.

– Non. C'est parce que j'ai parlé presque toute la journée.

– Avec qui ?

– Avec moi-même. Allez, file.

– OK. Mais appelez-moi en cas de besoin.

– Oui, oui.

– Promettez-le-moi. Je vous ai donné ma parole hier, à vous maintenant.

– Je te le promets, nom d'un chien. Allez, fiche-moi le camp. »

3

Le dimanche, après avoir fait ses besoins du matin, Radar fut incapable de gravir les marches de la véranda et elle mangea seulement la moitié de sa gamelle. Le soir, rien du tout.

« Sans doute qu'elle a juste besoin de repos, dit M. Bowditch, mais il paraissait dubitatif. Double la dose de médicaments.

– Vous êtes sûr ? »

Il m'adressa un sourire sans joie.

« Qu'est-ce qu'on risque, à ce stade ? »

Ce soir-là, je dormis dans mon lit donc, et le lundi, Radar semblait aller un peu mieux. Mais M. Bowditch, lui, payait le contrecoup de ses efforts de samedi. Il avait repris ses béquilles pour aller aux toilettes. J'avais envie de sécher le lycée pour rester avec lui, mais il me l'interdit. Le soir venu, il semblait aller mieux lui aussi. Il affirma qu'il était rétabli. Et je le crus.

Quel idiot.

4

Le mardi matin, à dix heures, j'étais en cours de chimie. Répartis en groupes de quatre, protégés par des tabliers et des gants en caoutchouc, on essayait de déterminer le point d'ébullition de l'acétone. Le calme régnait dans la classe, on n'entendait que des murmures, c'est pourquoi la sonnerie de mon portable résonna de manière assourdissante. M. Ackerley me lança un regard désapprobateur.

« Combien de fois vous ai-je demandé de couper vos… »

Je sortis le téléphone de ma poche et vis BOWDITCH s'afficher. J'ôtai mes gants et quittai la salle de classe pour prendre l'appel, sans me soucier des protestations de M. Ackerley. M. Bowditch semblait fatigué, mais calme.

« Je crois que je fais une crise cardiaque, Charlie. En fait, j'en suis sûr.

– Vous avez appelé…

– C'est *toi* que j'appelle, alors tais-toi et écoute. Il y a un avocat à Elgin. Leon Braddock. Et un portefeuille. Sous le lit. Tout le reste dont tu auras besoin se trouve également sous le lit. Tu as compris ? *Sous le lit.* Prends bien soin de Radar, et quand tu sauras tout, décide… » Il suffoqua. « Ah, putain, ça fait mal ! C'est comme un fer rouge dans la poitrine ! Quand tu sauras tout, décide ce que tu veux faire d'elle. »

Et ce fut tout. Il raccrocha.

La porte de la salle de chimie s'ouvrit au moment où j'appelais les secours. M. Ackerley sortit dans le couloir pour me demander où je me croyais. Je le fis taire d'un geste. L'opératrice me demandait quelle était la cause de mon appel. Face à un M. Ackerley hébété, je lui expliquai ce qui se passait et lui donnai l'adresse. Je détachai mon tablier et le laissai tomber par terre. Pour me précipiter vers la sortie.

5

Je crois que jamais je n'avais pédalé aussi vite. En danseuse sur mon vélo, je fonçai dans les rues sans regarder. Une voiture klaxonna, des pneus crissèrent et quelqu'un brailla : « Regarde où tu vas, petit con ! »

Mais j'eus beau foncer, les secours m'avaient devancé. Quand je tournai au coin de Pine et de Sycamore, en dérapage, obligé de poser un pied à terre pour éviter de finir dans le décor, l'ambulance s'éloignait déjà, gyrophare allumé et sirène hurlante. Je fis le tour de la maison. Avant que je puisse ouvrir la porte de la cuisine, Radar jaillit par la chatière et se jeta sur moi. Je m'agenouillai pour l'empêcher de sauter et de solliciter ses hanches fragiles. Elle gémit, jappa et me lécha le visage. N'essayez même pas de me dire qu'elle ne savait pas qu'un drame venait de se dérouler.

On entra dans la maison. Une tasse de café était renversée sur la table de la cuisine et la chaise sur laquelle il s'asseyait toujours (c'est curieux cette façon qu'ont les gens de choisir une place et de s'y tenir) avait basculé sur le sol. La cuisinière était restée allumée ; la cafetière à l'ancienne était trop chaude pour qu'on puisse la toucher et elle sentait le brûlé. Une odeur d'expérience de chimie, pourrait-on dire. J'éteignis la plaque et utilisai une manique pour poser la cafetière sur un brûleur froid. Pendant tout ce temps, Radar ne me quitta pas d'une semelle ; elle appuyait son épaule contre ma jambe et frottait sa tête contre mon genou.

Un calendrier traînait sur le sol à l'entrée du salon. Il était facile d'imaginer le déroulement des faits. M. Bowditch buvait son café, assis à la table de la cuisine, il avait laissé la cafetière sur le feu pour boire une deuxième tasse. Soudain, des coups de marteau dans la poitrine. Il renverse sa tasse. Le téléphone est dans le salon. En se levant, il fait basculer sa chaise, il titube et fait tomber le calendrier accroché au mur en voulant se retenir.

Le téléphone rétro était posé sur le canapé-lit. Il y avait également un emballage portant l'inscription PAPAVÉRINE, un produit qu'on lui avait injecté avant de le transporter, supposai-je. Assis sur les draps froissés, je caressais Radar et la grattais derrière les oreilles, ce qui semblait la calmer à tous les coups.

« Ça va aller, fifille. Tu verras, il va s'en tirer. »

Mais au cas où, je jetai un coup d'œil sous le canapé-lit. Où, d'après M. Bowditch, j'étais censé trouver *tout ce dont j'avais besoin*. Il y avait là le revolver dans son étui, avec sa ceinture ornée de conchos. Il y avait un trousseau de clés et un portefeuille que je n'avais jamais vu. Et un vieux magnétophone à cassettes, que j'avais déjà vu, lui, posé sur une des caisses de bouteilles de lait en plastique entreposées au deuxième étage. En regardant le magnétophone de plus près, je constatai qu'il y avait une cassette Radio Shack à l'intérieur. Soit M. Bowditch avait écouté quelque chose, soit il avait enregistré quelque chose. Je misais sur la seconde hypothèse.

Je glissai le trousseau de clés dans une poche et le portefeuille dans une autre. J'aurais préféré le ranger dans mon sac à dos, mais il était resté au lycée. Le reste, je l'emportai à l'étage pour le déposer dans le coffre. Avant de refermer la lourde porte et de faire la combinaison, je posai un genou à terre et plongeai les mains jusqu'aux poignets dans les pépites d'or. Je les laissai couler entre mes doigts en me demandant ce que j'allais en faire si M. Bowditch mourait.

Radar gémissait et aboyait au pied de l'escalier. Je redescendis, m'assis sur le canapé-lit et appelai mon père pour lui raconter ce qui s'était passé. Il me demanda comment allait M. Bowditch.

« Je ne sais pas. Je n'ai pas eu le temps de le voir. Je fonce à l'hôpital. »

J'étais au milieu de ce foutu pont quand mon téléphone sonna. Je me garai sur le parking du Zip Mart pour répondre. C'était Melissa Wilcox. Elle pleurait.

« Il est mort dans l'ambulance, Charlie. Ils ont essayé de le ranimer, ils ont tout essayé, mais l'infarctus était trop sérieux. Je suis désolée. Terriblement désolée. »

Je répondis que j'étais désolé moi aussi. Je regardai la vitrine du Zip Mart. L'enseigne n'avait pas changé : une assiette débordant de morceaux de poulet frit, LE MEILLEUR DU PAYS. Mes larmes vinrent brouiller les mots. Me voyant, Mme Zippy sortit et me lança :

« Tout va bien, Cholly ?

– Non, répondis-je. Pas vraiment. »

Ça ne servait plus à rien d'aller à l'hôpital maintenant. Je traversai le pont en sens inverse et remontai Sycamore Street Hill en poussant mon vélo. J'étais trop vanné pour pédaler, surtout dans la montée raide. Je m'arrêtai devant notre maison, mais elle était vide et elle le resterait jusqu'à ce que mon père rentre du travail. Pendant ce temps, une chienne avait besoin de moi. Une chienne qui m'appartenait maintenant.

6

De retour chez M. Bowditch, je passai un long moment à caresser Radar. En pleurant. À cause du choc, évidemment, mais aussi parce que la réalité commençait à s'imposer : il n'y avait plus que le vide, là où autrefois j'avais eu un ami. Mes caresses apaisèrent la chienne, et moi aussi car je me mis à réfléchir. Je rappelai Melissa pour savoir si une autopsie allait être pratiquée. Non, me dit-elle, car il n'était pas mort seul et la cause du décès était évidente.

« Le médecin légiste va délivrer l'autorisation d'inhumer, mais il aura besoin d'une pièce d'identité. Est-ce que par hasard tu aurais son portefeuille ? »

J'avais *un* portefeuille. Ce n'était pas celui que M. Bowditch glissait dans sa poche de pantalon, qui était marron, alors que celui que j'avais trouvé sous le lit était noir, mais je ne le dis pas à Melissa. Je répondis par l'affirmative. Rien ne pressait, ajouta-t-elle. Tout le monde le connaissait.

Je commençais à me le demander.

Je trouvai le numéro de Leon Braddock sur Internet et l'appelai. La conversation fut brève. Toutes les affaires de M. Bowditch étaient en ordre, m'informa-t-il, car il ne s'attendait pas à vivre longtemps.

« Il m'a expliqué qu'il achetait toujours des bananes bien mûres. J'ai trouvé ça adorable. »

Le cancer, pensai-je. Voilà pourquoi il avait mis de l'ordre dans ses affaires : il s'attendait à être emporté par cette maladie, pas par une crise cardiaque.

« Il est venu à votre cabinet ?

– Oui. Un peu plus tôt ce mois-ci. »

Quand j'étais au lycée, donc. Et il ne m'en avait pas parlé.

« Il a pris un Yoober, je parie.

– Pardon ?

– Non, rien. Melissa – sa kiné – dit que le médecin légiste a besoin d'une pièce d'identité pour le certificat de décès.

– Oui, oui, simple formalité. Si vous l'apportez au bureau d'accueil de l'hôpital, ils feront une photocopie. Un permis de conduire, s'il en avait encore un, même périmé, devrait faire l'affaire. Du moment qu'il y a une photo. Mais rien ne presse, ils n'en ont pas besoin pour remettre le corps à l'entreprise de pompes funèbres. Je suppose que vous ne savez pas quelle…

– Crossland, dis-je. C'est eux qui se sont occupés de l'enterrement de ma mère. C'est juste ici, à Sentry.

– Parfait, parfait. Je me chargerai des frais. Il avait laissé de l'argent pour parer à ce genre de triste éventualité. Vous me direz ce qui a été convenu. Peut-être que vos parents pourraient s'en occuper. Ensuite, il faudra que je vous voie, monsieur Reade.

– Moi ? Pourquoi ?

– Je vous le dirai quand je vous verrai. Ce sera une conversation très intéressante, je pense. »

7

Je rassemblai les croquettes de Radar, sa gamelle et ses médicaments. Pas question de la laisser dans cette maison, où elle attendrait que son maître revienne de l'endroit où il était parti. J'accrochai la laisse à son collier et l'entraînai vers le bas de la colline. Elle avançait lentement, mais d'un pas régulier, et elle gravit les marches de notre perron sans peine. Elle connaissait la maison maintenant et elle alla directement à sa gamelle d'eau. Après quoi elle se coucha sur son canapé et s'endormit.

Mon père rentra peu après midi. J'ignore ce qu'il vit sur mon visage, mais il lui suffit d'un regard pour me serrer fort contre lui. Je me remis à pleurer, un véritable déluge cette fois. Il plaqua sa main derrière mon crâne et me berça comme si j'étais toujours un petit garçon, ce qui me fit pleurer de plus belle.

Quand les grandes eaux cessèrent enfin, il me demanda si j'avais faim. Oui, répondis-je et il cuisina une demi-douzaine d'œufs brouillés, dans lesquels il jeta des poignées d'oignons et de poivrons hachés. Pendant qu'on déjeunait je lui racontai ce qui s'était passé, en omettant délibérément un tas de choses : le revolver, les bruits dans le cabanon, le seau rempli d'or dans le coffre-fort. Je ne lui montrai pas le trousseau de clés non plus. J'avais l'intention de cracher le morceau très bientôt, et sans doute qu'il me passerait un savon pour n'avoir rien dit plus tôt, mais je voulais vraiment garder pour moi tous ces trucs déments tant que je n'aurais pas écouté cette cassette.

Je lui montrai le portefeuille. Il contenait des billets de cinq dollars comme je n'en avais jamais vu. Mon père m'expliqua que c'étaient des

Silver certificates, pas extrêmement rares, mais aussi rétro que la télé et la cuisinière Hotpoint de M. Bowditch. Il y avait également trois pièces d'identité : une carte de Sécurité sociale au nom de Howard A. Bowditch, une carte plastifiée certifiant que Howard A. Bowditch était membre de l'American Woodsman's Association et un permis de conduire.

Je regardai avec fascination la photo de la carte de la Woodsman's Association. M. Bowditch semblait avoir trente-cinq ans. Quarante au maximum. Il arborait une épaisse chevelure rousse flamboyante coiffée en arrière, formant des ondulations impeccables qui dégageaient un front lisse, et un sourire insolent que je ne lui connaissais pas. Je l'avais vu sourire, bien sûr, et même jusqu'aux oreilles une ou deux fois, mais jamais avec une telle insouciance. Vêtu d'une chemise à carreaux en flanelle, il avait tout de l'homme des bois, en effet.

Un simple bûcheron, m'avait-il dit, il n'y avait pas si longtemps. *Les contes de fées en regorgent.*

« Ça, c'est très très bon », dit mon père.

Je levai les yeux de la carte que je tenais à la main.

« Quoi donc ?

– Ça. »

Il me tendit le permis de conduire, qui montrait M. Bowditch à soixante ans, environ. Il avait encore beaucoup de cheveux roux, mais plus clairsemés, et ils livraient un combat perdu d'avance contre les cheveux blancs. Le permis n'était plus valide depuis 1996, d'après la date imprimée sous son nom, mais on savait à quoi s'en tenir. Papa avait effectué des recherches sur Internet. M. Bowditch possédait une voiture quelque part, mais il n'avait jamais eu de permis de conduire valide dans l'Illinois… contrairement à ce que ce document suggérait. M. Heinrich devait connaître quelqu'un qui fabriquait de faux papiers.

« Pourquoi ? demandai-je. Pour quelle raison ?

– Pour un tas de raisons. Mais à mon avis, il savait certainement qu'aucun médecin ne pourrait établir un certificat de décès sans au moins une pièce d'identité. » Il secoua la tête, non pas avec agacement, mais admiration. « Ce permis, Charlie, c'était une assurance-décès.

– Qu'est-ce qu'on va faire ?

– On va faire avec. Bowditch cachait des petits secrets, sans aucun doute, mais je ne pense pas qu'il ait braqué des banques dans l'Arkansas ou provoqué une fusillade dans un bar de Nashville. Il était bon avec toi et avec sa chienne, pour moi c'est suffisant. Je pense qu'il mérite d'être enterré avec ses petits secrets, à moins que son avocat soit dans la confidence. Tu n'es pas de cet avis ?

– Si. »

M. Bowditch cachait des secrets, en effet, songeais-je, mais pas des « petits ». Sauf à considérer comme un petit secret le fait de posséder une fortune en or. Et puis, il y avait quelque chose de vivant dans son cabanon. Jusqu'à ce qu'il lui tire dessus, du moins.

8

Howard Adrian Bowditch fut inhumé deux jours plus tard, le jeudi 26 septembre 2013. La cérémonie eut lieu au funérarium Crossland et il fut enterré au cimetière de Sentry's Rest, là où repose ma mère. La révérende Alice Parker dirigea une cérémonie laïque à la demande de mon père ; elle avait officié également lors de l'enterrement de ma mère. Elle fut brève, mais j'eus le temps de réfléchir quand même. À l'or, mais aussi au cabanon. M. Bowditch avait tué quelque chose derrière cette porte, et l'excitation l'avait tué. Cela avait pris un certain temps, mais j'en étais convaincu.

Au funérarium et au cimetière étaient présents George Reade, Charles Reade, Melissa Wilcox, Mme Althea Richland, un avocat nommé Leon Braddock, et Radar, qui dormit durant tout l'office et se manifesta juste une fois, au bord de la tombe, en aboyant au moment où on descendait le cercueil en terre. Cela semble sentimental et invraisemblable. Tout ce que je peux dire, c'est que c'est arrivé.

Melissa m'étreignit et m'embrassa sur la joue. Elle me dit de l'appeler si j'avais envie de parler, et je promis de le faire.

Je regagnai le parking avec papa et l'avocat. Radar marchait à ma hauteur. La Lincoln de Braddock était garée à côté de notre modeste

Chevrolet Caprice. Il y avait non loin de là un banc à l'ombre d'un chêne dont les feuilles viraient au doré.

« Peut-être que nous pourrions aller nous asseoir là-bas un instant, suggéra Braddock. J'ai une chose très importante à vous annoncer.

– Attendez, dis-je. Continuons à marcher. »

J'observais Mme Richland qui s'était retournée pour nous regarder, une main en visière, comme à son habitude. Constatant qu'on se dirigeait vers nos voitures – *a priori* –, elle monta dans la sienne et s'en alla.

« Maintenant, on peut aller s'asseoir, dis-je.

– J'en déduis que cette dame est du genre curieux, dit Braddock. Elle le connaissait ?

– Non, mais M. Bowditch disait que c'était une fouineuse, et il avait raison. »

Une fois sur le banc. M. Braddock posa sa mallette sur ses genoux et l'ouvrit.

« Je vous ai promis que nous aurions une conversation intéressante, et je pense que vous serez d'accord quand vous aurez entendu ce que j'ai à dire. »

Il sortit de sa mallette une chemise, et de cette chemise une petite liasse de feuilles maintenues par une pince en or. En haut de la première feuille, on pouvait lire : DERNIÈRES VOLONTÉS ET TESTAMENT.

Mon père ne put s'empêcher de rire.

« Bon sang, il a légué quelque chose à Charlie ?

– Vous n'y êtes pas, le reprit Braddock. Il a *tout* légué à Charlie. »

Je dis la première chose qui me passa par la tête, et qui n'était pas très polie.

« Merde alors ! »

Braddock sourit et secoua la tête.

« C'est un *nullum cacas statum*, comme on dit chez les avocats. Je suis très sérieux. M. Bowditch vous a légué la maison et le terrain sur lequel elle est construite. Un sacré terrain, soit dit en passant, dont la valeur atteint au moins les six chiffres. Plutôt sept, compte tenu des prix de l'immobilier à Sentry's Rest. Tout ce qui se trouve à l'intérieur de la maison vous appartient aussi, ainsi qu'une voiture actuellement remisée à Carpentersville. Sans oublier la chienne, évidemment. »

Il se pencha pour caresser Radar. Celle-ci leva brièvement la tête, et la laissa retomber sur sa patte.

« C'est la vérité vraie ? demanda mon père.

– Les avocats ne mentent jamais », dit Braddock, puis il repensa à ce qu'il venait de dire et se ravisa : « En tout cas, pas dans ce genre d'affaires.

– Il n'y a aucun membre de la famille pour contester le testament ?

– Nous le saurons au moment de l'homologation, mais il affirmait ne plus avoir de famille.

– Est-ce que… euh… j'ai le droit de rentrer dans la maison ? demandai-je. J'ai laissé pas mal d'affaires là-bas. Surtout des fringues, mais aussi… euh… »

Impossible de me remémorer tout ce que j'avais laissé. Je ne pensais qu'à une seule chose, à ce que M. Bowditch avait fait ce mois-ci, pendant que j'étais au lycée. Peut-être avait-il transformé ma vie pendant que je planchais sur une interro d'histoire, ou que je tirais des paniers au gymnase. Ce n'était pas à l'or que je pensais à cet instant précis, ni au cabanon, ni au revolver ni à la cassette audio. J'essayais de me faire à l'idée que je possédais désormais (ou posséderais bientôt) la propriété au sommet de Sycamore Street Hill. Et pour quelle raison ? Parce que j'avais entendu Radar hurler à la mort dans le jardin de ce que les gamins surnommaient la Maison de Psychose, par un après-midi glacial du mois d'avril.

L'avocat continuait de parler pendant ce temps. Je dus lui demander de rembobiner.

« Je disais que, naturellement, vous pouvez retourner dans la maison. Après tout… elle vous appartient. De la cave au grenier. Une fois que le testament aura été homologué. »

Il rangea les documents dans la chemise, la chemise dans la mallette, fit claquer les fermoirs et se leva. De sa poche de poitrine, il sortit une carte de visite, qu'il tendit à mon père. Et puis, se souvenant peut-être que ce n'était pas lui l'héritier d'une propriété dont la valeur atteignait les six chiffres (plutôt sept), il m'en remit une autre.

« Appelez-moi si vous avez des questions. Bien entendu, je vous contacterai de mon côté. Je vais demander qu'on accélère le processus d'homologation, mais ça peut prendre six mois. Félicitations, jeune homme. »

On lui serra la main, papa et moi, et on le regarda regagner sa Lincoln. Mon père n'était pas du genre grossier (contrairement à M. Bowditch, capable de jurer simplement pour réclamer le sel), mais alors qu'on restait assis là, sur ce banc, trop sonnés pour se lever, il fit une exception :

« Bordel de merde.

– Oui », fis-je.

9

À la maison, papa alla chercher deux canettes de Coca dans le frigo. On trinqua.

« Comment tu te sens, Charlie ?

– Je ne sais pas. Je n'arrive pas à m'y faire.

– Tu crois qu'il a de l'argent à la banque ou bien son séjour à l'hôpital l'a mis sur la paille ?

– Je ne sais pas. »

C'était faux. Il n'y avait pas grand-chose à la Citizens, deux mille dollars peut-être, mais il y avait le seau rempli d'or au premier étage, et peut-être davantage dans le cabanon. En plus du reste.

« Peu importe, ajouta mon père. Cette propriété vaut de l'or.

– Comme tu dis.

– Si c'est confirmé, tu n'as plus de souci à te faire pour payer tes études. » Il poussa un long soupir, tout en faisant une bouche en cul-de-poule, et du coup, il émit une sorte de *hooo.* « J'ai l'impression qu'on vient de me débarrasser d'un poids de quarante-cinq kilos.

– Si on vend la maison. »

Il me jeta un drôle de regard.

« Tu es en train de me dire que tu veux la garder ? Et vivre dans la Maison de Psychose comme Norman Bates ?

– Elle ne ressemble plus à une maison hantée, papa.
– Oui, je sais, je sais. Tu lui as redonné un coup de jeune.
– Il y a encore du boulot. J'espérais tout faire repeindre avant l'hiver. »

Il continuait à me regarder bizarrement : la tête penchée sur le côté, le front légèrement plissé.

« C'est le terrain qui a de la valeur, Chip, pas la maison. »

J'avais envie de protester – l'idée de démolir le 1 Sycamore Street m'horrifiait, non pas à cause des secrets que la maison renfermait, mais parce que M. Bowditch y était encore tellement présent –, et pourtant, je m'abstins. C'était inutile. On n'avait pas les moyens de tout faire repeindre tant que le testament n'était pas homologué, et impossible de convertir l'or en argent liquide. Je finis mon Coca.

« J'aimerais aller récupérer mes affaires. Radar peut rester ici avec toi ?
– Pas de problème. D'ailleurs, j'imagine qu'elle va loger ici à partir de maintenant, non ? Du moins, jusqu'à… »

Il acheva sa phrase par un haussement d'épaules.

« Oui, dis-je. Jusqu'à. »

10

La première chose que je remarquai, c'est le portillon ouvert. Je pensais l'avoir fermé en partant, mais je ne pouvais pas l'affirmer. Je contournai la maison, commençai à gravir l'escalier de derrière et m'arrêtai sur la deuxième marche. La porte de la cuisine était ouverte elle aussi, et celle-là j'étais *sûr* de l'avoir fermée. À clé. Je continuai à monter et pus constater que j'avais bien fermé la porte à clé. Des échardes se dressaient autour de la platine de la serrure, qui avait été à moitié arrachée de l'encadrement de la porte. Je ne songeai même pas que l'intrus pouvait se trouver encore sur place. Pour la seconde fois de la journée, j'étais trop abasourdi pour réfléchir. Je me souviens tout de même de m'être réjoui d'avoir laissé Radar à la maison. Elle était trop vieille et trop fragile pour supporter de nouvelles émotions fortes.

CHAPITRE DIX

Dégâts. Mme Richland. Rapaces de nécro. L'histoire de la cassette. À l'intérieur du cabanon. L'histoire de la cassette, suite.

1

Tous les placards de la cuisine avaient été ouverts ; les casseroles et les poêles étaient éparpillés sur le linoléum. La cuisinière Hotpoint avait été décollée du mur et la porte du four bâillait. Le contenu des grosses boîtes en fer – SUCRE, FARINE, CAFÉ, BISCUITS – était répandu sur le comptoir, mais celle qui avait contenu de l'argent n'en contenait plus, et ma première pensée cohérente fut : *Ce salopard n'a pas eu le fric.* J'avais déposé tous les billets dans le coffre-fort des mois plus tôt. Dans le salon, le canapé convertible (redevenu un simple canapé maintenant que M. Bowditch n'en avait plus besoin) avait été renversé et les coussins éventrés. *Idem* pour le fauteuil. Il y avait du rembourrage partout.

Au premier étage, c'était pire. Je n'aurais pas besoin d'ouvrir les tiroirs de la commode pour sortir mes affaires : elles étaient éparpillées sur le plancher de la chambre que j'avais occupée. Mes oreillers avaient été éventrés, le matelas pareil. Même chose dans la chambre principale, où le papier peint, arraché du mur, pendait en longs lambeaux. La porte de l'armoire était ouverte, et maintenant que les vêtements formaient un tas sur le sol (les poches des pantalons avaient été retournées), le coffre-fort était apparent. Je remarquai des éraflures autour de la poignée, et d'autres sur la molette du cadran. Il avait tenu bon face aux tentatives du cambrioleur pour le forcer. Par acquit de conscience, je fis la combinaison et l'ouvris. Tout était là. Je refermai la porte, actionnai la molette et redescendis. Assis dans le canapé où M. Bowditch avait dormi, j'appelai les secours pour la troisième fois cette année. Puis j'appelai mon père.

2

Je m'aperçus que je devais faire quelque chose avant l'arrivée de mon père, et de la police surtout. Du moins, si j'avais l'intention de mentir, évidemment, et si je voulais que mon mensonge tienne. Après avoir réglé ce problème, je ressortis pour attendre. Mon père avait pris la voiture, il se gara le long du trottoir. Il n'avait pas amené Radar, et je m'en réjouis : le spectacle de la maison dévastée l'aurait bouleversée plus qu'elle ne l'était déjà après les changements récents survenus dans sa vie.

Pendant que mon père faisait le tour du rez-de-chaussée pour examiner les dégâts, je restai dans la cuisine pour ramasser et ranger les poêles et les casseroles. Quand il revint, il m'aida à repousser la cuisinière contre le mur.

« Nom d'une pipe, Charlie. Qu'est-ce que tu en penses ? »

Je lui répondis que je ne savais pas, mais je croyais le savoir. En revanche, je ne savais pas *qui*.

« Tu veux bien attendre la police, papa ? Je vais faire un tour de l'autre côté de la rue. J'en ai pour une minute. Mme Richland est rentrée, j'ai vu sa voiture. Il faut que je lui parle.

– La fouineuse ?

– Elle-même.

– Tu ne veux pas laisser faire la police ?

– Si elle a vu quelque chose, je leur dirai d'aller l'interroger.

– J'en doute : elle était à l'enterrement avec nous.

– N'empêche, il faut que je lui parle. Elle a peut-être remarqué quelque chose avant.

– Des types en repérage ?

– Par exemple. »

Je n'eus pas besoin de frapper à sa porte : Mme Richland occupait son poste habituel au bout de l'allée.

« Bonjour, Charlie. Tout va bien ? Ton père semblait rudement pressé. Où est la chienne ?

– Chez moi. Madame Richland, quelqu'un s'est introduit chez M. Bowditch pendant qu'on assistait à l'enterrement et a tout saccagé à l'intérieur.

– Oh, mon Dieu. C'est vrai ? »

Elle porta la main à sa poitrine.

« Vous avez vu quelqu'un dans les parages ? Ces deux derniers jours ? Quelqu'un qui n'habite pas dans la rue ? »

Elle réfléchit.

« Non, je ne crois pas. Uniquement les livreurs habituels : Federal Express, UPS, l'homme qui vient s'occuper de la pelouse des Houton… Ça doit leur coûter une fortune, soit dit entre nous… Le facteur avec sa camionnette… Il y a beaucoup de dégâts ? Ils ont volé quelque chose ?

– Franchement, je ne sais pas. La police voudra peut-être…

– M'interroger ? Bien sûr. Avec plaisir ! Mais si ça s'est passé pendant qu'on était à l'enterrement…

– Oui, je sais. Merci quand même. »

Je fis demi-tour pour m'en aller.

« Il y a aussi ce drôle de petit bonhomme qui vendait des abonnements à des magazines. »

Je me retournai.

« Ah oui ?

– Tu devais être à l'école à ce moment-là. Il transportait une sacoche comme celle des facteurs dans le temps. Avec un autocollant qui disait SUBSCRIPTION SERVICE OF AMERICA. Un truc dans le genre. Et dedans, il y avait des échantillons : *Time*, *Newsweek*, *Vogue*, etc. Je lui ai dit que ça ne m'intéressait pas, que je pouvais lire tout ce que je voulais sur Internet. C'est beaucoup plus pratique, non ? Et plus écologique : plus besoin de recycler tout ce papier. »

Les bienfaits écologiques de la lecture en ligne sur l'environnement ne m'intéressaient pas.

« Il a frappé à d'autres portes dans la rue ? »

Je devinais que si quelqu'un pouvait répondre à cette question, c'était elle.

« Oui, quelques-unes. Je crois qu'il est allé chez M. Bowditch, mais le pauvre vieux n'est pas venu ouvrir. Sans doute qu'il ne se sentait pas très bien. Ou alors… je parie qu'il n'aimait pas trop les visiteurs, hein ? Je suis contente que tu aies sympathisé avec lui. Quelle tristesse qu'il nous ait quittés. Quand on parle des animaux, on dit qu'ils ont traversé le pont de l'Arc-en-ciel. Je trouve ça beau, pas toi ?

– Si, c'est très joli. »

Je détestais cette expression.

« Je suppose que son chien va bientôt traverser le pont de l'Arc-en-ciel, lui aussi. Il est tellement maigre, le pauvre, et il a la truffe toute blanche. Tu vas le garder ?

– Radar ? Bien sûr. » Je ne pris pas la peine de lui dire que Radar était une femelle. « À quoi il ressemblait, ce vendeur de magazines ?

– Oh, c'était un drôle de petit bonhomme, avec une drôle de façon de marcher et de parler. On aurait dit qu'il sautillait, un peu comme un enfant, et quand je lui ai dit que je ne voulais pas m'abonner à ses magazines, il a répondu : "Dacodac." Tu crois que c'est lui le cambrioleur ? Il n'avait pas l'air très dangereux, en tout cas. C'était juste un drôle de petit bonhomme avec une drôle de façon de parler. Il répétait souvent “Ha-ha”.

– Ha-ha ?

– Oui. Ce n'était pas un vrai rire. Juste Ha-ha. “70 % de réduction par rapport à la vente en kiosque, madame. Ha-ha.” Et il était petit pour un homme. Il faisait ma taille à peu près. Tu penses que c'est lui ?

– Ça m'étonnerait.

– Il portait une casquette des White Sox, je m'en souviens, et un pantalon en velours côtelé. Il y avait un cercle rouge sur la casquette. »

3

J'étais partant pour remettre de l'ordre dans toute la maison, mais mon père estimait qu'on devait attendre la police.

« Ils voudront sûrement récolter des indices. »

Ils débarquèrent une dizaine de minutes plus tard, à bord d'une voiture de patrouille et d'un véhicule banalisé. Celui qui le conduisait avait les cheveux blancs et une énorme bedaine. Il se présenta : inspecteur Gleason. Les deux agents en tenue étaient les officiers Witmark et Cooper. Witmark était muni d'un caméscope, Cooper d'une petite valise qui ressemblait à une lunchbox, dont je devinais qu'elle contenait de quoi relever les indices.

Gleason survola les dégâts avec un manque d'intérêt flagrant. Il soulevait régulièrement les pans de sa veste à carreaux, comme s'il battait des ailes, pour remonter son pantalon. Je supposais qu'il lui restait encore un an ou deux à tirer avant de recevoir une montre en or ou une canne à pêche lors de son pot de départ en retraite. En attendant, il purgeait sa peine.

Il ordonna à Witmark de filmer le salon et envoya Cooper à l'étage. Il posa quelques questions (adressées à mon père, alors que c'était moi qui avais découvert l'effraction) et nota les réponses dans un petit calepin. Il le referma d'un geste brusque, le fourra dans la poche intérieure de sa veste et remonta son pantalon.

« Des rapaces de nécro. J'en ai vu des centaines.

– C'est quoi, ça ? » demandai-je.

Je jetai un coup d'œil à mon père et je vis qu'il connaissait la réponse. Peut-être avait-il compris dès qu'il était entré dans la maison.

« Quand son avis de décès a-t-il été publié dans le journal ?

– Hier, dis-je. Sa kiné a rempli le formulaire pour le journal peu de temps après sa mort, et je l'ai aidée à combler les trous. »

Gleason hocha la tête.

« Ouais, j'ai vu ça cent fois, répéta-t-il. Ces rapaces lisent le journal pour savoir quand a lieu l'enterrement, et à quel moment la maison sera vide. Ils enfoncent la porte et ils raflent tout ce qui semble avoir de la valeur. Dressez la liste de tout ce qui a disparu et apportez-la au poste.

– Et les empreintes ? » demanda mon père.

Gleason haussa les épaules.

« Ils portaient sûrement des gants. De nos jours, tout le monde regarde les séries policières, surtout les criminels. Dans ce genre d'affaires, on…

– Lieutenant ! » C'était la voix de Cooper, venue de l'étage. « On a un coffre dans la chambre principale.

– Ah, voilà qui est intéressant », dit Gleason.

Il nous précéda au premier. Il montait lentement, utilisant la rampe pour se hisser de marche en marche, et quand il arriva en haut, il était essoufflé et écarlate. Il remonta son pantalon encore une fois et pénétra dans la chambre de M. Bowditch. Il se pencha en avant pour examiner le coffre.

« Ah. Quelqu'un s'est cassé les dents. »

Pas difficile à deviner.

Witmark – le cinéaste attitré des forces de police locales, supposai-je – entra à son tour et se mit à filmer.

« Je relève les empreintes, chef ? » demanda Cooper.

Il ouvrait déjà sa lunchbox.

« Ouais, on aura peut-être un coup de chance, répondit l'enquêteur (j'hésite à employer ce mot). Notre homme a peut-être enlevé ses gants pour essayer de trouver la combinaison en voyant qu'il n'arrivait pas à forcer le coffre. »

Cooper répandit de la poudre noire sur la porte du coffre. La majeure partie retomba sur le plancher. Comme si je n'avais pas assez de travail. Cooper observa son œuvre, puis s'écarta pour que Gleason puisse en faire autant.

« Tout a été effacé », déclara celui-ci en se redressant et en remontant son pantalon, de manière particulièrement brutale cette fois.

Évidemment que tout avait été effacé. Par mes soins, après avoir appelé la police. Le cambrioleur avait peut-être laissé ses empreintes, mais elles devaient disparaître, hélas, car les miennes s'y trouvaient aussi.

« Vous ne connaissez pas la combinaison, je suppose ? »

La question de Gleason était adressée à mon père, évidemment.

« C'est la première fois que j'entre dans cette chambre. Demandez plutôt à Charlie. C'était lui l'auxiliaire de vie du vieil homme.

Auxiliaire de vie. L'expression décrivait assez bien la réalité, mais ça me faisait bizarre. Sans doute parce que c'était un terme qu'on appliquait généralement aux adultes.

« Aucune idée, dis-je.

– Hmmm. » Gleason se pencha de nouveau vers le coffre, mais brièvement, comme si cela avait cessé de l'intéresser. « Celui qui hérite de cette baraque devra faire appel à un serrurier. Ou alors, si ça ne marche pas, à un perceur de coffres qui sait se servir de la nitro. J'en connais deux à Stateville… derrière les barreaux. » Il s'esclaffa. « Je parie qu'il y a pas grand-chose à l'intérieur. Des vieux papelards et peut-être des boutons de manchettes. Vous vous souvenez de tout ce cirque autour du coffre-fort d'Al Capone ? Geraldo Rivera est passé pour un idiot sur ce coup-là. Bon. N'oubliez pas de venir au poste pour faire une déposition, monsieur Reade. »

Il s'adressait à mon père une fois de plus. Parfois, je comprenais pourquoi les femmes étaient en rogne.

4

Je passai la nuit dans notre petite chambre d'amis au rez-de-chaussée. C'était le bureau et la pièce de couture de ma mère de son vivant, et ça l'était resté durant les années d'alcoolisme de mon père, comme une sorte de musée. Après six mois d'abstinence, il en avait fait une chambre (avec mon aide). Lindy y passait la nuit parfois, et aussi un ou deux autres gars abstinents depuis peu, dont mon père s'occupait, car c'est comme ça que ça fonctionne chez les AA. J'y dormis le jour de l'enterrement de M. Bowditch et du cambriolage pour éviter à Radar de monter l'escalier. Je lui étalai une couverture sur le sol et elle s'endormit aussitôt, roulée en boule. Je restai éveillé beaucoup plus longtemps car le lit était trop petit pour un garçon de presque deux mètres, mais aussi parce que j'avais un tas de choses en tête.

Avant d'éteindre la lumière, je cherchai *Subscription Service of America* dans Google. Cette société de vente d'abonnements existait, mais c'était *Services* au pluriel. Certes, il y avait juste une lettre de différence, et Mme Richland avait pu se tromper, mais cette société opérait uniquement en ligne. Elle n'employait pas de démarcheurs. J'en conclus d'abord que ce type était un rapace de nécro, en effet, venu en repérage… Mais ça ne collait pas car il avait déjà trimbalé sa sacoche d'échantillons dans le quartier avant la mort de M. Bowditch.

J'étais convaincu, néanmoins, que le vendeur de magazines était l'homme qui avait tué M. Heinrich. D'ailleurs, comment était mort M. Heinrich, au fait ? L'article du *Daily Herald* ne le précisait pas. Se pouvait-il que le petit homme qui disait *Dacodac* et répétait *Ha-ha* l'ait torturé avant de le tuer ? Pour connaître le nom de l'homme qui planquait de l'or chez lui ?

Je roulai sur le côté gauche. Mes pieds dépassaient du lit. Je les couvris avec le drap et la couverture.

Peut-être que la torture n'avait pas été nécessaire. Peut-être que M. Dacodac avait simplement promis à M. Heinrich de lui laisser la vie sauve s'il lui donnait le nom.

Je me tournai sur le côté droit. Obligé de remettre le drap et la couverture sur mes pieds. Radar leva la tête, émit une sorte de *ouaf* et se rendormit.

Autre question : l'inspecteur Gleason avait-il interrogé Mme Richland ? Si oui, allait-il en déduire que M. Bowditch était déjà visé *avant* de mourir ? Ou bien penserait-il que ce « drôle de petit bonhomme » sillonnait le quartier en quête de cibles dites d'opportunité ? Penserait-il que ce type était un simple démarcheur ? S'il avait pris la peine d'interroger la voisine, évidemment.

Question jackpot : Si M. Dacodac Ha-ha était toujours à la recherche de l'or, allait-il revenir ?

Passer du côté droit au côté gauche. Du côté gauche au côté droit. Tirer sur le drap et la couverture.

Finalement, je me dis que plus vite j'écouterais la cassette de M. Bowditch, mieux ce serait, et après cela, je m'endormis enfin. Je rêvai que le petit homme à la démarche bondissante m'étranglait, et quand je me réveillai le lendemain matin, le drap et la couverture étaient entortillés autour de mon cou.

5

Le vendredi, j'allai au lycée, pour que Mme Silvius n'oublie pas ma tête, mais le samedi, j'annonçai à mon père que je retournais chez M. Bowditch pour commencer à tout nettoyer. Il proposa de m'aider.

« Non, pas la peine. Reste ici avec Radar. Repose-toi, profite de ton week-end.

– Tu es sûr ? Cette maison est pleine de souvenirs pour toi.

– Certain.

– Bon, OK, mais appelle-moi si ça devient trop dur. Ou si ça te fait flipper.

– Promis.

– Dommage qu'il ne t'ait pas donné la combinaison du coffre. On va vraiment être obligés de faire appel à quelqu'un pour l'ouvrir et savoir ce qu'il y a à l'intérieur. Je demanderai autour de moi au boulot, la semaine prochaine. Je suis sûr que quelqu'un connaît un perceur de coffres. Qui n'est pas en prison.

– Ah bon ?

– Les enquêteurs des compagnies d'assurances connaissent toutes sortes d'individus louches, Charlie. Mais Gleason a certainement raison. Ce coffre doit renfermer de vieux avis d'imposition – si Bowditch remplissait des déclarations, ce dont je doute – et des boutons de manchettes. Mais peut-être qu'on trouvera des trucs qui nous aideront à en savoir plus sur lui.

– On verra bien, dis-je, pensant au revolver et au magnétophone. Et ne gâte pas trop Radar.

– Rapporte ses médicaments.

– C'est fait. Ils sont sur le comptoir de la cuisine.

– Bravo, fiston. Appelle-moi en cas de besoin. J'arriverai en courant.

Un chic type, mon père. Surtout depuis qu'il avait cessé de boire. Je l'ai déjà dit, je sais, mais ça mérite d'être répété.

6

Des bandes de plastique jaune ENQUÊTE DE POLICE étaient entortillées autour des planches de la clôture. En vérité, l'enquête (si on pouvait employer ce terme) avait pris fin quand Gleason et les deux agents en uniforme étaient repartis, mais tant que papa ou moi n'avions pas trouvé quelqu'un pour réparer la serrure de la porte de derrière, je jugeais préférable de laisser les rubalises.

Je contournai la maison, mais avant d'y entrer, je marchai jusqu'au cabanon et m'arrêtai devant l'entrée. Aucun bruit ne s'en échappait : pas de grattements, pas de raclements sourds, ni d'étranges miaulements. *Non, évidemment*, me dis-je. M. Bowditch a tué la chose qui produisait ces bruits. Deux coups de revolver – *boum boum* –, et extinction des feux. Je sortis de ma poche le trousseau de clés et envisageai de les essayer l'une après l'autre jusqu'à ce que je trouve la bonne, mais je le rangeai finalement. J'écouterais la cassette d'abord.

Et si j'entendais uniquement M. Bowditch chantonner « Home on the Range » ou « A Bicycle Built for Two » défoncé à l'oxycodone, j'en serais pour mes frais. Mais j'en doutais. *Tout le reste dont tu auras besoin se trouve également sous le…*, m'avait-il dit au téléphone, et le magnétophone était sous le lit.

Je le sortis du coffre-fort. C'était un vieil appareil à cassettes noir, pas aussi antique que le téléviseur, mais loin d'être neuf. La technologie avait poursuivi sa marche en avant depuis. Je redescendis dans la cuisine, posai le magnétophone sur la table et enfonçai la touche Play. Rien. Uniquement le sifflement de la bande magnétique qui frotte contre les têtes de lecture. Je commençai à redouter un fiasco – style le coffre d'Al Capone dont avait parlé Gleason – avant de comprendre que M. Bowditch n'avait pas rembobiné la bande ! Certainement parce qu'il était en train d'enregistrer au moment de sa crise cardiaque. Cette pensée me fila un peu les jetons. *Ah, putain ça fait mal*, avait-il dit. *C'est comme un fer rouge dans la poitrine.*

J'enfonçai la touche Rewind. La bande mit longtemps à se rembobiner. Lorsqu'elle s'arrêta enfin – *clic* –, j'appuyai de nouveau sur Play. Il y eut quelques secondes de silence, puis un grand bruit sourd, suivi d'une respiration rauque que je connaissais bien. M. Bowditch se mit à parler.

J'ai dit, au début, que j'étais certain de pouvoir raconter cette histoire, mais que j'étais sûr aussi que personne n'y croirait. C'est à partir de là que vous devenez incrédules.

7

Ton père a enquêté sur moi, Charlie ? Je parie que oui. À sa place, je sais que c'est ce que j'aurais fait. Et compte tenu de son boulot, je parie qu'il dispose de tous les moyens nécessaires pour enquêter. Dans ce cas, il a découvert qu'un certain Adrian Bowditch – mon père, a-t-il pensé, ou plus probablement mon grand-père – a acheté en 1920 le terrain sur lequel est construite cette maison. Eh bien, ce n'est ni l'un ni l'autre, c'est moi. Je suis né Adrian Howard Bowditch en 1894. Ce qui me fait environ cent vingt ans. La maison a été achevée en 1922. Ou peut-être 1923. Je ne sais plus très bien. Et le cabanon… n'oublions pas le cabanon… a été construit avant la maison. De mes propres mains.

Le Howard Bowditch que tu connais est un homme casanier qui aime rester dans son coin, avec son chien… N'oublions pas Radar non plus. Mais Adrian Bowditch, mon père supposé, était un sacré vagabond. Le 1 Sycamore Street était sa base, on pourrait dire, mais il était souvent absent. Chaque fois que je revenais en ville, je découvrais les changements, comme sur une série de photos instantanées. Je trouvais ça fascinant, mais un peu déprimant aussi. J'avais l'impression qu'un tas de choses allaient dans le mauvais sens en Amérique, et ça continue, mais la question n'est pas là, je suppose.

La dernière fois que je suis revenu en tant qu'Adrian Bowditch, c'est en 1969. En 1972, à soixante-dix-huit ans, j'ai engagé un certain John McKeen pour garder la maison – un vieux bonhomme formidable, digne de confiance, tu trouveras son nom dans les archives de la ville si ça t'intéresse – et j'ai entrepris mon dernier voyage, en Égypte prétendument. En vérité, ce n'est pas là-bas que je suis allé, Charlie. Trois ans plus tard, en 1975 donc, je suis revenu dans la peau de mon fils, Howard Bowditch, la quarantaine. Howard avait soi-disant passé la majeure partie de sa vie à l'étranger jusqu'à maintenant, avec sa mère, brouillée avec son père. J'ai toujours bien aimé ce détail. La brouille fait plus réel que le divorce ou la mort, d'une certaine manière. Après le prétendu décès d'Adrian Bowditch en Égypte, je me suis installé dans la demeure familiale et j'ai décidé d'y rester. Le titre de propriété ne faisait aucun doute : je m'étais légué la maison à moi-même. Gonflé, non ?

Avant que je te raconte la suite, je veux que tu arrêtes l'enregistrement et que tu ailles dans le cabanon. Tu peux l'ouvrir, tu as mes clés. Du moins, j'espère. N'aie pas peur. J'ai remis les planches, et je les ai bloquées avec les parpaings. Ah, la vache, ils pèsent une tonne. Prends quand même mon revolver, si tu veux. Et la lampe électrique aussi. Celle qui est dans le placard de la cuisine. Il y a de la lumière dans le cabanon, mais tu auras besoin de la lampe électrique. Tu comprendras pourquoi. Vois tout ce qu'il y a à voir. Celui que tu as entendu la première fois aura quasiment disparu maintenant, peut-être même complètement. Mais les restes de celui que j'ai tué seront toujours là. La majeure partie en tout cas. Quand tu auras zieuté, reviens écouter la suite de l'histoire. Allez, vas-y. Fais-moi confiance, Charlie. Je compte sur toi.

8

J'appuyai sur Stop et restai assis un moment, sans bouger. Il était fou, forcément, même s'il ne m'avait jamais *paru* fou. Jusqu'à la fin il était lucide, quand il m'avait appelé pour m'annoncer qu'il faisait une crise cardiaque. Il y avait bel et bien – ou il y avait eu – quelque chose dans ce cabanon, c'était indéniable. Je l'avais entendu, Radar l'avait entendu et M. Bowditch était allé l'abattre. Mais cent vingt ans ? Personne, ou presque, ne vivait aussi longtemps. Un être humain sur dix millions peut-être, et *personne* ne réapparaissait à quarante ans en se faisant passer pour son fils. Ce genre de choses n'arrivait que dans les fictions.

« Les contes de fées », dis-je, et j'étais tellement à cran – flippé – que ma propre voix me fit sursauter.

Fais-moi confiance, Charlie. Je compte sur toi.

Je me levai en ayant l'impression d'évoluer hors de mon corps. Je ne sais comment décrire autrement cette sensation. Je montai à l'étage, ouvris le coffre et pris le calibre 45 de M. Bowditch. Il était toujours dans son étui, et l'étui accroché à la ceinture ornée de conchos. Je l'attachai autour de ma taille et nouai les cordons de l'étui autour de ma cuisse. Mon moi intérieur se trouvait idiot : un gamin qui joue au cow-boy. Mon moi extérieur se réjouissait de sentir le poids du revolver et de le savoir chargé.

La lampe électrique était un grand modèle de bonne qualité, qui contenait six piles d'un volt cinq. Je vérifiai qu'elle fonctionnait, ressortis de la maison et traversai le jardin jusqu'au cabanon. *Il va falloir que je me remette à tondre bientôt.* Mon cœur battait fort et vite. Ce n'était pas une journée particulièrement chaude ; pourtant je sentais la sueur couler sur mes joues et dans mon cou.

En sortant le trousseau de clés de ma poche, je le laissai tomber. En me penchant pour le ramasser, je me cognai la tête contre la porte du cabanon. Je passai les clés en revue. L'une d'elles avait une tête ronde, sur laquelle était gravé le mot *Studebaker* en italique. Celles qui ouvraient les portes de la maison, devant et derrière, je les connaissais. Une autre, plus petite, ouvrait peut-être un casier quelconque ou même un coffre à la banque. Et puis il y avait une clé Yale pour le gros cadenas de la même marque qui fermait le cabanon. Je l'introduisis dans le cadenas et frappai à la porte avec mon poing.

« Hé ! » criai-je… pas trop fort. Je ne voulais pas que Mme Richland m'entende. « Si vous êtes là-dedans, reculez ! Je suis armé ! »

Rien. Je restai planté là malgré tout, ma lampe à la main, paralysé par la peur. La peur de quoi ? De l'inconnu : la chose la plus effrayante qui soit.

J'imaginais M. Bowditch disant : *Arrête de tergiverser, Charlie.*

Je m'obligeai à tourner la clé. L'anneau du cadenas sauta. Je le retirai, fis pivoter le moraillon et posai le cadenas dessus, à cheval. Un souffle de vent ébouriffa mes cheveux. Je poussai la porte. Les gonds grincèrent. Il faisait noir à l'intérieur. La lumière du monde extérieur semblait trépasser subitement en franchissant le seuil. Sur l'enregistrement, M. Bowditch parlait d'un éclairage, même si aucun fil électrique ne courait jusqu'au cabanon. Je braquai la torche sur le côté droit de la porte et découvris un interrupteur. Je l'actionnai et aussitôt, deux lampes alimentées par batteries, fixées en hauteur de part et d'autre de la porte, s'allumèrent. Elles ressemblaient à ces lampes de secours très utiles quand il y a une coupure de courant dans une école ou un cinéma. Et elles produisaient un faible bourdonnement.

Le sol était fait de lattes de bois. Dans le coin gauche le plus éloigné, trois planches étaient collées les unes aux autres, des parpaings maintenaient les extrémités. Je pointai le faisceau de la lampe vers la droite et découvris une chose si horrible et inattendue que, tout d'abord, je ne compris pas ce que je voyais. J'avais envie de prendre mes jambes à mon cou, mais impossible de bouger. Une partie de moi-même pensait (si tant est que j'aie été capable de penser durant ces premières secondes) qu'il s'agissait d'une farce macabre, d'une créature de film d'horreur en latex et fil de fer. J'apercevais un unique rond de lumière, de la taille d'une pièce de monnaie, là où la balle avait traversé le mur, après avoir traversé la chose que je contemplais.

C'était une sorte d'insecte, mais presque aussi gros qu'un chat adulte. Il était mort, couché sur le dos ; ses pattes dressées étaient repliées au milieu et hérissées de poils drus. Un œil noir me regardait sans me voir. Une des balles tirées par M. Bowditch l'avait atteint à l'abdomen et ses viscères pâles gisaient autour de son ventre ouvert, semblables à un pudding écœurant. Une fine brume s'échappait de ces entrailles, et lorsqu'un nouveau souffle d'air me frôla (j'étais toujours figé sur le seuil, la main soudée à l'interrupteur), la même brume s'éleva de la tête de la créature et des espaces entre les plaques de sa carapace. L'œil aveugle s'affaissa, laissant à la place une orbite vide qui semblait me foudroyer. Je poussai un petit cri, persuadé que la chose ressuscitait. Mais non. L'insecte était aussi mort qu'on peut l'être. En décomposition. L'air frais accélérait le processus.

Je me forçai à entrer dans le cabanon, la lampe torche dans la main gauche, braquée sur la carcasse de l'insecte mort. Je tenais le revolver dans la main droite. Je ne me souvenais pas de l'avoir dégainé.

Quand tu auras zieuté…

Je suppose que ça voulait dire quand j'aurais jeté un coup d'œil. Je n'avais pas envie de m'éloigner de la porte, mais là encore, je me fis violence. Mon moi extérieur du moins, car cela voudrait dire que j'avais « zieuté ». Mon moi intérieur, lui, bafouillait de terreur, de stupéfaction et d'incrédulité. Je m'approchai des planches sur lesquelles étaient posés les parpaings. En chemin, mon pied heurta quelque chose, et quand je pointai le faisceau de la lampe vers le sol, je poussai un cri de dégoût. C'était une patte d'insecte, ou ce qu'il en restait ; je la reconnaissais aux poils et à la pliure de l'articulation. Je ne l'avais pas heurtée brutalement et je portais des baskets, pourtant elle se brisa en deux. Je devinais qu'elle provenait de l'insecte que j'avais entendu précédemment. Il était mort ici, et c'était tout ce qu'il en restait.

Tiens, Charlie, prend une patte ! J'entendais et voyais mon père me tendre un pilon de poulet frit. *C'est le meilleur du pays !*

Pris d'un haut-le-cœur, je plaquai ma main sur ma bouche, jusqu'à ce que l'envie de vomir reflue. Si l'insecte mort avait empesté, je crois que je n'aurais pas pu me retenir, fort heureusement il ne dégageait aucune odeur, ou presque, sans doute parce que la décomposition était déjà très avancée.

Les planches posées côte à côte couvraient un trou dans le sol, de presque deux mètres de diamètre. Je crus tout d'abord qu'il s'agissait d'un puits datant de l'époque où il n'y avait pas l'eau courante, mais en pointant la lumière entre deux planches, j'entraperçus un petit escalier de pierre qui descendait en colimaçon. Des bruits de pattes et de sifflements montaient des profondeurs obscures. Quelques mouvements entrevus me pétrifièrent. D'autres insectes… bien vivants ceux-là. Ils fuyaient devant ma lumière, et soudain je compris : des cafards ! Certes, c'était le gros modèle, mais ils faisaient ce que font tous les cafards quand vous les éclairez : ils détalaient.

M. Bowditch avait couvert ce trou qui menait Dieu sait où (ou à *quoi*), mais il avait bâclé le travail – ce qui ne lui ressemblait pas –, ou bien les insectes avaient réussi à déplacer une ou plusieurs planches, sur une très longue période. Depuis 1920, par exemple ? Mon père aurait ri, mais mon père n'avait jamais vu un cafard gros comme un chat.

Je posai un genou à terre et introduisis le faisceau de la lampe entre les planches. S'il y avait d'autres cafards géants, ils avaient fichu le camp. Je ne voyais plus que ces marches de pierre en spirale qui s'enfonçaient sous terre, encore et encore, à l'infini. Une pensée me vint alors, bizarre tout d'abord, puis beaucoup moins : j'avais devant moi l'histoire du haricot magique de Jack revue par M. Bowditch. Il descendait au lieu de monter, mais à l'autre extrémité, il y avait de l'or.

J'en étais convaincu.

9

Je reculai à pas lents, éteignis les lampes alimentées par batteries et braquai une dernière fois le faisceau de ma lampe sur cette chose épouvantable appuyée contre le mur. Une vapeur plus épaisse s'en échappait maintenant, ainsi qu'une odeur semblable à de la menthe aigre. Effet dû à l'air frais.

Je claquai la porte, refermai le cadenas d'un coup sec, et regagnai la maison. Je rangeai la lampe dans le placard et le revolver dans le coffre. Je regardai le seau rempli de pépites, sans éprouver l'envie d'y enfouir les mains, pas ce jour-là. Et si, en plongeant jusqu'au fond, je sentais un morceau de patte velue ?

Au moment où j'atteignais l'escalier, mes jambes se dérobèrent et je dus agripper le poteau de la rampe pour éviter une vilaine chute. Je m'assis sur la marche du haut, secoué de tremblements. Enfin, après une ou deux minutes, je parvins à me ressaisir et à descendre en me tenant à la rampe, dans une posture qui me rappelait M. Bowditch. Je me laissai tomber sur la chaise devant la table de la cuisine et regardai le magnétophone. Une partie de moi-même avait envie d'arracher la cassette, de dérouler le long ruban marron et de le balancer à la poubelle. Mais je ne le fis pas. Je ne pouvais pas.

Fais-moi confiance, Charlie. Je compte sur toi.

J'enfonçai la touche Play et l'espace d'un instant, ce fut comme si M. Bowditch se trouvait dans la cuisine avec moi. Voyant combien j'étais terrorisé – abasourdi aussi –, il voulait me réconforter. M'empêcher de penser à l'œil énorme de l'insecte, enfoncé dans son orbite vide qui me foudroyait. Et il y parvint, plus ou moins.

10

C'est juste des cafards, pas dangereux. Dès qu'ils voient de la lumière, ils s'enfuient. Si tu n'as pas détalé en hurlant en découvrant celui que j'ai tué – mais ça ne ressemble pas au garçon que j'ai appris à connaître –, tu as regardé entre les planches et tu as vu le puits, et l'escalier. Parfois, il y a quelques cafards qui remontent, mais seulement quand le temps se réchauffe. Je ne sais pas pourquoi, étant donné que notre air est mortel pour eux. Ils commencent à se décomposer, même quand ils sont coincés sous les planches, et pourtant, ils essaient de les déplacer malgré tout. Une pulsion de mort ? Qui sait ? Ces deux dernières années, je suis devenu un peu négligent avec les planches au-dessus du puits… Du coup, il y en a deux qui ont réussi à passer. Ça faisait une éternité que ça n'était pas arrivé. Celui que tu as entendu au printemps est mort naturellement, il ne reste plus qu'une patte et une antenne. L'autre… Tu as vu par toi-même. Mais ils ne sont pas dangereux. Ils ne mordent pas.

J'appelle ça le puits des mondes. Un nom que j'ai trouvé dans un vieux roman d'horreur à deux sous écrit par un certain Henry Kuttner, et je ne l'ai pas vraiment découvert. Je suis tombé dedans, en fait.

Je vais te raconter tout ce que je peux, Charlie.

En tant qu'Adrian Bowditch, je suis né dans le Rhode Island, et même si j'étais bon en maths et que j'adorais lire… comme tu le sais… je n'aimais pas l'école, ni mon beau-père qui me tapait dessus quand ça n'allait pas dans sa vie. Ce qui arrivait souvent car c'était un alcoolo de première, incapable de garder un boulot plus de quelques mois. À dix-sept ans, je me suis enfui et je suis parti vers le nord, dans le Maine. J'étais un solide gaillard, alors je me suis fait engager dans une équipe de bûcherons et je me suis retrouvé au diable vauvert, à Aroostook County. Ça devait être en 1911, l'année où Amundsen a atteint le pôle Sud. Tu te souviens que je t'ai raconté que j'étais un simple bûcheron ? C'était la vérité.

Pendant six ans, j'ai fait ce boulot. Et puis, en 1917, un soldat a débarqué dans notre camp pour nous annoncer que tous les hommes valides devaient se faire recenser pour la conscription, au bureau de poste d'Island Falls. Plusieurs gars, parmi les plus jeunes, dont moi, se sont entassés dans un camion. Mais je n'avais aucune envie d'aller nourrir la machine de guerre quelque part en France. J'estimais que cette machine avait suffisamment de sang à boire, elle n'avait pas besoin du mien en plus, alors j'ai dit adieu aux gars pendant qu'ils faisaient la queue pour se faire recenser et j'ai sauté dans un train de marchandises qui roulait vers l'ouest. J'ai échoué à Janesville, pas très loin de l'endroit où on est maintenant, et je me suis fait engager dans une autre exploitation forestière. Quand il n'y a plus eu de boulot, j'ai suivi l'équipe jusqu'à Sentry County, devenu aujourd'hui Arcadia County. Notre comté.

Il n'y avait pas beaucoup de travail, alors j'envisageais de pousser plus loin, jusque dans le Wyoming ou le Montana. Ma vie aurait été totalement différente si je l'avais fait, Charlie. J'aurais eu une durée de vie normale et on ne se serait jamais rencontrés, toi et moi. Mais à Buffington – là où se trouve la réserve forestière, je suis tombé sur une pancarte qui indiquait : ON RECHERCHE UN ARPENTEUR. *Et dessous, quelque chose qui semblait fait pour moi :* BONNE CONNAISSANCE DES CARTES ET DES BOIS EXIGÉE.

Je me suis présenté au bureau du comté, j'ai déchiffré quelques cartes – latitude, longitude, courbes de niveau, etc. – et j'ai décroché le poste. Ah, mon garçon, je me sentais comme un gars qui est tombé dans une fosse à merde et qui en ressort avec une rose entre les dents. Je passais toute la sainte journée à arpenter les bois pour marquer des arbres, dessiner des cartes, répertorier des vieux chemins forestiers, et c'est pas ce qui manque. Parfois, je passais la nuit sous le toit d'une famille qui voulait bien m'héberger, ou alors je dormais à la belle étoile. C'était magnifique. Il m'arrivait de ne pas voir âme qui vive pendant plusieurs jours. Ça ne convient pas à tout le monde, mais moi, ça m'allait très bien.

Et puis un jour, à l'automne 1919, j'étais à Sycamore Hill, ce qu'on appelait alors Sentry Woods. Sentry's Rest n'était encore qu'un village et Sycamore Street s'arrêtait au niveau de la Little Rumple River. Le pont – le premier pont – ne serait construit que quinze ans plus tard, au minimum. Le quartier dans lequel tu as grandi n'est apparu qu'après la Seconde Guerre, quand les GI sont rentrés au pays.

Bref, je marchais dans les bois, à l'endroit où se trouve mon jardin maintenant, derrière la maison. Je me frayais un chemin au milieu des arbustes et des buissons, à la recherche d'un chemin de terre dont on m'avait parlé. Je ne pensais à rien, je me demandais juste où un jeune homme pourrait boire un coup dans ce village… et soudain : descendez on vous demande ! Je marchais au soleil et la seconde suivante, j'étais dans le puits des mondes.

Si tu as regardé entre les planches avec la lampe, tu sais que j'ai eu de la chance de ne pas y passer. Il n'y a pas de rampe et l'escalier tourne autour d'un sacré vide. Une vilaine chute d'une cinquantaine de mètres. Les murs sont faits de blocs de pierre, tu as remarqué ? Ils sont très anciens. Dieu seul sait de quand ils datent. Certaines pierres se sont détachées et elles ont dégringolé jusqu'en bas, où elles forment un petit tas. Durant ma chute, j'ai eu le réflexe de tendre la main et j'ai saisi une fissure, dans une de ces niches justement. La fissure mesurait à peine plus de cinq centimètres de large, mais j'ai pu y glisser les doigts. Je me suis plaqué contre le mur incurvé. Je regardais la lumière du jour et le ciel bleu tout là-haut, mon cœur battait à deux cents, et je me demandais dans quoi j'étais tombé. Ce n'était pas un simple puits, de toute évidence, avec ces marches qui descendaient et ces murs de pierre tout autour.

Quand j'ai retrouvé ma respiration – rien de tel que de risquer la mort en tombant dans un trou noir pour te couper le souffle –, j'ai pris ma lampe électrique coincée dans ma ceinture et je l'ai pointée en dessous de moi. Je ne voyais rien, que dalle, mais j'entendais des bruissements, ça voulait dire qu'il y avait quelque chose de vivant en bas. Pourtant, je n'étais pas inquiet. En ce temps-là, je portais toujours un flingue dans un étui accroché à ma ceinture car les bois n'étaient pas sûrs. Ce n'était pas tant des animaux qu'il fallait se méfier… même s'il y avait des ours noirs à l'époque, beaucoup… c'était des hommes, surtout des fabricants d'alcool de contrebande, mais je ne pensais pas qu'il y avait un alambic planqué dans ce trou. Je ne savais pas ce que ça pouvait être, mais j'étais du genre curieux et je voulais voir.

J'ai arrangé mon sac à dos, qui avait glissé dans ma chute, et je suis descendu. Marche après marche, longtemps, en tournant en rond. Le puits des mondes mesure cinquante-cinq mètres de profondeur et il compte cent quatre-vingt-cinq marches de hauteurs différentes. Il se termine par un tunnel de pierre… Il serait peut-être plus juste d'appeler ça un couloir. Il est suffisamment haut pour qu'on puisse l'emprunter sans baisser la tête, Charlie, et il y a encore de la marge au-dessus.

Au départ, le sol était en terre battue, mais au bout d'un moment… je sais maintenant que ça fait environ cinq cents mètres… c'était de la pierre. J'entendais de plus en plus les bruissements. Comme du papier ou des feuilles qu'agite un vent léger. Très vite, ce bruit s'est retrouvé au-dessus de ma tête. En levant ma lampe, j'ai découvert que le plafond était couvert des plus grosses chauves-souris que tu as jamais vues de ta vie. Avec une envergure de vautour. La lumière les affolait, alors je me suis dépêché d'abaisser ma lampe vers le sol, je n'avais pas envie qu'elles s'envolent autour de moi. Rien que de m'imaginer étouffé par leurs ailes, ça me mettait les nerfs en pelote, comme aurait dit ma mère. Les serpents et la plupart des insectes, ça ne me pose pas de problème, mais j'ai toujours eu horreur des chauves-souris. Chacun ses phobies, hein ?

J'ai continué à avancer pendant presque deux kilomètres, et ma lampe commençait à faiblir. On n'avait pas de Duracell en ce temps-là, mon garçon ! Parfois, j'entendais une colonie de chauves-souris au-dessus de ma tête. J'ai décidé de faire demi-tour avant de me retrouver dans le noir, quand soudain, il m'a semblé voir une étincelle de lumière du jour droit devant. J'ai éteint ma lampe aussitôt et en effet, c'était bien la lumière du jour.

Du coup, j'ai continué, curieux de savoir où j'allais ressortir. J'aurais parié sur la rive nord de la Little Rumple car j'avais eu l'impression de marcher vers le sud, sans pouvoir en être certain. Mais juste au moment où j'approchais de la sortie, il m'est arrivé un truc. Je n'arrive pas très bien à le décrire, mais il faut que j'essaie, au cas où tu déciderais de marcher dans mes traces, si je puis dire. C'était une sensation de vertige, mais pas seulement. J'avais l'impression d'être devenu un fantôme, Charlie, comme si je pouvais regarder mon corps et voir à travers. J'étais sans substance. Et je me souviens d'avoir pensé qu'on était tous des fantômes, en réalité, des fantômes qui évoluaient à la surface de la terre en essayant de se convaincre qu'on avait un poids et une place dans ce monde.

Cela a duré cinq secondes peut-être. Pendant lesquelles j'ai continué à marcher, même si je n'étais plus vraiment là. Puis cette sensation s'est envolée et j'ai atteint la fin du tunnel… après un peu plus d'un kilomètre encore… et je suis ressorti non pas au bord de la Little Rumple, mais à flanc de colline. Sous moi s'étendait un champ de magnifiques fleurs rouges. Des coquelicots, je pense, mais qui dégageaient une odeur de cannelle. Et je me suis dit : « Quelqu'un a déroulé le tapis rouge pour moi ! » Un chemin passait à travers les fleurs, jusqu'à une route au bord de laquelle j'apercevais une petite maison… un cottage… de la fumée s'échappait de la cheminée. Plus loin sur la route, à l'horizon, je distinguais les clochers d'une grande ville.

Le chemin était presque effacé, comme si personne ne l'avait emprunté depuis très longtemps. Un lapin l'a traversé au moment où je me remettais en marche, deux fois plus gros qu'un lapin ordinaire. Il a disparu dans l'herbe au milieu des fleurs. Je...

Il y eut un silence, mais j'entendais le souffle de M. Bowditch. Plus rauque que jamais. Laborieux. Puis il reprit son récit.

C'est une cassette de quatre-vingt-dix minutes, Charlie. J'en ai trouvé une boîte pleine au deuxième étage, dans tout ce bazar. C'était avant qu'elles deviennent obsolètes, comme les timbres-poste à trois cents. *Je pourrais enregistrer quatre ou cinq cassettes, peut-être même toute la boîte, tellement j'ai vécu d'aventures dans cet Autre monde, et j'aimerais te les raconter si j'avais le temps. Hélas, ça m'étonnerait. Depuis ma petite séance de tir (au pigeon) dans le cabanon, je ne me sens pas très bien. J'ai des douleurs dans le cou et dans le bras aussi, jusqu'au coude, du côté gauche. Elles s'atténuent un peu parfois, mais pas le poids qui m'écrase la poitrine. Je sais ce que signifient ces symptômes. Un orage se prépare en moi et il ne va pas tarder à éclater. J'ai des regrets, nombreux. Un jour, je t'ai dit qu'un homme courageux offrait son aide et un lâche offrait uniquement des cadeaux. Tu te souviens ? J'ai offert des cadeaux, mais seulement quand j'ai compris que je n'étais pas assez courageux pour apporter mon aide lorsque le terrible changement est survenu. Je me suis dit que j'étais trop vieux, alors j'ai pris l'or et je me suis enfui. Comme Jack qui dévale le haricot géant. Mais lui n'était encore qu'un gamin. J'aurais dû faire mieux.*

Si tu vas dans cet Autre monde où deux lunes apparaissent dans le ciel à la nuit tombée et où il y a des constellations que les astronomes terriens n'ont jamais vues, il faut que tu saches certaines choses, alors écoute-moi bien.

L'atmosphère de notre monde est fatale aux créatures de ce monde, à l'exception, je crois, des chauves-souris. Un jour, j'ai ramené un lapin, à titre expérimental. Il est mort très vite. À l'inverse, leur atmosphère n'est pas mortelle pour nous. Elle est même revigorante, au contraire.

La ville était autrefois un endroit magnifique, mais désormais, c'est un lieu dangereux, surtout la nuit. Si tu veux y entrer, fais-le en plein jour, et dès que tu auras franchi les portes, plus un bruit. Elle peut sembler déserte, mais elle ne l'est pas. Le pouvoir en place est redoutable, mais ce qui se cache derrière est plus terrible encore. J'ai balisé le chemin qui conduit à une place derrière le palais, de la manière dont je marquais les arbres dans la forêt autrefois, avec mes initiales : AB. Si tu les suis... sans te faire remarquer... tout ira bien. Dans le cas contraire, tu risques de te perdre dans cette effroyable cité et d'y trouver la mort. Je parle en connaissance de cause. Sans mes repères, je serais toujours là-bas, mort ou bien fou. La grandeur et la beauté ont été remplacées par la grisaille, la malédiction et la maladie.

Nouveau silence. Son souffle était plus rauque encore, et quand il se remit à parler, je reconnus à peine sa voix tant elle était dure. Je devinai alors – c'était une quasi-certitude – qu'au moment où il prononçait ces paroles, j'étais au lycée, en cours de chimie, en train de déterminer le point d'ébullition de l'acétone.

Radar m'a accompagné là-bas quand elle était jeune, presque un chiot encore. Elle a dévalé les marches du puits sans aucune peur. Tu as vu comme elle s'allonge à plat ventre quand je lui ordonne de se coucher. Elle sait obéir également quand je dis « chut » ou « silence ». Ce jour-là, on est passés sous les colonies de chauves-souris sans les déranger. Et elle a franchi ce que j'en étais venu à appeler la « frontière » sans signe de malaise apparent. Elle a beaucoup aimé le champ de fleurs rouges ; elle gambadait au milieu, elle se roulait sur le sol. Elle a adoré la vieille femme qui vit dans le cottage. La plupart des habitants de notre monde lui tourneraient le dos avec dégoût étant donné ce qu'elle est devenue maintenant, mais je crois que les chiens sentent la nature profonde des gens et ils se fichent de leur apparence. Tu trouves ça trop romantique ? Peut-être, mais il me semble que...

Stop. Je divague. Je n'ai pas le temps.

Tu peux décider d'emmener Radar avec toi, quand tu seras allé zieuter. Ou alors tout de suite. Car ses jours sont comptés. Grâce au nouveau médicament, elle pourra peut-être descendre les marches. Si elle y arrive, je suis sûr que l'air de cet endroit lui donnera un coup de fouet. Aussi sûr que je peux l'être, du moins.

Autrefois, des jeux étaient organisés dans cette ville, et les milliers de personnes qui venaient y assister se rassemblaient sur la place dont je t'ai parlé en attendant de pouvoir entrer dans le stade, qui fait partie du palais… ou qui a été ajouté, plutôt. Près de cette place, il y a un énorme cadran solaire qui doit mesurer trente mètres de diamètre. Il tourne sur lui-même, comme le manège dans le roman. Le roman de Bradbury. Et je suis sûr qu'il… peu importe. Écoute plutôt ça : ce cadran solaire est le secret de ma longévité, et je l'ai payée au prix fort. Tu ne dois pas monter dessus, mais si tu y installes Radar…

Oh, bon sang. Je crois que ça y est. Seigneur !

Assis à la table de la cuisine, les poings serrés, je regardais tourner les roues du magnétophone à travers la petite fenêtre. Et je voyais que la bande approchait de l'endroit où je l'avais rembobinée.

Charlie, je m'en veux de t'envoyer à la source d'un si grand nombre d'erreurs commises sur cette terre, c'est pourquoi je ne t'ordonne pas d'y aller, mais le cadran solaire est là-bas, et l'or aussi. Mes repères t'y conduiront. Souviens-toi : AB.

Je te lègue cette maison et le terrain, mais ce n'est pas un cadeau. C'est un fardeau. Chaque année, elle prend de la valeur, et chaque année la taxe foncière augmente. Mais plus que le percepteur, bien plus, je redoute cette horreur juridique appelée pouvoir d'expropriation et je… tu… on…

Il avait du mal à respirer et il avalait de grandes bouffées d'air, encore et encore, clairement audibles sur la bande. Je sentais mes ongles s'enfoncer dans mes paumes. Il reprit la parole au prix d'un terrible effort.

Écoute-moi, Charlie ! Tu imagines ce qui arriverait si les gens découvraient qu'il existe un Autre monde à portée de main ? Auquel on peut accéder simplement en descendant cent quatre-vingt-cinq marches et en empruntant un couloir de moins de deux kilomètres de long ? Si le gouvernement découvrait qu'il pouvait exploiter les ressources d'un Autre monde maintenant que les nôtres sont quasiment épuisées ? Auraient-ils peur de Flight Killer, ou d'arracher à son long sommeil le terrible dieu qui règne sur ce lieu ? Pourraient-ils comprendre les terribles conséquences de… Mais toi… si tu avais les moyens… toi…

Il y eut une succession de cliquetis et de bruits sourds. De halètements. Sa voix, quand elle sortit du magnétophone, était beaucoup plus faible. Il avait posé l'appareil et son petit micro incorporé.

Je fais une crise cardiaque, Charlie... tu le sais... je t'ai appelé... il y a un avocat, du nom de Leon Braddock, à Elgin. Et aussi un portefeuille. Sous le lit. Tout le reste dont tu auras besoin se trouve également sous le...

Il y eut un ultime claquement, puis le silence. Il avait éteint l'appareil volontairement ou appuyé sur la touche Stop d'une main tremblante sans le vouloir. Tant mieux. Je n'avais pas besoin de supporter ses râles d'agonie.

Je fermai les yeux et demeurai assis là pendant... je ne sais pas combien de temps. Une minute, peut-être, ou trois. Je me souviens, dans cette obscurité, d'avoir tendu le bras vers le sol pour caresser Radar, car cela m'apportait toujours du réconfort. Mais Radar n'était pas là. Radar était plus bas dans la rue, dans une maison normale, où il y avait un jardin normal, sans trou qui s'enfonçait dans la terre, sans un invraisemblable « puits des mondes ».

Qu'allais-je faire ? Que faire, nom de Dieu ?

Tout d'abord, je retirai la cassette du magnétophone et la glissai dans ma poche. Elle était dangereuse. C'était peut-être la chose la plus dangereuse au monde... mais uniquement si les gens y voyaient autre chose que les divagations d'un vieil homme victime d'une crise cardiaque. Ils n'y croiraient pas, bien évidemment. Sauf si...

Je me levai et me dirigeai vers la porte de derrière, sur des jambes qui me paraissaient peu fiables. Et je regardai le cabanon que M. Bowditch – un M. Bowditch beaucoup plus jeune – avait bâti au-dessus de ce puits des mondes. Je le regardai longuement. Si quelqu'un y pénétrait...

Seigneur.

Je rentrai chez moi.

CHAPITRE ONZE

Cette nuit-là. Un moment d'absence au lycée. Papa s'en va. Le puits des mondes. L'autre. La vieille femme. Une vilaine surprise.

1

« Tout va bien, Charlie ? »

Je levai les yeux de mon livre. J'étais plongé dans ma lecture. J'avais pourtant cru que rien n'aurait pu détourner mes pensées de la cassette que j'avais écoutée dans la cuisine de M. Bowditch, cette cassette qui était maintenant cachée dans mon armoire, sur l'étagère du haut, sous une pile de vieux T-shirts. Mais ce livre y était parvenu. Ce livre trouvé dans la chambre de M. Bowditch avait fait naître son propre monde. Radar qui dormait à côté de moi émettait parfois de petits ronflements.

« Hein ?

– Je te demande si tout va bien. Tu n'as presque rien mangé au dîner et tu semblais ailleurs toute la soirée. Tu penses à M. Bowditch ?

– Oui, répondis-je, même si ce n'était pas pour la raison qu'imaginait mon père.

– Il te manque.

– Oui. Beaucoup. »

Je tendis le bras pour caresser le cou de Radar. Ma chienne désormais. Ma responsabilité.

« C'est normal. Tu crois que ça va aller la semaine prochaine ?

– Bien sûr. Pourquoi ? »

Mon père poussa ce genre de soupir patient qui n'appartient qu'aux pères, je crois.

« Le séminaire. Je t'en ai parlé. Mais tu avais la tête ailleurs, j'imagine. Je pars mardi matin pour quatre jours de rêve dans les forêts du Nord. C'est organisé par Overland, mais Lindy a réussi à me dégoter une invitation. Il y aura un tas de conférences sur la responsabilité civile, un sujet vaguement intéressant, et d'autres sur les demandes d'indemnisation frauduleuses, et ça c'est important, surtout pour une compagnie qui commence tout juste à retomber sur ses pieds.

– Comme la tienne.

– Oui, comme la mienne. Il y aura aussi des exercices de cohésion d'équipe. »

Il leva les yeux au ciel.

« Et à boire ?

– Oui, énormément, mais pas pour moi. Tu sauras te débrouiller seul ?

– Évidemment. »

Si je ne me perdais pas dans ce que M. Bowditch qualifiait de ville très dangereuse, sur laquelle régnait un dieu endormi.

En supposant que j'y aille.

« Tout ira bien, dis-je. En cas de problème, je t'appellerai.

– Qu'est-ce qui te fait sourire ?

– Je n'ai plus dix ans, papa. »

En vérité, je souriais en me demandant s'il y avait du réseau là-bas dans le puits des mondes. Il y avait fort à parier que Verizon ne couvrait pas encore ce territoire.

« Tu es sûr que je ne peux rien faire pour t'aider ? »

Vas-y, dis-lui tout.

« Non. Tout va bien. C'est quoi un exercice de cohésion d'équipe ?

– Je vais te montrer. Lève-toi. » Lui-même se leva. « Mets-toi debout derrière moi. »

Je posai mon livre sur la chaise et allai me placer dans son dos.

« On est censés avoir confiance dans ses équipiers. Je ne fais plus partie d'une équipe à proprement parler, maintenant que je joue en solo, mais je sais être un bon camarade. On grimpe aux arbres avec un…

– Hein ? Vous grimpez aux arbres ?

– Oui, très souvent dans les séminaires Overland, et pas toujours à jeun. Avec un observateur qui te guide. Tout le monde s'y colle, sauf Willy Deegan qui a un pacemaker.

– Bon sang, papa.

– On fait ça aussi… »

Il se laissa tomber en arrière sans prévenir, les mains sur les hanches. Même si je ne faisais plus de sport, j'avais conservé tous mes réflexes. Je le retins sans peine et le toisai à l'envers. Il avait les yeux fermés et il souriait. Je l'aimais encore plus à cause de ce sourire. Je le remis sur ses pieds. Radar nous regardait. Elle émit un *ouaf* et reposa sa tête sur le sol.

« Je dois faire confiance à celui qui se trouve derrière moi – ce sera certainement Norm Richards –, mais j'ai plus confiance en toi, Charlie. On ne fait qu'un.

– C'est super, papa, mais évite de tomber d'un arbre. Je me suis déjà occupé d'un gars qui était tombé, j'ai donné. Je peux continuer mon bouquin maintenant ?

– Vas-y. » Il prit le livre sur la chaise. « C'était à M. Bowditch ?

– Oui.

– Je l'ai lu quand j'avais ton âge, peut-être un peu plus jeune. Une fête foraine débarque dans une petite ville, ici dans l'Illinois si je me souviens bien.

– Le Cooger and Dark's Pandemonium Shadow Show.

– Je me souviens surtout de la diseuse de bonne aventure aveugle. Elle filait les jetons.

– Oui. La Sorcière Poussière est super flippante.

– Pendant que tu lis, je vais me détruire le cerveau devant la télé. Attention aux cauchemars. »

Si j'arrive à dormir, pensai-je.

2

Grâce à son nouveau médicament, Radar pouvait probablement gravir l'escalier, mais je choisis de dormir dans la petite chambre d'amis au rez-de-chaussée, et elle me suivit à petits pas, déjà chez elle. Je me mis en caleçon, coinçai le deuxième oreiller sous ma tête et repris ma lecture. Dans son enregistrement, M. Bowditch parlait d'un cadran solaire installé sur une place derrière un palais. Il tournait comme le manège dans le roman de Bradbury et c'était le secret de sa longévité, affirmait-il. Ce cadran solaire lui avait permis de revenir à Sentry's Rest en se faisant passer pour son fils. Dans *La Foire des ténèbres*, le manège vous faisait vieillir en avançant, et il vous rajeunissait quand il tournait à l'envers. M. Bowditch avait ajouté autre chose, ou il avait failli le faire. *Je suis sûr qu'il... peu importe.*

Voulait-il dire que Ray Bradbury s'était inspiré du cadran solaire de cet Autre monde ? L'idée que l'on puisse gagner ou perdre des années en montant sur un manège était insensée, mais l'idée qu'un auteur américain respecté ait pu visiter ce lieu l'était encore plus. Non ? Bradbury avait effectivement passé son enfance à Waukegan, à une centaine de kilomètres de Sentry's Rest. Un survol de sa fiche Wikipédia me convainquit qu'il s'agissait d'une simple coïncidence, à moins qu'il ait visité cet Autre monde enfant. Si cet Autre monde existait. En tout cas, à mon âge, il vivait à Los Angeles.

Je suis sûr qu'il... peu importe.

Je marquai ma page et posai le livre par terre. J'étais quasiment certain que Will et Jim survivraient à leurs aventures, mais je devinais qu'ils ne seraient plus jamais innocents. Les enfants ne devraient pas être confrontés à des choses horribles. Je parlais d'expérience.

Je me levai et enfilai mon pantalon.

« Viens, Radar. Il faut que tu ailles arroser la pelouse. »

Elle me suivit sans se faire prier, et sans boiter. Demain matin, elle boiterait de nouveau, mais après un peu d'exercice, elle retrouverait toute sa mobilité. Comme chaque jour. Toutefois, à en croire l'assistante vétérinaire, ça ne durerait pas. Elle serait surprise, avait-elle dit, que Radar survive jusqu'à Halloween. Dans cinq semaines seulement. Un peu moins, en vérité.

Elle renifla l'herbe. Je levai les yeux vers les étoiles et repérai la Ceinture d'Orion et la Grande Ourse, toujours fidèle au poste. M. Bowditch affirmait qu'il y avait deux lunes dans cet Autre monde et des constellations que les astronomes terriens n'avaient jamais vues.

Non, tout ça est impossible.

Pourtant, le puits était bien là. L'escalier aussi. Et cette saloperie d'insecte également. J'avais vu toutes ces choses, de mes propres yeux.

Radar abaissa son arrière-train avec son élégance coutumière, puis revint vers moi, en quête d'une friandise. Je lui donnai la moitié d'un Bonz et la ramenai dans la maison. J'avais lu longtemps, mon père était déjà couché. Il était l'heure d'en faire autant. La chienne de M. Bowditch – ma chienne – se laissa tomber sur le sol, avec un soupir et un pet qui ressemblait plus à un gazouillis en vérité. J'éteignis la lumière et contemplai l'obscurité.

Raconte-tout à papa. Montre-lui le cabanon. L'insecte tué par M. Bowditch sera encore là – en partie au moins –, et même s'il a disparu, le puits, lui, n'aura pas disparu. C'est un lourd fardeau, partage-le.

Mon père garderait-il le secret ensuite ? Malgré tout l'amour que j'avais pour lui, j'en doutais. Il ne pourrait pas se taire. Chez les AA, il existe mille devises et slogans, parmi lesquels : *Ce sont les secrets qui te rendent malade.* Se confierait-il à Lindy ? Ou à un collègue fiable ? À son frère, mon oncle Bob ?

Un truc que j'avais appris à l'école, en sixième ou en cinquième, me revint en mémoire. Notre prof d'histoire, Mme Greenfield, nous avait cité cette phrase de Benjamin Franklin : *Trois personnes peuvent garder un secret, si deux d'entre elles sont mortes.*

Tu imagines ce qui arriverait si les gens découvraient qu'il existe un Autre monde à portée de main ?

Telle était la question posée par M. Bowditch. Et je croyais connaître la réponse. Cet Autre monde serait envahi. Réquisitionné, aurait dit ma prof d'histoire baba cool. La maison du 1 Sycamore Street deviendrait un site militaire top secret. J'aurais parié que tous les habitants du quartier seraient expulsés. Après quoi, l'exploitation débuterait, et si M. Bowditch avait vu juste, les conséquences seraient terribles.

Je finis par m'endormir, pour rêver que j'étais réveillé et qu'une chose bougeait sous le lit. Je savais, comme on sait les choses dans les rêves, que c'était un cafard géant. Qui mordait. Je me réveillai à l'aube, convaincu que c'était la réalité. Mais Radar aurait aboyé, or elle dormait profondément, traversant en ronflant son propre rêve impénétrable.

Je me rendormis.

3

Le dimanche, je montai chez M. Bowditch pour faire ce que j'étais censé faire la veille : commencer à remettre de l'ordre dans la maison. Il y avait certaines choses que je ne pouvais pas ranger, évidemment : les coussins éventrés et le papier peint lacéré devraient attendre. Pour tout le reste, je dus m'y reprendre à deux fois car le premier jour, je commis l'erreur d'emmener Radar avec moi.

Aussitôt entrée, elle passa d'une pièce à l'autre, à la recherche de M. Bowditch. Indifférente aux marques de vandalisme, elle aboya furieusement devant le canapé, s'interrompant uniquement pour me regarder de temps à autre, en ayant l'air de dire : *Tu es stupide ou quoi ? Tu ne vois rien ?* Le lit de son maître avait disparu !

Je parvins à l'entraîner dans la cuisine et lui ordonnai de se coucher, mais rien à faire, elle ne cessait de regarder en direction du salon. Je lui offris une chips de poulet, sa friandise préférée, mais elle la laissa tomber sur le linoléum. Je décidai alors de la ramener à la maison et de la confier à papa, mais quand elle vit la laisse, elle traversa le salon en courant (avec une agilité étonnante) et monta l'escalier. Je la trouvai dans la chambre de M. Bowditch, roulée en boule devant l'armoire, sur un lit de fortune constitué des vêtements qui avaient été arrachés des cintres. Elle semblait calmée, alors je redescendis et remis de l'ordre autant que je le pouvais.

Vers onze heures, j'entendis le cliquetis de ses griffes dans l'escalier. J'eus le cœur brisé en la voyant. Elle ne boitait pas, mais elle marchait lentement, tête et queue baissées. Le regard qu'elle m'adressait était on ne peut plus clair : *Où est-il ?*

« Viens, fifille. Je t'emmène loin d'ici. »

Cette fois, elle accepta la laisse.

4

L'après-midi, je fis de mon mieux au premier étage. Le petit homme à la casquette blanche des White Sox et au pantalon de velours côtelé (en supposant que ce soit lui) n'avait causé aucun dégât au deuxième étage, rien de visible en tout cas. À mon avis, il s'était concentré sur le premier… et le coffre-fort quand il l'avait découvert. En outre, il devait garder un œil sur sa montre, sachant qu'un enterrement ne dure pas indéfiniment.

Je rassemblai mes vêtements et les déposai en un petit tas en haut de l'escalier, pour les reprendre en partant. Après quoi je m'attaquai à la chambre de M. Bowditch. Je redressai le lit, qui avait été renversé, je suspendis ses affaires (en prenant soin de remettre les poches à l'intérieur) et ramassai la garniture des oreillers. J'étais en colère après M. Dacodac Ha-ha qui avait commis cette profanation, et en même temps je ne pouvais m'empêcher de repenser aux conneries que j'avais faites avec Bertie Bird – la merde de chien sur les pare-brise, les pétards dans les boîtes aux lettres, JÉSUS SE BRANLE tagué à l'entrée de l'église méthodiste. On ne s'était jamais fait prendre, et pourtant si, d'une certaine façon. En regardant avec dégoût le bazar qu'avait laissé derrière lui M. Dacodac Ha-ha, je découvrais que je m'étais pris moi-même. À l'époque, je ne valais pas mieux que ce petit homme à la démarche et à l'élocution bizarres. J'étais même pire, en un sens. Au moins, le petit homme avait une motivation : il cherchait l'or. Bird Man et moi, on était deux gamins qui zonaient et foutaient la merde pour le plaisir.

À cette différence près, cependant, que Bird Man et moi, on n'avait jamais tué personne. Contrairement à M. Dacodac Ha-ha, si je ne me trompais pas.

Une des bibliothèques de la chambre avait été renversée. Je la remis droite et entrepris de ranger les livres sur les étagères. Sous la pile, je vis l'ouvrage à l'aspect sérieux que j'avais remarqué sur sa table de chevet, à côté du roman de Bradbury que j'étais en train de lire. Je le ramassai et m'attardai sur la couverture : un entonnoir rempli d'étoiles. *Les Origines de la fantasy et sa place dans la matrice du monde.* Un titre à coucher dehors. *Une approche jungienne*, par-dessus le marché. Je consultai l'index pour voir s'il était question de Jack et du haricot magique. Il se trouve que oui. J'essayai de lire le passage en question. Puis me contentai de le survoler. C'était tout ce que je détestais dans ce que j'appelais le style universitaire « qui se donne des airs », rempli de mots pédants et d'une syntaxe alambiquée. C'était peut-être de la paresse intellectuelle de ma part, peut-être pas.

D'après ce que je comprenais, l'auteur de ce chapitre expliquait qu'il existait en réalité deux histoires du haricot magique : l'histoire originale, sanglante, et la version édulcorée, destinée aux enfants, qu'on trouvait dans la collection des Petits Livres d'Or, approuvée par les mamans, et dans le dessin animé. Le récit original, sanglant, se scindait (exemple d'un mot pédant) en deux courants mythiques, l'un sombre, l'autre léger. Le courant sombre évoquait les plaisirs du pillage et du meurtre (lorsque Jack abat à la hache le haricot et que le géant se fait démolir). Le courant léger se rapprochait de ce que l'auteur appelait « l'épistémologie de la croyance religieuse wittgensteinienne », et si vous comprenez ce que signifie cette phrase (même en la triturant dans tous les sens), vous êtes plus fort que moi.

Je rangeai le livre sur l'étagère, quittai la chambre, et y retournai pour regarder la couverture encore une fois. L'intérieur regorgeait de prose lourdaude, de formules à rallonge qui n'offraient à l'œil aucun repos, mais la couverture était un petit poème, aussi parfait à sa manière que celui de William Carlos William sur la brouette rouge : un entonnoir rempli d'étoiles.

5

Le lundi, j'allai voir ma vieille amie Mme Silvius au secrétariat du lycée et lui demandai si je pouvais prendre le lendemain ma journée d'action solidaire à laquelle j'avais droit une fois par semestre Elle se pencha vers moi, au-dessus de son bureau, et me demanda tout bas, sur le ton de la confidence :

« Est-ce que je sens un garçon qui veut sécher les cours ? Je te pose cette question, Charlie, car on demande généralement aux élèves de nous prévenir une semaine à l'avance quand ils veulent prendre leur journée d'action solidaire. Ce n'est pas une obligation, mais c'est fortement recommandé.

– Non, non, c'est pour de vrai, répondis-je en la regardant droit dans les yeux, une technique que m'avait apprise Bertie Bird, très utile quand on mentait. Je vais faire le tour des commerçants du centre pour leur vanter le programme "Adoptez-en un".

– Adoptez-en un ? »

Mme Silvius semblait intriguée, malgré elle.

« Généralement, c'est "Adoptez une route", un programme dans lequel je me suis engagé avec le Key Club. Mais j'aimerais aller plus loin. Intéresser des commerçants à l'opération "Adoptez un parc" – on en a six, vous le saviez ? – ou "Adoptez un passage souterrain" – la plupart sont de vrais dépotoirs, c'est une honte – et peut-être même "Adoptez un terrain vague", si je peux convaincre…

– J'ai saisi l'idée. » Elle prit un formulaire sur lequel elle griffonna quelque chose. « Fais signer ça par tous tes professeurs et rapporte-le-moi. »

Au moment où j'allais ressortir :

« Charlie ? Je continue à flairer une envie d'école buissonnière. Je la sens partout sur toi. »

Je ne mentais pas vraiment sur mon projet d'action solidaire, mais je trafiquais un peu la vérité en disant que c'était pour cette raison que j'avais besoin de m'absenter une journée. Je profitai d'un intercours pour me rendre à la bibliothèque. Là, je dénichai une brochure de la chambre de commerce qui dressait la liste de tous les commerçants du centre, et j'envoyai un mail collectif en changeant uniquement les formules de politesse et les noms des différents projets « Adoptez-en un » auxquels j'avais pensé. Cela me prit une demi-heure. Il me restait donc vingt minutes avant que la sonnerie annonce le prochain cours. Je retournai au bureau de la bibliothèque et demandai à Mme Norman si elle avait les *Contes* de Grimm. Le livre « physique » n'était pas sur les rayonnages, mais elle me remit un Kindle portant la mention PROPRIÉTÉ DU LYCÉE DE HILLVIEW imprimée à la Dymo derrière et me donna un code à usage unique pour télécharger l'ouvrage.

Je ne lus aucun des contes, je me contentai de consulter la table des matières et de survoler l'introduction. J'appris avec intérêt (sans être véritablement surpris) que la plupart des contes de mon enfance possédaient des versions plus sombres. Ainsi, *Boucle d'or et les Trois Ours* provenait d'un conte oral datant du seizième siècle, dans lequel on ne trouvait aucune petite fille nommée Boucle d'or. Le personnage principal était une horrible vieille femme qui s'introduisait dans la maison des ours, cassait toutes leurs affaires et sautait par la fenêtre pour s'enfuir dans les bois en ricanant. *Rumplestiltskin*, c'était encore pire. Dans la version dont je me souvenais vaguement, le vieux Rumple fichait le camp en faisant la tête lorsque la fille chargée de tremper des pailles dans l'or devinait son nom. Dans la version des frères Grimm, en 1857, il enfonçait un pied dans le sol, saisissait l'autre et s'écartelait. Une histoire d'horreur digne de la série *Saw*.

Le sixième cours de la journée, dispensé uniquement durant un semestre, s'intitulait « L'Amérique aujourd'hui ». Je n'avais aucune idée de ce que racontait M. Masensik ; je pensais aux récits imaginaires. Je songeais que le manège de *La Foire des ténèbres* ressemblait au cadran solaire de cet Autre monde, par exemple. *Le secret de ma longévité*, avait dit M. Bowditch. Jack avait volé l'or du géant. M. Bowditch lui aussi avait volé l'or de… de qui ? De quoi ? D'un géant ? De quelque démon sorti d'un roman populaire nommé Gogmagog ?

Maintenant que mon esprit s'était engagé sur cette voie, je voyais des similitudes partout. Ma mère était morte sur un pont qui enjambait la Little Rumple River. Et ce petit homme à la drôle de voix ? N'était-ce pas ainsi que le conte décrivait Rumplestiltskin ? Et puis, il y avait moi. Dans combien de récits imaginaires trouvait-on un jeune héros (comme Jack) à la recherche d'un pays fantastique ? Ou bien, prenez *Le Magicien d'Oz* : une tornade emporte une jeune fille du Kansas pour la transporter dans un monde de sorcières et de mioches. Je n'étais pas Dorothy et Radar n'était pas Toto, mais…

« Charles, vous dormez là-bas, au fond ? À moins que ma douce voix eurythmique vous ait hypnotisé ? Fasciné ? »

Éclat de rire général, alors que la plupart des élèves ne connaissaient même pas le mot *eurythmique.*

« Non, non, je suis là.

– Dans ce cas, vous pouvez peut-être nous donner votre avis éclairé concernant l'affaire Philando Castile et Alton Sterling.

– C'est une histoire à la con. »

J'étais encore à moitié dans mes pensées et ces mots m'avaient échappé.

M. Masensik me gratifia de son célèbre petit sourire en coin.

« Une histoire à la con, en effet. Vous pouvez replonger dans votre état de transe, monsieur Reade. »

Il poursuivit son cours. J'essayai de me concentrer, mais je repensai à ce qu'avait dit Mme Silvius. Non pas *Fee-fi-fo-fum, je flaire le sang d'un Breton*, mais *Je continue à flairer une envie d'école buissonnière, je la sens partout sur toi.*

Une coïncidence très certainement – mon père disait que si on achetait une voiture bleue, on voyait des voitures bleues partout –, mais après ce que j'avais découvert dans le cabanon, j'étais forcé de m'interroger. Et il n'y avait pas que ça. Dans un récit fantastique, l'auteur trouverait un moyen pour que le jeune héros puisse explorer ce monde que je commençais à baptiser l'Autre. Par exemple, l'auteur pouvait inventer un séminaire auquel ses parents devaient assister pendant plusieurs jours, une façon de dégager le terrain pour permettre au jeune héros de visiter ce monde mystérieux sans provoquer un flot de questions auxquelles il ne pourrait pas répondre.

Coïncidence, songeai-je au moment où retentissait la sonnerie annonçant la fin du cours et où tous les élèves fonçaient vers la porte. *Syndrome de la voiture bleue.*

À cette différence près que le cafard géant n'était pas une voiture bleue, pas plus que ces marches de pierre qui s'enfonçaient dans l'obscurité.

Lorsque je demandai à M. Masensik de signer ma dispense, il me fit son petit sourire.

« Une histoire à la con, hein ?

– Désolé.

– En fait, vous n'aviez pas tort. »

Je filai sans demander mon reste et me dirigeai vers mon casier.

« Charlie ? »

C'était Arnetta Freeman, assez superbe dans son jean moulant et son débardeur. Avec ses yeux bleus et ses cheveux blonds qui tombaient sur ses épaules, Arnetta était la preuve que tout n'était pas à jeter dans l'Amérique blanche. L'année précédente – quand j'étais plus sportif et un peu plus célèbre après ma prouesse du Turkey Bowl –, Arnetta et moi, on avait fait plusieurs séances de révisions dans le salon au sous-sol de la maison de ses parents. On avait travaillé, mais on s'était surtout beaucoup embrassés.

« Salut, Arnie, quoi de neuf ?

– Tu veux venir à la maison ce soir ? me proposa-t-elle. On pourrait réviser pour l'exam sur *Hamlet.* »

Ses yeux bleus plongeaient dans mes yeux marron.

« Ce serait avec plaisir, mais mon père part demain, presque toute la semaine, pour son boulot. Alors je préfère rester à la maison.

– Oh. Zut. Dommage. »

Elle serrait tendrement deux livres contre sa poitrine.

« Mais je peux mercredi soir. Si tu es libre, évidemment. »

Son visage s'illumina.

« Ce serait génial. » Elle prit ma main et la posa sur sa taille. « Je t'interrogerai sur Polonius et toi tu m'interrogeras sur Fortinbras. »

Elle déposa un baiser sur ma joue et s'éloigna, avec un déhanchement… ensorcelant. Pour la première fois depuis mon passage à la bibliothèque, je ne pensais plus aux parallèles entre le monde réel et les mondes imaginaires. Mon esprit était focalisé sur Arnetta Freeman.

6

Mon père partit de bonne heure le mardi, avec son sac de voyage et sa tenue « expédition dans les bois » : pantalon de velours côtelé, chemise en flanelle et casquette des Bears. Il avait jeté un poncho de pluie sur son épaule.

« La météo prévoit de la pluie, dit-il. C'est mort pour l'escalade dans les arbres. Et ça ne me rend pas triste.

– Eau gazeuse à l'heure de l'apéro, hein ? »

Il sourit.

« Avec une rondelle de citron peut-être. T'en fais pas, fiston. Lindy sera là et je resterai avec lui. Prends soin de ta chienne. Elle recommence à boiter.

– Je sais. »

Il m'étreignit brièvement, d'un bras, et m'embrassa sur la joue. Alors qu'il faisait une marche arrière dans l'allée, je l'arrêtai d'un geste et courus jusqu'à la voiture. Il baissa sa vitre.

« J'ai oublié quelque chose ?

– Non. C'est moi. »

Je me penchai par la vitre ouverte pour passer mon bras autour de son cou et l'embrasser à mon tour.

Il m'adressa un sourire dubitatif.

« En quel honneur ?

– Je t'aime, voilà tout.

– Moi aussi, Charlie. »

Il me tapota la joue, recula jusque dans la rue et prit la direction de ce foutu pont. Je le regardai disparaître au loin.

Sans doute qu'au fond de moi, je savais quelque chose.

7

Je sortis Radar. Notre jardin était minuscule comparé à celui de M. Bowditch, mais suffisamment grand malgré tout pour permettre à Radar de se dégourdir les pattes. Je savais, néanmoins, que ses jours étaient comptés. Si je pouvais faire quelque chose pour l'aider, il fallait que ce soit bientôt. De retour à l'intérieur, je versai dans sa gamelle plusieurs cuillérées du reste de pain de viande de la veille, dans lesquelles je cachai un comprimé. Elle engloutit le tout voracement et se coucha en boule sur le tapis du salon, un endroit qu'elle avait déjà réquisitionné. Je la grattai derrière les oreilles, ce qui lui faisait fermer les yeux en souriant, à tous les coups.

« Il faut que j'aille vérifier un truc, dis-je. Sois sage. Je reviens le plus vite possible, OK ? Essaie de ne pas chier dans la maison, mais si tu ne peux pas te retenir, choisis un endroit facile à nettoyer. »

Sa queue frappa plusieurs fois le tapis. Ça me suffisait. Je pédalai jusqu'au 1 Sycamore Street en guettant le drôle de petit homme qui marchait et parlait d'une drôle de façon. Je ne vis personne, pas même Mme Richland.

J'entrai dans la maison, montai directement au premier étage, ouvris le coffre-fort et attachai le revolver autour de ma taille. Malgré les conchos et l'étui de cow-boy, je n'avais pas l'impression d'être un as de la gâchette ; j'étais un ado effrayé. Si je tombais dans cet escalier en spirale, combien de temps faudrait-il avant que quelqu'un me retrouve ? Si on me découvrait un jour. Et que découvrirait-on également ? Dans son enregistrement, M. Bowditch disait qu'il ne me léguait pas un cadeau, mais un fardeau. Je n'avais pas bien compris sur le coup, mais en prenant la lampe électrique dans le placard de la cuisine et en la glissant dans la poche arrière de mon jean, l'évidence s'imposa. Je marchai jusqu'au cabanon en espérant qu'une fois arrivé au pied de cet escalier de pierre, je découvrirais non un couloir qui menait à un autre monde, mais un amoncellement de gravats et une petite étendue d'eau croupie.

Et pas de cafards géants. Je me fous de savoir s'ils sont inoffensifs ou pas. Pas de cafards.

J'entrai dans le cabanon, promenai le faisceau de ma lampe autour de moi et constatai que le cafard tué par M. Bowditch était de train de disparaître dans une flaque de substance grise visqueuse. Lorsque je l'éclairai, une des plaques, sur ce qui restait de son dos, se détacha, me faisant sursauter.

J'allumai les deux lampes alimentées par batteries, m'approchai des planches lestées par des parpaings qui couvraient le puits et braquai la lampe dans un des interstices d'une dizaine de centimètres de large. Je ne vis que les marches qui s'enfonçaient dans les ténèbres. Rien ne bougeait. Je n'entendais aucun bruit de cavalcade. Cela ne me rassura pas pour autant. Je songeai à cette réplique entendue dans des dizaines, ou même une centaine, de films d'horreur à deux balles : *C'est trop calme, je n'aime pas ça.*

Ne sois pas bête, ce silence est un bon signe, me dis-je, mais quand je regardais ce gouffre de pierre, cette idée manquait de force.

Je savais, cependant, que si j'attendais trop longtemps, j'allais me dégonfler, et ce serait deux fois plus dur par la suite, ne serait-ce que de revenir jusqu'ici. Alors je glissai la lampe dans ma poche arrière de nouveau, soulevai les parpaings et fis glisser les planches sur le côté. Après quoi je m'assis au bord du puits, les pieds sur la troisième marche. J'attendis que les battements de mon cœur ralentissent (un peu), puis me levai en me disant que les marches étaient assez larges pour mes pieds. Ce qui n'était pas tout à fait exact. Avec mon avant-bras, j'essuyai la sueur sur mon front, en me répétant que tout allait bien se passer. Sans y croire vraiment.

Malgré tout, je commençai à descendre.

8

Cent quatre-vingt-cinq marches de hauteurs différentes, avait dit M. Bowditch, et je les comptai en descendant. Je progressais très lentement, le dos plaqué au mur incurvé, face au vide. Les pierres étaient rugueuses et humides. Je gardais la lampe braquée sur mes pieds. *Hauteurs différentes.* Je ne voulais pas trébucher. Le moindre faux pas pouvait m'être fatal.

Arrivé à la marche numéro quatre-vingt-dix, soit moins de la moitié, j'entendis un bruissement en contrebas. Je m'interrogeai : devais-je braquer ma lampe en direction du bruit ? Si j'effrayais une colonie de chauves-souris géantes qui se mettaient à voltiger tout autour de moi, j'étais quasiment certain de tomber.

C'était un raisonnement logique, mais la peur fut plus forte. Me décollant légèrement du mur, je suivis avec ma lampe la courbe descendante de l'escalier, et découvris une forme noire tapie une vingtaine de marches plus bas. Lorsque le faisceau lumineux la frappa, j'eus juste le temps d'entrapercevoir un de ces cafards XXL avant qu'il détale dans le noir.

Je pris plusieurs inspirations, je me dis que tout allait bien, sans y croire, et poursuivis ma descente. Il me fallut neuf ou dix minutes pour arriver en bas car je progressais au ralenti. Cela me parut encore plus long. De temps à autre, je levais la tête vers l'entrée du puits. Ce n'était pas particulièrement réconfortant de voir le cercle éclairé par les deux lampes rétrécir de plus en plus. J'étais dans les profondeurs de la terre et je continuais à m'y enfoncer.

J'atteignis le bas de l'escalier à la cent quatre-vingt-cinquième marche, en effet. Le sol était en terre battue, comme l'avait indiqué M. Bowditch. Quelques blocs de pierre s'étaient détachés du mur, tout en haut sans doute, où le gel puis le dégel les avaient descellées, avant de les éjecter. Dans sa chute, M. Bowditch avait réussi à agripper une fissure dans une des niches libérées par ces blocs, ce qui lui avait sauvé la vie. Ces pierres tombées les unes sur les autres étaient maculées d'une matière noire : de la merde de cafard, devinai-je.

Le couloir était là. J'enjambais les pierres pour y pénétrer. M. Bowditch avait raison là encore : je n'avais pas besoin de baisser la tête pour avancer. Les bruissements étaient plus audibles maintenant, droit devant. Sans doute les chauves-souris dont m'avait parlé M. Bowditch. Je n'aime pas les chauves-souris – elles transportent des germes, parfois même la rage – mais elles ne me font pas horreur, contrairement à M. Bowditch. En approchant du bruit qu'elles produisaient, j'étais plus curieux qu'autre chose. Ces marches étroites (*de hauteurs différentes*) qui entouraient le vide m'avaient mis les nerfs en pelote, mais maintenant que j'avançais sur un terrain solide et plat, ça allait beaucoup mieux. Certes, des milliers de tonnes de roche et de terre s'entassaient au-dessus de ma tête, mais ce couloir était là depuis longtemps et je ne pensais pas qu'il allait choisir précisément ce moment pour s'effondrer sur moi. De plus, je n'avais pas à craindre d'être enterré vivant : si le toit s'écroulait, je serais tué sur le coup.

Très joyeux.

Je n'étais pas d'humeur joyeuse, non, mais ma peur avait été remplacée – masquée, du moins – par l'excitation. Si M. Bowditch avait dit vrai, un autre monde m'attendait droit devant. Maintenant que j'étais venu jusqu'ici, je voulais le voir. L'or était la dernière de mes préoccupations.

Le sol en terre battue céda la place à de la pierre. Des pavés, plus précisément, comme dans ces films diffusés sur TCM qui représentaient le Londres du dix-neuvième siècle. Les bruissements étaient juste au-dessus de ma tête maintenant. J'éteignis la lampe. Le noir complet raviva ma peur. Tant pis, je ne voulais pas me retrouver au milieu d'un nuage de chauves-souris. C'étaient peut-être des vampires. Peu probable dans l'Illinois… mais je n'étais plus vraiment dans l'Illinois, si ?

J'ai continué à avancer pendant presque deux kilomètres, avait dit M. Bowditch. Alors, je comptai mes pas, jusqu'à ce que je perde le fil. Au moins, je ne craignais pas que la lampe rende l'âme car les piles étaient neuves. J'attendais de voir apparaître la lumière du jour, en écoutant les légers battements d'ailes au-dessus de ma tête. Ces chauves-souris étaient-elles réellement aussi grosses que des vautours ? Je ne voulais pas le savoir.

Enfin, j'aperçus la lumière : une vive étincelle, comme l'avait décrite M. Bowditch. Je continuai à avancer et l'étincelle prit l'apparence d'un petit cercle, assez lumineux pour imprimer une image résiduelle sur mes paupières quand je fermais les yeux. J'avais oublié cette sensation de vertige dont avait parlé M. Bowditch, mais lorsqu'elle me frappa, je compris exactement ce qu'il voulait dire.

Un jour, je devais avoir dix ans environ, Bertie et moi, on s'était amusés à hyperventiler, comme deux idiots, avant de s'étreindre de toutes nos forces, pour voir si on allait s'évanouir, comme le prétendait un copain de Bertie. Aucun de nous deux ne s'était évanoui, mais j'avais la tête qui tournait et j'étais tombé sur le cul, comme au ralenti. J'avais la même impression. Je continuai à avancer malgré tout, mais je me sentais comme un ballon gonflé à l'hélium qui flottait au-dessus de mon corps, et si la corde lâchait, je partirais dans les airs.

Puis les vertiges refluèrent, comme pour M. Bowditch. Il avait parlé d'une frontière : je venais de la franchir. J'avais laissé Sentry's Rest derrière moi. L'Illinois. L'Amérique. J'étais dans l'Autre.

En atteignant l'ouverture, je constatai que le plafond du tunnel était en terre. De fines racines y pendaient. Je baissai la tête pour passer sous une sorte de lierre et débouchai à flanc de colline. Le ciel était gris, mais le champ d'un rouge écarlate. Les coquelicots tissaient une magnifique couverture qui s'étendait à droite et à gauche, aussi loin que portait mon regard. Un chemin le traversait, jusqu'à une route. Passé cette route, d'autres coquelicots continuaient sur plus d'un kilomètre, semblait-il, jusqu'à un bois touffu qui me rappelait les forêts qui bordaient autrefois ma ville de banlieue. Si le chemin était presque effacé, ce n'était pas le cas de la route, en terre, mais large. Une véritable artère. À l'endroit où le chemin rejoignait la route se dressait un joli petit cottage. De la fumée sortait de la cheminée de pierre. Sur des cordes à linge étaient suspendues des choses autres que des vêtements. De loin, je ne voyais pas ce que c'était.

En scrutant l'horizon, je distinguai la silhouette d'une grande ville.

Une lumière du jour brumeuse se reflétait dans les plus hautes tours, comme si elles étaient en verre. Du verre vert. J'avais lu *Le Magicien d'Oz*, et j'avais vu le film. Je savais reconnaître une Cité d'émeraude.

9

Le chemin qui menait à la route et au cottage faisait moins d'un kilomètre. Je m'arrêtai deux fois : une première fois pour me retourner vers le trou dans la colline, qui ressemblait à l'entrée d'une petite caverne, en partie masquée par le rideau de lierre ; et une deuxième fois pour regarder mon portable. Je m'attendais à voir la mention PAS DE RÉSEAU, mais même pas. Mon iPhone refusait carrément de s'allumer. Ici, il n'était qu'un rectangle de verre noir tout juste bon à servir de presse-papier.

Je ne me souviens pas d'avoir été désorienté ou stupéfait, même en découvrant ces flèches de verre à l'horizon. Je ne doutais pas de mes sens. Je voyais le ciel gris au-dessus de ma tête, un plafond bas qui suggérait l'arrivée de la pluie. J'entendais le bruissement de la végétation contre les jambes de mon pantalon sur l'étroit chemin. Alors que je descendais de la colline, la plupart des constructions de la ville disparurent ; je ne voyais plus que les trois plus hautes tours. J'essayai d'évaluer à quelle distance elles se trouvaient. Cinquante kilomètres ? Plus ?

Mais le plus envoûtant, c'était l'odeur des coquelicots : un mélange de chocolat, de vanille et de cerise. Hormis le parfum des cheveux de ma mère, dans lesquels j'enfouissais mon visage quand j'étais enfant, c'était la chose la plus délicieuse que j'avais jamais offerte à mon odorat. Sans conteste. J'espérais qu'il ne pleuvrait pas, non par crainte d'être mouillé, mais parce que je savais que la pluie exalterait cette odeur, dont la beauté risquait de me tuer. (J'exagère, mais pas autant que vous le pensez.) Je ne vis aucun lapin, grand ou petit, mais je les entendais gambader dans l'herbe et les fleurs, et l'espace de quelques secondes je crus apercevoir deux grandes oreilles. J'entendais également les stridulations des criquets, et me demandais s'ils étaient démesurés eux aussi, comme les cafards et les chauves-souris.

À l'approche du cottage – murs en bois, toit de chaume –, je m'arrêtai, stupéfait. Sur les cordes à linge qui s'entrecroisaient derrière la maison et de chaque côté étaient suspendues... des chaussures. En bois, en toile, des sandales, des pantoufles. Une corde ployait sous le poids d'une botte en daim ornée de boucles en argent. Une botte de sept lieues, comme dans les vieux contes ? Ça y ressemblait en tout cas. Je m'en approchai pour la toucher. Elle était molle comme du beurre et douce comme du satin. *Faite pour arpenter la route*, songeai-je. *Faite pour le Chat botté. Où est l'autre ?*

À croire que cette pensée l'avait fait venir car la porte de derrière du cottage s'ouvrit et une femme en sortit en tenant la deuxième botte. Les boucles scintillaient dans la douce lumière de cette journée de ciel blanc. Je savais que c'était une femme car elle portait une robe rose et des chaussures rouges, et parce qu'une poitrine généreuse débordait de son décolleté, mais sa peau avait la couleur de l'ardoise et son visage était cruellement déformé. Comme si ses traits avaient été dessinés au fusain, puis à moitié effacés par la main d'une divinité colérique. Ses yeux étaient deux fentes, à l'instar de ses narines. Sa bouche, un croissant de lune dépourvu de lèvres. Elle s'adressait à moi, mais je ne comprenais pas ce qu'elle disait. J'en déduisis que ses cordes vocales étaient aussi estompées que son visage. En revanche, le croissant de lune sans lèvres dessinait un sourire, sans le moindre doute, et j'avais le sentiment – appelez ça une *vibration*, si vous voulez – que je n'avais rien à craindre d'elle.

« *Hizz, huzz ! Azzie ? Ern ?* »

Elle toucha la botte suspendue sur la corde à linge.

« Oui, très jolie, dis-je. Vous me comprenez ? »

Elle hocha la tête et fit un geste que je connaissais bien : un cercle formé par le pouce et l'index qui voulait dire *Impec* quasiment dans le monde entier. (Sauf dans certains cas, rarissimes, où des imbéciles l'utilisaient pour dire *Pouvoir aux Blancs*.) Elle émit encore quelques *hizz* et *huzz*, et montra mes tennis.

« Quoi ? »

Elle décrocha la botte qui était maintenue par deux pinces à linge en bois à l'ancienne, sans ressort. Tenant les bottes d'une main, elle montra mes tennis de l'autre. Puis les bottes.

Me proposait-elle un échange ?

« C'est tentant, mais je crains que ça ne soit pas ma pointure. »

Elle haussa les épaules et raccrocha les bottes. D'autres chaussures – parmi lesquelles une pantoufle en satin vert, recourbée au bout, comme en porterait un calife – se balançaient et tournoyaient dans la brise hésitante. Regarder ce visage flou me donnait un peu la nausée. J'essayais me représenter ses traits tels qu'ils avaient pu être. Et j'y parvenais presque.

Elle s'approcha de moi et renifla mon T-shirt avec la fente de son nez. Puis elle leva ses mains à la hauteur de ses épaules et gratta le vide.

« Je ne pige pas. »

Elle sautilla et émit un son qui, ajouté à la façon dont elle m'avait reniflé, clarifiait le message.

« Vous parlez de Radar ? »

Elle hocha la tête, faisant virevolter ses cheveux châtains clairsemés. Elle produisit un *wuzz-wuzz-wuzz*, sans doute sa manière d'imiter des aboiements.

« Elle est chez moi. »

Elle posa sa main sur son cœur.

« Si vous voulez dire que vous l'aimez, moi aussi. Quand l'avez-vous vue pour la dernière fois ? »

La femme aux chaussures leva les yeux vers le ciel, elle semblait calculer. Finalement, elle haussa les épaules.

« Oin.

– Loin ? Ça doit vouloir dire longtemps, parce qu'elle est vieille maintenant. Elle ne sautille plus beaucoup. Et M. Bowditch… vous l'avez connu, puisque vous connaissez Radar. »

Elle hocha la tête avec la même vigueur et ce qui restait de sa bouche dessina un autre sourire. Elle n'avait plus que quelques dents, mais celles que je voyais formaient des taches blanches éclatantes sur sa peau grise.

« A'rian.

– Adrian ? Adrian Bowditch ? »

Elle hocha la tête de nouveau, à se faire un torticolis.

« Mais vous ne savez pas quand il est venu ici pour la dernière fois ? »

Elle regarda le ciel encore une fois et secoua la tête.

« Radar était jeune ?

– Hu-hee.

– C'était un chiot ? »

Nouveau hochement de tête.

Elle me prit le bras et m'entraîna derrière la maison. (Je dus baisser la tête pour ne pas être garrotté par une corde à linge lestée de chaussures.) Là, une parcelle de terre avait été retournée et ratissée, comme si on s'apprêtait à y planter quelque chose. Il y avait également une petite charrette, en piteux état, qui reposait sur ses deux longs bras. Elle contenait deux sacs en toile de jute dont dépassaient des machins verts. La femme s'agenouilla et me fit signe de l'imiter.

On se fit face dans cette position. D'un doigt hésitant, elle écrivit dans la terre. Elle s'arrêta une ou deux secondes pour réfléchir, avant de reprendre.

ele bel vi

Puis après une hésitation encore plus longue :

?

Perplexe, je secouai la tête à mon tour. La femme se mit à quatre pattes et recommença à imiter des aboiements. Je compris, tout à coup.

« Oui, dis-je. Radar a eu une très belle vie. Mais elle est vieille maintenant, comme je vous le disais. Et elle… elle ne va pas très bien. »

C'est alors que tout me rattrapa. Pas juste Radar et M. Bowditch, tout le reste aussi. Ce cadeau qui était en réalité un fardeau que je devais porter. Les cafards en décomposition. La maison du 1 Sycamore Street vandalisée, sans doute par l'homme qui avait assassiné M. Heinrich. La pure folie que représentait ma présence ici, agenouillé dans la terre avec une femme presque dépourvue de visage qui collectionnait les chaussures et les suspendait sur des cordes à linge. Mais surtout, c'était à cause de Radar. Je voyais combien elle avait du mal à se lever le matin ou après une sieste. Et quand elle ne finissait pas sa gamelle, elle me regardait avec l'air de dire : *Je sais que je devrais tout manger, mais je ne peux pas.* Et je fondis en larmes.

La femme aux chaussures passa son bras autour de mes épaules et me serra contre elle.

« *O'ay* », dit-elle.

Au prix d'un effort, elle parvint à articuler le mot entier :

« OK. »

Je l'étreignis à mon tour. Elle dégageait une odeur légère et agréable. L'odeur des coquelicots. Je pleurais, secoué de gros sanglots, et elle me serrait contre elle, en me tapotant le dos. Quand je m'écartai d'elle, je vis qu'elle ne pleurait pas, peut-être en était-elle incapable, mais sa bouche en croissant de lune pointait vers le bas de son visage. J'essuyai mes larmes avec ma manche et lui demandai si c'était M. Bowditch qui lui avait appris à écrire, ou si elle savait déjà avant.

Elle approcha son pouce de ses deux premiers doigts, qui étaient comme soudés.

« Il vous a appris un petit peu ? »

Elle acquiesça et écrivit sa réponse dans la terre :

amis

« C'était mon ami, à moi aussi. Il est décédé. »

Elle pencha la tête sur le côté. Des mèches de cheveux filasse et emmêlés basculèrent sur son épaule.

« Mort. »

Elle plaqua ses mains sur les fentes de ses yeux. Jamais je n'avais vu expression de chagrin aussi pure. Et elle m'étreignit de nouveau. Quand elle me lâcha, elle montra les chaussures suspendues à la corde à linge la plus proche et secoua la tête.

« Non, confirmai-je, il n'a plus besoin de chaussures. »

Elle fit un geste en direction de sa bouche en mâchonnant, ce qui n'était pas très beau à voir. Et elle montra le cottage.

« Si vous me demandez si je veux manger, je vous remercie, mais je n'ai pas le temps. Je dois repartir. Une autre fois, peut-être. Bientôt. Et j'amènerai Radar si je peux. Avant de mourir, M. Bowditch m'a dit qu'il existait un moyen de la faire rajeunir. Je sais que ça semble complètement dingue, mais il affirmait que ça avait marché pour lui. Il s'agit d'un grand cadran solaire. Là-bas. »

Je pointai le doigt vers la ville.

Les fentes de ses yeux s'élargirent un peu et sa bouche forma presque un O. Quand elle plaqua ses mains sur ses joues grises, elle ressembla à ce fameux tableau montrant une femme en train de hurler. Elle effaça ce qu'elle avait tracé dans la terre retournée. Cette fois, elle écrivit plus vite, et c'était sans doute un mot qu'elle utilisait souvent car il n'y avait pas de faute :

danger

« Je sais. Je serai prudent. »

Elle posa ses deux doigts soudés sur sa bouche à moitié effacée dans un geste qui voulait dire *chut.*

« Oui. Il ne faut pas faire de bruit là-bas. Ça aussi, il me l'a dit. Comment vous vous appelez, madame ? Vous pouvez me dire votre nom ? »

Elle secoua la tête d'un air agacé et montra sa bouche.

« Vous avez du mal à vous exprimer. »

Elle opina et écrivit dans la terre.

Deerie. Elle regarda ce qu'elle avait écrit, secoua la tête, effaça ce mot et essaya de nouveau. *DORA.*

Je lui demandai si Deerie était son surnom. J'essayai du moins, car le mot *surnom* refusait de sortir de ma bouche. Ce n'était pas comme si je l'avais oublié, simplement je n'arrivais pas à le prononcer. Je renonçai et demandai :

« Deerie, c'était le petit nom affectueux que vous donnait M. Bowditch ? »

Elle hocha la tête, se leva et frotta ses mains pour enlever la terre. Je me levai à mon tour.

« J'ai été ravi de vous rencontrer, Dora. »

Je ne la connaissais pas assez bien pour l'appeler Deerie, mais je comprenais pourquoi M. Bowditch lui avait donné ce petit nom. Elle avait un cœur bon.

Elle tapota ma poitrine, puis la sienne. Pour montrer qu'on était amis, je suppose. Le croissant de lune de sa bouche se retroussa et elle sautilla avec ses chaussures rouges, comme devait sautiller Radar, devinais-je, avant que ses articulations la fassent tant souffrir.

« Oui, je l'amènerai si je peux. Si elle en est capable. Et je l'emmènerai au cadran solaire, si je peux. »

Mais je ne voyais pas comment.

Elle me montra du doigt, puis tapota l'air délicatement comme un coussin, paumes vers le sol. Sans en être certain, je pensais qu'elle voulait me dire : *Sois prudent.*

« Promis. Merci pour votre gentillesse, Dora. »

Je me retournai pour regagner le chemin, mais elle me retint par mon T-shirt et m'entraîna vers l'arrière de sa maisonnette.

« Je ne peux vraiment pas… »

Elle hocha la tête pour dire qu'elle comprenait que je ne pouvais pas rester pour le déjeuner, et pourtant, elle continuait à m'entraîner. Quand on arriva devant la porte de derrière, elle tendit le doigt vers le linteau, inaccessible pour elle. Quelqu'un y avait gravé une inscription. Les initiales de M. Bowditch : AB. Ses *premières* initiales.

Une idée me vint alors, née de mon incapacité à prononcer le mot *surnom*. Je montrai les initiales et dis :

« C'est… »

L'expression familière la plus idiote que je pouvais trouver s'imposa à moi, mais c'était un très bon test : *C'est génial !*

Impossible de la prononcer. Elle refusait de sortir de ma bouche. Dora me regardait.

« Incroyable, dis-je. C'est incroyable. »

10

Je gravis la colline, me faufilai entre les branches de lierre et empruntai le passage en sens inverse. La sensation de vertige, d'irréalité, me saisit, puis se dissipa. Les chauves-souris bruissaient au-dessus de ma tête, mais j'étais trop préoccupé par ce que je venais de vivre pour y prêter attention, et comme un idiot, j'allumai ma lampe pour voir quelle distance il me restait à parcourir. Seules deux ou trois chauves-souris s'envolèrent, heureusement, et je les vis nettement dans la lumière. Elles étaient très grosses, en effet. *Énormes.* Je continuai à avancer dans l'obscurité complète, une main tendue devant moi afin de les repousser si elles volaient dans ma direction, ce qui n'arriva pas. S'il y avait des cafards géants, je ne les entendis pas.

Je n'avais pas réussi à prononcer le mot *surnom.* Je n'avais pas réussi à dire *C'est génial.* Pourrais-je dire *mytho* ou *mandale* ou *Ça roule, bro ?* Sans doute que non. Et je croyais deviner, sans en être absolument certain, la cause de cette incapacité. J'avais cru tout d'abord que Dora me comprenait car elle comprenait l'anglais… mais si, en réalité, elle me comprenait car je parlais *sa* langue ? Une langue dans laquelle des mots tels que *surnom* ou *génial* n'existaient pas ?

Lorsque les pavés cédèrent la place à la terre battue, j'estimai que je pouvais rallumer ma lampe sans risque, mais je pris soin de la braquer sur le sol. Il y avait quatre cents mètres entre le dernier pavé et l'escalier. M. Bowditch affirmait avoir mesuré cette distance. Cette fois, je ne perdis pas le compte et je venais d'atteindre cinq cent cinquante lorsque j'avisai les premières marches. Tout là-haut, à l'entrée du puits, j'apercevais la lumière des deux lampes à batteries.

Je montai avec plus d'assurance que lors de la descente, gardant mon épaule droite collée contre le mur cependant. J'émergeai du puits sans incident et alors que j'étais penché en avant pour faire glisser la seconde planche au-dessus de l'ouverture, quelque chose de rond et de très dur appuya contre ma nuque. Je me pétrifiai.

« C'est ça, reste bien tranquille et y aura pas de problème. Je te dirai quand tu peux bouger. »

Il était facile d'imaginer cette voix demandant d'une voix chantante : *Qu'est-ce que tu me donnes si je trempe ta paille dans l'or ?*

« J'ai pas envie de te buter, petit. Et je le ferai pas si je repars avec ce que je suis venu chercher. » Et il ajouta, non pas comme un rire, mais comme des mots dans un livre : « Ha-ha. »

CHAPITRE DOUZE

Christopher Polley. L'or éparpillé. Pas si gentil que ça. Préparatifs.

1

Je ne me souviens pas de ce que je ressentis à cet instant. Mais je me souviens de ce que je pensai : *Rumplestiltskin pointe une arme sur ma nuque.*

« Y a quoi, là-dessous ?

– Hein ?

– T'as très bien entendu. T'en as passé du temps dans ce trou, je commençais à croire que t'étais mort. Alors, y a quoi là-dessous ? »

Une autre pensée me traversa l'esprit : *Il ne doit pas savoir. Personne ne doit savoir.*

« Une pompe à eau. »

C'était la première chose qui m'était passée par la tête.

– Une pompe à eau ? Vraiment ? Ha-ha.

– Oui. Sinon, quand il pleut le jardin est inondé. Et ça coule dans la rue. » Mon cerveau s'était remis en marche. « Elle est vieille et je suis descendu voir s'il fallait faire venir un employé municipal pour qu'il jette un coup d'œil. Quelqu'un du service des…

– Foutaises. Ha-ha. Y a quoi là-dessous *pour de vrai* ? De l'or ?

– Non. Juste une pompe.

– Te retourne pas, petit. Ce serait pas malin. Vraiment pas. T'es descendu examiner une pompe à eau avec un gros calibre ?

– À cause des rats. » J'avais la bouche très sèche. « J'ai pensé qu'il y avait peut-être des rats.

– Encore des foutaises. Y a quoi là-bas, dans le coin ? Encore une pompe à eau ? Bouge pas. Regarde juste à droite. »

Je tournai la tête et vis le corps en décomposition de l'énorme cafard qu'avait tué M. Bowditch. Il n'en restait pas grand-chose.

J'avais épuisé mes maigres capacités d'imagination, alors je répondis que je ne savais pas. D'ailleurs, l'homme que je comparais à Rumplestiltskin s'en fichait. Il ne pensait qu'au butin.

« Peu importe. On va aller s'occuper du coffre du vieux. Et peut-être qu'après on ira voir cette fameuse pompe à eau. Allez, hop, dans la maison, petit. Et si jamais tu fais du raffut dans le jardin, je t'explose la cervelle. Mais avant ça, tu vas te soulager de ce flingue, mon pote, ha-ha, et le laisser tomber par terre. »

Je me penchai en avant pour dénouer les cordons de l'étui. Aussitôt, le canon de l'arme appuya contre l'arrière de mon crâne, violemment.

« Je t'ai dit de te baisser ? Non. Défais la ceinture, c'est tout. »

J'obéis. L'étui, toujours attaché à ma cuisse, bascula. Le revolver tomba sur le sol du cabanon.

« Tu peux la remettre maintenant. Chouette ceinture, ha-ha. »

(À partir de maintenant, je vais arrêter un peu avec tous ces *ha-ha* parce qu'il le répétait tout le temps, comme une sorte de ponctuation verbale. Permettez-moi juste de préciser que c'était très Rumplestiltskin-ien. Autrement dit, flippant.)

« Tourne-toi, maintenant. »

Il se retourna en même temps que moi. On aurait dit deux figurines dans une boîte à musique.

« Tout doux, mon gars. Tout doux. »

Je sortis du cabanon. Il m'emboîta le pas. Dans l'Autre monde, le ciel était chargé, mais ici il faisait soleil. Je voyais nos ombres sur le sol : son bras tendu et la silhouette d'un pistolet dans la silhouette de sa main. Mon cerveau avait réussi à enclencher la seconde, mais il était encore loin de la troisième. Je m'étais fait avoir en beauté.

On gravit les marches de la véranda de derrière. Je déverrouillai la porte et en entrant dans la cuisine, je me souviens d'avoir pensé à toutes les fois où je m'étais retrouvé là sans me douter que le moment de m'y retrouver pour la dernière fois viendrait si vite. Car ce type allait me tuer, ça ne faisait aucun doute.

Mais c'était impossible. Je ne pouvais pas le laisser faire. Quand j'imaginais des gens découvrant l'existence du puits des mondes, je savais que je ne pouvais pas le laisser faire. Quand j'imaginais la police ou l'armée en train d'envahir le jardinet de la femme aux chaussures, terrorisée, je savais que je ne pouvais pas le laisser faire. Quand j'imaginais toutes ces personnes déferlant dans la cité abandonnée et réveillant ce qui y était endormi, je savais que je ne pouvais pas le laisser faire. Hélas, je ne pouvais pas l'en empêcher. J'étais coincé.

Ha-ha.

2

On monta directement au premier, moi devant et cet enfoiré de Rumplestiltskin derrière moi. J'envisageai de me balancer en arrière subitement pour le faire dégringoler jusqu'en bas de l'escalier, mais je m'abstins. Ça pouvait marcher, mais dans le cas contraire, il y avait de fortes chances que je meure. Si Radar avait été là, malgré son âge, elle se serait jetée sur Rumple, et sans doute qu'elle serait déjà morte.

« On va dans la chambre, mon gars. Celle où y a le coffre. »

J'entrai dans la chambre de M. Bowditch.

« Vous avez tué M. Heinrich, n'est-ce pas ?

– *Quoi ?* J'ai jamais rien entendu d'aussi idiot. Ils ont arrêté le type qu'a fait le coup. »

Je n'insistai pas. Je savais, il savait et il savait que je savais. Je savais d'autres choses également. Premièrement, si j'affirmais ne pas connaître la combinaison du coffre et si je persistais dans ce mensonge, il me tuerait. Le deuxièmement était une variante du premièrement.

« Ouvre le placard, petit. »

J'obéis. L'étui du revolver, vide, battait contre ma cuisse. Vous parlez d'une fine gâchette !

« Maintenant, ouvre le coffre.

– Si je fais ça, vous me tuerez ensuite. »

Il y eut un moment de silence, le temps qu'il digère cette vérité qui allait de soi.

« Non, dit-il finalement. Je t'attacherai, c'est tout, ha-ha. »

Ha-ha, oui, exactement. Comment pourrait-il m'attacher ? Mme Richland avait parlé d'un homme de petite taille, pas plus grand qu'elle, soit un mètre soixante-cinq environ. Je mesurais trente centimètres de plus et j'étais taillé comme un athlète à cette époque, grâce aux corvées et au vélo. Sans complice pour me tenir en respect, il ne pourrait pas m'attacher. Impossible.

« C'est vrai ? » demandai-je d'une voix volontairement tremblotante, ce qui n'était pas très difficile, croyez-moi.

« Oui ! Ouvre ce coffre !

– Vous promettez ?

– Parole de scout. Allez, ouvre, ou je te tire une balle derrière le genou et tu pourras plus jamais danser le tango, ha-ha.

– OK. Si vous promettez sérieusement, réellement, de ne pas me tuer ensuite.

– Objection : question déjà posée, comme on dit au tribunal. Ouvre ce coffre ! »

Outre tout ce qui me restait encore à vivre, je ne pouvais pas accepter que cette voix chantante soit la dernière chose que j'entende sur terre. C'était inconcevable.

« OK. »

Je m'agenouillai devant le coffre. En pensant : *Il va me tuer*, et : *Je ne peux pas laisser faire*, et : *Je ne le laisserai pas faire.*

À cause de Radar.

À cause de la femme aux chaussures.

Et à cause de M. Bowditch, qui m'avait donné un fardeau à porter car il n'y avait personne d'autre à qui il pouvait le donner, tout simplement.

Je retrouvai mon calme.

« Il y a beaucoup d'or, dis-je. Je ne sais pas où il l'a trouvé, mais c'est génial. Il a payé ses factures avec pendant des années.

– Arrête de jacter et ouvre ce foutu coffre ! » Et puis, comme s'il ne pouvait pas s'en empêcher : « Y a combien ?

– Oh, j'en sais rien. Un million de dollars, peut-être. Il est dans un seau si lourd que je n'arrive même pas à le soulever. »

Je ne savais pas comment inverser les rôles avec ce petit salopard. Peut-être que si on avait été face à face… Mais pas avec le canon d'un flingue à moins de deux centimètres de mon crâne. Quand j'avais été sélectionné dans l'équipe du lycée, au football ou au baseball, j'avais appris à débrancher mon cerveau sur le terrain pour laisser mon corps prendre le dessus. Je devais faire pareil maintenant. Je n'avais pas d'autre option. Parfois, dans un match de football, quand on était menés au score, surtout à l'extérieur, lorsque des centaines de personnes nous huaient, je me concentrais sur le quarterback d'en face, en me disant que c'était un sale fils de pute, que je n'allais pas seulement le plaquer, j'allais l'*aplatir.* Ça ne marchait pas très bien, sauf si le type était un frimeur qui fanfaronnait après une belle action. Mais ce type avait une *voix* de fanfaron, et je n'avais aucun mal à le haïr.

« Arrête de gagner du temps, mon p'tit gars. Ouvre ce coffre, ou sinon tu ne marcheras plus jamais droit. »

Je ne marcherais plus du tout, oui.

Je tournai la molette dans un sens… puis dans l'autre… puis dans l'autre sens de nouveau. Trois chiffres déjà. Plus qu'un. Je risquai un coup d'œil par-dessus mon épaule et découvris un visage étroit – un visage de fouine – sous une casquette des White Sox rétro, très haute, avec un cercle rouge à la place du O de Sox.

« Je pourrai en garder un peu, au moins ? » demandai-je.

Il répondit par un gloussement. Désagréable.

« Ouvre ! Arrête de me regarder et ouvre ! »

Je plaçai la molette sur le dernier chiffre. Et tirai sur la poignée. Je ne le voyais pas reluquer par-dessus mon épaule, mais je le sentais : une odeur âcre de transpiration, celle qui s'incruste dans la peau d'une personne qui ne s'est pas lavée depuis longtemps.

La porte du coffre pivota. Je n'hésitai pas car celui qui hésite est perdu. Je saisis le seau par le bord et le renversai entre mes genoux écartés. Les pépites d'or se répandirent sur le plancher dans toutes les directions. Simultanément, je plongeai à l'intérieur de l'armoire. Le type ouvrit le feu. La détonation était à peine plus forte qu'un pétard de taille moyenne. Je sentis la balle passer entre mon épaule et mon oreille. La veste d'un des costumes démodés de M. Bowditch tressaillit lorsque la balle la traversa.

M. Bowditch possédait un grand nombre de paires de chaussures ; Dora aurait été jalouse. Je m'emparai d'un brodequin, roulai sur le flanc et le lançai. Le type l'esquiva. Je lançai l'autre. Il se baissa de nouveau, mais la chaussure l'atteignit en pleine poitrine. En reculant, il marcha sur les pépites qui continuaient à rouler sur le sol et ses pieds se dérobèrent sous lui. Il tomba lourdement, les quatre fers en l'air, sans lâcher son arme cependant. Une arme beaucoup plus petite que le calibre 45 de M. Bowditch, ce qui expliquait sans doute la faiblesse de la détonation.

Sans essayer de me relever, je poussai sur mes cuisses. Je survolai les pépites tel Superman et atterris sur lui. J'étais grand, il était petit. L'air s'échappa de ses poumons dans un souffle. *Woof.* Ses yeux jaillirent de leurs orbites. Ses lèvres étaient écarlates, luisantes de salive.

« Barre… toi… ! » brailla-t-il.

Entre deux halètements.

Et puis quoi encore. Je voulus saisir la main qui tenait l'arme, manquai mon coup et recommençai, avant qu'il puisse braquer le canon sur mon visage. Une seconde détonation retentit. J'ignorais où était partie cette balle et je m'en fichais, étant donné que ce n'était pas dans moi. Son poignet était glissant de sueur, alors je le serrai de toutes mes forces et le tordis d'un mouvement brusque. Il y eut un craquement sec. Et un hurlement strident. Le pistolet lui échappa et tomba sur le plancher. Je me jetai dessus et le pointai sur lui.

Il poussa le même cri strident et plaça sa main valide devant son visage, comme si cela pouvait arrêter une balle. L'autre main pendait mollement au bout de son poignet brisé, qui enflait déjà.

« Non, non, ne tire pas ! *S'il te plaît !* »

Pas un seul putain de *ha-ha.*

3

À ce stade, vous devez avoir une bonne opinion du jeune Charlie Reade, je suppose. Une sorte de héros comme on en trouve dans les romans d'aventures pour adolescents. J'étais le gamin qui avait soutenu son père quand il picolait, qui nettoyait son vomi, qui avait prié (à genoux !) pour qu'il guérisse, et dont la prière avait été exaucée. J'étais le gamin qui avait sauvé un vieil homme tombé de son échelle en voulant nettoyer sa gouttière. Le gamin qui était allé le voir à l'hôpital et s'était occupé de lui quand il était rentré à son domicile. Qui était tombé amoureux de la chienne fidèle de ce vieux bonhomme, et réciproquement. J'avais accroché un revolver à ma ceinture et bravé un couloir souterrain obscur (sans parler des créatures géantes qui y vivaient) pour ressortir dans un autre monde, où j'avais sympathisé avec une vieille femme défigurée qui collectionnait les chaussures. J'étais le gamin qui avait pris le dessus sur le meurtrier de M. Heinrich en renversant astucieusement des pépites d'or sur le sol pour le faire tomber. La vache, j'avais même pratiqué deux sports dans l'équipe du lycée. Grand et costaud, pas un bouton d'acné ! Le garçon parfait, non ?

Seulement, j'étais aussi le gamin qui avait mis des pétards dans des boîtes aux lettres, détruisant peut-être du courrier important. J'étais le gamin qui avait étalé de la merde de chien sur le pare-brise de la voiture de M. Dowdy, qui avait mis de la colle dans le contact du vieux break Ford de Mme Kendrick le jour où Bertie et moi avions découvert que la portière n'était pas fermée à clé. J'avais renversé des pierres tombales. J'avais volé dans des magasins. Bertie Bird était toujours avec moi dans ces expéditions, et c'était lui qui avait lancé la fausse alerte à la bombe, mais je ne l'en avais pas empêché. Il y avait d'autres choses dont je ne vous parlerai pas car j'ai trop honte. Je dirai juste qu'on avait foutu la trouille à des petits gosses, au point de les faire pleurer et pisser dans leur froc.

Pas si gentil que ça, hein.

Et j'étais furieux contre ce nabot avec son pantalon de velours côtelé et sa veste de survêt Nike crasseuse, ses cheveux gras et emmêlés qui tombaient sur le front de son visage de fouine. J'étais furieux (évidemment) parce qu'il m'aurait tué dès qu'il aurait été en possession de l'or (il avait déjà tué une fois, alors pourquoi pas deux ?). J'étais furieux parce que s'il m'avait tué, les flics – sans doute emmenés par l'inspecteur Gleason et ses intrépides acolytes, les officiers Witmark et Cooper – auraient pénétré dans le cabanon au cours de leur enquête et fait une découverte à côté de laquelle le meurtre de Charles McGee Reade était un drame dérisoire. Mais j'étais surtout furieux (vous ne le croyez peut-être pas, mais je vous jure que c'est vrai) parce que l'intervention de ce type me compliquait la vie. Devais-je le dénoncer à la police ? Cela entraînerait la découverte de l'or et un milliard de questions. Même si je ramassais toutes les pépites pour les remettre dans le coffre, M. Ha-ha raconterait tout. Pour se faire bien voir du procureur, ou par dépit simplement.

La solution à mon problème était évidente. S'il était mort, il ne pourrait plus rien dire à personne. En supposant que l'ouïe de Mme Richland ne soit pas aussi aiguisée que sa vue (les détonations n'avaient pas été très fortes), la police n'avait aucune raison de se déplacer. J'avais même un endroit où cacher le corps.

Non ?

4

J'apercevais ses yeux entre les doigts écartés de la main qu'il levait devant son visage. Bleus, parcourus de petites veines rouges, mouillés de larmes. Il savait ce que j'envisageais de faire ; il le voyait sur *mon* visage.

« Non. Je t'en supplie. Laisse-moi partir. Ou alors, appelle la police si tu veux. Mais ne me t-t-tue pas !

– Comme tu allais le faire ?

– Non, non, juré ! Je le jure sur la tombe de ma mère. Je te jure que non !

– Comment tu t'appelles ?

– Derek ! Derek Shepherd ! »

Je le giflai avec le canon du pistolet. Je pourrais vous dire que ce n'était pas volontaire, que j'avais agi sans réfléchir, mais ce serait un mensonge. Je savais ce que je faisais, et c'était bon. Le sang jaillit de son nez. Et du coin de sa bouche.

« Tu crois que je n'ai jamais regardé *Grey's Anatomy* ? Comment tu t'appelles ?

– Justin Townes. »

Je le frappai de nouveau. Il essaya de reculer, inutilement. Je ne cours pas particulièrement vite, mais j'ai d'excellents réflexes. Je suis sûr que ce coup lui brisa le nez. Il hurla… sous la forme d'un gémissement aigu.

« Tu penses certainement que je ne connais pas Justin Townes non plus. J'ai un de ses albums, figure-toi. Je te laisse une dernière chance, ordure. Et je te colle une balle dans la tête.

– Polley. » Son nez enflait déjà – avec tout un côté de son visage – et il parlait comme quelqu'un qui a attrapé un vilain rhume. « Chris Polley.

– Lance-moi ton portefeuille.

– J'ai pas de… »

Me voyant armer mon bras, il leva de nouveau sa main valide pour se protéger. J'avais un plan pour cette main, au risque de baisser encore un peu plus dans votre estime, mais n'oubliez pas que j'étais dans le pétrin. Et puis, je repensais à Rumplestiltskin. Sans doute que je ne pouvais pas obliger ce salopard à enfoncer son pied dans le sol et à s'ouvrir en deux, mais je pouvais le faire décamper. Comme le Bonhomme de pain d'épice, ha-ha.

« OK, OK ! »

Il se leva et glissa la main dans la poche arrière de son pantalon de velours crasseux. La veste de survêtement était déchirée à la manche et élimée aux poignets. J'ignorais où logeait ce type, mais certainement pas au Hilton. Son portefeuille était déformé et éraflé. Je l'entrouvris brièvement, le temps de voir un unique billet de dix dollars et un permis de conduire au nom de Christopher Polley. La photo montrait un homme plus jeune, au visage encore intact. Je fis claquer le portefeuille entre deux doigts et le glissai dans ma poche arrière, avec le mien.

« Ton permis est périmé depuis 2008, on dirait. Tu devrais le faire renouveler. Si tu vis assez longtemps, évidemment.

– Je ne peux pas... »

Sa bouche se referma brutalement.

« Tu ne peux pas le faire renouveler ? On te l'a confisqué ? Conduite en état d'ivresse ? Ou prison ? Tu as fait de la prison ? C'est pour ça qu'il t'a fallu tout ce temps pour voler et tuer M. Heinrich ? Parce que tu étais à Stateville ?

– Non, ailleurs.

– Où ? »

Il ne répondit pas, et je décidai que je m'en foutais. Comme aurait dit M. Bowditch, c'était hors de propos.

« Comment tu as su pour l'or ? demandai-je.

– Je l'ai vu dans la boutique du Boche. Avant d'aller en taule. »

J'aurais pu lui demander comment il avait découvert la provenance de cet or, et comment il avait piégé ce pauvre vagabond, Dwyer, mais j'étais quasiment certain de connaître les réponses.

« Laisse-moi partir. Je t'embêterai plus jamais.

– C'est sûr. Parce que tu seras en prison et pour longtemps. Je vais te dénoncer aux flics, Polley. Tu iras en taule pour meurtre, et on verra bien si ça te fait rire. Ha-ha.

– Je raconterai tout à la police ! Je leur parlerai de l'or ! Tu n'auras rien ! »

Erreur. D'après le testament, cet or m'appartenait, mais Polley l'ignorait.

« Exact, dis-je. Merci de me l'avoir fait remarquer. Du coup, je vais être obligé de te mettre avec la pompe à eau. Heureusement, tu es une petite merde de rien du tout, je ne me ferai pas mal au dos. »

Je levai le canon du pistolet. Je pourrais vous dire que je bluffais, mais je n'en suis pas sûr. Je détestais cet homme également parce qu'il avait vandalisé la maison de M. Bowditch, il l'avait profanée. Comme je crois l'avoir déjà dit : le tuer aurait tout simplifié.

Il ne hurla pas – je crois qu'il n'avait plus assez de souffle –, se contentant de gémir. L'entrejambe de son pantalon s'assombrit. J'abaissai l'arme… un peu.

« Supposons que je décide de vous laisser la vie sauve, *monsieur* Polley. Et que je vous laisse tracer votre route, comme le dit la chanson… Ça vous plairait ?

– Oui, oui ! Si tu me laisses partir, je t'embêterai plus jamais ! »

Des vraies paroles de Rumplestiltskin.

« Comment tu es arrivé ici ? À pied ? Tu as pris le car jusqu'à Dearborn Avenue ? »

À en juger par l'unique billet de dix dollars dans son portefeuille, je ne pensais pas qu'il avait pris un Yoober. Il avait peut-être pillé l'arrière-boutique de M. Heinrich – les objets planqués dans les poches de Dwyer permettaient de le penser –, mais dans ce cas, il n'avait pas eu le temps de monnayer son butin. Peut-être qu'il ne savait pas comment faire. Il était peut-être roublard, mais ça ne voulait pas forcément dire être intelligent. Ou avoir des relations.

« Je suis passé par les bois. »

Sa main valide se tendit en direction de la ceinture verte derrière la propriété de M. Bowditch, vestige de la forêt de Sentry Woods qui recouvrait toute cette partie du bourg un siècle plus tôt.

Je considérai son pantalon crasseux et sa veste déchirée.

Mme Richland n'avait pas mentionné son état négligé – et pourtant, elle avait une vue perçante –, mais elle avait aperçu Polley plusieurs jours auparavant. J'en déduisis qu'il n'avait pas seulement traversé les bois, il y vivait. Quelque part, non loin de la clôture au fond du jardin de M. Bowditch, une bâche récupérée servait sans doute d'abri à cet homme et à ses maigres possessions. Il avait dû enterrer les objets volés dans la boutique de M. Heinrich à proximité, à la manière des pirates dans les romans. Mais les pirates de fiction mettaient leurs doublons et leurs piastres dans des malles. La malle de Polley ressemblait plus vraisemblablement à une sacoche ornée d'un autocollant SUBSCRIPTION SERVICE OF AMERICA.

Sauf erreur de ma part, son campement était suffisamment proche de la maison de M. Bowditch pour surveiller un certain Charles Reade. Il savait qui j'étais grâce à Heinrich. Il m'avait peut-être vu lors de mon expédition à Stantonville. N'ayant rien trouvé en fouillant la maison, hormis un coffre-fort inviolable, il avait décidé de m'attendre, pensant que je viendrais chercher l'or. Car c'était ce que *lui* aurait fait.

« Lève-toi. On descend. Attention aux pépites, si tu ne veux pas aller au tapis encore une fois.

– Je peux en ramasser quelques-unes ? Juste une petite poignée. Je suis fauché !

– Pour quoi ? Pour te payer un repas au McDo ?

– Je connais un gars à Chi. Il me les achètera pas à leur vraie valeur, mais…

– Tu peux en prendre trois.

– Cinq ? »

Il essayait de sourire comme s'il n'avait pas eu l'intention de me tuer une fois le coffre ouvert.

« Quatre. »

Il se pencha pour rafler les pépites de sa main valide, prêt à les fourrer dans sa poche.

« Il y en a cinq. Reposes-en une. »

Il me lança un regard noir, les yeux plissés – un regard à la Rumplestiltskin – et lâcha une pépite, qui roula sur le plancher.

« T'es un méchant garçon, dit-il.

– Venant de saint Christophe des Bois, cette accusation me remplit de honte. »

Il retroussa sa lèvre, dévoilant des dents jaunies.

« Va te faire foutre. »

Je levai l'arme, dont je pensais qu'il s'agissait d'un calibre 22 automatique.

« Il ne faut jamais dire ça à quelqu'un qui tient un pistolet. Ce n'est pas très malin, ha-ha. Allez, descends. »

Il quitta la chambre en plaquant son poignet cassé contre sa poitrine et en serrant les quatre pépites dans sa main valide. Je le suivis. On descendit l'escalier, traversa le salon et entra dans la cuisine. Il s'arrêta sur le seuil.

« Continue à avancer. Traverse le jardin. »

Il se retourna vers moi, les yeux écarquillés, la bouche tremblante.

« Tu vas me tuer et me balancer dans ce trou !

– Je ne t'aurais pas donné cet or dans ce cas.

– Tu vas me le reprendre ! » Il s'était remis à pleurer. « Tu vas le reprendre et me balancer dans ce t-t-trou. »

Je secouai la tête.

« Il y a une clôture et tu as un poignet brisé. Tu ne pourras pas la franchir sans aide.

– Je me débrouillerai ! Je ne veux pas de ton aide !

– Avance. »

Il se remit en marche en pleurant, certain que j'allais lui tirer une balle dans l'arrière du crâne. Là encore, c'était ce que *lui* aurait fait. Il arrêta de chialer lorsqu'on passa devant la porte ouverte du cabanon alors qu'il était toujours vivant. On atteignit la clôture, qui mesurait environ un mètre cinquante de hauteur pour empêcher Radar de se sauver quand elle était jeune.

« Je ne veux plus te revoir.

– Tu me reverras plus.

– Plus jamais.

– Promis.

– Tope là, alors. »

Je tendis la main.

Il la prit. Roublard, mais pas intelligent. Je le répète. Je lui tordis le poignet et entendis les os se briser. Il hurla et tomba à genoux, les deux mains plaquées contre la poitrine. Je glissai le calibre 22 dans mon dos, comme un gangster de cinéma, me penchai pour agripper Polley et le soulevai. Sans peine. Il ne pesait pas plus de soixante kilos, et j'étais tellement bourré d'adrénaline qu'elle me sortait quasiment par les oreilles. Je le balançai de l'autre côté de la clôture. Il retomba sur le dos, dans un tas de feuilles mortes et de branches brisées, en poussant des petits cris de douleur. Ses mains pendaient inutilement. Je me penchai par-dessus la clôture, telle une lavandière en quête des derniers potins du village.

« Allez, file. Et ne reviens jamais.

– Tu m'as pété les mains ! *Tu m'as pété les mains, bordel !*

– Tu as de la chance que je ne t'aie pas tué ! criai-je. J'en avais envie, pourtant, et j'ai bien failli le faire. Et si je te revois un jour, je le ferai. Fous le camp maintenant ! Pendant que tu le peux encore ! »

Il me jeta un dernier regard de ses yeux bleus écarquillés. Son visage enflé était marbré de morve et de larmes. Puis il fit demi-tour et s'enfonça en titubant dans ces bois miteux, vestiges de Sentry Woods, appuyant contre sa poitrine ses deux mains brisées. Je le regardai s'éloigner sans éprouver le moindre remords.

Pas si gentil que ça.

Reviendrait-il ? Non, pas avec deux poignets brisés. Se confierait-il à quelqu'un ? Un ami ou un complice ? Je devinais que Polley n'avait ni l'un ni l'autre. Irait-il trouver les flics ? Compte tenu de ce que je savais au sujet de Heinrich, c'était une hypothèse ridicule. Tout cela mis à part, je n'avais pas pu me résoudre à le tuer de sang-froid.

Je retournai dans la maison pour ramasser les pépites éparpillées. Il y en avait partout, et cette opération dura plus longtemps que ma confrontation avec Polley. Je les remis dans le coffre, avec la ceinture vide et l'étui, et je ressortis. Je pris soin de laisser pendre mon T-shirt hors de mon pantalon pour cacher le pistolet calé contre mes reins. Néanmoins, je me réjouis de constater que Mme Richland n'était pas postée à l'extrémité de son allée, protégeant ses yeux d'aigle avec sa main.

5

Je descendis la colline, lentement, car mes jambes tremblaient. Que dis-je ? Mon *esprit* tremblait ! C'est en gravissant les marches de ma véranda que je m'aperçus que j'avais faim. En vérité, j'étais affamé.

Radar était là pour m'accueillir, sans me faire la fête à laquelle je m'attendais. Elle remua la queue, sautilla une ou deux fois et frotta sa truffe contre ma cuisse avant de retourner se coucher sur son tapis. Je m'aperçus que je m'attendais à des débordements de joie car j'avais l'impression d'être parti longtemps. En réalité, je m'étais absenté moins de trois heures. Mais un tas de choses s'étaient produites durant ces trois heures : des choses qui changent une vie. Je repensais à Scrooge disant dans *Un conte de Noël* : *Les esprits ont réalisé tout ça en une seule nuit.*

Il y avait un reste de pain de viande dans le frigo et je me confectionnai deux épais sandwichs en forçant sur le ketchup. J'avais besoin de carburant car ma journée ne faisait que commencer. J'avais un tas de trucs à préparer pour le lendemain. Je ne retournerais pas au lycée, et en rentrant de son séminaire, mon père trouverait sans doute – certainement – une maison vide. Je voulais essayer de chercher ce cadran solaire dont parlait M. Bowditch. Car je ne doutais plus de son existence, et je ne doutais plus qu'il était capable d'inverser la marche du temps pour cette vieille chienne qui ronflait sur son tapis dans le salon. En revanche, j'étais moins sûr de réussir à lui faire descendre cet escalier en colimaçon ; et je ne savais absolument pas comme elle pourrait parcourir les cinquante (soixante-dix ? cent ?) kilomètres jusqu'à la ville. Je n'étais sûr que d'une chose : je ne pouvais plus me permettre d'attendre.

6

Je réfléchis en mangeant mes sandwichs. Si je décidais de m'absenter en emmenant Radar, je devais créer une fausse piste qui conduirait dans une direction opposée à la maison de M. Bowditch. Une idée me vint en allant dans le garage. Et je me dis qu'elle pourrait être utile. Il le fallait.

Je pris la brouette de mon père, et un bonus. Sur une des étagères se trouvait un sac d'hydroxyde de calcium, plus communément appelé chaux éteinte. Pourquoi mon père avait-il ça chez lui ? Vous l'avez deviné : les cafards. Il y en avait dans notre sous-sol et dans le garage. Je déposai le sac dans la brouette, retournai dans la maison et montrai sa laisse à Radar.

« Si je t'emmène en haut de la colline, tu seras sage ? »

Son regard m'assura que oui. Alors, je la pris en laisse et on marcha jusqu'au 1 Sycamore Street, moi poussant la brouette et elle avançant à ma hauteur. Mme Richland avait repris son poste et je m'attendais presque à ce qu'elle me demande la cause de tout ce vacarme un peu plus tôt. Mais non. Elle voulut juste savoir si je venais effectuer d'autres travaux dans la maison. Oui, dis-je.

« Tu es bien gentil de faire ça. J'imagine que sa propriété va être mise en vente, hein ? Peut-être que le notaire chargé de l'héritage te paiera, mais à ta place, je n'y compterais pas trop. Ces gens-là sont radins. J'espère que les nouveaux propriétaires ne raseront pas la maison, elle est beaucoup plus belle maintenant. Tu sais qui a hérité ? »

Je répondis que je l'ignorais.

« Si jamais tu apprends combien ils en veulent, dis-le-moi. On envisage de vendre nous aussi. »

Ce « nous » suggérait l'existence d'un M. Richland. Comment savoir ?

Je promis de la tenir informée (jamais de la vie) et fis le tour de la maison en poussant la brouette, la laisse de Radar passée autour de mon poignet. Elle marchait bien, mais ce n'était pas un long trajet. Parcourir des dizaines de kilomètres jusqu'à la cité abandonnée ? Elle n'y arriverait jamais.

Radar était plus calme cette fois, mais dès que je la libérai, elle fonça droit vers le canapé-lit dans le salon, le renifla d'un bout à l'autre et se coucha à côté. Après lui avoir apporté un bol d'eau, j'allai dans le cabanon avec le sac de chaux. Je versai le contenu sur les restes du cafard géant et regardai, fasciné, le processus de décomposition s'accélérer. Dans un sifflement accompagné de petites bulles. De la vapeur s'échappait des restes, qui ne seraient bientôt plus qu'une flaque de chaux visqueuse sur le sol.

Je récupérai le revolver, le rapportai dans la maison et le rangeai dans le coffre. J'avisai deux pépites qui avaient roulé dans un coin de la chambre et les déposai dans le seau avec les autres. Le temps que je redescende, Radar dormait comme une souche.

Tant mieux, me dis-je. *Dors autant que tu peux car demain tu vas avoir une journée bien remplie, ma vieille.*

Pour moi, celle-ci était déjà bien remplie, et ça aussi c'était une bonne chose. Certes, cela ne m'empêchait pas de penser à l'Autre monde – les coquelicots rouges qui flanquaient le chemin, la femme aux chaussures presque sans visage, les tours de verre de la cité –, mais être occupé m'évitait certainement de subir le contrecoup de l'affrontement avec Christopher Polley, car il s'en était fallu de peu. De très peu.

Dans sa recherche de l'or, ce petit salopard ne s'était pas intéressé aux piles de livres et de magazines alignées dans le couloir entre la cuisine et la porte de derrière. Négligeant les livres moi aussi, je passai une heure à transporter dans le cabanon, grâce à la brouette, des paquets de magazines (heureusement bien ficelés). J'en déposai certains sur les restes du cafard, mais la plupart, je les empilai près du puits des mondes. La prochaine fois que je descendrais – que l'*on* descendrait –, je disposerais les magazines sur les planches pour essayer de dissimuler totalement l'ouverture.

Cela étant fait, je retournai dans la maison pour réveiller Radar. Je lui donnai une gourmandise provenant du cellier et la ramenai chez moi. Il fallait que je pense à emporter son singe couineur. Elle le réclamerait peut-être une fois qu'on serait arrivés à destination. À condition, évidemment, qu'elle ne tombe pas dans l'escalier, et ne m'entraîne pas avec elle.

Si toutefois elle parvenait à descendre.

De retour chez moi, je fourrai le calibre 22 et le portefeuille de Polley dans mon sac à dos avec d'autres affaires – pas grand-chose pour le moment, je finirais de le remplir le lendemain dans le cellier de M. Bowditch –, après quoi je m'installai pour écrire à mon père. J'avais envie de repousser cette tâche, mais je ne pouvais pas me le permettre. Ce n'était pas une lettre facile à rédiger.

Cher papa,

Tu vas trouver une maison vide en rentrant car je suis parti à Chicago avec Radar. J'ai déniché sur Internet quelqu'un qui obtient des résultats incroyables avec des vieux chiens à qui il redonne vitalité et santé. J'ai entendu parler de ce type depuis un certain temps déjà, mais je ne voulais pas te le dire car je connais ton opinion sur les « remèdes miracles ». C'est peut-être bidon, mais je peux me permettre de dépenser 750 dollars sans problème, grâce à mon héritage. Je ne te demande pas de ne pas t'inquiéter car tu t'inquiéteras forcément. En revanche, je te demande, S'IL TE PLAÎT, de ne pas essayer de combattre ton inquiétude en buvant un verre. Si à mon retour je découvre que tu as recommencé à picoler, j'aurai le cœur brisé. N'essaie pas de m'appeler car je vais éteindre mon téléphone. **(Allumé ou éteint, ça ne changeait rien là où j'allais.)** *Si tout se passe bien, je rentrerai avec un chien tout neuf.*

Crois-moi, papa, je sais ce que je fais.

Je t'aime,

Charlie

J'espérais que je savais ce que je faisais.

Je glissai le mot dans une enveloppe, sur laquelle j'écrivis PAPA, et la laissai sur la table de la cuisine. Puis j'ouvris mon ordinateur et écrivis un mail à dsilvius@hillviewhigh.edu. Et je racontai plus ou moins la même chose. Je songeais que si Mme S. s'était trouvée à côté de moi à cet instant, elle aurait flairé l'odeur de l'école buissonnière. Je programmai l'envoi pour qu'elle reçoive ce mail sur son ordinateur au bureau le jeudi après-midi. Deux jours d'absence injustifiée, ça pouvait passer, mais trois, sans doute pas. Je voulais que mon père reste le plus longtemps possible là-bas, à son séminaire. Je pouvais toujours espérer que Mme S. ne l'appelle pas en recevant mon message, mais je savais qu'elle le ferait très certainement. Et de toute façon, il serait peut-être déjà sur le chemin du retour. Mon véritable objectif, c'était de faire croire au plus grand nombre de personnes que j'étais parti à Chicago.

Dans cette optique, j'appelai le poste de police pour parler à l'inspecteur Gleason. Il était là et je lui demandai s'ils avaient des pistes concernant le cambriolage du 1 Sycamore Street. « Je vous appelle aujourd'hui parce que demain j'emmène la chienne de M. Bowditch à Chicago. J'ai trouvé quelqu'un qui fait des merveilles avec les vieux chiens. »

Gleason me répondit qu'il n'y avait rien de nouveau, comme je m'y attendais. Je m'étais occupé personnellement du malfaiteur… du moins, je l'espérais. Gleason me souhaita bonne chance avec le vieux clebs. Une chance que je ne voulais pas laisser filer.

7

Ce soir-là, je glissai trois des nouveaux comprimés dans la bouffe de Radar. Je lui en donnerais trois autres le lendemain. Il n'en restait plus beaucoup dans le flacon, et c'était peut-être mieux ainsi. Je ne pouvais pas l'affirmer, mais je devinais que c'étaient des sortes d'amphés pour chien. Autrement dit, ils raccourcissaient sa durée de vie en même temps qu'ils lui redonnaient du tonus. Il suffisait que je lui fasse descendre l'escalier, et ensuite… Ensuite, je ne savais pas.

Mon téléphone fonctionnait de nouveau (mais j'avais dû effectuer un reset complet pour qu'il indique la bonne heure), et sur le coup de sept heures, il sonna. PAPA s'afficha sur l'écran. J'allumai la télé et montai un peu le son avant de répondre.

« Salut, Charlie, tout se passe bien ?

– Impec. Alors, tu grimpes dans les arbres ? »

Il rit.

« Non, il pleut ici. En revanche pas mal d'esprit d'équipe et d'enthousiasme. Les agents d'assurances en folie. Qu'est-ce que tu regardes ?

– *SportsCenter.*

– La chienne va bien ?

– Radar ? » Elle décolla la tête du tapis. « Oui, ça va.

– Elle continue à bien manger ?

– Elle a même léché sa gamelle ce soir.

– À la bonne heure. »

On bavarda encore un peu. Il ne paraissait pas inquiet, et j'en déduisis que je réussissais à donner le change. Ce qui me rendait fier et honteux en même temps.

« Je te rappellerai demain soir si tu veux, dit-il.

– Il se peut que je sorte manger des burgers et faire un minigolf avec des potes.

– Et des filles ?

– Euh… possible. Je t'appellerai s'il se passe un truc. Genre si la maison prend feu.

– Ça marche. Dors bien, Chip.

– Toi aussi. »

D'où j'étais assis, j'apercevais l'enveloppe sur la table de la cuisine. Je n'aimais pas mentir à mon père, mais je ne voyais pas d'autre solution. À situation extraordinaire…

J'éteignis la télé et me préparai à aller au lit à huit heures, pour la première fois depuis… toujours. Mais j'avais prévu de me lever tôt. *Plus tôt on commence, plus tôt on a fini*, disait ma mère. Certains jours, je ne parvenais pas à visualiser son visage sans regarder sa photo ; en revanche, je me souvenais de tous ses petits dictons. L'esprit est une drôle de machine.

Je fermai la porte à clé, mais pas parce que j'avais peur de Polley.

Il savait certainement où j'habitais, mais il avait les deux poignets brisés et j'avais gardé son arme. De plus, il n'avait ni argent ni pièce d'identité. À mon avis, il était déjà en train de faire du stop pour se rendre à « Chi », comme il disait, pour essayer de transformer ses quatre pépites d'or en liquide. S'il parvenait à les vendre, il n'en tirerait pas plus de vingt *cents* pour un dollar, et c'était tant mieux. Génial. Chaque fois que je commençais à avoir pitié de lui, ou à culpabiliser à cause de ce que j'avais fait, je repensais au canon de son arme appuyé contre ma nuque, et je l'entendais qui me disait de ne pas bouger, que ce serait une mauvaise idée. Enfin, je me réjouissais de ne pas l'avoir tué. C'était déjà ça.

Je m'examinai dans le miroir pendant que je me brossais les dents. Je trouvais que je n'avais pas changé, ce qui était plutôt surprenant après tout ce qui s'était passé. Je me rinçai la bouche et en me retournant, je découvris Radar assise sur le seuil de la salle de bains. Je me penchai pour ébouriffer sa fourrure des deux côtés de son visage.

« Tu as envie de partir à l'aventure demain, fifille ? »

Elle frappa le sol avec sa queue puis alla s'allonger au pied de mon lit dans la chambre d'amis. Je vérifiai deux fois mon réveil pour m'assurer qu'il était bien réglé sur cinq heures et j'éteignis la lumière. Je pensais mettre longtemps à m'endormir après les montagnes russes émotionnelles de cette journée, mais je sombrai presque aussitôt.

Je m'interrogeais : allais-je réellement risquer ma vie, et certainement un tas d'emmerdes avec mon père et au lycée, pour une vieille chienne qui avait déjà eu – en années canines – une sacrée vie. La réponse semblait être oui, mais il n'y avait pas que ça. Il y avait l'aspect merveilleux de la chose, le mystère. J'avais découvert un autre monde ! Je voulais voir la ville aux tours vertes et savoir si c'était réellement Oz, habitée par un terrible monstre – Gogmagog – et non pas un vulgaire mystificateur qui projetait sa voix à travers un rideau. Je voulais dénicher ce cadran solaire et voir s'il était capable d'accomplir ce qu'affirmait M. Bowditch. N'oubliez pas que j'avais dix-sept ans, l'âge idéal pour les décisions aventureuses et stupides.

Mais avant tout, il y avait la chienne. Je l'aimais, voyez-vous, et je ne voulais pas la laisser partir.

Je roulai sur le côté et m'endormis.

CHAPITRE TREIZE

J'appelle Andy. Radar décide. Ragoût. Gardedoi.

1

Radar parut surprise de voir qu'on se levait alors qu'il faisait encore nuit, mais elle mangea son petit-déjeuner (avec trois autres comprimés cachés dedans) et gravit la colline jusqu'au 1 Sycamore Street sans se faire prier. Aucune lumière chez Mme Richland. Je montai au premier étage, ouvris le coffre et fixai le calibre 45 à ma ceinture en attachant l'étui autour de ma cuisse. Avec le pistolet automatique calibre 22 de Polley dans mon sac à dos, j'étais un vrai Two-Gun Sam. Dans le cellier, il y avait des pots de sauce à spaghettis vides. J'en remplis deux de croquettes Orijen, vissai solidement les couvercles et les enveloppai d'un torchon avant de les déposer dans mon sac, sous un T-shirt et un caleçon propres. (*Ne pars jamais en voyage sans des sous-vêtements propres*, encore un précepte de ma mère). J'ajoutai à tout cela une dizaine de boîtes de sardines King Oscar (que j'avais appris à aimer), un paquet de crackers et quelques sablés aux noix de pécan seulement (j'avais presque tout grignoté), et une poignée de lanières de viande de bœuf séchée Perky Jerky. J'emportai les deux dernières canettes de Coca qui étaient dans le frigo. Je mis mon portefeuille dans le sac pour pouvoir glisser la grande lampe électrique dans ma poche arrière, comme précédemment.

Vous pourriez estimer que ça ne faisait pas beaucoup de vivres pour un aller-retour de cent kilomètres peut-être, et vous auriez raison, mais mon sac n'était pas très grand et puis, la femme aux chaussures avait proposé de m'offrir un repas. Elle pourrait peut-être compléter mes provisions. Sinon, je serais obligé de chercher de la nourriture, une idée qui me remplissait à la fois d'inquiétude et d'excitation.

Le plus gros problème, c'était le cadenas du cabanon. S'il était fermé, personne ne s'y intéresserait. S'il restait ouvert, quelqu'un pouvait avoir envie de jeter un coup d'œil à l'intérieur, et cacher l'ouverture du puits sous des piles de vieux magazines, ce n'était pas le summum du camouflage. Je m'étais endormi avec un problème à la Agatha Christie, mais je m'étais réveillé avec une solution qui me paraissait satisfaisante. Non seulement le cabanon serait cadenassé de l'extérieur, mais une personne de plus serait prête à témoigner que j'avais emmené Radar à Chicago dans l'espoir de lui offrir un remède miracle.

Cette solution s'appelait Andy Chen.

J'attendis sept heures pour l'appeler, en me disant qu'il serait déjà levé pour aller au lycée, mais après quatre sonneries, je compris que j'allais tomber sur la boîte vocale. Je réfléchissais au message que j'allais laisser quand il répondit enfin. Il paraissait agacé et essoufflé.

« Qu'est-ce que tu veux, Reade ? Je sors de cette putain de douche et je dégouline partout !

– Oooh, fis-je d'une voix de fausset. Le Péril Jaune est nu ?

– Très drôle, sale raciste. Qu'est-ce que tu veux ?

– C'est important.

– Qu'est-ce qui se passe ? »

Il était sérieux maintenant.

« Écoute, je suis au Highball, à la sortie de la ville. Tu connais le Highball, hein ? »

Évidemment qu'il connaissait. C'était un relais routier où on trouvait le plus bel assortiment de jeux vidéo de tout Sentry. On s'entassait dans la bagnole de quelqu'un qui avait le permis, ou bien on prenait le car quand on n'avait aucun conducteur sous la main, et on jouait jusqu'à avoir les poches vides. Ou jusqu'à ce qu'on se fasse virer.

« Qu'est-ce que tu fous là-bas ? Y a école aujourd'hui.

– Je suis avec la chienne. Celle qui te foutait la trouille quand on était mômes, tu te souviens ? Elle ne va pas très bien, mais il y a quelqu'un à Chicago qui aide les vieux chiens, paraît-il. Il les rajeunit, en quelque sorte.

– C'est une arnaque. Forcément. Ne sois pas idiot, Charlie. Quand les chiens sont vieux, ils sont vieux, point…

– Tu veux bien la fermer et m'écouter ? Il y a un gars qui veut bien nous emmener dans son van, Radar et moi, pour trente dollars…

– *Trente…*

– Mais faut que j'y aille maintenant, sinon il va partir sans nous. Alors, j'ai besoin que tu ailles fermer la maison.

– Tu as oublié de fermer ta…

– Non, non ! La maison de M. Bowditch !

– Comment tu as fait pour aller jusqu'au High…

– Le type va se barrer si tu ne la boucles pas ! Va fermer la maison, OK ? J'ai laissé les clés sur la table de la cuisine. » Et puis, comme si je venais juste d'y penser : « Ferme le cabanon aussi pendant que tu y es. Le cadenas est sur la porte.

– Je vais devoir aller au lycée à vélo au lieu de prendre le car. Combien tu me files ?

– Oh, allons, Andy !

– Je plaisante, Reade. Je ne te demande même pas de me sucer. Mais si quelqu'un me…

– Personne ne te demandera rien. Et si jamais on te pose des questions, dis la vérité. Je suis parti à Chicago. Je ne veux pas que tu aies des ennuis, je veux juste que tu ailles fermer la maison. Et le cabanon. Je passerai récupérer les clés quand on rentrera.

– Bon, d'accord. Tu vas passer la nuit là-bas ou…

– Probablement. Peut-être même deux. Bon, faut que je te laisse. Merci, Andy. Je te revaudrai ça. »

Je coupai la communication et hissai mon sac à dos sur mes épaules. Je déposai le trousseau de clés de M. Bowditch sur la table. Et mis sa laisse à Radar. Au pied de la véranda de derrière, je m'arrêtai pour contempler le cabanon au fond du jardin. Avais-je vraiment l'intention de lui faire descendre ces marches étroites (*de différentes hauteurs*) en laisse ? Mauvaise idée. Pour tous les deux.

Il n'était pas trop tard pour renoncer. Je pouvais rappeler Andy et lui dire que j'avais changé d'avis à la dernière minute, ou que le conducteur de van imaginaire était parti sans moi. Je pouvais ramener Radar à la maison, déchirer la lettre posée sur la table de la cuisine et mettre à la poubelle le mail que devait recevoir Mme Silvius. Andy avait raison : quand les chiens vieillissaient, ils vieillissaient, point final. Cela ne m'empêcherait pas d'explorer cet Autre monde ; je devrais attendre simplement.

Qu'elle meure.

Je la débarrassai de sa laisse et marchai en direction du cabanon. À mi-chemin, je regardai derrière moi. Radar était toujours assise à l'endroit où je l'avais laissée. Je faillis l'appeler, l'envie me tiraillait, mais je ne le fis pas. Je continuai d'avancer. Arrivé devant la porte du cabanon, je me retournai de nouveau. Elle était toujours assise au pied des marches. Je ressentais le goût amer de la déception : tous ces préparatifs – surtout mon idée de génie au sujet du cadenas – pour rien. Mais il n'était pas question de la laisser là, seule.

Alors que j'allais rebrousser chemin, Radar se redressa sur ses quatre pattes et traversa le jardin d'un pas hésitant jusqu'à la porte ouverte du cabanon où je me trouvais. Elle renifla, méfiante. Je n'allumai pas les lampes à batteries car avec son odorat elle n'en avait pas besoin. Elle regarda la pile de magazines que j'avais déposée sur ce qui restait du cafard géant, et je vis sa truffe exercée tressaillir. Elle observa ensuite les planches qui couvraient le puits et une chose stupéfiante se produisit. Elle trottina jusqu'à l'ouverture et se mit à gratter les planches avec ses pattes en poussant des petits jappements d'excitation.

Elle se souvient, pensai-je. *Et ses souvenirs doivent être agréables car elle veut y retourner.*

J'accrochai le cadenas au loquet et refermai partiellement la porte, laissant juste assez de lumière pour pouvoir me diriger jusqu'au puits.

« Il ne faut plus faire de bruit maintenant, Radar. *Chut.* »

Les jappements cessèrent, mais elle continua à gratter les planches. Son impatience à descendre dans le puits me rassura quant à ce qui se trouvait à la sortie du couloir souterrain. Et d'ailleurs, pourquoi serais-je inquiet ? Les coquelicots étaient magnifiques et leur parfum délicieux. La femme aux chaussures n'était pas menaçante : elle m'avait accueilli chaleureusement, elle m'avait réconforté quand j'avais craqué, et j'avais envie de la revoir.

Elle voulait revoir Radar également… et Radar veut la revoir, je crois.

« Couchée. »

Elle me regarda, mais resta debout sur ses pattes. Elle scruta l'obscurité entre les planches, leva les yeux vers moi, puis reporta son attention sur les planches. Les chiens savent se faire comprendre et pour moi, le message était on ne peut plus clair : *Dépêche-toi, Charlie.*

« Couchée, Radar. »

Elle se coucha, très à contrecœur, mais dès que j'écartai les planches, en V, elle se releva et dévala l'escalier, vive comme un chiot. Elle avait des plaques de poils blancs derrière la tête et sur le dos, près de la queue. J'eus juste le temps de les voir disparaître dans le puits.

Et moi qui avais peur de lui faire prendre cet escalier. Amusant, non ? Comme le disait M. Neville, mon professeur d'anglais : « L'ironie, c'est bon pour la santé. »

2

Je faillis la rappeler, avant de comprendre que c'était une très mauvaise idée. De toute façon, elle ne m'écouterait certainement pas. Et si elle obéissait, si elle essayait d'opérer un demi-tour sur ces marches étroites, c'était la chute mortelle assurée. Je pouvais juste espérer qu'elle ne fasse pas un faux pas dans l'obscurité. Ou qu'elle ne se mette pas à aboyer. Cela ferait certainement décamper les cafards géants tapis dans les parages, mais cela ferait également s'envoler les chauves-souris. Géantes, elles aussi.

Je ne pouvais rien faire. Je pouvais juste suivre le plan. Je descendis à mon tour dans le puits jusqu'à la taille, entre les deux planches en V. J'entrepris d'y déposer des paquets de magazines ficelés, comme si je m'emmurais vivant. Tout en guettant un bruit sourd et un ultime aboiement de douleur. Ou bien, si la chute ne la tuait pas sur le coup, de *nombreux* aboiements de douleur, tandis que, gisant sur le sol en terre battue, elle agoniserait à cause de mes brillantes idées.

Je suais comme un porc pendant que je rapprochais les deux planches de chaque côté. Je glissai mon bras entre les murs de magazines, de plus en plus proches, pour saisir un dernier paquet. Je le posai en équilibre sur ma tête comme une Africaine qui emporte un ballot de linge sale à la rivière, puis me baissai lentement. Le lot de magazines vint reposer sur le trou que j'avais laissé. Il était légèrement de travers, mais tant pis. Si Andy se contentait de jeter un coup d'œil à l'intérieur du cabanon avant de cadenasser la porte, ça irait. Évidemment, restait la question de savoir comment j'allais ressortir du cabanon, mais j'y réfléchirais plus tard.

J'attaquai la descente en gardant l'épaule collée au mur incurvé, comme précédemment, et le faisceau de la lampe braqué sur mes pieds. Mon sac à dos me ralentissait. Je comptai les marches encore une fois, et quand j'arrivai à cent, j'éclairai le fond du puits. Deux points lumineux inquiétants me transpercèrent lorsque le rayon de la lampe frappa la surface réfléchissante que possèdent les chiens à l'arrière de leurs yeux. Radar était en bas, saine et sauve, et elle m'avait attendue, au lieu de filer dans le couloir. Mon soulagement était immense. J'atteignis le fond du puits le plus vite possible, c'est-à-dire pas très vite, car je ne voulais pas que ce soit moi qui me retrouve couché sur le sol avec une jambe cassée. Ou deux. Je posai un genou à terre pour serrer Radar dans mes bras. En temps normal, elle n'avait rien contre un petit câlin, mais aujourd'hui, elle s'esquiva presque aussitôt pour se retourner vers le couloir.

« Bon, d'accord, mais n'effraie pas les animaux. *Chut.* »

Elle me précéda, sans courir mais d'un pas rapide. Elle ne boitait pas. Pour le moment en tout cas. Une fois de plus, je me demandai ce que contenait réellement ce médicament miracle, ce qu'il donnait d'un côté et reprenait de l'autre. Parmi les dictons préférés de mon père, il y avait celui-ci : *Un déjeuner gratuit, ça n'existe pas.*

Quand on atteignit l'endroit que j'avais baptisé mentalement « la région frontalière », je levai le faisceau de ma lampe, au risque de déranger les chauves-souris, pour voir la réaction de Radar. Mais je ne vis rien du tout, et je commençai à me demander si l'effet disparaissait après une première exposition lorsque cette même sensation de vertige m'envahit, cette impression de vivre une expérience extra-corporelle. Elle disparut aussi vite qu'elle était apparue, et très peu de temps après, j'aperçus l'étincelle de lumière devant moi, là où le couloir s'ouvrait à flanc de colline.

Je rattrapai Radar. Je me faufilai entre les branches de lierre qui pendaient du plafond et contemplai les coquelicots. *Un tapis rouge*, pensai-je. *Un tapis rouge.*

Nous étions dans l'Autre monde.

3

Pendant un instant, Radar demeura immobile, tête penchée vers l'avant, oreilles dressées, truffe au vent. Puis elle descendit le chemin au trot, son allure la plus rapide désormais. Du moins le croyais-je. J'étais au milieu de la colline lorsque Dora sortit de son petit cottage avec une paire de pantoufles dans une main. Radar avançait à trois ou quatre mètres devant moi. Dora nous vit arriver (ou plutôt, elle vit ce qui arrivait à quatre pattes au lieu de deux) et lâcha ses pantoufles. Elle se laissa tomber à genoux, bras tendus. Radar se mit à galoper en aboyant joyeusement. Elle ralentit un peu à la fin (à cause de ses pattes arrière vieillissantes), mais pas suffisamment pour éviter de percuter Dora, qui bascula à la renverse. Sa jupe relevée dévoila des collants d'un vert éclatant. Radar la chevaucha en aboyant et en lui léchant le visage. Sa queue remuait furieusement.

Je me mis à courir moi aussi. Mon sac plein à craquer cognait dans mon dos. Je me baissai pour passer sous une ribambelle de chaussures suspendues et saisis Radar par son collier.

« Arrête ! Laisse-la ! »

Elle ne risquait pas de m'obéir car Dora avait noué ses bras autour du cou de la chienne et elle la plaquait contre sa poitrine… comme elle l'avait fait avec moi. Ses pieds (elle portait les mêmes chaussures rouges que la première fois, et avec ses collants verts, elle faisait très déco de Noël) battaient l'air de haut en bas, dans une danse joyeuse. Quand elle se redressa, je vis une très légère touche de couleur sur ses joues grises et un liquide collant – ce qui lui tenait lieu de larmes certainement – s'écoulait des fentes étroites de ses yeux sans cils.

« *Rayyy !* » s'écria-t-elle en étreignant de nouveau ma chienne qui, pour ne pas être en reste, lui lécha le cou et remua la queue. « *Rayyy, Rayyy, RAYYY !*

– Je crois que vous vous connaissez toutes les deux », dis-je.

4

Je n'eus pas besoin de taper dans mes vivres car Dora nous nourrit, et copieusement. Je n'avais jamais mangé un aussi bon ragoût, plein de morceaux de viande et de pommes de terre qui nageaient dans une sauce savoureuse. Influencé sans doute par des films d'horreur, je songeai qu'on était peut-être en train de manger de la chair humaine, mais je rejetai aussitôt cette idée ridicule. Cette femme incarnait la bonté. Je n'avais pas besoin de voir sur son visage une expression enjouée ou un regard affectueux pour le savoir, cela irradiait de sa personne. Et si ça ne suffisait pas, il y avait la façon dont elle avait accueilli Radar. Et, évidemment, la façon dont Radar l'avait accueillie. J'avais eu droit moi aussi à une étreinte quand j'avais aidé Dora à se relever, mais pas comparable à celle qu'elle avait offerte à la vieille chienne.

Je l'avais embrassée sur la joue, ce qui me paraissait parfaitement naturel. Dora me tapota le dos et m'entraîna à l'intérieur. Le cottage se composait d'une unique pièce où régnait une douce chaleur Aucun feu ne brûlait dans la cheminée, mais la cuisinière fonctionnait à fond et le ragoût mijotait sur une plaque en métal. Une table en bois disposée au centre de la pièce accueillait un vase rempli de coquelicots. Dora y disposa deux bols blancs qui semblaient faits à la main et deux cuillères en bois. Elle me fit signe de m'asseoir.

Radar se coucha en boule devant la cuisinière, le plus près possible sans risquer de roussir ses poils. Dora prit un autre bol dans le placard, se servit de la pompe installée au-dessus de l'évier pour le remplir d'eau avant de le déposer devant la chienne qui lapa énergiquement. Sans toutefois décoller son arrière-train du sol, remarquai-je, ce qui n'était pas bon signe. J'avais pris soin de rationner ses efforts physiques, mais rien n'aurait pu la retenir quand elle avait vu sa vieille amie. Et si je l'avais tenue en laisse (rangée dans mon sac), elle me l'aurait arrachée des mains.

Dora posa une bouilloire sur le feu, servit le ragoût et retourna s'affairer devant la cuisinière. Elle sortit des tasses du placard – assez grossières, à l'instar des bols – et un bocal dans lequel elle plongea une cuillère pour prendre du thé. Du thé ordinaire, espérais-je, pas un truc qui allait me faire planer. J'avais déjà l'impression d'être défoncé. Je ne pouvais me défaire de l'idée que ce monde se trouvait *sous* le mien car j'étais descendu pour y accéder. Pourtant, il y avait bien un ciel au-dessus de nous. J'étais comme Charlie au Pays des Merveilles, et si en regardant par la fenêtre ronde du cottage j'avais vu le Chapelier fou passer sur la route en dansant (avec sur son épaule un chat du Cheshire tout sourire), je n'aurais pas été surpris. Du moins, pas davantage.

L'étrangeté de la situation ne m'empêchait pas d'avoir faim. Ce matin-là, avant de partir, j'avais été trop nerveux pour prendre un vrai petit-déjeuner. Malgré cela, j'attendis pour commencer à manger que la maîtresse de maison apporte les tasses et se rassoie. Règle de politesse élémentaire. Mais je songeais également qu'elle voudrait peut-être réciter une prière, une version de *Bénie soit la nourriture que nous allons manger* sous forme d'onomatopées. Mais non. Elle prit sa cuillère, simplement, et me fit signe d'attaquer. Comme je l'ai dit, le ragoût était délicieux. Je pêchai un gros morceau de viande et le lui montrai en haussant les sourcils.

Le croissant de lune de sa bouche se retroussa pour m'offrir sa version d'un sourire. Elle dressa deux doigts au-dessus de sa tête et sautilla légèrement sur sa chaise.

« Du lapin ? »

Elle acquiesça et émit une sorte de gargouillis désagréable. Je compris qu'elle riait, ou qu'elle essayait, et cela me rendit triste, comme lorsque je voyais une personne aveugle, ou dans un fauteuil roulant, en sachant qu'elle ne marcherait plus jamais. La plupart de ces personnes ne voulaient pas de ma pitié. Elles géraient leur handicap, elles aidaient les autres, elles menaient des vies agréables. Elles étaient courageuses. Tout ça, je le savais. Et pourtant, peut-être parce que mon corps fonctionnait cinq sur cinq, je trouvais qu'il y avait quelque chose de cruel dans le fait de devoir supporter ça, quelque chose d'injuste, d'anormal. Je repensai à une fille avec qui j'étais à l'école primaire : Georgina Womack. Elle avait une énorme tache de vin sur une joue. Georgina était une petite chose gaie, maligne comme un singe, et la plupart des élèves la traitaient correctement. Bertie Bird échangeait des trucs de sa lunchbox avec elle. J'étais certain qu'elle ferait son chemin dans la vie, mais j'étais triste qu'elle soit obligée de voir cette marque de naissance sur son visage tous les matins dans le miroir. Elle n'y était pour rien, de même que Dora n'était pas responsable de son rire, qui aurait dû être beau et libre, et ressemblait à un grognement de mauvaise humeur.

Elle tressauta une dernière fois sur sa chaise, comme pour bien insister, et fit tournoyer son index dans ma direction : *Mange, mange.*

Radar s'efforça de se relever et quand elle parvint à se dresser sur ses quatre pattes, elle s'approcha de Dora. Celle-ci frappa son front gris avec la paume de sa main grise, dans ce geste qui veut dire : *Où avais-je la tête ?* Elle trouva un autre bol, dans lequel elle versa du ragoût et de la sauce. Elle me regarda en haussant ses sourcils presque inexistants.

Je hochai la tête et souris.

« Tout le monde mange dans la Maison des Chaussures. »

Dora m'adressa son sourire en croissant de lune et posa le bol par terre. Radar s'y attaqua en remuant la queue.

J'examinai l'autre moitié de la pièce pendant que je mangeais. Elle accueillait un lit, fait au carré, adapté à la taille de la petite femme aux chaussures, mais presque tout l'espace était occupé par un atelier. Ou plutôt, un centre de remise en forme pour chaussures blessées. La plupart avaient des contreforts écrasés, des semelles qui pendaient comme des mâchoires brisées, des trous dans la semelle ou au bout. Une paire de chaussures de chantier en cuir avait été découpée derrière comme si la personne qui en avait hérité avait des pieds plus grands que le précédent propriétaire. Une blessure en demi-cercle sur un chausson de bébé en soie pourpre avait été recousue avec du fil bleu foncé, sans doute la couleur la plus proche dont disposait Dora. Certaines chaussures étaient sales et d'autres – disposées sur un établi – étaient en train d'être nettoyées et cirées avec des produits contenus dans de petits pots en métal. Je me demandais d'où ils venaient, mais je m'interrogeais surtout sur l'objet qui occupait une place de choix dans la partie atelier du cottage.

J'avais vidé mon bol et Radar le sien. Dora les récupéra et une autre question fit se dresser ses sourcils.

« Oui, s'il vous plaît, dis-je. Mais pas trop pour Radar, sinon elle va dormir toute la journée. »

Dora colla ses mains jointes contre son oreille et ferma les yeux. Elle montra la chienne.

« So'eil ?

– Soleil ? »

Elle secoua la tête et refit son mime.

« *So'eil !*

– Elle a sommeil ? »

La femme aux chaussures acquiesça et montra l'endroit où Radar s'était couchée en arrivant, devant la cuisinière.

« C'est là qu'elle dormait avant ? Quand M. Bowditch l'amenait ? »

Dora acquiesça de nouveau et mit un genou à terre pour tapoter la tête de la chienne. Radar leva vers elle un regard rempli – je pouvais me tromper, mais je ne le pensais pas – d'adoration.

On finit notre deuxième bol de ragoût. Je remerciai Dora. Radar en fit autant avec ses yeux. Pendant que Dora débarrassait, je me levai et allai examiner dans la partie hôpital pour chaussures l'objet qui avait attiré mon attention. Il s'agissait d'un vieux modèle de machine à coudre, que l'on actionnait en appuyant sur une pédale avec son pied. Sur le couvercle noir, en lettres dorées à la feuille, à moitié effacées, on pouvait encore lire le mot SINGER.

« C'est M. Bowditch qui vous l'a apportée ? »

Dora hocha la tête, se tapota la poitrine et baissa les yeux. Quand elle les releva, ils étaient mouillés.

« Il était bon avec vous. »

Nouveau hochement de tête.

« Et vous étiez bonne avec lui. Et avec Radar. »

Au prix d'un gros effort, elle produisit un mot compréhensible, un seul :

« *Voui.*

– Vous avez beaucoup de chaussures. Elles viennent d'où ? Et qu'est-ce que vous en faites ? »

Elle ne savait pas comment répondre à ces questions manifestement, et ses gestes n'étaient d'aucune utilité. Soudain, son visage s'éclaira et elle passa dans son atelier. Il y avait là une penderie qui devait abriter ses vêtements et beaucoup plus de placards que dans le coin cuisine. Je devinais qu'elle y rangeait tout le matériel nécessaire à la réparation des chaussures. Elle se pencha pour ouvrir un des placards du bas et en sortit une petite ardoise, du genre de celles que les écoliers utilisaient jadis, à l'époque des classes uniques et des bureaux avec des encriers. Elle continua à fouiller et dénicha un bout de craie. Elle écarta son travail en cours sur l'établi, écrivit lentement, puis leva l'ardoise pour que je puisse lire : *Tu vois gardedoi ?*

« Je ne comprends pas. »

Elle soupira, effaça l'ardoise et me fit signe d'approcher de l'établi. Je regardai par-dessus son épaule pendant qu'elle dessinait une petite boîte et deux traits parallèles devant. Elle montra le cottage d'un large geste et tapota la boîte avec son doigt.

« Cette maison ? »

Elle hocha la tête, montra les traits parallèles, puis l'unique fenêtre ronde, à gauche de la porte.

« La route.

– *Voui.* »

Elle pointa le doigt sur moi – *Écoute bien, mon garçon* – et prolongea légèrement les deux traits. Elle dessina ensuite une deuxième boîte. Et au-dessus, elle écrivit de nouveau : *Tu vois gardedoi.*

« Gardedoi.

– *Voui.* »

Elle tapota sa bouche, puis avec trois doigts elle mima vivement un claquement de mâchoires de crocodile. Un geste que je compris sans peine.

« Parler !

– *Voui.* »

De nouveau, elle montra le mot *gardedoi* sur l'ardoise. Et elle me prit par les épaules. À force de réparer des chaussures, elle avait des mains puissantes et des cals aux extrémités de ses doigts gris. Elle me fit pivoter et me conduisit jusqu'à la porte. Là, elle me montra du doigt et mima l'action de marcher avec son index et son majeur. Pour finir, elle indiqua la droite.

« Vous voulez que j'aille voir gardedoi ? »

Oui.

« Ma chienne a besoin de se reposer. Elle n'est pas très en forme. »

Dora montra Radar et fit le geste qui voulait dire dormir.

Je faillis lui demander quelle distance j'étais censé parcourir, mais je doutais qu'elle puisse répondre à cette question. Il fallait s'en tenir à des réponses par oui ou par non.

« C'est loin ? »

Elle secoua la tête.

« Ce gardedoi sait parler ? »

Ma question parut l'amuser.

« Gardedoi. C'est quelqu'un ? Quelqu'un qui a des doigts ? »

Le sourire en croissant de lune réapparut. Un « oui » de la tête, suivi d'un « non ».

« Je suis un peu largué. Je serai de retour avant la nuit ? »

Hochement de tête vigoureux.

« Vous garderez Radar ?

– *Voui.* »

Après réflexion, je décidai de tenter le coup. Si ce gardedoi pouvait parler, j'obtiendrais peut-être des réponses. Sur Dora, sur cette ville. Cette personne pourrait peut-être me renseigner sur ce cadran solaire censé faire rajeunir Radar. Je marcherais une heure environ, et si je ne trouvais pas la maison en question, je ferais demi-tour.

J'ouvris la porte (en guise de poignée, il y avait un loquet en fer à l'ancienne). Dora me retint par le coude et dressa l'index : *Une minute.* Elle regagna vivement le centre hospitalier des chaussures, ouvrit un tiroir sous l'établi, y prit quelque chose et s'empressa de revenir vers moi. Avec trois morceaux de cuir plus petits que sa paume. On aurait dit des semelles miniatures peintes en vert. Elle me fit signe de les glisser dans ma poche.

« C'est pour quoi faire ? »

Elle fronça les sourcils, sourit et montra ses paumes. Apparemment, c'était trop compliqué. Elle toucha les bretelles de mon sac à dos et m'adressa un regard interrogateur. Et puis, zut, décidai-je. Je le fis glisser de mes épaules et le posai à côté de la porte. Je m'accroupis pour soulever le rabat et reprendre mon portefeuille, que je glissai dans ma poche arrière. Comme si quelqu'un allait me réclamer une pièce d'identité ! C'était ridicule. Ce faisant, j'observai Radar. Comment allait-elle réagir si je la laissais seule avec Dora ? Elle leva la tête quand je me redressai et ouvris la porte, puis la reposa sur ses pattes, heureuse de rester où elle était et de pouvoir roupiller. Normal. Elle avait le ventre plein et elle était avec une amie.

Une allée conduisait au large chemin de terre – une grand-voie – bordé de coquelicots. Il y avait d'autres fleurs également, mais elles étaient mortes ou à l'agonie. Je me retournai. Au-dessus de la porte était fixée une grosse chaussure en bois, d'un rouge éclatant, semblable à celles que portait Dora. Une enseigne, supposai-je. Dora se tenait juste en dessous, souriante, le doigt pointé vers la droite, comme si en l'espace d'une minute j'avais oublié la direction que je devais prendre. Ce geste maternel m'obligea à sourire.

« Je m'appelle Charlie Reade, madame. Et si je ne vous l'ai pas déjà dit, merci de nous avoir nourris. Ravi de vous connaître. »

Elle me montra du doigt et tapota sa poitrine, au-dessus de son cœur. Pas besoin de traduction.

« Je peux vous demander une dernière chose ? »

Elle hocha la tête.

« Je parle votre langue, n'est-ce pas ? »

Elle rit et haussa les épaules. Soit elle ne comprenait pas la question, soit elle ne savait pas, soit elle estimait que ça n'avait pas d'importance.

« Bon, OK, dis-je.

– O'ay. »

Elle rentra dans sa maison et ferma la porte.

Un panneau était installé à l'entrée du chemin, semblable à ces chevalets que certains restaurants plaçaient sur les trottoirs pour afficher leurs menus. Le côté droit, dans la direction que je devais prendre, était vierge. Sur le panneau orienté à l'ouest, on avait peint un poème de quatre vers, dans une langue impeccable :

Apportez-moi vos chaussures abîmées
Au bout du chemin, des toutes neuves vous trouverez.
Si en moi vous avez confiance
Vous voyagerez avec la chance.

Je restai planté devant ce texte plus de temps qu'il n'en fallait pour le lire. Il me permettait de deviner d'où venaient les chaussures que soignait Dora. Mais ce n'était pas pour cette raison. Je connaissais cette écriture. Je l'avais vue sur des listes de courses et de nombreuses enveloppes que j'avais déposées dans la boîte aux lettres du 1 Sycamore Street. C'était M. Bowditch qui avait réalisé ce panneau, bien des années plus tôt.

5

Marcher sans sac à dos était plus facile. Tant mieux. En revanche, ne pas voir Radar près de moi me tracassait, mais je savais qu'elle était en sécurité avec Dora. Mon portable étant hors service ici, j'avais du mal à évaluer l'heure, et à cause du ciel chargé en permanence, je ne pouvais même pas m'orienter grâce au soleil, simple masse floue derrière les nuages. Je décidai d'utiliser la vieille méthode des pionniers pour calculer le temps et la distance : après trois ou quatre « regards », si je n'apercevais toujours aucun signe de gardedoi, je rebrousserais chemin.

En marchant, je repensai à ce poème sur le panneau. Un menu de restaurant aurait été affiché des deux côtés, pour être vu par les gens qui allaient et venaient. Le fait que le poème se trouve d'un seul côté indiquait que le trafic sur la grand-voie s'effectuait en sens unique : vers la maison que j'étais censé trouver. Je ne comprenais pas pourquoi, mais peut-être que ce gardedoi pourrait me l'expliquer. À condition que cette créature existe réellement.

J'avais atteint la fin de mon troisième « regard », là où la route montait et franchissait un pont de bois bossu (dessous, le lit de la rivière était à sec) quand j'entendis des cris d'oiseaux. En arrivant au point culminant du pont, j'aperçus une maison sur ma droite. Du côté gauche de la route, il y avait d'autres coquelicots. Les bois avaient dévalé la pente jusqu'au bord du champ. La maison, beaucoup plus grande que le cottage de la femme aux chaussures, ressemblait aux ranchs qu'on voyait dans les westerns sur TCM, et elle possédait des dépendances, deux grandes et une petite. La plus grande devait être une grange. Il s'agissait d'une ferme. Derrière s'étendait un vaste jardin où s'alignaient des rangées de plantations. Je ne pouvais pas toutes les identifier – je n'étais pas maraîcher – mais je savais reconnaître des épis de maïs. Tous ces bâtiments étaient aussi vieux et gris que la peau de la femme aux chaussures, mais ils paraissaient solides.

Les criaillements provenaient d'une douzaine d'oies, au minimum, qui entouraient une femme vêtue d'une robe bleue et d'un tablier blanc. D'une main, elle levait son tablier. De l'autre, elle répandait des poignées de graines. Sur lesquelles se jetaient voracement les oies, dans un concert de battements d'ailes. Non loin de là, un cheval blanc, vieux et efflanqué, plongeait la tête dans une auge en fer-blanc. Le mot *éparvin* me vint à l'esprit mais, ne connaissant pas son sens exact, je ne savais pas s'il convenait. Un papillon de taille normale (c'était un soulagement) s'était posé sur sa tête. Il s'envola lorsque j'approchai.

La femme avait dû m'apercevoir du coin de l'œil car elle leva la tête et se figea, une main plongée dans la poche de son tablier, tandis que les oies se bousculaient et jouaient des ailes à ses pieds, en cacardant pour réclamer à manger.

Je m'immobilisai moi aussi car je compris soudain ce que Dora avait tenté de me dire : gardeuse d'oies. Gardedoi. Mais ce n'était pas la seule cause de ma stupeur. La femme avait d'épais cheveux blond foncé, veinés de mèches plus claires, qui tombaient sur ses épaules. Ses grands yeux bleus offraient un contraste saisissant avec les deux fentes presque effacées de Dora. Elle avait des joues roses. Elle était jeune, et pas juste jolie : elle était belle. Une seule chose venait gâcher sa beauté parfaite. Entre son nez et son menton, il n'y avait qu'un trait blanc boursouflé, comme la cicatrice d'une blessure grave refermée depuis longtemps. À l'extrémité droite, une tache rouge de la taille d'une pièce de dix *cents* ressemblait à un minuscule bouton de rose pas encore éclos.

La gardedoi n'avait pas de bouche.

6

En me voyant approcher, elle fit un pas en direction d'une des dépendances. Un dortoir, peut-être. Deux hommes à la peau grise en sortirent ; l'un des deux tenait une fourche. Je m'arrêtai, me souvenant que je n'étais pas seulement un étranger : j'étais armé. Je levai les mains.

« Je ne vous veux pas de mal. C'est Dora qui m'envoie. »

La gardeuse d'oies demeura immobile pendant quelques secondes encore, indécise. Puis sa main ressortit de son tablier et elle continua à distribuer des graines et du maïs. Avec son autre main, elle fit signe d'abord à ses garçons de ferme de retourner à l'intérieur, puis à moi d'approcher. J'obéis, lentement, en gardant les mains levées. Trois oies vinrent à ma rencontre en battant des ailes et en criaillant. Voyant que j'avais les mains vides, elles s'empressèrent de retourner vers la jeune femme. Le cheval regarda autour de lui et poursuivit son déjeuner. Ou plutôt son dîner car la tache floue du soleil descendait vers les bois, de l'autre côté de la route.

La fille continua à nourrir ses oies, indifférente désormais, la stupeur initiale passée. Je m'arrêtai à la lisière de son terrain, sans savoir quoi dire. Je songeai que la vieille amie de Radar s'était moquée de moi. Quand je lui avais demandé si cette mystérieuse personne savait parler, elle avait hoché la tête, en souriant. Ah, quelle bonne farce : envoyer le gamin interroger une jeune femme sans bouche.

« Je suis un étranger », dis-je, une remarque stupide, car elle le voyait bien par elle-même. Mais elle était tellement belle. En un sens, la cicatrice à la place de la bouche et la tache rouge à côté la rendaient encore plus belle. Je sais, ça doit paraître bizarre, voire pervers, mais c'était la vérité. « Je suis… aïe ! »

Une des oies m'avait picoré la cheville.

Cela parut l'amuser. Elle glissa la main dans son tablier pour rassembler les dernières graines dans son petit poing, qu'elle tendit vers moi. J'ouvris la main et elle versa dans ma paume ce qui ressemblait à du blé mélangé à des grains de maïs éclatés. Elle se servit de son autre main pour tenir la mienne. Le contact de ses doigts produisit comme une légère décharge électrique. J'étais sous le charme. N'importe quel garçon de mon âge l'aurait été, je crois.

« Je suis ici parce que ma chienne est vieille, et mon ami m'a dit qu'en ville… » Je montrai l'horizon. « … il existait un moyen de la faire rajeunir. Alors j'ai décidé d'essayer. J'ai des milliers de questions, mais je vois que vous ne… ne pouvez pas… »

Je m'arrêtai là. Inutile de m'enfoncer davantage. Je lançai ma poignée de graines aux oies. J'avais les joues en feu.

Cela aussi parut l'amuser. Elle laissa retomber son tablier et l'épousseta. Les oies se précipitèrent pour picorer les dernières miettes poussiéreuses avant de repartir vers la grange en cancanant. La jeune femme leva les bras au-dessus de sa tête, ce qui eut pour effet de tendre le tissu de sa robe sur sa poitrine admirable. (Allez-y, jetez-moi la première pierre…) Elle tapa deux fois dans ses mains.

Le vieux cheval blanc leva la tête et vint vers elle à pas lents. Je remarquai que sa crinière avait été tressée avec des éclats de verre coloré et des rubans. Un ornement qui laissait supposer que c'était une jument. Dans la seconde qui suivit, j'en eus confirmation car lorsque le cheval se mit à parler, c'était avec une voix féminine.

« Je répondrai à quelques-unes de tes questions car c'est Dora qui t'envoie et parce que ma maîtresse connaît la ceinture avec les jolies pierres bleues que tu portes. »

La jument semblait se désintéresser totalement de la ceinture ou du revolver dans son étui ; elle s'était tournée en direction de la route et des arbres au-delà. C'était la gardeuse d'oies qui regardait la ceinture ornée de conchos. Puis elle leva vers moi ses yeux bleus brillants.

« Tu viens de la part d'Adrian ? »

La voix provenait de la jument blanche – des environs, du moins, mais je voyais les muscles bouger dans la gorge de la fille et autour de ce qui avait été sa bouche.

« Vous êtes ventriloque ! »

Elle me sourit avec ses yeux et me prit la main. Ce qui provoqua une nouvelle décharge.

« Viens. »

La gardeuse d'oies m'entraîna derrière la ferme.

CHAPITRE QUATORZE

Leah et Falada. Aide-la.
Une rencontre sur la route.
Les loups. Deux lunes.

1

On parla pendant une heure, surtout moi en définitive, mais ce fut suffisant pour me permettre de constater que ce n'était pas une fille de ferme ordinaire. En disant cela, je dois paraître snob, comme si je ne croyais pas qu'une fille de ferme puisse être intelligente, ou jolie, voire belle. Loin de moi cette idée. Je suis même sûr qu'il existe quelque part dans ce vaste monde une fille de ferme ventriloque. Mais il y avait autre chose chez elle, quelque chose en plus. Elle dégageait une certaine assurance, un *air*, comme si elle était habituée à ce que les gens – et pas uniquement les garçons de ferme – lui obéissent. Et son hésitation initiale passée, sans doute due à mon apparition soudaine, elle n'exprima plus aucune peur.

Inutile de vous préciser, j'imagine, que cette heure me suffit aussi pour tomber raide dingue d'elle. Vous l'aviez déjà deviné. Ça se passe comme ça dans ces histoires, n'est-ce pas ? Mais pour moi, ce n'était pas une histoire, c'était ma vie. Et voilà bien la veine de Charlie Reade : tomber amoureux d'une fille qui non seulement était plus âgée, mais que je ne pourrais jamais embrasser sur la bouche. Cela étant dit, j'aurais été heureux de pouvoir embrasser la cicatrice qui la remplaçait. Pour vous dire combien j'étais mordu. Autre chose dont j'avais conscience : bouche ou pas bouche, elle n'était pas faite pour quelqu'un comme moi. Car elle était plus qu'une fille qui nourrit les oies. Beaucoup plus.

Et puis, comment vivre une histoire d'amour avec une jolie fille qui doit s'adresser à son Roméo épris par l'intermédiaire d'un cheval ?

Car c'était ce qu'on faisait.

2

Il y avait une gloriette près du jardin. On alla s'y asseoir, autour d'une petite table ronde. Deux ouvriers agricoles émergèrent du champ de maïs pour se diriger vers la grange en tenant des paniers pleins, et j'en déduisis que c'était l'été ici, et non pas le début du mois d'octobre. La jument broutait l'herbe non loin de là. Une fille à la peau grise et au visage salement déformé vint déposer un plateau devant nous. Dessus se trouvaient deux serviettes en tissu, un verre et deux pichets, un grand et un autre de la taille de ces petits pichets de crème et de lait qu'on vous apporte dans les *diners*. Le grand semblait contenir de la citronnade. Dans le petit, il y avait une sorte de matière visqueuse jaune qui aurait pu être de la purée de courge. La gardeuse d'oies me fit signe de remplir le verre avec le grand pichet et de boire. Ce que je fis, non sans une certaine gêne. Car j'avais une bouche pour boire.

« C'est bon », dis-je, et c'était vrai : un parfait mélange entre le sucré et l'acidité.

La fille à la peau grise se tenait toujours à côté de la gardeuse d'oies. Elle montra la substance visqueuse jaune dans le petit pichet.

La gardeuse d'oies hocha la tête, mais un soupir inaudible élargit ses narines et la cicatrice qui remplaçait sa bouche s'affaissa légèrement. La fille qui nous avait servis sortit de la poche de sa robe, aussi grise que sa peau, un tube de verre. Elle se pencha en avant, sans doute pour le plonger dans la substance visqueuse, mais la gardeuse d'oies lui prit le tube et le posa sur la table. Elle leva les yeux vers la fille et hocha la tête en joignant les mains devant elle, comme pour dire *namasté*. La fille hocha la tête à son tour et s'en alla.

Après son départ, la gardeuse d'oies tapa dans ses mains pour appeler la jument. Celle-ci s'approcha et laissa pendre sa tête entre nous, par-dessus la barrière, sans cesser de mastiquer sa dernière bouchée d'herbe.

« Je m'appelle Falada », dit la jument, mais sa bouche ne remuait pas comme celles des marionnettes assises sur les genoux des ventriloques ; elle mâchonnait simplement. Je ne savais pas pourquoi la fille continuait ce numéro. « Ma maîtresse s'appelle Leah. »

Par la suite, j'appris la prononciation correcte de ce nom, grâce à Dora, mais ce jour-là, j'entendis *Leia*, comme dans *Star Wars.* Ce qui n'avait rien de surprenant après tout ce qui s'était passé. J'avais rencontré récemment une version de Rumplestiltskin et une vieille femme qui vivait, non pas dans une chaussure, mais sous une enseigne qui en représentait une. Moi-même, j'étais une incarnation de Jack, le garçon au haricot magique. Et puis, *Star Wars*, n'était-ce pas un conte de fées avec de formidables effets spéciaux ?

« Ravi de vous rencontrer l'une et l'autre », dis-je.

De toutes les choses qui m'étaient arrivées ce jour-là (d'autres, plus étranges encore, m'attendaient), celle-ci était, à bien des égards, la plus étrange. Ou peut-être devrais-je dire la plus surréaliste. Je ne savais pas si je devais regarder la fille ou la jument, alors je passais de l'une à l'autre comme le spectateur d'un match de tennis.

« C'est Adrian qui t'envoie ?

– Oui. Mais je l'ai connu sous le nom de Howard. Il s'appelait Adrian… avant. Depuis quand vous ne l'avez pas vu ? »

Leah réfléchit en fronçant les sourcils. Même son froncement de sourcils était gracieux. (Je vais m'efforcer d'éviter ce genre de commentaires à partir de maintenant, mais ça ne sera pas facile.) Finalement, elle leva la tête.

« J'étais beaucoup plus jeune, dit Falada. Adrian aussi. Il avait un chien. Un chiot plutôt. Il sautait partout. Et il avait un drôle de nom.

– Radar.

– Oui, voilà. »

La jument continuait à mâchonner, indifférente.

« Adrian est décédé ? Si tu es ici, avec sa ceinture et son arme, je suppose que oui.

– Oui.

– Il a refusé de faire un tour de plus sur le cadran solaire, alors ? Dans ce cas, sage décision.

– En effet. » Je bus une gorgée de citronnade, reposai le verre et me penchai en avant. « Je suis venu pour Radar. Elle est vieille maintenant. J'ai décidé de la conduire jusqu'à ce cadran solaire pour voir si je peux… » Soudain, je songeai à un autre conte de fées de science-fiction, intitulé *L'Âge de cristal.* « … si je peux la faire rajeunir. J'ai quelques questions…

– Raconte-moi ton histoire d'abord, dit Falada. Ensuite, peut-être que je répondrai à tes questions, si ça s'impose. »

Permettez-moi de m'interrompre pour préciser que si j'obtins quelques informations de Leah, via Falada, elle en obtint beaucoup plus de moi. Elle avait une certaine façon de se comporter, comme si elle était habituée à ce qu'on lui obéisse, je l'ai dit, mais sans méchanceté, sans agressivité. Certains individus – bien élevés – semblent comprendre qu'ils ont l'obligation de se montrer agréables et polis, et cette obligation est double quand ils n'y sont pas contraints. Mais qu'ils soient agréables ou pas, ils obtiennent généralement ce qu'ils veulent.

Désireux d'être de retour chez Dora avant le coucher du soleil (j'ignorais ce qui pouvait jaillir de ces bois à la nuit tombée), je m'en tins principalement à ma mission. Je racontai à Leah comment j'avais rencontré M. Bowditch, comment je m'étais occupé de lui et comment on était devenus amis. Je lui parlai de l'or, je lui expliquai que j'en avais suffisamment pour le moment, mais que peut-être il m'en faudrait davantage à l'avenir pour protéger le puits conduisant dans ce monde face aux habitants du mien, qui risquaient d'en faire mauvais usage. Je ne pris pas la peine d'ajouter que je devrais trouver un moyen de transformer cet or en argent liquide maintenant que M. Heinrich était mort.

« Car plus tard, lui confiai-je, dans des années, il faudra payer des taxes, et elles sont sacrément élevées. Vous connaissez les taxes ?

– Oh oui, répondit Falada.

– Mais dans l'immédiat, c'est Radar qui m'inquiète. Le cadran solaire se trouve en ville, n'est-ce pas ?

– Oui. Mais si tu vas là-bas, tu dois être très silencieux et suivre les repères d'Adrian. Et tu ne dois jamais – *jamais* – y aller la nuit. Car tu fais partie des personnes saines.

– Saines ? »

Elle tendit la main par-dessus la table pour toucher mon front, ma joue, mon nez et ma bouche. Ses doigts étaient légers, leur contact fugitif, et pourtant je fus parcouru de nouvelles décharges électriques.

« Oui, saines, dit Falada. Pas grises. Pas *souillées.*

– Que s'est-il passé ? demandai-je. C'est Gog... »

La main de Leah fut moins légère cette fois. Elle la plaqua sur ma bouche, si fort que mes lèvres s'écrasèrent contre mes dents. Elle secoua la tête.

« Ne prononce jamais son nom, tu pourrais le réveiller. »

Elle porta son autre main à sa gorge en caressant sa mâchoire du côté droit.

« Vous êtes fatiguée, dis-je. Les efforts que vous produisez pour parler doivent être terribles. »

Elle acquiesça.

« Je vais y aller, dis-je. Peut-être qu'on pourra se parler demain. »

Je commençai à me lever, mais elle me fit signe de rester assis. L'ordre était clair. Radar aurait très bien compris ce que signifiait son index tendu : *Couché*.

Elle introduisit le tube de verre dans la substance jaune visqueuse, puis posa l'index de sa main droite sur l'espèce de petit bouton rouge à côté de la cicatrice : unique imperfection sur sa peau magnifique. Je constatai alors que tous ses ongles, à l'exception de celui de cet index, étaient courts. Elle enfonça l'ongle dans la marque rouge, jusqu'à ce qu'il disparaisse. Et elle tira. La chair s'écarta et un filet de sang coula jusqu'à sa mâchoire. Elle inséra la paille de verre dans le petit trou qu'elle avait ouvert et ses joues se creusèrent lorsqu'elle aspira ce qui lui servait d'aliment. La moitié du contenu du petit pichet disparut. Une simple gorgée m'aurait suffi à le vider. Sa gorge se contracta, plusieurs fois. Cette substance devait être aussi dégoûtante qu'il y paraissait car elle avait du mal à l'avaler. Elle retira la paille de ce qu'on aurait pu appeler une incision de trachéotomie si elle avait été pratiquée dans sa gorge. Le trou se referma immédiatement, mais la marque rouge paraissait plus enflammée que jamais. Une injure faite à sa beauté.

« C'était suffisant ? » demandai-je, atterré. Je ne pus m'en empêcher. « Vous avez à peine bu ! »

Elle hocha la tête avec une sorte de lassitude.

« L'ouverture est douloureuse et à force de manger toujours la même chose, ça n'a plus de goût. Parfois, je me dis que je devrais me laisser mourir de faim, mais cela ferait trop plaisir à certains. »

Elle pencha la tête vers la gauche, dans la direction d'où je venais et où se dressait la ville.

« Désolé, dis-je. Si je peux faire quelque chose… »

Elle me fit comprendre, d'un signe de tête, qu'elle comprenait (tout le monde aurait aimé faire quelque chose pour elle, évidemment ; les gens se seraient même battus pour être les premiers) et elle joignit ses mains : *namasté*. Elle prit une des serviettes pour essuyer le filet de sang. J'avais entendu parler des malédictions – les livres de contes en étaient pleins – mais c'était la première fois que j'en voyais une en action.

« Suis ses repères, déclara Falada. Ne te perds pas, ou sinon les soldats de la nuit t'arrêteront. Et Radar aussi. » Ce nom devait être difficile à prononcer pour elle car il ressemblait plutôt à *Rayer*, et il me rappela l'accueil délirant que Dora avait réservé à la chienne. « Le cadran solaire se trouve sur la place du stade, derrière le palais. Tu peux accomplir ton objectif si tu es rapide et discret. Quant à l'or dont tu parlais, il se trouve à l'intérieur. T'en emparer sera beaucoup plus dangereux.

– Leah, vous avez vécu dans ce palais autrefois ?

– Il y a longtemps, répondit Falada.

– Vous êtes… » Je dus me faire violence pour poser cette question, même si la réponse me paraissait évidente. « Vous êtes une princesse ? »

Elle baissa la tête.

« Elle l'était. » Leah parlait d'elle à la troisième personne maintenant, par l'intermédiaire de Falada. « La plus petite princesse parmi tous les autres car elle avait quatre sœurs plus âgées, et deux frères. Des princes, si tu préfères. Ses sœurs sont mortes – Drusilla, Elena, Joylene et Falada, dont je porte le nom. Robert est mort : elle a vu son pauvre corps broyé. Elden, qui avait toujours été bon avec elle, est mort aussi. Sa mère et son père également. Il reste peu de membres de sa famille. »

Je ne disais rien, j'essayais d'assimiler l'énormité d'une telle tragédie. J'avais perdu ma mère, et c'était déjà horrible.

« Tu dois aller voir l'oncle de ma maîtresse. Il vit dans la maison de brique près de la Route du Front de mer. Il t'en dira plus. Ma maîtresse est très fatiguée maintenant. Elle te souhaite de faire bon voyage. Tu dois passer la nuit chez Dora. »

Je me levai. La masse informe du soleil avait presque atteint la cime des arbres.

« Ma maîtresse te souhaite bonne chance. Elle dit que si tu fais rajeunir la chienne d'Adrian, comme tu l'espères, il faudra que tu la ramènes ici pour que ma maîtresse la voie sautiller et courir comme avant.

– Promis. Puis-je poser une dernière question ? »

Leah hocha la tête avec lassitude et leva la main : *Parle, mais sois bref.*

Je sortis de ma poche les petites chaussures de cuir et les lui montrai, puis (me sentant un peu idiot), je les montrai à Falada, qui n'exprima pas le moindre intérêt.

« C'est Dora qui me les a données. Mais je ne sais pas quoi en faire. »

Leah sourit avec ses yeux et caressa le chanfrein de Falada.

« Tu risques de croiser des voyageurs en retournant chez Dora. S'ils sont pieds nus, ils lui ont confié des chaussures abîmées ou usées à réparer. Si tu vois leurs pieds nus, donne-leur ces bons. Plus loin sur cette route… » Elle montra un point à l'opposé de la ville. « … il y a une petite boutique qui appartient au frère cadet de Dora. Si les voyageurs lui montrent ces échantillons, il leur donnera des chaussures neuves. »

Je réfléchis.

« Dora répare les chaussures abîmées. »

Leah hocha la tête.

« Les gens qui n'ont plus de chaussures vont voir son frère, dans sa boutique. »

Même réponse.

« Et quand les chaussures sont réparées – comme j'espère requinquer Radar –, Dora les apporte à son frère ? »

Même réponse.

« Son frère les vend ? »

Cette fois, Leah secoua la tête.

« Pourquoi donc ? Le but d'un commerce c'est de faire des bénéfices.

– Il n'y a pas que les bénéfices dans la vie, dit Falada. Ma maîtresse est très fatiguée, elle doit se reposer maintenant. »

Leah prit ma main et la serra dans la sienne. Je n'ai pas besoin de vous décrire l'effet que cela produisit en moi.

Elle la lâcha et frappa dans ses paumes, juste une fois. Falada repartit d'un pas tranquille. Un des garçons de ferme à la peau grise sortit de la grange et lui donna une petite tape sur le flanc. La jument prit la direction de la grange de son plein gré, accompagnée de l'homme gris qui marchait à sa hauteur.

Lorsque je me retournai, la fille qui avait apporté la citronnade et la purée était là. Elle m'adressa un signe de tête et me montra la maison et la route au-delà. L'audience – car il s'agissait bien de cela, sans aucun doute – était terminée.

« Au revoir et merci », dis-je.

Leah joignit ses mains devant elle – *namasté* –, baissa la tête et noua ses mains sur son tablier. La servante (ou la dame de compagnie peut-être) m'accompagna jusqu'à la route ; sa longue robe grise frottait contre le sol.

« Vous pouvez parler ? lui demandai-je.

– Un peu. » Sa voix était un croassement poussiéreux. « Fait mal. »

On atteignit la grande route. Je montrai la direction d'où j'étais venu.

« La maison en brique de son oncle est loin d'ici ? Vous le savez ? »

Elle leva un doigt gris et tordu.

« Un jour ? » dis-je.

Elle hocha la tête. C'était la forme de communication la plus répandue par ici, je m'en apercevais. Pour les personnes qui ne possédaient pas des talents de ventriloque, évidemment.

Une journée de marche, donc, pour atteindre l'oncle. S'il y avait trente kilomètres, ça voulait dire un jour de plus pour atteindre la ville, deux plus vraisemblablement. Voire trois. En comptant le trajet du retour jusqu'au couloir qui menait au puits, ça faisait six jours en tout. En supposant que tout se passe bien. D'ici là, mon père serait rentré et il aurait signalé ma disparition.

Il prendrait peur, et peut-être qu'il recommencerait à boire. Je mettais en danger la santé de mon père pour sauver une chienne… et même si ce cadran solaire magique existait, qui pouvait affirmer que ça fonctionnerait avec un vieux berger allemand ? Je m'apercevais – vous allez dire que j'aurais pu me réveiller avant – que mon projet n'était pas seulement insensé, il était égoïste. Si je rentrais à la maison maintenant, personne ne saurait rien. Certes, il faudrait que je réussisse à ressortir du cabanon, en supposant qu'Andy avait fermé le cadenas, mais je pensais être suffisamment fort pour ça. Dans l'équipe de football de Hillview, je faisais partie des rares joueurs qui réussissaient non seulement à faire reculer le mannequin de plaquage, mais à le renverser. Et puis, il y avait une autre raison : j'avais le mal du pays. Je n'étais parti que quelques heures, mais maintenant que la journée touchait à sa fin dans ce triste décor au ciel chargé, où seuls les grands champs de coquelicots apportaient un peu de couleur… Oui, j'avais le mal du pays.

Je décidai de récupérer Radar et de rentrer. Pour établir un nouveau plan d'attaque. Qui me permettrait de m'absenter une semaine, ou même deux, sans inquiéter personne. J'ignorais à quoi ressemblerait ce plan, et je crois que tout au fond de moi (dans ce petit placard obscur où on essaie de se cacher à soi-même ses secrets) je savais que je tergiverserais jusqu'à ce que Radar meure, mais telle était mon intention.

Du moins jusqu'à ce que la servante grise me prenne par le coude. Pour autant que je pouvais en juger d'après ce qui restait de son visage, ce geste la terrorisait. Sa main était ferme néanmoins. Elle m'attira vers elle, se dressa sur la pointe des pieds et me murmura, de son croassement douloureux :

« Aide-la. »

3

Je regagnai à pas lents la Maison des Chaussures de Dora, à peine conscient de la lumière déclinante. Je pensais à Leah (à ce moment-là, elle était encore Leia pour moi), à la manière dont elle avait ouvert le bouton à côté de la cicatrice qui remplaçait sa bouche. Je revoyais le sang couler. J'imaginais la douleur. Elle était obligée d'accomplir ce rituel car cette substance visqueuse était la seule chose qui pouvait la maintenir en vie.

Quand avait-elle mangé pour la dernière fois un épi de maïs ou une branche de céleri, ou un bol du savoureux ragoût de lapin de Dora ? Était-elle déjà privée de bouche lorsque Radar n'était qu'un chiot qui gambadait autour d'une Falada bien plus jeune elle aussi ? Cette beauté qui persistait en dépit d'une sous-alimentation que je devinais extrême était-elle une sorte de farce cruelle ? Leah était-elle condamnée à paraître séduisante et en bonne santé en dépit d'une faim permanente ?

Aide-la.

Comment ? Dans un conte de fées, il existerait un moyen. Je me souviens que ma mère m'avait lu l'histoire de Raiponce quand je n'avais pas plus de cinq ans. Elle restait gravée dans ma mémoire à cause de la fin : la terrible cruauté vaincue par l'amour. Une infâme sorcière punissait le prince qui venait sauver Raiponce en le rendant aveugle. J'avais conservé en moi l'image de ce pauvre gars errant dans la forêt sombre, les bras tendus devant lui pour repérer les obstacles. Finalement, il retrouvait Raiponce et les larmes de cette dernière lui rendaient la vue. Existait-il un moyen de rendre sa bouche à Leah ? Probablement pas en pleurant dessus, mais il y avait bien quelque chose que je pouvais faire, dans un monde où un cadran solaire pouvait effacer les années, tout devait être possible.

Et puis, montrez-moi un adolescent sain de corps et d'esprit qui ne veuille pas être le héros de l'histoire, celui qui vole au secours de la jolie fille. Quant au risque que mon père se remette à boire, je repensai à ce que m'avait dit Lindy un jour : « Tu ne peux pas t'attribuer le mérite de son sevrage car c'est lui seul qui y est parvenu. Et si jamais il recommence à boire, tu ne pourras pas t'en vouloir car, là aussi, il sera le seul responsable. »

Je regardais mes pieds, plongé dans mes pensées, lorsque j'entendis un grincement de roues. Levant la tête, je découvris une petite charrette branlante qui venait vers moi, tirée par un cheval si vieux que par comparaison Falada incarnait la jeunesse et la vigueur. Elle transportait plusieurs paquets. Sur le plus gros trônait une poule. À côté marchaient – je devrais plutôt dire *se traînaient* – un jeune homme et une jeune femme. Ils avaient la peau grise eux aussi, mais plus claire que les garçons de ferme et la domestique de Leah. Si cette couleur ardoise était un signe de maladie, ces deux personnes en étaient encore au premier stade… et bien évidemment, Leah n'était pas du tout grise, uniquement dépourvue de bouche. Encore un mystère.

Le jeune homme tira sur les rênes du cheval pour l'arrêter. Le couple me regardait avec un mélange de peur et d'espoir. Je pouvais déchiffrer assez facilement leur expression car leurs visages étaient presque intacts encore. Si les yeux de la femme avaient commencé à s'étirer, ils étaient loin de ressembler aux deux fentes à travers lesquelles Dora observait le monde désormais. Quant à l'homme, n'eût été son nez qui semblait fondre, il aurait pu être beau.

« Ho, dit-il. Sommes-nous les bienvenus ? Sinon, prenez ce que vous voulez. Vous avez une arme, je n'en ai pas. Et je suis trop fatigué, trop accablé de chagrin pour me battre contre vous.

– Je ne suis pas un voleur, dis-je. Je suis un modeste voyageur, comme vous. »

La femme portait des bottines à lacets qui, bien que poussiéreuses, semblaient intactes. L'homme lui, avait les pieds nus. Et sales.

« Vous êtes celui qu'on allait peut-être rencontrer, d'après la dame au chien ?

– Ça doit être moi.

– Vous avez un bon ? Elle nous a dit que oui car je lui ai donné les bottes que je portais. Elles avaient appartenu à mon père et partaient en miettes.

– Vous n'allez pas nous faire de mal, hein ? » demanda la jeune femme.

Sa voix était déjà celle d'une vieille femme. Pas encore un grognement comme Dora, mais presque.

Ces gens sont victimes d'une malédiction, songeai-je. *Tous autant qu'ils sont. Une malédiction lente. La plus terrible peut-être.*

« Non », la rassurai-je.

Je sortis de ma poche une des minuscules chaussures en cuir et la remis au jeune homme. Il la glissa dans sa propre poche.

« Il donnera des chaussures à mon homme ? » demanda la femme de sa voix rocailleuse.

Je répondis à cette question avec prudence, comme il convenait à un garçon dont le père travaillait dans les assurances.

« C'est ce que j'ai cru comprendre.

– On doit repartir », déclara son mari, si c'était bien son mari. Sa voix était un peu moins désagréable. Néanmoins, on ne l'aurait jamais engagé pour être présentateur télé ou pour enregistrer un audiolivre. « On vous remercie. »

Des bois, de l'autre côté de la route, monta un hurlement. Il s'éleva dans les aigus jusqu'à devenir un cri strident. Un bruit effroyable, qui poussa la femme à se blottir contre l'homme.

« On doit repartir, répéta-t-il. Les loups.

– Où allez-vous passer la nuit ?

– La femme au chien a dessiné sur une ardoise ce qui ressemblait à une maison avec une grange. Vous l'avez vue ?

– Oui, et je suis sûr qu'ils vous accueilleront. Mais dépêchez-vous. Je vais en faire autant, d'ailleurs. Rester sur cette route après la tombée de la nuit, ça ne serait pas… » *Ça ne serait pas top*, pensais-je, mais impossible de le dire. « Ça ne serait pas très prudent. »

Non, en effet, car si les loups se montraient, ces deux-là n'avaient pas de maison en paille ni en brindilles, et encore moins en brique, pour se cacher. Ils étaient des étrangers en ce lieu. Moi, au moins, j'avais une amie.

« Allez-y. Je pense que demain vous aurez une paire de chaussures neuves. On m'a parlé d'une boutique. L'homme à qui elle appartient vous donnera des chaussures si vous lui montrez votre bon. Mais j'aimerais vous poser une question, si je peux. »

Ils attendirent.

« Quel est cet endroit ? Comment vous l'appelez ? »

Ils me regardèrent comme si j'avais une case en moins (une expression qu'ils n'auraient sûrement pas employée), puis l'homme répondit :

« Empis.

– Merci. »

Ils poursuivirent leur chemin. Je poursuivis le mien en pressant le pas jusqu'à trottiner. Je n'entendais plus les hurlements, mais le crépuscule était épais lorsque j'aperçus la lumière accueillante de la fenêtre du cottage de Dora. Elle avait même installé une lampe au pied des marches.

Une ombre avança vers moi dans le noir. Instinctivement, ma main se posa sur la crosse du revolver de M. Bowditch. L'ombre se matérialisa et prit l'apparence de Radar. Je posai un genou à terre pour lui éviter de solliciter ses pattes arrière mal en point en essayant de sauter. Ce qu'elle s'apprêtait à faire visiblement. Je la pris par le cou et attirai sa tête contre ma poitrine.

« Salut, fifille. Comment ça va ? »

Elle remuait la queue si fort que son postérieur se balançait de droite à gauche comme un pendule. J'allais la laisser mourir alors que je pouvais faire quelque chose ? Et puis quoi, encore ?

Aide-la, avait dit la servante de Leah.

Là, sur cette route de plus en plus sombre, je pris la décision de les aider toutes les deux : la vieille chienne et la princesse gardeuse d'oies.

Si je le pouvais.

Radar se décolla et marcha jusqu'à l'orée du champ de coquelicots, où elle s'accroupit.

« Bonne idée », dis-je et je baissai ma braguette, en gardant la main sur la crosse du revolver pendant que je faisais ce que j'avais à faire moi aussi.

4

Dora m'avait préparé un lit près de la cheminée. Il y avait même un oreiller dont la taie était ornée de papillons multicolores. Je la remerciai et eus droit à une révérence. Je remarquai avec stupéfaction qu'elle avait remplacé ses chaussures rouges (semblables à celles de Dorothy à Oz) par une paire de Converse jaunes.

« C'est M. Bowditch qui vous les a données ? »

Elle acquiesça et les regarda en affichant son « sourire ».

« Ce sont vos préférées ? »

J'étais prêt à le parier car elles étaient nickel comme si elles sortaient de la boîte.

Elle hocha la tête, pointa son doigt sur moi, puis sur les chaussures : *Je les ai mises pour toi.*

« Merci, Dora. »

Ses sourcils semblaient se dissoudre dans son front, mais elle haussa ce qu'il en restait en montrant la direction d'où je venais.

« Oir ?

– Je ne comprends pas. »

Elle alla chercher son ardoise et son petit morceau de craie sur son établi. Elle effaça les carrés représentant la maison et la grange qu'elle avait montrés aux deux jeunes gens, et à la place elle écrivit en majuscules : LEAH. Elle regarda ce nom, réfléchit, puis ajouta sur l'ardoise : ?

« Oui, dis-je. La gardeuse d'oies. Merci de m'accueillir pour la nuit. Demain, on repartira. »

Elle tapota sa poitrine au-dessus de son cœur, pointa son index sur Radar, puis sur moi, et fit un grand geste des deux mains pour englober tout ce qui nous entourait : *Ma maison est ta maison.*

5

On mangea encore du ragoût, accompagné cette fois de gros morceaux de pain dur. Dur, mais délicieux. On dîna à la lumière des bougies. Radar eut droit à sa part de ragoût, mais avant de la laisser se jeter dessus, je sortis de mon sac à dos le flacon de comprimés et j'en glissai deux dans la sauce. Pensant au trajet qui nous attendait le lendemain, j'en ajoutai un troisième. Sans pouvoir m'empêcher de penser que je déshabillais Pierre pour habiller Paul.

Dora montra les comprimés en penchant la tête sur le côté.

« Ils sont censés lui faire du bien. On a un long chemin à parcourir, et elle n'est plus aussi résistante qu'autrefois. Elle le croit, mais elle se trompe. Quand il n'y en aura plus… »

Un long hurlement, un de plus, s'éleva de l'autre côté de la route. Bientôt rejoint par un deuxième, puis un troisième. Incroyablement forts, ils se transformaient en cris stridents qui me faisaient grincer des dents. Radar leva la tête, sans aboyer toutefois. Elle se contenta d'émettre un léger grognement venu du fond de sa poitrine.

« Des loups », dis-je.

Dora hocha la tête, croisa les bras, agrippa ses épaules et mima un frissonnement exagéré.

D'autres loups se joignirent à la meute hurlante. S'ils continuaient comme ça toute la nuit, je craignais de ne pas pouvoir me reposer avant de débuter mon périple. J'ignore si Dora lisait dans mes pensées ou si c'était juste une impression ; quoi qu'il en soit, elle se leva et me fit signe de la rejoindre à la fenêtre. Elle montra le ciel. Compte tenu de sa petite taille, elle n'était pas obligée de se baisser pour regarder en l'air. Moi, si. Et ce que je découvris provoqua un nouveau choc, en cette journée où ils s'étaient succédé.

Les nuages s'étaient écartés en formant une longue faille. Et dans la rivière de ciel ainsi dévoilée, je vis deux lunes ! Une grosse et une petite. Elles semblaient faire la course dans le vide sidéral. La grosse était *très* grosse. Pas besoin de télescope pour apercevoir ses cratères, ses vallées et ses canyons sur sa surface ancienne. On aurait pu croire qu'elle allait nous tomber dessus. Puis la crevasse se referma. Et les loups cessèrent de hurler. Immédiatement. Comme si leurs hurlements avaient été diffusés à travers une enceinte géante que quelqu'un venait de débrancher.

« Ça se produit tous les soirs ? »

Dora secoua la tête, écarta les mains et montra les nuages. Elle était très douée pour communiquer avec des gestes et les quelques mots qu'elle pouvait écrire, mais le sens de cette réponse m'échappait.

6

La seule porte du cottage qui ne s'ouvrait pas sur le devant ou sur l'arrière n'était pas plus haute que Dora. Après avoir lavé la vaisselle de notre petit repas (elle m'avait chassé quand j'avais voulu l'aider), elle emprunta cette porte et réapparut cinq minutes plus tard vêtue d'une chemise de nuit qui tombait sur ses pieds nus et coiffée d'un foulard qui couvrait ses derniers cheveux. Elle tenait ses baskets dans une main. Elle les déposa soigneusement – respectueusement – sur une étagère à la tête de son lit. À côté d'un autre objet qui s'y trouvait déjà, et quand je demandai à le voir de plus près, elle me le tendit, sans le lâcher toutefois. Il s'agissait d'une petite photo encadrée montrant M. Bowditch qui tenait dans ses bras un chiot qui était forcément Radar. Dora plaqua la photo contre son cœur, la tapota affectueusement et la reposa sur l'étagère, à côté des baskets.

Elle désigna la petite porte, puis me montra du doigt. Je pris ma brosse à dents et entrai. Je n'avais pas souvent vu des latrines, sauf dans des livres et quelques vieux films, mais je crois que même si j'en avais vu énormément, celles-ci auraient remporté la palme de la propreté. Il y avait un lavabo en fer-blanc contenant de l'eau douce et une cuvette avec un couvercle en bois. Des coquelicots disposés dans un vase mural dégageaient leur parfum de cerise. Mais pas la moindre odeur de déjections humaines. Rien.

Je me lavai les mains, le visage et m'essuyai avec une petite serviette brodée de papillons. Je me brossai les dents sans dentifrice. J'étais resté seulement cinq minutes dans le cabinet de toilette, au maximum, mais quand je ressortis, Dora dormait à poings fermés et Radar aussi, à côté d'elle.

Je m'allongeai sur mon lit de fortune, fait de plusieurs couvertures superposées. Une autre était soigneusement posée dessus, si j'avais froid. Je n'en avais pas besoin pour le moment car les braises de la cheminée chauffaient encore sacrément. Les regarder s'embraser, puis s'éteindre, offrait un spectacle hypnotique. Les loups s'étaient tus maintenant qu'il n'y avait plus de clair de lune pour les rendre fous, mais un petit vent s'infiltrait sous l'avant-toit, produisant parfois des gémissements quand il soufflait plus fort, et je ne pouvais pas m'empêcher de songer combien j'étais loin de mon monde. Oh, bien sûr, une courte marche à flanc de colline, un peu moins de deux kilomètres de couloir souterrain et cent quatre-vingt-cinq marches jusqu'à l'ouverture du puits me suffiraient à l'atteindre, mais ces mesures étaient faussées. J'étais dans l'Autre monde. J'étais à Empis, où deux lunes filaient dans le ciel. Je repensai à cette couverture de livre, à cet entonnoir rempli d'étoiles.

Non, ce n'étaient pas des étoiles, pensai-je. *Mais un nombre infini d'histoires qui se déversaient dans cet entonnoir et ressortaient dans notre monde, à peine modifiées.*

Je pensai ensuite à Mme Wilcoxen, ma prof de CE2, qui concluait chaque journée par ces mots : « Qu'avons-nous appris aujourd'hui, mes chers enfants ? »

Qu'avais-je appris ? Que cet endroit magique était victime d'une malédiction. Que les gens qui vivaient ici souffraient d'une sorte de maladie évolutive. Je croyais comprendre maintenant pourquoi le poème que M. Bowditch avait imprimé pour Dora était affiché seulement sur le côté du chevalet qui faisait face à la ville abandonnée. Parce que tous les gens venaient de cette direction. Combien ? Je l'ignorais, mais le fait que l'autre côté du panneau soit vide suggérait que très peu effectuaient le trajet en sens inverse, voire aucun. Si je partais du principe que la masse informe du soleil, obscurcie par les nuages, se couchait à l'ouest, alors le jeune homme et la jeune femme que j'avais rencontrés (et tous ceux qui bénéficiaient du programme d'échange de chaussures mis en place par Dora et son frère) venaient du nord ? Qu'ils *évacuaient* le nord ? S'agissait-il d'une malédiction déferlante, peut-être une sorte d'irradiation qui trouvait son origine en ville ? Je ne possédais pas assez d'informations pour me faire une opinion, même vague, mais cette hypothèse me déplaisait car c'était justement la direction que je pensais prendre avec Radar. Ma peau allait-elle virer au gris ? Ma voix allait-elle devenir plus grave, jusqu'à ressembler aux râles de Dora et de la dame de compagnie de Leah ? La peau et la voix de M. Bowditch étaient normales, mais peut-être que cette partie d'Empis ne présentait aucun danger, ou presque, à l'époque.

Peut-être que ceci, peut-être que cela. Si je commençais à remarquer des changements en moi, je pourrais toujours opérer un demi-tour et prendre mes jambes à mon cou.

Aide-la.

C'était ce qu'avait murmuré dans mon oreille la domestique à la peau grise. Je croyais connaître un moyen d'aider Radar, mais comment venir en aide à une princesse sans bouche ? Dans un conte, le prince aurait trouvé une solution. Improbable sans doute, comme les larmes de Raiponce dont les propriétés magiques rendaient la vue à un aveugle, mais acceptable pour les lectrices et les lecteurs qui réclamaient une fin heureuse, quitte à ce que le conteur la sorte de son chapeau. Mais je n'étais pas un prince, j'étais un lycéen qui avait trouvé le chemin d'une autre réalité, et je n'avais pas le début d'une idée.

Les braises dans la cheminée étaient animées par leur propre magie : elles s'éveillaient quand le vent tourbillonnait dans la cheminée et mouraient en même temps que lui. À force de les regarder, je sentais mes paupières s'alourdir. Je m'endormis, et au cours de la nuit, Radar traversa la pièce pour venir s'allonger près de moi. Au matin, le feu était éteint, mais là où elle s'était couchée contre moi, mon flanc était chaud.

CHAPITRE QUINZE

Je quitte Dora. Réfugiés. Peterkin. Woody.

1

Le petit-déjeuner se composa d'œufs brouillés (des œufs d'oie à en juger par leur taille) et de gros morceaux de pain, grillés au-dessus d'une nouvelle flambée. Il n'y avait pas de beurre, mais une délicieuse confiture de fraises. Le repas terminé, je fermai mon sac et le hissai sur mes épaules. J'accrochai la laisse de Radar sur son collier. Je n'avais aucune envie de la voir cavaler après des lapins géants dans les bois et se retrouver face au loup géant de *Game of Thrones*, ou son équivalent dans ce monde.

« Je reviendrai », promis-je à Dora d'un ton faussement confiant. Je faillis ajouter : *Et Radar aura retrouvé sa jeunesse*, mais je craignais de porter la poisse à mon entreprise. Et puis je continuais à penser que cette histoire de régénérescence magique ressemblait plus à un espoir qu'à une réalité crédible, même ici à Empis.

« Je pense que je pourrai dormir dans la maison de l'oncle de Leah ce soir – s'il n'est pas allergique aux chiens ou à autre chose –, mais j'aimerais y arriver avant la nuit. »

En disant cela, je pensais (difficile de faire autrement) aux loups.

Dora hocha la tête, mais me prit par le coude pour me faire sortir par la porte de derrière. Les cordes à linge sillonnaient toujours le jardin, mais les chaussures, les pantoufles et les bottes avaient été rentrées, sans doute pour éviter qu'elles soient mouillées par la rosée (dont j'espérais qu'elle n'était pas radioactive). On contourna la maison. Là se trouvait la petite charrette que j'avais déjà vue. Les sacs dont dépassaient des tiges vertes avaient été remplacés par un paquet enveloppé de toile de jute et fermé par de la ficelle. Dora me le montra, puis elle montra ma bouche. Elle approcha sa main de sa propre bouche et écarta et referma ses doigts partiellement soudés dans un geste de mastication. Pas besoin d'être un génie pour comprendre le message.

« Non, non ! Je ne peux pas prendre vos provisions et je ne peux pas prendre votre charrette ! Ce n'est pas avec elle que vous apportez à votre frère les chaussures que vous réparez ? »

Elle montra Radar et fit quelques pas boitillants en allant vers la charrette et en revenant vers moi. Elle montra le sud (si je ne m'étais pas trompé dans les directions) et mima avec ses doigts une personne qui marche. La première partie du message était claire. Elle m'expliquait que la charrette était pour Radar quand elle commencerait à boiter. Ensuite, je crus deviner que quelqu'un – sans doute son frère – viendrait chercher les chaussures.

Dora montra la charrette encore une fois, ferma son petit poing gris et me donna trois coups légers dans la poitrine : *Il le faut.*

Je comprenais son raisonnement : je devais prendre soin d'une vieille chienne et j'avais un long trajet à parcourir. En même temps, je n'aimais pas l'idée de profiter de sa générosité plus que je ne l'avais déjà fait.

« Vous êtes sûre ? »

Elle hocha la tête et tendit les bras pour une accolade que je me fis un plaisir d'accepter. Elle se mit ensuite à genoux pour étreindre Radar. Quand elle se releva, elle montra d'abord la route, puis les cordes à linge, puis elle-même.

Allez, file. J'ai du travail.

Je répondis par mon geste personnel – deux pouces dressés – et marchai jusqu'à la charrette, dans laquelle je lançai mon sac à dos avec les vivres qu'elle m'avait préparés et qui, à en juger par ce que j'avais mangé dans le cottage depuis mon arrivée, seraient certainement bien meilleurs que les sardines en boîte de M. Bowditch. En saisissant les ridelles de la charrette je fus agréablement surpris de découvrir qu'elle ne pesait presque rien, comme si elle était faite en balsa, ou l'équivalent dans ce monde. D'ailleurs, c'était peut-être le cas. De plus, les roues parfaitement huilées ne grinçaient pas, contrairement à celles de la charrette du jeune couple. Je me dis qu'elle ne serait pas plus difficile à tirer que mon petit chariot rouge quand j'avais sept ans.

Je lui fis effectuer un demi-tour et marchai vers la route, en baissant la tête plusieurs fois pour éviter des cordes à linge. Radar avançait à ma hauteur. Lorsque j'atteignis ce que j'avais baptisé la Route de la Ville (en l'absence de briques jaunes, impossible de lui donner ce nom), je me retournai. Dora se tenait sur le côté de sa maison, les mains nouées entre ses seins. Voyant que je la regardais, elle les porta à sa bouche et les ouvrit dans ma direction.

Je lâchai les ridelles de la charrette le temps de l'imiter, et me remis en route. Voilà une chose que j'avais apprise à Empis : les gens au cœur bon brillent d'un éclat plus vif dans les moments sombres.

Aide-la, elle aussi, pensai-je. *Aide Dora également.*

2

On alla par monts et par vaux, comme on pourrait le lire dans un de ces vieux contes. Les criquets stridulaient et les oiseaux chantaient. Sur la gauche, les coquelicots cédaient parfois la place à des champs labourés où travaillaient des hommes et des femmes à la peau grise, peu nombreux. En me voyant, ils arrêtaient ce qu'ils faisaient, jusqu'à ce que je sois passé. Je les saluais d'un geste de la main, mais seule une femme coiffée d'un large chapeau de paille me répondit. D'autres champs étaient en jachère ou carrément abandonnés. Des mauvaises herbes poussaient entre les légumes, et les rubans écarlates des coquelicots finiraient par tout recouvrir.

Sur la droite, les bois se poursuivaient. Il y avait quelques fermes ici et là, mais la plupart paraissaient désertes. Deux lapins gros comme des petits chiens traversèrent la route en bondissant. Radar les regarda d'un œil intéressé, sans paraître disposée à leur courir après pour autant, alors je décrochai la laisse de son collier et la lançai dans la charrette.

« Ne me déçois pas, fifille. »

Après une heure de marche environ, je m'arrêtai pour ouvrir le joli paquet de provisions que m'avait préparées Dora. Il y avait, entre autres délices, des biscuits à la mélasse. Comme ils ne contenaient pas de chocolat, j'en donnai un à Radar qui l'engloutit d'un coup. Il y avait également trois grands bocaux de verre, enveloppés de torchons propres. Deux étaient remplis d'eau, le troisième semblait contenir du thé. Je bus quelques gorgées d'eau et en donnai un peu à Radar, dans un bol en terre cuite que mon amie avait pensé à ajouter. Elle la lapa avec enthousiasme.

Alors que je finissais de tout ranger, j'avisai trois personnes qui marchaient d'un pas lourd sur la route, dans ma direction. Les deux hommes commençaient juste à devenir gris, mais la femme qui avançait entre eux était aussi noire qu'un nuage d'orage en été. Un de ses yeux n'était plus qu'une fente qui s'étirait jusqu'à sa tempe : un horrible spectacle. Exception faite du reflet bleu de l'iris, semblable à un éclat de saphir, l'autre œil disparaissait dans un amas de chair grise. Sa robe sale formait une bosse sur le devant, due sans aucun doute à une grossesse presque arrivée à terme. Elle tenait dans ses bras un paquet enveloppé dans une couverture crasseuse. Un des deux hommes portait des bottes ornées de boucles sur les côtés, qui me rappelèrent celle que j'avais vue suspendue sur un fil derrière chez Dora, lors de ma première visite. L'autre homme était chaussé de sandales. La femme allait pieds nus.

Apercevant Radar assise sur la route, ils s'arrêtèrent.

« N'ayez pas peur, leur lançai-je. Elle ne mord pas. »

Ils approchèrent lentement et s'arrêtèrent de nouveau. C'était le revolver dans son étui qu'ils regardaient maintenant. Je levai les mains, paumes visibles. Ils recommencèrent à avancer en prenant bien soin de passer sur le côté gauche de la route. Ils regardèrent Radar, me regardèrent, puis revinrent sur Radar.

« On ne vous veut aucun mal », dis-je.

Les hommes étaient maigres et visiblement fatigués. La femme semblait épuisée.

« Attendez une minute », dis-je, et au cas où ils ne me comprendraient pas, je tendis le bras, paume en avant, mimant le geste du policier qui arrête la circulation. « S'il vous plaît. »

Ils s'arrêtèrent. Ils formaient un trio vraiment pitoyable. De près, je voyais que les bouches des hommes commençaient à se recourber. Bientôt, elles ne seraient plus que des croissants de lune presque figés, comme la bouche de Dora. Lorsque je glissai la main dans ma poche, ils encadrèrent la femme, qui plaqua son paquet contre sa poitrine. Je sortis une des petites chaussures en cuir.

« Prenez. S'il vous plaît. »

Sa main s'approcha timidement et m'arracha le petit morceau de cuir d'un geste brusque, comme si elle craignait que je l'attrape par le poignet. Dans le mouvement, la couverture qui enveloppait le paquet tomba et je découvris un bébé mort, âgé d'un an ou un an et demi. Aussi gris que le couvercle du cercueil de ma mère. Cette pauvre femme pourrait bientôt le remplacer par un autre, qui mourrait sans doute lui aussi. Si elle ne mourait pas avant, ou pendant l'accouchement.

« Vous me comprenez ? demandai-je.

– On comprend », répondit l'homme aux bottes. Sa voix grinçait un peu mais autrement semblait normale. « Que voulez-vous de nous, étranger, à part notre vie ? Car nous n'avons rien d'autre. »

Non, manifestement. Si quelqu'un était responsable de leur situation, même de manière indirecte, il méritait de griller en enfer. Dans les profondeurs.

« Je ne peux pas vous donner mes provisions ni ma charrette car un long chemin m'attend et ma chienne est vieille. Mais si vous marchez pendant encore cinq… » Je voulus dire *kilomètres*, mais ce mot refusa de sortir de ma bouche. Je me repris : « Si vous marchez jusqu'à midi peut-être, vous verrez une enseigne représentant une chaussure rouge. La femme qui vit là vous laissera vous reposer, peut-être même vous donnera-t-elle à manger et à boire. »

Ce n'était pas réellement une promesse (mon père aimait pointer du doigt ce qu'il appelait des « mots ambigus » dans les publicités qui vendaient des médicaments miracles à la télé) car je savais que Dora ne pouvait pas nourrir tous les réfugiés qui passaient devant chez elle. Mais je me disais qu'en voyant l'état de cette femme, et l'effroyable fardeau qu'elle transportait, elle serait émue et déciderait de venir en aide à ces trois personnes.

Pendant ce temps, l'homme aux sandales examinait la petite chaussure de cuir. Il me demanda à quoi elle servait.

« Un peu plus loin sur la route, après la maison dont je vous parlais, il y a une boutique où vous pourrez échanger ce bon contre une paire de chaussures.

– Pourrai-je y enterrer mon fils ? »

C'était l'homme aux bottes qui avait parlé.

« Je ne sais pas. Je suis un étranger. Demandez à l'enseigne de la chaussure rouge ou bien à la ferme de la gardeuse d'oies, un peu plus loin. Toutes mes condoléances, madame.

– C'était un gentil garçon, dit-elle, les yeux posés sur son enfant mort. Mon Tam était un bon garçon. Quand il est né, tout allait bien.

Il était rosé comme le ciel à l'aube, puis le gris s'est abattu sur lui. Séparons-nous là, monsieur, et suivons chacun notre chemin.

– Attendez encore une minute. S'il vous plaît. »

J'ouvris mon sac à dos, fourrageai à l'intérieur et dénichai deux boîtes de sardines King Oscar. Je les leur tendis. Ils reculèrent.

« Non, non. Ça se mange. C'est des sardines. Des petits poissons. Il suffit de tirer là, sur le dessus. Vous voyez ? »

Je tapotai la languette.

Les deux hommes échangèrent un regard et secouèrent la tête. Ils ne voulaient pas entendre parler de boîtes en fer qui s'ouvraient en tirant sur une languette. La femme, elle, semblait totalement indifférente à la conversation.

« On doit poursuivre notre chemin, déclara l'homme aux sandales. Quant à vous, jeune homme, vous marchez dans la mauvaise direction.

– C'est la direction que je dois prendre. »

Il me regarda droit dans les yeux et déclara :

« C'est la direction de la mort. »

Ils repartirent d'un pas traînant, soulevant la poussière de la Route de la Ville, la femme lestée de son macabre fardeau. Pourquoi un des deux hommes ne l'en débarrassait-il pas ? Malgré mon jeune âge, je croyais connaître la réponse à cette question. Cet enfant lui appartenait, c'était son Tam, et c'était à elle qu'il revenait de le porter, aussi longtemps qu'elle le pourrait.

3

Je m'en voulais de ne pas leur avoir offert mes derniers biscuits, et je me traitais d'égoïste car j'avais gardé la charrette. Enfin, jusqu'à ce que Radar commence à traîner la patte.

Plongé dans mes pensées, je ne m'en aperçus pas tout de suite. Et vous serez peut-être surpris (ou pas) d'apprendre que ces pensées n'avaient rien à voir avec les dernières paroles apocalyptiques de l'homme aux sandales. L'idée que je puisse me faire tuer en prenant la direction de la ville n'avait rien de surprenant : M. Bowditch, Dora et Leah l'avaient tous clairement exprimée, chacun à sa manière. Mais quand on est enfant, il est facile de croire qu'on sera une exception, celui qui sort vainqueur et décroche les lauriers. D'ailleurs, qui avait marqué le touchdown victorieux lors du Turkey Bowl ? Qui avait désarmé Christopher Polley ? J'étais à l'âge où on peut croire que de bons réflexes et un minimum de prudence permettent de surmonter la plupart des obstacles.

En fait, je songeais à la langue parlée dans ce monde. Ce que j'avais entendu n'était pas vraiment du langage familier, mais ce n'était pas non plus une langue archaïque : pas de *fi !* de *diantre !* ou de *qu'il ne vous en déplaise.* Ni une langue parfaite, comme dans tous ces films de fantasy en IMAX où les hobbits, les elfes et les magiciens s'expriment comme des membres du Parlement. C'était le genre de langage qu'on s'attendait à trouver dans un conte de fées légèrement modernisé.

Et puis, il y avait moi.

J'avais expliqué à ces trois personnes que je ne pouvais pas leur donner ma charrette en disant : « Un long chemin m'attend et ma chienne est vieille. » Si je m'étais adressé à quelqu'un de Sentry, j'aurais dit : *J'ai une sacrée route à faire.* J'avais parlé de « l'enseigne de la chaussure rouge », au lieu de dire : *C'est une petite maison avec une enseigne en forme de chaussure devant.* Et en m'adressant à la femme enceinte, je n'avais pas dit *m'dame*, comme je l'aurais fait chez moi. Je l'avais appelée *madame*, et ce mot était sorti impeccablement de ma bouche. Une fois de plus, je repensai à l'entonnoir qui se remplissait d'étoiles. J'étais devenu une de ces étoiles.

J'étais en train de devenir un élément de l'histoire.

Je cherchai Radar du regard : elle n'était pas là. Quel choc ! Je posai les ridelles de la charrette sur le sol et regardai derrière moi. La chienne marchait vingt mètres en arrière, aussi vite qu'elle pouvait, en boitant, la langue pendante.

« Oh, ma pauvre fifille, je suis désolé ! »

Je la portai jusqu'à la charrette en prenant soin de la tenir sous le ventre pour ne pas toucher ses pattes arrière douloureuses. Je lui donnai de l'eau dans son bol, l'inclinant pour qu'elle puisse boire tout son soûl, et je la grattai derrière les oreilles.

« Pourquoi tu ne m'as rien dit ? »

Parce qu'on n'était pas dans ce genre de conte de fées, voilà pourquoi.

4

On poursuivit notre route, par monts et par vaux, par vaux et par monts. On croisa d'autres réfugiés. Certains nous évitèrent, mais deux hommes qui voyageaient ensemble s'arrêtèrent et se dressèrent sur la pointe des pieds pour jeter un coup d'œil à l'intérieur de la charrette. Radar montra les dents, mais avec son pelage râpé et son museau blanc, je devinai qu'elle ne leur faisait pas très peur. Contrairement au revolver que je portais à la ceinture. Ils avaient des chaussures, alors je ne leur offris pas mon dernier bon. Même s'ils avaient été pieds nus, je ne pense pas que je leur aurais suggéré de s'arrêter chez Dora. Je ne leur donnai pas à manger non plus. S'ils avaient faim, ils n'avaient qu'à se nourrir dans les champs.

« Si c'est au Front de mer que tu vas, mon gars, fais demi-tour. Le gris est arrivé là-bas aussi.

– Merci pour l'… » Le mot *info* refusa de sortir de ma bouche. « Merci de me prévenir. »

Je repris les ridelles de la charrette en tenant les deux types à l'œil pour m'assurer qu'ils passaient leur chemin.

Vers midi, on atteignit un marécage qui s'était répandu sur la route, transformée en terrain boueux. La tête rentrée dans les épaules, je tractai la charrette en accélérant, jusqu'à ce qu'on ait franchi ce passage. Je ne voulais pas m'embourber. La charrette n'était pas beaucoup plus lourde avec Radar à l'intérieur, ce qui n'était pas une bonne nouvelle.

De retour en terrain sec, je m'arrêtai à l'ombre d'un chêne qui ressemblait à ceux de Cavanaugh Park. Le petit paquet que m'avait préparé Dora contenait, entre autres, du lapin grillé, que je partageai avec Radar à parts égales… inutilement. Elle mangea deux morceaux et laissa retomber le troisième entre ses pattes en m'adressant un regard contrit. Même dans l'ombre, je voyais que ses yeux étaient chassieux. Un instant, je songeai qu'elle avait attrapé cette maladie qui circulait par ici – le « gris » –, mais je rejetai cette idée. C'était la vieillesse, purement et simplement. Difficile d'estimer combien de temps il lui restait à vivre, mais sûrement pas beaucoup.

Pendant notre pause repas, d'autres lapins géants traversèrent la route en galopant. Puis on vit passer deux criquets deux fois plus gros que ceux que je connaissais, qui sautillaient avec agilité sur leurs pattes arrière. J'étais stupéfait par la distance qu'ils parcouraient entre deux sauts. Un faucon – de taille normale – fondit sur eux pour essayer d'en attraper un, mais le criquet en question esquiva l'attaque et eut tôt fait de disparaître dans les herbes hautes qui bordaient la forêt. Radar assistait à cette scène de la vie sauvage avec intérêt, sans essayer cependant de se relever, et encore moins d'y participer.

Je bus un peu de thé, sucré et délicieux. Juste quelques gorgées. Car je ne savais pas quand je pourrais me réapprovisionner.

« Allez, viens, fifille. On n'est pas encore arrivés chez l'oncle. Et la perspective de camper près de ces bois ne me plaît pas trop. »

Je la soulevai dans mes bras et me figeai. Sur le tronc du chêne, deux lettres avaient été tracées à la peinture rouge, presque effacée : AB. Savoir que M. Bowditch était passé par ici avant moi me redonna confiance. J'eus le sentiment qu'il n'était pas totalement mort.

5

C'était le milieu de l'après-midi. Il faisait suffisamment chaud pour que je sue sang et eau. On n'avait pas croisé de réfugiés depuis un certain temps, lorsque, en bas d'une pente – longue, mais pas assez raide pour mériter le nom de colline –, j'entendis un raclement derrière moi. Radar s'était déplacée vers l'avant de la charrette : assise sur son postérieur, les pattes avant appuyées sur le rebord, les oreilles dressées. Je m'arrêtai et entendis, droit devant, ce qui aurait pu être un léger halètement. Je repartis, mais m'arrêtai de nouveau avant d'atteindre la crête. Je tendis l'oreille.

« Qu'est-ce que tu dis de ça, mon mignon ? Ça chatouille ? »

C'était une voix haut perchée, flûtée, qui se brisa sur *mignon* et *chatouille*. Elle avait quelque chose d'étrangement familier, et au bout d'un moment, je compris pourquoi. J'avais l'impression d'entendre Christopher Polley. Je savais bien que ça ne pouvait pas être lui, mais quand même.

Je me remis en marche, et m'arrêtai dès que j'eus une vue plongeante sur l'autre versant de la montée. J'avais vu des choses bizarres dans cet Autre monde, mais rien d'aussi bizarre que cet enfant assis dans la poussière, tenant d'une main les pattes arrière d'un criquet. Le plus gros que j'eus jamais croisé. Il n'était pas noir mais rouge. Dans son autre main, l'enfant avait une sorte de poignard doté d'une courte lame et d'un manche fendu rafistolé avec de la ficelle.

Absorbé par ce qu'il était en train de faire, il ne nous avait pas vus. Il enfonça le poignard dans le ventre du criquet, faisant jaillir un peu de sang. Jusqu'alors, j'ignorais que les criquets pouvaient saigner. D'autres gouttelettes rouges dans la poussière suggéraient que l'enfant se livrait à cette sale activité depuis un bon moment.

« Alors t'aimes ça, trésor ? »

Le criquet bondit, mais ses pattes arrière étant entravées, l'enfant le retint sans peine.

« Et si je t'en mettais un petit coup dans… »

Radar aboya. Le gamin se retourna, sans lâcher les pattes du gros criquet. Je vis alors que ce n'était pas un enfant, mais un nain. Âgé. Des touffes de cheveux blancs, emmêlés, pendaient le long de ses joues. Son visage était sillonné de rides ; celles qui encadraient sa bouche étaient si profondes qu'il ressemblait à une marionnette de ventriloque, du genre de celle que Leah aurait pu utiliser (au lieu de faire croire que son cheval pouvait parler). Si ses traits n'étaient pas à moitié ou totalement fondus, sa peau avait la couleur de l'argile. Et il continuait à me rappeler Polley, à cause de sa petite taille notamment, mais surtout de la fourberie qui se lisait sur son visage. Si on y ajoutait ce qu'il était en train de faire, je l'imaginais aisément en train d'assassiner un vieux bijoutier boiteux.

« Tu es qui, toi ? »

Aucune peur dans sa réaction car je me découpais en ombre chinoise sur le fond du ciel et il n'avait pas encore vu le revolver.

« Qu'est-ce que vous faites ?

– J'ai attrapé cette bestiole. Elle était sacrément rapide, mais ce vieux Peterkin était plus rapide encore. J'essaie de voir si elle ressent la douleur. Dieu sait que moi je la ressens. »

Il poignarda l'insecte encore une fois, entre deux plaques de sa carapace. Le criquet rouge saigna et se débattit. Je descendis la pente avec la charrette. Radar se remit à aboyer, toujours dressée à l'avant, pattes tendues.

« Retiens ton chien, p'tit. C'est un conseil. S'il s'approche de moi, je l'égorge. »

Je reposai la charrette et dégainai le calibre 45 de M. Bowditch pour la première fois.

« Vous n'égorgerez personne, ni elle ni moi. Arrêtez ça. Lâchez ce criquet. »

Le nain – Peterkin – regarda le revolver, plus perplexe qu'apeuré.

« Pourquoi tu veux que j'arrête ? Je m'amuse un peu dans un monde où y a plus d'occasions de s'amuser.

– Vous le torturez. »

Peterkin parut abasourdi.

« Je le *torture* ? C'est rien qu'un foutu *inseck*, pauvre idiot ! On peut pas torturer un *inseck*. Je crois pas que… »

Je visai en hauteur, légèrement sur la gauche, et pressai la détente. La détonation fut beaucoup plus assourdissante que dans le cabanon. Radar aboya. Surpris, le nain sursauta et lâcha le criquet. Qui s'empressa de détaler dans l'herbe, de travers. Ce sale petit bonhomme l'avait mutilé. Ce n'était qu'un *inseck*, mais cela ne justifiait pas pour autant le traitement que lui avait infligé Peterkin. Et combien de criquets rouges avais-je vus dans ma vie ? Un seul : celui-ci. Sans doute étaient-ils aussi rares que les cerfs blancs.

Le nain se leva et frotta les fesses de son pantalon d'un vert éclatant.

D'un geste, il repoussa sur son front ses touffes de cheveux blancs emmêlés, tel un pianiste qui s'apprête à faire son grand numéro. Malgré son teint d'argile, il était vif. Et même s'il ne pourrait jamais participer à *American Idol*, il avait plus de voix que la plupart des personnes que j'avais rencontrées au cours de ces dernières vingt-quatre heures. Et tous les éléments de son visage étaient présents à l'appel. Hormis sa petite taille (« Surtout, il ne faut jamais dire *nain*, ils détestent ça », m'avait expliqué mon père un jour) et sa peau merdique qui aurait eu besoin d'une bonne dose d'Otezla, il semblait plutôt en forme.

« Je vois que tu es un garçon irritable, dit-il en me regardant avec dégoût et peut-être (espérais-je) un soupçon de peur. Alors, je te propose qu'on parte chacun de notre côté.

– Bonne idée, mais j'ai une question à vous poser avant qu'on se sépare. Comment se fait-il que votre visage soit plus ou moins normal, alors que tant d'autres personnes ici semblent devenir de plus en plus laides ? »

Non pas que lui-même soit un apollon, et nul doute que cette question était assez impolie, mais si on ne peut pas être impoli avec un type qu'on a surpris en train de torturer un criquet géant, avec qui alors ?

« Peut-être parce que les dieux, si tu crois en eux, m'ont déjà joué un sale tour. Comment un grand gars comme toi peut savoir ce que ressent un petit gars comme moi, qui mesure même pas deux douzaines de mains des pieds à la tête ? »

Son ton s'était fait plaintif ; c'était le ton de quelqu'un – pour reprendre le langage des AA – qui aimait s'apitoyer sur son sort.

Je joignis mon pouce et mon index et les frottai l'un contre l'autre.

« Vous voyez ça ? C'est le plus petit violon au monde, qui joue “Mon cœur pleure des larmes de pisse”. »

Le mot *pisse*, remarquai-je, sortit sans peine de ma bouche.

Le nain fronça les sourcils.

« Quoi ?

– Laissez tomber. Une petite plaisanterie. J'essayais de vous *amuser*.

– Si ça t'ennuie pas, je vais y aller maintenant.

– Très bien, mais mon chien et moi, on serait plus tranquilles si vous pouviez ranger ce couteau avant.

– Sous prétexte que tu fais partie des gens sains, tu te crois supérieur à moi, dit le petit homme. Tu verras ce qu'ils font aux individus de ton espèce s'ils t'attrapent.

– Qui ça ?

– Les soldats de la nuit.

– Qui est-ce ? Et que font-ils aux individus de mon espèce ? »

Il ricana.

« T'occupe. J'espère juste que tu sais te battre, mais ça m'étonnerait. Tu as l'air fort comme ça, vu de l'extérieur, mais je crois que tu es tout mou à l'intérieur. Comme tous ceux qui sont pas obligés de lutter. Tu n'as pas dû sauter beaucoup de repas dans ta vie, hein, jeune homme ?

– Vous avez toujours votre couteau à la main, monsieur Peterkin. Rangez-le, ou je pourrais vous obliger à le balancer. »

Le nain glissa le poignard dans son pantalon. J'aurais bien voulu qu'il se blesse en faisant ça : une vilaine entaille de préférence. Une mauvaise pensée, assurément. À laquelle en succéda une plus mauvaise encore : supposons que j'agrippe la main qui avait retenu le criquet rouge par les pattes et que je lui brise le poignet, comme je l'avais fait avec Polley ? Une sorte de leçon d'anatomie : *Voilà ce qu'on ressent.* Je pourrais vous dire que je ne le pensais pas vraiment, mais je crois que si. Il était trop facile de l'imaginer en train d'étrangler Radar pendant qu'il lui plantait son poignard dans le corps, encore et encore. Chose qu'il n'aurait jamais pu faire quand elle était dans sa prime jeunesse, il y avait bien longtemps.

Je le laissai partir néanmoins. Il se retourna, juste une fois, avant de basculer de l'autre côté du col, et son regard ne disait pas : *Bienvenue sur la Route de la Ville, jeune étranger.* Son regard disait : *Prie pour que je ne te trouve pas endormi.*

Aucun risque : il prenait la même direction que tous les réfugiés. Mais c'est seulement après son départ que je m'aperçus que j'aurais dû l'obliger à lâcher son couteau et à le laisser là.

6

En fin d'après-midi, je cessai de voir des champs labourés et des fermes qui semblaient en pleine activité. Je cessai également de croiser des réfugiés, même si, en passant devant une des fermes abandonnées, je vis des charrettes à bras chargées de possessions diverses dans la cour envahie de mauvaises herbes et un mince panache de fumée qui sortait de la cheminée. Sans doute quelques personnes ayant décidé de se mettre à l'abri avant que les loups commencent à hurler, songeai-je. Si je n'atteignais pas rapidement la maison de l'oncle de Leah, je serais bien avisé d'en faire autant. Certes, j'avais le revolver de M. Bowditch et le petit calibre 22 de Polley, mais les loups se déplacent en meutes généralement et peut-être étaient-ils aussi gros que des élans. En outre, mes bras, mes épaules et mon dos commençaient à fatiguer. Heureusement, la charrette était légère et je n'avais pas eu à traverser d'autres zones boueuses, mais cela faisait longtemps que je la tirais derrière moi depuis mon départ de chez Dora.

Trois fois encore je revis les initiales de M. Bowditch : deux fois sur des troncs d'arbres dont le feuillage surplombait la route et la dernière fois sur un bloc de rochers. À ce moment-là, la masse informe du soleil avait disparu derrière les arbres et les ombres engloutissaient le paysage. Je n'avais pas vu d'habitations depuis un bon moment et je commençai à craindre d'être surpris par la nuit alors que je me trouvais encore sur la route. Et je n'en avais aucune envie. En seconde, on nous avait demandé d'apprendre par cœur au moins seize vers d'un poème. Mme Debbins nous avait laissé le choix entre deux douzaines d'œuvres. J'avais choisi un extrait de « La complainte du vieux marin », et aujourd'hui, je regrettais de ne pas avoir pris autre chose car ces vers résonnaient de manière trop appropriée : *J'étais comme une personne qui, dans un chemin solitaire, marche escortée de la peur et de l'effroi, et qui, ayant regardé une fois autour d'elle, continue à avancer sans plus tourner la tête…*

« Parce qu'elle croit qu'un être terrible lui ferme la route par-derrière », terminai-je à voix haute. Je posai la charrette et redressai les épaules en contemplant cette inscription – AB – sur le rocher. M. Bowditch s'était surpassé : les lettres mesuraient au moins un mètre de hauteur.

« Radar, tu aboies pour m'avertir si jamais tu vois un être terrible derrière nous, d'accord ? »

Elle dormait à poings fermés dans la charrette. Aucune aide à attendre de ce côté-là.

J'envisageai de boire un peu d'eau – j'avais la gorge sèche –, mais décidai que ça pouvait attendre. Je voulais continuer à avancer tant qu'il restait encore un peu de lumière du jour. Je repris les ridelles et me remis en marche en songeant qu'à ce stade, une simple remise à bois serait la bienvenue.

La route contournait les rochers, puis s'enfonçait en ligne droite dans l'obscurité naissante. Devant, à moins de deux kilomètres, j'aperçus les fenêtres éclairées d'une maison. En m'approchant, je distinguai une lampe à pétrole accrochée à un poteau devant. Je voyais que la route formait un embranchement à soixante ou soixante-dix mètres derrière la maison faite de brique, comme celle du petit cochon travailleur dans le conte.

Un chemin pavé menait à la porte d'entrée, mais avant de l'emprunter, je m'arrêtai pour examiner la lampe, qui émettait une lumière blanche aveuglante qu'on ne pouvait pas regarder de trop près. J'avais déjà vu la même dans la cave de M. Bowditch, et je n'avais pas besoin d'examiner le socle pour savoir que c'était une Coleman, vendue dans n'importe quelle quincaillerie d'Amérique. Je devinais que cette lampe, à l'instar de la machine à coudre de Dora, était un cadeau de M. Bowditch. *Un lâche offre des cadeaux*, avait-il dit.

Au centre de la porte se trouvait un heurtoir doré représentant un poing. Je posai la charrette et entendis un bruit de pas hésitants : Radar négociait le plancher incliné pour me rejoindre. Au moment où je tendais la main vers le heurtoir, la porte s'ouvrit. Dans l'encadrement apparut un homme presque aussi grand que moi, mais beaucoup plus maigre, presque décharné. Comme les flammes de la cheminée l'éclairaient par-derrière, je ne distinguais pas ses traits, uniquement le chat sur son épaule et une fine auréole de cheveux blancs qui se dressait autour de son crâne chauve. Quand il s'exprima, j'eus du mal, une fois de plus, à croire que je n'avais pas pénétré dans un livre de contes dont j'étais devenu un des personnages.

« Bonsoir, jeune prince. Je t'attendais. Sois le bienvenu. Entre. »

7

Je m'aperçus que j'avais oublié la laisse de Radar dans la charrette.

« Euh, je crois que je ferais mieux d'aller chercher la laisse de ma chienne d'abord. Je ne sais pas comment elle se comporte avec les chats.

– Tout ira bien, répondit le vieil homme. En revanche, si tu transportes de la nourriture, je te suggère de la mettre à l'intérieur, si tu ne veux pas que tout ait disparu demain matin. »

Je retournai chercher les provisions de Dora et mon sac à dos. Ainsi que la laisse, au cas où. Le maître de maison s'écarta pour me laisser entrer et s'inclina légèrement.

« Entre, Radar, mais sois sage. Je compte sur toi. »

Radar me suivit dans un salon bien rangé. Un tapis en lirette recouvrait une partie du plancher. Deux fauteuils étaient disposés près de la cheminée. Un livre ouvert était posé à cheval sur un des accoudoirs. D'autres étaient alignés sur une étagère non loin de là. L'autre côté de la pièce était occupé par une cuisine tout en longueur qui ressemblait à la coquerie d'un bateau. Sur la table se trouvaient une miche de pain, du fromage, du poulet froid et un bol contenant, je l'aurais parié, de la gelée de cranberries. Et un pichet en terre cuite. Mon estomac émit un grognement sonore.

Ce qui fit rire l'homme.

« J'ai entendu. Il existe un vieux dicton qui dit : *Il faut que jeunesse se passe*. On pourrait ajouter : *Et se nourrisse*. »

Deux couverts se faisaient face, et près d'un des fauteuils était posé un bol dans lequel Radar buvait déjà bruyamment.

« Vous saviez que j'allais venir, n'est-ce pas ? Comment ?

– Connais-tu le nom que l'on préfère ne pas prononcer ? »

J'acquiesçai. Dans les histoires comme celle dans laquelle je pensais avoir pénétré, il y avait souvent un nom qu'il ne fallait pas prononcer, pour ne pas réveiller le mal.

« Il ne nous a pas tout pris. Tu as vu que ma nièce était capable de te parler ?

– Par l'intermédiaire de son cheval.

– Oui, Falada. Eh bien, Leah me parle à moi aussi, jeune prince, mais rarement. Quand elle le fait, son langage n'est pas toujours clair, et projeter ses pensées la fatigue encore plus que projeter sa voix. Nous avons de nombreux sujets à aborder, mais avant cela, allons manger. Viens. »

Il parle de télépathie, me dis-je. *Forcément, car il est évident que Leah ne lui a pas téléphoné, et qu'elle ne lui a pas envoyé un texto.*

« Pourquoi m'appelez-vous jeune prince ? »

Il haussa les épaules. Le chat se balançait sur son épaule.

« C'est une forme de salutation. Très ancienne. Peut-être qu'un jour, un véritable prince viendra, mais d'après le son de ta voix, ce n'est pas toi. Tu es très jeune. »

Il sourit et se tourna vers la cuisine. Le feu de cheminée éclaira pleinement son visage pour la première fois, mais je crois que j'avais déjà deviné la vérité à la manière dont il tendait la main devant lui quand il marchait, pour repérer les obstacles. Il était aveugle.

8

Quand il s'assit, le chat sauta au sol. Son épaisse fourrure marron avait des reflets gris. Il s'approcha de Radar. Je l'agrippai par le collier, prêt à intervenir si elle lui sautait dessus. Mais elle se contenta de baisser la tête pour renifler le nez du chat. Avant de se coucher. Le chat, lui, passa et repassa plusieurs fois devant elle, tel un officier qui inspecte un soldat lors d'une parade (et le trouve un peu négligé), puis il regagna le coin salon en se dandinant. Il sauta sur le fauteuil, sur l'accoudoir duquel était posé le livre ouvert, et se coucha en boule.

« Je m'appelle Charles Reade. Charlie. Leah vous l'a dit ?

– Non, ça ne marche pas comme ça. C'est plus comme une intuition. Enchanté, Prince Charlie. » Maintenant que le feu de cheminée éclairait son visage, je découvrais que ses yeux étaient aussi inexistants que la bouche de Leah. Il n'en restait que deux cicatrices, refermées depuis longtemps. « Je m'appelle Stephen Woodleigh. Jadis, je portais un titre – prince régent, en l'occurrence –, mais cette époque est révolue. Appelle-moi Woody, si tu veux, vu qu'on vit près des bois, n'est-ce pas ? Catriona et moi.

– C'est votre chat ?

– Oui. Et je crois que ton chien s'appelle… Raymar ? Quelque chose comme ça. J'ai oublié.

– Radar. C'était la chienne de M. Bowditch. Il est mort.

– Ah, c'est une triste nouvelle. »

Il paraissait désolé, mais pas réellement surpris.

« Vous le connaissiez bien, monsieur ?

– Woody, s'il te plaît. On passait le temps, lui et moi. Comme on le fera toi et moi, Charlie. J'espère. Mais mangeons d'abord. Tu as parcouru un long chemin aujourd'hui, il me semble.

– Avant, je peux vous poser une question ? »

Son large sourire transforma son visage en une cascade de rides.

« Si tu veux connaître mon âge, je ne m'en souviens pas. Parfois, j'ai l'impression que j'étais déjà vieux quand le monde était encore jeune.

– Non, il ne s'agit pas de ça. J'ai vu le livre sur le fauteuil et je me demandais… étant donné que vous…

– Comment puis-je lire si je suis aveugle ? Va voir. Pendant ce temps, une cuisse ou du blanc ?

– Du blanc, s'il vous plaît. »

Il nous servit. Sans doute était-il habitué à agir dans le noir car il n'y avait aucune hésitation dans ses gestes. Je me levai et marchai jusqu'à son fauteuil. Catriona leva vers moi ses yeux verts remplis de sagesse. C'était un vieux livre dont la couverture représentait des chauves-souris se détachant en ombres chinoises devant la pleine lune : *L'Ange noir* de Cornell Woolrich. Il aurait pu provenir de la pile de romans dans la chambre de M. Bowditch. À cette différence près qu'en regardant la page à laquelle s'était arrêté Woody, je ne vis que des petits groupes de points blancs en relief à la place des mots. Je reposai le livre et revins vers la table.

« Vous lisez le braille », dis-je.

En songeant : *La langue doit changer dans les livres également... Elle doit être traduite. Bizarre, non ?*

« Oui. Adrian m'a offert un manuel et il m'a montré les lettres. À partir de là, j'ai pu apprendre tout seul. De temps en temps, il m'apportait des livres en braille. Il avait un faible pour les histoires fantaisistes, du genre de celle que j'étais justement en train de lire en attendant ton arrivée. Des hommes dangereux et des demoiselles en détresse qui vivent dans un monde très différent du nôtre. »

Il secoua la tête en riant, comme si lire des œuvres de fiction était une activité frivole, voire insensée. La proximité du feu rosissait ses joues, sur lesquelles je ne voyais aucune trace de gris. Il était sain, sans l'être totalement. Sa nièce non plus. Lui n'avait pas d'yeux pour voir et elle n'avait pas de bouche pour parler, uniquement une sorte d'escarre qu'elle ouvrait avec son ongle afin de se nourrir tant bien que mal. Qui parlait de demoiselle en détresse ?

« Viens t'asseoir. »

Je repris ma place. Dehors, un loup hurla. J'en déduisis que la lune... *les lunes* avaient fait leur apparition. Heureusement, nous étions à l'abri dans cette maison de brique. Et si un loup descendait par la cheminée, il se roussirait les poils.

« Ce monde me semble tellement irréel, dis-je.

– Si tu restes ici assez longtemps, c'est le tien qui t'apparaîtra comme une illusion. Maintenant, mange, Charlie. »

9

Le poulet était délicieux. J'en réclamai un deuxième morceau, puis un troisième. Je me sentais un peu coupable, mais la journée avait été longue et j'avais tiré cette charrette sur une trentaine de kilomètres. Woody, en revanche, mangeait avec modération : un pilon et un peu de gelée de cranberries. Ce qui renforça mon sentiment de culpabilité. Je me souvins du jour où maman m'avait déposé chez Andy Chen pour une soirée pyjama. Elle avait expliqué à la mère d'Andy que j'avais un sacré coup de fourchette et que j'allais dévorer toutes leurs provisions si elle me laissait faire. Je demandai à Woody où il achetait à manger.

« Sur le Front de mer. Il reste des gens là-bas qui se souviennent de ce que nous sommes… de ce que nous avons été… et qui nous témoignent leur estime. Mais le gris est arrivé là-bas maintenant. Les habitants s'enfuient. Tu les as probablement croisés en chemin.

– Oui », répondis-je et je lui parlai de Peterkin.

« Un criquet rouge, dis-tu ? C'est une légende… mais peu importe. Je suis content que tu l'aies empêché de continuer. Peut-être que tu es vraiment un prince, finalement. Cheveux blonds et yeux bleus. »

Il se moquait de moi.

« Faux. Châtains et marron.

– Ah. Tu n'es pas un prince, donc. Et certainement pas *le* prince.

– Qui est *le* prince ?

– Encore une légende. Ce monde regorge de contes et de légendes, comme le tien. Pour ce qui est de la nourriture… Autrefois, les habitants du Front de mer me fournissaient plus de morceaux de choix que je ne pouvais en manger, même si c'était plus souvent du poisson que de la viande. Comme le nom du lieu le laisse supposer. Un long moment s'est écoulé avant que le gris contamine cette partie du monde également. Combien de temps ? Je ne pourrais pas te le dire car les jours finissent par se mélanger quand on vit en permanence dans le noir. » Il disait cela sans s'apitoyer sur son sort, c'était un constat. « Je crois que le Front de mer a été épargné tout d'abord car il se situe sur une étroite péninsule où le vent souffle sans discontinuer, mais personne ne peut l'affirmer avec certitude. L'année dernière, Charlie, tu aurais croisé des centaines de gens sur la Route du Roi. Aujourd'hui, le flot se tarit.

– La Route du Roi ? C'est comme ça que vous l'appelez ?

– Oui. Mais passé l'embranchement, c'est la Route du Royaume. Et si tu décides d'aller à gauche, c'est la Route du Front de mer.

– Où vont tous ces gens ? Au-delà de la maison de Dora, de la ferme de Leah et de la boutique du frère de Dora ? »

Woody parut surpris.

« Il a toujours sa boutique ? Je n'en reviens pas. Je me demande ce qu'il a à vendre.

– Je ne sais pas. Je sais seulement qu'il donne aux gens des chaussures neuves pour remplacer leurs chaussures abîmées. »

Woody rit de bon cœur.

« Dora et James ! Et leur vieille combine ! Pour répondre à ta question : je ne sais pas où vont tous ces gens. Et je suis sûr qu'eux non plus. Ils vont plus loin. Loin, loin, loin. »

Les loups s'étaient tus, mais ils se remirent à hurler. Ils semblaient être des dizaines et je me réjouissais d'avoir atteint la maison de brique de Woody avant la nuit. Radar gémit. Je lui caressai la tête.

« Les deux lunes ont dû apparaître, commentai-je.

– Adrian affirmait qu'il y en avait une seule dans votre royaume imaginaire. Comme le dit un des personnages du livre de M. Cornell Woolrich : "Vous vous êtes fait voler." Désires-tu une tranche de gâteau, Charlie ? Je crains que tu ne le trouves un peu rassis.

– Avec grand plaisir. Vous voulez que j'aille le chercher ?

– Non, non. Après toutes ces années passées ici – une tanière douillette pour un exilé, tu ne trouves pas ? –, je sais me repérer. Le gâteau est sur une étagère dans le cellier. Ne bouge pas. Je reviens dans deux secondes. »

Pendant qu'il allait chercher le gâteau, je me versai un autre verre de citronnade. La citronnade semblait être la boisson incontournable à Empis. Il revint avec une épaisse tranche de gâteau au chocolat pour moi et une très fine pour lui. Par comparaison, le gâteau de la cafèt' du lycée n'avait aucun goût. Je ne le trouvai pas du tout rassis, juste un peu dur sur les bords peut-être.

Les loups se turent brusquement, et une fois de plus, j'eus l'image de quelqu'un qui débranche un ampli poussé à onze. Et je songeai également que personne dans ce monde ne saisirait l'allusion à *Spinal Tap*, ou à n'importe quel autre film, d'ailleurs.

« Je suppose que les nuages sont revenus, dis-je. Mais ils vont disparaître, non ? »

Woody secoua la tête, lentement.

« Pas depuis qu'*il* est arrivé. Ici, Prince Charlie, il pleut, mais le soleil ne brille presque jamais.

– Seigneur Jésus, dis-je.

– Un prince lui aussi, dit Woody avec son grand sourire. De la paix, d'après la bible en braille que m'a apportée Adrian. Tu es rassasié ? Ça veut dire…

– Je sais ce que ça veut dire, et la réponse est oui. »

Il se leva.

« Alors viens t'asseoir près du feu. Il faut qu'on parle. »

Je le suivis jusqu'aux deux fauteuils dans son petit coin salon. Radar m'emboîta le pas. Woody chercha Catriona à tâtons sur le fauteuil, le trouva et le souleva. Le chat s'enroula autour de ses mains comme une étole de fourrure, jusqu'à ce qu'il le dépose sur le sol. Catriona jeta un regard hautain à Radar, accompagné d'un mouvement de queue méprisant, et s'éloigna. Radar se coucha entre les deux fauteuils. Je lui avais donné un peu de mon poulet, auquel elle avait à peine touché. Elle contemplait le feu comme si elle essayait de déchiffrer ses secrets. Je faillis demander à Woody comment il s'approvisionnait maintenant que les habitants du Front de mer s'étaient joints à l'exode, mais je m'abstins. Je craignais qu'il me réponde : je ne sais pas.

« Je vous remercie pour ce repas. »

Il eut un geste vague.

« Vous vous demandez certainement ce que je viens faire ici.

– Non. » Il se pencha en avant pour caresser Radar. Puis tourna vers moi les deux cicatrices qui avaient été ses yeux. « Ta chienne est en train de mourir et tu n'as pas de temps à perdre si tu veux accomplir ce pour quoi tu es venu. »

10

Le ventre plein, à l'abri dans cette maison de brique, alors qu'au-dehors les loups s'étaient tus, j'avais commencé à me détendre. J'éprouvais même un sentiment de contentement. Mais quand le vieil homme annonça que Radar était en train de mourir, je me redressai dans le fauteuil.

« Pas nécessairement, dis-je. Elle est vieille et elle a de l'arthrite dans les hanches, mais elle n'est pas... »

Je repensai alors à l'assistante vétérinaire disant qu'elle serait surprise si Radar vivait jusqu'à Halloween, et je laissai ma phrase en suspens.

« Je suis aveugle, mais mes autres sens fonctionnent très bien pour un vieux bonhomme. » Il parlait d'une voix douce, ce qui la rendait plus effrayante. « En vérité, mon ouïe est plus aiguisée que jamais. J'avais des chevaux et des chiens au palais quand j'étais enfant et adolescent. Je passais mes journées avec eux et je les adorais. J'entends quand les animaux atteignent la fin de leur existence. Écoute ! Ferme les yeux et écoute ! »

Je fis ce qu'il me demandait. Parfois, une bûche éclatait dans la cheminée. Quelque part, une pendule faisait tic-tac. Dehors, un vent léger s'était levé. Et j'entendais Radar : le sifflement à chaque inspiration, le râle à chaque expiration.

« Tu es venu pour la placer sur le cadran solaire.

– Oui. Et pour l'or aussi. Des petites pépites qui ressemblent à des plombs de carabine. Je n'en ai pas besoin dans l'immédiat, mais M. Bowditch a dit que plus tard je...

– Ne t'occupe pas de l'or. Atteindre le cadran solaire... et l'utiliser... est une mission suffisamment dangereuse pour un jeune prince tel que toi. Le risque s'appelle Hana. Elle n'était pas là du temps de Bowditch. Tu peux réussir à l'éviter si tu es prudent... et si tu as de la chance. Il ne faut pas négliger le facteur chance dans ce genre d'opération. Quant à l'or... » Il secoua la tête. « C'est encore plus risqué. Alors, tant mieux si tu n'en as pas besoin tout de suite. »

Hana. J'enregistrai ce nom pour plus tard. Dans l'immédiat, autre chose éveillait ma curiosité.

« Pourquoi vous n'êtes pas malade ? Hormis le fait que vous êtes aveugle ? » Je regrettai ces paroles dès qu'elles sortirent de ma bouche. « Désolé. Ce n'était pas ce que je voulais dire. »

Il sourit.

« Inutile de t'excuser. Si on me demandait de choisir entre la cécité et le gris, je choisirais la cécité sans hésiter. Je m'y suis très bien fait. Grâce à Adrian, je peux même lire des histoires imaginaires. Le gris est synonyme de mort lente. Respirer devient de plus en plus difficile. La chair inutile avale le visage. Le corps se referme sur lui-même. » Il leva la main et serra le poing. « Comme ceci.

– C'est ce qui va arriver à Dora ? »

Il hocha la tête, sans que cela soit nécessaire. C'était une question d'enfant.

« Combien de temps lui reste-t-il ?

– Impossible à dire. C'est un processus lent, différent d'une personne à l'autre. Mais implacable. C'est ça qui est le plus horrible.

– Et si elle partait elle aussi ? Pour aller là où vont tous les autres ?

– Je crois qu'elle ne partira jamais et je pense que ça ne changerait rien. Une fois que le gris est là, impossible de lui échapper. Comme la maladie à prions. C'est ça qui a tué Adrian ? »

Je supposais qu'il parlait du cancer.

« Non. Il a fait une crise cardiaque.

– Ah. Une petite douleur et c'est fini. C'est mieux que le gris. Pour répondre à ta question : il était une fois… Adrian disait que dans son monde, un grand nombre d'histoires débutaient de cette façon.

– Oui, c'est vrai. Et les choses que j'ai vues ici ressemblent à ces histoires.

– Comme les choses dans le monde d'où tu viens, j'en suis sûr. Tout ça, ce sont des histoires, Prince Charlie. »

Les loups se remirent à hurler. Woody promena ses doigts sur une page de son livre en braille, le referma et le posa sur la petite table disposée près du fauteuil. Je me demandai comment il allait le retrouver. Catriona revint, sauta sur ses genoux et ronronna presque aussitôt.

« Il était une fois au royaume d'Empis, et dans la ville de Lilimar où tu dois te rendre, une famille royale qui régnait depuis un millier d'années. La plupart de ces souverains, pas tous mais la plupart, gouvernaient de manière avisée et juste. Hélas, lorsque vint l'époque terrible, presque tous furent tués. Massacrés.

– Oui, Leah me l'a raconté. Par l'intermédiaire de Falada. Elle m'a dit que sa mère et son père étaient morts. Ils étaient roi et reine, hein ? Car elle était une princesse, m'a-t-elle dit. La plus petite de toutes. »

Il sourit.

« Oui, en effet, la plus petite de toutes. Elle t'a raconté également que ses sœurs avaient été massacrées ?

– Oui.

– Et ses frères ?

– Assassinés eux aussi. »

Le vieil homme soupira et caressa son chat la tête tournée vers le feu. J'étais certain qu'il sentait sa chaleur, et je me demandais s'il le voyait, même faiblement, comme quand on regarde le soleil en fermant les yeux et que tout devient rouge. Il ouvrit la bouche pour dire quelque chose sans doute, puis la referma en secouant légèrement la tête. Les loups paraissaient vraiment tout près… Et soudain, ils se turent. Cet arrêt brutal avait quelque chose de sinistre.

« C'était une purge. Tu sais ce que ça veut dire ?

– Oui.

– Pourtant, certains d'entre nous ont survécu. Nous avons quitté la ville, mais Hana ne partira pas car elle a été bannie de ses propres terres, plus loin au nord. Nous sommes huit à avoir franchi les portes de la cité. Nous aurions pu être neuf, mais mon neveu Aloysius… » Woody soupira. « Huit d'entre nous ont échappé à la mort en ville, et notre sang nous protège du gris. Malheureusement, une autre malédiction nous a suivis. Tu as une idée ? »

Oui.

« Chacun de vous a perdu un de ses sens ?

– Exact. Leah peut se nourrir, mais c'est une opération douloureuse, comme tu l'as peut-être constaté. »

Je répondis par un hochement de tête, bien qu'il ne puisse pas le voir.

« Elle sent à peine ce qu'elle mange et, comme tu l'as vu, elle ne peut s'exprimer qu'à travers Falada. Elle est convaincue qu'il se laisse berner par ce subterfuge s'il écoute. Je ne sais pas. Elle a peut-être raison. Peut-être qu'il entend et que ça l'amuse.

– Quand vous dites *il*... »

Je n'allai pas plus loin.

Woody m'agrippa par mon T-shirt et tira dessus. Je me penchai vers lui. Il approcha ses lèvres de mon oreille. Je m'attendais à ce qu'il prononce le nom de Gogmagog, mais j'avais tort. Je l'entendis murmurer : « Flight Killer. »

11

« Il pourrait envoyer des tueurs à nos trousses, mais il ne le fait pas. Il nous laisse vivre, ceux d'entre nous qui ont survécu du moins, car la vie est un châtiment en soi. Aloysius, comme je te l'ai dit, n'a pas pu quitter la ville. Ellen, Warner et Greta ont mis fin à leurs jours. Je crois que Yolande vit toujours, mais elle erre sans but, elle a perdu la raison. Comme moi, elle est aveugle, et elle survit essentiellement grâce à la générosité d'inconnus. Quand elle vient me voir, je la nourris et je l'écoute débiter son charabia. Ce sont des nièces, des neveux, des cousins et des cousines, vois-tu : des parents proches. Tu me suis ?

– Oui. »

Tant bien que mal.

« Burton vit maintenant en ermite au fond des bois, et il passe son temps à prier pour la délivrance d'Empis, en joignant ses mains qu'il ne sent pas quand il les presse l'une contre l'autre. De même qu'il ne sent pas ses blessures s'il ne voit pas le sang couler. Il mange, sans savoir si son estomac est plein ou vide.

– Oh, la vache. »

Et moi qui croyais que la cécité était la pire des choses.

« Les loups laissent Burton en paix. Je suppose. Cela fait au moins deux ans qu'il n'est pas venu ici. Peut-être est-il mort lui aussi. Mon petit groupe a fui à bord de la charrette d'un maréchal-ferrant. Je n'étais pas encore aveugle à ce moment-là et, debout dans la charrette, je faisais claquer un fouet au-dessus d'un attelage de six chevaux fous de peur. Avec moi, il y avait ma cousine Claudia, mon neveu Aloysius et ma nièce Leah. Nous filions comme le vent, Charlie. Les roues cerclées de fer de la charrette arrachaient des étincelles aux pavés, et elle a décollé sur trois mètres ou plus au sommet du Rumpa Bridge. J'ai cru qu'elle allait se renverser ou se briser en retombant sur le sol, mais elle était solide et elle a tenu bon. Nous entendions Hana rugir derrière nous, tel un orage qui se rapproche. Aujourd'hui encore j'entends ses rugissements. Je cravachais les chevaux, qui galopaient comme s'ils avaient l'enfer aux trousses, ce qui était le cas. Aloysius s'est retourné juste avant qu'on atteigne la porte et d'un coup violent, Hana lui a décollé la tête des épaules. Je ne l'ai pas vu, toute mon attention était fixée sur la route, mais Claudia si. Contrairement à Leah, Dieu merci. Elle était enveloppée dans une couverture. Le coup suivant a arraché l'arrière de la charrette. Je sentais l'haleine de Hana, et je la sens encore aujourd'hui. Mélange de poisson pourri et de viande avariée, auquel s'ajoutait la puanteur de sa transpiration. Nous avons franchi la porte de la ville juste à temps. Elle a rugi de plus belle en voyant qu'on lui avait échappé. Oh, la haine et la frustration contenues dans ce hurlement ! Oui, je l'entends encore aujourd'hui. »

Le vieil homme se tut et s'essuya la bouche. D'une main tremblante. Je n'avais jamais vu un cas de stress post-traumatique en dehors des films comme *Démineurs*, mais j'en avais un exemple devant moi. J'ignorais quand tout cela s'était produit, en tout cas l'horreur était toujours présente en lui, vivace. Je m'en voulais de l'obliger à se remémorer cette scène et à la raconter, mais j'avais besoin de savoir dans quoi je mettais les pieds.

« Charlie, si tu vas dans le cellier, tu trouveras une bouteille de vin de mûres dans le garde-manger. J'en veux bien un petit verre, si ça ne t'ennuie pas. Tu peux en prendre un toi aussi, si ça te tente. »

Je trouvai la bouteille en question et lui servis un verre. L'odeur des mûres fermentée était suffisante pour me dissuader d'y goûter, indépendamment de la saine méfiance que m'inspirait l'alcool, à cause de mon père. À la place, je me servis un autre verre de citronnade.

Woody but deux grandes gorgées, soit presque tout le contenu du verre, et poussa un soupir.

« Ça va mieux. Ce sont des souvenirs tristes et douloureux. Il se fait tard, tu dois être fatigué. Il est temps de parler de ce que tu dois accomplir pour sauver ton amie, si tu es toujours décidé à aller jusqu'au bout.

– Oui.

– Tu risquerais ta vie et ta santé mentale pour cette chienne ?

– C'est tout ce qui me reste de M. Bowditch. » J'hésitai avant d'avouer l'autre raison : « Et je l'aime.

– Très bien. C'est un sentiment que je comprends. Alors, voici ce que tu dois faire. Écoute-moi bien. Un jour de marche te conduira à la maison de ma cousine Claudia. Si tu presses le pas. Une fois là-bas… »

Je lui prêtai une oreille attentive. Comme si ma vie en dépendait. Et les hurlements des loups dehors me faisaient comprendre, très clairement, que c'était le cas.

12

Les toilettes de Woody, situées à l'extérieur, étaient reliées à sa chambre par un petit couloir de planches. Alors que je l'empruntais, une lampe à pétrole à la main (un modèle à l'ancienne, pas une Coleman), quelque chose heurta le mur avec un bruit sourd. Une créature affamée, supposai-je. Je me brossai les dents sans dentifrice et utilisai les toilettes. J'espérais que Radar pourrait se retenir jusqu'au lendemain matin car il n'était pas question que je la sorte avant le lever du jour.

Je ne fus pas obligé de dormir devant la cheminée car il y avait une deuxième chambre. Sur le petit lit était étendue une courtepointe à fanfreluches brodée de papillons qui étaient certainement l'œuvre de Dora. Les murs étaient peints en rose. Woody me confia que Leah et Claudia y avaient dormi à l'occasion. Mais pas depuis des années dans le cas de Leah.

« Voilà à quoi elles ressemblaient dans le temps », dit-il.

Très prudemment, il tendit la main pour prendre sur une étagère une petite peinture ovale dans un cadre doré. Je découvris une fillette et une jeune femme. Superbes l'une et l'autre. Elles se tenaient par le bras devant une fontaine et portaient de jolies robes et des rubans de dentelle dans leurs cheveux bien coiffés. Leah avait encore une bouche pour sourire et, en effet, elles avaient quelque chose de noble.

Je montrai la fillette.

« C'était Leah ? Avant… ?

– Oui. » Woody remit le cadre à sa place avec la même délicatesse. « Avant. Le drame est survenu peu de temps après notre fuite. Un acte de pure vengeance, de malveillance. Elles étaient belles, tu ne trouves pas ?

– Si. »

Je ne quittais pas des yeux la fillette souriante, songeant que le sort de Leah était deux fois plus terrible que la cécité de Woody.

« La vengeance de qui ? demandai-je.

– Je ne veux pas en parler. Je ne souhaiterais qu'une chose : revoir ce tableau. Mais les souhaits sont comme la beauté, des choses vaines. Dors bien, Charlie. Tu dois partir tôt demain si tu veux arriver chez Claudia avant la tombée de la nuit. Peut-être t'en dira-t-elle plus. Et si jamais tu te réveilles cette nuit, ou si ta chienne te réveille, *ne sors pas.* Sous aucun prétexte.

– Ça, j'ai bien compris.

– Tant mieux. Je suis ravi de t'avoir rencontré, jeune prince. Comme on dit : les amis d'Adrian sont mes amis. »

Il ressortit de la chambre d'un pas assuré, une seule main tendue devant lui. Un geste devenu comme une seconde nature chez lui, après toutes ces années passées dans l'obscurité. Combien d'années au juste ? Combien de temps s'était écoulé depuis l'ascension de Gogmagog et la purge qui avait décimé la famille royale ? Qui ou qu'était donc ce Flight Killer ? De quand datait l'époque où Leah était une jeune fille dotée d'une bouche souriante, pour qui manger allait de soi ? Les années avaient-elles la même durée ici ?

Stephen Woodleigh était surnommé Woody… comme le cow-boy dans *Toy Story*. Sans doute une coïncidence, mais je ne pensais pas qu'on pouvait en dire autant des loups et de la maison de brique. Et puis, il y avait cette remarque concernant Rumpa Bridge. Ma mère était morte sur le pont qui enjambait la Little Rumple, et un type à la Rumplestiltskin avait failli me tuer. Devais-je croire à des coïncidences ?

Radar dormait au pied de mon lit, et maintenant que Woody avait attiré mon attention sur les râles et les sifflements de sa respiration, je n'entendais plus que ça. J'étais persuadé que ces bruits, ou les hurlements sporadiques des loups, m'empêcheraient de dormir. Mais j'avais parcouru un long chemin en tractant une charrette. Et je sombrai vite. Dans un sommeil sans rêves. Jusqu'au petit matin, lorsque Woody me secoua par l'épaule.

« Réveille-toi, Charlie. Je nous ai préparé un petit-déjeuner. Tu dois partir dès que tu auras mangé. »

13

Un bol débordait d'œufs brouillés, un autre était tout aussi rempli de saucisses fumantes. Woody en mangea un peu, Radar en mangea un peu et je m'occupai de tout le reste.

« J'ai déposé tes affaires dans la charrette de Dora, et j'ai ajouté une chose que tu devras montrer à ma cousine en arrivant. Pour qu'elle sache que tu viens de ma part.

– J'en déduis qu'elle n'est pas sensible aux intuitions ? »

Il sourit.

« Il se trouve que si, en fait, et j'ai fait de mon mieux à cet égard, mais il n'est pas prudent de se reposer sur ce moyen de communication. Il s'agit d'un objet que tu voudras peut-être garder plus tard, si tu réussis ta mission, et si tu peux retourner dans ton monde de conte de fées.

– C'est quoi ?

– Regarde dans ton sac à dos et tu verras. » Il sourit et me prit par les épaules. « Tu n'es peut-être pas *le* prince, Charlie, mais tu es un garçon courageux.

– Un jour mon prince viendra », chantonnai-je.

Il sourit. Les rides de son visage se déployèrent.

« Adrian connaissait cette chanson lui aussi. Il disait qu'elle venait d'un film émouvant inspiré d'un conte.

– *Blanche-Neige et les sept nains.* »

Woody acquiesça.

« Il disait aussi que le véritable conte était beaucoup plus sombre. »

Comme tous les autres, non ?

« Merci pour tout. Prenez soin de vous. Et de Catriona.

– On veille l'un sur l'autre. Tu te souviens de tout ce que je t'ai expliqué ?

– Oui, je crois.

– Le plus important ?

– Suivre les repères de M. Bowditch, ne pas faire de bruit et quitter la ville avant le crépuscule. À cause des soldats de la nuit.

– Crois-tu ce que je t'ai raconté à leur sujet, Charlie ? Il le faut, autrement tu pourrais être tenté de rester trop longtemps, si tu n'as pas réussi à atteindre le cadran solaire.

– Vous m'avez dit que Hana était une géante et les soldats de la nuit des morts-vivants.

– Oui, mais y crois-tu ? »

Je songeai aux cafards et aux lapins XXL. Au criquet rouge aussi gros que Catriona. À Dora dont le visage s'effaçait et à Leah qui avait une cicatrice en guise de bouche.

« Oui, dis-je. Je crois à tout ça.

– Tant mieux. Et n'oublie pas de montrer à Claudia ce que j'ai mis dans ton sac à dos. »

Après avoir hissé Radar dans la charrette, j'ouvris mon sac. Sur le dessus, luisant d'un éclat velouté dans la lumière d'une nouvelle journée nuageuse, je découvris un petit point doré. Je regardai la porte de la maison de brique et constatai que le heurtoir avait disparu. En le prenant dans ma main, je fus surpris par son poids.

« La vache ! C'est de l'or massif ?

– Oui. Au cas où tu serais tenté de pousser au-delà du cadran solaire, jusqu'au trésor, souviens-toi que tu peux toujours ajouter cet objet à ce qu'a pu rafler Adrian dans le palais au cours de sa dernière visite. Porte-toi bien, Prince Charlie. J'espère que tu n'auras pas besoin d'utiliser l'arme d'Adrian, mais si jamais tu dois le faire, n'hésite pas. »

CHAPITRE SEIZE

La Route du Royaume. Claudia. Instructions. La machine à faire du boucan. Les monarques.

1

Radar et moi, on approcha de l'embranchement signalé par un panneau qui indiquait la Route du Royaume sur la droite. Le panneau censé indiquer la Route du Front de mer, à moitié arraché, pointait vers le sol, comme si le Front de mer se trouvait sous terre. Radar émit un aboiement rouillé et je vis un homme et un jeune garçon venir du Front de mer. L'homme prenait appui sur une béquille ; son pied gauche enveloppé d'un bandage sale touchait à peine le sol de temps à autre. Je me demandais jusqu'où il espérait aller sur une seule jambe. D'autant que le garçon ne l'aidait pas beaucoup ; il était encore petit et transportait toutes leurs affaires dans un sac en toile de jute qu'il faisait passer d'une main à l'autre et traînait parfois sur le sol. Ils s'arrêtèrent à l'embranchement et me regardèrent passer devant le panneau pour prendre à droite.

« Allez pas par là, monsieur ! me cria le garçon. C'est le chemin de la ville hantée ! »

Il était gris, mais moins que l'homme qui l'accompagnait. C'étaient peut-être le père et le fils, mais impossible de déceler une éventuelle ressemblance car le visage de l'homme avait commencé à s'effacer et ses yeux à s'étirer.

L'homme lui donna une grande claque sur l'épaule. Déséquilibré, il se serait affalé si le garçon ne l'avait pas retenu.

« Laisse-le faire, laisse-le faire », dit l'homme.

Sa voix était audible, mais étouffée, comme si ses cordes vocales étaient enveloppées de mouchoirs en papier. Je songeai qu'avant longtemps, il émettrait des onomatopées et des bourdonnements comme Dora.

Obligé de crier pour couvrir la distance grandissante entre les deux routes, cela le faisait souffrir visiblement. Et sa grimace de douleur renforça la laideur de ses traits presque effacés, mais il était décidé à dire ce qu'il avait à dire :

« *Hello*, homme sain ! Devant lequel d'entre eux ta mère a relevé ses jupes pour que tu gardes ce beau visage ? »

J'ignorais de quoi il parlait, alors je ne répondis pas. Radar émit un faible aboiement.

« C'est un chien, 'pa ? Ou un loup apprivoisé ? »

En guise de réponse, l'homme frappa de nouveau l'épaule du garçon. Puis il me regarda avec mépris et fit un geste que je compris parfaitement. Certaines choses ne changent pas, apparemment, quel que soit le monde où vous évoluez. Je fus tenté de lui répondre par la version américaine, mais me retins. Insulter une personne handicapée, c'est nul, même si la personne handicapée en question est un connard qui frappe son fils et dénigre votre mère.

« Bonne route, homme sain ! brailla-t-il de sa voix étouffée. Puisse ce jour être le dernier de ta vie ! »

C'est toujours agréable de rencontrer des gens sympathiques en chemin, pensai-je, et je repartis. Très vite, je les perdis de vue.

2

J'avais la Route du Royaume pour moi seul, ce qui me laissait tout loisir pour réfléchir… et m'interroger.

Ces gens sains, par exemple… Qu'étaient-ils donc ? *Qui* étaient-ils ? J'en faisais partie, évidemment, mais je me disais que s'il avait existé un annuaire des gens sains, mon nom aurait été suivi d'un astérisque car je n'étais pas originaire d'Empis (ainsi qu'on appelait cette région, Woody m'avait appris que Hana la géante venait d'un endroit baptisé Cratchy). J'avais été soulagé de l'entendre dire également que ma peau ne deviendrait pas grise et que les traits de mon visage ne s'efface-raient pas car, affirmait-il, les gens sains étaient immunisés contre cette maladie. Cet échange avait eu lieu le matin même, au petit-déjeuner, mais Woody avait refusé d'en parler davantage, sous prétexte qu'une longue route m'attendait et que je devais partir sans tarder. Lorsque je l'avais interrogé au sujet de Flight Killer, il avait simplement froncé les sourcils et secoué la tête. Il m'avait répété que sa cousine Claudia pourrait m'en dire plus, et j'avais dû me contenter de cette réponse. Néanmoins, les paroles de l'homme à la béquille étaient évocatrices : *Devant lequel d'entre eux ta mère a relevé ses jupes pour que tu gardes ce beau visage ?*

Autre motif d'interrogation : le ciel perpétuellement gris. Dans la journée du moins, car la nuit, les nuages s'écartaient parfois pour laisser apparaître l'éclat de la lune. Ce qui semblait exciter les loups. Et puis il n'y avait pas une seule lune là-haut, mais deux, l'une courant après l'autre. Je me demandais où je me trouvais au juste. J'avais lu suffisamment d'ouvrages de science-fiction pour connaître le concept des mondes parallèles et des Terres multiples, mais j'avais le sentiment qu'en franchissant cet endroit du couloir souterrain où mon corps et mon esprit semblaient se séparer, j'avais peut-être atteint un autre niveau d'existence. L'hypothèse selon laquelle je me trouvais sur une autre planète dans une galaxie très lointaine n'était pas dénuée de fondement, en raison des deux lunes, mais j'étais entouré de *personnes*, pas de formes de vie extraterrestres.

Je repensai à ce livre sur la table de chevet de M. Bowditch, celui dont la couverture représentait un entonnoir qui se remplissait d'étoiles. Et si j'avais trouvé le chemin menant à la matrice du monde dont il parlait ? (Je regrettais amèrement de ne pas avoir emporté ce livre dans mon sac à dos avec les provisions, les médicaments de Radar et le pistolet de Polley.) Cette idée me rappela un film que j'avais regardé avec ma mère et mon père quand j'étais petit : *L'Histoire sans fin*. Supposons qu'Empis ressemble à Fantasia dans ce film : un monde créé par l'imagination collective ? S'agissait-il également d'un concept jungien ? Comment pouvais-je le savoir alors que je ne savais même pas si le nom de ce gars se prononçait *Jung* ou *Yung* ?

Autant d'interrogations, mais celle qui revenait en boucle était d'ordre plus terre à terre : mon père. Maintenant, savait-il que j'étais parti ? Peut-être l'ignorait-il encore (et comme on dit : l'ignorance est la condition du bonheur), mais à l'instar de Woody peut-être avait-il eu une intuition. J'avais entendu dire que les parents y étaient sujets. Il avait dû essayer de m'appeler, et comme je ne répondais pas, il m'avait envoyé un texto. Il devait se dire que j'étais trop occupé par des histoires de lycée pour répondre, mais ça ne durerait pas car il savait que j'avais pour habitude (en garçon raisonnable que j'étais) de le rappeler dès que je pouvais.

Je ne supportais pas de l'imaginer en train de s'inquiéter, mais je ne pouvais rien faire. J'avais pris une décision. En outre – je suis obligé de l'avouer puisque j'ai décidé de dire la vérité – j'étais content d'être là. Je ne peux pas vraiment dire que je m'amusais, mais oui : j'étais content. Je voulais des réponses à mille questions. Je voulais voir ce qu'il y avait derrière la colline suivante. Je voulais voir ce que le gamin avait appelé la ville hantée. Bien sûr, j'avais peur – de Hana, des soldats de la nuit, de cette chose ou de cette personne nommée Flight Killer, et de Gogmagog surtout –, mais j'étais grisé en même temps. Sans compter qu'il y avait Radar. Si je pouvais lui offrir une seconde chance, je ne voulais pas la laisser passer.

Là où je m'arrêtai pour déjeuner et me reposer, les bois s'étaient refermés des deux côtés de la route. Je ne vis aucune vie sauvage, mais les ombres étaient nombreuses.

« Tu veux manger un bout, Radar ? »

J'espérais que oui car je ne lui avais pas fait avaler ses comprimés ce matin-là. Je sortis de mon sac une boîte de sardines que j'ouvris et approchai de sa truffe pour qu'elle sente la bonne odeur. Elle dressa la tête, sans se lever. Le pus continuait à suinter de ses yeux.

« Allez, fifille, tu adores ça. »

Elle réussit à faire trois ou quatre pas dans la pente de la charrette, puis ses pattes arrière se dérobèrent. Elle glissa jusqu'en bas en dérapant et laissa échapper un aboiement de douleur aigu. Elle heurta la terre dure, sur le flanc, et leva la tête pour me regarder en haletant. Le côté de sa gueule était maculé de poussière. J'eus un pincement au cœur. Elle essaya de se relever, en vain.

Je cessai de m'interroger au sujet des gens sains, des gens gris, et même de mon père. Tout ça ne comptait plus. J'ôtai la poussière, la soulevai dans mes bras et la transportai jusqu'à une étroite bande d'herbe entre la route et la masse des arbres. Je l'allongeai là, lui caressai la tête et examinai ses pattes arrière. Rien de cassé apparemment, mais quand ma main remonta vers les hanches, elle poussa un jappement et montra les dents : non pas pour mordre, mais à cause de la douleur. Tout me paraissait normal ; j'étais certain néanmoins qu'une radio aurait montré des articulations salement enflammées et enflées.

Elle but un peu d'eau et avala une sardine ou deux… pour me faire plaisir, je pense. J'avais perdu l'appétit moi aussi, mais je me forçai à manger un peu du lapin grillé que m'avait donné Dora, et deux cookies. Il fallait alimenter le moteur. Quand je repris Radar dans mes bras – très délicatement – pour la remettre dans la charrette, j'entendis les râles de sa respiration et sentis ses côtes sous mes doigts. Woody avait dit qu'elle était en train de mourir et il avait raison, mais je n'étais pas venu jusqu'ici pour découvrir ma chienne morte dans la charrette de Dora. Je repris les ridelles et me remis en marche, sans courir – pour ne pas m'épuiser – mais d'un bon pas.

« Tiens bon, fifille. Ça ira peut-être mieux demain, alors tiens bon. Pour moi. »

J'entendis sa queue frapper contre le fond de la charrette.

3

Les nuages s'assombrirent alors que je tractais la charrette sur la Route du Royaume, mais il ne plut pas. Être mouillé ne me gênait pas, mais cela risquait d'aggraver l'état de Radar si elle avait le poil trempé, et je n'avais rien pour la couvrir. De plus, tirer la charrette risquait de devenir compliqué, voire impossible, si une pluie violente transformait la route en terrain boueux.

Quatre ou cinq heures après la chute de Radar, je dus affronter une côte raide et je m'arrêtai, pour reprendre mon souffle, mais surtout pour regarder. Le paysage s'étendait devant moi, et pour la première fois j'aperçus distinctement les tours de la ville. Dans cette lumière terne, elles prenaient une couleur vert olive sinistre, comme de la stéatite. Au loin, un haut mur gris se dressait des deux côtés de la route, à perte de vue. J'étais encore à plusieurs kilomètres de la ville ; impossible par conséquent de déterminer sa hauteur, mais il me semblait distinguer une porte colossale au milieu. *Si elle est verrouillée*, pensai-je, *je suis mal.*

Entre la maison de Woody et l'endroit où je m'étais arrêté pour me reposer la route décrivait un long arc de cercle, mais à partir d'ici, elle filait en ligne droite jusqu'à l'entrée de la ville. Quelques kilomètres plus loin, les bois commençaient à refluer et je vis des charrettes abandonnées et ce qui pouvait être des charrues, dans des champs en friche. Je remarquai autre chose : une sorte de véhicule venait dans ma direction. J'ai de bons yeux, mais à cette distance, je n'arrivais pas à l'identifier. Ma main se posa sur la crosse du revolver de M. Bowditch, non pas pour vérifier qu'il était toujours là, mais pour me rassurer.

« Tout va bien, Radar ? »

Je jetai un coup d'œil par-dessus mon épaule et vis qu'elle me regardait de l'avant de la charrette. Bien. Je saisis les ridelles et repartis. Mes mains s'étaient couvertes d'une jolie collection de cloques et j'aurais donné cher pour avoir une paire de gants de chantier. Même une paire de moufles ! Au moins, la route descendait maintenant.

Deux ou trois kilomètres plus loin (les tours disparaissaient derrière le mur d'enceinte de la ville à mesure que la route descendait), je m'arrêtai de nouveau. La personne qui venait vers moi semblait juchée sur un tricycle démesuré. Lorsque la distance entre nous se fut réduite, je découvris que cette personne était une femme, et qu'elle avançait à vive allure. Elle portait une longue robe noire qui gonflait autour d'elle et impossible de ne pas penser, une fois encore, au *Magicien d'Oz*. Notamment à la partie en noir et blanc, au début, quand Almira Gulch pédale sous le ciel menaçant du Kansas pour s'emparer du chien de Dorothy et le faire piquer parce qu'il l'a mordue. Il y avait même un panier en bois à l'arrière du tricycle, bien plus grand cependant que celui destiné à Toto sur le vélo de Miss Gulch.

« Ne t'inquiète pas, Radar, dis-je. Elle ne t'emmènera nulle part. »

Quand elle fut tout près, je m'arrêtai et agitai mes mains en feu. J'avais l'intention de me montrer amical si cette femme était bien celle que je croyais, mais j'étais prêt à me défendre et à défendre ma chienne si elle se révélait être la version locale de la Méchante Sorcière de l'Ouest.

La femme s'arrêta en rétropédalant sur son tricycle dans un joli nuage de poussière. Sa robe se dégonfla et retomba mollement sur son corps. Dessous, elle portait d'épais collants noirs et de grosses bottes de la même couleur. Cette dame n'avait pas besoin des chaussures de Dora. Son visage rosi par l'exercice ne présentait pas la moindre trace de gris. Si j'avais dû lui donner un âge, j'aurais dit quarante ou cinquante ans, mais ce ne serait qu'une estimation. Car le temps est un phénomène étrange à Empis, à l'instar du processus de vieillissement.

« Vous êtes Claudia, n'est-ce pas ? Attendez… J'ai quelque chose pour vous. »

Je sortis de mon sac à dos le heurtoir en or. Elle y jeta à peine un regard, hocha la tête et se pencha par-dessus son guidon. Ses mains étaient enveloppées dans des gants en cuir que je lui enviais amèrement.

« JE SUIS CLAUDIA ! J'AI PAS BESOIN DE VOIR ÇA, J'AI RÊVÉ QUE TU ARRIVAIS ! » Elle tapota sa tempe et émit un rire qui résonnait comme un aboiement. « LES RÊVES NE SONT PAS FIABLES, MAIS CE MATIN J'AI VU LE SOMMET DE LA COLLINE ! C'EST TOUJOURS SIGNE DE PLUIE OU DE COMPAGNIE ! » Sa voix n'était pas seulement assourdissante, elle était monotone, semblable à celle d'un ordinateur malfaisant dans un vieux film de science-fiction. Elle ajouta une précision superflue : « JE SUIS SOURDE ! »

Elle tourna la tête. Ses cheveux étaient relevés en un petit chignon et j'aurais pu voir son oreille, si elle en avait eu une. Comme la bouche de Leah et les yeux de Woody, ce n'était plus qu'une cicatrice.

4

Elle remonta ses jupes, descendit de son tricycle et marcha à grands pas vers la charrette pour regarder Radar. En passant, elle tapota la crosse du revolver dans son étui.

« LE FLINGUE DE BOWDITCH ! JE M'EN SOUVIENS ! ET JE ME SOUVIENS D'ELLE ! »

Radar leva la tête quand Claudia la caressa et la gratta derrière les oreilles, ce que Radar adorait. Claudia s'approcha tout près, sans craindre d'être mordue visiblement, et renifla. Radar lui lécha la joue.

Claudia se retourna vers moi :

« ELLE EST SACRÉMENT MAL EN POINT ! »

Je hochai la tête. Inutile de nier.

« ON VA LA REQUINQUER ! ELLE MANGE ? »

J'agitai la main : *Couci-couça.*

« Vous savez lire sur les lèvres ? »

Je tapotai les miennes et montrai les siennes.

« J'AI JAMAIS VRAIMENT APPRIS ! brailla-t-elle. PERSONNE

AVEC QUI M'EXERCER ! ON VA LUI DONNER DU BOUILLON DE BŒUF ! ET ÇA ELLE VA LE MANGER, NOM D'UNE PIPE ! ÇA VA LA REMETTRE SUR PIED VITE FAIT ! TU VEUX QUE JE LA PRENNE DANS MON PANIER ? ON IRA PEUT-ÊTRE PLUS VITE ! »

Je ne pouvais pas lui dire que je craignais de lui faire mal aux hanches, alors je me contentai de secouer la tête.

« SOIT. MAIS DÉPÊCHE-TOI ! TROIS CLOCHES CE N'EST PAS LONG ! LA JOURNÉE EST TERMINÉE ! FAUT SE MÉFIER DE CES SATANÉS LOUPS ! »

Elle décrivit un cercle avec son gros tricycle – la selle se trouvait au moins à un mètre cinquante du sol – et y grimpa. Elle pédalait lentement et la route était suffisamment large pour me permettre de marcher à sa hauteur, si bien que Radar et moi, on n'était pas obligés de manger sa poussière.

« SIX KILOMÈTRES ! cria-t-elle de sa voix monotone. DU NERF, JEUNE HOMME ! JE TE PRÊTERAIS VOLONTIERS MES GANTS, MAIS TES MAINS SONT TROP GRANDES ! JE TE DONNERAI UNE BONNE POMMADE QUAND NOUS SERONS À L'ABRI ! C'EST MA PROPRE RECETTE ET ELLE EST RUDEMENT EFFICACE ! JE PARIE QUE ÇA TE FAIT SACRÉMENT MAL ! »

5

Lorsqu'on approcha enfin de chez Claudia, le jour tombait et j'étais vanné. À côté de ces deux jours passés à tracter la charrette de Dora, les entraînements de football ressemblaient à des parties de plaisir. Deux ou trois kilomètres plus loin, j'aperçus le début de ce qui était peut-être une banlieue, bien que le terme soit inapproprié : c'étaient des cottages comme celui de Dora, mais aux toits écroulés. Au début, ils se dressaient à une certaine distance les uns des autres, séparés par des courettes ou des jardinets, mais à l'approche des murs de la ville, ils se regroupaient jusqu'à se toucher. Ils possédaient des cheminées, mais nulle fumée ne s'en échappait. Des routes et des rues commençaient à apparaître ici et là. Un véhicule quelconque – impossible à identifier – était immobilisé au milieu de la route principale. Je crus d'abord qu'il s'agissait d'un wagon de chemin de fer destiné au transport de marchandises. Quand on s'en approcha, je penchai plutôt pour un car. Je le montrai du doigt.

« TRAMWAY ! hurla Claudia. IL EST LÀ DEPUIS TRÈS TRÈS LONGTEMPS ! PLUS VITE, JEUNE HOMME ! MAGNE-TOI LE POPOTIN ! MAGNE-TOI LA RONDELLE ! » Celle-là, je ne l'avais jamais entendue et je me promis de la mettre de côté pour Andy Chen, en supposant que je le revoie un jour. « ON Y EST PRESQUE ! »

Au loin, quelque part entre la ville et l'endroit où on se trouvait, trois cloches retentirent, espacées et solennelles : *DONG… DONG… DONG…* Claudia vit Radar se redresser et tourner la tête en direction du bruit.

« TROIS CLOCHES ? » demanda-t-elle.

Je confirmai d'un hochement de tête.

« DANS LE TEMPS, ÇA VOULAIT DIRE ARRÊTEZ DE TRAVAILLER ET RENTREZ CHEZ VOUS POUR DÎNER ! MAINTENANT IL N'Y A PLUS DE TRAVAIL ET PLUS PERSONNE POUR LE FAIRE, MAIS LES CLOCHES CONTINUENT À SONNER ! JE LES ENTENDS PAS, MAIS JE LES SENS DANS MES DENTS, SURTOUT QUAND IL Y A DE L'ORAGE ! »

La maison de Claudia se dressait sur un terrain envahi de mauvaises herbes, devant un étang vaseux entouré de buissons. Elle était ronde et faite de planches récupérées et de morceaux de tôle. Elle me paraissait affreusement fragile et du coup, il était facile de repenser à l'histoire du loup et des trois petits cochons. La maison de Woody était en brique, celle de Claudia en brindilles. Si un troisième membre de la famille royale avait vécu dans une maison de paille, je supposais qu'elle ou il avait été dévoré tout cru depuis longtemps.

En approchant, je découvris plusieurs loups morts : trois ou quatre couchés devant la maison et un autre dans les herbes hautes. Seules ses pattes dépassaient. Ceux qui gisaient devant la maison étaient dans un état de décomposition avancée. Leurs cages thoraciques transperçaient ce qui leur restait de fourrure. Leurs yeux avaient disparu, sans doute picorés par des corbeaux voraces et leurs orbites vides semblèrent me suivre du regard lorsqu'on s'engagea sur le chemin battu et rebattu qui menait à la porte. Je fus soulagé de constater que ces loups n'étaient pas gigantesques, contrairement aux insectes… mais ils étaient quand même assez gros. De leur vivant, du moins. La mort leur avait imposé un régime strict, comme à toutes les créatures vivantes, je crois.

« JE LES TUE QUAND JE PEUX ! clama Claudia en descendant de son tricycle. « ÇA MAINTIENT LES AUTRES À L'ÉCART GÉNÉRALEMENT ! QUAND L'ODEUR S'ATTÉNUE, JE BUTE QUELQUES SALOPARDS DE PLUS ! »

Drôle de langage pour un membre de la famille royale, pensai-je.

Je posai les ridelles de la charrette, tapotai l'épaule de Claudia et sortis le revolver de M. Bowditch de son étui. Mes sourcils exprimèrent une interrogation. Je n'étais pas certain qu'elle comprenne, mais si. Son large sourire dévoila plusieurs dents manquantes.

« NON NON ! J'AI PAS CE GENRE DE TRUCS ! J'AI UNE ARBALÈTE ! » Elle fit mine d'en épauler une. « JE L'AI FABRIQUÉE MOI-MÊME ET J'AI AUTRE CHOSE, ENCORE MIEUX ! ADRIAN ME L'A APPORTÉ QUAND CETTE BESTIOLE ÉTAIT ENCORE UN CHIOT ! »

Elle ouvrit la porte d'un solide coup d'épaule. Je pris Radar dans la charrette et tentai de la poser sur ses pattes. Elle parvint à se tenir debout et à marcher, mais arrivée devant le perron de pierre, elle s'arrêta et me regarda pour réclamer mon aide. Je la portai à l'intérieur. La maison se composait d'une unique pièce ronde et d'une autre plus petite, supposai-je, masquée par un rideau de velours bleu orné de fils écarlates et dorés. Il y avait un poêle, une minuscule cuisine et un établi sur lequel étaient éparpillés des outils. Sur la table, il y avait des flèches à divers stades de fabrication et un panier en osier qui contenait une demi-douzaine de flèches terminées. Leurs pointes étincelèrent quand Claudia gratta une longue allumette pour allumer plusieurs lampes à pétrole. Je pris une des flèches pour examiner la pointe de plus près. Elle était en or. Et aiguisée. Quand j'y appuyai le bout de mon index, une goutte de sang perla aussitôt.

« HÉ ! HÉ ! TU VEUX TE BLESSER OU QUOI ? »

Elle m'attrapa par mon T-shirt et m'entraîna jusqu'à un évier en étain. Au-dessus duquel s'avançait une pompe à main. Claudia l'actionna plusieurs fois, de haut en bas, pour l'activer et elle maintint sous un jet d'eau glaciale mon doigt qui saignait.

« C'est juste une petite… », commençai-je, puis je renonçai et la laissai faire. Quand elle eut terminé, elle me surprit en déposant un baiser sur le bobo.

« ASSIS ! REPOS ! ON VA BIENTÔT MANGER ! FAUT QU'ON S'OCCUPE DE TA CHIENNE. ET DE TES PALUCHES ENSUITE ! »

Elle posa une bouilloire sur le poêle et quand l'eau fut chaude, mais pas bouillante, elle remplit une bassine trouvée sous l'évier. Elle ajouta un truc malodorant provenant d'une cruche qui se trouvait sur une des étagères. Celles-ci croulaient sous les provisions, certaines dans des boîtes en fer, d'autres enveloppées dans ce qui ressemblait à de l'étamine et fermées par de la ficelle ; la plupart dans des bocaux en verre. Une arbalète était accrochée au mur, en effet, à droite du rideau de velours. C'était du sérieux. Cette maison ressemblait finalement à celle d'un pionnier, et Claudia moins à un membre de la famille royale qu'à une épouse de pionnier, brute de décoffrage.

Elle trempa un linge dans le mélange puant, l'essora, puis s'accroupit au-dessus de Radar, qui paraissait méfiante. Délicatement, elle entreprit d'appliquer le linge sur le haut des pattes, aux endroits douloureux, tout en émettant un bourdonnement qui ressemblait à un chant. Il montait dans les aigus et redescendait dans les graves, alors que quand elle parlait, sa voix était un braillement monotone comme les annonces que crachaient les haut-parleurs de mon lycée. Je pensais que Radar allait essayer de s'enfuir, ou même de la mordre, mais non. La tête appuyée sur le plancher, elle poussa un soupir d'aise.

Claudia glissa ses mains sous le corps de la chienne.

« ROULE SUR LE CÔTÉ, MA BELLE ! FAUT QUE JE M'OCCUPE DE L'AUTRE PATTE ! »

Radar bascula plus qu'elle ne roula de l'autre côté. Claudia imbiba le linge de nouveau et s'attaqua à la deuxième patte arrière. Quand elle eut terminé, elle lança le linge dans l'évier en étain et alla en chercher deux autres. Elle les mouilla, les essora et se tourna vers moi.

« TENDS LES MAINS, JEUNE PRINCE ! C'EST COMME ÇA QUE T'APPELAIT WOODY DANS MON RÊVE ! »

Lui expliquer que je m'appelais Charlie, tout simplement, n'aurait servi à rien, alors je tendis les mains comme elle me le demandait. Elle les enveloppa dans les linges mouillés et tièdes. L'odeur de sa potion était désagréable, mais le soulagement fut immédiat. Elle le vit sur mon visage.

« RUDEMENT EFFICACE, HEIN ? C'EST MA MAMIE QUI M'A APPRIS ÇA, IL Y A LONGTEMPS QUAND LE TRAM ROULAIT ENCORE JUSQU'À ULLUM ET QU'IL Y AVAIT ENCORE DES GENS POUR ENTENDRE CES CLOCHES ! Y A DE L'ÉCORCE DE BOULEAU DEDANS, MON GARÇON, MAIS Y A PAS QUE ÇA, OH NON ! Y A PAS QUE ÇA ! GARDE TES MAINS LEVÉES PENDANT QUE JE NOUS PRÉPARE À GRAILLER ! TU DOIS AVOIR LA DALLE ! »

6

Au menu, steaks et haricots verts, et une sorte de tourte aux pommes et aux pêches. On pouvait dire que j'avais mangé à l'œil depuis mon arrivée à Empis, et Claudia ne cessait de remplir mon assiette. Radar eut droit à un bol de bouillon de bœuf à la surface duquel flottaient des globules de gras. Elle lécha le bol, fit de même avec ses babines, et regarda Claudia pour en réclamer davantage.

« NON NON NON ! brailla Claudia en se penchant pour gratter Radar derrière les oreilles. TU DÉGUEULERAIS TOUT IMMÉDIATEMENT, MA PAUVRE VIEILLE, ET À QUOI ÇA T'AURA SERVI, HEIN ? ÇA, EN REVANCHE, ÇA PEUT PAS TE FAIRE DE MAL ! »

Il y avait une miche de pain complet sur la table. Claudia en arracha un gros morceau avec ses doigts puissants, endurcis par le travail (elle aurait pu tirer cette charrette toute la journée sans avoir une seule cloque), et elle piocha une flèche dans le panier. Elle y planta le morceau de pain, ouvrit la porte du poêle et y fourra le morceau de pain. Il en ressortit encore plus marron et brûlé. Elle souffla dessus comme sur une bougie d'anniversaire, y étala avec son doigt un peu de beurre provenant du pot en terre cuite qui se trouvait également sur la table, et le tendit à Radar. Celle-ci se dressa sur ses pattes, décrocha le morceau de pain avec ses dents et l'emporta dans un coin. Elle boitait moins. Si M. Bowditch avait pu profiter de la potion de Claudia, songeai-je, il aurait peut-être pu se passer de l'oxycodone.

Claudia écarta le rideau de velours qui cachait sa chambre et revint avec un bloc de feuilles et un stylo. Qu'elle me tendit. En voyant l'inscription gravée sur le stylo, je fus submergé par un sentiment d'irréalité. On pouvait encore lire AVEC LES FÉLICITATIONS DE SENTRY LUMB. Il ne restait que quelques feuilles sur le bloc. En le retournant, je vis une étiquette à moitié effacée : STAPLES 1.99 $

« ÉCRIS QUAND TU PEUX PAS FAIRE AUTREMENT. SINON TU FAIS OUI OU NON DE LA TÊTE ! FAUT ÉCONOMISER CE PUTAIN DE PAPIER. ADRIAN ME L'A APPORTÉ AVEC LA MACHINE À FAIRE DU BOUCAN LORS DE SON DERNIER VOYAGE ET C'EST TOUT CE QUI RESTE ! TU AS COMPRIS ? »

Je hochai la tête.

« TU ES VENU POUR REQUINQUER LA CHIENNE D'ADE, HEIN ? »

Je hochai la tête.

« TU SAIS COMMENT ATTEINDRE LE CADRAN SOLAIRE, JEUNE HOMME ? »

J'écrivis ma réponse et lui tendis le bloc : *M. Bowditch a tracé le chemin avec ses initiales.* Ce qui était préférable à des miettes de pain, pensai-je. Si la pluie ne les avait pas effacées, évidemment.

Claudia semblait réfléchir, tête baissée. Dans la lumière des lampes à pétrole, je relevai une certaine ressemblance avec son cousin Woody, bien que celui-ci soit beaucoup plus âgé. Sous les années de labeur et de tir à l'arbalète sur les loups en maraude se cachait une beauté austère. La royauté en exil, songeai-je. Woody, Leah et Claudia. Ce n'étaient pas les trois petits cochons, mais les trois petits sang-bleu.

Finalement, elle leva la tête et cria : « RISQUÉ ! »

J'acquiesçai.

« WOODY T'A DIT COMMENT Y ALLER ET CE QUE TU DOIS FAIRE ? »

J'écrivis : *Je ne dois pas faire de bruit.*

Elle émit un reniflement méprisant, comme si tout cela ne servait à rien.

« JE NE PEUX PAS CONTINUER À T'APPELER JEUNE HOMME OU JEUNE PRINCE MÊME SI TU AS QUELQUE CHOSE DE NOBLE ! COMMENT TU T'APPELLES ? »

J'écrivis : *CHARLIE READE* en majuscules.

« SHARLIE ? »

C'était assez proche, alors j'acquiesçai.

Elle prit une bûche dans la caisse posée près du poêle, ouvrit la porte, balança la bûche à l'intérieur et claqua la porte. Elle revint s'asseoir, noua ses mains sur ses genoux et se pencha en avant. Elle affichait un air grave.

« TU ARRIVERAS TROP TARD DEMAIN POUR ESSAYER D'ACCOMPLIR TA MISSION, SHARLIE ! ALORS TU VAS DEVOIR PASSER LA NUIT DANS UN HANGAR PAS TRÈS LOIN DE LA PORTE PRINCIPALE DE LA VILLE ! DEVANT, IL Y A UN WAGON ROUGE QUI N'A PLUS DE ROUES ! NOTE ! »

J'écrivis sur le bloc : *hangar, wagon rouge sans roues.*

« PAS DE PROBLÈME JUSQUE-LÀ ! LA PORTE DU HANGAR SERA OUVERTE MAIS IL Y A UN VERROU À L'INTÉRIEUR ! FERME-LE SI TU NE VEUX PAS RECEVOIR LA VISITE D'UN OU DE PLUSIEURS LOUPS ! NOTE ! »

Verrouiller la porte.

« RESTE CACHÉ JUSQU'À CE QUE TU ENTENDES LA CLOCHE DU MATIN ! UN COUP ! LA PORTE DE LA VILLE SERA FERMÉE MAIS LE NOM DE LEAH SUFFIRA À L'OUVRIR ! UNIQUEMENT LE SIEN ! LEAH DES GALLIEN ! NOTE ! »

Je notai : *Leah des galleon.* Claudia me demanda le bloc pour voir ce que j'avais écrit. Elle fronça les sourcils et réclama le stylo. Elle raya *galleon* pour le remplacer par *Gallien.*

« ON NE VOUS APPREND PAS L'ORTHOGRAPHE LÀ D'OÙ TU VIENS ? »

Je haussai les épaules. Galleon ou Gallien, ça se ressemblait. Et si la ville était déserte, qui allait m'entendre et me laisser entrer, d'abord ?

« FAUT QUE TU FRANCHISSES CETTE FOUTUE PORTE JUSTE APRÈS LA CLOCHE DU MATIN CAR IL Y A UN SACRÉ TRAJET QUI T'ATTEND ! »

Elle se massa le front et posa sur moi un regard inquiet.

« SI TU VOIS LES MARQUES D'ADRIAN, PEUT-ÊTRE QUE TOUT IRA BIEN ! SINON, FICHE LE CAMP AVANT DE TE PERDRE ! CES RUES SONT UN VRAI LABYRINTHE ! TU SERAS ENCORE EN TRAIN D'ERRER DANS CE TROU À RATS À LA NUIT TOMBÉE ! »

J'écrivis : *Radar va mourir si je ne peux pas la requinquer !*

Claudia me prit le bloc, lut et me le rendit d'un geste brusque.

« TU L'AIMES AU POINT DE MOURIR AVEC ELLE ? »

Je secouai la tête. Claudia me surprit alors en lâchant un rire presque musical. Un vestige, devinai-je, de ce qu'avait été sa voix avant que la malédiction la condamne à une vie de silence.

« CE N'EST PAS UNE RÉPONSE TRÈS NOBLE MAIS CEUX QUI RÉPONDENT NOBLEMENT ONT TENDANCE À MOURIR JEUNES AVEC DE LA MERDE AU CUL ! TU VEUX UN PEU DE BIÈRE ? »

Je fis non de la tête. Elle se leva, fouilla dans ce que je supposais être son cellier et revint avec une bouteille blanche. Avec son pouce, elle fit sauter un bouchon de liège percé d'un trou, pour laisser respirer le mélange, probablement, et but une longue gorgée. Ponctuée par un rot sonore. Elle se rassit, la bouteille coincée entre les genoux.

« SI LES MARQUES SONT LÀ, SHARLIE – LES MARQUES D'ADRIAN – SUIS-LES AUSSI VITE ET SANS BRUIT ! NE FAIS PAS ATTENTION AUX VOIX QUE TU PEUX ENTENDRE, CAR CE SONT LES VOIX DES MORTS… OU PIRE QUE ÇA ! »

Pire que les morts ? Ça ne me disait rien qui vaille. Et puisqu'il était question de ne pas faire de bruit, il y avait celui que les roues en bois de la charrette de Dora étaient susceptibles de produire sur les pavés des rues. Radar pourrait peut-être marcher pendant une partie du trajet… et je la porterais ensuite ?

« IL SE PEUT QUE TU VOIES DES TRUCS BIZARRES .. DES CHOSES QUI CHANGENT DE FORME… MAIS N'Y FAIS PAS ATTENTION ! TU FINIRAS PAR ATTEINDRE UNE PLACE AVEC UNE FONTAINE À SEC AU MILIEU ! »

Je pensais avoir déjà vu cette fontaine, sur le petit tableau représentant Claudia et Leah que m'avait montré Woody.

« TOUT PRÈS, IL Y A UNE ÉNORME MAISON JAUNE AUX VOLETS MARRON ! UN PASSAGE LA TRAVERSE AU MILIEU ! C'EST LA MAISON DE HANA ! UNE MOITIÉ EST LA PARTIE OÙ ELLE VIT, L'AUTRE MOITIÉ EST LA CUISINE OÙ ELLE PREND SES REPAS ! NOTE ! »

Je m'exécutai et elle m'arracha le bloc des mains. Elle dessina un passage incurvé au sommet et au-dessus, un papillon aux ailes déployées. Pas mal pour un simple croquis.

« TU DOIS TE CACHER, SHARLIE ! AVEC TA CHIENNE ! ELLE SAURA NE PAS FAIRE DE BRUIT ? »

Je fis oui de la tête.

« AUCUN BRUIT, QUOI QU'IL ARRIVE ? »

Je ne pouvais pas en être sûr, mais je hochai la tête quand même.

« ATTENDS LES DEUX CLOCHES ! NOTE ! »

2 cloches.

« TU VERRAS PEUT-ÊTRE HANA DEHORS AVANT LES DEUX CLOCHES ! PEUT-ÊTRE PAS ! MAIS TU LA VERRAS FORCÉMENT QUAND ELLE SE RENDRA À LA CUISINE POUR SON REPAS DU MIDI ! C'EST À CE MOMENT-LÀ QUE TU DOIS EMPRUNTER LE PASSAGE ! LE PLUS VITE POSSIBLE ! NOTE ! »

Cela ne me paraissait pas utile – je n'avais aucune envie de m'attarder à proximité de Hana si elle était aussi terrifiante qu'on le disait –, mais à l'évidence, Claudia était très inquiète pour moi.

« LE CADRAN SOLAIRE NE SERA PLUS TRÈS LOIN ENSUITE ! TU LE COMPRENDRAS GRÂCE AUX RUES PLUS LARGES ! POSE TA CHIENNE SUR LE CADRAN ET FAIS-LE

TOURNER À L'ENVERS ! SERS-TOI DE TES MAINS ! ATTENTION, SI TU LE FAIS TOURNER VERS L'AVANT TU VAS LA TUER ! ET RESTE BIEN À L'ÉCART SURTOUT ! NOTE ! »

Je notai, mais uniquement pour lui faire plaisir. J'avais lu *La Foire des ténèbres*, je savais qu'il était dangereux de faire tourner le cadran solaire dans le mauvais sens. Et s'il y avait une chose dont n'avait pas besoin Radar, c'était de vieillir.

« REPARS COMME TU ES VENU ! MAIS ATTENTION À HANA ! TENDS BIEN L'OREILLE DANS LE PASSAGE ! »

J'écartai les mains et secouai la tête : *Je ne comprends pas.*

Claudia grimaça un sourire.

« CETTE SALE GARCE FAIT TOUJOURS UNE SIESTE APRÈS LE DÉJEUNER ! ET ELLE RONFLE ! QUAND TU VAS ENTENDRE ÇA, SHARLIE ! UN VRAI GRONDEMENT DE TONNERRE ! »

Je dressai les pouces : *Compris.*

« REVIENS VITE ! C'EST LOIN ET TU N'AS PAS BEAUCOUP DE TEMPS ! MÊME SI TU N'AS PAS FRANCHI LA PORTE QUAND SONNENT LES TROIS CLOCHES, IL FAUT QUE TU AIES QUITTÉ LILIMAR PEU DE TEMPS APRÈS ! AVANT LA NUIT ! »

J'écrivis : *soldats de la nuit* sur le bloc et le lui montrai. Claudia se rinça le gosier avec une nouvelle gorgée de bière. Elle affichait un air sombre.

« OUI ! C'EST EUX ! RAYE-MOI ÇA MAINTENANT ! »

Ce que je fis.

« BIEN ! MOINS ON MENTIONNE CES ORDURES, MIEUX C'EST ! TU PASSES LA NUIT DANS LE HANGAR AVEC LE WAGON ROUGE DEVANT ! TU SORS QUAND TU ENTENDS LA CLOCHE DU MATIN ! ET TU REVIENS ICI ! NOTE ! »

Je notai.

« ON A FINI ! TU FERAIS BIEN DE DORMIR MAINTENANT CAR TU DOIS ÊTRE FATIGUÉ ET UN LONG VOYAGE T'ATTEND DEMAIN ! »

Je griffonnai quelque chose sur le bloc. Je le lui montrai d'une main, et de l'autre, je pris la sienne. En très gros, j'avais écrit *MERCI.*

« NON NON NON ! » Elle porta ma main à sa bouche et l'embrassa. « J'AIMAIS ADE ! PAS COMME UNE FEMME AIME UN HOMME MAIS COMME UNE SŒUR AIME UN FRÈRE ! J'ESPÈRE SEULEMENT QUE JE NE T'ENVOIE PAS À LA MORT… OU PIRE ! »

Je souris et lui montrai mes deux pouces pour essayer de lui faire comprendre que tout irait bien. Sans y croire, évidemment.

7

Avant que je puisse poser d'autres questions – j'en avais des milliers –, les loups se mirent de la partie. Ils étaient nombreux et ils hurlaient à tue-tête. Je voyais le clair de lune briller entre deux planches qui s'étaient écartées. Soudain, un choc ébranla le côté de la maison, avec une telle violence que tout trembla. Radar se dressa sur ses pattes, oreilles dressées. Il y eut un deuxième choc, puis un troisième, puis deux simultanés. Un bocal tomba d'une des étagères et je sentis l'odeur de la saumure.

Je dégainai l'arme de M. Bowditch, en pensant : *Ils vont souffler, souffler et détruire sa maison.*

« NON NON NON ! » s'écria Claudia. Elle semblait presque se réjouir. « SUIS-MOI, SHARLIE ! TU VAS VOIR CE QUE M'A APPORTÉ ADRIAN ! »

Elle écarta le rideau de velours et me fit signe d'entrer. Si la grande pièce était bien rangée, il n'en allait pas de même de la chambre. Je n'irais pas jusqu'à traiter Claudia de souillon, mais… vous savez quoi ? Je crois que si, j'irais jusque-là. Deux édredons froissés s'entassaient au pied du lit. Le sol était jonché de pantalons, de chemises, de sous-vêtements qui ressemblaient à des culottes bouffantes en coton et de nuisettes. Claudia les écarta avec son pied pour m'entraîner vers le fond de la pièce. Je m'intéressais moins à ce qu'elle voulait me montrer qu'à l'attaque des loups. Car il s'agissait bel et bien d'une attaque.

Les assauts portés contre la frêle maison de bois se succédaient de manière presque ininterrompue désormais. Et je craignais qu'ils se poursuivent même si les nuages masquaient les deux lunes. Les loups étaient déchaînés, assoiffés de sang.

Claudia ouvrit une porte, laissant apparaître une petite pièce pas plus grande qu'un placard qui abritait des toilettes sèches provenant certainement de mon monde.

« LES CHIOTTES ! précisa-t-elle. SI TU AS BESOIN DE TE LEVER CETTE NUIT ! N'AIE PAS PEUR DE ME RÉVEILLER, JE DORS COMME UNE SOUCHE ! »

Je n'en doutais pas, étant donné qu'elle était sourde comme un pot. Mais je me disais que je n'aurais plus besoin d'aller aux toilettes si les loups réussissaient à s'introduire dans la maison. Ni ce soir, ni jamais. J'avais l'impression qu'ils étaient des dizaines dehors à essayer d'entrer pendant que Claudia m'offrait une visite guidée.

« MAINTENANT REGARDE BIEN ! »

Avec le talon de sa main, elle fit coulisser un panneau à côté des toilettes. Derrière se trouvait une batterie de voiture, frappée du logo ACDelco sur le côté. Des câbles de démarrage étaient fixés aux deux bornes. Eux-mêmes étaient reliés à une sorte de transformateur d'où sortait un autre câble relié à ce qui semblait être un banal interrupteur. Claudia affichait un sourire jusqu'aux oreilles.

« QUAND ADRIAN M'A APPORTÉ ÇA, CES PUTAINS DE LOUPS N'ONT PAS DU TOUT AIMÉ ! »

Les lâches offrent des cadeaux, pensai-je.

Elle abaissa l'interrupteur. Le résultat fut un vacarme assourdissant : un concert d'alarmes de voitures amplifiées cinquante ou cent fois. Je plaquai mes mains sur mes oreilles, de peur de devenir aussi sourd que Claudia. Après dix ou quinze interminables secondes, elle releva l'interrupteur. Je décollai mes mains de mes oreilles, prudemment. Dans la grande pièce, Radar aboyait comme une folle, mais les loups ne hurlaient plus.

« SIX HAUT-PARLEURS ! CES SALOPARDS VONT DÉCAMPER DANS LES BOIS COMME S'ILS AVAIENT LA QUEUE EN

FEU ! QU'EST-CE QUE TU DIS DE ÇA, SHARLIE ? C'ÉTAIT ASSEZ FORT À TON GOÛT ? »

Je fis oui de la tête en tapotant mes oreilles. Rien ni personne ne pouvait supporter ce tir de barrage sonore.

« DOMMAGE QUE J'ENTENDE RIEN ! MAIS JE LE SENS DANS MES DENTS ! HA HA ! »

J'avais gardé le bloc-notes et le stylo. J'écrivis quelque chose que je lui montrai : *Que se passe-t-il quand la batterie est déchargée ?*

Elle réfléchit, sourit et me tapota la joue.

« JE T'OFFRE LE GÎTE ET LE COUVERT ET EN ÉCHANGE TU M'EN APPORTES UNE AUTRE ! ÇA TE SEMBLE ÉQUITABLE, JEUNE PRINCE ? MOI, OUI ! »

8

Je couchai près du poêle, comme chez Dora. Cette nuit-là, pas d'insomnie passée à réfléchir à ma situation. Claudia me donna une pile de serviettes propres en guise d'oreiller, et à peine y avais-je posé la tête que je dormais déjà. Deux secondes plus tard (telle fut mon impression), elle me secoua pour me réveiller. Elle portait un long manteau orné de papillons, encore l'œuvre de Dora.

« Quoi ? fis-je. Laissez-moi dormir.

– NON NON NON ! » Elle avait beau être sourde, elle m'avait très bien compris. « DEBOUT, SHARLIE ! TU AS ENCORE UN LONG CHEMIN DEVANT TOI ! IL EST TEMPS DE T'Y METTRE ! ET PUIS, JE VEUX TE MONTRER QUELQUE CHOSE ! »

J'essayai de me recoucher, mais elle m'obligea à me redresser.

« TA CHIENNE T'ATTEND ! JE SUIS LEVÉE DEPUIS UNE HEURE AU MOINS ! LA CHIENNE AUSSI ! JE LUI AI REDONNÉ UNE DOSE DE POTION ET ELLE EST TOUTE GUILLERETTE ! REGARDE ! »

Postée à côté d'elle, Radar remuait la queue. Voyant que je la regardais, elle enfouit sa truffe dans mon cou et me lécha la joue. Je me levai. J'avais mal aux jambes, et encore plus dans les bras et les épaules. Je les fis pivoter et exécutai une dizaine de mouvements d'enroulement comme on le faisait à l'entraînement avant le début de la saison de football.

« VA FAIRE CE QUE TU AS À FAIRE ! JE TE PRÉPARE QUELQUE CHOSE DE CHAUD POUR APRÈS ! »

Je me rendis dans la minuscule salle de bains, où Claudia m'avait laissé une bassine d'eau tiède et un petit morceau de savon jaune. Après avoir uriné, je me lavai les mains et le visage. Un fragment de miroir carré était fixé au mur, à peine plus grand qu'un rétroviseur de voiture. Il était rayé et terne, mais en me penchant, je pouvais m'y voir. Je me redressai, me tournai vers la porte, puis regardai de nouveau dans le miroir. Il me semblait que mes cheveux châtains s'étaient un peu éclaircis. Ça arrivait souvent en été, après plusieurs jours passés au soleil, mais il n'y avait pas de soleil ici, uniquement des nuages bas. Sauf la nuit, évidemment, quand ils s'écartaient pour laisser briller le clair de lune.

Je mis ça sur le compte de la mauvaise lumière dispensée par la lampe à pétrole et du morceau de miroir terni. Lorsque je ressortis de la salle de bains, Claudia me tendit une épaisse tranche de pain qui enveloppait une double portion d'œufs brouillés. Je l'engloutis. J'avais une faim de loup, si je puis dire.

Claudia me donna mon sac à dos.

« JE T'AI MIS DE L'EAU ET DU THÉ FROID ! DU PAPIER ET UN STYLO AUSSI ! AU CAS OÙ ! TA CHARRETTE RESTE ICI ! »

Je secouai la tête et mimai le geste de soulever les ridelles.

« NON NON NON ! TU LA REPRENDRAS QUAND TU ME RAPPORTERAS MON TRICYLE !

– Je ne vais pas emprunter votre tricycle ! »

Elle s'était retournée et elle ne m'entendit pas.

« VIENS, SHARLIE ! L'AUBE VA SE LEVER ! FAUT PAS QUE TU LOUPES ÇA ! »

Je la rejoignis sur le seuil en espérant qu'elle n'allait pas ouvrir la porte à une meute de loups voraces. Heureusement, il n'y en avait aucun, et en direction de ce que le gamin avait appelé la ville hantée, les nuages s'étaient dissipés et j'apercevais un éparpillement d'étoiles. Le tricycle XXL de Claudia attendait au bord de la Route du Royaume. Le panier fixé à l'arrière avait été tapissé d'un carré d'étoffe blanche et douce qui ressemblait à du molleton, et je compris qu'il était destiné à accueillir Radar. Pédaler sur le tricycle serait beaucoup plus rapide et facile que de tracter la charrette avec Radar dedans. Mais il y avait mieux encore…

Munie d'une lampe à pétrole, Claudia se pencha vers l'énorme roue avant.

« ADRIAN M'A APPORTÉ CES PNEUS AUSSI ! EN CAOUTCHOUC ! J'EN AVAIS ENTENDU PARLER, SANS JAMAIS EN AVOIR VU ! UNE MAGIE DE TON MONDE, SHARLIE ! UNE MAGIE *SILENCIEUSE* ! »

Je me laissai convaincre. Je n'avais plus à m'inquiéter du fracas des roues en bois sur les pavés.

Je montrai le tricycle. Je me montrai du doigt. Je tapotai ma poitrine au-dessus de mon cœur.

« Je vous le rapporterai, Claudia. Promis.

– TU ME LE RAPPORTERAS, JEUNE PRINCE SHARLIE ! J'EN SUIS CERTAINE ! »

Elle me donna une petite tape dans le dos et une grande claque sur les fesses, tout naturellement, et cela me rappela le geste du coach Harkness lorsqu'il m'envoyait en défense ou me désignait comme batteur.

« REGARDE-MOI CE CIEL ÉCLATANT ! »

Ce que je fis. Alors que les étoiles pâlissaient, le ciel au-dessus de la ville de Lilimar prenait une magnifique couleur pêche. Une couleur qui existait peut-être sous les tropiques au lever du jour, mais je n'avais jamais rien vu de semblable. Assise entre nous, Radar leva la tête et huma l'air. N'eussent été le pus qui sortait de ses yeux et sa maigreur, j'aurais juré qu'elle était en pleine forme.

« Qu'est-ce qu'on cherche ? »

Là encore, Claudia ne répondit pas car elle ne m'avait pas vu poser la question. Elle contemplait la ville où les tours et ces trois flèches se dressaient en ombres chinoises sur le fond du ciel qui s'éclaircissait. Je n'aimais pas l'aspect de ces flèches de verre, même à cette distance. Leur configuration leur donnait vaguement l'apparence de visages tournés vers moi. Ce n'était qu'une illusion, me dis-je pour me rassurer, comme de voir une bouche béante dans un nœud sur le tronc d'un vieil arbre ou un dragon dans un nuage, mais ça ne servit à rien. Loin de là. L'idée – ridicule assurément – s'insinua en moi que cette ville elle-même était Gogmagog : douée de sensations, aux aguets, maléfique. La perspective de m'en approcher était terrifiante ; la perspective d'utiliser le nom de Leah pour franchir la porte l'était plus encore.

M. Bowditch l'a fait et il est revenu, me dis-je. *Tu peux y arriver, toi aussi.*

Néanmoins, j'avais des doutes.

La cloche émit son unique longue note monotone et métallique : *DONG.*

Radar se dressa aussitôt sur ses pattes et fit un pas en direction du son.

« PREMIÈRE CLOCHE, SHARLIE ? »

Je levai l'index et confirmai d'un hochement de tête.

Alors que le son de la cloche résonnait encore, il se produisit une chose bien plus incroyable qu'un cafard géant ou un énorme criquet rouge : le ciel au-dessus des masures et des cottages délabrés aux abords de la ville s'assombrit, comme si on tirait un rideau. J'agrippai le bras de Claudia. L'espace d'un instant, je craignis d'assister à une éclipse, pas de lune ni de soleil, mais de la Terre elle-même. Puis, lorsque l'écho de la cloche mourut, l'obscurité se morcela en dix mille crevasses lumineuses qui palpitaient et changeaient de couleur : noires et or, blanches et orange, pourpre royal le plus profond.

C'étaient des papillons monarques, de la taille d'un moineau, mais si fragiles et éphémères que la lumière du jour les traversait autant qu'elle les enveloppait.

« AVÉ, EMPIS ! » s'écria Claudia, les mains levées vers le torrent de vie qui se déversait au-dessus de nous. Un torrent qui masqua la silhouette des constructions de la ville et les visages que je croyais avoir vus. « AVÉ, LES GALLIEN ! PUISSENT-ILS RÉGNER DE NOUVEAU ET POUR TOUJOURS ! »

Si forte soit sa voix, je l'entendais à peine. J'étais hypnotisé Jamais je n'avais vu un spectacle aussi étrangement surréaliste, et aussi beau. Les papillons assombrirent le ciel en passant au-dessus de nos têtes, pour voler vers on ne sait quelle direction. Et en sentant le souffle de leurs ailes sur mon visage, je finis par accepter – totalement et entièrement – la réalité de cet Autre monde. Le monde d'Empis. Je venais d'un monde imaginaire.

La réalité était ici.

CHAPITRE DIX-SEPT

Je quitte Claudia. Je me souviens de Jenny. Une nuit dans le hangar. La porte. La ville hantée.

1

Radar s'assit dans le panier doublé de molleton sans trop se faire prier, mais elle fut prise d'une quinte de toux qui ne me plut pas du tout. Claudia et moi, on attendit que la toux se calme et cesse. Claudia utilisa un coin de sa robe pour ôter le pus dans les yeux et sur la truffe de la chienne. Et elle me regarda avec gravité.

« NE PERDS PAS DE TEMPS SI TU VEUX LA SAUVER, SHARLIE ! »

Je hochai la tête. Elle m'étreignit, puis me repoussa en me tenant par les épaules.

« SOIS PRUDENT ! JE SERAIS TRISTE DE TE VOIR REVENIR SANS ELLE MAIS PLUS TRISTE ENCORE DE NE PAS TE REVOIR DU TOUT ! TU AS BIEN TOUTES LES INSTRUCTIONS QUE JE T'AI DONNÉES ? »

Je dressai les pouces et tapotai ma poche arrière.

« NE TE SERS PAS DE TON ARME EN VILLE NI MÊME AUX ABORDS ! »

Je posai mon index sur mes lèvres : *Chut.*

Elle ébouriffa mes cheveux et sourit.

« PORTE-TOI BIEN, JEUNE PRINCE SHARLIE ! »

Je grimpai sur la selle du tricycle. Comparé à mon vélo, j'avais l'impression d'être assis en haut d'une tour. Je dus appuyer fort sur les pédales pour démarrer, mais une fois lancée, la machine filait sans peine. Je me retournai pour adresser un signe de la main à Claudia, qui fit de même. Et m'envoya un baiser.

Je m'arrêtai un très court instant en atteignant le tramway abandonné. Une des roues s'était détachée et il penchait d'un côté. Je remarquai d'anciennes griffures sur la paroi en bois la plus proche de moi et des éclaboussures de sang séché. *Les loups*, pensai-je.

Je ne regardai pas à l'intérieur.

2

Le terrain était plat et j'avançais à un bon rythme. Je pensais atteindre le hangar dont m'avait parlé Claudia bien avant la tombée de la nuit. Les nuages s'étaient rassemblés de nouveau au-dessus du paysage désertique, sans ombres. Les monarques avaient rejoint leur repaire diurne. Les verrais-je regagner leurs perchoirs à la périphérie de la ville ? Je supposais que les loups restaient à l'écart des maisons et des constructions à la nuit tombée, mais je n'étais pas prêt à parier ma vie. Ni celle de Radar.

En milieu de matinée, je passai devant les premiers cottages. Un peu plus loin, là où une voie secondaire coupait la Route du Royaume, le sol en terre battue céda la place à un revêtement de pierres concassées. À choisir, je préférais la terre battue, plus lisse. Je devais éviter des nids-de-poule. Le tricycle était parfaitement stable tant que je pédalais en ligne droite. Zigzaguer s'avérait plus délicat. Plusieurs fois, en faisant un écart, je sentis une des roues arrière décoller du sol. Je pus compenser en me penchant du même côté comme je le faisais sur mon vélo, mais j'étais quasiment certain qu'un virage un peu trop serré ferait basculer cet engin. Et si personnellement je pouvais supporter une chute, j'avais peur pour Radar.

Les maisons étaient vides, les fenêtres, des yeux aveugles. Des corbeaux – pas gigantesques, mais assez gros quand même – se pavanaient dans les jardins abandonnés et picoraient des graines ou tout ce qui brillait. Il restait quelques fleurs, blafardes et comme incongrues dans ce décor. Des plantes grimpantes semblables à des doigts avides escaladaient les murs des cottages affaissés. Je passai devant une maison de guingois dont le calcaire effrité apparaissait à travers les vestiges de plâtre. Une porte battante entrouverte donnait à l'entrée l'aspect d'une bouche morte. Sur le linteau, une enseigne représentait une chope, à ce point décolorée que la bière qu'elle contenait ressemblait à de la pisse. Au-dessus de la chope, en lettres bordeaux, à moitié effacées elles aussi, et éparses, on pouvait lire : ATTENTION. À côté se trouvait ce qui avait sans doute été un commerce quelconque. Devant lequel s'étendait un tapis de verre brisé. Je pris soin de faire un écart pour protéger les pneus du tricycle.

Un peu plus loin – des constructions se dressaient de part et d'autre de la route maintenant, presque collées les unes aux autres, seulement séparées par d'étroits passages sombres – on traversa une puanteur si forte que je fus pris de haut-le-cœur et dus retenir ma respiration. Radar n'aimait pas cette odeur elle non plus. Elle émit un gémissement et s'agita dans son panier, faisant chanceler légèrement le tricycle. J'avais envisagé de m'arrêter pour grignoter, mais cette pestilence me fit changer d'avis. Ce n'était pas une odeur de chair putréfiée, mais de quelque chose qui avait pourri.

Un herbage nauséabond et sauvage, pensai-je, et cette phrase fit ressurgir le souvenir de Jenny Schuster. J'étais assis avec elle sous un arbre, on était adossés au tronc dans l'ombre mouchetée ; elle portait le vieux gilet déchiré qui était son emblème et tenait un livre de poche sur ses genoux. *Le Meilleur de H.P. Lovecraft.* Elle me lisait un poème intitulé « Les champignons de Yuggoth ». Je me souvenais encore du début : *C'était un endroit sombre et poussiéreux, à moitié enfoui dans des entrelacs d'anciennes ruelles, près des quais*, et soudain, je compris pourquoi cet endroit me filait les jetons. J'étais encore loin de Lilimar – que le jeune réfugié avait appelé la ville hantée –, mais déjà les choses avaient quelque chose d'anormal, d'une manière dont je n'aurais pas eu conscience sans Jenny, qui m'avait fait découvrir Lovecraft quand on était en sixième, trop jeunes et trop impressionnables pour de telles horreurs.

Jenny et moi, on était devenus amis de lecture durant la dernière année d'alcoolisme et la première année d'abstinence de mon père. C'était une amie, et pas une *petite* amie, ce qui n'a absolument rien à voir.

« Je ne comprendrai jamais pourquoi tu traînes avec elle », me dit un jour Bertie. Je pense qu'il était jaloux, mais perplexe également. « Tu lui roules des pelles ? Tu lui lèches le visage ? Vous échangez vos salives ? »

Non, et je le lui avouai : ce n'était pas ça qui m'intéressait chez elle. Avec un petit sourire en coin, Bertie rétorqua : « Y a autre chose d'intéressant ? » J'aurais pu lui expliquer, mais ça l'aurait rendu encore plus perplexe.

Certes, Jenny ne possédait pas ce que Bird Man aurait appelé « le genre de corps qu'on a envie d'explorer ». À onze ou douze ans, la plupart des filles commencent à avoir des formes ; Jenny, elle, était une planche à pain filiforme. Elle avait un visage maigre, des cheveux châtain clair toujours emmêlés et une démarche de cigogne. Les autres filles se moquaient d'elle, évidemment. Elle ne serait jamais cheerleader, ni Reine du lycée ni vedette de la pièce de fin d'année ; et si elle rêvait de toutes ces choses – si elle quêtait l'approbation des filles sophistiquées qui se maquillaient –, elle ne le montra jamais. Je pense qu'elle n'avait jamais ressenti la pression de ses pairs. Elle ne s'habillait pas en gothique – elle portait des pulls sous ce fameux gilet super cool et venait au lycée avec une lunchbox Han Solo –, mais elle avait une mentalité de gothique. Elle vénérait un groupe punk baptisé les Dead Kennedys, elle pouvait citer des dialogues de *Taxi Driver* et elle raffolait des histoires et des poèmes de H.P. Lovecraft.

Jenny, HPL et moi, on s'était rencontrés vers la fin de ma période sombre, quand je faisais encore des conneries avec Bertie Bird. Un jour, en cours d'anglais, la discussion tourna autour des œuvres de R.L. Stine. J'avais lu un de ses livres – *Can You Keep a Secret ?* – et trouvé ça complètement crétin. Je le dis au prof et ajoutai que je préférais lire quelque chose qui faisait *vraiment* flipper.

Jenny me rattrapa après le cours.

« Hé, Reade. Tu n'as pas peur des mots compliqués ? »

Non, lui dis-je. Quand je ne comprenais pas un mot dans une histoire, je cherchais la définition sur mon téléphone. Cette réponse sembla lui plaire.

« Alors, lis ça. » Elle me tendit un vieux bouquin de poche rafistolé avec du scotch. « Tu me diras si ça te fait flipper. Parce que moi, ça m'a foutu une sacrée trouille. »

Ce livre, c'était *L'Appel de Cthulhu*, et les histoires qu'il y avait dedans me flanquèrent la frousse, en effet, surtout celle intitulée « Les rats dans les murs ». Il y avait également un tas de mots compliqués à chercher, comme *enténébré* et *pestilentiels* (qui décrivait parfaitement ce que je sentais près de ce bar abandonné). Jenny et moi, on noua des liens autour de l'horreur, sans doute parce qu'on était les seuls élèves de sixième disposés à s'aventurer – avec délices – dans les fourrés de la prose de Lovecraft. Pendant plus d'un an, jusqu'à ce que les parents de Jenny se séparent et qu'elle parte vivre à Des Moines avec sa mère, on avait lu des histoires et des poèmes à voix haute. On était aussi allés voir des films tirés des œuvres de Lovecraft, mais ils étaient nuls. Aucun ne parvenait à saisir la *force* de l'imagination de ce type. Sa putain de noirceur.

En pédalant vers la cité fortifiée de Lilimar, je me rendis compte que cette périphérie silencieuse ressemblait beaucoup trop à Arkham ou à

Dunwich, les villes des contes macabres de HPL. Dans ce contexte, et celui d'autres récits de terreur mystique (on était passés ensuite à Clark Ashton Smith, à Henry Kuttner et à August Derleth), je comprenais mieux ce qu'il y avait d'effrayant et d'étrangement démoralisant dans ces rues et ces maisons vides. Pour utiliser un des mots préférés de Lovecraft, elles étaient *fantasmagoriques*.

Un pont de pierre nous fit franchir un canal asséché. D'énormes rats rôdaient parmi des détritus si anciens qu'il était impossible de les identifier. Les berges du canal étaient maculées d'une sorte de merde noirâtre que Lovecraft aurait certainement qualifiée d'*excrémenteuse*. Et la puanteur qui s'échappait du lit de boue craquelée ? Il lui aurait attribué l'adjectif *méphitique*.

Ces mots me revenaient. Ressuscités par le lieu.

Passé le canal, les constructions étaient encore plus proches les unes des autres ; elles n'étaient plus séparées par des allées ou des passages, mais par des boyaux dans lesquels devait se faufiler celui qui voulait passer et je n'osais imaginer ce qui pouvait s'y cacher, guettant l'imprudent. Ces constructions vides surplombaient la chaussée, comme si elles voulaient se jeter sur le tricycle, et masquaient le ciel blanc à l'exception d'une bande déchiquetée. Je me sentais observé, non pas depuis ces fenêtres noires sans vitres, mais *par elles*, ce qui était encore pire. Une chose effroyable s'était produite ici, j'en étais sûr. Une chose monstrueuse et, oui, fantasmagorique. La source du gris se trouvait peut-être droit devant, en ville, mais ici, dans ces abords déserts, on sentait déjà toute sa puissance.

Outre l'impression d'être observé, j'avais cette sensation vibrante d'être suivi. Plusieurs fois je tournai vivement la tête pour tenter de surprendre quelqu'un, ou quelque chose (un *être terrible*) dans notre sillage. Mais je ne vis que des corbeaux, et parfois un rat qui regagnait sans doute sa tanière ou sa colonie dans les zones d'ombre de ce canal asséché.

Radar partageait ce malaise. Elle grogna à plusieurs reprises et à un moment donné, lorsque je me retournai, je la vis dressée dans son panier, regardant dans la direction d'où on venait.

Il n'y a rien, me dis-je. *Ces rues étroites et ces maisons écroulées sont désertes. Tu as la pétoche, voilà tout. Et Radar aussi.*

On atteignit un autre pont, au-dessus d'un autre canal asséché. Sur un des piliers, quelque chose me remonta le moral : les initiales AB, pas encore entièrement recouvertes par une mousse jaunâtre à vomir. Les maisons collées les unes aux autres m'avaient fait perdre de vue le mur d'enceinte de Lilimar pendant une heure ou deux, mais en arrivant sur le pont, je le vis réapparaître, très nettement, lisse et gris, haut d'au moins quinze mètres. Au centre se découpait une gigantesque porte, quadrillée d'épais renforts qui semblaient taillés dans du verre vert opaque. Si j'apercevais aussi nettement le mur et la porte, c'était parce que la plupart des constructions entre le pont et la ville avaient été réduites en ruine par ce qui ressemblait à un bombardement. Ou une sorte de cataclysme. Quelques cheminées calcinées se dressaient encore tels des doigts pointés vers le ciel, et une poignée de constructions avaient été épargnées. Parmi elles, une église, peut-être. Et un bâtiment tout en longueur aux murs en bois et au toit en tôle. Devant se trouvait un wagon rouge, sans roues, à moitié englouti par les herbes hautes et pâles.

J'avais entendu sonner les deux cloches qui annonçaient midi (*l'heure de grailler pour Hana*) moins de deux heures auparavant, ce qui voulait dire que j'avais roulé plus vite que ne l'avait prévu Claudia. Je pouvais profiter encore pleinement de la lumière du jour, mais je n'avais nullement l'intention d'approcher de la porte ce jour-là. Je devais me reposer et remettre de l'ordre dans mes pensées… si cela était possible.

« Je crois qu'on y est, annonçai-je à Radar. C'est pas le Holiday Inn, mais ça fera l'affaire. »

Je passai devant le wagon abandonné, jusqu'au hangar. Il y avait une porte enroulable, qui avait sans doute été d'un rouge joyeux et était devenue d'un rose hideux ; et à côté, une porte plus petite, de taille humaine. Les initiales AB étaient gravées dans la peinture. Elles me firent chaud au cœur, comme celles aperçues sur le pont. Mais j'avais une autre raison de me sentir mieux : cette impression de danger rampant avait disparu. Peut-être parce qu'il n'y avait plus de bâtiments autour de moi et que je voyais le ciel de nouveau, mais pas seulement. Ce parfum de *maléfice ancien*, aurait peut-être dit Lovecraft, s'était dissipé. Plus tard, bien après qu'eurent retenti les trois cloches du soir, je découvris pourquoi.

3

La petite porte refusa de s'ouvrir jusqu'à ce que je donne un coup d'épaule dedans, et alors elle céda si brutalement que je faillis basculer à l'intérieur. Radar aboya dans son panier. Le hangar était plongé dans la pénombre et sentait le renfermé (rien de *méphitique* ou de *pestilentiel*). Deux autres wagons, peints en rouge et bleu, occupaient une place importante. Sans doute étaient-ils entreposés ici depuis des années, à l'abri des éléments, et les couleurs avaient conservé leur fraîcheur. Ce qui leur donnait un air presque enjoué. Des perches installées sur le toit laissaient supposer qu'à une époque, ces wagons étaient reliés à des câbles en hauteur qui fournissaient le courant. Dans ce cas, les câbles avaient disparu depuis longtemps. Je n'en avais vu aucun au cours de mon périple. À l'avant d'un des deux wagons, en caractères anciens, on pouvait lire l'inscription FRONT DE MER. Et sur le second : LILIMAR. Un peu plus loin, il y avait des empilements de roues cerclées de fer, dotées d'épais rayons en bois, et des caisses contenant des outils rouillés. J'aperçus également un alignement de lampes en forme de torpilles sur une table collée contre le mur le plus éloigné.

Radar aboya de nouveau. J'allai l'extraire du panier. Elle tituba un instant lorsque je la posai sur le sol et boitilla jusqu'à la porte. Après avoir reniflé l'intérieur du hangar, elle y entra sans la moindre hésitation.

J'essayai de soulever la grande porte à enroulage, celle qu'avaient dû emprunter les wagons. Elle refusa de bouger. Je laissai la petite porte ouverte pour avoir de la lumière et examinai les lampes. La nuit promettait d'être longue et obscure pour Prince Sharlie et sa fidèle complice Radar car le pétrole des réservoirs s'était évaporé depuis des lustres. En outre, le tricycle de Claudia devrait dormir dehors car il était trop large pour passer par la porte.

Les rayons en bois des roues des wagons étaient secs et fendillés. Je savais que je pourrais obtenir de quoi faire un feu, et j'avais emporté le Zippo avec lequel mon père allumait sa pipe, mais pas question de faire un feu à l'intérieur. Il était trop facile d'imaginer des étincelles tombant sur les vieux wagons qui s'enflammeraient. On n'aurait d'autre choix alors que de trouver refuge dans le bâtiment qui évoquait une église. Et semblait branlant.

Je sortis deux boîtes de sardines et un peu de la viande que m'avait donnée Dora. Je mangeai en buvant un Coca. Radar refusa la viande, prit une sardine et la recracha sur le sol poussiéreux. Elle avait bien aimé les biscuits au sucre roux de Dora, alors j'essayai de lui en donner un. Elle le renifla, puis détourna la tête. Même refus avec la viande séchée.

Je caressai sa joue.

« Que vais-je faire de toi, fifille ? »

Te requinquer. Si je le peux.

Je retournai à la porte pour contempler encore une fois le mur d'enceinte, et j'eus soudain une inspiration. Je revins sur mes pas et fouillai dans mon sac à dos jusqu'à ce que je trouve les derniers sablés aux noix de pécan, dans un sachet en plastique, sous mon iPhone désormais inutile. J'en proposai un à Radar. Elle le renifla prudemment, le prit dans sa gueule et le mangea. Comme les trois suivants. Avant de s'éloigner.

C'était mieux que rien.

4

Je regardais la lumière qui entrait par la porte ouverte et allais jeter un coup d'œil dehors de temps à autre. Tout était calme. Même les rats et les corbeaux évitaient ce secteur. Je lançai son singe à Radar. Elle le prit dans sa gueule et le fit couiner deux ou trois fois, pour la forme, mais n'essaya pas de me le rapporter. Elle le laissa tomber entre ses pattes et s'endormit en posant sa truffe dessus. La potion de Claudia lui avait fait du bien, hélas les effets s'étaient dissipés, et elle refusa d'avaler les trois derniers comprimés que m'avait donnés l'assistante du vétérinaire. Sans doute avait-elle épuisé ses dernières forces en dévalant l'escalier en colimaçon et en courant vers Dora. Si je ne la conduisais pas rapidement au cadran solaire, je ne la retrouverais pas endormie, mais morte.

J'aurais pu faire des jeux sur mon téléphone pour tuer le temps, mais ce n'était plus qu'un rectangle en verre noir. Je tentai de le redémarrer, mais je ne réussis même pas à faire apparaître la pomme. La magie des contes de fées n'avait pas cours dans le monde d'où je venais, et la magie de mon monde n'opérait pas dans celui-ci. Je rangeai le téléphone dans mon sac et regardai par la porte ouverte décliner la lumière du ciel blanc et nuageux. Lorsque les trois cloches du soir retentirent, je faillis refermer la porte, mais je ne voulais pas me retrouver dans le noir avec juste le briquet de mon père pour repousser l'obscurité. Je gardais les yeux fixés sur l'église (si c'en était une), de l'autre côté de la rue, en me disant que je fermerais la porte lorsque je ne la verrais plus. S'il n'y avait pas d'oiseaux et de rats, il y avait peut-être tout de même des loups et autres prédateurs. Claudia m'avait bien conseillé de m'enfermer à double tour et j'avais l'intention de l'écouter.

Lorsque l'église ne fut plus qu'une forme indistincte dans un monde qui s'assombrissait, je décidai de fermer la porte. Radar leva la tête, dressa les oreilles et émit un faible *ouaf*. Parce que j'avais bougé, pensai-je. Mais non. Malgré son âge, son ouïe était meilleure que la mienne. Quelques secondes plus tard, j'entendis un léger battement d'ailes, comme une feuille de papier coincée dans un ventilateur. Il approchait rapidement et enflait jusqu'à évoquer le souffle du vent. Je savais ce que c'était. Alors que je me tenais dans l'encadrement de la porte, la main sur le siège du tricycle, Radar me rejoignit. On leva les yeux vers le ciel.

Les monarques venaient de la direction dont j'avais décidé arbitrairement que c'était le sud, celle d'où on venait nous aussi. Ils assombrirent encore un peu plus le ciel en formant un nuage sous les nuages. Ils se posèrent sur l'« église » en face, sur les quelques cheminées encore debout, sur un amas de gravats et sur le toit du hangar où on avait trouvé refuge, Radar et moi. Le bruit qu'ils produisaient – ils devaient être des milliers – ressemblait moins à des battements d'ailes qu'à un long soupir.

Je croyais comprendre maintenant pourquoi ce terrain vague bombardé me paraissait plus sûr que désolé. Parce qu'il *était* sûr. Les monarques avaient conservé cet unique avant-poste dans un monde qui avait jadis été plus agréable à vivre, avant que les membres de la famille royale aient été assassinés ou chassés.

Dans mon monde, pensais-je – et je n'étais pas le seul –, toutes ces histoires de royauté, c'étaient des conneries, de la matière pour les tabloïds de supermarché du genre *National Enquirer* et *Inside View*. Les rois et les reines, les princes et les princesses, ce n'étaient que des familles comme les autres qui avaient eu la chance de tirer tous les bons numéros à la loterie génétique. Ils baissaient leur froc pour chier, comme les prolos.

Mais ici, ce n'était pas le même monde. À Empis, d'autres règles s'appliquaient.

Ici, c'était l'Autre.

Le nuage de papillons rentrant chez eux s'était dissipé, ne laissant que l'obscurité grandissante. Le soupir de leurs ailes s'atténua. Je verrouillerais la porte du hangar car Claudia avait insisté, mais je me sentais en sécurité. Protégé.

« Avé, Empis, dis-je tout bas. Avé, les Gallien, puissent-ils régner de nouveau et pour toujours. »

Et pourquoi pas ? Oui, pourquoi pas, bordel ? Tout était préférable à cette désolation.

Je fermai la porte et poussai le verrou.

5

Dans le noir, il n'y avait rien d'autre à faire que dormir. Je posai mon sac à dos entre les deux wagons, à côté de Radar roulée en boule, mis ma tête dessus et m'endormis presque aussitôt. J'eus quand même le temps de songer que, n'ayant pas de réveil, je risquais d'avoir une panne d'oreiller et de partir trop tard, ce qui pourrait se révéler fatal. Mais je m'inquiétais pour rien car Radar me réveilla. En toussant. Longuement. Je lui donnai de l'eau et ça la soulagea un peu.

Si je n'avais pas de réveil, j'avais une vessie qui exigeait d'être vidée. J'envisageai d'uriner dans un coin du hangar, mais ce n'était pas ainsi qu'on traitait un refuge. Je déverrouillai la porte, l'entrebâillai et risquai un coup d'œil dehors. Aucune étoile, aucun clair de lune ne filtrait à travers les nuages bas. En face, l'église était floue. Je me frottai les yeux pour éclaircir ma vision, sans résultat. Ça ne venait pas de mes yeux : c'étaient les papillons, encore endormis. Je croyais savoir qu'ils ne vivaient pas longtemps dans mon monde, quelques semaines seulement, quelques mois peut-être. Mais ici ?

Je perçus un mouvement à la périphérie de mon champ de vision. Je tournai la tête. Rien. Mon imagination me jouait des tours, ou alors la chose que je croyais avoir entraperçue avait disparu. Après avoir uriné (en regardant par-dessus mon épaule), je retournai dans le hangar. Je poussai le verrou et rejoignis Radar dans le noir. Pas besoin d'utiliser le briquet de mon père : sa respiration rauque me guidait. Je replongeai dans le sommeil, pendant une heure environ, peut-être deux. Je rêvai que j'étais dans mon lit, dans notre maison de Sycamore Street. Je me redressais, essayais de bâiller, sans y parvenir : je n'avais plus de bouche !

Réveillé en sursaut, je fus accueilli par une nouvelle quinte de toux canine. Radar avait un œil ouvert, mais l'autre, collé par cette substance jaunâtre visqueuse, lui donnait un air de pirate sadique. J'essuyai le pus et retournai à la porte. Les monarques occupaient toujours leurs perchoirs, mais le ciel s'était légèrement éclairci. Il était temps de manger un morceau et de se remettre en route.

Je déposai une boîte de sardines ouverte sous le nez de Radar, mais elle tourna la tête aussitôt, comme écœurée par cette odeur. Il restait deux sablés aux noix de pécan. Elle en mangea un, essaya de manger le second, mais le recracha en toussant. Elle me regarda.

Je pris sa tête entre mes mains et la fis pivoter délicatement de droite à gauche, car je savais qu'elle aimait ça. J'avais envie de pleurer.

« Tiens bon, fifille. OK ? S'il te plaît. »

Je la transportai dehors et la déposai sur ses pattes, en douceur. Elle marcha vers la gauche de la porte, avec cette prudence craintive des personnes âgées, trouva l'endroit où je m'étais soulagé et en fit autant. Je voulus la reprendre dans mes bras, mais elle me contourna pour boitiller jusqu'à la roue arrière droite du tricycle, la plus proche de la route. Elle la renifla et s'accroupit pour pisser de nouveau. En émettant un grognement.

Je m'approchai à mon tour de la roue et me penchai pour l'examiner. Il n'y avait rien à voir, mais j'étais sûr que la chose entrevue un peu plus tôt était revenue à proximité du hangar pendant que j'étais à l'intérieur. Et elle avait pissé sur mon moyen de locomotion, comme pour dire : *Ici, c'est mon territoire.* J'avais pris mon sac à dos, mais il y avait autre chose que je souhaitais récupérer. Je retournai dans le hangar. Radar me suivit du regard, sans se lever. Je fouillai dans tous les coins jusqu'à ce que je trouve une pile de couvertures moisies, peut-être destinées – il y a longtemps – aux passagers du tramway pour s'emmitoufler quand il faisait froid. Si je n'avais pas décidé de vider ma vessie dehors, j'aurais pu pisser dessus sans le vouloir dans le noir. J'en pris une et la secouai pour la déplier. Plusieurs mites mortes dégringolèrent sur le sol, semblables à de gros flocons de neige. Je la repliai plusieurs fois pour en faire un petit coussin, que je rapportai au tricycle.

« OK, Radar, finissons-en. Qu'en dis-tu ? »

Je la hissai dans le panier et glissai la couverture sur le côté. Claudia m'avait dit d'attendre que sonne la première cloche avant de partir, mais la présence des monarques me donnait un sentiment de sécurité. Je grimpai sur la selle et pédalai lentement en direction de la porte découpée dans le mur d'enceinte. Une demi-heure plus tard, environ, la cloche du matin retentit. Si près de la ville, elle était assourdissante. Les monarques s'envolèrent en formant une immense vague noir et or qui déferla vers le sud. Je les regardai partir en regrettant de ne pas pouvoir suivre la même direction, vers le cottage de Dora, puis vers l'entrée du tunnel, et mon monde d'ordinateurs et d'oiseaux en acier qui volaient dans le ciel. Mais comme le dit le poème, j'avais des promesses à tenir et des lieues à parcourir.

Au moins, les soldats de la nuit sont partis, songeai-je. *Ils ont regagné leurs cryptes et leurs mausolées, car c'est là que dorment les créatures de leur espèce.* Rien ne me permettait de l'affirmer, et pourtant, je le savais.

6

On atteignit la porte en moins d'une heure. Je descendis du tricycle. Les nuages étaient plus bas et lourds que jamais, et je devinais que la pluie n'allait pas tarder à faire son apparition. En estimant que le mur atteignait les quinze mètres de haut, j'étais loin du compte. Il en faisait au moins vingt, et la porte était gigantesque. Elle était dorée (de l'or véritable, pas de la peinture, je l'aurais parié) et presque aussi longue qu'un terrain de foot. Les piliers qui la soutenaient étaient de guingois, mais pas à cause des ans et du pourrissement. J'étais certain qu'ils avaient été disposés ainsi délibérément, pour former des angles étranges. Une fois encore, je repensai à Lovecraft et à cet univers délirant, non euclidien, peuplé de monstres qui tentaient en permanence de dominer le nôtre.

Les angles bizarres n'étaient pas la seule chose dérangeante. Ces piliers étaient composés d'une substance verte trouble qui ressemblait à une sorte de verre métallique. Et quelque chose semblait bouger à l'intérieur, comme de la vapeur noire. Je sentis mon estomac se soulever. Je tournai la tête, et quand je regardai de nouveau, la matière noire avait disparu. Lorsque je revins sur les piliers du coin de l'œil, la fumée noire sembla réapparaître. Je fus pris de vertiges.

De peur de rendre mon maigre petit-déjeuner, je contemplai mes pieds. Et là, sur un des pavés, tracées à la peinture, bleue sans doute à l'époque, mais devenue grise, je découvris les deux initiales : AB. Ça m'éclaircit les idées, et lorsque je relevai la tête, je vis uniquement la porte quadrillée par ces supports verts. Mais quelle porte ! On aurait dit les effets spéciaux d'un film à grand spectacle. Pourtant, ce n'était pas un trucage. Je tapotai un des piliers verts avec mon poing, comme on frappe à une porte, pour être sûr.

Que se passerait-il si je prononçais le nom de Claudia devant cette porte, ou celui de Stephen Woodleigh ? L'un et l'autre étaient de sang royal, non ? La réponse était oui. Toutefois, si j'avais bien compris (je n'avais jamais été très doué pour démêler les liens familiaux), seule la Princesse Leah était l'héritière désignée du trône d'Empis. À moins qu'il s'agisse du trône des Gallien. Peu importait, du moment que je réussissais à entrer. Si ce sésame ne fonctionnait pas, je resterais à l'extérieur, et Radar mourrait.

Cet imbécile de Charlie cherchait un interphone, le genre de truc qu'on trouverait à l'entrée d'un immeuble. Il n'y avait rien de tel ici, évidemment, uniquement ces étranges étais entrecroisés et l'obscurité impénétrable au milieu.

Je murmurai :

« Leah des Gallien. »

Rien ne se passa.

Pas assez fort, me dis-je. Mais crier dans le silence qui entourait le mur me paraissait inconvenant, ç'aurait été comme cracher dans un bénitier (plus ou moins). *Fais-le quand même. À l'extérieur de la ville, c'est sûrement sans danger. Fais-le pour Radar.*

Ne pouvant me résoudre à crier, je me raclai la gorge et haussai la voix :

« Ouvre-toi au nom de Leah des Gallien ! »

La réponse fut un hurlement inhumain qui me fit reculer et presque basculer par-dessus la roue avant du tricycle. Vous connaissez cette expression : *avoir le cœur au bord des lèvres* ? Le mien semblait désireux de jaillir de ma bouche pour décamper, me laissant mort sur le sol. Le hurlement se poursuivit, et je compris qu'il s'agissait d'un bruit produit par une machine titanesque qui se remettait en marche après des années, ou des décennies, d'inactivité. Depuis que M. Bowditch avait utilisé pour la dernière fois cette version locale du *Sésame, ouvre-toi*, peut-être.

La porte trembla. Je vis les volutes noires se tortiller et s'élever à l'intérieur des étais verts obliques. Le doute n'était plus permis :

c'était comme regarder flotter des sédiments dans une bouteille qu'on vient de secouer. Le hurlement strident de la machinerie se mua en grondement de tonnerre, et la porte commença à se déplacer vers la gauche, sur ce qui devait être un énorme rail invisible. Alors que je la regardais coulisser, les vertiges réapparurent, plus violents encore. Je détournai la tête et fis quatre pas titubants jusqu'à la selle du tricycle de Claudia, sur laquelle j'appuyai mon front. Mon cœur cognait dans ma poitrine, mon cou, et même dans ma mâchoire. Impossible de regarder ces angles qui ne cessaient de changer tandis que la porte s'ouvrait. J'avais peur de m'évanouir. Ou de voir une chose si affreuse qu'elle me renverrait là d'où je venais à toutes jambes, laissant derrière moi ma chienne à l'agonie. Je fermai les yeux et empoignai sa fourrure à tâtons.

Tiens bon, me dis-je. *Tiens bon, tiens bon, tiens bon.*

7

Le grondement de tonnerre cessa enfin. Et après un ultime grincement de protestation, le silence revint. Plus exactement, il retomba comme une enclume. Ouvrant les yeux, je vis que Radar me regardait. Je remarquai que je lui avais arraché une grosse touffe de poils sans m'en rendre compte, mais elle n'avait pas bronché. Peut-être parce qu'elle était en proie à bien d'autres souffrances, mais je ne le croyais pas. Elle avait surtout compris que j'avais besoin d'elle.

« OK, dis-je, voyons voir ce qu'on a là. »

Devant moi, de l'autre côté de la porte, s'ouvrait une cour dallée, flanquée des vestiges de gigantesques papillons de pierre juchés sur des piédestaux et culminant à sept mètres du sol. Leurs ailes, brisées, n'étaient plus que des tas de gravats dans la cour. Ils formaient une sorte de passage et je me demandais si, en des temps meilleurs, chacun de ces papillons monarques (bien évidemment) avait représenté un roi ou une reine de la lignée des Gallien.

Le hurlement retentit de nouveau et je m'aperçus que la porte s'apprêtait à se refermer. Je pourrais peut-être la rouvrir en prononçant encore le nom de Leah, mais peut-être pas. Et je n'avais pas envie de tenter l'expérience. Je me remis en selle et pédalai pour pénétrer dans la cour au moment où la porte commençait à coulisser en sens inverse.

Les pneus en caoutchouc chuintaient sur les dalles, colorées jadis, aujourd'hui délavées et ternies. *Tout devient gris*, pensai-je. *Ou prend cette couleur verte, trouble et écœurante.* Les papillons, peut-être colorés eux aussi autrefois, désormais aussi gris que tout le reste, nous toisèrent lorsqu'on passa. Si les corps étaient intacts, les têtes, à l'instar des ailes, avaient été saccagées. Cela me rappela ces vidéos montrant Daech en train de détruire des statues, des temples et des objets très anciens considérés comme blasphématoires.

On atteignit une double arche représentant des ailes de papillon. Une inscription figurait au-dessus, presque entièrement détruite elle aussi. Ne restaient que les deux lettres LI. Ma première pensée fut LILIMAR, le nom de cette cité, mais ça pouvait aussi être GALLIEN.

Avant de passer sous cette arche, je me tournai vers Radar. On ne devait faire aucun bruit ; toutes les personnes que j'avais rencontrées me l'avaient bien fait comprendre, à leur façon, et je pensais que ça ne serait pas un problème avec Radar. Elle s'était endormie. Ce que je trouvai à la fois rassurant et inquiétant.

L'arche était humide et sentait le pourri. Au-delà il y avait un bassin circulaire dont la margelle de pierre était incrustée de lichen. Peut-être contenait-il autrefois une belle eau bleue. Peut-être que des gens venaient s'asseoir sur ces pierres à l'heure du déjeuner pour se restaurer en regardant des canards et des cygnes, dans leur version empisarienne, glisser à la surface. Des mères tenaient leurs enfants par les aisselles pour qu'ils puissent y tremper les pieds. Aujourd'hui, il n'y avait plus ni oiseaux ni promeneurs. Et s'il y en avait eu, ils se seraient tenus à l'écart de ce bassin comme d'un poison, car il en avait toute l'apparence. L'eau, d'un vert opaque et visqueux, semblait presque solide. Et les vapeurs qui s'en échappaient étaient réellement méphitiques, telles que j'imaginais la puanteur d'une tombe pleine de corps en décomposition. Le bassin était entouré d'une allée dallée circulaire juste assez large pour laisser passer le tricycle. Un des carreaux de pierre, sur la droite, portait les initiales de M. Bowditch.

Je pris cette direction, puis m'arrêtai et regardai en arrière, certain d'avoir entendu quelque chose. Un raclement de pas ou le murmure d'une voix.

Ne fais pas attention aux voix que tu peux entendre, m'avait dit Claudia. Je n'entendais plus rien maintenant, et rien ne bougeait à l'ombre de l'arche que je venais de franchir.

Je pédalai lentement sur le côté droit du bassin abandonné. De l'autre côté se dressait une seconde arche. Alors que je m'en approchais, une goutte de pluie tomba sur ma nuque, puis une autre. Elles commencèrent à marteler le bassin, creusant de minuscules cratères à la surface de l'eau verte. Sous mes yeux, quelque chose en émergea, une ou deux secondes. Avant de disparaître. Il m'avait semblé entrapercevoir le scintillement fugace d'une rangée de dents.

La pluie redoubla de violence. Bientôt, ce serait le déluge. À l'abri sous la seconde arche, je descendis du tricycle et étendis la couverture sur ma chienne endormie. Si moisie et rongée aux mites soit-elle, je me réjouissais de l'avoir emportée.

8

En avance sur mon planning, j'estimais (j'espérais) que je pouvais m'attarder un instant sous l'arche, en priant pour que la pluie cesse. Je n'avais pas envie d'exposer Radar, avec ou sans couverture. Mais que voulait dire « un instant » ? Quinze minutes ? Vingt ? Et comment calculer le temps écoulé ? J'avais pris l'habitude de regarder mon téléphone pour connaître l'heure, et je regrettais amèrement la montre de M. Bowditch. En regardant la pluie frapper les boutiques aux devantures vertes de ce qui ressemblait à une rue commerçante déserte, je m'aperçus que j'étais devenu trop dépendant de mon téléphone, voilà tout. Mon père avait un dicton à propos de ce gadget informatisé : *Si tu laisses quelqu'un s'habituer à marcher avec des béquilles, il ne pourra plus jamais marcher sans.*

Les commerces étaient situés au-delà d'un canal asséché. On aurait dit le genre de boutiques que fréquentaient des gens aisés, une version antique de Rodeo Drive ou du Oak Street District de Chicago. De là où je me trouvais, je pouvais déchiffrer ce qui était écrit sur une plaque dorée (mais certainement pas en or *massif*) : BOTTIER DE SA MAJESTÉ. Les vitrines avaient été brisées bien longtemps auparavant. De nombreuses pluies avaient chassé les éclats de verre dans les caniveaux. Et au milieu de la rue, semblable à un serpent sans fin, gisait ce qui devait être un câble de tramway.

Une inscription avait été gravée sur les pavés, juste devant l'arche sous laquelle on s'abritait. Je me mis à genoux pour regarder de plus près. Là encore, la majeure partie des lettres avaient été détruites, comme les ailes et les têtes des papillons, mais en faisant courir mes doigts au début et à la fin, je croyais déchiffrer RO et EN. Difficile de deviner quelles étaient les lettres au milieu, mais je me disais que cette artère, baptisée Route du Royaume à l'extérieur de la ville, devenait peut-être la Route des Gallien de l'autre côté du mur d'enceinte. Quoi qu'il en soit, elle conduisait tout droit aux bâtiments hauts et aux tours vertes du centre. Trois flèches dominaient les autres, leurs pinacles en verre disparaissaient dans les nuages. J'ignorais s'il s'agissait du palais royal, de même que j'ignorais si l'inscription incomplète avait indiqué jadis la Route des Gallien, mais cela me semblait fort probable.

Juste au moment où je commençais à me dire qu'on allait devoir se remettre en route, quitte à être trempés, la pluie diminua légèrement. Je vérifiai que Radar était bien couverte – seuls le bout de sa truffe et ses pattes arrière dépassaient –, je me remis en selle et traversai le canal asséché en pédalant lentement. Ce faisant, je me demandai si j'étais en train d'emprunter le Rumpa Bridge dont m'avait parlé Woody.

9

Quelque chose clochait dans ces boutiques de luxe. Pas seulement parce qu'elles étaient abandonnées et avaient manifestement été pillées, peut-être par les habitants de Lilimar fuyant la ville à l'arrivée du gris. C'était plus subtil… et plus affreux, car c'était toujours là.

Le processus était toujours à l'œuvre. Les constructions paraissaient relativement solides, vandalisées ou pas, mais elles étaient *tordues*, comme si une force gigantesque les avait déformées sans qu'elles aient pu reprendre tout à fait leur forme initiale. Quand je regardais les façades de ces boutiques – LE BOTTIER DE SA MAJESTÉ, DÉLICES CULINAIRES, CURIOSITÉS ET TRÉSORS, TAILLEUR DE LA MAISON DES (la suite avait été saccagée, comme si elle était sacrilège), ROUES ET RAYONS –, elles paraissaient normales (si tant est qu'une chose puisse être qualifiée de normale dans le monde irréel de l'Autre). Mais lorsque je décidai de repartir en suivant l'artère rectiligne, elles subirent un changement à la périphérie de mon champ de vision. Leurs angles droits semblèrent s'incurver. Les fenêtres sans vitres semblèrent bouger, comme des yeux qui se plissaient pour mieux me voir. Les lettres devinrent des runes. Je me dis que c'était un effet de mon imagination survoltée. Mais rien ne le prouvait. Je n'étais sûr que d'une chose : je ne voulais pas me trouver ici à la tombée de la nuit.

À une intersection, une énorme gargouille de pierre avait dégringolé sur la chaussée ; elle m'observait la tête en bas, sa bouche sans lèvres écartelée sur deux crocs reptiliens et une langue grise fourchue. Je fis un grand écart pour échapper à ce regard glaçant. Au moment où je m'éloignais, soulagé, un fracas se produisit. En me retournant, je découvris que la gargouille avait basculé. Une des roues arrière du tricycle l'avait peut-être frôlée, brisant l'équilibre précaire de nombreuses années. Ou peut-être pas.

Quoi qu'il en soit, elle me dévisageait toujours.

10

Le palais – à supposer qu'il s'agissait bien du palais – se rapprochait. Les constructions de chaque côté ressemblaient à des hôtels particuliers, jadis luxueux, aujourd'hui en ruine. Des balcons s'étaient écroulés. Des becs de gaz plantés le long d'élégants trottoirs de pierre étaient tombés ou avaient été renversés. Sur ces promenades jaillissaient des mauvaises herbes marronnasses à l'aspect hostile. Les espaces entre les hôtels particuliers étaient envahis de ronces qui lacéreraient vos vêtements si vous décidiez de vous y aventurer.

La pluie se remit à tomber dru au moment où on atteignait des habitations encore plus chics, de marbre et de verre, avec de larges perrons (intacts) et des portiques raffinés (détruits pour la plupart). On approchait certainement du but et je demandai à Radar de tenir bon, mais à voix basse. Malgré l'averse, j'avais la bouche sèche. Néanmoins, pas un seul instant je n'envisageai de renverser la tête pour boire un peu d'eau de pluie. Car j'ignorais ce qu'elle pouvait contenir et les effets éventuels. C'était un endroit effroyable, dévasté par une terrible maladie, et je ne voulais rien avaler qui vienne d'ici.

Il y avait un point positif, cependant. Claudia m'avait mis en garde contre le risque de me perdre, mais jusqu'à présent, c'était tout droit. Si la maison jaune de Hana et le cadran solaire se trouvaient à proximité de l'agglomérat de constructions majestueuses dominées par les trois flèches, la Route des Gallien m'y conduirait directement Je distinguais maintenant d'immenses fenêtres dans cet empilement. Pas des vitraux, comme dans une cathédrale, mais des vitres d'un vert profond, miroitant, qui me rappelaient les étais de la porte du mur d'enceinte. Et aussi cet infâme bassin.

Obnubilé par cette vision, je faillis louper les initiales de M. Bowditch peintes à mi-hauteur d'un poteau de pierre terminé par un anneau sans doute destiné à attacher un cheval. Toute une rangée de ces poteaux semblables à des dents émoussées étaient dressés devant une gigantesque construction grise percée d'une dizaine de portes, au sommet d'un escalier de pierre raide. Des portes, mais aucune fenêtre. Le poteau qui portait les initiales AB était le dernier de la rangée, face à une rue plus étroite qui s'enfonçait sur la gauche. La barre du A formait une flèche qui indiquait cette ruelle, bordée elle aussi de façades de pierre borgnes et massives, de huit ou dix étages. J'imaginais ces bâtiments remplis autrefois de bureaucrates empisariens travaillant pour le royaume. Je pouvais presque me les représenter en train d'aller et venir, vêtus de redingotes noires et de chemises à col haut (je n'imaginais que des hommes), tels des personnages dans les illustrations d'un roman de Dickens. L'un de ces bâtiments abritait-il la prison royale de Sa Majesté ? En un sens, ils ressemblaient tous à des prisons à mes yeux.

Je m'arrêtai et contemplai la barre du A transformée en flèche. Le palais se trouvait droit devant, pourtant la flèche m'envoyait dans une autre direction. Je m'interrogeai : devais-je continuer tout droit ou suivre la flèche ? Derrière moi, dans le panier, sous une couverture mouillée qui serait bientôt trempée, Radar fut prise d'une nouvelle quinte de toux. Je faillis ignorer la flèche pour poursuivre sur ma lancée, me disant que je pourrais toujours faire demi-tour si je me retrouvais dans une impasse, mais deux choses que m'avait dites Claudia me revinrent en mémoire. La première, c'était que tout irait bien si je suivais les traces de M. Bowditch (*a priori*, avait-elle dit très exactement, mais à quoi bon chipoter ?). La seconde, c'était qu'un « sacré trajet » m'attendait. Or si je continuais tout droit ce serait un trajet sacrément court.

Finalement, je décidai de faire confiance à Claudia et à M. Bowditch. J'orientai le tricycle dans la direction indiquée par la flèche et recommençai à pédaler.

Ces rues sont un labyrinthe, m'avait également dit Claudia. Elle avait raison, et les initiales de M. Bowditch – ses repères – m'y entraînaient de plus en plus profondément. Le cadastre de New York avait un sens, celui de Chicago aussi, plus ou moins, mais celui de Lilimar aucun. Londres devait ressembler à cela, imaginais-je, à l'époque de Sherlock Holmes et de Jack l'Éventreur (à ma connaissance, c'est toujours le cas). Certaines rues étaient larges et bordées d'arbres sans feuilles qui n'offraient aucun abri contre la pluie. D'autres étaient étroites, à tel point que le tricycle passait à peine. Celle qu'on emprunta nous protégea (partiellement) du déluge grâce aux constructions de deux étages qui la surplombaient de chaque côté et se touchaient presque. J'apercevais ici et là des câbles de tramway ; certains pendaient encore telles des guirlandes inertes, mais la plupart gisaient dans les rues.

Dans une des vitrines, je remarquai un mannequin de couturier, sans tête, coiffé d'un chapeau de bouffon, avec des clochettes autour du cou et un couteau planté dans la poitrine. Si c'était une plaisanterie, je ne la trouvais pas drôle. Au bout d'une heure, je n'aurais su dire combien de fois j'avais tourné à droite et à gauche.

À un moment donné, j'empruntai un passage souterrain dégoulinant de pluie sous lequel le bruit des pneus du tricycle dans les flaques d'eau résonnait comme un rire sous cape : *hah… haah… haaah.*

Certains des repères de M. Bowditch, surtout ceux exposés aux intempéries, étaient devenus presque invisibles. Si je perdais leur trace, je serais obligé de revenir sur mes pas ou de m'orienter à partir des trois flèches que j'associais au palais, et je ne savais pas si j'en serais capable. Pendant de longs moments, les bâtiments qui se refermaient sur moi le masquaient totalement. Je m'imaginais sans peine errant au hasard dans ce dédale jusqu'à l'heure où sonneraient les deux cloches .. puis les trois cloches du soir… obligé alors de prendre garde aux soldats de la nuit. Mais sous cette pluie, avec cette toux quasi incessante derrière moi, je me disais que d'ici ce soir, Radar serait morte.

Deux fois, je passai devant des trous béants qui plongeaient dans les ténèbres. Il s'en échappait des bouffées d'air malodorantes et ce qui ressemblait à ces murmures contre lesquels Claudia m'avait mis en garde. L'odeur qui montait du second était plus forte, les voix également. Je ne voulais pas me représenter des habitants de la ville terrifiés, réfugiés dans de vastes bunkers souterrains avant d'y trouver la mort, mais comment faire autrement ? Impossible, franchement. De même qu'il était impossible de croire que ces murmures étaient autre chose que les voix de leurs fantômes.

Je ne voulais pas être ici. Je voulais être chez moi, dans un monde normal, où les seules voix désincarnées provenaient de mes EarPods.

Au coin d'une rue, j'avisai sur un lampadaire ce qui était peut-être les initiales de M. Bowditch… ou juste des vieilles traces de sang. Je descendis du tricycle pour regarder de plus près. Oui, c'était bien sa marque, mais presque entièrement effacée. Je n'osai pas ôter la pluie et la crasse qui la recouvraient, de peur de la faire disparaître totalement, alors je m'en approchai le plus possible, au point de la toucher avec mon nez. La barre du A indiquait la droite, j'en étais sûr (presque). Alors que je regagnais le tricycle, Radar sortit la tête de sous la couverture et gémit. Un de ses yeux était collé par le pus. L'autre à moitié seulement, et il était fixé derrière nous. Je me retournai et entendis un bruit de pas… sans aucun doute cette fois. J'eus la vision fugitive d'un vêtement – une cape peut-être – au moment où une silhouette tournait au coin d'une rue, un peu plus loin.

« Qui va là ? » m'écriai-je, avant de plaquer ma main sur ma bouche.

Silence, pas de bruit, m'avaient répété toutes les personnes que j'avais rencontrées. Tout bas, dans une sorte de cri murmuré, j'ajoutai : « Montrez-vous. Si vous êtes un ami, je le serai aussi. »

Nul ne se montra. Le contraire m'aurait étonné. Ma main se posa sur la crosse du revolver de M. Bowditch.

« Si vous n'êtes pas un ami, j'ai une arme et je n'hésiterai pas à m'en servir. » Du pur bluff. On m'avait mis en garde contre ça également. Et sévèrement. « Vous m'entendez ? Dans votre intérêt, étranger, j'espère que oui. »

Je ne me reconnaissais pas, et ce n'était pas la première fois. Je ressemblais à un personnage de roman ou de film. Je n'aurais pas été surpris de m'entendre dire : *Je m'appelle Inigo Montoya. Tu as tué mon père. Prépare-toi à mourir.*

Radar toussait de nouveau, et elle grelottait maintenant. Je remontai sur le tricycle et pédalai dans la direction indiquée par la dernière flèche. Elle me conduisit dans une rue pavée, en zigzag, et curieusement bordée de tonneaux, renversés pour la plupart.

11

Je continuai à suivre la piste des initiales. Si quelques-unes restaient presque aussi éclatantes que le jour où M. Bowditch les avaient tracées à la peinture rouge, la plupart n'étaient plus que l'ombre d'elles-mêmes. À gauche et à droite, à droite et à gauche. Je ne vis aucun corps, aucun squelette de celles et ceux morts depuis longtemps, mais presque partout je sentais l'odeur de la décomposition, et parfois j'avais l'impression que les constructions changeaient légèrement de forme.

Par endroits, je traversais des flaques. Certaines rues étaient totalement inondées, et les grandes roues du tricycle s'enfonçaient dans la boue presque jusqu'aux enjoliveurs. Enfin, la pluie se transforma en simple crachin, puis cessa. Je n'avais aucun moyen de savoir si j'étais encore loin de la maison jaune de Hana ; ne pouvant pas consulter mon téléphone et en l'absence de soleil, je n'avais aucune notion du temps. À chaque instant, je m'attendais à entendre sonner les deux cloches de midi.

Perdu, pensai-je. *Je suis perdu, je n'ai pas de GPS, et je n'arriverai jamais à temps. Je devrais m'estimer heureux si j'arrive à quitter cet endroit dément avant la tombée de la nuit.*

Puis je traversai une petite place au milieu de laquelle se dressait une statue – une femme à laquelle on avait arraché la tête – et m'aperçus que je voyais de nouveau les trois flèches. Mais maintenant, je les voyais de côté. Et soudain une idée me vint… formulée (c'est absurde, mais c'est vrai) avec la voix du coach Harkness, entraîneur des équipes de basket et de baseball. Le coach Harkness qui arpentait la ligne de touche, le teint rougeaud, des auréoles de sueur sous les aisselles de la chemise blanche qu'il portait les soirs de match, et qui suivait les déplacements de son équipe en criant : « *Back door, back door, nom de Dieu !* »

La porte de derrière.

Voilà où me conduisaient les initiales de M. Bowditch. Non pas vers le devant de ce bâtiment central monumental, où s'achevait sans doute la Route des Gallien, mais derrière. Je traversai la place sur la gauche, m'attendant à voir ses initiales dans une des trois rues qui s'en éloignaient, et en effet, elles étaient peintes sur le côté d'une construction en verre, brisée, qui avait peut-être été une serre. Le côté du palais se trouvait sur ma droite maintenant. Les initiales m'entraînaient bien de plus en plus vers l'arrière. Je commençai à apercevoir l'arrondi d'un haut édifice de pierre derrière la masse des bâtiments principaux.

Je pédalai plus vite. Le repère suivant m'envoya à droite, sur ce qui avait dû être, en des temps meilleurs, un large boulevard. Sans doute ultra-chic, mais désormais le trottoir se fissurait et s'effritait même par endroits. Au centre s'étendait un terre-plein envahi par la végétation. Parmi les mauvaises herbes se dressaient d'énormes fleurs aux pétales jaunes et au cœur d'un vert intense. Je ralentis, le temps de regarder l'une d'elles qui pendait au-dessus de la chaussée au bout de sa longue tige. Quand je voulus la toucher, les pétales se refermèrent brutalement à quelques centimètres de mes doigts. Une substance blanche semblable à de la sève s'en écoula. Elle dégageait de la chaleur. Je m'empressai de retirer ma main.

Un peu plus loin, à moins de cinq cents mètres, j'aperçus les faîtes de trois toits qui se découpaient dans le ciel ; un de chaque côté du boulevard, le troisième semblant l'enjamber. Ils étaient du même jaune que les fleurs. Juste devant moi, le boulevard déboucha sur une autre place, au centre de laquelle se dressait une fontaine sans eau. Imposante et verte, parcourue de veines d'obsidienne. *NOTE-LE, PRINCE SHARLIE*, n'avait cessé de psalmodier Claudia. Et je consultai les notes que j'avais prises, pour être sûr. Fontaine sans eau : fait. Énorme maison jaune qui enjambe la route : fait. Se cacher : fait et refait. Je fourrai la feuille de papier dans la poche latérale de mon sac à dos pour ne pas la mouiller. Un geste machinal, mais plus tard, je pus me féliciter de l'avoir mise dans mon sac et non dans ma poche. *Idem* pour mon téléphone.

Je pénétrai lentement sur la place, puis accélérai jusqu'à la fontaine. Le piédestal mesurait presque deux mètres de haut et était aussi épais qu'un tronc d'arbre. Très bonne cachette. Je descendis du tricycle et risquai un coup d'œil de l'autre côté du piédestal. À cinquante mètres de la fontaine se dressait la maison, je devrais plutôt dire les maisons de Hana. Reliées par une passerelle peinte en jaune qui enjambait le passage central, un peu comme celles que l'on peut voir dans tout Minneapolis. Une sacrée baraque.

Et Hana était devant.

CHAPITRE DIX-HUIT

Hana. Les voies colorées. L'horreur dans l'étang. Le cadran solaire, enfin. Une fâcheuse rencontre.

1

Hana était sans doute sortie dès la fin de la pluie, pour savourer l'éclaircie. Elle occupait un énorme trône doré, sous un dais à rayures bleues et blanches. Je devinais que le trône n'était pas en plaqué, et je doutais fort que les pierres précieuses incrustées dans le dossier et les accoudoirs soient en toc. Le Roi et/ou la Reine d'Empis devaient paraître ridiculement petits perchés sur ce siège. Hana, elle, l'occupait entièrement, et ses fesses éléphantesques débordaient sur les côtés, entre les accoudoirs et les coussins couleur pourpre royale.

La femme assise sur ce trône volé (j'en aurais mis ma main au feu) était d'une laideur cauchemardesque. De ma cachette, derrière la fontaine sans eau, impossible de déterminer sa taille avec précision, mais je mesurais un mètre quatre-vingt-quinze, et j'avais l'impression qu'elle me dépassait d'au moins un mètre cinquante, même assise. Auquel cas, debout, elle devait faire dans les six mètres !

Une authentique géante, autrement dit.

Sa robe, de la même couleur pourpre royale que les coussins sur lesquels elle était assise, évoquait un chapiteau de cirque. Elle descendait jusqu'à ses mollets épais comme des troncs d'arbres. Chacun de ses doigts (aussi gros que ma main) s'ornait d'une bague. Elles étincelaient dans la lumière pâle. Si l'éclat du soleil s'intensifiait, elles s'enflammeraient. Des cheveux châtain foncé tombaient sur ses épaules et le raz-de-marée de sa poitrine dans un enchevêtrement de mèches grasses.

Seule sa robe permettait de la ranger dans la catégorie des individus de sexe féminin. Son visage était un amas de protubérances et de furoncles infectés. Une fissure bordée de rouge fendait le centre de son front. Un œil était plissé, l'autre exorbité. Sa lèvre supérieure remontait jusqu'à son nez tordu, dévoilant des dents limées pour en faire des crocs. Pire encore : le trône était entouré d'un demi-cercle d'ossements, certainement humains.

Radar se mit à tousser. Je me retournai vers elle et approchai ma tête de la sienne pour la regarder droit dans les yeux.

« Chut, fifille, murmurai-je. Je t'en supplie, ne fais pas de bruit. »

Elle toussa encore une fois, puis s'arrêta. Sans cesser de frissonner cependant. Au moment où je détournai le regard, elle se remit à toussoter de plus belle. Je pense que Hana nous aurait découverts si elle n'avait pas choisi ce moment-là pour entonner une chanson :

Mets-la-moi, Joe chéri.
Mets-la où il faut, mon chéri.

Mets-la-moi toute la nuit.
Mets-moi ton dard dare-dare
Dard dare-dare, dard dare-dare
Mets-moi ton dard dare-dare !

J'avais dans l'idée que cette chanson n'avait pas été écrite par les frères Grimm.

Elle poursuivit sur sa lancée (c'était une de ces chansons à boire qui ne se terminent jamais), et ça tombait bien car Radar s'était remise à tousser. Je caressai sa poitrine et son ventre pour tenter de la soulager, pendant que Hana continuait à exhorter son Joe chéri à « ne pas avoir peur » (pour la rime, je m'attendais à « Mets-la-moi dans le postérieur ») et elle beuglait encore lorsque les cloches de midi sonnèrent. Si près du palais, elles étaient assourdissantes.

L'écho s'éloigna. J'attendis que Hana se lève et entre dans sa cuisine. En vain. Au lieu de cela, elle coinça un furoncle entre deux doigts, sur son menton aussi large qu'une pelle, et le pressa. Faisant jaillir du pus jaunâtre. Elle l'essuya avec le talon de sa main, l'examina et le balança dans la rue. Après quoi, elle se rassit au fond de son trône. J'attendais avec angoisse que Radar se remette à tousser. Car cela allait forcément se produire. Ce n'était qu'une question de temps.

Allez, chante, sale grosse truie immonde. Chante avant que ma chienne recommence à tousser et que nos os aillent rejoindre ceux que tu ne ramasses même pas tellement tu es flem…

Soudain, elle se leva. C'était comme regarder une montagne se soulever. J'avais utilisé une méthode de calcul simple, apprise à l'école, pour estimer sa taille, mais j'avais sous-estimé la longueur de ses jambes. Le passage entre les deux parties de sa maison se dressait à six mètres du sol au moins, et pourtant Hana serait obligée de se baisser pour passer dessous.

Une fois debout, elle tira sur le tissu de sa robe coincée entre ses fesses, et lâcha un pet monstrueux qui résonna un long moment. Cela me rappela un solo de trombone dans un des morceaux préférés de mon père, « Midnight in Moscow ». Je dus plaquer mes mains sur ma bouche pour ne pas éclater de rire. Au risque de provoquer une nouvelle quinte de toux, j'enfouis mon visage dans le poil mouillé de Radar et laissai échapper une sorte de halètement étouffé : *huh-huh-huh*. Les yeux fermés, j'attendais que Radar recommence à tousser ou qu'une des énormes mains de Hana se referme autour de ma gorge et m'arrache la tête d'un coup sec.

Comme rien ne se passait, je risquai un coup d'œil de l'autre côté du piédestal de la fontaine, juste à temps pour la voir se diriger d'un pas pesant vers la partie droite de la maison. Sa taille était tout bonnement hallucinante. Elle aurait pu regarder par les fenêtres du haut sans problème. Elle ouvrit sa porte, démesurée elle aussi, et une odeur de viande cuite s'échappa. Ça sentait le porc rôti, mais un horrible pressentiment me laissait penser que ça n'en était pas. Elle se baissa et entra dans la maison.

« *À manger, espèce d'eunuque !* gronda-t-elle. *J'ai faim !* »

C'est à ce moment-là que tu dois agir, m'avait dit Claudia. Ou quelque chose d'approchant.

Je remontai sur le tricycle et pédalai en direction du passage, penché sur le guidon comme un cycliste à l'arrivée d'une étape du Tour de France. Avant d'y pénétrer, je jetai un rapide coup d'œil sur ma gauche, là où se dressait le trône. Les os éparpillés sur le sol, de petite taille, étaient certainement ceux d'enfants. Sur certains, on apercevait encore du cartilage, et sur d'autres, des poils. J'avais eu tort de regarder ; c'était une erreur que j'aurais aimé corriger, mais parfois – trop souvent – on ne peut pas s'en empêcher. N'est-ce pas ?

2

Le passage, froid et humide, bordé de blocs de pierre couverts de mousse, mesurait environ vingt-cinq mètres de long. À l'autre extrémité brillait une lumière vive, et en débouchant sur la place, je verrais peut-être le soleil pour de bon.

Eh bien, non. Juste au moment où j'émergeais du passage, le nez dans le guidon, les nuages engloutirent la valeureuse petite parcelle de ciel bleu, et la grisaille uniforme revint. Ce que je découvris alors m'arrêta net. Mes pieds laissèrent échapper les pédales et le tricycle continua en roue libre avant de s'arrêter. J'étais à l'orée d'une immense place dégagée. Huit voies incurvées y convergeaient, venant de huit directions différentes. Jadis, leurs pavés avaient dû être peints de couleurs vives : vert, bleu, magenta, indigo, rouge, rose, jaune, orange. Aujourd'hui, elles étaient presque effacées et je devinais que ces pavés finiraient par devenir aussi gris que tout le reste à Lilimar et dans une grande partie d'Empis. Ces courbes étaient comme les pales multicolores d'un moulin à vent pour enfant, un jouet qui aurait perdu son aspect joyeux. Le long de ces voies incurvées se dressaient des poteaux ornés de fanions. Il y avait des années de cela (combien ?), peut-être claquaient-ils fièrement, agités par une brise qui n'était pas polluée par l'odeur de la pourriture et de la décomposition. Désormais, ils pendaient mollement, dégoulinants d'eau de pluie.

Au centre de ce gigantesque moulin à vent trônait une autre statue de papillon. Les ailes et la tête étaient détruites, et les vestiges s'amoncelaient tout autour du socle. Derrière, une voie plus large conduisait à l'arrière du palais et aux trois flèches d'un vert sombre. J'imaginais les gens – les Empisariens – qui envahissaient ces différentes voies pour fusionner en une masse humaine unique. Ils riaient et se bousculaient joyeusement, dans l'attente d'un divertissement imminent ; certains transportaient des pique-niques dans des paniers ; d'autres s'arrêtaient devant des marchands ambulants qui vantaient leurs marchandises. Un souvenir pour le petit ? Des fanions ? Oui, bien sûr ! Je voyais toutes ces scènes comme si j'avais été présent. Et pourquoi pas ? Moi aussi j'avais fait partie de ce genre de foule, les grands soirs, pour aller voir jouer les White Sox et même, un dimanche inoubliable, les Chicago Bears.

À l'arrière du palais (cette partie-ci du palais, car il s'étendait dans toutes les directions), j'aperçus des remparts de pierre rouge, circulaires, qui dominaient. Bordés de très hauts poteaux qui semblaient coiffés de plateaux. Des jeux avaient été organisés en ce lieu, devant des foules enthousiastes. J'en étais convaincu. Des spectateurs avaient rugi de plaisir. Aujourd'hui, les voies incurvées et l'entrée principale étaient désertes, hantées, comme l'ensemble de cette ville.

Quand j'étais au CM2, on avait construit un château fort en Lego, en histoire. Pour nous, ça ressemblait plus à une distraction qu'à un cours. Mais rétrospectivement, on avait quand même appris des choses. Je me souvenais encore des noms de quelques éléments architecturaux, et j'en reconnus certains en approchant du palais : arcs-boutants, tourelles, parapets et même ce qui était peut-être une poterne. Mais à l'image de tout le reste à Lilimar, quelque chose clochait. Les escaliers montaient et descendaient sans aucune logique (et sans mener où que ce soit, pour autant que je pouvais en juger), autour et à l'intérieur d'étranges excroissances en forme d'amanites, percées d'étroites fenêtres sans carreaux. C'étaient peut-être des postes de garde, ou peut-être complètement autre chose. Certains escaliers se croisaient, me rappelant ces dessins d'Escher dans lesquels vos yeux vous jouent des tours. Un battement de paupières et les escaliers paraissaient à l'envers. Un autre et ils étaient de nouveau à l'endroit.

Pire encore, le palais dans son ensemble, dépourvu de toute symétrie, donnait l'impression de *bouger*, comme le château de Hurle. Même s'il m'était difficile de percevoir ce phénomène dans son ensemble visuellement… ou mentalement. Les escaliers étaient de différentes couleurs, à l'image des huit voies du moulin à vent géant, ce qui peut vous paraître gai, mais il en émanait l'impression d'un être insondable doué de sens, d'une créature intelligente dotée d'un cerveau extraterrestre. J'avais conscience de me laisser emporter par mon imagination (non, c'était faux, je n'en avais pas conscience), mais je me réjouissais que les repères de M. Bowditch m'aient conduit du côté du stade car ainsi je ne me trouvais pas dans le champ de vision de ces fenêtres de cathédrale. Je crois que je n'aurais pas pu affronter leur regard vert.

Je pédalai lentement en suivant la large voie qui menait à l'entrée. Parfois, les roues du tricycle heurtaient des blocs de pierre déplacés. L'arrière du château offrait une façade presque entièrement aveugle. Il y avait une succession de larges portes rouges – huit ou neuf – et un très ancien embouteillage de wagons de tramway, dont beaucoup étaient renversés et quelques-uns fracassés. Il était facile d'imaginer Hana provoquant ce chaos. Sous l'effet de la colère peut-être, ou juste pour le plaisir. Je devinais que je me trouvais dans une zone d'approvisionnement, que les gens riches et les membres de la royauté voyaient très rarement, pour ne pas dire jamais. C'était le chemin qu'empruntaient les gens ordinaires.

Je repérai les initiales de M. Bowditch, presque effacées, sur un des blocs de pierre. Je n'aimais pas rôder aussi près du palais, même du côté aveugle, car je le voyais presque bouger. Palpiter. La barre du A pointait vers la gauche, alors je quittai la voie principale pour suivre cette direction. Radar toussait de nouveau, violemment. Quand j'avais enfoui mon visage dans ses poils pour étouffer mon fou rire, je les avais sentis mouillés, froids et emmêlés. Un chien pouvait-il faire une pneumonie ? Question stupide, décidai-je. Toute créature qui possédait des poumons pouvait être victime d'une pneumonie.

D'autres initiales me conduisirent à un alignement de six ou huit arcs-boutants. J'aurais pu passer dessous, mais je choisis de ne pas le faire. Du même vert sombre que les fenêtres des tours, peut-être n'étaient-elles pas construites en pierre mais en une sorte de verre. Difficile de concevoir que du verre puisse soutenir le poids d'un édifice aussi imposant, et pourtant cette matière en avait l'apparence. Là encore, à l'intérieur je distinguai des filaments noirs qui montaient et redescendaient en s'entortillant langoureusement les uns autour des autres. Face à ces arcs-boutants, j'avais l'impression de regarder une rangée d'étranges lampes à lave, vertes et noires. Ces vrilles animées me faisaient penser à plusieurs films d'horreur, comme *Alien* ou *Piranha*, que j'aurais préféré ne jamais avoir vus.

Je commençais à me dire que j'allais effectuer un tour complet du palais et me retrouver, par conséquent, sous la triple attention de ces flèches, lorsque j'arrivai devant un renfoncement. Niché entre deux murs aveugles qui formaient un V. Des bancs entouraient un petit étang ombragé par des palmiers. Incroyable mais vrai. Les frondaisons des palmiers masquaient ce qui se trouvait au fond de ce renfoncement, mais au-dessus se dressait un poteau d'au moins trente mètres de haut, surmonté d'un soleil stylisé. Doté d'un visage et de deux yeux qui se déplaçaient de droite à gauche, pareils à ceux d'une pendule Kit-Cat. Sur la droite de l'étang, M. Bowditch avait peint ses initiales sur une grosse pierre. Mais la barre de son A n'indiquait aucune direction. Pour une fois, la flèche de son A partait du sommet. J'entendais presque le vieil homme : *Tout droit, Charlie, et ne perds pas de temps.*

« Tiens bon, Radar, on y est presque. »

Je pédalai dans la direction indiquée par la flèche. En l'occurrence la droite du joli petit étang. Je n'avais aucune raison de m'arrêter pour y jeter un coup d'œil entre deux palmiers, maintenant que j'approchais de mon objectif. Et pourtant, je le fis. Et si terrible que soit la chose que je découvris alors, je m'en réjouis. Car cette vision changea tout, même s'il me faudrait un long moment pour comprendre pleinement l'importance cruciale de cet instant. Parfois, on regarde afin de se souvenir. Parfois, ce sont les choses les plus affreuses qui nous donnent de la force. Je le sais aujourd'hui, mais sur le coup, je pensai : *Oh, bon sang, c'est Ariel.*

Dans cet étang, peut-être jadis d'un bleu apaisant, devenu trouble, terni par la pourriture, gisait la dépouille d'une sirène. Mais il ne s'agissait pas d'Ariel, la princesse de Walt Disney, fille du Roi Triton et de la Reine Athéna. Non, ce n'était pas elle. En aucun cas. Pas de queue verte étincelante, pas de beaux yeux bleus, pas de volutes de cheveux roux. Pas d'adorable petite brassière violette non plus. Cette sirène avait dû être blonde, mais la majeure partie de ses cheveux flottait maintenant à la surface. Sa queue avait peut-être été verte, mais elle avait pris une sinistre couleur grise, comme sa peau. Ses lèvres avaient disparu, dévoilant un cercle de petites dents. Ses yeux étaient des orbites vides.

Pourtant, elle avait été belle. J'en étais sûr, comme je savais que des cohortes joyeuses avaient déferlé ici pour assister à des jeux ou à des divertissements. Elle avait été belle, oui, vivante, habitée par une magie joyeuse et inoffensive. Elle avait nagé dans cet étang. C'était sa maison. Et les gens qui avaient pris le temps de venir jusqu'à cette oasis de poche l'avaient vue, elle les avait vus elle aussi, et elle comme eux en avaient été revigorés. Aujourd'hui, elle était morte. Une hampe de fer sortait de son corps, à l'endroit où sa queue de poisson devenait un torse humain, et un entrelacs de boyaux gris saillait de la plaie. De sa beauté et de sa grâce il ne restait qu'un murmure. Elle était morte comme tous les poissons qui étaient morts dans un aquarium, et elle flottait là, privée de ses couleurs gaies. Ce n'était plus qu'un cadavre hideux, en partie conservé par l'eau froide. Alors qu'une créature véritablement laide – Hana – continuait à vivre, à chanter, à péter et à ingurgiter sa nourriture infâme.

Maudits, pensai-je. *Tous maudits. Le mal s'est abattu sur cette terre infortunée.* Ce n'était pas une pensée signée Charlie Reade, mais c'était une pensée exacte.

Je sentais monter ma haine envers Hana, non pas parce que je la soupçonnais d'avoir tué la petite sirène (la géante se serait contentée de la réduire en bouillie) mais parce qu'elle était toujours en vie. Et qu'elle se dresserait sur mon chemin au retour.

Radar se remit à tousser, si fort que j'entendais grincer le panier derrière moi. Je brisai l'envoûtement de ce cadavre pathétique et contournai le bassin en pédalant vers le poteau couronné d'un soleil.

3

Le cadran solaire occupait le fond du renfoncement, à la pointe du V formé par les deux murs. Devant se trouvait un panneau fixé sur un poteau en fer. Effacé, mais encore lisible : ACCÈS INTERDIT. Le disque semblait mesurer sept mètres de diamètre, soit – si mes calculs étaient bons – une vingtaine de mètres de circonférence. J'avisai les initiales de M. Bowditch au-delà. Je voulais les voir de près. Elles m'avaient guidé jusqu'ici, et maintenant que j'étais arrivé à destination, ce dernier repère indiquait peut-être dans quel sens je devais tourner le cadran. Impossible d'y accéder avec le tricycle de Claudia car il était entouré de piquets noir et blanc d'un mètre de haut environ.

Radar toussa, s'étrangla et toussa encore. Elle haletait, elle frissonnait, un œil collé. L'autre me regardait. Son poil était emmêlé et plaqué contre son corps, et je voyais – bien malgré moi – combien elle était maigre, presque squelettique. Je descendis du tricycle et la hissai hors du panier. Ses frissons, que je sentais contre moi, ressemblaient à des convulsions. Un tremblement, une pause. Un tremblement, une pause.

« Bientôt, fifille, bientôt. »

J'espérais avoir raison car c'était son unique chance… et ça avait marché pour M. Bowditch, non ? Pourtant, même après avoir vu la géante et la sirène, j'avais du mal à y croire.

J'enjambai les piquets et traversai le cadran solaire. Il était en pierre, divisé en quatorze parts de gâteau. *Maintenant, je crois savoir combien de temps durent les journées ici*, pensai-je. Un unique symbole, usé mais encore identifiable, était gravé au centre de chaque segment : les deux lunes, le soleil, un poisson, un oiseau, un cochon, un bœuf, un papillon, une abeille, une gerbe de blé, une grappe de baies, une goutte d'eau, un arbre, un homme dans le plus simple appareil et une femme, nue elle aussi, enceinte. Des symboles de vie. En passant devant le grand poteau au centre, j'entendis les *clic-clic-clic-clic* des yeux du soleil qui pivotaient de droite à gauche pour égrener le temps.

J'enjambai les piquets du côté opposé en tenant toujours Radar dans mes bras. Sa langue pendait sur le côté de sa gueule et elle toussait de manière ininterrompue. Ses heures étaient comptées.

Je fis face au cadran solaire et aux initiales de M. Bowditch. La barre du A dessinait une flèche légèrement incurvée, pointée vers la droite, ce qui signifiait que si je faisais tourner le cadran (à supposer que j'y arrive), il se déplacerait dans le sens contraire des aiguilles d'une montre. Ça me paraissait logique. Je l'espérais. Si je me trompais, je serais venu jusqu'ici pour tuer ma chienne en accélérant son vieillissement.

J'entendais des murmures, mais décidai de les ignorer. Je ne pensais qu'à Radar, et à personne d'autre, et je savais ce que j'avais à faire. Je me baissai pour l'allonger délicatement sur le triangle marqué par une gerbe de blé. Elle essaya de lever la tête, sans y parvenir. Elle la laissa retomber sur la pierre, et me regarda de son œil ouvert. Trop faible pour tousser désormais, elle pouvait uniquement émettre une respiration sifflante.

Je vous en supplie, faites que ce soit bien ça, faites que ça marche.

Je m'agenouillai et agrippai une des tiges fixées sur le bord du cadran. Je tirai vers moi, d'une main, puis des deux. Rien ne se produisit. Radar poussait maintenant des râles de suffocation entre deux halètements. Son flanc se soulevait et retombait tel un soufflet. Je tirai plus fort. Rien. Je repensai aux entraînements de football, au mannequin de plaquage. J'étais le seul capable non seulement de le faire reculer mais aussi de le renverser.

Allez, tire, petit salopard ! Tire si tu veux la sauver !

Je donnai tout ce que j'avais. Dans les jambes, le dos, les bras, les épaules. Je sentais le sang affluer dans mon cou – mes veines devaient être saillantes – et dans mon crâne. J'étais censé rester discret, mais impossible de réprimer des grognements d'effort. M. Bowditch avait-il réussi à actionner ce cadran ? Je ne voyais pas comment.

Juste au moment où je me disais que je n'y arriverais pas, je perçus un infime mouvement vers la droite. Je ne pouvais pas tirer plus fort, impossible, et pourtant si ! Tous les muscles de mes bras, de mon dos et de mon cou étaient gonflés. Le cadran solaire se mit à bouger. Ma chienne ne se trouvait plus devant moi, mais un peu plus à droite. Je fis basculer le poids de mon corps dans l'autre sens et entrepris de pousser, de toutes mes forces là encore. J'entendais la voix de Claudia qui me disait de me magner la rondelle. C'était exactement ce que je faisais, au risque de péter la rondelle en question.

Une fois débloquée, la roue tourna plus facilement. La première tige étant derrière moi désormais, j'en agrippai une autre, fis basculer le poids de mon corps et tirai aussi fort que je le pouvais. *Idem* avec la tige suivante. Cela me rappelait le tourniquet de Cavanaugh Park, qu'on s'amusait à faire tourner à toute allure, Bertie et moi, jusqu'à ce que les mômes assis dessus hurlent de joie, puis de terreur, et que leurs mères nous ordonnent d'arrêter avant que l'un d'eux soit éjecté.

Radar avait effectué un tiers de tour... une moitié maintenant... et voilà qu'elle revenait vers moi. Le cadran solaire tournait sans peine désormais. J'avais peut-être évacué un bouchon de graisse dans le mécanisme. Quoi qu'il en soit, je continuais à tirer sur les tiges, une main après l'autre, comme si je grimpais à la corde. Il me semblait percevoir un changement chez Radar, mais je me dis que je prenais mes désirs pour des réalités, jusqu'à ce que le cadran la ramène devant moi. Ses deux yeux étaient ouverts. Elle toussait encore, mais l'horrible respiration sifflante avait disparu et elle dressait la tête.

Le cadran tournant plus vite, je cessai de tirer sur les tiges. Je suivis du regard le second tour de Radar et vis qu'elle essayait de se dresser sur ses pattes arrière. Ses oreilles bien droites ne pendaient plus désespérément. Je m'accroupis, le souffle court ; ma chemise mouillée collait à mon torse et à mes côtes. J'essayai de déterminer combien de tours suffiraient. Je m'aperçus à cette occasion que j'ignorais son âge. Quatorze ans ? Quinze peut-être ? Si chaque tour de cadran équivalait à une année, quatre lui feraient du bien. Six la ramèneraient à la fleur de l'âge.

Lorsqu'elle repassa devant moi, je vis qu'elle ne prenait pas seulement appui sur ses pattes avant : elle s'était assise. Et au troisième passage, j'eus du mal à en croire mes yeux : Radar se remplumait, elle prenait du poids. Certes, ce n'était pas encore la chienne qui avait flanqué une peur bleue à Andy Chen, mais elle s'en approchait.

Une chose me tracassait toutefois : le cadran prenait de la vitesse, sans que je tire sur les tiges. Au quatrième passage, je crus percevoir de l'inquiétude dans le regard de Radar. Au cinquième passage, elle était clairement terrorisée, et le souffle du cadran souleva les cheveux collés sur mon front par la sueur. Il fallait que je la fasse descendre. Sinon, j'allais voir ma chienne redevenir un chiot, puis… plus rien. Au-dessus de moi, le *clic-clic-clic-clic* des yeux du soleil ressemblait plutôt à un *cliclicliclic*, et je savais que si je levais la tête, je les verrais pivoter de droite à gauche de plus en plus vite, jusqu'à n'être plus qu'une tache floue.

Dans des moments de stress extrême, de folles pensées peuvent vous traverser l'esprit. C'est ainsi que me revinrent en mémoire les images d'un western que j'avais regardé avec mon père durant sa période d'alcoolisme : *Le Triomphe de Buffalo Bill.* Je me souvins de Charlton Heston galopant à bride abattue vers un avant-poste isolé, où un sac de courrier était suspendu à un crochet. Charlton s'en saisissait au passage, sans ralentir. J'allais devoir récupérer Radar de la même manière. Ne voulant pas crier, je m'accroupis et tendis les bras, en espérant qu'elle comprendrait le message.

Lorsque le cadran revint vers moi, elle me vit, alors elle se dressa sur ses quatre pattes. La vitesse faisait ondoyer son poil telles des mains invisibles qui la caressaient. Si je la manquais (Charlton Heston n'avait pas loupé le sac de courrier, mais c'était du cinéma), je serais obligé de bondir sur le cadran moi aussi, pour la récupérer et sauter en marche. Je risquais de perdre un an ce faisant, mais à situation désespérée, mesures désespérées.

Il se trouve que je n'eus pas besoin de l'attraper. Quand je l'avais déposée sur le cadran solaire, Radar ne pouvait plus marcher seule. Après cinq (et bientôt six) tours, ce n'était plus du tout la même chienne. Elle s'accroupit sur son arrière-train, poussa sur ses pattes arrière, qui avaient retrouvé toute leur puissance, et bondit dans mes bras tendus. J'eus l'impression d'être percuté par un sac de ciment volant. Je basculai sur le dos, sous Radar qui, les pattes avant plantées de part et d'autre de mes épaules, agitait furieusement la queue et me léchait le visage.

« Arrête ! » chuchotai-je.

Un ordre qui manquait d'autorité car je riais. Et elle continua à me donner de grands coups de langue.

Enfin, je pus me redresser et la regarder sous toutes les coutures. Elle qui ne pesait plus que vingt ou vingt-cinq kilos en faisait trente-cinq ou quarante maintenant. Disparues la respiration sifflante et les quintes de toux. Tout comme les sécrétions séchées sur sa truffe. Et les poils blancs sur son museau et sur son dos. Sa queue, drapeau en berne en lambeaux jusqu'à maintenant, ressemblait à un essuie-glace touffu. Mais le plus extraordinaire, l'indicateur le plus sûr des changements provoqués par le cadran solaire, c'étaient ses yeux. Ils n'étaient plus vitreux et absents, comme si elle ne savait plus très bien ce qui se passait en elle ou dans le monde qui l'entourait.

« Regarde-toi, murmurai-je, obligé de sécher mes larmes. Regarde-toi ! »

4

Je la serrai dans mes bras et me relevai. Pas un instant je ne songeai à aller rafler les pépites d'or. J'avais suffisamment tenté le diable. Inutile d'insister.

Jamais cette nouvelle version de Radar, grandement améliorée, ne tiendrait dans le panier fixé à l'arrière du tricycle. Un seul regard suffit à m'en convaincre. Et je n'avais pas pris sa laisse. Elle était restée chez Claudia, dans la charrette de Dora. Sans doute qu'au fond de moi, je pensais ne plus jamais en avoir besoin.

Je me penchai vers elle, pris sa tête entre mes mains et plongeai mon regard dans ses yeux marron foncé.

« Reste près de moi. Et ne fais pas de bruit. Chut, Radar. »

On refit le chemin en sens inverse. Je pédalais et Radar trottait à ma hauteur. Je pris soin de ne pas regarder l'étang en passant. Alors qu'on approchait du passage, la pluie se remit à tomber. Arrivé au milieu du passage, je mis pied à terre. J'ordonnai à Radar de s'asseoir et de rester là. À petits pas, le dos collé au mur tapissé de mousse, j'avançai vers la sortie. Radar me regardait, sans bouger : brave chienne. Je m'arrêtai une fois en vue de l'accoudoir doré de ce trône aux ornements grotesques. Je fis encore un pas et tendis le cou pour constater qu'il était inoccupé. La pluie crépitait sur le dais à rayures.

Où était Hana ? Dans quelle partie de la maison ? Et que faisait-elle ?

Autant de questions auxquelles je n'avais pas les réponses. Peut-être était-elle en train de savourer ce plat qui sentait le porc mais n'en était probablement pas, à moins qu'elle ait déjà regagné ses appartements pour faire sa sieste. On ne devait pas s'être absentés assez longtemps pour qu'elle ait déjà fini de déjeuner, mais ce n'était qu'une supposition. Ces derniers épisodes – d'abord la sirène, puis le cadran solaire – avaient été intenses.

D'où je me trouvais, je voyais la fontaine à sec droit devant. Elle nous offrirait une bonne couverture, à condition de ne pas être repérés avant de l'atteindre. Cinquante mètres à parcourir seulement. Mais lorsque j'imaginais les conséquences si on se faisait prendre, cela me paraissait beaucoup plus loin. Je guettais les beuglements de Hana, sa voix encore plus puissante que celle de Claudia. En vain. Pourtant, quelques couplets d'une chanson paillarde auraient été les bienvenus pour la localiser, mais voilà une chose que j'ai apprise dans la ville hantée de Lilimar : les géantes ne chantent pas toujours au moment où vous voudriez qu'elles chantent.

Il fallait faire un choix. Et je décidai d'essayer d'atteindre la fontaine. Je rejoignis Radar et m'apprêtais à remonter sur le tricycle quand un son retentit à gauche de l'extrémité du passage. Une porte qu'on claque. Radar sursauta et tourna la tête dans cette direction. Un grognement prit naissance dans sa gorge. Je me jetai sur elle avant qu'il se transforme en une salve d'aboiements.

« Silence, Radar. Chut. »

J'entendis Hana marmonner des paroles que je ne compris pas, puis lâcher un de ses pets tonitruants. Cette fois je n'eus pas envie de rire : la géante marchait à pas lourds vers l'entrée du passage. Si elle regardait à droite, on pourrait se plaquer contre le mur, Radar et moi, et peut-être qu'on passerait inaperçus dans la pénombre, mais même si Hana était miro, le tricycle de Claudia était trop gros pour qu'elle ne le remarque pas.

Je dégainai le revolver de M. Bowditch et le tins le long de mon corps. Si elle se tournait vers nous, je lui tirerais dessus, et je savais très précisément quel endroit je viserais : cette fissure bordée de rouge qui barrait son front. Je ne m'étais jamais entraîné au tir avec l'arme de M. Bowditch (ni avec aucune autre), mais j'avais une bonne vue. Et même si la première balle manquait sa cible, j'aurais encore quatre chances. Le bruit ? *On s'en fout*, décrétai-je en pensant aux ossements éparpillés autour du trône.

Heureusement, pas une fois elle ne se tourna vers nous, ni même vers la fontaine ; elle regardait ses pieds en continuant à marmonner, ce qui me rappelait mon père la fois où il avait dû faire un discours lors du dîner annuel d'Overland National Insurance parce qu'il avait été nommé meilleur employé régional de l'année. Elle tenait quelque chose dans sa main gauche, partiellement masqué par sa hanche, jusqu'à ce qu'elle le porte à sa bouche. Elle sortit de mon champ de vision avant de mordre dedans. Tant mieux. Car j'étais quasiment certain que c'était un pied, qui portait déjà des empreintes de dents sous la cheville.

Je craignais qu'elle se rassoie sur son trône pour achever sa gourmandise de fin de repas, mais apparemment la pluie l'en dissuada, malgré la protection du dais. Ou peut-être qu'elle avait juste envie de faire la sieste. Quoi qu'il en soit, une autre porte claqua, sur notre droite cette fois. Puis ce fut le silence. Je rengainai le revolver et m'assis à côté de ma chienne. Même dans la pénombre, je voyais combien elle paraissait jeune et robuste. Je me sentais joyeux. Ce mot peut vous paraître insipide, mais pour moi il ne l'est pas. Je considère la joie comme une chose très très importante. Je ne pouvais pas m'empêcher de caresser son poil, émerveillé par son épaisseur.

5

Je n'avais pas envie d'attendre, je ne voulais qu'une seule chose : foutre le camp de Lilimar avec ma chienne régénérée, la conduire jusqu'au hangar et la regarder manger tout ce qu'elle pouvait avaler. Et j'étais prêt à parier que ce serait colossal. Je lui donnerais un sac entier d'Orijen si ça lui faisait plaisir, et quelques lanières de viande séchée par-dessus le marché. Après quoi, on pourrait regarder les monarques regagner leurs nids.

Voilà ce que je voulais, mais je m'obligeai à attendre pour laisser à Hana le temps de se poser. Je comptai jusqu'à cinq cents, de dix en dix, puis de cinq en cinq, et enfin de deux en deux. Je ne savais pas si c'était suffisant pour permettre à cette créature infâme de passer en mode roupillon, mais je ne pouvais pas patienter plus longtemps. Je devais quitter le secteur au plus vite. Surtout, il fallait impérativement que je sois ressorti de cette ville avant le crépuscule, et pas uniquement à cause des soldats de la nuit. Certains des repères de M. Bowditch avaient presque disparu, et si je perdais cette piste, je serais dans de sales draps.

« Viens, dis-je à Radar. Mais surtout, pas de bruit, fifille. »

Je tirai le tricycle derrière moi, au cas où Hana surgirait et nous attaquerait subitement. Le temps qu'elle l'écarte de son chemin, cela me donnerait peut-être le temps de dégainer et de tirer. Et puis, je pouvais compter sur Radar, qui avait retrouvé son poids de forme. Et je devinais que si Hana s'en prenait à ma chienne, elle y laisserait un gros morceau de viande. Spectacle réjouissant. En revanche, voir la géante briser le cou de ma chienne d'un revers de son énorme battoir le serait beaucoup moins.

Je m'arrêtai à l'entrée du passage, puis me dirigeai vers la fontaine avec Radar à côté de moi. Il y avait des matchs qui m'avaient semblé interminables (notamment contre notre principal rival, St. John), mais ces cinquante mètres à découvert entre la maison de Hana et le centre de la place furent assurément les plus longs de ma vie. Je m'attendais à chaque instant à entendre une version locale du « Fee-fi-fo-fum » et le bruit sourd de ses pas qui faisaient trembler le sol alors qu'elle se lançait à notre poursuite.

Un oiseau cria – un corbeau peut-être, ou une buse – mais je n'entendis rien d'autre. On atteignit enfin la fontaine et je m'y appuyai pour essuyer sur mon visage un mélange de sueur et de pluie. Radar leva les yeux vers moi. Finis les tremblements et les frissons, finies également les quintes de toux. Elle me souriait. C'était l'aventure.

Après avoir vérifié qu'il n'y avait pas de Hana dans les parages, je me remis en selle et pédalai en direction de l'élégant boulevard où les membres de l'élite empisarienne se retrouvaient sans doute, jadis, à l'heure du thé, pour manger des petits sandwichs et échanger les derniers potins de la cour. Le soir, ils organisaient peut-être des barbecues ou des bals, à la lumière des lampes, dans de vastes jardins aujourd'hui envahis par les mauvaises herbes, les ronces et des fleurs dangereuses.

J'avançais à un rythme soutenu, mais Radar me suivait sans peine, à grandes enjambées, et sa langue se balançait joyeusement sur le côté de sa gueule. La pluie avait redoublé de violence, mais je ne m'en apercevais même pas. Je ne pensais qu'à une seule chose : faire le chemin en sens inverse et quitter cette ville. J'aurais le temps alors de penser à me sécher, et si j'attrapais froid, nul doute que Claudia me bourrerait de soupe de poulet avant que je retourne chez Woody… puis chez Dora… puis à la maison. Mon père me passerait un sacré savon, mais quand il verrait Radar, il…

Quoi donc ?

Je m'occuperais de ça plus tard. Avant tout, il fallait quitter cette ville détestable, qui n'était absolument pas déserte. Ni inerte et silencieuse.

6

Cela aurait dû être facile : suivre les repères de M. Bowditch en sens inverse et prendre la direction opposée à celle indiquée par les flèches, jusqu'à la porte principale. Mais lorsque j'atteignis l'endroit où on avait emprunté le grand boulevard, les initiales avaient disparu. J'étais certain qu'elles apparaissaient sur ce pavé devant un grand bâtiment coiffé d'une coupole en verre sale, mais je n'en voyais plus aucune trace. L'averse les avait-elle effacées ? C'était peu probable, quand on pensait à toute la pluie qui les avait arrosées pendant des années. D'autant que celles-ci étaient encore relativement vives. Plus vraisemblablement, je m'étais trompé.

Je continuai à pédaler sur le boulevard, à la recherche de ces deux lettres : AB. Après avoir dépassé trois rues perpendiculaires sans les apercevoir, je fis demi-tour, jusqu'à ce bâtiment qui ressemblait à une banque, avec sa coupole.

« Je suis sûr que c'était ici, dis-je en montrant la rue tortueuse dans laquelle s'était renversé un pot de terre cuite contenant un arbuste mort. Je me souviens de ça. Il faut croire que la pluie a effacé les repères, finalement. Viens, Radar. »

Je pédalais lentement, à l'affût des initiales suivantes, habité par un sentiment désagréable. Car elles formaient une chaîne, n'est-ce pas ? Un peu comme celle qui avait conduit de l'accident fatal de ma mère sur ce foutu pont au cabanon de M. Bowditch. Si un maillon avait cédé, il était fort probable que je sois perdu. *Tu seras encore en train d'errer dans ce trou à rats à la nuit tombée*, avait dit Claudia.

Un peu plus loin dans cette rue étroite, on atteignit une ruelle bordée de boutiques anciennes et abandonnées. J'avais l'impression qu'on était passés par ici, mais là encore : aucune initiale. Je crus reconnaître, sur un côté, ce qui avait dû être une échoppe d'apothicaire, mais la maison à moitié écroulée, aux fenêtres pareilles à des regards vides, en face, ne me disait rien du tout. Je cherchai à apercevoir le palais, espérant m'orienter de cette façon, mais il était presque invisible à travers le rideau de pluie battante.

« Radar, dis-je en montrant le coin de la rue, tu sens quelque chose ? »

Elle marcha dans la direction que j'indiquais et renifla le trottoir qui s'effritait, puis leva les yeux vers moi dans l'attente de nouvelles instructions. Je n'en avais aucune à lui donner, et je ne pouvais rien lui reprocher. On avait effectué ce trajet sur le tricycle, et même si on l'avait fait à pied, l'averse aurait effacé toutes les odeurs.

« Viens. »

J'empruntai cette ruelle car je croyais me souvenir de la vieille pharmacie, mais aussi parce qu'il fallait bien aller *quelque part*. Le meilleur plan, me disais-je, consistait à garder le palais en ligne de mire pour essayer de retrouver la Route des Gallien. Prendre l'artère principale pouvait s'avérer dangereux (ce n'était pas pour rien que les repères de M. Bowditch la contournaient), mais au moins, elle nous conduirait à l'extérieur. Et puis, c'était tout droit.

Problème : on aurait dit que les rues insistaient pour nous éloigner du palais, au lieu de nous en rapprocher. Même lorsque la pluie faiblit, ce qui me permit de voir les trois flèches, celles-ci paraissaient de plus en plus lointaines. Le palais se dressait sur notre gauche et je trouvai un tas de rues qui partaient dans cette direction, mais elles s'achevaient en culs-de-sac ou bien elles finissaient par repartir vers la droite. Les murmures s'étaient amplifiés. J'essayai de me dire que c'était le vent, en vain. Il n'y avait pas de vent. Du coin de l'œil, je vis un étage supplémentaire pousser sur une maison de deux étages, mais quand je tournai la tête, il n'y en avait que deux. Une construction cubique donnait l'impression de se dilater vers moi. Une gargouille – une sorte de griffon – semblait nous suivre du regard.

Si Radar voyait ou sentait ces phénomènes, cela la laissait indifférente apparemment. Peut-être savourait-elle sa vitalité retrouvée. Moi, en revanche, je me sentais oppressé. J'avais de plus en plus de mal à ne pas considérer Lilimar comme une entité vivante, semi-consciente, bien décidée à ne jamais nous laisser sortir.

Devant nous, la rue s'achevait par un fossé abrupt rempli de gravats et d'eau stagnante : encore une impasse. Suivant une impulsion, je m'engageai dans une ruelle si étroite que les roues arrière du tricycle arrachaient des copeaux couleur rouille aux murs de brique. Radar me précédait. Soudain, elle se figea et se mit à aboyer. Des aboiements puissants et sonores qui jaillissaient de poumons vigoureux.

« Qu'y a-t-il ? »

Elle se remit à aboyer, oreilles dressées, scrutant la ruelle sous la pluie. C'est alors que du coin de la rue perpendiculaire à la ruelle s'éleva une voix aiguë que je reconnus aussitôt.

« Salut, sauveur d'*insecks* ! Tu es toujours un garçon irascible ou bien un petit garçon apeuré ? Pressé de rentrer chez sa maman, mais qui ne trouve pas son chemin ? »

Sarcasmes suivis d'un chapelet de rires.

« J'ai effacé les marques avec de la soude ! On va voir si tu arrives à ressortir du Lily avant que les soldats de la nuit sortent pour s'amuser ! Pour moi, c'est un jeu d'enfant. Le petit gars que tu as devant toi connaît ces rues comme le fond de sa poche ! »

C'était Peterkin, vous l'aviez reconnu, mais mentalement, je voyais Christopher Polley. Celui-ci avait une raison de se venger, au moins. Je lui avais brisé les poignets. Qu'avais-je fait à Peterkin, hormis l'empêcher de torturer un gigantesque criquet rouge ?

Je l'avais humilié, voilà la réponse. Je ne voyais pas d'autre explication. Mais il ignorait une chose : la chienne à l'agonie qu'il avait vue sur la Route du Royaume n'était pas celle qui m'accompagnait désormais. Radar s'était tournée vers moi. J'indiquai le coin de la rue.

« ATTAQUE ! »

Pas besoin de répéter. Elle s'élança vers l'origine de cette voix grinçante, faisant jaillir des gerbes d'eau couleur de brique et elle tourna au coin sans ralentir. Peterkin poussa un cri de surprise, auquel succédèrent une volée d'aboiements – du genre de ceux qui avaient flanqué la frousse à Andy Chen autrefois – et un hurlement de douleur.

« Tu vas le regretter ! brailla Peterkin. Et ton satané clébard aussi ! »

Je t'aurai, mon mignon, pensai-je en pédalant dans la ruelle. Hélas, les moyeux des roues arrière me ralentissaient en raclant les murs. *Je t'aurai.*

« Retiens-le, Radar ! »

Et comme ça, Peterkin pourrait nous aider à sortir de ce labyrinthe. Je saurais le convaincre, comme j'avais convaincu Polley.

Mais au moment où j'atteignais le bout de la ruelle, Radar réapparut au coin. Les chiens peuvent prendre un air honteux (quiconque en a eu un dans sa vie le sait), et c'était exactement l'impression qu'elle donnait à cet instant. Peterkin avait réussi à s'échapper, non sans y laisser des plumes. Radar tenait dans sa gueule un large morceau de tissu vert éclatant qui pouvait provenir uniquement du pantalon du nain. Mieux encore : j'apercevais deux taches de sang.

Arrivé au bout de la ruelle, je regardai à droite et le vis suspendu à une corniche au premier étage d'une maison de pierre, à vingt ou trente mètres de là. Il ressemblait à une mouche humaine. J'avisai la descente de gouttière métallique qu'il avait escaladée pour échapper aux crocs de Radar (mais pas assez vite, ha-ha). Sous mes yeux, il grimpa sur un rebord de fenêtre, où il s'accroupit. J'espérais que le rebord, qui paraissait effrité, cède sous son poids, hélas cela ne se produisit pas. Peut-être que s'il avait eu une taille normale...

« Tu me le paieras ! s'égosilla-t-il en montrant son poing. Les soldats de la nuit vont commencer par tuer ton clebs ! Mais j'espère qu'ils te tueront pas ! J'ai bien envie de voir Red Molly t'arracher les tripes pendant le Un Contre Un ! »

Je dégainai le revolver, mais avant que je puisse lui tirer dessus (à cette distance, j'aurais certainement manqué ma cible), il poussa un de ses cris répugnants et bascula à la renverse, par une fenêtre, en nouant ses petits bras autour de ses petits genoux plaqués contre sa petite poitrine, et il disparut.

« C'était excitant, hein ? dis-je à Radar. Si on fichait le camp d'ici maintenant ? »

Elle répondit par un aboiement.

« Lâche ce morceau de pantalon avant qu'il t'empoisonne. »

Elle obéit et on poursuivit notre route. En passant devant la fenêtre par laquelle Peterkin avait fichu le camp, j'espérai le voir réapparaître comme une cible sur un stand de tir à la foire. Espoir déçu là encore. Sans doute que les sales lâches de son espèce ne vous laissent pas une deuxième chance… mais parfois (si le destin vous est favorable), vous en avez une troisième.

On pouvait toujours espérer.

CHAPITRE DIX-NEUF

L'inconvénient avec les chiens. Le piédestal. Le cimetière. La porte.

1

L'inconvénient avec les chiens (si vous ne les battez pas et si vous ne leur donnez pas des coups de pied, évidemment), c'est qu'ils ont confiance en vous. Vous êtes celui qui donne à manger et offre un abri. Vous êtes celui qui peut récupérer le singe couineur sous le canapé grâce à vos pattes à cinq doigts intelligentes. Vous êtes aussi celui qui offre de l'amour. Le problème de cette confiance aveugle, c'est qu'elle s'accompagne d'une lourde responsabilité. Généralement, ce n'est pas grave. Dans notre situation, ça l'était.

De toute évidence, Radar s'éclatait ; elle faisait quasiment des bonds à côté de moi. Et pourquoi pas ? Ce n'était plus la vieille chienne à moitié aveugle que j'avais dû transporter, d'abord dans la charrette de Dora, puis dans le panier installé à l'arrière du tricycle XXL de Claudia. Elle avait retrouvé sa jeunesse, sa force, elle avait même eu l'occasion de mordre les fesses d'un vieux nain exécrable. Elle se sentait bien dans son corps, bien dans sa tête. Elle était avec celui qui offrait de la nourriture, un abri et de l'amour. Tout était génial dans son monde.

De mon côté, en revanche, je devais lutter contre la panique. S'il vous est arrivé de vous perdre dans une grande ville, vous comprendrez. À cette différence près que je ne pouvais pas demander ma direction à un inconnu sympathique. Et que cette ville elle-même semblait liguée contre moi. Les rues menaient à d'autres rues, mais elles se finissaient toujours par des culs-de-sac, où des gargouilles nous toisaient, perchées sur de grands bâtiments sans fenêtres, dont j'aurais juré qu'ils n'étaient pas là lorsque je m'étais retourné quelques instants plus tôt pour m'assurer que Peterkin ne nous suivait pas en douce. La pluie n'était plus qu'un crachin, mais le palais était souvent masqué par des constructions qui semblaient pousser de terre dès que je tournais la tête.

Il y avait pire encore. Lorsque je parvenais à entrevoir le palais, il n'était jamais là où je pensais le trouver. Comme s'il se déplaçait lui aussi. Une illusion d'optique provoquée par la peur peut-être, me répétais-je inlassablement, sans y croire vraiment. L'après-midi s'écoulait et chaque mauvais embranchement me rappelait que l'obscurité approchait. La vérité était simple et cruelle : à cause de Peterkin, j'avais perdu tous mes repères, au propre comme au figuré. Je n'aurais pas été franchement surpris de tomber sur une maison en sucre dans laquelle une sorcière nous aurait invités à entrer, ma chienne et moi : elle Gretel et moi Hansel.

Pendant ce temps, Radar suivait le rythme du tricycle en m'adressant un sourire canin qui semblait crier : *On s'amuse bien, hein ?*

Et je continuais à pédaler.

Par moments, je voyais le ciel devant nous, alors je montais sur la selle du tricycle dans l'espoir d'apercevoir le mur d'enceinte de la ville, qui devait être l'élément le plus visible du paysage, à l'exception des trois flèches du palais. En vain. Et les flèches se trouvaient maintenant sur ma droite, ce qui était impossible. Si j'étais passé devant le palais, j'aurais coupé la Route des Gallien, ce qui n'était pas le cas. J'avais envie de hurler. J'avais envie de me rouler en boule, la tête entre les mains. J'aurais voulu trouver un policier, chose que devait faire tout enfant perdu, m'avait appris ma mère.

Et Radar ne cessait de me sourire : *Génial, hein ? C'est trop cool !*

« On est dans le pétrin, fifille. »

Je pédalais toujours. Il n'y avait plus une parcelle de ciel bleu, ni aucun soleil pour me guider, évidemment. Uniquement des constructions qui nous enserraient, certaines détruites, d'autres simplement vides, toutes avides d'une certaine façon. Seul bruit : ces murmures étouffés. S'ils avaient été constants, j'aurais peut-être pu m'y habituer, mais ce n'était pas le cas. Ils apparaissaient par vagues, comme si je passais devant des rassemblements de morts invisibles.

Ce terrible après-midi (je ne pourrai jamais vous faire ressentir l'horreur de la chose) semblait parti pour durer éternellement, mais enfin je commençai à percevoir les prémices du soir. Je pleurai un peu, je crois, mais je n'en suis pas sûr. Si je pleurai, c'était autant en pensant à Radar qu'à moi. Je l'avais amenée jusqu'ici, j'avais atteint le but que je m'étais fixé, mais en définitive, tout cela ne servirait à rien. À cause de ce foutu nain. Je regrettais que Radar ne lui ait pas arraché la gorge plutôt que le fond de son pantalon.

Le plus terrible, c'était cette confiance que je voyais dans les yeux de ma chienne chaque fois qu'elle me regardait.

Tu as fait confiance à un idiot, pensais-je. *Pas de chance, ma belle.*

2

On atteignit un parc laissé à l'abandon, entouré sur trois côtés par des bâtiments gris où s'empilaient des balcons vides. Un mélange entre les résidences huppées qui bordaient la Gold Coast de Chicago et des établissements pénitentiaires. Au centre, les restes d'une statue reposaient sur un haut piédestal. Elle semblait représenter un homme et une femme encadrant un énorme papillon, mais comme toutes les œuvres d'art que j'avais pu voir à Lilimar (sans parler de la pauvre sirène assassinée), elle était presque entièrement détruite. La tête et une des ailes du papillon avaient été pulvérisées. L'autre aile avait survécu et à en juger par sa forme (s'il y avait eu des couleurs autrefois, elles avaient disparu), j'étais certain qu'il s'agissait d'un monarque. L'homme et la femme étaient peut-être un roi et une reine d'antan, mais difficile de l'affirmer car l'un et l'autre avaient été abattus au-dessus des genoux.

Alors que je contemplais cet ensemble vandalisé, trois cloches retentirent dans la ville hantée. *Même si tu n'as pas franchi la porte quand sonnent les trois cloches, il faut que tu aies quitté Lilimar peu de temps après*, avait dit Claudia. *Avant la nuit !*

Il ferait bientôt nuit.

Je me remis à pédaler – je savais que c'était inutile, je savais que j'étais prisonnier de cette toile d'araignée que Peterkin avait appelée le Lily, et je me demandais quelles nouvelles horreurs nous réservaient les soldats de la nuit quand ils s'en prendraient à nous –, puis je m'arrêtai, frappé par une idée soudaine, à la fois insensée et parfaitement raisonnable.

J'effectuai un demi-tour pour retourner dans le parc. Je commençai à descendre du tricycle, considérai la hauteur du piédestal sur lequel reposait la statue dévastée et changeai d'avis. Je m'engageai dans les herbes hautes, en espérant ne pas rencontrer une de ces sales fleurs jaunes qui provoquaient des brûlures. J'espérais également que le tricycle ne s'embourberait pas car le sol était marécageux après cette forte pluie. Au prix d'un gros effort, je continuai à avancer. Accompagné de Radar qui ne se contentait pas de marcher ou de courir à ma hauteur : elle bondissait. Malgré la gravité de la situation, c'était un spectacle merveilleux.

La statue était entourée d'eau stagnante. Je m'y arrêtai, accrochai mon sac à dos au guidon et montai sur la selle du tricycle. En tendant les bras et en me dressant sur la pointe des pieds, je parvenais tout juste à agripper le rebord rugueux du piédestal. Dieu merci, je n'avais rien perdu de ma condition physique. D'une traction, je posai d'abord un avant-bras, puis l'autre, sur une surface jonchée d'éclats de pierre, et me démenai pour hisser le reste de mon corps. Pendant un instant d'effroi, je craignis de basculer à la renverse ; j'allais retomber sur le tricycle et probablement me casser quelque chose, mais d'un dernier coup de reins, je parvins à agripper un pied de la femme de pierre. Je m'éraflai le ventre en rampant sur le socle, mais rien de grave.

Radar me regardait d'en bas en aboyant. Je lui ordonnai de se taire et elle obéit. Sans cesser de remuer la queue : *Il est formidable, hein ? merveilleux ? Regardez comme il est haut !*

Je me redressai et m'accrochai au reste de l'aile du papillon. Peut-être avait-elle conservé un peu de sa magie – bienfaisante – car je sentis une partie de ma peur refluer. Tenant l'aile d'une main tout d'abord, puis de l'autre, j'effectuai un tour complet sur moi-même, lentement. Je vis les trois flèches du palais se découper sur le fond du ciel qui s'assombrissait, plus ou moins à l'endroit où elles étaient censées se trouver, à en croire mon sens de l'orientation sérieusement malmené. Je ne vis pas le mur d'enceinte, sans en être surpris. Car même si le piédestal était haut, trop de constructions se dressaient dans mon champ de vision. Délibérément, j'en étais presque convaincu.

« Ne bouge pas, Radar. Ce ne sera pas long. »

J'espérais ne pas me tromper. Je me baissai pour ramasser une pierre avec une extrémité pointue.

Le temps passait. Je comptai jusqu'à cinq cents, dix par dix, puis cinq par cinq, mais je perdis le fil. Préoccupé que j'étais par le ciel de plus en plus sombre. Je sentais presque les minutes s'écouler, comme le sang s'écoule d'une vilaine plaie. Finalement, au moment où je commençais à me dire que j'avais grimpé sur ce piédestal pour rien, je vis apparaître une tache sombre en direction de ce que j'avais décidé d'appeler le sud. Elle venait vers moi. Les monarques étaient de retour pour la nuit. Je pointai le bras vers les papillons tel un fusil. Je les perdis de vue lorsque je m'accroupis, mais je gardai le bras tendu. Je me servis de l'extrémité pointue du caillou que j'avais ramassé pour tracer une marque sur le côté du piédestal et, utilisant ma main tendue à la manière d'un viseur, je repérai un espace entre deux bâtiments à l'autre bout du parc. C'était un point de départ. À condition que cet espace ne disparaisse pas, évidemment.

Je pivotai sur les genoux et laissai pendre mes jambes dans le vide. Mon but était de m'accrocher au rebord du piédestal avant de lâcher prise, mais mes mains glissèrent et je tombai. Radar poussa un aboiement d'inquiétude. J'eus le réflexe de plier les genoux et de rouler sur le côté au moment de l'atterrissage. La pluie avait détrempé le sol, ce qui était une bonne chose. Je fus éclaboussé d'eau boueuse de la tête aux pieds, ce qui était moins bien. Je me relevai (en manquant de trébucher sur ma chienne survoltée), essuyai mon visage et cherchai la marque que j'avais tracée. En tendant la main dans cette direction, je fus soulagé de constater que l'espace entre les deux bâtiments était toujours là. Ces bâtiments – en bois et non en pierre – étaient situés en diagonale par rapport au parc. J'apercevais des étendues d'eau stagnante par endroits et je devinai que le tricycle allait s'y embourber à coup sûr. Je devrais m'excuser auprès de Claudia pour l'avoir abandonné ici, mais il serait temps d'y penser lorsque je la reverrais. Si je la revoyais.

« En route, fifille. »

Je balançai mon sac à dos sur mes épaules et me mis à courir.

3

On traversa les vastes flaques d'eau stagnante. La plupart étaient peu profondes, mais par endroits je m'enfonçais presque jusqu'aux genoux et je sentais la vase qui essayait de m'arracher mes baskets. Radar me suivait facilement, la langue au vent, le regard brillant. Son pelage trempé et emmêlé collait à son corps musclé, mais elle s'en fichait apparemment. On était partis à l'aventure !

Les bâtiments en question ressemblaient à des entrepôts. Arrivé devant, je pris le temps de relacer une de mes baskets trempées. Je me retournai vers le piédestal. Je ne voyais plus ma marque – la statue détruite se dressait à cent mètres derrière nous au moins –, mais je savais où elle était. Les bras tendus, un devant et un derrière, je m'élançai entre les deux bâtiments, accompagné de Radar. C'étaient bien d'anciens entrepôts. On sentait encore l'odeur fantôme du poisson qui avait été mis là il y a très longtemps. Mon sac à dos tressautait et cognait contre mes reins. On déboucha dans une ruelle bordée d'autres entrepôts. Tous semblaient avoir été forcés, et sans doute pillés. Les deux qui nous faisaient face étaient presque collés l'un à l'autre, impossible de se faufiler au milieu, alors je tournai à droite, avisai un passage et m'y engouffrai. Au bout se trouvait un jardin privé envahi par la végétation. Je bifurquai à gauche, espérant ainsi retrouver ma trajectoire en ligne droite, et continuai à courir. J'essayais de me dire que ce n'était pas le crépuscule – pas encore, pas déjà –, mais bien sûr que si. Évidemment.

Sans cesse je devais contourner des bâtiments qui se dressaient sur notre chemin, et sans cesse j'essayais de retrouver la direction où étaient apparus les papillons. Je n'étais plus sûr de moi, mais j'étais obligé d'essayer. Je n'avais pas d'autre solution.

On passa entre deux imposantes maisons de pierre, dans un espace si étroit que je dus me mettre de profil (Radar n'avait pas ce problème). En ressortant, je découvris sur ma droite, entre ce qui avait dû être un musée grandiose et une serre aux parois vitrées, le mur d'enceinte de Lilimar. Il dominait les bâtiments situés de l'autre côté de la rue, et le sommet disparaissait au milieu des nuages bas.

« Radar ! Viens ! »

Dans cette obscurité, impossible de savoir si la nuit, la vraie, était tombée ou pas, mais j'avais terriblement peur que ce soit le cas. On dévala la rue dans laquelle on venait de déboucher. Ce n'était pas la bonne, mais elle n'était pas très loin de la Route des Gallien, je le sentais. Devant nous, les bâtiments cédèrent la place à un cimetière. Encombré de pierres tombales inclinées, de plaques commémoratives et de plusieurs constructions qui devaient être des cryptes. Le dernier endroit où j'avais envie de m'aventurer après le coucher du soleil, mais si j'avais vu juste – *Seigneur, faites que j'aie raison* –, c'était le chemin qu'on devait emprunter.

Sans même ralentir, je franchis la haute grille entrouverte, et pour la première fois, Radar hésita, les pattes avant sur une dalle de béton effritée, les pattes arrière dans la rue. Je m'arrêtai aussi, le temps de reprendre mon souffle.

« Moi non plus, ça ne me plaît pas, mais il le faut. Alors, viens ! »

Elle obéit. On zigzagua entre les pierres tombales. La brume du soir montait des herbes hautes et des ronces. Droit devant, à moins de cinquante mètres, j'apercevais une grille en fer forgé. Trop haute pour être escaladée, même si je n'avais pas eu ma chienne avec moi, mais il y avait une porte.

Je trébuchai sur une tombe et m'affalai. En me relevant, je me pétrifiai, refusant tout d'abord de croire à ce que je voyais. Radar aboyait furieusement. Une main décharnée, dont les os jaunis transperçaient la peau déchirée, sortait du sol. Elle se refermait et s'ouvrait pour saisir et laisser couler de petites poignées de terre humide. Quand je voyais ce genre de scène dans un film d'horreur, j'éclatais de rire, je huais avec mes copains et reprenais du pop-corn à pleine main. Là, je n'avais aucune envie de rire. Je poussai un hurlement… *et la main m'entendit*. Elle se tourna vers moi comme une putain d'antenne radar, en essayant de saisir le vide.

Je me relevai d'un bond et pris mes jambes à mon cou. Radar cavalait à côté de moi en aboyant et en regardant derrière elle. J'atteignis la porte du cimetière. Elle était fermée à clé. Je reculai, baissai l'épaule et percutai la porte comme je percutais autrefois les défenseurs de l'équipe adverse. Elle trembla, sans s'ouvrir toutefois. Les aboiements de Radar gagnaient en intensité, comme si elle essayait de hurler elle aussi.

En me retournant, je vis deux autres mains émerger du sol, telles d'horribles fleurs dont les pétales auraient été remplacés par des doigts. Quelques-unes tout d'abord, puis des dizaines. Peut-être des centaines. Accompagnées d'un bruit effroyable : des cris de gonds rouillés. Les cryptes libéraient leurs morts. Je me souviens d'avoir pensé qu'il était normal de punir les intrusions, mais là, ça devenait ridicule.

Je donnai un nouveau coup d'épaule dans la porte, de toutes mes forces. La serrure céda. La porte s'ouvrit à la volée et je me retrouvai propulsé vers l'avant, agitant les bras dans le vide pour essayer de conserver mon équilibre. Je faillis réussir. Hélas, je trébuchai sur quelque chose, le bord du trottoir peut-être, et tombai à genoux.

En levant la tête, je découvris que j'avais atterri sur la Route des Gallien.

Je me remis debout, les genoux en feu et le pantalon déchiré. Je regardai le cimetière derrière moi. Aucune créature ne nous pourchassait, mais ces mains de squelettes qui s'agitaient m'avaient suffi. Je pensais à la force nécessaire pour arracher des couvercles de cercueil et se frayer un chemin à travers la terre. Apparemment, les Empisariens ne s'embêtaient pas avec des cercueils ; peut-être se contentaient-ils d'envelopper leurs morts dans des linceuls, en se disant c'est très bien comme ça. La brume qui montait du sol avait pris une teinte bleutée, comme si elle était électrifiée.

« COURS ! criai-je à Radar. COURS ! »

On fonça vers la porte du mur d'enceinte. Comme si nos vies en dépendaient.

4

On avait débouché sur la route beaucoup plus loin que l'endroit où on l'on avait quittée pour suivre les repères de M. Bowditch, mais je distinguais la porte du mur d'enceinte dans l'obscurité grandissante. À environ huit cents mètres. J'étais essoufflé et mes jambes pesaient des tonnes. En partie parce que mon pantalon était trempé et lesté de vase, conséquence de ma chute du piédestal, mais surtout à cause de l'épuisement. J'avais fait du sport pendant toutes mes études en évitant le basket. Pas seulement parce que je n'aimais pas beaucoup le coach Harkness, mais parce que, compte tenu de ma taille et de mon poids, courir n'était pas mon truc. Raison pour laquelle je jouais première base durant la saison de baseball : la position défensive qui exigeait le moins de vitesse. Je dus ralentir et trottiner. Même si la porte semblait toujours aussi éloignée, c'était nécessaire si je ne voulais pas être obligé de m'arrêter totalement à cause des crampes.

Soudain, Radar tourna la tête et se remit à pousser ces aboiements aigus et angoissants. Suivant son regard, je vis une nuée de lumières bleues brillantes venir vers nous, en provenance du palais. Les soldats de la nuit certainement. Sans perdre de temps à essayer de me persuader du contraire, j'accélérai de nouveau.

Ma respiration s'emballait ; chaque inspiration et expiration était plus brûlante que la précédente. Mon cœur grondait. Des taches lumineuses clignotaient devant mes yeux, elles s'élargissaient, puis se contractaient. En me retournant, je constatai que les lumières bleues s'étaient rapprochées. Et elles continuaient à gagner du terrain. C'étaient des hommes, chacun entouré d'une intense aura bleue. Je ne voyais pas leurs visages, et je n'y tenais pas.

Je trébuchai tout seul, comme un idiot, parvins à rétablir mon équilibre, et continuai à courir. Il faisait totalement nuit maintenant, mais la porte était d'un gris plus clair que le mur, et je voyais qu'elle s'était enfin rapprochée. Si je parvenais à conserver cette allure, on avait peut-être une chance.

Je sentis naître un point de côté, léger tout d'abord, puis plus marqué. Il remonta le long de ma cage thoracique, jusque sous mon aisselle. Mes cheveux mouillés tressautaient sur mon front. Mon sac à dos cognait contre mes reins, lest supplémentaire. Je m'en débarrassai et le balançai dans un tas de ronces, à côté d'un bâtiment orné de tourelles et flanqué de colonnes à rayures rouges et blanches, surmontées de papillons de pierre. Ces statues étaient demeurées intactes, sans doute parce qu'il fallait une échelle pour les atteindre.

Je trébuchai encore une fois, sur un enchevêtrement de câbles de tramway tombés à terre, mais là encore, je parvins à redresser ma course. Les soldats de la nuit se rapprochaient. Je pensai au revolver de M. Bowditch, mais à supposer qu'il soit efficace face à ces spectres, ils étaient trop nombreux.

C'est alors qu'une sorte de miracle se produisit : d'une seconde à l'autre, mes poumons semblèrent se dilater et mon point de côté disparut. Je n'avais jamais couru assez longtemps pour faire l'expérience du second souffle, même si cela m'était déjà arrivé après avoir pédalé pendant longtemps. Je savais donc que ça ne durerait pas, mais ce n'était pas nécessaire. La porte n'était plus qu'à cent mètres. Risquant un coup d'œil par-dessus mon épaule, je m'aperçus que la troupe éclatante des soldats de la nuit avait cessé de gagner du terrain. Je regardai devant moi et passai la vitesse supérieure, la tête rejetée en arrière, poings serrés, mes bras s'agitant comme des pistons, respirant plus profondément que jamais. Pendant une trentaine de mètres, je parvins même à devancer Radar. Jusqu'à ce qu'elle me rattrape et me regarde. Plus de grand sourire du style *Qu'est-ce qu'on s'éclate !* sur ses babines ; ses oreilles étaient plaquées sur son crâne et des cercles blancs entouraient ses yeux marron. Elle semblait terrorisée.

Enfin, la porte.

J'avalai une dernière grande bouffée d'air et hurlai :

« OUVREZ AU NOM DE LEAH DES GALLIEN ! »

L'antique mécanisme installé sous la porte s'anima dans un crissement, qui se transforma en un grognement sourd. La porte trembla, puis se mit à coulisser sur son rail invisible. Lentement. Trop lentement, je le craignais. Les soldats de la nuit pourraient-ils sortir des limites de la ville si on réussissait à se faufiler par l'ouverture ? Je devinais que non. Leurs auras bleues s'éteindraient et ils tomberaient en poussière… ou ils fondraient, comme la Méchante Sorcière de l'Ouest.

Deux centimètres.

Cinq.

J'apercevais une fine bande du monde extérieur, là où il y avait des loups, mais pas d'hommes bleus brillants ni de mains décharnées qui émergeaient de la terre d'un cimetière.

En me retournant de nouveau, je les vis véritablement pour la première fois : une vingtaine d'individus, ou plus, aux lèvres couleur de sang séché et aux visages pâles ridés comme des parchemins. Ils étaient vêtus de pantalons et de chemises amples qui ressemblaient curieusement à des treillis militaires. La lumière bleue jaillissait de leurs yeux vers le sol et les enveloppait. Leurs traits étaient ceux d'hommes ordinaires, mais diaphanes. J'apercevais leurs crânes à travers.

Ils fonçaient vers nous, laissant dans leur sillage des petites éclaboussures de lumière bleue qui faiblissaient puis mouraient, mais je me disais qu'ils n'arriveraient pas à temps.

Huit centimètres.

Dix.

Oh, bon sang, c'était trop lent !

Soudain retentit une cloche de pompiers à l'ancienne – *CLANG-CLANG-CLANG* – et le groupe des hommes-squelettes bleus se scinda : une douzaine à gauche et le reste à droite. Un véhicule électrique semblable à une voiturette de golf taille XXL ou à un bus découvert, compact, remonta la Route des Gallien à toute allure. À l'avant, un homme (j'emploie ce terme délibérément). Ses longs cheveux grisonnants encadraient un horrible visage à moitié transparent. Grand et émacié, il agitait une sorte de manche à balai. D'autres individus s'entassaient derrière lui ; leurs auras bleues se chevauchaient et gouttaient sur la chaussée mouillée comme un sang étrange. Le véhicule fonçait droit sur moi. Aucun doute : le conducteur voulait m'écraser contre la porte. Je n'allais pas m'en tirer, finalement… mais ma chienne avait encore une chance.

« Radar ! Retourne chez Claudia ! »

Elle ne bougea pas. Elle me regardait d'un air terrorisé.

« File, Radar ! Pour l'amour du ciel, SAUVE-TOI ! »

Je m'étais débarrassé de mon sac à dos parce qu'il me ralentissait, d'autant qu'il était mouillé. Le revolver de M. Bowditch, c'était différent. Je ne pourrais pas abattre suffisamment de soldats de la nuit pour les empêcher de m'atteindre, et je n'avais pas l'intention de les laisser s'en emparer. Je débouclai la ceinture ornée de conchos et la lançai dans l'obscurité par l'ouverture. S'ils voulaient mon calibre 45, ils seraient obligés de franchir le mur d'enceinte. Je donnai une tape sur l'arrière-train de Radar, sèchement. La lumière bleue m'inonda. Je sais que l'on peut se résigner à mourir car c'est ce que je fis à cet instant.

« VA CHEZ CLAUDIA ! VA CHEZ DORA ! SAUVE-TOI ! »

Radar m'adressa un dernier regard meurtri (je ne l'oublierai jamais) et se faufila par l'ouverture.

Quelque chose me frappa, avec assez de force pour me projeter contre la porte qui continuait à coulisser, mais pas assez pour m'écrabouiller. Je vis le soldat de la nuit aux cheveux gris bondir au-dessus de son manche à balai. Je vis ses mains tendues, les os de ses doigts à travers la peau cireuse et luisante. Je vis ses dents et sa mâchoire figées en un sourire éternel. Je vis les flots bleus d'une sorte de pouvoir régénérant effroyable se déverser de ses orbites.

L'ouverture de la porte était suffisante pour me laisser passer maintenant. Je plongeai à terre pour éviter les doigts avides de la créature et fis une roulade vers la sortie. L'espace d'un court instant, j'aperçus Radar arrêtée à l'extrémité de la Route du Royaume, dans l'obscurité. Elle me regardait. Elle espérait. Je plongeai vers elle, main tendue. Au même moment, ces terribles doigts se refermèrent autour de ma gorge.

« Nan, petit, murmura le soldat de la nuit mort-vivant. Nan, homme sain. Tu es venu au Lily sans y être invité et tu vas y rester. »

Il se rapprocha. Une tête de mort souriante sous une fine pellicule de peau pâle. Un squelette ambulant. Les autres se rapprochèrent à leur tour. L'un d'eux cria un mot. Je crus entendre « Elimar », contraction d'Empis et de Lilimar – mais aujourd'hui, je sais. La porte se referma. La main morte se resserra autour de ma gorge, m'empêchant de respirer.

Sauve-toi, Radar, sauve-toi et cache-toi, telle fut ma dernière pensée.

CHAPITRE VINGT

Une peine incompressible. Hamey. L'heure de la curée. Le Grand Intendant. Interrogatoire.

1

Radar résiste à l'envie de retourner auprès de son nouveau maître, de courir jusqu'au mur et de se dresser sur ses pattes arrière pour gratter à la porte. Elle ne le fait pas. Elle a reçu un ordre, alors elle court. Elle a l'impression qu'elle pourrait courir toute la nuit, mais ce ne sera pas nécessaire car elle connaît un endroit sûr, si elle peut y entrer.

Paf-paf.

Elle galope, encore et encore, ventre à terre. Il n'y a pas de clair de lune pour l'instant ; les loups ne hurlent pas, mais elle perçoit leur présence, tout près. Si le clair de lune apparaît, ils attaqueront, et elle sent que c'est pour bientôt. Dans ce cas, elle se battra. Sans doute qu'elle succombera sous le nombre, mais elle se battra jusqu'au bout.

Paf-paf.

« Réveille-toi, petit ! »

Les lunes émergent de derrière un nuage qui s'effiloche, la plus petite courant éternellement derrière la plus grosse, et un premier loup se met à hurler. Mais là-bas, droit devant, il y a le wagon rouge, et le hangar où Charlie et elle ont passé leur première nuit, quand elle était encore malade ; et si elle parvient à l'atteindre, elle pourra se faufiler à l'intérieur, si la porte est restée ouverte. Elle pense que Charlie ne l'a pas refermée entièrement, mais elle n'en est pas certaine. C'était il y a si longtemps ! Si la porte est ouverte, elle pourra se redresser et la fermer avec ses pattes avant. Dans le cas contraire, elle fera face à la meute, elle se défendra jusqu'à son dernier souffle.

Paf-paf.

« Tu veux sauter encore un repas ? Nan, nan ! »

La porte est entrouverte. Radar se glisse à l'intérieur du hangar et

PAF !

2

Cette dernière claque pulvérisa mon rêve et en ouvrant les yeux, je découvris une lumière floue et aléatoire, et un individu agenouillé au-dessus de moi. Ses cheveux tombaient sur ses épaules et il était si pâle que, un bref instant, je crus reconnaître le soldat de la nuit qui conduisait le petit bus électrique. Je me redressai vivement. Un éclair de douleur vrilla l'intérieur de mon crâne, suivi d'une vague de nausée. Je levai les poings. Surpris, l'homme eut un mouvement de recul. Car c'était bel et bien un *homme*, et non pas une créature livide entourée d'une lumière bleue qui jaillissait de ses yeux. Les siens étaient creusés et meurtris, mais c'étaient des yeux humains, et il avait des cheveux châtain foncé, presque noirs, pas gris.

« Laisse-le crever, Hamey ! cria quelqu'un. Ça fait trente et un ! Jamais ils attendront d'arriver à soixante-quatre. C'est fini, ce temps-là ! Encore un et on est foutus ! »

Hamey – si tel était son nom – se retourna vers la voix. Son large sourire dévoila des dents blanches sur un visage crasseux. Il ressemblait à une fouine solitaire.

« J'essaie de rédimer mon âme, Eye ! En faisant le bien. On est trop proches de la fin pour ne pas penser à l'éternité.

– Allez vous faire foutre, toi et ton éternité, rétorqua le dénommé Eye. Il n'existe que ce monde-ci, puis le feu d'artifice, et rien d'autre. »

J'étais assis sur une pierre froide et humide. Derrière l'épaule décharnée de Hamey, je distinguais un mur fait de blocs de pierre ruisselants et, tout en haut, une fenêtre munie de barreaux. Et entre ces barreaux, le noir complet. Je me trouvais dans une cellule. *Peine incompressible*, songeai-je. Je ne savais pas d'où je sortais cette expression. Je savais juste que ma tête me faisait terriblement souffrir et que cet homme avait une haleine épouvantable. À croire qu'un petit animal était mort dans sa bouche. Accessoirement, je m'étais pissé dessus.

Hamey se pencha vers moi. Je voulus reculer, mais il y avait d'autres barreaux derrière moi.

« Tu m'as l'air costaud, petit. » La barbe naissante qui entourait sa bouche chatouillait mon oreille. C'était à la fois horrible et pathétique. « Est-ce que tu vas me rédimer comme je t'ai rédimé ? »

Je voulus demander où j'étais, mais seules des bribes de sons brisés sortirent de ma gorge. Je passai ma langue sur mes lèvres. Sèches et enflées.

« Soif.

– Je peux arranger ça. »

Il se précipita vers un seau posé dans le coin de ce qui était effectivement une cellule… et Hamey était mon compagnon de détention. Il portait un pantalon en lambeaux qui s'arrêtait aux genoux comme une caricature de naufragé dans une bande dessinée. Et un simple débardeur en haut. Ses bras nus brillaient dans la faible lumière. Ils étaient affreusement maigres, mais ne semblaient pas gris. Difficile, cependant, de l'affirmer avec certitude dans cet endroit sombre.

« Espèce d'idiot ! » Cette insulte n'émanait pas de celui que Hamey avait appelé Eye. « Pourquoi aggraver les choses ? Ta nounou t'a laissé tomber sur la tête quand t'étais bébé ?! Ce gamin respirait presque plus ! Suffisait de s'asseoir sur sa poitrine et on n'en parlait plus. On serait retombés à trente, ni vu ni connu ! »

Hamey ne l'écoutait pas. Il prit un gobelet en fer-blanc sur une étagère fixée au-dessus de ce que je devinais être sa paillasse et le plongea dans le seau. Il me le tendit en appuyant un doigt – aussi sale que tout le reste – dessous.

« Y a un trou », expliqua-t-il.

Je m'en fichais : je n'avais pas l'intention de perdre une seule goutte d'eau. Je saisis le gobelet à deux mains et le vidai d'un trait. Il y avait de la terre dans l'eau, mais là encore je m'en fichais. J'étais au paradis.

« Suce-le pendant que tu y es ! lança un autre homme. Taille-lui une bonne pipe, Hamey, ça lui redonnera un coup de fouet !

– Où je suis ? »

Hamey se pencha vers moi de nouveau, dans un souci de discrétion. Son haleine me dégoûtait, elle amplifiait mon mal de tête, mais il fallait que je sache, alors je la supportais. Maintenant que je reprenais connaissance petit à petit, laissant derrière moi la vision optimiste de Radar réussissant à s'enfuir, je m'étonnais de ne pas être mort.

« Maleen, murmura-t-il. Deep Maleen. Dix... » Un mot que je ne connaissais pas. « ... sous le palais.

– Vingt ! cria Eye. Tu verras plus jamais le soleil, le nouveau. Comme nous ! Faut te faire à cette idée ! »

Je pris le gobelet des mains de Hamey et traversai la cellule avec l'impression d'être dans la peau de Radar quand elle était au plus mal. Je remplis le gobelet et stoppai avec mon doigt le filet d'eau qui s'échappait dessous avant de boire. Le garçon qui regardait autrefois TCM et commandait des trucs sur Amazon se retrouvait dans un cachot. Car on ne pouvait pas appeler ça autrement. Des cellules s'alignaient de part et d'autre d'un couloir humide. Des brûleurs à gaz fixés aux murs ici et là dispensaient en catimini une lumière jaune bleuté. De l'eau gouttait du plafond taillé dans la roche et des flaques s'étendaient au milieu du passage. En face, un type balèze, vêtu uniquement d'un caleçon long (ou ce qu'il en restait) vit que je le regardais. Il sauta sur les barreaux de sa cellule et les secoua en produisant des bruits de singe. Des poils tapissaient son large torse, il avait un visage épais et un front bas. Il était affreusement laid… mais je ne distinguai aucune trace de ce défigurement progressif que j'avais vu sur le chemin qui m'avait conduit jusqu'à cette charmante demeure, et sa voix était présente à l'appel.

« Bienvenue, le nouveau ! » C'était Eye (j'apprendrais par la suite que ce nom était le diminutif d'Iota). « Bienvenue en enfer ! Quand le Un Contre Un viendra… s'il vient… je crois que je t'arracherai le foie pour m'en faire un chapeau. Au premier tour, au deuxième tour, ils peuvent m'envoyer qui ils veulent ! En attendant, bon séjour ! »

Au bout du couloir, près d'une porte en bois renforcée par des barres de fer, un autre prisonnier, une prisonnière plus exactement, s'écria :

« Tu aurais dû rester dans la Citadelle, petit ! » Et puis, plus bas : « Moi aussi. Mourir de faim aurait été préférable. »

Hamey marcha vers le coin de la cellule opposé au seau d'eau, baissa son pantalon et s'accroupit au-dessus d'un trou dans le sol.

« Je suis malade. C'est peut-être les champignons.

– Ça fait plus d'un an que t'en as pas mangé, répliqua Eye. Tu es malade, oui, mais les champignons n'y sont pour rien. »

Je fermai les yeux.

3

Je n'aurais su dire combien de temps s'écoula, mais je commençais à retrouver un peu mes esprits. Je sentais les odeurs de terre, d'humidité et du gaz des brûleurs qui apportaient un semblant d'éclairage. J'entendais l'eau qui gouttait et les mouvements des prisonniers qui échangeaient parfois quelques mots, à moins qu'ils ne parlent tout seuls. Mon compagnon de cellule, assis à côté du seau d'eau, contemplait ses mains d'un œil morose.

« Hamey ? »

Il leva la tête.

« C'est quoi, les gens sains ?

Son ricanement lui arracha une grimace et il porta sa main à son ventre.

« C'est nous. Tu es idiot ou quoi ? Tu tombes du ciel ?

– Faites comme si.

– Viens t'asseoir. À côté de moi. » Voyant que j'hésitais, il ajouta : « N'aie pas peur. Je vais pas te tripoter les boules, si c'est ce que tu penses. Peut-être qu'une ou deux puces vont te sauter dessus, mais c'est tout. De toute façon, ça fait au moins six mois que j'ai plus la trique. La faute à mes intestins. »

J'allai m'asseoir à côté de lui et il me donna une tape sur le genou.

« C'est mieux. J'aime pas parler pour toutes ces oreilles. Même si ça change rien qu'ils m'entendent ou pas, on est tous dans le même pétrin. Mais je préfère me tenir à l'écart, c'est comme ça que j'ai été élevé. » Il soupira. « L'inquiétude, ça n'arrange pas mes pauvres boyaux, crois-moi. Quand je vois notre nombre qu'arrête pas d'augmenter… Mauvais ! Vingt-cinq… vingt-six… et maintenant trente et un. Ils iront jamais jusqu'à soixante-quatre, Eye a raison. Dans le temps, les sains étaient comme un sac de sucre, mais maintenant, le sac est presque vide, il reste juste quelques cristaux au fond. »

Avait-il prononcé le mot *cristaux* ? Ou autre chose ? Ma migraine commençait à revenir, j'avais mal aux jambes après avoir autant marché, pédalé et couru, et je tombais de fatigue. J'étais vidé, littéralement.

Le soupir de Hamey se transforma en quinte de toux. Il se tint le ventre jusqu'à ce que ça passe.

« Pourtant, Flight Killer et ses… » Il prononça un mot que mon esprit ne put traduire, un truc du genre *ruggamunkas*. « … continuent à secouer le sac malgré tout. Il sera pas content tant qu'il nous aura pas eus jusqu'au dernier. Mais… soixante-quatre ? Nan, nan. Ce sera le dernier Un Contre Un et je serai parmi les premiers à partir. Peut-être même le premier. Je suis plus très solide. Je suis malade et je garde pas ce que je mange. »

Il sembla se souvenir que j'étais là : son nouveau compagnon de cellule.

« Mais toi… Eye aussi a vu que t'étais costaud. Et rapide sûrement, si t'avais toutes tes forces. »

Je faillis lui dire que je n'étais pas particulièrement rapide, mais décidai de m'abstenir. Qu'il pense ce qu'il voulait.

« Il a pas peur de toi. Iota a peur d'personne… sauf peut-être de Red Molly et d'sa garce de mère… mais il veut pas se fatiguer non plus. C'est quoi ton nom ?

– Charlie. »

Il baissa encore la voix :

« Et tu sais pas où t'es ? Pour de vrai ? »

Peine incompressible, songeai-je.

« On est dans une prison, je suppose… un cachot… sous le palais sans doute… mais ça s'arrête là. »

Je n'avais pas l'intention de lui raconter pourquoi j'étais venu ici, ni qui j'avais rencontré en chemin. Fatigué ou pas, je retrouvais peu à peu mes esprits, et je réfléchissais. Hamey essayait peut-être de me soutirer des informations qu'il pourrait échanger contre des privilèges. Apparemment, Deep Maleen n'était pas un endroit où régnaient les privilèges – c'était un peu le bas du panier, si je puis dire – mais je ne voulais prendre aucun risque. Ils se contrefichaient peut-être qu'une chienne berger allemand venue de Sentry, Illinois, se soit enfuie… mais comment savoir ?

« Tu viens pas de la Citadelle, hein ? »

Je fis non de la tête.

« Tu sais même pas où c'est, hein ?

– Non.

– Les Îles Vertes ? Deesk ? Un des Tayvos ?

– Non, je ne connais pas ces endroits.

– D'*où* tu viens, Charlie ? »

Je ne répondis pas.

« Ne dis rien, murmura Hamey d'un ton enflammé. C'est bien. Ne dis rien aux autres. Et je dirai rien non plus. Si tu me sauves la mise. Ce serait malin de ta part. Il y a des sorts plus affreux que

Deep Maleen, mon jeune garçon. Tu me crois peut-être pas, mais je sais de quoi je parle. Le Grand Intendant est cruel, mais tout ce que j'ai entendu dire sur Flight Killer, c'est encore pire.

– Qui est Flight Killer ? Et le Grand Intendant, qui est-ce ?

– Le Grand Intendant, c'est comme ça qu'on appelle Kellin, le chef des soldats de la nuit. C'est lui en personne qui t'a amené ici. Moi, je suis resté dans mon coin. Ses yeux… »

Une cloche au timbre étouffé se mit à sonner derrière la porte doublée de fer à l'extrémité du couloir.

« Pursey ! » s'écria Iota. Il se jeta sur les barreaux de sa cellule et se remit à les secouer. « Ah, c'est pas trop tôt, bordel ! Amène-toi, mon vieux Pursey, qu'on voie ce qui reste de ta tronche ! »

Il y eut un bruit de verrous (j'en comptai quatre) et la porte s'ouvrit. Apparut d'abord un chariot, un peu comme ceux qu'on pousse au supermarché, mais en bois. Vint ensuite un homme à la peau grise dont le visage semblait avoir fondu. Il n'avait plus qu'un œil. Son nez n'était qu'une excroissance de chair. Sa bouche était scellée, à l'exception d'une ouverture en forme de larme sur la gauche. Il portait un pantalon ample et un haut tout aussi large qui ressemblait à un sarrau. Ses doigts collés les uns aux autres évoquaient des nageoires. Une cloche pendait autour de son cou, au bout d'un collier en cuir brut.

Il s'arrêta sur le seuil, prit la cloche et la secoua. En même temps, son œil unique regardait à droite et à gauche.

« Rière ! Rière ! Rière, tits alpards ! »

Comparée à ce type, Dora possédait la diction de Laurence Olivier jouant Shakespeare.

Hamey me prit par l'épaule et me tira en arrière. En face de nous, Iota recula lui aussi dans sa cellule. Comme tous les prisonniers. Pursey continua à agiter sa clochette jusqu'à ce qu'il estime que tout le monde était suffisamment loin des barreaux pour qu'on ne puisse pas l'attraper. Mais je ne voyais pas pour quelle raison cela se serait produit : il jouait le rôle du prisonnier de confiance, comme on en voyait dans les films de prison, et ces prisonniers ne détiennent pas les clés.

La cellule que j'occupais avec Hamey était la plus proche de

Pursey. Celui-ci plongea la main dans son chariot en bois, en sortit deux gros morceaux de viande et les lança à travers les barreaux. J'attrapai le mien au vol. Hamey manqua le sien, qui s'écrasa sur le sol.

Tous les autres prisonniers injuriaient Pursey maintenant. L'un d'eux (j'appris par la suite qu'il s'appelait Fremmy) lui demanda si son trou du cul était cicatrisé, et dans ce cas, est-ce qu'il était obligé de chier par la bouche ? On aurait dit des lions dans un zoo à l'heure de la curée. Non. Des hyènes plutôt. Ces prisonniers n'étaient pas des lions, sauf peut-être Iota.

Pursey poussait lentement son chariot dans le couloir entre les cellules, dans un bruit de clapotis produit par ses sandales (ses orteils étaient collés eux aussi), et jetait de la viande à droite et à gauche. Même privé d'un œil, il visait juste : aucun morceau ne heurta les barreaux et ne retomba dans les flaques du couloir.

Je reniflai le mien. Sans doute étais-je encore en mode conte de fées car je m'attendais à quelque chose de répugnant, une pièce de viande avariée, infestée d'asticots, mais ce steak aurait pu venir du supermarché Hy-Vee de Sentry, sans l'emballage en plastique. Il était à peine cuit (je songeai à mon père qui, lorsqu'il commandait de la viande au restaurant, demandait ce qu'on lui fasse juste traverser une pièce chauffée), mais l'odeur suffit à me mettre l'eau à la bouche et à faire grogner mon estomac. Mon dernier vrai repas, je l'avais fait dans la bicoque de Claudia.

En face de moi, Iota, assis en tailleur sur sa paillasse, mordait à pleines dents dans son steak. Du sang coulait dans sa barbe emmêlée. Voyant que je le regardais, il sourit.

« Allez, petit, mange pendant que t'as encore des dents. Avant que j'te les fasse sauter avec mes poings. »

Le steak était coriace. Et délicieux. Chaque bouchée appelait la suivante.

Pursey avait atteint les deux dernières cellules. Il jeta ses morceaux de viande et rebroussa chemin, faisant tinter sa cloche d'une nageoire, poussant son chariot de l'autre en braillant : « Rière ! Rière ! », ce qui devait vouloir dire *Arrière ! Arrière !* supposais-je. Plus personne n'avait envie de l'insulter maintenant, et encore moins de le chahuter. De partout me parvenaient des bruits de mastication.

Je ne laissai qu'un petit bout de nerfs et de gras, que je finis par manger également. Pendant ce temps, Hamey avait avalé quelques bouchées de son steak seulement, avant de se retirer sur sa paillasse, où il posa la viande sur un de ses genoux osseux. Il observait ce morceau d'un air perplexe, comme s'il se demandait pourquoi il n'en voulait pas. Il vit que je le regardais, alors il me le tendit.

« Tu le veux ? La bouffe ne m'aime plus et c'est réciproque. Dans le temps, fallait pas m'en promettre, à l'époque où je bossais à la scierie. Ça doit être ces champignons. Si t'en manges qui sont pas bons, ça te détruit les boyaux. C'est c'qui m'est arrivé. »

J'en avais envie, bien sûr, mon estomac réclamait encore, mais il me restait suffisamment de retenue pour demander à Hamey s'il était sûr. Oui, me répondit-il. Alors, je m'empressai de prendre le morceau de viande, au cas où il changerait d'avis.

Pursey s'était arrêté devant notre cellule. Il pointa sur moi une de ses mains aux doigts collés.

« Helli eut eee oiii.

– Je ne comprends pas », dis-je la bouche pleine de steak presque cru, mais Pursey poursuivit son chemin jusqu'à la sortie. Il agita une dernière fois sa cloche, ferma la porte derrière lui et tira les verrous : un, deux, trois et quatre.

« Il dit que Kellin veut te voir, traduisit Hamey. J'suis pas étonné. Tu es sain, mais t'es pas comme nous. Même ton accent est pas… » Il se tut brusquement et ses yeux s'écarquillèrent comme si une idée venait de le frapper. « Dis-lui qu'tu viens d'Ullum ! Ça marchera ! C'est au nord de la Citadelle, très loin !

– Il y a quoi à Ullum ?

– Des religieux ! Ils parlent pas comme tout le monde ! Dis-leur que tu as voulu échapper au poison !

– Je ne comprends rien.

– Hamey, raconte pas ce que tu devrais pas raconter ! cria quelqu'un. Espèce de *fiphonné* !

– La ferme, Stooks ! répliqua Hamey. Ce gamin va me rédimer ! »

De l'autre côté du couloir, Iota se leva de sa paillasse et agrippa les barreaux avec ses doigts luisants de gras. Il souriait.

« Peut-être que t'es pas cinglé, Hamey, mais personne te protégera. Rien ni personne peut nous protéger. »

4

Il n'y avait pas de paillasse pour moi. J'envisageai de prendre celle de Hamey – il ne pourrait pas m'en empêcher – et brusquement, je me demandai ce qui me passait par la tête, bordel… ce que j'étais en train de devenir. Déjà que je lui avais pris son repas, même s'il me l'avait proposé. En outre, ce n'était pas un sol en pierre humide qui pourrait m'empêcher de dormir, vu mon état. J'avais repris connaissance il y a peu, après être resté inconscient je ne sais combien de temps, mais j'étais envahi par une immense fatigue. Je bus un peu d'eau du seau, puis m'allongeai dans un coin de la cellule, que je supposais être le mien.

Deux hommes occupaient la cellule voisine : Fremmy et Stooks. Ils étaient jeunes et semblaient costauds. Moins imposants que Iota, mais costauds.

Fremmy : « Bébé va faire un gros dodo ? »

Stooks : « Il est fa-fa-ti-ti-gué-gué ? »

Les Abbott et Costello de Deep Maleen, pensai-je. *Dans la cellule voisine qui plus est. Quelle chance !*

« Fais pas attention à eux, Charlie, dit Hamey. Dors. Tous ceux qui passent entre les mains des soldats de la nuit sont comme vidés. Ils te prennent ton énergie. Ils aspirent ton… j'sais pas comment dire…

– Tes forces vitales ? »

J'avais l'impression que mes paupières avaient été coulées dans le béton.

« Oui, voilà ! C'est exactement ça, c'est ce qu'ils font ! Et c'est Kellin en personne qui t'a amené ici. Faut croire que t'es costaud, sinon ce salopard t'aurait fait cuire comme un œuf. Je l'ai déjà vu, tu peux me croire ! »

Je voulus lui demander depuis combien de temps il était enfermé ici, mais je ne pus que marmonner quelques paroles. Je sombrais. Je songeai à l'escalier en colimaçon qui m'avait conduit ici : c'était comme si je le descendais de nouveau, en courant derrière Radar. *Attention aux cafards*, me dis-je. *Et aux chauves-souris.*

« Ullum, au nord de la Citadelle ! » Hamey était penché au-dessus de moi, comme lorsque j'avais repris connaissance dans ce trou à rats. « N'oublie pas ! Et t'as promis de me rédimer. Ne l'oublie pas, ça non plus. »

Je ne me souvenais pas d'avoir fait une telle promesse, mais avant de pouvoir protester, je m'endormis.

5

Je fus réveillé par Hamey qui me secouait. C'était mieux que les claques. Ma gueule de bois avait disparu. Car il s'agissait bien de ça, et je ne comprenais pas comment mon père avait pu supporter cet état tous les matins à l'époque où il buvait. Mon épaule gauche m'élançait : sans doute m'étais-je fait une élongation en tombant du piédestal, mais les autres douleurs étaient moins intenses.

« Qu'est-ce... combien de temps j'ai...

– Debout ! C'est eux ! Attention à leurs cravaches ! »

Je me relevai. La porte au bout du couloir s'ouvrit et s'emplit d'une lumière bleutée. Trois soldats de la nuit entrèrent, grands et pâles à l'intérieur de leurs auras ; leurs squelettes apparaissaient et disparaissaient comme des ombres par un jour de grand vent quand les nuages filent dans le ciel. Ils brandissaient de longues badines métalliques qui ressemblaient à des antennes de voiture d'autrefois.

« Debout ! ordonna l'un d'eux. C'est l'heure de jouer ! »

Deux soldats de la nuit précédaient le troisième, les bras tendus devant eux, tels des pasteurs qui accueillent leurs fidèles avant l'office. Les portes des cellules s'ouvraient sur leur passage en grinçant, faisant pleuvoir des écailles de rouille. Le troisième s'arrêta devant moi et me montra du doigt.

« Pas toi. »

Trente prisonniers sortirent dans le couloir. Hamey m'adressa un rictus de désespoir, en prenant soin d'éviter l'aura du soldat de la nuit immobile. Tout sourire, Iota leva les mains, fit des cercles avec ses pouces et ses index et pointa ses majeurs sur moi. Ça ne ressemblait pas vraiment à un doigt d'honneur de chez nous, mais j'aurais parié que ça voulait dire la même chose. Lorsque les prisonniers suivirent les deux soldats de la nuit vers la sortie, je remarquai parmi eux deux femmes et deux Noirs. Dont un plus imposant encore que Iota. Il avait les épaules larges et les fesses rebondies d'un joueur de football professionnel, mais il marchait lentement, tête baissée, et avant qu'il franchisse la porte, je le vis vaciller. Il s'appelait Dommy. Les filles se nommaient Jaya et Eris.

Le troisième soldat de la nuit me fit signe d'approcher en agitant son long doigt pâle. Son expression était sévère, mais derrière, son crâne laissait entrevoir par intermittence son sourire permanent. Avec sa badine, il me fit signe de marcher devant lui, jusqu'à la porte. Mais avant que je la franchisse, il m'arrêta :

« Stop !… Ah, merde. »

Sur notre droite, un des brûleurs à gaz s'était détaché du mur. Il pendait au bout de son tuyau métallique, de travers, sous un trou semblable à une bouche béante, mais il continuait à produire une flamme et à noircir de suie un des blocs de pierre. Lorsqu'il se pencha pour le remettre en place, son aura me frôla. Je sentis alors mes muscles s'affaiblir, et je compris pourquoi Hamey avait pris soin d'éviter cette enveloppe bleue. C'était comme de recevoir une décharge électrique à cause d'un fil de lampe dénudé. Je reculai d'un pas.

« Ne bouge pas, je t'ai dit ! »

Le soldat de la nuit se saisit de la lampe qui semblait en cuivre. Elle devait dégager une chaleur d'enfer, et pourtant il n'exprima pas la moindre douleur. Il la renfonça dans le trou. Elle y resta fixée un instant, puis retomba.

« Putain ! »

Une vague d'irréalité me submergea. J'étais enfermé dans un cachot, un mort-vivant qui me rappelait la figurine Skeletor avec laquelle je jouais enfant me conduisait je ne sais où… et cette créature s'occupait d'une vulgaire tâche ménagère !

Le soldat reprit le brûleur et plaça sa main en coupe au-dessus de la flamme pour l'étouffer. Après quoi, il laissa retomber la lampe éteinte contre le mur, dans un tintement.

« Allez, avance, bordel ! »

Il abattit sa badine sur mon épaule meurtrie. La douleur fut comme une brûlure. Se faire fouetter était à la fois humiliant et désagréable, mais je préférais cela à la paralysie que j'avais ressentie lorsque son aura m'avait frôlé.

J'avançai.

6

Il me suivit dans un long couloir aux parois de pierre, de près, mais pas assez pour que son aura me touche. On passa devant une porte hollandaise dont la partie supérieure, ouverte, laissait échapper une délicieuse odeur de cuisine. Je croisai un homme et une femme ; l'un portant deux seaux, l'autre un plateau de bois fumant. Ils étaient vêtus de blanc, mais leur peau était grise et leurs visages s'affaissaient.

« Avance ! »

La badine s'abattit de nouveau, sur l'autre épaule cette fois.

« Vous n'êtes pas obligé de me frapper, monsieur. Je ne suis pas un cheval.

– Si. » Il avait une drôle de voix, comme si ses cordes vocales étaient entourées d'insectes. « Tu es mon cheval. Estime-toi heureux que je ne t'oblige pas à galoper ! »

On passa devant une salle qui abritait des instruments dont j'aurais préféré ne pas connaître les noms : le chevalet, la vierge de fer, l'araignée espagnole, l'écarteur. Je remarquai des taches sombres sur le plancher. Un rat de la taille d'un chiot se dressa sur ses pattes arrière à côté du chevalet et m'adressa un rictus.

Seigneur Dieu tout-puissant.

« Tu te réjouis d'être sain, hein ? me demanda mon gardien. On verra si tu te réjouis encore quand le Un Contre Un commencera.

– Qu'est-ce que c'est ? »

En guise de réponse, je reçus un autre coup de badine, sur la nuque pour changer. J'y portai la main et la retirai rouge de sang.

« À gauche, petit, à gauche ! N'hésite pas, c'est ouvert. »

Je poussai la porte qui se trouvait sur ma gauche et gravis un escalier raide et étroit qui paraissait infini. Je dénombrai quatre cents marches, avant de perdre le compte. Mes jambes recommençaient à me faire mal et la petite entaille sur ma nuque provoquée par le coup de badine m'élançait.

« Tu ralentis, petit. Continue à monter si tu ne veux pas sentir le feu froid. »

S'il parlait de l'aura qui l'entourait, la réponse était non : je n'en avais aucune envie. Je continuai à monter et juste au moment où je craignais que mes cuisses tétanisées par les crampes refusent d'aller plus loin, on atteignit une porte, tout en haut. J'étais à bout de souffle. Contrairement à cette créature qui avançait derrière moi, ce qui n'était pas étonnant. Elle était morte, après tout.

La porte s'ouvrait sur un couloir plus large où étaient suspendues des tapisseries en velours dans des tons rouge, violet et bleu. Les brûleurs à gaz étaient protégés par de jolies cheminées en verre. Ce sont des appartements, pensai-je. Je remarquai plusieurs petites niches, vides pour la plupart, et me demandai si elles avaient abrité autrefois des sculptures représentant des papillons. Certaines accueillaient des figures de marbre, des hommes et des femmes nus, dont une brandissait une *chose* particulièrement horrible, enveloppée d'un nuage de tentacules, qui masquait sa tête. Cela me fit penser à Jenny Schuster qui m'avait fait découvrir le monstre préféré de H.P. Lovecraft, Cthulhu, également connu sous le nom de Celui qui hante les ténèbres.

On dut parcourir presque un kilomètre dans ce passage richement décoré. Un peu avant la fin, on passa devant des miroirs dorés qui se faisaient face et multipliaient mon image à l'infini. Je constatai que mon visage et mes cheveux étaient crasseux, conséquence des dernières heures pendant lesquelles j'avais tenté de fuir Lilimar. Et j'avais du sang dans le cou. On aurait pu croire que j'étais seul : le soldat de la nuit ne projetait aucun reflet. Là où il aurait dû apparaître il n'y avait qu'une légère brume bleutée… et la badine, qui semblait suspendue dans le vide, comme par magie. Je jetai un coup d'œil par-dessus mon épaule pour vérifier que mon gardien était toujours là, et la badine me frappa, en choisissant le même endroit sur ma nuque. La sensation de brûlure fut instantanée.

« Avance ! Avance, bordel ! »

J'obéis. Le couloir prit fin devant une porte massive. En acajou, devinai-je, avec des dorures. Le soldat de la nuit me tapota la main avec son horrible badine, et fit de même sur la porte. Je compris le message : je frappai à la porte. La badine s'abattit sur mon épaule, déchirant mon T-shirt.

« Plus fort ! »

Je martelai la porte avec mon poing. Des filets de sang coulaient sur mon bras et sur ma nuque. La sueur attisait la douleur *Je ne sais pas si tu peux mourir, espèce d'infâme salopard bleu*, pensai-je, *mais si l'occasion se présente, je ne te louperai pas.*

La porte s'ouvrit et devant moi apparut Kellin, alias le Grand Intendant.

Vêtu… d'une veste de smoking en velours rouge.

7

Un sentiment d'irréalité m'envahit de nouveau. La créature qui m'avait agrippé quelques secondes avant que je parvienne à m'enfuir semblait sortie d'une vieille BD d'horreur : mélange de vampire, de squelette et de zombie à la *Walking Dead*. Maintenant, les longs cheveux gris qui encadraient ses joues pâles étaient coiffés en arrière, dégageant un visage âgé, certes, mais dont les joues rouges offraient un signe de bonne santé. Ses lèvres étaient charnues et ses yeux, bordés de légères rides d'expression, me regardaient sous d'épais sourcils gris et broussailleux. Il me rappelait quelqu'un, sans que je puisse dire qui.

« Ah, fit-il, souriant. Notre nouvel invité. Entre, je t'en prie. Aaron, tu peux nous laisser. »

Le soldat de la nuit qui m'avait conduit jusqu'ici – Aaron, donc – hésita. Kellin le congédia d'un geste, sans animosité. Aaron s inclina légèrement, recula et ferma la porte.

Je regardai autour de moi. On était dans un vestibule aux murs ornés de lambris. Il s'ouvrait sur un salon qui me faisait penser à un club pour gentlemen dans une histoire de Sherlock Holmes : murs richement lambrissés là aussi, fauteuils profonds et grand canapé recouvert de velours bleu foncé. Une demi-douzaine de lampes (qui ne fonctionnaient pas au gaz, songeai-je) projetaient de douces flaques de lumière. Apparemment, dans cette partie du palais au moins, il y avait de l'électricité. De même que le bus qui s'était frayé un passage au milieu des soldats de la nuit fonctionnait à l'électricité. Le bus que conduisait l'individu que j'avais devant moi.

« Entre, invité. »

Il me tourna le dos, sans craindre une attaque de ma part manifestement. Il me précéda dans le salon, un décor si éloigné de la cellule sombre et humide dans laquelle je m'étais réveillé, qu'une troisième vague d'irréalité me submergea. Peut-être n'avait-il pas peur parce qu'il avait des yeux derrière la tête, qui m'observaient à travers ses cheveux gris peignés avec soin (et une touche de vanité) et qui tombaient sur son col. Je n'en aurais pas été étonné. À ce stade, plus rien ne pouvait m'étonner.

Deux fauteuils clubs se faisaient face de part et d'autre d'une petite table dont le dessus, carrelé, représentait une licorne qui se pavanait. Sur son arrière-train reposait un petit plateau supportant une théière, un récipient en verre de la taille d'une fiole contenant du sucre (du moins, j'espérais que c'était du sucre et non pas de l'arsenic), de minuscules cuillères et deux tasses ornées de roses.

« Assieds-toi, assieds-toi. Thé ?

– Oui, merci.

– Sucre ? Il n'y a pas de crème, je le crains. Ça me donne ces indigestions. D'ailleurs, tout ce qui se mange me donne des indigestions. »

Il remplit d'abord ma tasse, puis la sienne. Je versai la moitié du contenu de la fiole dans ma tasse, en m'empêchant de tout prendre. J'avais envie de m'empiffrer de choses sucrées soudain. Je portai la tasse à ma bouche, puis hésitai.

« Tu as peur du poison ? » Kellin continuait à sourire. « Si telle était mon intention, j'aurais pu ordonner que ça se passe tout en bas, à Maleen. Ou me débarrasser de toi de mille autres façons. »

J'avais pensé au poison, en effet, mais ce n'était pas la cause de mon hésitation. Les fleurs qui décoraient le bord des tasses n'étaient pas des roses. C'étaient des coquelicots, ce qui me rappela Dora. J'espérais de tout mon cœur que Radar parviendrait à retourner auprès de cette femme au grand cœur. Je savais que les chances étaient minces, mais vous savez ce qu'on dit à propos de l'espoir : c'est cette chose à plumes… Il peut atteindre même ceux qui sont en prison. Surtout eux.

Je levai ma tasse en l'honneur de Kellin.

« Aux longues journées et aux nuits agréables. »

Je bus. Le thé était sucré et bon.

« Voilà un toast intéressant. Je ne l'avais jamais entendu.

– C'est mon père qui me l'a appris. »

C'était la vérité. Mais c'étaient sans doute les seules paroles vraies que je prononcerais dans cette pièce somptueusement décorée. Mon père l'avait lu dans un livre quelconque, mais je n'avais pas besoin de le préciser. Le genre de personne que j'étais censé incarner ne savait pas lire.

« Je t'appelle invité, mais quel est ton nom ?

– Charlie. »

Je pensai qu'il voudrait connaître mon nom de famille, mais non.

« Charlie ? *Charlie…* » Il faisait rouler mon prénom sur sa langue. « Je n'ai jamais entendu ce nom-là. » Il attendait que je lui explique l'origine de ce prénom exotique (très courant dans mon monde) et comme je ne le faisais pas, il me demanda d'où je venais. « Car je trouve que tu as un drôle d'accent.

– Ullum, dis-je.

– Ah ! De si loin ? D'aussi loin que ça ?

– Si vous le dites. »

Il fronça les sourcils et je remarquai deux choses. Premièrement, il était plus pâle que jamais. Les couleurs de ses lèvres et de ses joues étaient dues au maquillage. Deuxièmement, il me rappelait Donald Sutherland que j'avais vu vieillir superbement dans plusieurs films diffusés sur TCM, de *M*A*S*H* à *Hunger Games*. Autre chose : l'aura bleue était toujours présente, mais diffuse. Un léger tourbillon transparent au fond de chaque narine, un frémissement à peine perceptible au coin des yeux.

« Est-ce une marque de politesse de dévisager les gens à Ullum, Charlie ? Et même une forme de respect ?

– Pardon. » Je finis ma tasse de thé. Il restait une fine pellicule de sucre au fond. Je dus prendre sur moi pour ne pas y tremper mon doigt crasseux. « Tout ça me paraît très étrange. *Vous* aussi.

– Bien sûr, bien sûr. Encore un peu de thé ? Sers-toi, et ne lésine pas sur le sucre. Ça non plus, je n'en mange pas, et je vois que tu en veux encore. Je vois beaucoup de choses. Certains l'ont appris à leurs dépens. »

Je ne savais pas depuis combien de temps la théière posée sur cette table attendait mon arrivée, mais le thé était chaud, légèrement fumant. Encore de la magie, peut-être. Je m'en fichais. J'en avais marre de la magie. Je voulais juste récupérer ma chienne et rentrer chez moi. Mais… il y avait la sirène assassinée. Un acte honteux. Détestable. Le meurtre de la beauté.

« Pourquoi as-tu quitté Ullum, Charlie ? »

Cette question cachait un piège. Grâce à Hamey, je pensais pouvoir l'éviter.

« Je ne voulais pas mourir.

– Ah ?

– J'ai échappé au poison.

– Sage décision. L'erreur, c'était de venir jusqu'ici, tu ne crois pas ?

– J'ai presque réussi à quitter la ville », rétorquai-je, et je repensai à une autre des phrases favorites de mon père : *Ce qui est presque vrai est tout à fait faux.* Chaque question de Kellin était une mine que je devais esquiver si je ne voulais pas être pulvérisé.

« Combien, à part toi, ont échappé au poison, comme tu dis ? Vous étiez tous des sains ? »

Je haussai les épaules. Kellin fronça les sourcils et posa sa tasse brutalement. (Il avait à peine trempé ses lèvres dans son thé.)

« Ne sois pas impertinent avec moi, Charlie. Ce ne serait pas judicieux.

– Je ne sais pas combien on était. »

C'était la réponse la moins risquée que je pouvais fournir, étant donné que la seule chose que je savais concernant les sains, c'était qu'ils ne devenaient pas gris, qu'ils ne perdaient pas leur voix et qu'ils ne mouraient pas, *a priori*, parce que leurs viscères fondaient et que leur tube respiratoire s'obstruait. Néanmoins, même ça, je n'en étais pas sûr.

« Mon seigneur Flight Killer s'impatiente dans l'attente du trente-deuxième. C'est un homme sage, mais un peu puéril dans ce domaine. » Kellin dressa un doigt. L'ongle était long, cruel. « La vérité, Charlie, c'est qu'il ne sait pas encore que j'en ai trente et un. Par conséquent, je peux me débarrasser de toi si je le souhaite. Alors, fais bien attention et réponds honnêtement à mes questions. »

Je hochai la tête en espérant avoir l'air contrit. Et je l'étais. Quant à répondre honnêtement aux questions de ce monstre… certainement pas.

« À la fin, la situation était très confuse », dis-je.

Je songeai aux empoisonnements collectifs survenus à Jonestown. En misant sur le fait que la même chose s'était produite à Ullum. Ça peut paraître sordide, mais j'étais quasiment certain de jouer ma vie dans cette jolie pièce bien éclairée. J'en étais même persuadé.

« Oui, je m'en doute. Ils ont essayé d'exorciser le gris grâce à la prière, et comme ça n'a pas marché… Pourquoi souris-tu ? Tu as trouvé ça amusant ? »

Je ne pouvais pas lui expliquer qu'il y avait dans mon monde (beaucoup plus éloigné qu'Ullum, j'étais prêt à le parier) des chrétiens fondamentalistes persuadés qu'ils pouvaient éradiquer les homosexuels par la prière.

« C'était stupide, dis-je. Et la stupidité me fait sourire. »

Cette réflexion le fit sourire à son tour, et je vis une flamme bleue tapie entre ses dents. *Que vous avez de grandes dents, Kellin*, pensai-je.

« C'est dur. Toi aussi, tu es un dur, hein ? On va voir ça. »

Je ne répondis pas.

« Donc, tu es parti avant qu'ils versent leur cocktail de belladone dans ta gorge. »

Il n'avait pas prononcé le mot *cocktail*, mais mon esprit reconnut instantanément le sens de ses paroles et effectua la substitution.

« Oui.

– Avec ton chien.

– Ils l'auraient tuée elle aussi. »

Je m'attendais à l'entendre dire : *Tu ne viens pas d'Ullum, il n'y a pas de chiens là-bas. Tu inventes au fur et à mesure.*

Au lieu de cela, il hocha la tête.

« Oui, probablement. Il paraît qu'ils ont tué les chevaux, les vaches et les moutons. » Il plongea le regard dans sa tasse, songeur, puis releva la tête brusquement. Ses yeux étaient devenus bleus et brillants. Ils déversaient des larmes électriques qui s'éteignaient sur ses joues ridées, et je vis fugacement les os scintiller sous sa peau. « Pourquoi ici ? Pourquoi venir au Lily ? Dis-moi la vérité ou sinon je t'arrache ta putain de tête à mains nues ! Tu mourras en contemplant la porte que tu as eu la malchance de franchir ! »

J'espérais que la vérité permettrait à ma tête de rester un peu plus longtemps à sa place.

« Ma chienne était vieille et j'avais entendu parler d'un cercle de pierre qui… » Je fis tournoyer mon index dans les airs. « Qui pourrait lui redonner sa jeunesse.

– Et ça a marché ? »

Il le savait bien. Même s'il n'avait pas vu Radar galoper avant qu'il traverse le détachement des soldats de la nuit au volant de son véhicule électrique, d'autres l'avaient vue.

« Oui.

– Tu as eu de la chance. Le cadran solaire est dangereux. Je pensais que le meurtre d'Elsa dans son étang mettrait fin à ses pouvoirs, mais la vieille magie est entêtée. »

Elsa. Ainsi se nommait Ariel dans ce monde.

« Je pourrais ordonner à quelques gris de le détruire à coups de masse, mais pour cela, il faudrait l'autorisation de Flight Killer et il ne me l'a pas donnée jusqu'à présent. Petra a son oreille, je suppose. Elle aime ce vieux cadran. Sais-tu ce que peut faire la magie, Charlie ? »

Je pensais qu'elle faisait toutes sortes de choses – elle permettait, par exemple, à des pèlerins malchanceux comme moi de visiter d'autres mondes –, mais je fis non de la tête.

« Elle donne de l'espoir aux gens, et l'espoir c'est dangereux également. Tu n'es pas d'accord ? »

Je faillis répondre que l'espoir était cette chose à plumes, mais décidai de garder la citation de Dickinson pour moi.

« Je ne sais pas, monsieur. »

Il sourit et durant une fraction de seconde, je vis sa mâchoire nue scintiller sous ses lèvres.

« Moi, je sais. Oui, je sais. N'est-ce pas l'espoir d'une vie meilleure dans l'au-delà qui a poussé les habitants de ton infortunée province à s'empoisonner et à empoisonner leurs animaux, quand ils ont vu que leurs prières ne suffisaient pas à exorciser le gris ? Toi, à l'inverse, tu nourrissais des espoirs terrestres, alors tu t'es enfui. Maintenant, te voilà ici, là où meurent tous les espoirs des gens tels que toi. Si tu n'y crois pas, ça viendra. Comment as-tu fait pour passer malgré Hana ?

– J'ai attendu, et j'ai tenté ma chance.

– Dur et courageux par-dessus le marché ! » Il se pencha vers moi et je sentis son odeur : des relents de pourriture ancienne. « Ce n'est pas uniquement pour ton chien que tu as couru le risque de venir à Lilimar, hein ? » Il leva la main pour me montrer son ongle long. » Dis-moi la vérité ou je t'égorge.

« L'or », lâchai-je.

Kellin rejeta cette explication d'un geste.

« Il y a de l'or partout dans le Lily. Le trône sur lequel Hana s'assoit, pète et roupille est en or.

– Je pouvais difficilement transporter un trône, n'est-ce pas, monsieur ? »

Ma réponse le fit rire. C'était un son épouvantable : des os secs qui s'entrechoquaient. Il s'arrêta soudain.

« J'ai entendu dire..., bafouillai-je, mais ces histoires sont peut-être fausses... qu'il y avait de petites pépites d'or...

– Oui, le trésor, évidemment. Mais tu ne l'as jamais vu de tes propres yeux, n'est-ce pas ?

– Non.

– Tu n'as jamais assisté aux jeux, tu ne l'as jamais regardé bouche bée à travers la vitre ?

– Non. »

J'avançais en terrain miné car j'avais seulement une vague idée de ce dont il parlait. Là encore, c'était peut-être un piège.

« Et le Puits Obscur ? Est-ce qu'on en parle à Ullum ?

– Euh... oui. »

Je transpirais. Si cet interrogatoire se poursuivait, j'allais finir par sauter sur une de ces mines, je le savais.

« Pourtant, tu as fait demi-tour après le cadran solaire. Pour quelle raison, Charlie ?

– Je voulais repartir avant la nuit. » Je me redressai et tâchai d'insuffler un soupçon de défi dans ma voix et sur mon visage. « J'ai presque réussi. »

Kellin sourit de nouveau. Derrière l'illusion de sa peau, son crâne sourit. Lui et les autres avaient-ils été humains autrefois ? Sans doute.

« Il y a de la douleur dans ce mot, tu ne trouves pas ? Chaque *presque* déborde de douleur. » Il tapota ses lèvres maquillées avec son ongle affreusement long en m'observant.

« Je ne te porte pas dans mon cœur, Charlie. Et je ne te crois pas. Absolument pas. Je suis tenté de t'envoyer sur les Tapis, mais Flight Killer n'approuverait pas cette décision. Il en veut trente-deux, et avec toi, il n'en manque plus qu'un. Alors, retour à Maleen. » Il aboya un ordre en forçant tellement sur sa voix que j'eus envie de me boucher les oreilles, et pendant un instant, il n'y eut plus devant moi qu'un crâne enveloppé d'un feu bleu, au-dessus de la préciosité de la veste en velours rouge.

« AARON ! »

La porte s'ouvrit et Aaron réapparut.

« Oui, messire.

– Ramène-le dans sa cellule, mais montre-lui les Tapis en passant. Je veux qu'il voie qu'il existe un sort pire que Maleen dans ce palais où régnait jadis le Roi Jan, que son nom sombre rapidement dans l'oubli. Charlie ?

– Oui ?

– J'espère que tu as apprécié ta visite. Et le thé avec du sucre. » Cette fois l'illusion de son visage sourit à l'unisson de son crâne réel. « Car tu n'auras plus jamais droit à pareil traitement. Tu te crois intelligent, mais je vois clair en toi. Tu crois être dur, mais tu vas te ramollir. Emmène-le. »

Aaron leva sa badine, mais s'écarta pour que je ne sois pas obligé de toucher son aura paralysante. Au moment où j'atteignais la porte, alors que se profilait la possibilité de fuir cette pièce horrible, Kellin s'exclama :

« Oh, bon sang, j'ai failli oublier. Reviens, Charlie. S'il te plaît. »

J'avais regardé suffisamment de rediffusions de *Columbo* avec mon père le dimanche après-midi pour connaître le coup de « la dernière petite question ». Et je fus saisi par l'appréhension.

Je revins à côté du fauteuil dans lequel je m'étais assis. Kellin ouvrit un tiroir de la table basse et en sortit quelque chose. Un portefeuille… mais ce n'était pas le mien. Mon portefeuille était un Lord Buxton bordeaux que m'avait offert mon père pour mes quatorze ans. Celui-ci était noir, ramolli et éraflé.

« Qu'est-ce donc ? demanda-t-il. Ça m'intrigue.

– Je ne sais pas. »

Une fois le choc initial passé, je m'aperçus que je le savais. Je revis Dora me donnant les bons en cuir et me faisant signe de me débarrasser de mon sac à dos pour éviter de le transporter jusque chez Leah. Je l'avais ouvert pour glisser mon portefeuille dans ma poche arrière, par automatisme. Sans réfléchir. Et sans regarder. J'observais Radar en me demandant si je pouvais la laisser avec Dora, et au lieu de prendre mon portefeuille, j'avais trimbalé celui de Christopher Polley pendant tout ce temps.

« Je l'ai trouvé par terre et je l'ai ramassé, dis-je. Je pensais qu'il avait peut-être de la valeur. Je l'ai fourré dans ma poche et je l'ai oublié. »

Kellin ouvrit le compartiment à billets et en sortit toute la fortune de Polley : dix dollars.

« C'est peut-être de l'argent, mais je n'ai jamais rien vu de tel. »

Alexander Hamilton aurait pu ressembler à un des habitants sains d'Empis, voire à un membre de la famille royale, mais il n'y avait aucune inscription sur le billet, uniquement des gribouillis enchevêtrés qui me faisaient presque mal aux yeux. Et à la place des chiffres 10 dans les coins, il y avait des symboles : ∠ ⌐.

« Tu sais ce que c'est ? »

Je secouai la tête. Les mots et les chiffres imprimés sur le billet étaient intraduisibles en anglais comme en empisarien apparemment ; ils avaient échoué dans une sorte de désert linguistique.

Kellin exhiba ensuite le permis de conduire de Polley. Seul son nom était lisible, le reste n'était qu'une masse de runes d'où surgissait parfois une lettre reconnaissable.

« Qui est ce Polley, et quelle est donc cette image ? Je n'ai jamais rien vu de tel.

– Je ne sais pas. »

Je savais une chose, en revanche : balancer mon sac à dos pour pouvoir courir plus vite avait été un sacré coup de bol. Il contenait mon portefeuille, mon téléphone – qui aurait beaucoup intéressé Kellin, j'en suis sûr –, et les indications que j'avais notées sur ordre de Claudia. Je ne pensais pas que les mots écrits sur cette feuille auraient pris l'apparence d'un charabia runique, comme sur le billet de dix dollars ou le permis de conduire de Polley. Non, ils auraient été écrits en empisarien.

« Je ne te crois pas, Charlie.

– C'est la vérité, dis-je d'une voix rauque. Je l'ai trouvé dans le fossé au bord de la route.

– Et ça ? » Il montra mes baskets crottées. « Dans un fossé aussi ? Au bord de la route ?

– Oui. Avec ça. » Je montrai le portefeuille et attendis qu'il sorte le revolver de M. Bowditch. *Et ça, Charlie ? On l'a découvert dans les hautes herbes, non loin de la porte principale.* J'étais quasiment certain que c'était ce qui allait se produire.

J'avais tort. Au lieu de montrer l'arme, tel un magicien qui sort un lapin de son chapeau, Kellin lança le portefeuille à travers la pièce.

« Emmène-le ! brailla-t-il à l'adresse d'Aaron. Il est sale ! Il a sali mon tapis, mon fauteuil et même la tasse qu'il a utilisée ! *Emmène cette vermine qui ment comme elle respire hors de mes appartements !* »

J'étais bien content de quitter cet endroit.

CHAPITRE VINGT ET UN

Les Tapis. Omade.
Pas une trace de gris. La vie au cachot.

1

Au lieu de suivre le chemin emprunté à l'aller, Aaron me fit descendre trois escaliers ; il marchait derrière moi, me donnant à l'occasion un petit coup de badine. J'étais une vache qu'on conduit dans son enclos, un sentiment répugnant et humiliant, mais au moins on ne m'emmenait pas à l'abattoir. J'étais le numéro trente et un, après tout, et précieux à ce titre. Je n'aurais su dire pourquoi, mais une idée avait commencé à prendre naissance dans mon esprit. Trente et un était un nombre premier, divisible uniquement par lui-même. Alors que trente-deux était divisible jusqu'à un.

On passa devant une longue succession de portes, fermées pour la plupart, certaines ouvertes ou entrouvertes. Aucun bruit ne s'en échappait. Au cours de cette descente, j'éprouvai une impression d'abandon et de délabrement. Certes, il y avait les soldats de la nuit, néanmoins je devinais que le palais était peu habité. J'ignorais où on allait, mais au bout d'un moment, je perçus le fracas d'une lourde machinerie et un martèlement sourd, régulier, semblable à des battements de cœur. J'aurais parié qu'on était descendus encore plus profondément que Deep Maleen. Les brûleurs à gaz fixés aux murs étaient de plus en plus espacés, et beaucoup crachotaient. Le temps qu'on atteigne le bas du troisième étage – le martèlement se faisait assourdissant et la machinerie encore plus bruyante –, il n'y avait presque plus que l'aura bleue d'Aaron comme source de lumière. Je levai le poing pour frapper à la porte située au pied de l'escalier, énergiquement, car je n'avais pas envie que cette foutue badine me fouette la nuque encore une fois.

« Nan, nan, dit Aaron de son étrange voix insectoïde. Ouvre. »

Je soulevai le loquet de fer, poussai le battant, et me heurtai à un mur de bruit et de chaleur. Aaron m'obligea à entrer. Presque immédiatement, la sueur couvrit mon visage et mes bras. Je me retrouvai sur un parapet entouré d'un garde-fou à mi-hauteur. En contrebas, il y avait un espace circulaire, on aurait dit une salle de sport en enfer. Deux douzaines, au moins, d'hommes et de femmes à la peau grise marchaient à vive allure sur des tapis de course, une corde nouée autour du cou. Trois soldats de la nuit munis de leurs badines assistaient à la scène, avachis contre les murs de pierre. Un quatrième, juché sur une sorte de podium, frappait sur un long tube en bois qui ressemblait à une conga. Dessus étaient peints des monarques qui saignaient. Je devais me tromper car les papillons ne saignent pas, je pense. Juste en face de moi, au-delà des tapis de course, une machine faite de ventilateurs, de courroies et de pistons produisait un horrible vacarme en tremblotant sur son socle. Au-dessus était accrochée une unique lampe électrique, du genre de celles qu'utilisent les mécaniciens pour regarder sous le capot des voitures.

Ce spectacle me rappelait les galères dans un de mes films préférés : *Ben-Hur*. Celles et ceux qui peinaient sur ces tapis de course étaient des esclaves, comme ces hommes qui ramaient à bord des galères. Sous mes yeux, une des femmes trébucha. Elle agrippa la corde qui cisaillait la peau de son cou et parvint à se redresser. Deux des soldats de la nuit se regardèrent et éclatèrent de rire.

« Tu n'as pas envie de te retrouver ici, hein, petit ? demanda Aaron dans mon dos.

– Non. » Je ne savais pas ce qui était le plus affreux : ces prisonniers obligés de marcher à toute vitesse ou la manière dont ces deux hommes-squelettes s'étaient esclaffés en voyant la femme perdre l'équilibre et s'étrangler. « Aucune envie. »

Je me demandais quelle quantité d'énergie produisait ce générateur de fortune alimenté par des tapis de course. Pas beaucoup, devinais-je. Il y avait de l'électricité dans les appartements du Grand Intendant mais je n'en avais pas vu ailleurs. Uniquement des brûleurs à gaz qui ne semblaient pas très en forme.

« Pendant combien de temps est-ce qu'ils…

– Ils se relaient toutes les douze heures. »

Aaron n'avait pas prononcé le mot *heures*, mais là encore, mon esprit avait traduit. Je comprenais l'empisarien, je le parlais, et je m'améliorais dans les deux domaines. Je n'aurais pas été capable d'employer une expression populaire du genre *C'est génial*, mais ça viendrait peut-être.

« Sauf quand il y en a un qui s'étrangle, précisa Aaron. Dans ce cas-là, on en a toujours plusieurs en réserve. Allez, viens, petit. Tu as vu ce que tu devais voir. Faut y aller. »

Je n'étais pas mécontent de quitter cet endroit, croyez-moi. Mais avant que je fasse demi-tour, la femme qui avait trébuché leva les yeux vers moi. Ses cheveux formaient des paquets de mèches collées par la sueur. Son visage disparaissait sous les plis et les bosses de chair grise, mais je perçus le désespoir sur ce qui restait de ses traits.

Le spectacle de ce désespoir me mit-il autant en colère que celui de la sirène assassinée ? Je n'en suis pas sûr car tout ici me faisait enrager. Un beau pays avait été souillé, et voilà le résultat : des individus sains enfermés dans des cachots, des personnes malades obligées de courir sur des tapis avec une corde autour du cou pour fournir de l'énergie au Grand Intendant et à quelques privilégiés peut-être, parmi lesquels figurait presque certainement l'homme ou la créature qui régnait sur tout ça : Flight Killer.

« Estime-toi heureux d'être sain, dit Aaron. Pour le moment du moins. Peut-être que tu le regretteras plus tard. »

Et pour souligner ses paroles, il abattit sa badine sur ma nuque, ce qui rouvrit ma blessure.

2

Quelqu'un, Pursey très certainement, notre gardien/prisonnier de confiance, avait lancé une couverture sale dans la cellule que je partageais avec Hamey. Je la secouai, délogeant par là même une jolie quantité de poux (de taille ordinaire, pour autant que je pouvais en juger) et m'assis dessus. Hamey était allongé sur le dos, il contemplait le plafond. Il avait une égratignure sur le front, une croûte de sang sous le nez et ses deux genoux étaient ouverts. La plaie de gauche avait laissé couler des filets de sang sur son tibia.

« Qu'est-ce qui vous est arrivé ?

– La récréation, répondit-il d'une voix éteinte.

– Il a pas l'étoffe », dit Fremmy dans la cellule voisine.

Lui-même arborait un œil au beurre noir.

« Il l'a jamais eue », ajouta Stooks.

Exception faite d'un hématome à la tempe, il paraissait indemne.

« Fermez-la, tous les deux ! s'écria Iota, de l'autre côté du couloir. Tuez-le si vous tombez contre lui, en attendant foutez-lui la paix. »

Fremmy et Stooks se turent. Iota s'assit, le dos collé au mur de sa cellule ; il regardait le sol entre ses pieds d'un air morose. Il avait une entaille au-dessus d'un œil. Des autres cellules me parvenaient des gémissements, et parfois un grognement de douleur. Une des femmes pleurait tout bas.

La porte au fond du couloir s'ouvrit et Pursey apparut, un seau au creux du coude. Il s'arrêta pour regarder l'applique qui était tombée. Il posa son seau et renfonça le brûleur dans le trou irrégulier. Cette fois, il resta en place. Pursey sortit de la poche de son ample chemise une allumette en bois, qu'il frotta contre un bloc de pierre et approcha du petit embout en cuivre du brûleur. Celui-ci s'alluma dans un souffle. Je m'attendais à une remarque de la part de Fremmy, mais cet individu raffiné semblait à court de réflexions humoristiques pour le moment.

« Omade ? annonça Pursey à travers la goutte d'eau qui avait été une bouche autrefois. « Qui eu omade ?

– Donne », dit Iota. Pursey lui tendit un petit disque pioché dans son seau. On aurait dit une pièce de cinq *cents* en bois, comme dans ce vieux dicton qui disait qu'il ne fallait jamais en accepter. « Et files-en aussi au nouveau. S'il en a pas besoin, l'Incapable, si.

– C'est de la pommade ? demandai-je.

– Qu'est-ce que tu veux que ça soit ? »

Iota entreprit d'en étaler sur sa large nuque.

« Iens, me dit Pursey. Iens, le oueau. »

Je devinai qu'il demandait au « nouveau » de tendre la main, alors je la glissai entre les barreaux. Il laissa tomber un *nickel* dans ma paume.

« Merci, Pursey. »

Il me regarda. Son expression trahissait de la stupéfaction. Peut-être que personne ne lui avait jamais dit merci, pas à Deep Maleen en tout cas.

Une épaisse couche de matière malodorante recouvrait le petit disque en bois. Je m'accroupis près de Hamey et lui demandai où il avait mal.

« Partout, répondit-il et il essaya de sourire.

– Où est-ce que ça fait le plus mal ? »

Pendant ce temps, Pursey poursuivait sa tournée entre les cellules avec son seau, en répétant d'un ton monotone : « Omade, omade, qui eu omade. »

« Les genoux. Les épaules. Le pire, c'est les boyaux, évidemment, mais y a aucune pommade pour ça. »

Il retint son souffle quand j'appliquai la pommade sur ses coupures aux genoux, mais il poussa un soupir de soulagement lorsque je massai l'arrière de ses jambes et de ses épaules. Du temps où je jouais au football, je me faisais masser (et parfois je massais les autres) après les matchs, et je savais où appuyer.

« Ça fait du bien, dit-il. Merci. »

Il n'était pas sale. Pas *trop* sale, du moins, contrairement à moi. J'entendais encore Kellin s'écrier : *Emmène-le ! Il est sale !* Et c'était certainement vrai. Mon séjour à Empis n'avait pas été de tout repos. Je m'étais affalé dans la boue d'un cimetière, notamment, et j'avais visité la salle des Tapis, où il faisait plus chaud que dans un sauna.

« J'imagine qu'il n'y a pas de douches ici ?

– Non. Avant, y avait l'eau courante dans les vestiaires – du temps où ils organisaient encore des vrais jeux –, mais maintenant, y a plus que des seaux. Et juste de l'eau froide, mais… aïe !

– Pardon. Vous êtes tout noué là-haut, dans la nuque.

– Tu pourras faire une toilette de chat après la prochaine récréation – c'est comme ça qu'on dit –, mais en attendant, tu vas devoir faire avec.

– Vu votre état, et à entendre les autres, c'est brutal comme jeu. Même Eye semble amoché.

– Tu verras par toi-même, dit Stooks.

– Mais ça va pas te plaire », ajouta Fremmy.

Au bout du couloir, quelqu'un se mit à tousser.

« Mets ta main devant ta bouche ! cria une femme. Personne veut attraper ce que t'as, Dommy ! »

La quinte de toux se poursuivit.

3

Pursey revint un peu plus tard en poussant un chariot chargé de morceaux de poulet pas assez cuits, qu'il lança dans les cellules. Je mangeai le mien et la moitié de celui de Hamey. En face de nous, Iota balança les os dans la fosse d'aisances et brailla :

« Fermez-la, vous tous ! J'ai envie de pioncer ! »

Malgré cette injonction, il y eut encore quelques bavardages d'après repas, d'une cellule à l'autre, mais ils se transformèrent vite en murmures, avant de cesser. J'en déduisis que le poulet faisait office de dîner. C'était l'heure de se coucher. Bien qu'il n'y ait aucun moyen de savoir si c'était le jour ou la nuit. Notre fenêtre munie de barreaux ne laissait voir qu'une obscurité complète. Parfois, on nous distribuait du steak, parfois du poulet, et de temps à autre de maigres filets de poisson. Généralement, mais pas toujours, il y avait des carottes. Et jamais de sucré. Uniquement des aliments que Pursey pouvait lancer entre les barreaux. La viande était bonne, rien à voir avec les restes avariés grouillant d'asticots auxquels je m'attendais dans ce cachot, et les carottes étaient croquantes. Ils voulaient qu'on soit en forme et on l'était, à l'exception de Dommy, qui souffrait d'une sorte d'infection pulmonaire, et de Hamey, qui se plaignait d'atroces douleurs abdominales dès qu'il avalait quelque chose.

Que ce soit le matin, le midi ou le soir, les appliques demeuraient allumées, mais elles étaient si peu nombreuses que Deep Maleen baignait dans une sorte de crépuscule permanent, déstabilisant et déprimant. Si j'avais eu la notion du temps en arrivant ici (ce n'était pas le cas), je l'aurais perdue après vingt-quatre ou trente-six heures.

Les endroits où Aaron m'avait frappé à plusieurs reprises avec sa badine m'élançaient et me brûlaient. J'y appliquai le reste de pommade et ça me soulagea un peu. Je me frottai le visage et le cou. La crasse roulait sous mes doigts. Je finis par sombrer et je rêvai de Radar. Elle galopait, jeune et robuste, entourée d'un nuage de papillons orange et noir. J'ignore combien de temps je demeurai endormi, mais quand je me réveillai le silence régnait dans le long alignement de cellules, à l'exception des ronflements, d'un pet occasionnel, et des quintes de toux de Dommy. Je me levai pour aller boire l'eau du seau, en prenant soin de boucher avec mon doigt le trou sous le gobelet en fer-blanc. En regagnant ma couverture, je vis que Hamey m'observait. Les cernes enflés sous ses yeux ressemblaient à des coquards.

« Tu n'es pas obligé de me rédimer. Je retire ce que j'ai dit. De toute façon, je vais y avoir droit. Ils me balancent dans tous les coins comme un sac de graines, et ça, c'est juste la récréation. Qu'est-ce que ce sera quand viendra le Un Contre Un ?

– Je ne sais pas. »

Je faillis lui demander ce qu'était le Un Contre Un, mais je devinais qu'il s'agissait d'une sorte de tournoi sportif sanglant, style MMA. Trente-deux, comme je l'avais déjà compris, était un chiffre divisible jusqu'à un. Et la « récréation » ? C'était un entraînement. Un échauffement avant le grand événement. Il y avait une chose qui m'intriguait davantage.

« Sur la route de Lilimar, j'ai croisé un homme et un garçon. Des… personnes grises.

– Elles le sont presque toutes, dit Hamey. Depuis que Flight Killer est revenu du Puits Obscur. »

Il eut un sourire amer.

Cette seule phrase renfermait mille histoires annexes, et j'avais envie d'en savoir plus, mais dans l'immédiat je me concentrai sur l'homme à la peau grise qui marchait en s'appuyant sur une béquille.

« Ces gens venaient du Front de mer…

– Ah oui ? murmura Hamey avec indifférence.

– Et l'homme m'a dit quelque chose. D'abord, il m'a traité d'homme sain…

– C'est la vérité, non ? Tu as pas une trace de gris sur toi. De la crasse, oui, mais pas de gris.

– Et l'homme a ajouté : “Devant lequel d'entre eux ta mère a relevé ses jupes pour que tu gardes ce beau visage ?” Vous savez ce que ça veut dire ? »

Cette fois, Hamey se redressa et me dévisagea en ouvrant de grands yeux.

« Par tous les papillons orange qui ont jamais existé, d'où c'est que tu viens ? »

En face de nous, Iota grogna et remua dans sa cellule.

« Vous savez ce que ça veut dire ou pas ? »

Il soupira.

« Depuis des temps immémoriaux, les Gallien ont régné sur Empis, tu le sais, ça, hein ? »

Je lui fis signe de continuer.

« Pendant des milliers et des milliers d'années. »

De nouveau, c'était comme si deux langues se mélangeaient dans mon cerveau, de manière si parfaite qu'elles en formaient presque une seule.

« Et en un sens, ils continuent à régner, poursuivit Hamey. Flight Killer étant ce qu'il est… à supposer qu'on puisse toujours dire *il* en parlant de lui et qu'il ne se soit pas transformé en une créature du… mais… Ah, merde, de quoi je parlais ?

– Des Gallien.

– Cet arbre famital a été abattu… même si certains affirment que quelques membres ont survécu… »

Je savais que tel était le cas car j'en avais rencontré trois. Pas question, cependant, de le dire à Hamey.

« Mais fut un temps, même lorsque le père de mon père vivait encore, où les Gallien étaient nombreux. Hommes comme femmes, ils étaient beaux. Aussi beaux que les monarques que Flight Killer a éradiqués. »

Il ne les avait pas *tous* éradiqués, mais là encore je n'avais pas l'intention de détromper Hamey.

« Et ils étaient très portés sur la chose. » Son sourire dévoila des dents étonnamment blanches et saines dans ce visage maladif. « Tu sais ce que ça veut dire, hein ?

– Oui.

– Les hommes plantaient leurs graines partout, pas uniquement ici ou dans la Citadelle, mais aussi sur le Front de mer… à Deesk… à Ullum… et même dans les Îles Vertes, au-delà d'Ullum, paraît-il. » Il m'adressa un sourire en coin. « Les femmes n'étaient pas contre une petite aventure discrète elles non plus, à ce qu'on raconte. Des hommes et des femmes en rut, mais très peu de viols car beaucoup de gens du peuple sont heureux de pouvoir coucher avec des individus de sang royal. Et tu sais ce qui découle de ce genre d'activités, hein ?

– Des bébés.

– Oui, exactement, des bébés. C'est leur sang, Charlie, qui nous sauve du gris. Qui sait quel prince, quel courtisan, ou bien le roi en personne, a couché avec ma grand-mère, mon arrière-grand-mère, ou même ma mère ? Résultat, j'ai pas une seule tache de gris sur moi. Comme Eye, cette espèce d'homme-singe : pas une tache. Dommy et Black Tom, pas une tache… Stooks et Fremmy… Jaya et Eris… Double… Bult… Doc Freed… tous les autres… et *toi*. Qui sais rien de rien. J'en viens à me demander…

– Quoi ? murmurai-je. Qu'est-ce que vous vous demandez ?

– Peu importe. » Il se rallongea et posa son bras maigre sur ses yeux tuméfiés. « Simplement, réfléchis-y à deux fois avant de nettoyer la crasse. »

Du bout du couloir, celui qu'ils appelaient Gully beugla :

« Y en a qui veulent dormir ici ! »

Hamey ferma les yeux.

4

Je ne dormais pas, je réfléchissais. L'idée que les individus prétendument sains soient immunisés face l'épidémie de gris me paraissait raciste ; je pensais à ces demeurés sectaires qui affirmaient que les Blancs étaient naturellement plus intelligents que les Noirs. J'estimais – je l'ai déjà dit – que ces gens dits « de sang royal » enfilaient leur pantalon une jambe après l'autre, comme ces malheureux individus qui suaient sang et eau sur les tapis de course pour fournir de la lumière au Grand Intendant.

Mais il fallait tenir compte de la génétique, n'est-ce pas ? Les habitants d'Empis l'ignoraient peut-être, mais pas moi. Un mauvais mélange de gènes pouvait avoir des conséquences fâcheuses, et les familles royales excellaient dans ce domaine. L'hémophilie, par exemple. Ou bien une malformation faciale connue sous le nom de prognathisme habsbourgeois. J'avais appris tout ça en quatrième. En cours d'éducation sexuelle, figurez-vous. Alors, peut-être existait-il bien un code génétique qui offrait l'immunité face au gris, cette maladie qui vous déformait.

Dans un monde normal, la personne à la tête du pays voudrait sauver ces gens, me disais-je. Dans celui-ci, le dirigeant – Flight Killer, un nom qui n'inspirait pas un sentiment de sécurité – cherchait au contraire à les éliminer. Et sans doute que ces *malades* ne vivaient pas très longtemps. Qu'on appelle ça une malédiction ou une maladie, c'était un phénomène évolutif. En définitive, qui resterait-il ? Les soldats de la nuit sans doute, mais à part ça ? Flight Killer était-il entouré d'un groupe de partisans protégés ? Dans ce cas, sur qui régneraient-ils une fois que les gens sains auraient été éradiqués et que les gens gris seraient tous morts ? Quel était le dénouement ? Y en avait-il seulement un ?

Autre chose : Hamey affirmait que les Gallien avaient régné sur Empis depuis des temps immémoriaux, mais *l'arbre famital avait été abattu.* Il avait semblé se contredire cependant : *En un sens, ils continuent à régner.* Cela voulait-il dire que Flight Killer appartenait à… la Maison des Gallien ? Comme dans un roman de George R.R. Martin axé sur la royauté ? Ça ne collait pas. Leah m'avait dit (par l'intermédiaire de sa jument, évidemment) que ses quatre sœurs et ses deux frères étaient morts. Ainsi que sa mère et son père, le roi et la reine supposais-je. Alors, qui restait-il ? Un bâtard, comme Jon Snow dans *Game of Thrones* ? Ou l'ermite fou qui vivait quelque part dans les bois ?

Je me levai et m'approchai des barreaux. Un peu plus loin dans le couloir, la dénommée Jaya était collée aux siens. Un bandage était enroulé de travers autour de son front, transpercé par une fleur de sang au-dessus de son œil gauche.

« Ça va ? murmurai-je.

– Oui. Il ne faut pas parler, Charlie. C'est l'heure de dormir.

– Oui, je sais, mais… Quand le gris est-il apparu ? Depuis combien de temps ce Flight Killer est-il au pouvoir ? »

Elle réfléchit. Finalement, elle répondit :

« Je ne sais pas. J'étais encore une enfant, dans la Citadelle, quand tout ça est arrivé. »

Je n'étais pas plus avancé. *J'étais encore une enfant*, ça pouvait vouloir dire six, douze ou même dix-huit ans. Je supposais que l'apparition du gris et la prise de pouvoir par Flight Killer remontaient à douze ou quatorze ans, à cause d'une phrase qu'avait prononcée M. Bowditch : *Les lâches offrent des cadeaux.* Comme si, voyant ce qui se passait, il avait gâté ses chouchous et raflé un max de pépites d'or avant de décamper. Et à cause d'une chose qu'avait dite Dora : Radar était encore un chiot lors de la dernière visite de M. Bowditch. La malédiction avait frappé à ce moment-là. Peut-être. Probablement. De plus, pour ne rien arranger, je ne savais même pas si à Empis les années correspondaient aux nôtres.

« Dors, Charlie, dit Jaya. C'est le seul moyen qu'on a de s'évader. »

Elle me tourna le dos.

« Non, attends ! » Dans la cellule d'en face, Iota émit un grognement, renifla et se tourna. « C'était qui avant ? Quand ce n'était pas Flight Killer, c'était qui ? Tu le sais ?

– Elden. Elden des Gallien. »

Je retournai m'allonger sur ma couverture. *Elden*. Je connaissais ce nom. Falada la jument, parlant à la place de sa maîtresse, m'avait raconté que Leah avait eu quatre sœurs et deux frères. Leah avait vu le pauvre corps broyé de Robert. L'autre frère était mort également, mais elle n'avait pas précisé dans quelles conditions, ni si elle avait vu son corps. Cet autre frère avait toujours été bon avec elle, avait dit Falada. Falada qui n'était autre que Leah elle-même.

Cet autre frère se nommait Elden.

5

Trois jours passèrent. Je dis trois car Pursey se présenta neuf fois avec son chariot de viande à moitié cuite, mais c'était peut-être plus. Dans le crépuscule éclairé au gaz de Deep Maleen, impossible à dire.

Pendant tout ce temps, j'essayai d'assembler les morceaux d'une histoire que j'avais intitulée *La Chute d'Empis* ou *L'Ascension de Flight Killer* ou *L'Avènement de la malédiction*. C'était un projet un peu idiot, basé sur les bribes d'informations que je possédais, mais ça permettait de passer le temps. Une partie du temps, du moins. Et si pauvres soient-elles, c'étaient quand même des informations.

Premier élément : M. Bowditch parlait des deux lunes qui *s'élevaient dans le ciel*, mais je ne les avais jamais vues s'élever. À vrai dire, je les avais à peine entraperçues. Il parlait également de constellations qu'aucun astronome sur Terre n'avait jamais pu observer, mais là encore, je n'avais fait qu'entrevoir les étoiles. À l'exception d'une étendue de ciel bleu éphémère à l'approche du cadran solaire, je n'avais vu que des nuages. À Empis, le ciel était une denrée rare. De nos jours, du moins.

Deuxième élément : M. Bowditch n'avait jamais mentionné Hana, et je pense qu'il l'aurait fait. Je n'avais jamais entendu le nom de la géante avant de rendre visite à la « gardedoi ».

Mais c'était le troisième élément qui m'intéressait le plus, celui qui *suggérait* le plus de choses. M. Bowditch avait évoqué ce qui risquait de se produire si des habitants de notre monde découvraient le chemin qui menait à Empis, un monde certainement rempli de ressources non exploitées, l'or n'étant que l'une d'elles. Juste avant de comprendre qu'il était victime d'une crise cardiaque, il avait demandé : *Auraient-ils peur* (en parlant des pillards de notre monde) *d'arracher à son long sommeil le terrible dieu qui règne sur ce lieu ?*

D'après l'enregistrement, la situation était déjà grave à Empis lors de la dernière visite de M. Bowditch, même si Hana n'occupait peut-être pas encore son poste à cette époque. La cité de Lilimar était déjà déserte et *dangereuse, surtout la nuit*. Parlait-il par expérience, après une nouvelle expédition pour rafler de l'or, ou répétait-il les paroles de sources dignes de confiance ? Woody, peut-être ? Je pensais qu'il avait entrepris un ultime voyage alors que Hana n'était pas là.

Sur ces fondations branlantes faites en allumettes, je bâtis un gratte-ciel de suppositions. Lors de la dernière visite de M. Bowditch, le Roi des Gallien (prénommé probablement Jan) et la Reine du même nom (prénom inconnu) avaient déjà été destitués. Au moins cinq de leurs sept enfants avaient été tués. Leah s'était enfuie, avec Tante Claudia et son oncle ou son cousin Woody (j'avais oublié leur lien). Leah affirmait que son frère Elden était mort lui aussi, mais il était évident que Leah le préférait aux autres (je le tenais de la bouche du cheval, ou plutôt de la jument). Se pouvait-il que Leah aime mieux le croire mort, plutôt que d'imaginer qu'il était devenu Flight Killer ? Quelle sœur voudrait croire que son frère adoré était un monstre ?

Se pouvait-il qu'Elden ait échappé à la purge (si purge il y avait eu) et qu'il ait réveillé de *son long sommeil le terrible dieu qui règne sur ce lieu* ? C'était la plus plausible de mes suppositions, pensais-je, à cause d'une chose qu'avait dite Hamey : *depuis que Flight Killer est revenu du Puits Obscur.*

Ce n'était peut-être qu'une légende à la con, mais si ce n'était pas le cas ? Et si le frère de Leah était descendu dans le Puits Obscur (comme j'étais descendu dans un autre puits obscur pour arriver jusqu'ici) afin d'échapper à la purge ou dans un autre but ? S'il était descendu dans la peau d'Elden et remonté dans celle de Flight Killer ? Peut-être que le dieu du Puits Obscur lui dictait sa volonté. Ou bien Elden était possédé par ce dieu, il *était* ce dieu. Hypothèse effroyable, mais pas dénuée de sens compte tenu de la manière dont tous les habitants – les gens gris comme les gens sains – étaient éliminés, lentement et douloureusement dans la plupart des cas.

Certains éléments ne collaient pas, mais la plupart s'emboîtaient. Et je le répète, ça tuait le temps.

Demeurait une seule question, à laquelle je ne pouvais apporter la moindre réponse : que pouvait-on faire ?

6

J'appris à connaître un peu mieux mes compagnons d'infortune, mais comme nous étions obligés de demeurer enfermés dans nos cellules, il nous était impossible de nouer ce qu'on pourrait appeler des relations sérieuses. Fremmy et Stooks formaient un duo de comiques, et ils s'intéressaient davantage à leurs traits d'esprit (ou ce qui passait pour tel) qu'à tout le reste, moi y compris. Dommy était costaud, malheureusement pour lui il était affligé de cette toux de cimetière qui s'aggravait en position couchée. L'autre Noir du groupe, Tom, était beaucoup plus petit. Il avait une voix magnifique, mais seule Eris réussissait à le convaincre de chanter. Une de ses ballades racontait une histoire que je connaissais. Celle d'une petite fille qui rendait visite à sa grand-mère et découvrait en arrivant un loup qui portait la chemise de nuit de Mamie. Dans mon souvenir, *Le Petit Chaperon rouge* se terminait bien, mais la version de Tom s'achevait par un vers lugubre : *Elle s'enfuit mais il la rattrapa, et c'est en vain qu'elle lutta.*

À Deep Maleen, les fins heureuses étaient une denrée rare

Le troisième jour, je commençai à comprendre le véritable sens de l'expression *devenir fou à force de tourner en rond.* Si mes compagnons étaient des individus « sains », ce n'étaient pas pour autant des génies. Jaya paraissait plutôt éveillée et un certain Jackah possédait un stock apparemment inépuisable de devinettes. Mais dans l'ensemble, leurs conversations ressemblaient à du bavardage sans queue ni tête.

Je faisais des pompes pour favoriser la circulation sanguine, des squats, et je courais sur place.

« Regardez le petit prince qui frime ! » commenta Iota un jour. Iota était un connard, et pourtant j'éprouvais une certaine sympathie pour lui. Par certains côtés, il me rappelait mon ancien pote Bertie Bird (perdu de vue depuis longtemps). Comme Bird Man, Iota n'essayait pas de cacher qu'il était une tête de con, et j'avais toujours admiré les bons chambreurs. Iota n'était pas le meilleur que je connaissais, mais il était doué, et même si j'étais encore un « bizuth », je prenais plaisir à le provoquer.

« Regarde ça, Eye ! » Je plaçai mes mains à hauteur de ma poitrine, paumes vers le sol. Et je les touchai en levant les genoux. « Essaie d'en faire autant.

– Tu veux que je me blesse ? Que je me claque un muscle ? Que je me déchire quelque chose ? Ça te plairait, hein ? Comme ça, tu pourrais m'échapper au moment du Un Contre Un.

– Le Un Contre Un n'aura pas lieu, répondis-je. On va rester à trente et un. Flight Killer est à court de personnes saines. Allez, montre ce que tu sais faire ! »

Je levai mes mains presque jusqu'au menton et continuai à taper dans mes paumes avec mes genoux. Mes endorphines, malgré la fatigue, se montrèrent à la hauteur. Plus ou moins.

« Si tu continues, tu vas t'ouvrir le cul en deux », dit Bernd.

C'était le plus âgé d'entre nous, presque chauve. Les rares cheveux qu'il lui restait étaient gris.

Sa remarque me fit rire et je fus obligé de m'arrêter. Hamey, allongé sur sa paillasse, ricanait.

« On va arriver à trente-deux, déclara Iota. S'ils en trouvent pas un autre bientôt, ils prendront Red Molly. Elle fera le trente-deuxième. Cette grosse chienne va bientôt rentrer de Cratchy et Flight Killer voudra pas attendre plus longtemps pour s'amuser.

– Non, pas elle ! s'écria Fremmy.

– Ne dis pas ça ! » s'écria Stooks.

Ils affichaient la même expression d'effroi.

« Je le dis. » Iota bondit sur les barreaux de sa cellule et se mit à les secouer. C'était son exercice physique préféré. « Elle est saine, non ? Même si sa chaudasse de mère est tombée de l'arbre de la mocheté et s'est raclé la gueule en descendant.

– Attends un peu », dis-je. Une idée horrible venait de me traverser l'esprit. « Ne me dis pas que sa mère est…

– Hana, oui, répondit Hamey. Celle qui garde le cadran solaire et le trésor. Mais si tu as réussi à atteindre le cadran, ça signifie qu'il y a du laisser-aller. Flight Killer sera pas content. »

Je l'écoutais d'une oreille. Je n'en revenais pas que Hana ait une fille ; surtout, j'avais du mal à imaginer que quelqu'un ait pu coucher avec elle et engendrer cette progéniture.

« Red Molly est une… géante ?

– Pas autant que sa mère, répondit Ammit, du fond du couloir. Mais elle est baraquée. Elle est allée à Cratchy voir sa famille. Au pays des géants. Quand elle reviendra, elle va te casser en deux comme du petit bois si elle t'attrape. Mais pas moi. J'suis rapide. Elle est trop lente. Tiens, v'là une devinette que Jackah connaît pas : je suis grande quand je suis jeune, petite quand je suis vieille. Qui je suis ?

– Une bougie, répondit Jackah. Tout le monde la connaît, abruti. »

Je parlai sans réfléchir :

« Voici une bougie pour aller te coucher. Voici une hache pour te décapiter. »

Silence. Puis Iota demanda : « Bonté divine, où tu as entendu ça ?

– Je ne sais pas. Sans doute que ma mère me le chantait quand j'étais petit.

– Alors, ta mère était une femme bizarre. Répète plus jamais ça, c'est un vers maudit. »

Au fond du couloir humide et suintant de Deep Maleen, Dommy se remit à tousser. Et à tousser.

7

Deux ou trois jours plus tard (je suppose, car le temps dans un cachot n'existe pas), Pursey vint nous servir le petit-déjeuner, et cette fois, c'était un vrai petit-déjeuner : des chapelets de saucisses lancées entre les barreaux. Neuf ou dix saucisses par chapelet. J'attrapai le mien au vol. Hamey laissa le sien tomber sur le sol crasseux, le ramassa et essuya les saucisses d'un air morne. Il le regarda un instant, puis le laissa retomber. Je notai l'effroyable similitude avec le comportement de Radar à l'article de la mort. Il regagna sa paillasse, ramena ses genoux contre sa poitrine et se tourna vers le mur. En face de nous, Iota, accroupi derrière les barreaux, s'attaquait à son chapelet de saucisses par le milieu, en allant de droite à gauche, comme s'il grignotait un épi de maïs. Sa barbe luisait de gras autour de sa bouche.

« Allez, Hamey, dis-je. Essayez d'en manger au moins une.

– S'il en veut pas, balance-les par ici », dit Fremmy.

Hamey se retourna, se redressa et posa le chapelet sur ses genoux. Il me regarda.

« Je suis obligé de manger ?

– T'as intérêt, l'Incapable », dit Iota. Il ne lui restait déjà plus que deux saucisses, aux deux extrémités. « Tu sais ce que ça veut dire quand ils nous filent ça à bouffer. »

Les saucisses avaient déjà refroidi et le centre était cru. Je repensai à une histoire que j'avais lue sur Internet, celle d'un type qui était allé à l'hôpital en se plaignant de maux de ventre. Les radios avaient montré un énorme ver solitaire dans ses intestins. À cause d'une viande pas assez cuite, précisait l'article. J'essayai de ne pas y penser (ce n'était pas possible) et commençai à manger. Je croyais deviner ce que signifiaient ces saucisses : récréation en vue.

Pursey parcourut le couloir en sens inverse. Je le remerciai encore une fois. Il s'arrêta et me fit signe d'approcher avec sa main aux doigts soudés. Dans un chuchotement rauque sortant de l'orifice en forme de larme qui lui servait de bouche, il dit :

« T'ave pas ch'veux. »

Je secouai la tête.

« Je ne comp…

– T'ave pas ch'veux ! »

Il recula en traînant son chariot vide. La porte se referma. Les verrous claquèrent. Je me tournai vers Hamey. Il avait réussi à avaler une saucisse. Il mordit dans une autre, fut saisi d'un haut-le-cœur et cracha le morceau dans sa paume. Il se leva pour aller le jeter dans notre trou à merde.

« Je n'ai pas compris ce qu'il essayait de me dire. »

Hamey prit notre gobelet en fer-blanc et le frotta contre les vestiges de son maillot de corps, comme quelqu'un qui fait briller une pomme. Il retourna s'asseoir.

« Approche. » Il tapota sa paillasse. J'allai m'asseoir à côté de lui. « Maintenant, bouge plus. »

Il regarda autour de lui. Fremmy et Stooks s'étaient réfugiés au fond de leur petit studio pourri. Iota était absorbé par sa dernière saucisse, qu'il faisait durer. Des autres cellules nous parvenaient des bruits de mastication, des claquements de lèvres et des rots. Ayant décidé, apparemment, que personne ne nous observait, Hamey écarta les doigts (une chose dont il était capable car en tant que personne saine il possédait de véritables mains et non des nageoires) et les passa dans mes cheveux. J'eus un mouvement de recul.

« Nan, nan, Charlie, bouge pas. »

Il gratouilla mon cuir chevelu et me tira les cheveux d'un coup sec. Provoquant une pluie de saletés. Je n'avais pas vraiment honte (après plusieurs jours passés dans une cellule, obligé de pisser et de chier dans un trou dans le sol, vous oubliez un peu votre amour-propre), mais j'étais consterné de découvrir à quel point j'étais sale. J'avais l'impression d'être Pig-Pen, le copain de Charlie Brown.

Hamey leva devant moi le gobelet en fer-blanc pour que je puisse contempler mon reflet flou. Comme un coiffeur qui vous montre votre nouvelle coupe de cheveux, mais le gobelet, en plus d'être incurvé, était bosselé, et c'était comme si je me regardais dans un miroir déformant à la fête foraine. La moitié de mon visage était énorme, l'autre ratatinée.

« Tu vois ?

– Quoi donc ? »

Hamey orienta le gobelet et je découvris que mes cheveux, sur le devant, là où il avait fait tomber la poussière, n'étaient plus châtains. Ils étaient devenus blonds. Alors qu'il n'y avait pas de soleil pour les décolorer. Je pris le gobelet et l'approchai de mon visage. Difficile à dire, mais il me semblait que mes yeux avaient changé eux aussi. D'un marron presque noir autrefois, ils avaient pris une couleur noisette.

Hamey plaqua sa main sur ma nuque et m'attira vers lui, près de sa bouche.

« Pursey t'a dit : "Ne te lave pas les cheveux." »

Je reculai. Hamey me dévisageait de ses yeux (marron comme l'avaient été les miens) écarquillés. Il m'attira vers lui de nouveau.

« Tu es le véritable prince ? Celui qui vient nous sauver ? »

8

Avant que je puisse répondre, les verrous de la porte du fond claquèrent. Cette fois, ce n'était pas Pursey, mais quatre soldats de la nuit armés de leurs badines. Deux ouvraient la marche, bras écartés. Les portes des cellules s'ouvrirent en couinant.

« C'est l'heure de la récréation ! s'écria l'un d'eux de sa voix bourdonnante d'insecte. Allez jouer dehors, les enfants ! »

On sortit de nos cellules. Aaron, qui ne faisait pas partie de ce groupe de croquemitaines, m'avait entraîné vers la droite. On partit vers la gauche : trente et un prisonniers marchant deux par deux, comme de véritables enfants qui partent en excursion. J'avançais en queue, seul. Les deux autres soldats de la nuit fermaient la marche. D'abord, je crus que les crépitements sourds que j'entendais, comme un bourdonnement électrique de faible voltage, provenaient de mon imagination, si je me fiais aux fois précédentes, lorsque j'avais été touché par la force enveloppante qui maintenait en vie ces êtres horribles, mais je me trompais. Les soldats de la nuit étaient des zombies électriques. Un super nom pour un groupe de heavy metal, pensai-je.

Hamey marchait à côté d'Iota, qui s'amusait à donner des coups d'épaule à mon compagnon de cellule décharné pour le faire trébucher. Je voulus lui crier : *Arrête ça !*, mais ce qui sortit de ma bouche, ce fut : « Cesse donc ! »

Iota se retourna vers moi, tout sourire.

« Qui t'a fait dieu ?

– Cesse donc, répétai-je. Pourquoi importuner un compagnon d'infortune ? »

Ça ne ressemblait pas à du Charlie Reade. Un adolescent qui était plutôt du genre à balancer : *Arrête de faire chier.* Pourtant, c'était bien moi qui avais parlé, et le sourire d'Iota céda la place à une grimace de perplexité. Il me gratifia d'un salut militaire à la britannique – le dos de sa grosse main plaqué sur son front bas – et lança :

« À vos ordres, major. On verra si tu continues à me commander avec la bouche pleine de terre. »

Sur ce, il regarda devant lui.

CHAPITRE VINGT-DEUX

Le terrain de sport. Ammit. Un brin de toilette. Gâteau. Les brûleurs.

1

On gravit des escaliers. Évidemment. Quand vous étiez prisonnier à Deep Maleen, les escaliers, c'était un mode de vie. Après dix minutes de montée, Hamey avait du mal à respirer. Iota lui prit le bras et le tira. « Allez, du nerf, l'Incapable ! Continue à avancer, sinon papa va te gronder ! »

On atteignit un vaste palier et une porte à double battant. Un des deux soldats de la nuit qui conduisaient ce pathétique défilé frotta ses mains l'une contre l'autre au-dessus de sa tête et la porte s'ouvrit d'un coup. De l'autre côté se trouvait un monde différent, plus propre, un couloir de carreaux blancs, avec des brûleurs à gaz lustrés et éclatants. Ce couloir formait une rampe inclinée, et tandis qu'on progressait sous cette lumière brillante à laquelle on n'était plus habitués (je n'étais pas le seul à plisser les yeux), je perçus une odeur que j'avais connue dans des dizaines de vestiaires : le chlore. Comme les pastilles dans les urinoirs et le truc qu'ils mettaient dans les pédiluves.

Savais-je alors ce que signifiait le terme *récréation* ? Bien sûr. Savais-je ce que représentait l'expression *Un Contre Un* ? *Idem.* Dans nos cellules, manger, dormir et parler étaient nos seules occupations. Je faisais attention aux questions que je posais car je voulais continuer à faire croire que je venais de la communauté religieuse d'Ullum, et par conséquent, j'écoutais plus que je ne parlais. Malgré tout, j'étais stupéfait par ce couloir incliné qui aurait pu appartenir à un complexe sportif dernier cri parfaitement entretenu sur un de ces campus où le sport est roi. Lilimar n'était plus que ruines (à l'instar de tout Empis), mais ce couloir était impressionnant, et je devinais que ce à quoi il conduisait le serait tout autant. Ou plus, peut-être. Je ne me trompais pas.

On passa devant plusieurs portes, chacune surmontée d'un brûleur à gaz capuchonné. Sur les trois premières on pouvait lire : ÉQUIPES. Sur la suivante : MATÉRIEL. Et sur la cinquième : OFFICIELS. Je la regardai du coin de l'œil en passant (toujours à la traîne) et le mot OFFICIELS prit l'apparence de cet enchevêtrement de runes que j'avais vu sur le permis de conduire de Polley quand Kellin me l'avait montré. Je me retournai, juste le temps de voir réapparaître le mot OFFICIELS et de recevoir un coup de badine sur l'épaule. Pas très violent, juste assez pour attirer mon attention.

« Avance, petit. »

Devant moi, le couloir s'achevait dans une explosion de lumière aveuglante. Je débouchai à la suite des autres sur un terrain de sport… mais quel terrain ! Je regardai autour de moi d'un air hébété, comme le plouc d'Ullum que je prétendais être. Depuis que j'étais sorti de ce tunnel qui reliait mon monde à Empis, j'avais connu pas mal de chocs, mais jamais jusqu'à cet instant je n'avais pensé : *Je dois rêver.*

D'énormes brûleurs à gaz, nichés dans ces sortes de vasques que j'avais vues de l'extérieur, bordaient la circonférence d'un stade qui aurait fait la fierté d'une équipe de baseball de la ligue professionnelle. Ils projetaient dans le ciel des jets enflammés, bleu et blanc, que reflétaient les nuages omniprésents.

Le ciel. On est à l'extérieur.

Et il faisait nuit, même si pour nous, la journée ne faisait que commencer. Logique, si on considère que nos ravisseurs squelettes ne pouvaient pas exister dans la journée. N'empêche, ça faisait bizarre de constater que mes rythmes de réveil et de sommeil avaient été inversés.

On traversa une piste de course pour marcher sur une pelouse moelleuse. J'avais foulé de nombreux terrains – que ce soit pour jouer au baseball ou au football –, mais jamais je n'en avais vu un aussi parfaitement rond. Quel sport s'était pratiqué ici autrefois ? Impossible de le savoir, mais sans doute était-il très populaire car, à en juger par les allées en moulin à vent qui conduisaient à ce stade et les rangées de gradins qui l'entouraient, qui montaient jusqu'au sommet de l'enceinte, il devait attirer des milliers de supporters empisariens.

Je vis les trois flèches disparaître dans les nuages droit devant. Des tourelles de pierre se dressaient sur ma droite et sur ma gauche. Quelques soldats de la nuit entourés de leur linceul d'un bleu intense, postés sur les parapets qui couraient entre les tourelles, nous surveillaient. Sur le chemin du cadran solaire, je n'avais vu que la partie supérieure du stade car il était situé en contrebas, à l'arrière du palais.

Quelque part – sans doute au pied de ces immenses flèches vertes en verre –, il y avait une salle du trône et des appartements royaux. À l'image des boutiques autrefois installées le long de la Route des Gallien, ces endroits étaient réservés au gratin. Nul doute qu'ils revêtaient une grande importance pour les gens ordinaires que j'imaginais empruntant ces allées aux couleurs vives les jours de match, venant du Front de mer, de Deesk, peut-être même d'Ullum et des Îles Vertes ; ils portaient des paniers de pique-nique, chantaient les hymnes de leur équipe et scandaient leur nom…

Une badine s'abattit sur mon bras, plus fort cette fois. Me retournant, je découvris une tête de mort souriante à l'intérieur de l'enveloppe semi-transparente d'un visage.

« Arrête de faire des yeux de merlan frit comme le dernier des abrutis ! C'est le moment de courir, petit ! Va falloir te bouger ! »

Iota précéda notre groupe sur la piste de course circulaire qui bordait le terrain incroyablement vert. Les autres le suivirent, deux par deux ou trois par trois. Hamey était le dernier. Pas étonnant. Au-dessus de ce que je devinai être l'avant du terrain, en surplomb, s'avançait une sorte d'immense salon à ciel ouvert. Pour compléter le tableau, il ne manquait plus qu'un lustre tape-à-l'œil. Des fauteuils capitonnés, comme ceux installés dans les loges du Guaranteed Rate Field, le stade de baseball de Chicago, flanquaient ce qui était manifestement la place d'honneur. Moins imposant que le trône de Hana, depuis lequel elle surveillait l'arrière du palais (quand elle n'était pas occupée à manger ou à dormir), ce siège était extralarge malgré tout, et les accoudoirs partaient vers l'extérieur, comme si celui qui avait le privilège de s'y asseoir était un poids lourd gonflé aux stéroïdes, des hanches aux épaules. Une demi-douzaine de personnes assises dans les fauteuils capitonnés disposés de part et d'autre de ce siège inoccupé nous regardaient courir devant elles. Ces gens sains arboraient de beaux vêtements, c'est-à-dire pas des haillons comme la plupart d'entre nous. Parmi elles se trouvait une femme au visage très pâle : du maquillage sans doute. Elle portait une longue robe au col à froufrous. Des pierres précieuses faisaient étinceler ses bagues et ses barrettes. Toutes les personnes présentes dans la loge buvaient ce qui était peut-être de la bière, dans de grands verres. Voyant que je l'observais, un des hommes leva le sien dans ma direction, comme s'il trinquait à ma santé. Tous affichaient une expression que je qualifierais d'ennui, relevé d'une petite pincée d'intérêt. Je les détestai d'emblée, comme seul un prisonnier qu'on a fouetté à coups de badine métallique peut détester un groupe d'oisifs bien habillés qui tuent le temps assis sur leurs culs.

Cet endroit n'a pas été bâti pour des connards de ce genre, pensai-je. *Je ne sais pas comment je le sais, mais je le sais.*

Je reçus encore un coup de badine sur le fond de mon pantalon de plus en plus crasseux. La douleur était comme une brûlure.

« On ne t'a jamais dit que c'était malpoli de fixer les gens qui te sont supérieurs ? »

Je commençais à détester également ces voix d'insectes bourdonnantes. C'était comme écouter non pas un seul Dark Vador, mais un peloton entier. Je pressai le pas et dépassai Stooks. Il m'adressa un doigt d'honneur à la mode empisarienne. Je le lui rendis.

Je zigzaguai entre mes compagnons de Deep Maleen, ce qui me valut un petit coup d'épaule amical de Tom et un autre, moins amical, d'un malabar aux jambes légèrement arquées nommé Ammit.

« Hé, regarde où tu vas, Ully ! grogna-t-il. Y a pas de dieu pour te protéger ici. Tu as laissé tout ça derrière toi. »

C'est *lui* que je laissai derrière moi, en l'occurrence, et avec joie. La vie était déjà assez dure, je n'avais pas besoin que mes compagnons de détention la rendent encore plus difficile.

Au centre du terrain, je reconnus différents accessoires que j'avais rencontrés au cours de mes entraînements, depuis l'époque où je jouais au football en poussin et plus tard au hockey. Des sortes de traverses de chemin de fer formaient une double rangée. De gros sacs en toile étaient déformés par des bosses qui ne pouvaient être que des ballons. Il y avait une rangée de perches enveloppées de toile de jute. Au sommet de chacune, on avait fixé un visage à l'air renfrogné, grossièrement peint. Des mannequins de plaquage à la mode d'Empis, sans doute. Des cordes terminées par des anneaux se balançaient à une barre en T. Un large panneau de bois juché sur des chevalets était flanqué de bottes de paille. Un peu plus loin, un panier d'osier contenait ce qui ressemblait à des manches de hache. Tout cela ne me disait rien qui vaille. Le coach Harkness nous imposait parfois des exercices que certains pourraient qualifier de sadiques, mais nous taper dessus mutuellement avec des bâtons ? Jamais.

J'atteignis la tête de la course à l'endroit où la piste passait juste devant la loge VIP. Je me portai à la hauteur d'Iota qui courait la tête en arrière, le torse en avant, en agitant les bras comme des pistons. Ne lui manquait plus qu'un petit haltère dans chaque main pour ressembler à ces types d'un certain âge qui entretenaient leur forme en trottinant dans mon quartier. Et un survêtement, peut-être.

« Tu veux faire la course ? proposai-je.

– Hein ? Pour que cette salope de Petra et les autres parient sur le vainqueur ? » D'un mouvement du pouce, il montra les spectateurs élégants qui sirotaient leurs rafraîchissements. Deux autres les avaient rejoints. Bon sang, on se serait cru dans un cocktail. Deux soldats de la nuit flanquaient le petit groupe. « Tu trouves qu'on n'a pas assez de problèmes ?

– Oui, sans doute.

– D'où est-ce que tu viens réellement, Charlie ? Tu n'es pas un Ully. »

Je vis Hamey quitter la piste, et cela m'évita de devoir répondre. D'un pas lourd, tête baissée, Hamey se dirigea vers le matériel d'entraînement. Sa frêle poitrine se soulevait et retombait. Entre le panier d'osier contenant les bâtons (je ne voyais pas ce que ça pouvait être d'autre) et les mannequins de plaquage aux visages plats et grimaçants étaient installés des bancs et une table couverte de petites tasses en argile cuite. Hamey en prit une, la vida d'un trait et la reposa. Il s'assit sur un banc, les avant-bras posés sur les cuisses, les yeux fixés au sol. La table était gardée – ou protégée – par un soldat de la nuit, qui regarda Hamey sans se donner la peine de le frapper.

« N'essaie pas d'en faire autant, haleta Iota. Ils te fouetteront jusqu'au sang.

– Et lui, pourquoi ils le laissent faire ?

– Ils savent qu'il peut pas tenir le coup, voilà pourquoi. C'est Monsieur l'Incapable, non ? Mais il est sain, et sans lui, on n'est plus que trente.

– Je ne vois pas comment… Je veux dire, quand le Un Contre Un débutera, à supposer que ça arrive un jour… ils croient vraiment qu'il pourra… se battre ?

– Ils n'y croient pas » répondit Iota, et je perçus une note étrange dans sa voix. De la compassion peut-être. Ou plutôt une forme de solidarité. Non pas qu'il ait éprouvé de l'affection pour Hamey, mais il aimait encore moins la situation dans laquelle on se trouvait.

« T'es jamais essoufflé, petit ? Encore un tour et je vais aller m'asseoir sur le banc avec l'Incapable. Ils pourront me tabasser avec leurs foutues badines autant qu'ils veulent. »

Je faillis lui expliquer que j'avais pratiqué de nombreux sports, mais il risquait de me demander lesquels, et je ne savais même pas à quoi on jouait sur cette grande étendue de gazon.

« Je faisais beaucoup d'exercice. Jusqu'à ce que j'arrive ici. Et appelle-moi Charlie, plutôt que "petit". C'est comme ça que eux, ils nous appellent.

– Allons-y pour Charlie. » Du pouce, Iota montra Hamey sur son banc, incarnation de l'abattement. « Ce blaireau n'est qu'un cadavre ambulant. De la chair à canon. »

Il n'avait pas employé les mots *blaireau* ni *chair à canon*. C'était mon esprit qui avait traduit les expressions qu'il avait utilisées.

« Ils aiment que les combats se terminent vite. »

Comme lors du grand tournoi de la NCAA[1], quand le premier joue contre le seizième, pensai-je.

On passa de nouveau devant la loge VIP, et cette fois, c'est moi qui montrai mon pouce dressé aux gens élégants qui nous regardaient. Quand ils n'étaient pas occupés à bavarder entre eux, du moins, car on voyait que leurs sujets de discussion importaient plus à leurs yeux que ces pauvres types en haillons à bout de souffle. On n'était qu'un prétexte pour se réunir, comme les personnes de chez moi qui venaient assister aux entraînements de football. Derrière nous, le groupe de coureurs s'était étiré, et deux prisonniers – Double et un dénommé Yanno – avaient rejoint Hamey sur les bancs.

« Combien sont-ils ?

– Qui ? » Iota crachait ses tripes lui aussi maintenant. Moi, j'avais encore du souffle. « Les sujets d'Elden ? » Il appuya sur le mot *sujet*, comme s'il le mettait entre guillemets. « Je sais pas. Vingt. Trente peut-être. Ou un peu plus. Cette salope se prend pour la reine parce que c'est la favorite de Flight Killer.

– Petra ?

1. National Collegiate Athletic Association.

– Oui.

– Et c'est tout ? »

Avant qu'il puisse répondre, mon vieil « ennami » Aaron émergea d'un passage sous la loge VIP, agitant sa badine à la manière d'un chef d'orchestre sur son estrade.

« Tout le monde sur le terrain ! » aboya-t-il.

Iota trottina vers le matériel disposé au centre de la pelouse et je le rejoignis. La plupart des prisonniers frôlaient l'apoplexie. Jaya et Eris étaient pliées en deux, les mains sur les genoux, essayant de reprendre leur respiration. Ils allèrent retrouver les autres déjà assis près de la table sur laquelle se trouvaient les petites tasses. J'en vidai une d'un trait. C'était de l'eau, avec un petit quelque chose d'amer qui donnait un coup de fouet. J'avais encore du souffle, mais après avoir bu ce breuvage, j'en avais encore plus.

En comptant Aaron, il y avait maintenant cinq soldats de la nuit sur le terrain, disposés en demi-cercle devant nous. Deux autres veillaient sur les VIP. Ceux qui montaient la garde sur les parapets étaient faciles à compter en raison de leurs auras d'un bleu éclatant : douze. Soit dix-neuf en tout. Ce qui correspondait quasiment au nombre de soldats de la nuit qui nous avaient pourchassés, Radar et moi, alors qu'on fonçait vers la porte de la ville. Vingt en ajoutant Kellin, qui n'était pas là, ou qui nous observait d'un des parapets. C'était tout ? Dans ce cas, les prisonniers étaient plus nombreux que les gardes. Je ne voulais pas poser la question car Aaron semblait me surveiller.

« Chouette course ! commenta Stooks.

– Mieux que du sexe ! ajouta Fremmy.

– Sauf avec toi.

– C'est vrai, admit Fremmy. Je suis doué pour le sexe. »

Je voulus prendre une deuxième tasse, mais un des gardes pointa sa badine sur moi.

« Nan, nan, un seul article par client, petit. »

Évidemment, j'étais certain qu'il n'avait pas dit ça.

2

Vint ensuite le moment de la « récréation », moins brutale dans l'ensemble qu'un entraînement de football. Enfin, jusqu'au dernier exercice.

D'abord, il y eut les ballons. Au nombre de seize, répartis dans trois sacs. Ils ressemblaient à des ballons de plage, enveloppés toutefois d'une substance argentée qui les lestait. Du véritable argent peut-être. J'y voyais mon reflet déformé : visage sale, cheveux sales. Je décidai néanmoins que je ne les laverais pas, et tant pis si je me sentais crade. Je ne pensais pas être « le véritable prince, celui qui vient nous sauver », je ne pouvais même pas me sauver moi-même, mais je ne voulais pas me faire remarquer. Ayant visité la salle de torture du palais, je n'avais aucune envie d'y être invité.

On forma deux rangées de quinze prisonniers. Hamey fut choisi pour être l'homme en trop et un des gardes l'obligea, sous la menace de sa badine, à lancer en l'air et à rattraper le seizième ballon. Hamey obéit, de manière indolente. Il était encore essoufflé après avoir gravi le couloir incliné et effectué un demi-tour de piste. Voyant que je le regardais, il m'adressa un sourire, mais la tristesse se lisait dans ses yeux. C'était comme si on lui avait tatoué sur le front JE SERAI LE PREMIER À PARTIR.

Pendant ce temps, de notre côté, on se lançait les ballons lestés (entre deux et trois kilos). Ce n'était pas trop fatigant, un simple échauffement du haut du corps, mais de toute évidence, bon nombre de mes compagnons de détention n'étaient pas très sportifs dans leurs vies antérieures, à voir le nombre de ballons qu'ils laissaient échapper. Et je me surpris à me demander si la plupart n'étaient pas d'anciens employés de bureau, dans cet endroit qu'ils appelaient la Citadelle, avant le renversement de la Monarchie Papillon (petit jeu de mots involontaire). Quelques-uns étaient en forme, toutefois, et certains possédaient de bons réflexes – Iota par exemple, ou Eris, Tom et Ammit également –, mais les autres étaient empotés. Le coach Harkness les aurait traités de pieds palmés. C'était le cas de Fremmy et de Stooks, ou encore de Jaya et de Double. Dommy était costaud, mais il était handicapé par sa toux. Et puis, il y avait Hamey : l'Incapable, comme beaucoup le surnommaient…

Je faisais équipe avec Iota. Il m'adressait des passes en cloche en frappant le ballon avec le talon de la main, alors je l'imitai. On devait reculer d'un pas après deux échanges. Au bout d'une dizaine de minutes, on nous ordonna de retourner sur la piste pour effectuer un nouveau tour de terrain. Hamey fit de son mieux, mais très vite, il fut obligé de marcher. Pour ma part, je trottinais cette fois ; autrement dit, je lambinais. Ammit me rattrapa sans peine, malgré ses jambes arquées qui le faisaient chalouper comme un remorqueur ballotté par une légère houle. Au moment où on passait devant les invités de marque, il fit une embardée pour me rentrer dedans, un bon vieux plaquage à l'épaule ce coup-ci. Surpris, je m'affalai. Jaya trébucha sur moi et tomba à genoux en grognant. Les autres firent un écart pour nous éviter.

On avait enfin réussi à attirer l'attention des gens chics dans la loge. Ils nous montraient du doigt tous les deux en riant, comme on aurait ri, Andy, Bertie et moi en voyant un gag dans un film.

J'aidai Jaya à se lever. Son coude saignait. Je lui demandai si ça allait. Oui, me dit-elle, et elle se remit à courir en voyant un des soldats de la nuit approcher en brandissant sa badine.

« Pas touche, petit ! Nan, nan, nan ! »

Je levai la main, pour montrer que j'avais compris, mais surtout pour parer un coup de badine s'il décidait de me frapper au visage.

Le soldat de la nuit recula. Je rattrapai Ammit.

« Pourquoi tu as fait ça ? »

Sa réponse aurait pu sortir de la bouche de tous les aspirants mâles alpha un peu demeurés que j'avais côtoyés pendant des années dans différentes équipes, et ils étaient nombreux. Si vous avez fait du sport au lycée, vous savez de quoi je parle. Ce sont ces mêmes types qu'on retrouve derrière le grillage aux entraînements, à vingt ou trente ans, avec leur ventre de buveur de bière, en train d'évoquer leurs jours de gloire.

« J'avais envie. »

Ce qui voulait dire qu'Ammit avait besoin d'une leçon. Sinon, les coups d'épaule, les poussades dans le dos et les crocs-en-jambe continueraient.

Après un seul tour de piste, on nous envoya aux anneaux, avec pour ordre de faire des tractions. La moitié de mes compagnons pouvaient en faire cinq ; six ou sept en firent une ou deux seulement. J'en fis une douzaine, et puis, bêtement, je décidai de frimer.

« Regardez ça ! » dis-je à Iota et à Hamey.

Je me hissai à la force des poignets, bras tendus, et balançai mes jambes par-dessus la tête pour exécuter un tour complet, à la perfection. À peine avais-je posé les pieds au sol que je reçus un coup de badine dans les reins, violent. Après la douleur, la sensation de brûlure se répandit dans tout mon corps.

« Pas de numéros de cirque ! » me cria Aaron. La colère intensifiait son aura et son visage humain – déjà fragile – disparut presque totalement. Je vous livre une petite info : vous pourriez croire qu'on finit par s'habituer à être retenu prisonnier par des morts-vivants, eh bien non. Jamais. « Pas de numéros ! Si tu te brises le poignet ou la cheville, je t'écorche vif ! »

Accroupi, je levai les yeux vers lui, lèvres retroussées, les doigts de ma main gauche formant une pyramide sur le sol. Aaron recula d'un pas, non pas parce qu'il avait peur, mais pour avoir plus d'élan pour me frapper avec sa putain de badine.

« Tu veux t'en prendre à moi, petit ? Vas-y ! Si tu cherches une bonne leçon, je vais t'en donner une ! »

Je secouai la tête, ce qui eut pour effet de soulever mes cheveux sales sur mon front, et me relevai très lentement. J'étais plus grand que lui et pesais au moins quarante kilos de plus (ce n'était qu'un sac d'os), mais son aura le protégeait. Avais-je envie de m'électrocuter ? Non.

« Je suis désolé », dis-je et l'espace d'un instant, je crus qu'il était surpris, comme Pursey quand je l'avais remercié.

Il me fit signe de rejoindre les autres.

« Courez ! nous ordonna-t-il. Courez, bande de singes ! »

Il n'avait pas employé le mot *singe* : encore une substitution mentale. On fit un nouveau tour de piste (cette fois, Hamey n'essaya même pas), on but un peu d'eau énergisante, après quoi on nous conduisit vers les mannequins.

Aaron se retira. Un autre soldat de la nuit le remplaça.

« Le premier qui tue son ennemi aura droit à un gâteau ! Un gâteau pour le premier qui tue son adversaire ! Avancez et choisissez une perche ! »

On était trente et un et il n'y avait que douze mannequins. Iota me saisit par le poignet et grogna : « Regarde d'abord comment il faut faire. »

J'étais surpris par ce tuyau, mais plus que disposé à le suivre. Alléchés par cette promesse de gâteau, douze prisonniers se ruèrent sur les perches enveloppées de toile de jute. Parmi lesquels Eris, Fremmy et Stooks, Double et Ammit.

« Maintenant, *reculez !* »

Ils reculèrent jusqu'à la table.

« Et *tuez* votre *ennemi* ! »

Ils s'élancèrent. Plus de la moitié d'entre eux reculèrent sous l'impact (ce n'était pas flagrant, mais je le vis). Trois percutèrent leurs perches de plein fouet. Eris frappa fort, mais elle était maigre et le visage grimaçant au sommet de sa perche tremblota seulement. *Idem* avec l'autre type, qui ne tressaillit pas. Il s'appelait Murf. Le coup porté par Ammit n'était pas sujet à caution en revanche. La plaque fixée au sommet de la perche se détacha et retomba trois mètres plus loin.

« Un gâteau pour celui-ci ! » proclama Aaron.

Les spectateurs de la loge VIP, emmenés par la femme au visage blanc, applaudirent. Ammit leva les poings et salua. Je crois qu'il n'avait pas conscience de la nature sarcastique de ces acclamations. Comme on dit, il n'était pas l'ampoule la plus brillante du lustre, ni le couteau le plus affûté du tiroir.

Les douze premiers concurrents furent remplacés par douze autres, mais Iota me retint là encore, alors je ne bougeai pas. Cette fois, personne ne parvint à renverser une seule plaque. Iota, Hamey, Jaya et moi étions parmi les derniers à tenter notre chance.

« *Reculez !* »

On s'exécuta.

« Et *tuez* votre *ennemi* ! »

Je fonçai sur ma perche et abaissai mon épaule droite (mon côté le plus fort), sans réfléchir. J'étais certain que j'aurais pu percuter la perche suffisamment fort pour envoyer valdinguer la tête plate, avec ou sans capitonnage, mais je me retins, comme j'avais vu d'autres le faire. Ma plaque trembla à peine, mais celle d'Iota se décrocha et vola presque aussi loin que celle d'Ammit. Cette fois, aucun des spectateurs ne prit la peine d'applaudir ; ils avaient repris leurs conversations.

Aaron avait regagné le passage sous la loge VIP. Il fut rejoint par Kellin. Pas de veste de smoking aujourd'hui. Le Grand Intendant portait un pantalon en whipcord moulant et une chemise blanche ouverte au col sous son aura. Ils marchèrent vers nous, côte à côte, et j'éprouvai la même sensation de déjà-vu qu'en découvrant le matériel d'entraînement et la table avec les petites tasses. Kellin et Aaron auraient pu être le coach et son assistant. Ce n'était pas une simple séance d'entraînement destinée aux prisonniers, c'était une affaire sérieuse. Le Un Contre Un allait avoir lieu, et je devinais qu'il incombait à Kellin et à Aaron de faire en sorte que le spectacle soit à la hauteur.

« Les bâtons ! cria Aaron. Les bâtons maintenant ! »

Cette annonce raviva l'intérêt des occupants de la loge. Les soldats de la nuit postés sur les parapets semblèrent se mettre au garde-à-vous.

On se dirigea tous vers le panier d'osier qui contenait les bâtons. D'un mètre de long environ, effilés aux deux extrémités, ils ressemblaient à des bokkens, sans poignée. Le bois blanc était lisse et dur. Du frêne, pensai-je. Comme les battes des joueurs de la ligue professionnelle de baseball.

Kellin montra Eris du doigt. Celle-ci s'avança et prit un bâton. Il choisit ensuite Hamey, et j'eus un pincement au cœur. Hamey prit un bâton à son tour en le tenant par les deux extrémités. Eris tenait le sien par un bout seulement. *Défense et attaque*, me dis-je. Aucun des deux ne semblait enthousiaste, mais seul Hamey semblait terrorisé. Non sans raison.

« *Tuez votre ennemi !* » brailla Aaron d'une voix plus bourdonnante que jamais.

Eris porta une attaque. Hamey para. Elle attaqua sur le côté et Hamey para de nouveau, faiblement. Si Eris avait frappé de toutes ses forces, sans doute l'aurait-elle fait tomber.

« *Envoie-le au tapis !* hurla Kellin d'une voix stridente. *Envoie-le au tapis, connasse, ou c'est moi qui m'occupe de toi !* »

Eris frappa aux jambes. Cette fois, Hamey n'essaya pas de contrer l'attaque et il perdit l'équilibre. Il tomba dans l'herbe avec un cri de surprise et un bruit sourd. Les spectateurs applaudirent plus énergiquement. Eris s'inclina devant eux. J'espérais qu'à cette distance, ils ne voyaient pas l'expression de dégoût sur son visage.

Aaron fouetta les fesses et les jambes de Hamey avec sa badine en métal.

« Debout ! Debout, tas de merde ! Debout ! »

Hamey se releva tant bien que mal. Des larmes coulaient sur ses joues et deux filets de morve dégoulinaient de ses narines. Aaron leva sa badine pour frapper de nouveau, mais Kellin l'arrêta d'un simple mouvement de tête. Il fallait que Hamey reste entier, jusqu'au jour du concours du moins.

Eris fut conservée pour affronter un autre adversaire. Il y eut énormément de feintes et de parades, mais aucun coup violent. Un autre duo les remplaça. Et ainsi de suite. Les duels donnèrent lieu à une succession d'attaques et d'esquives, mais cette fois, pas d'encouragements du style *Envoie-le au tapis !* et *Tuez votre ennemi !* Stooks et Fremmy, en revanche, reçurent des coups de badine de la part d'un des soldats de la nuit pour sanctionner leur manque d'engagement. À en juger par la manière dont ils reçurent ce châtiment, ce n'était pas la première fois.

Iota affronta Tom, Bernd affronta Bult, et pour finir il ne resta qu'Ammit et moi. Je devinais qu'Aaron avait vu Ammit me donner un coup d'épaule sur la piste, et il l'avait fait exprès. Ou peut-être que Kellin avait assisté à la scène de l'endroit où il se trouvait avant de descendre sur le terrain.

« Les bâtons ! » s'écria Aaron. Ah, bon sang, je ne supportais plus cette voix. « À vous deux maintenant ! Montrez-nous ce que vous savez faire ! »

Ammit prit son bâton par une extrémité : attaque, donc. Il souriait. Je tenais le mien par les deux bouts, en travers de mon torse, afin de parer les attaques. Pour commencer. Ammit n'en était pas à son premier combat et il ne redoutait pas le petit nouveau. Il avait peut-être raison. Peut-être pas. On verrait bien.

« *Tuez votre ennemi !* »

Cette fois, l'ordre sortit de la bouche de Kellin.

Ammit avança sur moi sans la moindre hésitation, se balançant de droite à gauche sur ses jambes arquées, dans l'espoir de me coincer entre la table et le panier dans lequel les précédents combattants avaient rangé leurs bâtons après leurs duels. Il leva le sien et frappa. Il n'y avait aucune retenue dans cette attaque : il voulait me fendre le crâne. Qu'il cherche à m'éliminer pouvait s'expliquer. Certes, il serait peut-être puni, mais la population du cachot retomberait à trente personnes, et par conséquent, le Un Contre Un serait repoussé tant qu'on n'aurait pas trouvé deux autres prisonniers sains. Peut-être même avait-il le sentiment de se sacrifier dans l'intérêt de la communauté, mais je n'y croyais pas. Pour une raison quelconque, Ammit avait décidé qu'il ne m'aimait pas.

Fléchi sur mes jambes, je levai mon bâton. Ammit tapa dedans au lieu de viser ma tête encore une fois. Je me redressai et poussai sur son bâton pour le forcer à reculer. Je perçus faiblement quelques applaudissements en provenance de la loge VIP. Je me libérai de l'espace entre le panier et la table en continuant à bousculer Ammit pour le faire reculer dans un espace dégagé où je pourrais mettre à profit ma vitesse. Elle n'était pas extraordinaire, mais avec ses jambes arquées, Ammit n'avait rien d'un lévrier lui non plus.

Il tenta de m'asséner un coup de bâton à droite, puis à gauche. Deux attaques que je parai sans peine maintenant que j'étais libre de mes mouvements. Et en colère. Très en colère. Comme je l'avais été contre Christopher Polley quand je lui avais brisé le poignet et que je l'avais tabassé, avant de briser l'autre poignet. Comme j'avais été en colère contre mon père lorsqu'il s'était réfugié dans l'alcool après la mort de maman. Je l'avais laissé tranquille, je ne lui avais jamais reproché (pas trop du moins) de boire, mais j'avais exprimé ma colère de différentes manières. Je vous en ai raconté certaines ; d'autres me font trop honte.

Ammit et moi, on tournait en rond dans l'herbe, avançant et reculant tour à tour, feintant et esquivant. Les autres prisonniers nous regardaient en silence. Kellin, Aaron et les soldats de la nuit également. Dans la loge VIP, les bavardages avaient cessé. Ammit commençait à respirer bruyamment et il n'était plus aussi rapide avec son bâton. Il ne souriait plus non plus, et je m'en réjouissais.

« Allez, approche, dis-je. Approche, pauvre type. Montre-moi ce que tu as dans le ventre. »

Il fondit sur moi en levant son bâton au-dessus de la tête. Je fis glisser une main vers le bas de mon bâton et enfonçai l'extrémité dans son ventre, juste au-dessus de l'aine. Son coup s'abattit sur mon épaule, qui s'engourdit aussitôt. Je ne reculai pas. Je lâchai mon bâton et, d'un mouvement du bras gauche, en diagonale, je lui arrachai son arme. Avec laquelle je lui décochai un coup dans la cuisse. Je fis un bond en arrière et le frappai de nouveau, à la hanche cette fois, en mettant tout le poids de mon corps dans mon bassin, comme si je voulais expédier un boulet de canon le long de la ligne de champ droit.

Ammit hurla de douleur.

« Abandon ! Abandon ! » cria-t-il.

Il pouvait beugler, je m'en foutais. Je frappai de nouveau, dans le bras cette fois. Il se retourna et se mit à courir, mais il était essoufflé. Et puis, il y avait ses jambes arquées. Je me tournai vers Kellin, qui haussa les épaules et montra mon adversaire en fuite comme pour dire : *Fais ce que tu veux.* C'est ainsi que je l'interprétai en tout cas. Je me lançai à la poursuite d'Ammit. Je pourrais vous dire que je pensais à son coup d'épaule et aux éclats de rire des spectateurs quand j'étais tombé. Je pourrais vous dire que je pensais à Jaya qui avait trébuché sur moi et s'était affalée à son tour. Je pourrais même vous dire que je voulais m'assurer que plus personne ne s'avise de chercher des poux dans la tête au nouveau. Tout cela aurait été faux. Parmi les autres, aucun n'avait exprimé la moindre animosité envers moi, sauf peut-être Iota au début, avant de me connaître un peu mieux.

Je voulais la peau du gars, c'est tout.

Je lui assénai deux coups de bâton sur le cul, des coups violents. Le second le fit tomber à genoux.

« Abandon ! Abandon ! *J'abandonne !* »

Je levai mon bâton au-dessus de ma tête, mais avant que je puisse frapper, le Grand Intendant m'empoigna par le coude. J'eus cette horrible impression d'être en contact avec un câble à haute tension et de sentir toutes mes forces m'abandonner. S'il ne m'avait pas lâché, j'aurais perdu connaissance, comme devant le mur d'enceinte.

« Assez. »

Mes mains s'ouvrirent et je laissai tomber mon bâton. Et je posai un genou à terre. Les VIP applaudissaient et poussaient des hourras d'encouragement. Malgré ma vision chancelante, j'aperçus un grand type avec une cicatrice sur la joue qui murmurait quelque chose à l'oreille de la femme au visage blanc tout en caressant distraitement un de ses seins.

« Debout, Charlie. »

Je parvins à obéir. Kellin adressa un signe de tête à Aaron

« La récréation est terminée, annonça celui-ci. Allez tous boire un coup. »

Je ne sais pas pour les autres, mais moi j'en avais besoin.

3

Les gardes nous conduisirent dans un des vestiaires. Vastes et luxueux, comparés aux standards auxquels j'étais habitué. Il y avait un éclairage électrique au plafond, mais apparemment, il n'était pas relié au générateur artisanal, et les lampes avaient été remplacées par des brûleurs à gaz. Le sol et les murs en carrelage blanc étaient immaculés, jusqu'à ce qu'on y laisse des traînées de terre… et quelques taches de sang consécutives aux duels à coups de bâton. Des hommes gris se chargeaient sans doute du ménage, mais je n'en voyais aucun dans les parages. Il y avait une rigole d'eau courante pour pisser, ce dont ne se privèrent pas plusieurs hommes. Et à chaque extrémité, des sièges en porcelaine percés d'un trou au milieu. Destinés aux femmes, devinai-je, mais ni Jaya ni Eris ne les utilisèrent. En revanche, elles se mirent torse nu, comme les hommes, sans gêne apparente. Jaya avait reçu plusieurs coups de bâton et des hématomes commençaient à fleurir sur ses côtes.

D'un côté du vestiaire, il y avait des casiers en bois dans lesquels les membres de l'équipe devaient ranger leurs affaires autrefois (nous autres, évidemment, on n'avait rien à ranger). En face, une longue étagère accueillait des seaux d'eau pour se laver. Dans chacun flottait un chiffon. Il n'y avait pas de savon.

J'ôtai mon T-shirt en grimaçant à cause de diverses douleurs, dues essentiellement aux coups de badine. Surtout dans le bas du dos. Je ne voyais pas la blessure, mais je sentais le sang, à moitié séché et collant.

Plusieurs détenus s'étaient déjà alignés devant les seaux pour se laver le haut du corps. Certains avaient même baissé leur pantalon pour laver le reste. Personnellement, je préférais faire l'impasse sur cette partie des ablutions, mais il était intéressant de noter qu'à Empis, comme en France (à en croire la petite chanson), les gens ne portaient pas de sous-vêtements.

Ammit s'avança vers moi en clopinant. Les gardiens ne nous avaient pas accompagnés dans le vestiaire, ce qui voulait dire que personne ne pourrait intervenir si Ammit voulait sa revanche. Je n'étais pas contre. Je me mis en position, poings serrés, mon torse nu encore recouvert de plusieurs jours de crasse (peut-être même plusieurs semaines maintenant). C'est alors qu'une chose stupéfiante se produisit. Iota, Fremmy, Stooks et Hamey formèrent une ligne devant moi, face à Ammit.

Celui-ci secoua la tête et colla le talon de sa main sur son front, comme s'il avait la migraine.

« J'y croyais pas, dit-il, mais maintenant, si. Peut-être. Tu es vraiment le… »

Iota fit un pas en avant et plaqua sa main sur la bouche d'Ammit avant qu'il achève sa phrase. De l'autre main, il montra une grille qui servait peut-être à chauffer les vestiaires à l'époque où ce stade – et tout le reste dans cette ville – fonctionnait. Ammit suivit son regard et hocha la tête. Malgré une douleur évidente, il mit un genou à terre et porta de nouveau sa main à son front.

« Toutes mes excuses, Charlie. »

J'ouvris la bouche pour répondre *Pas de problème*, mais je m'entendis dire :

« Je les accepte bien volontiers. Relève-toi maintenant, Ammit. »

Tous me regardaient et certains (pas Iota, pas encore) touchaient leur front. Ils n'avaient pas tous mal à la tête, et j'en déduisis qu'il s'agissait d'un salut. Ils croyaient à une chose totalement ridicule. Et pourtant...

« Lave-toi, Charlie », dit Gully. Il tendit la main vers un des seaux. Pour une raison qui m'échappait, Eris se déplaçait en canard le long de l'étagère en faisant courir ses mains dessous. « Allez, lave-toi.

– Les cheveux aussi », ajouta Iota. Et, voyant que j'hésitais : « T'inquiète pas. Ils ont besoin de voir. Et moi aussi. » Puis il ajouta : « Pardonne-moi d'avoir dit que je voulais te faire bouffer de la terre. »

Je lui dis qu'il n'y avait pas de mal, sans prendre la peine de préciser que je m'étais souvent fait chambrer dans ma vie. Ce n'était pas juste un truc de sportifs, c'était un truc de mecs.

J'approchai d'un des seaux et essorai le chiffon qui flottait dedans. Je me lavai le visage, le cou, les aisselles et le ventre. J'étais affreusement conscient de la présence d'un public qui assistait à ma toilette. Quand j'eus fini de laver tout ce qui était accessible, Jaya m'ordonna de me tourner, ce que je fis, et elle me lava le dos. Avec la plus grande délicatesse à l'endroit où Aaron m'avait frappé pour me punir d'avoir effectué un tour complet aux anneaux. Je grimaçai malgré tout.

« Nan, nan, ne bouge pas, Charlie, dit-elle d'une voix douce. Je suis obligée de nettoyer la blessure pour que ça ne s'infecte pas. »

Quand elle eut terminé, elle montra un des seaux qui n'avaient pas été utilisés. Et elle caressa mes cheveux, avant de retirer sa main immédiatement, comme si elle s'était brûlée.

J'interrogeai Iota du regard. Il hocha la tête. Alors, sans plus attendre, je pris le seau et versai l'eau sur ma tête. Elle était assez froide pour me couper le souffle, mais ça faisait du bien. Je passai ma main dans mes cheveux, retirant une grande quantité de poussière et de saletés. L'eau autour de mes pieds était sale. Je me peignai avec mes doigts, tant bien que mal. *Mes cheveux ont poussé*, pensai-je. *Je dois ressembler à un hippie.*

Les trente détenus me regardaient. Bouche bée pour certains. Tous les yeux écarquillés.

Iota colla le talon de sa main sur son front et s'agenouilla. Les autres l'imitèrent. Dire que j'étais interloqué serait en deçà de la réalité.

« Levez-vous, leur dis-je. Je ne suis pas celui que vous croyez. »

Mais je n'étais pas sûr que ce soit vrai.

Ils se levèrent. Iota s'approcha et empoigna une touffe de cheveux qui couvrait mon oreille. Il tira dessus – aïe ! – et me montra sa paume. Même mouillée, ma chevelure brillait dans la lumière des brûleurs à gaz. Presque autant que les pépites d'or de M. Bowditch.

« Et mes yeux ? demandai-je. De quelle couleur sont-ils ? »

Iota plissa les paupières et colla presque son nez contre le mien.

« Toujours noisette. Mais ils peuvent encore changer. Tu dois regarder le sol le plus possible.

– Ces salopards aiment ça, commenta Stooks.

– Ils *adorent*, renchérit Fremmy.

– Ils vont revenir nous chercher d'un moment à l'autre, dit Eris. Laisse-moi… Désolée, Prince Charlie, mais je dois…

– Ne l'appelle pas comme ça ! s'emporta Tom. Jamais ! Tu veux qu'il se fasse tuer ? Appelle-le Charlie, et pas autrement !

– Pardon, murmura-t-elle. Et je suis désolée de faire ça, mais il le faut. »

Elle avait rassemblé une grande quantité de crasse sous l'étagère, mélange de vieille graisse et de poussière.

« Penche-toi. Tu es très grand. »

Évidemment, pensai-je. *Je suis grand, de type caucasien, blond maintenant et j'aurai peut-être les yeux bleus avant longtemps. Un prince fringant sorti d'un long métrage des studios Disney.* Même si je ne me sentais pas très pimpant, et que toute cette histoire me paraissait absurde. Quel prince de chez Disney avait déjà barbouillé un pare-brise avec de la merde et fait sauter une boîte aux lettres avec un pétard ?

Je me penchai, comme me le demandait Eris. Très délicatement, elle passa ses mains dans mes cheveux pour les salir de nouveau, les foncer. Je dois avouer que la sensation de ses doigts sur mon cuir chevelu me procura un petit frisson. Et à en juger par la rougeur qui apparut sur ses joues, je n'étais pas le seul.

Quelqu'un tambourina à la porte. Un des soldats de la nuit brailla :

« La récréation est terminée ! Sortez de là ! Allez, allez ! Ne m'obligez pas à le répéter, petits ! »

Eris recula d'un pas. Elle leva les yeux vers moi et se tourna vers Iota, Jaya et Hamey.

« Je crois que ça ira », dit Jaya, tout bas.

J'espérais qu'elle avait raison. Je n'avais aucune envie de retourner dans les appartements du Grand Intendant.

Ou dans la salle de torture. Si on me conduisait là-bas, on m'obligerait à tout avouer… et je finirais par tout dire. D'où je venais, en premier lieu. Qui m'avait aidé dans mon périple et où vivaient ces personnes. Et enfin, qui j'étais aux yeux de mes compagnons de détention.

Leur putain de sauveur.

4

De retour à Deep Maleen, les portes se fermèrent et se verrouillèrent sur un geste des soldats de la nuit. Chouette tour de magie. Je me demandais s'ils en avaient d'autres en stock. En plus de pouvoir administrer des décharges électriques à volonté.

Hamey me dévisageait avec des yeux de merlan frit, du coin de sa cellule, aussi loin de moi que possible. Je lui demandai d'arrêter de me regarder de cette façon, ça me rendait nerveux.

« Pardon, Prin… Charlie.

– Il faut faire un effort. Promettez-le-moi.

– Promis.

– Et essayez de garder pour vous ce que vous croyez savoir.

– J'ai dit à personne ce que je pensais. »

Regardant par-dessus mon épaule, je vis Fremmy et Stooks côte à côte dans leur cellule. Eux aussi m'observaient. Je compris comment la nouvelle s'était répandue. Certaines histoires (vous le savez probablement) sont tellement bonnes que vous ne pouvez pas les garder pour vous.

J'étais encore en train de dresser l'inventaire de mes douleurs quand quelqu'un ouvrit les quatre verrous de la porte du fond. Pursey fit son entrée en tenant une grosse part de gâteau sur un plat en métal. Un gâteau au *chocolat*, apparemment. Mon estomac se manifesta. Pursey marcha jusqu'à la cellule qu'Ammit partageait avec Gully.

Ammit glissa la main entre les barreaux pour chiper un gros morceau de gâteau. Il le fourra dans sa bouche et dit (à regret) :

« Donne le reste à Charlie. Il m'a battu. Il m'a mis une branlée. »

Ce n'était pas ce qu'il avait dit, mais ce que j'avais entendu. C'était une expression qu'employait ma mère après une partie de gin rami avec son amie Hedda. Parfois, Hedda lui mettait une branlée, parfois elle lui mettait une piquette ou une déculottée. Il y a certaines expressions qui ne s'oublient pas.

Pursey rebroussa chemin dans le couloir. Le gâteau était toujours sur le plat, amputé d'un bon morceau. Des regards concupiscents le suivirent. La part de gâteau était si grosse que Pursey fut obligé de pencher le plat sur le côté pour le faire passer entre les barreaux. Je dus le retenir avec ma main pour l'empêcher de glisser. Je léchai le glaçage sur mes doigts. Oh, bon sang, quel délice… J'en ai encore le goût dans la bouche aujourd'hui.

Je m'apprêtai à avaler une bouchée (en me promettant d'en garder un morceau pour Hamey, et peut-être aussi pour le duo comique de la cellule voisine), puis hésitai. Pursey s'était arrêté devant ma cellule. Voyant que je le regardais, il colla le talon de sa triste main aux doigts soudés sur son front gris.

Et mit un genou à terre.

5

Je m'endormis et rêvai de Radar.

Elle trottinait sur la Route du Royaume en direction du hangar où on avait passé la nuit avant de pénétrer dans la ville. De temps à autre, elle s'arrêtait et me cherchait du regard en gémissant. À un moment donné, elle faillit faire demi-tour, mais elle repartit. *Gentille chienne. Cache-toi, si tu peux.*

Les deux lunes transpercèrent les nuages. Les loups se mirent à hurler, à point nommé. Radar cessa de trottiner pour se mettre à galoper. Les hurlements s'amplifièrent et se rapprochèrent. Dans mon rêve, je voyais des ombres basses ramper de chaque côté de la Route du Royaume. Les ombres avaient des yeux rouges. *C'est là que le rêve se transforme en cauchemar*, pensai-je, et je m'obligeai à me réveiller. Je ne voulais pas voir une meute de loups – *deux* meutes, plus exactement – jaillir des rues et des ruelles de ces faubourgs dévastés et attaquer mon amie.

Le rêve se dilua. J'entendais Hamey grogner. Fremmy et Stooks parlaient à voix basse dans la cellule voisine. Avant que je réintègre pleinement la réalité, une chose merveilleuse se produisit. Un nuage plus noir que la nuit roula vers Radar. Quand il passa devant les deux lunes, le nuage se transforma en dentelle. C'étaient les monarques. Habituellement, ils ne volaient pas la nuit ; ils auraient dû être perchés quelque part, mais c'est ça la force des rêves. Le nuage atteignit ma chienne et plana à quelques dizaines de centimètres au-dessus d'elle pendant qu'elle continuait à courir. Certains papillons vinrent se poser sur sa tête, son dos et son arrière-train qui avait retrouvé toute sa puissance. Leurs ailes se déployaient et se refermaient lentement. Les loups cessèrent de hurler et je me réveillai.

Hamey était accroupi au-dessus du trou à merde, les lambeaux de son pantalon formant une flaque autour de ses pieds. Il se tenait le ventre à deux mains.

« Tu peux pas la fermer ? brailla Iota de l'autre côté du couloir. Y en a qu'essaient de dormir ici.

– Ferme-la toi aussi », rétorquai-je, tout bas. Je m'approchai de Hamey. « Un problème ?

– Nan, nan, rien de grave. » Son visage en sueur affirmait le contraire. Soudain, il produisit un pet explosif, suivi d'un *plop*. « Ah, la vache, ça va mieux. »

L'odeur était épouvantable. Malgré tout, je lui pris le bras pour qu'il ne tombe pas en remontant ce qui restait de son pantalon.

« Oh, qui est mort ? demanda Fremmy.

– Je crois que le cul de Hamey a fini par lâcher, dit Stooks.

– Cessez tous les deux ! m'écriai-je. Être malade, ça n'a rien de drôle. »

Ils se turent immédiatement. Stooks porta sa paume à son front.

« Nan, nan, dis-je (en prison, vous chopez rapidement le langage vernaculaire). Ne faites pas ce geste ! Jamais ! »

J'aidai Hamey à regagner sa paillasse. Son visage était tiré et blême. L'idée de le voir affronter qui que ce soit lors d'un Un Contre Un prétendument équitable, même Dommy et ses poumons fichus, était ridicule.

Non, erreur. C'était horrible. Comme demander à une perruche d'affronter un rottweiler.

« La bouffe me réussit pas. Je te l'ai déjà dit. Avant, j'étais costaud, je bossais douze heures par jour à la scierie Brookey, parfois même quatorze heures, sans jamais réclamer une pause supplémentaire. Et puis… je sais pas ce qui s'est passé. Des champignons ? Nan, sans doute pas. Probable que j'ai dû avaler une saleté de microbe. Et maintenant, la bouffe me réussit pas. Au début, c'était pas trop grave. Maintenant, si. Tu sais ce que j'espère ? »

Je secouai la tête.

« J'espère qu'il y aura un Un Contre Un et que je tiendrai jusque-là. Comme ça, je mourrai à l'air libre, et non pas parce que mon ventre aura explosé pendant que j'essayais de chier dans cette putain de cellule de merde !

– C'est ici que vous êtes tombé malade ? »

C'était probable : des champignons toxiques l'auraient tué très vite, ou bien il se serait rétabli au bout d'un moment. Et puis, Deep Maleen n'était pas un environnement très aseptisé. Mais Hamey fit non de la tête.

« Je crois que c'était sur la route, en quittant la Citadelle. Après l'apparition du gris. Des fois, je me dis que j'aurais préféré choper cette foutue maladie.

– C'était il y a combien de temps ?

– Je sais pas. Des années. Des fois, j'ai l'impression de sentir cette saloperie bourdonner là-dedans. » Il massa son ventre flasque. « Elle se balade à l'intérieur et elle me bouffe petit à petit. Leeeeentement. »

Il essuya la sueur sur son visage avec son bras.

« Ils étaient que cinq quand ils nous ont amenés ici, Jackah et moi. » Il montra au bout du couloir la cellule que Jackah partageait avec Bernd. « Avec nous deux, ça faisait sept. Le nombre augmente sans cesse… quand quelqu'un meurt, il baisse… mais il finit toujours par remonter. Aujourd'hui, on est trente et un. Bult était ici avant moi, c'est peut-être lui le plus ancien… parmi les vivants… et il raconte qu'à l'époque, Flight Killer voulait qu'on soit soixante-quatre. Comme ça, y a plus d'affrontements ! Plus de sang et de cervelle sur la pelouse ! Mais Kellin… c'est sûrement lui… l'a convaincu qu'il arriverait jamais à obtenir autant de personnes saines, alors maintenant, c'est trente-deux. Et Eye dit que si le trente-deuxième arrive pas bientôt, Flight Killer fera appel à Red Molly au lieu de la garder pour la fin. »

Ça, je le savais déjà. Et bien que je n'aie jamais rencontré Red Molly, je la craignais, car j'avais vu sa mère, en revanche. Mais il y avait une chose que j'ignorais. Je me penchai à l'oreille de Hamey.

« Elden est Flight Killer.

– C'est comme ça qu'ils l'appellent.

– Il n'a pas un autre nom ? Gogmagog ? »

C'est à ce moment-là que je compris quel fossé énorme – un gouffre, un abîme – sépare la magie qu'on trouve dans les contes de fées (style les cadrans solaires permettant de rajeunir) du surnaturel. Car *quelque chose m'entendit.*

Les appliques qui produisaient une lumière faiblarde en crachotant crachèrent soudain des flammes d'un bleu éclatant qui éclairèrent Deep Maleen comme des flashs d'appareil photo. Des cris de peur et de surprise s'échappèrent de plusieurs cellules. Je vis Iota derrière ses barreaux, une main devant les yeux. Cela ne dura qu'une seconde ou deux, mais je sentis le sol de pierre se soulever sous mes pieds et retomber avec un bruit sourd. De la poussière de pierre tomba du plafond. Les murs gémirent. Comme si notre prison avait poussé un hurlement en entendant ce nom.

Non.

Pas comme si.

Elle avait réellement crié.

Et puis, plus rien.

Hamey passa son bras décharné autour de mon cou, en serrant, presque au point de m'étouffer. Et il murmura :

« Ne prononce plus jamais ce nom ! Tu veux réveiller ce qui dort dans le Puits Obscur ? »

CHAPITRE VINGT-TROIS

Tempus est umbra in mente. Une histoire floue. Cla. Un message. Tableau.

1

En troisième, j'avais choisi latin. Parce que je trouvais ça cool d'apprendre une langue morte, et parce que mon père m'avait dit que ma mère avait suivi le même cours dans la même école avec la même prof : Mme Young. Maman la trouvait cool elle aussi, paraît-il. Quand vint mon tour, Mme Young – qui enseignait également le français – n'était plus très jeune, mais elle était restée cool. On n'était que huit en classe, mais quand je suis passé en seconde, il n'y avait pas de cours de latin deuxième année car Mme Young avait pris sa retraite et cet enseignement avait été abandonné.

Le premier jour, Mme Young nous demanda si on connaissait des expressions latines. Carla Johansson leva la main et proposa *Carpe diem*, ce qui voulait dire « profiter de l'instant présent ». Comme personne d'autre ne se manifestait, je levai la main et proposai une phrase que j'avais entendue dans la bouche de mon oncle Bob, quand il devait se rendre quelque part généralement : *Tempus fugit.* « Le temps s'enfuit. » Mme Young acquiesça et nous cita d'autres exemples comme *ad hoc*, *de facto* ou *bona fide*. Après le cours, elle me retint pour me dire qu'elle se souvenait bien de ma mère, et qu'elle était triste que je l'aie perdue si jeune. Je la remerciai. Sans pleurer, pas après six ans, mais je sentis une boule dans ma gorge.

« *Tempus fugit* est un bon exemple, dit-elle, mais le temps ne s'enfuit pas toujours, comme le savent tous ceux qui ont dû attendre quelque chose un jour. Je préfère *Tempus est umbra in mente*. Que l'on pourrait traduire en gros par : "Le temps est une ombre dans l'esprit." »

Je pensai souvent à cette phrase durant mon séjour à Deep Maleen. Comme on était enterrés vivants, le seul moyen de différencier la nuit du jour, c'était que de jour (à l'extérieur, pas dans notre cachot), les soldats de la nuit venaient moins fréquemment, et quand ils venaient, leurs auras bleues étaient réduites, leurs visages humains plus apparents. Des visages malheureux dans l'ensemble. Fatigués. Creusés. Et je me demandais si ces créatures n'avaient pas, de leur vivant, conclu une sorte de pacte diabolique qu'elles regrettaient, maintenant qu'il était trop tard pour revenir en arrière. Peut-être pas Aaron ni quelques autres, et certainement pas le Grand Intendant, mais le reste ? Possible. Ou alors, je prenais mes désirs pour des réalités.

Je pense avoir réussi à conserver une assez bonne notion du temps au cours de ma première semaine dans ce cachot, mais je finis par perdre le fil. Je crois qu'on nous conduisait au stade tous les cinq ou six jours pour la « récréation », mais généralement cela se résumait à un simple entraînement, sans une goutte de sang versée. À une exception près, la fois où Yanno (désolé de vous bombarder de noms, mais n'oubliez pas qu'il y avait trente prisonniers en plus de moi) voulut frapper Eris avec son bâton, violemment. Elle esquiva le coup. Il manqua sa cible d'un kilomètre et se démit l'épaule. Je n'étais pas surpris. Yanno, à l'image de la majorité de mes compagnons, n'avait jamais été le sosie de Dwayne Johnson, et le fait de rester enfermé presque toute la journée ne l'avait pas aidé à se muscler. Pour ma part, je faisais de l'exercice dans ma cellule, mais j'étais quasiment le seul.

Un autre prisonnier, Freed, remit l'épaule de Yanno quand on retourna dans le vestiaire. Il lui demanda de ne pas bouger, lui prit le coude et tira d'un coup sec. J'entendis craquer l'articulation.

« Bravo », dis-je tandis qu'on nous ramenait à nos cellules.

Freed haussa les épaules.

« J'étais médecin. À la Citadelle. Il y a des années de cela. »

Mais je n'entendis pas le mot *années*. Je sais que je l'ai déjà dit, et vous savez que je l'ai déjà dit, mais il faut que je vous explique – que j'essaie du moins – pourquoi il y avait toujours un décalage dans mon esprit. J'entendais bien *années*, mais quand je posais des questions sur Empis et que ce mot était utilisé, il semblait représenter des choses différentes selon les personnes. À mesure que les semaines (j'emploie ce terme délibérément) passaient, je commençais à me faire une idée de l'histoire d'Empis, sans pouvoir cependant établir une chronologie cohérente.

Dans les réunions d'AA de papa, on conseillait aux nouveaux venus d'ôter le coton de leurs oreilles et de se le fourrer dans la bouche : apprendre à écouter pour être à même d'écouter pour apprendre, disaient-ils. Je posais parfois des questions, mais la plupart du temps, je tendais l'oreille et je la bouclais. Les autres parlaient (il n'y avait pas grand-chose d'autre à faire), ils se disputaient pour savoir quand ceci ou cela s'était produit (si ça s'était réellement produit), ils racontaient des histoires que leur avaient racontées leurs parents et leurs grands-parents. Une image commença à se former, floue, mais c'était mieux que pas d'image du tout.

Jadis, il y a très longtemps, la monarchie avait été une *véritable* monarchie, avec une véritable armée, et peut-être même une marine, pour ce que j'en savais. Un peu comme l'Angleterre, je suppose, à l'époque de James, Charles et Henry, celui qui avait eu toutes ces épouses. Ces monarques d'Empis (j'ignore s'il y avait eu une ou plusieurs reines parmi eux, c'était une des nombreuses choses que j'ignorais) étaient prétendument choisis par les dieux. Nul ne contestait leur pouvoir. Eux-mêmes étaient presque considérés comme des divinités et pour autant que je pouvais en juger, c'était le cas. Est-ce si difficile de croire que des rois (et peut-être aussi des membres de leur famille) pouvaient entrer en lévitation, terrasser des ennemis d'un seul regard ou guérir les maladies d'une simple imposition des mains, dans un pays où on croisait des sirènes et des géants ?

À un moment donné, les Gallien étaient devenus la famille régnante. D'après mes camarades de détention, c'était – vous l'avez deviné – *il y a bien des années.* Mais au fil du temps – cinq ou six générations, supposais-je –, les Gallien avaient desserré l'étau de leur pouvoir. Et durant la période qui avait précédé l'arrivée du gris, Empis n'avait plus eu de monarchie que le nom. La famille royale avait conservé son aura, mais elle n'était plus la référence. Prenez l'exemple de la Citadelle. Doc Freed m'avait appris qu'elle était gouvernée par un Conseil des Sept, dont les membres étaient élus. Il parlait de la Citadelle comme d'une cité importante, alors que j'avais plutôt l'image d'une bourgade prospère grâce au commerce entre le Front de mer et Lilimar. Peut-être que d'autres bourgades ou principautés comme Deesk et Ullum (avant qu'elle succombe au délire religieux) lui ressemblaient, chacune ayant sa spécialité, les habitants vaquant à leurs activités.

Les détenus, dont la plupart étaient devenus mes amis (une amitié dénaturée par leur conviction que j'étais, ou pourrais être, un prince doté de pouvoirs magiques), savaient peu de choses sur Lilimar et le palais, non pas qu'il s'agisse d'un secret bien gardé, mais parce qu'ils s'occupaient avant tout de leurs propres vies et de leurs villes. Ils versaient un tribut au Roi Jan (Double croyait dur comme fer qu'il s'appelait le Roi *Jam*, comme la confiture) car les sommes réclamées étaient modiques et parce que l'armée (considérablement réduite à l'époque et rebaptisée Garde du Roi) entretenait les routes et les ponts. Tribut qui servait également à payer des types que Tom appelait « les shérifs à cheval » et Ammit « la horde » (ce sont les mots que j'entendis). En outre, les habitants d'Empis versaient leur tribut car Jan était – *ta da !* – le roi, et parce que les gens ont tendance à respecter les traditions. Sans doute rechignaient-ils un peu, comme toujours quand il s'agit de payer des impôts, puis ils oubliaient, jusqu'à l'échéance suivante.

Et la magie dans tout ça ? me demanderez-vous. Le cadran solaire ? Les soldats de la nuit ? Ces constructions qui, parfois, semblaient changer de forme ? Tout cela leur paraissait naturel. Si vous trouvez ça bizarre, imaginez un individu de 1910 catapulté en 2010 dans un monde où des gens traversent le ciel dans de gigantesques oiseaux de métal et se déplacent dans des voitures pouvant rouler à deux cents kilomètres-heure. Un monde où tout le monde se promène avec un ordinateur ultra-puissant dans sa poche. Ou bien, imaginez quelqu'un qui n'a vu que des films muets en noir et blanc et qu'on propulse au premier rang dans une salle de cinéma IMAX pour regarder *Avatar* en 3D.

On s'habitue aux choses extraordinaires, voilà tout. Les sirènes et IMAX, les géants et les téléphones portables. Si ces choses existent dans votre monde, vous les acceptez telles qu'elles sont. C'est merveilleux, non ? Mais vu sous un autre angle, c'est affreux. Vous trouvez que Gogmagog est effrayant ? Notre monde est assis sur un arsenal nucléaire capable potentiellement de le détruire. Si ça, ce n'est pas de la magie noire, je ne sais pas ce que c'est.

2

À Empis, les rois se succédaient. Pour ce que j'en savais, les corps des Gallien étaient conservés dans un des immenses bâtiments gris devant lesquels on était passés, Radar et moi, en suivant les repères de M. Bowditch jusqu'au cadran solaire. Le Roi Jan avait été oint conformément aux rituels. Bult parlait à ce sujet d'une coupe sacrée en or. Jackah affirmait que l'épouse de Jan était la Reine Clara, ou Kara, mais la plupart des autres affirmaient qu'elle s'appelait Cora, et qu'elle était la cousine du roi au troisième degré. Aucun ne savait avec exactitude combien ils avaient eu d'enfants. Certains disaient quatre, d'autres huit. Dix, jurait Ammit. « Ces deux-là, ils devaient baiser comme des lapins royaux », dit-il. D'après ce que j'avais appris de la bouche de la jument d'une princesse, ils se trompaient tous : il y avait sept enfants. Cinq filles et deux garçons. Et c'est là que l'histoire devenait intéressante à mes yeux ; on pourrait même dire pertinente, bien qu'elle demeure désespérément floue.

Le Roi Jan tomba malade. Son fils Robert, qui avait toujours été le favori, l'aîné des deux garçons, attendait en coulisse, prêt à porter à ses lèvres la coupe sacrée (que j'imaginais gravée de papillons). Elden, le frère cadet, tomba rapidement dans l'oubli… sauf pour Leah, qui l'idolâtrait.

« De l'avis général, c'était un horrible boiteux, me confia Dommy un soir. Il n'avait pas seulement un pied bot, mais deux.

– Et des verrues partout, ajouta Ocka.

– Et une bosse sur le dos, ajouta Fremmy.

– J'ai entendu dire qu'il avait une grosseur dans le cou », ajouta Stooks.

Je trouvais très intéressant, voire éclairant, qu'ils parlent d'Elden – le prince hideux et boiteux, presque oublié – et de Flight Killer comme s'il s'agissait de deux personnes différentes. Ou comme d'une chenille qui se transforme en papillon. Une partie, au moins, de la Garde du Roi s'était transformée elle aussi, me semblait-il. En soldats de la nuit.

Elden jalousait son frère, et sa jalousie était devenue de la haine. Tous mes compagnons semblaient se rejoindre sur ce point. Et quoi de plus normal ? C'était une histoire classique de rivalité entre deux frères qui aurait eu sa place dans n'importe quel conte de fées. Je savais que les bonnes histoires n'étaient pas toujours des histoires vraies, ou totalement vraies, mais celle-ci paraissait assez plausible, la nature humaine étant ce qu'elle est. Elden décida de s'emparer du pouvoir, par la force ou par la ruse, et de se venger de sa famille. Et si Empis devait en souffrir, tant pis.

Le gris était-il apparu avant ou après qu'Elden devienne Flight

Killer ? Avant, disaient certains de mes compagnons. Je pensais que c'était plutôt après. Et qu'il en était la cause, en un sens. J'étais sûr d'une chose, par ailleurs : de la manière dont il avait acquis son nouveau nom.

« Il y avait des papillons partout à Empis, dit Doc Freed. À tel point qu'ils obscurcissaient le ciel. »

C'était après l'entraînement, le jour où il avait remis en place l'épaule de Yanno. On regagnait nos cachots en marchant côte à côte. Il parlait à voix basse, presque en chuchotant. C'était plus facile de bavarder en descendant l'escalier, d'autant qu'on avançait lentement à cause de la fatigue. Son histoire me rappela ces pigeons migrateurs qui, une année, avaient assombri le ciel du Midwest. Avant qu'ils soient exterminés par les chasseurs, évidemment. Mais qui chasserait des papillons monarques ?

« Ils étaient bons à manger ? » demandai-je.

Après tout, les pigeons migrateurs avaient disparu pour cette raison : c'était de la viande bon marché.

Freed ricana.

« Les monarques sont toxiques, Charlie. Si tu en manges un, tu peux t'en tirer avec de simples maux d'estomac. Si tu en manges une poignée, tu peux en mourir. Comme je te le disais, il y en avait partout, mais ils étaient particulièrement concentrés à Lilimar et dans les banlieues environnantes. »

Avait-il prononcé le mot *banlieues* ?

« Les gens cultivaient des asclépiades dans leurs jardins pour nourrir les larves et des fleurs dont les papillons pouvaient boire le nectar. Ils étaient considérés comme les porte-bonheur du royaume. »

Je pensai à toutes les statues saccagées que j'avais vues, leurs ailes déployées transformées en gravats.

« On raconte qu'après le massacre de sa famille, Elden, unique survivant, parcourut les rues vêtu d'une robe rouge ornée d'un col d'hermine blanc comme neige, coiffé de la couronne en or des Gallien. Le ciel était noir de monarques, comme toujours. Mais chaque fois qu'Elden levait les mains, des milliers d'entre eux dégringolaient. Lorsque les habitants quittèrent la ville – seuls quelques-uns restèrent, rendirent hommage au roi et lui jurèrent fidélité –, ils durent traverser des monticules de papillons morts. À l'intérieur de la ville, ces monticules atteignaient trois mètres de haut, dit-on. Des millions de monarques morts dont les couleurs éclatantes viraient au gris.

– C'est horrible », dis-je. On avait presque atteint les cellules. « Tu crois à cette histoire ?

– Je sais que tous les monarques sont morts également à l'intérieur de la Citadelle. Je les ai vus tomber du ciel de mes propres yeux. Les autres te diront la même chose. » Il se frotta les yeux et me regarda. « Je paierais cher pour voir un papillon quand on est dehors, sur le terrain. Un seul. Mais je suppose qu'ils ont tous disparu.

– Non. J'en ai vu. Plein. »

Il agrippa mon bras, avec une force étonnante pour un si petit homme. (Toutefois, je me disais que si le Un Contre Un avait lieu, le Doc tiendrait à peine plus longtemps que Hamey.)

« C'est vrai ? Tu le jures ?

– Oui.

– Sur la tête de ta mère ? »

Un des gardes se retourna, l'air mauvais, et fit un geste menaçant avec sa badine, avant de regarder devant lui de nouveau.

« Sur la tête de ma mère », murmurai-je.

Les monarques n'avaient pas disparu, et les Gallien non plus… pas tous du moins. Ils avaient été maudits par le pouvoir qui vivait maintenant en Elden – ce même pouvoir, supposais-je, qui avait transformé en ruines les plus proches banlieues –, mais ils étaient vivants. Je me gardai bien de le dire à Freed cependant. Cela aurait pu s'avérer dangereux pour nous deux.

Je repensai à l'histoire que m'avait racontée Woody, comment Hana avait pourchassé jusqu'aux portes de la ville les derniers membres de sa famille, et comment elle avait, d'un coup, arraché la tête de son neveu Aloysius.

« Quand Hana est-elle apparue ? demandai-je. Et pourquoi, si les géants vivent dans le Nord ?

– Je ne sais pas », avoua Freed.

Je me disais que Hana était peut-être partie rendre visite à ses proches à Cratchy quand M. Bowditch avait effectué sa dernière expédition pour rapporter des pépites d'or, mais impossible d'en avoir le cœur net. Il était mort et, je le répète, l'histoire d'Empis était floue.

Ce soir-là, je demeurai éveillé un long moment. Je ne pensais pas à Empis, ni aux papillons, ni à Flight Killer ; je pensais à mon père. Il me manquait et je m'inquiétais pour lui. Il croyait peut-être que j'étais mort moi aussi, comme ma mère.

3

Le temps s'écoulait, ni vu ni connu. Je rassemblais mes miettes d'informations, sans trop savoir dans quel but. Et puis un jour, au retour d'un entraînement un peu plus dur que les précédents, on découvrit un type barbu, beaucoup plus costaud que moi, Dommy ou Iota, dans la cellule de celui-ci. Il portait un short maculé de boue et une chemise à rayures, tout aussi sale, dont les manches coupées laissaient voir des monceaux de muscles. Il était accroupi dans le coin, les genoux au niveau des oreilles, le plus loin possible de la présence bleue qui occupait également la cellule, celle du Grand Intendant.

Kellin leva la main dans un geste presque indolent, mais les deux soldats de la nuit qui ouvraient la marche s'arrêtèrent aussitôt, au garde-à-vous. On en fit autant. Jaya se trouvait à côté de moi ce jour-là, et sa main se glissa dans la mienne. Elle était glacée.

Kellin sortit de la cellule d'Iota et nous toisa.

« Mes chers amis, j'aimerais vous présenter votre nouveau compagnon. Il se nomme Cla. On l'a découvert sur la rive du lac Remla après le naufrage de son petit bateau. Il a bien failli se noyer. N'est-ce pas, Cla ? »

Ce dernier regarda Kellin sans rien dire.

« Réponds-moi !

– Oui. J'ai failli me noyer.

– Recommence. Adresse-toi à moi en disant “Grand Intendant”.

– Oui, Grand Intendant, j'ai failli me noyer. »

Kellin se retourna vers nous.

« Mais il a été secouru, mes chers amis, et comme vous pouvez le constater, il n'y a pas une seule trace de gris sur lui. C'est juste de la saleté. »

Kellin ricana. Un son effroyable. Les doigts de Jaya se refermèrent autour de ma main.

« Les présentations ne sont pas monnaie courante à Deep Maleen, vous l'avez certainement remarqué, mais j'ai estimé que mon cher ami Cla les méritait car il est notre trente-deuxième invité. N'est-ce pas merveilleux ? »

Personne ne répondit.

Kellin désigna un des soldats de la nuit qui se trouvait en tête de notre infortunée procession, puis Bernd, qui marchait devant à côté d'Ammit. Le soldat de la nuit asséna un coup de badine sur le cou de Bernd. Celui-ci poussa un hurlement, tomba à genoux et plaqua sa main sur le sang qui suintait. Kellin se pencha vers lui.

« Comment tu t'appelles ? On ne peut pas me reprocher d'avoir oublié. Vous êtes trop nombreux.

– Bernd, dit-il d'une voix hachée. Bernd de la Cita…

– La Citadelle n'existe pas, le coupa Kellin. Et elle n'existera plus jamais. Bernd suffira. Alors, dis-moi, Bernd de Nulle Part, n'est-ce pas merveilleux ? Le Roi Elden, Flight Killer, a maintenant trente-deux invités ! Réponds haut et fort !

– Oui », dit Bernd.

Le sang coulait entre les doigts qui enserraient son cou.

« Oui, quoi ? » Et comme s'il apprenait à lire à un jeune enfant : « C'est mer… mer… mer… Je veux t'entendre !

– Merveilleux, dit Bernd en regardant les pierres humides du couloir.

– Une femme ! s'écria Kellin. Toi, Erin ! Tu t'appelles bien Erin ?

– Oui, Grand Intendant », dit Eris.

Pas question de le contredire.

« N'est-ce pas merveilleux que Cla nous ait rejoints ?

– Si, Grand Intendant.

– Dis-le !

– C'est merveilleux, Grand Intendant.

– C'est ta chatte qui pue ou ton cul, Erin ? »

Le visage d'Eris demeurait de marbre, mais ses yeux étaient enflammés. Elle les baissa, par prudence.

« Les deux certainement, Grand Intendant.

– Oui, je pense aussi. Toi, maintenant… Iota. Avance. »

Iota s'approcha de Kellin, presque jusqu'à l'éclat bleuté qui l'enveloppait.

« Tu es content d'avoir un compagnon de cellule ?

– Oui, Grand Intendant.

– N'est-ce pas mer… mer… ? »

Kellin agita sa main blanche et je m'aperçus qu'il était heureux. Pas juste heureux : extatique. Normal. On lui avait confié une mission, il l'avait accomplie. Je m'aperçus également à quel point je le haïssais. Comme je haïssais Flight Killer, d'emblée.

« Merveilleux. »

Lentement, Kellin tendit le bras vers Iota, qui tenta de résister mais ne put réprimer un mouvement de recul quand la main fut à moins de deux centimètres de son visage. J'entendis l'air crépiter et vis les cheveux d'Iota se dresser sur sa tête, en réaction à la force qui maintenait Kellin en vie.

« Merveilleux qui, Iota ?

– Merveilleux, Grand Intendant. »

Kellin s'était bien amusé. Il passa entre nous d'un pas décidé. On essaya de s'écarter, mais certains, pas assez rapides, se trouvèrent absorbés par son aura. Ils tombèrent à genoux, sans rien dire ou en gémissant de douleur. J'eus le temps de pousser Jaya sur le côté, mais mon bras pénétra à l'intérieur de la bulle bleue qui entourait Kellin et une douleur intense irradia jusqu'à mon épaule, paralysant tous mes muscles. Deux longues minutes s'écoulèrent avant qu'ils se détendent.

Ils devraient libérer leurs esclaves gris et faire fonctionner leur vieux générateur avec cette énergie, pensai-je.

Arrivé à la porte, Kellin pivota vers nous et conclut en tapant du pied tel un sergent instructeur prussien.

« Écoutez-moi, chers amis. Exception faite d'une poignée d'exilés qui ne comptent pas et de quelques fugitifs qui ont peut-être décampé dans les premiers temps du règne de Flight Killer, vous êtes les derniers individus de sang royal, les rejetons dénaturés d'individus débauchés, de crapules et de violeurs. Vous servirez le bon plaisir de votre roi très bientôt. La récréation est terminée. La prochaine fois que vous pénétrerez sur le Terrain d'Elden, anciennement Terrain des Monarques, ce sera pour le premier tour du Un Contre Un.

– Et lui, Grand Intendant ? demandai-je en montrant Cla avec mon bras valide. Il n'a pas le droit de s'entraîner ? »

Kellin m'adressa un sourire en coin. Derrière ses yeux, je voyais les orbites vides de son crâne.

« Son entraînement, ce sera toi, petit. Il a survécu au lac Remla, il te survivra. Regarde un peu sa carrure ! Quand débutera le deuxième tour, tu n'y participeras pas, cher ami insolent, et je me réjouirai d'être débarrassé de toi. »

Sur ces paroles réconfortantes, il s'en alla.

4

Ce soir-là, au dîner, on nous servit du steak. Comme presque toujours après la « récréation ». Pursey poussa son chariot dans le couloir en lançant les morceaux de viande à moitié cuite dans nos cellules. Seize cellules, chacune occupée par deux détenus désormais. Une fois encore, Pursey porta sa main difforme à son front en me jetant mon steak. Un geste furtif, mais sans ambiguïté. Cla saisit son morceau de viande au vol et retourna s'asseoir dans son coin pour le dévorer en quelques bouchées. *Comme tu as de grandes dents, Cla*, pensai-je.

Hamey avala quelques petites bouchées de son steak, pour la forme, et voulut me le donner. Je refusai.

« Faites un effort.

– À quoi bon ? Pourquoi manger, souffrir et mourir quand même ? »

Je fis appel à la sagesse acquise par mon père. « Un jour après l'autre. » Comme si les jours existaient à Maleen. Malgré tout, Hamey mangea quelques morceaux de plus, pour me faire plaisir. J étais le prince annoncé, après tout. Même si la seule magie en moi résidait dans de mystérieux changements de couleur de cheveux et d'yeux. Une magie sur laquelle je n'exerçais aucun contrôle et dont je n'avais aucun usage.

Iota interrogea Cla sur son naufrage. Cla ne répondit pas. Fremmy et Stooks voulurent savoir d'où il venait, et où il se rendait. Y avait-il un havre de paix quelque part ? Cla ne répondit pas. Gully voulut savoir depuis combien de temps il était en fuite. Cla ne répondit pas. Après avoir mangé son steak, il essuya ses doigts gras sur sa chemise à rayures.

« T'es pas très bavard quand le Grand Intendant est pas là, hein ? » dit Double. Posté derrière les barreaux de la cellule qu'il partageait avec Bernd, non loin de la mienne, il tenait dans sa main un restant de steak, dont je savais qu'il le gardait pour plus tard, s'il se réveillait dans la nuit. En prison, les détenus ont des habitudes pathétiques, mais simples.

De son coin, sans se lever ni même relever la tête, Cla dit :

« Pourquoi je parlerais avec ceux qui seront bientôt morts ? J'ai cru comprendre qu'il allait y avoir un concours. Très bien. Je le remporterai. S'il y a un prix, je le gagnerai et je poursuivrai ma route. »

On accueillit ses paroles dans un silence hébété.

Finalement, Fremmy lâcha :

« Il comprend pas.

– Il a eu de mauvais renseignements, dit Stooks. Ou peut-être qu'il a encore de l'eau dans les oreilles et qu'il entend pas bien. »

Iota plongea son gobelet dans leur seau d'eau, but et sauta sur les barreaux de cette cellule qu'il avait occupé seul jusqu'à ce jour ; il étira ses muscles et secoua les barreaux comme à son habitude. Il les lâcha et se retourna vers le balourd XXL accroupi dans un coin.

« Je vais t'expliquer un truc, Cla. *Clarifier*, comme on dit. Le Un Contre Un est un tournoi. Des tournois de ce genre étaient souvent organisés sur le Terrain des Monarques à l'époque des Gallien, et les gens y assistaient par milliers. Ils venaient de partout. Il y avait même des géants de Cratchy, à ce qu'on dit. Les participants appartenaient généralement à la Garde du Roi, mais les gens ordinaires pouvaient concourir eux aussi, s'ils souhaitaient tester la solidité de leur crâne. Le sang coulait et très souvent on devait évacuer les combattants, mais là, c'est l'ancienne version, bien avant les Gallien, quand Lilimar n'était encore qu'un village à peine plus grand que Deesk. »

Ça je le savais, mais je ne savais pas tout, même après de longues journées et de longues semaines. J'écoutai attentivement. Comme tous les autres car dans ce cachot on évoquait rarement le Un Contre Un, de même que les détenus du couloir de la mort parlaient rarement de la chaise électrique autrefois ou de l'injection mortelle aujourd'hui.

« Seize d'entre nous vont affronter les seize autres. À mort. Pas de quartier, pas d'abandon. Celui – ou celle – qui refusera de se battre se retrouvera sur le chevalet, ou à l'intérieur de la vierge de fer, ou écartelé comme du caramel sur l'estrapade. Tu comprends ? »

Assis dans son coin, Cla semblait réfléchir. Finalement, il dit :

« Je sais me battre.

– Oui, je m'en doute, répondit Iota. Quand tu n'es pas face au Grand Intendant ou quand tu ne recraches pas l'eau du lac. Les seize survivants s'affronteront ensuite. Les huit survivants s'affronteront et il n'en restera plus que quatre. Puis deux. »

Cla hocha la tête.

« Je serai un des deux. Et quand l'autre sera mort à mes pieds, je réclamerai ma récompense.

– Tout juste, dit Hamey qui était venu se placer à côté de moi. Dans le temps, la récompense était un sac d'or, paraît-il, et une vie d'homme libre, dispensé des taxes royales. Mais ça, c'était autrefois. Toi, ta récompense, ce sera d'affronter Red Molly. C'est une géante, trop grande pour la loge spéciale qui accueille les lèche-bottes de Flight Killer. Mais je l'ai souvent vue dessous. Tu es costaud, tu mesures au moins deux mètres dix, je dirais, mais cette garce rousse est plus grande encore.

– Elle m'attrapera pas, déclara Dash. Elle est lente. Moi, je suis rapide. C'est pas pour rien qu'on m'appelle Dash[1]. »

Nul ne souligna l'évidence : rapide ou pas, Dash le maigrelet serait mort bien avant que quiconque soit obligé d'affronter Red Molly.

Cla resta assis, songeur. Finalement, il se leva – ses genoux craquèrent comme des bûches dans le feu – et s'approcha du seau d'eau. Il déclara :

« Je la battrai elle aussi. Je la tabasserai jusqu'à ce que sa cervelle lui sorte par la bouche.

– Admettons », dis-je. Il se tourna vers moi. « Tu n'en auras pas fini pour autant. Si tu tues la fille – j'en doute fort, mais supposons –, tu n'auras aucune chance face à la mère. Je l'ai vue. C'est une putain de Godzilla. »

C'est un autre mot qui sortit de ma bouche, évidemment, mais mes paroles provoquèrent un murmure d'assentiment dans les autres cellules.

« À force de recevoir des coups, vous avez tous peur de votre ombre », dit Cla, oubliant sans doute qu'il s'était empressé d'obéir lorsque Kellin avait exigé qu'il l'appelle Grand Intendant.

Mais bien sûr, Kellin et les soldats de la nuit, c'était différent. Ils possédaient cette aura. Je n'avais pas oublié la sensation de paralysie dans mes muscles quand Kellin m'avait touché.

Cla souleva le seau pour le porter à sa bouche. Iota lui prit le bras.

« Nan, nan ! Sers-toi du gobelet, andouille ! Pursey n'apportera pas d'eau avant… »

Je n'avais jamais vu un homme de la carrure de Cla bouger aussi vite, même sur ESPN Classic quand ils diffusaient les meilleurs moments de Shaquille O'Neal à l'époque où il jouait à LSU. Malgré ses deux mètres treize et ses cent quarante-cinq kilos, Shaq enchaînait des déplacements sublimes.

Le seau était incliné devant la bouche de Cla. Une seconde plus

1. *To dash* : foncer.

tard, il heurtait bruyamment le sol et l'eau se répandait sur les pierres. Cla se retourna pour le regarder. Iota était allongé par terre, appuyé sur une main. L'autre tenait sa gorge. Les yeux lui sortaient de la tête. Il suffoquait. Cla se baissa pour ramasser le seau.

« Si tu l'as tué, tu vas le payer cher », dit Yanno. Et il ajouta, avec un soulagement évident : « Il y aura pas de Un Contre Un.

– Hélas, si, dit Hamey tristement. Flight Killer n'attendra pas. Red Molly prendra la place d'Eye. »

Mais Iota n'était pas mort. Il finit par se relever et tituba jusqu'à sa paillasse pour s'allonger. Pendant deux jours, il fut presque aphone. Avant l'arrivée de Cla, il était le plus costaud, le plus fort, celui dont on pouvait parier qu'il serait toujours debout quand s'achèverait ce tournoi sanglant connu sous le nom de Un Contre Un, et pourtant je n'avais même pas eu le temps de voir le coup à la gorge qui l'avait terrassé.

Qui était censé s'opposer à un type pareil au premier stade de la compétition ?

À en croire Kellin, cet honneur me reviendrait.

5

Je rêvais souvent de Radar, mais le soir après que Cla avait expédié Iota au tapis, je rêvai de la Princesse Leah. Elle portait une robe rouge style Empire qui soulignait sa poitrine. Des chaussures assorties, aux boucles incrustées de diamants, pointaient le bout de leur nez sous l'ourlet. Ses cheveux étaient retenus par un collier de perles entortillé de manière complexe. Un médaillon en or en forme de papillon reposait sur le renflement de ses seins. J'étais assis à côté d'elle, vêtu non pas des habits que je portais lors de mon arrivée à Empis, avec ma chienne mourante, devenus des haillons, mais d'un costume sombre et d'une chemise blanche. Le costume était en velours, la chemise en soie. J'étais chaussé de grandes bottes en daim à revers, comme celles des Mousquetaires de Dumas sur une illustration de Howard Pyle. Sans doute provenaient-elles de la collection de Dora. Falada broutait paisiblement à proximité, pendant que la servante à la peau grise de Leah la bouchonnait.

On se tenait par la main en contemplant notre reflet à la surface d'une étendue d'eau immobile. J'avais les cheveux longs et dorés. Mes quelques boutons d'acné avaient disparu. J'étais beau et Leah était belle, d'autant qu'elle avait retrouvé sa bouche. Un petit sourire retroussait ses lèvres. Des fossettes avaient remplacé la petite lésion au coin de la bouche. Bientôt, si le rêve se poursuivait, j'embrasserais ces lèvres rouges. Car même endormi, je reconnaissais dans ce songe la dernière séquence d'un film de Walt Disney. D'une seconde à l'autre, un pétale de fleur allait tomber dans l'étang, rider la surface de l'eau et faire onduler nos reflets, alors que se rejoignaient les lèvres du prince et de la princesse, sous un flot de musique. Aucun nuage noir ne viendrait gâcher cette fin parfaite.

Une seule chose paraissait déplacée. La Princesse Leah tenait sur les genoux de sa robe rouge un sèche-cheveux violet. Je le connaissais bien, même si je n'avais que sept ans quand ma mère était morte. Toutes ses affaires utilitaires, y compris ce sèche-cheveux, avaient fini dans une association caritative car mon père affirmait que son cœur se brisait chaque fois qu'il posait les yeux sur ce qu'il appelait ses « trucs de femme ». Ça ne me gênait pas qu'il donne presque tout, j'avais juste voulu garder son sachet de pot-pourri et son miroir à main. Papa n'y avait vu aucune objection. Ils étaient encore posés sur ma commode à la maison.

Maman appelait ce sèche-cheveux « le Pistolaser violet de la mort ».

J'ouvris la bouche afin de demander à Leah pourquoi elle avait le sèche-cheveux de ma mère, mais sa servante ne m'en laissa pas le temps.

« *Aide-la.*

– Je ne sais pas comment faire. »

Leah me sourit avec sa nouvelle bouche parfaite. Et caressa ma joue.

« Tu es plus rapide que tu ne le crois, Prince Charlie. »

Je voulus lui expliquer que je n'étais pas rapide, loin de là, voilà pourquoi je jouais défenseur au football et première base au baseball.

Certes, j'avais fait preuve d'une jolie pointe de vitesse lors du Turkey Bowl contre Stanford, mais il s'agissait d'une brève exception, alimentée à l'adrénaline. Mais là encore, avant que je puisse prononcer un mot, quelque chose me frappa en plein visage et je me réveillai en sursaut.

C'était un steak, riquiqui, à peine deux ou trois bouchées. Pursey poussait son chariot dans le couloir d'un pas traînant en lançant des morceaux de viande dans les cellules.

« I eut é estes ?! I eut é estes !? » braillait-il.

Sans doute ne pouvait-il pas faire mieux pour dire : *Qui veut des restes.*

Hamey ronflait dans son coin, épuisé par la « récréation » et l'habituel combat qu'il livrait après chaque repas pour vider ses intestins. Je pris mon petit morceau de viande, m'assis par terre, adossé au mur de ma cellule, et mordis dedans. Quelque chose craqua sous mes incisives. Je découvris un morceau de papier, pas plus grand que les messages contenus dans les *fortune cookies*, glissé dans la viande. Je le sortis. D'une fine et belle écriture cursive, signe d'une personne éduquée, il était écrit :

> *Je vous aiderai si je le peux, mon prince. Il est possible de quitter cet endroit en passant par la Salle des Officiels. Mais c'est dangereux. Détruisez ce message si ma vie vous importe. Votre dévoué, PERCEVAL.*

Perceval, songeai-je. *Pas Pursey, mais Perceval. Pas un larbin à la peau grise, mais un homme véritable avec un véritable nom.*

Je mangeai le papier.

6

Le lendemain, on eut des saucisses au petit-déjeuner. On savait tous ce que ça signifiait. Hamey posa sur moi un regard triste, accompagné d'un sourire.

« Au moins, je serai débarrassé de ces foutues douleurs au ventre. Finis les efforts pour chier. Tu veux ma part ? »

Non. Mais je pris quand même le chapelet de quatre saucisses qu'il me tendait, en espérant qu'elles me fourniraient des forces supplémentaires. Elles pesèrent sur mon estomac comme un sac de plomb. De l'autre côté du couloir, Cla me regardait. Non, erreur. Il me matait. Iota m'adressa un haussement d'épaules qui semblait dire : « Qu'est-ce que tu vas faire ? » Je répondis de la même manière. Oui, qu'est-ce que j'allais faire ?

Puis ce fut l'attente. On n'avait aucun moyen de calculer le temps, mais cela ne l'empêcha pas de ralentir. Fremmy et Stooks se tenaient côte à côte dans leur cellule. Fremmy dit :

« Tant qu'ils nous mettent pas l'un contre l'autre, ça ira, mon vieux. »

J'étais prêt à parier qu'ils le feraient. Par cruauté. Il s'avéra que je me trompais. Sur ce plan, du moins.

Juste au moment où je commençais à croire que ça ne serait pas pour ce jour-là, finalement, quatre soldats de la nuit firent leur apparition, emmenés par Aaron. Il était toujours présent sur le terrain durant la « récréation », à agiter sa badine comme un chef d'orchestre, mais c'était la première fois qu'il descendait à Deep Maleen depuis qu'il m'avait conduit auprès du Grand Intendant. Et fait visiter la salle de torture, évidemment.

Les portes des cellules glissèrent sur leurs rails rouillés.

« Dehors ! Dehors, petits ! Ce sera une belle journée pour la moitié d'entre vous, une très mauvaise pour les autres ! »

On sortit de nos cellules. Tous à l'exception d'un homme frêle au crâne dégarni nommé Hatcha.

« Je peux pas. Je suis malade. »

Un des soldats s'approcha de lui, mais Aaron le repoussa d'un geste. Il franchit le seuil de la cellule que Hatcha partageait avec un type beaucoup plus costaud, nommé Quilly, originaire de Deesk. Quilly recula aussitôt, mais l'aura d'Aaron le frôla et il poussa un petit cri de douleur en se tenant le bras.

« Tu es Hatcha et tu viens de cet endroit qu'on appelait autrefois la Citadelle, c'est bien ça ? »

Hatcha hocha la tête, tristement.

« Et tu es malade. Les saucisses, peut-être ?

– Peut-être, répondit Hatcha sans détacher les yeux de ses mains nouées et tremblantes. C'est possible.

– Pourtant, je vois que tu as tout mangé, sauf la ficelle. »

Hatcha ne dit rien.

« Écoute-moi, petit. C'est le Un contre Un ou la vierge de fer. C'est moi qui choisirai la durée de ta visite à cette dame, et ce sera long. Je refermerai la porte lentement. Tu sentiras les pointes de fer toucher tes paupières… en douceur… avant qu'elles les transpercent. Et le ventre ! Moins tendre que les yeux, mais quand même… Les saucisses mal digérées dégoulineront pendant que tu hurles. Alors, que dis-tu de ça ? »

Hatcha grogna et sortit de sa cellule en trébuchant.

« Formidable ! Nous voilà au complet ! s'exclama Aaron. Que les jeux commencent ! Du nerf, petits. Allez, allez, allez ! On va bien s'amuser ! »

On se mit en route.

Alors qu'on attaquait le long escalier qu'on avait gravi tant de fois – en sachant désormais que seuls la moitié d'entre nous reviendraient –, je repensai à mon rêve. À Leah disant : *Tu es plus rapide que tu ne le crois, Prince Charlie.*

Je n'avais pas cette impression.

7

Au lieu de nous conduire directement sur le terrain, on nous fit entrer dans le vestiaire qu'on utilisait après l'entraînement. Mais aujourd'hui, le Grand Intendant était là, magnifique dans son uniforme de cérémonie bleu, presque noir à l'intérieur de son aura. Chargée à bloc pour l'occasion. J'étais curieux de savoir d'où venait l'énergie qui alimentait ces enveloppes lumineuses, mais cette question ne faisait pas partie de mes préoccupations immédiates.

Sur l'étagère où s'alignaient précédemment trente et un seaux d'eau pour qu'on puisse se laver après la « récréation », il n'y en avait plus que seize car la moitié d'entre nous seulement auraient besoin de se laver après les festivités du jour. Devant l'étagère, sur un chevalet, était posé un grand panneau d'affichage en haut duquel on pouvait lire : UN CONTRE UN – PREMIER TOUR. Et dessous, la liste des duels. Je m'en souviens parfaitement aujourd'hui encore. Je crois que dans ce genre de situation, un individu se souvient de tout… ou de rien. Pardonnez-moi de citer encore des noms, mais il le faut, ne serait-ce que pour rendre hommage, même brièvement, à mes compagnons de détention.

« Vous avez devant vous l'ordre des combats, dit Kellin. Je compte sur vous tous pour offrir un spectacle de qualité à Sa Majesté Elden. C'est bien compris ? »

Nul ne répondit.

« Il se peut que vous soyez opposé à quelqu'un que vous considérez comme votre ami, mais sachez que l'amitié ne compte plus à partir de maintenant. Vous allez livrer des combats à mort. *À mort.* Si vous dominez votre adversaire sans le tuer, cela ne fera qu'entraîner une mort plus douloureuse encore, pour l'un comme pour l'autre. C'est bien compris ? »

Cette fois, ce fut Cla qui répondit.

« Ouais. »

En disant cela, il me regarda et fit glisser son pouce sur son cou épais. En souriant.

« La première manche va bientôt débuter. Préparez-vous. »

Il s'en alla. Les autres soldats de la nuit lui emboîtèrent le pas. On examina le tableau en silence.

UN CONTRE UN – PREMIER TOUR

Premier groupe

Fremmy/Murf
Jaya/Hamey
Ammit/Wale

Deuxième groupe

Yanno/Freed
Jackah/Iota
Mesel/Sam

Troisième groupe

Tom/Bult
Dommy/Cammit
Bendo/Dash

PAUSE DÉJEUNER

Quatrième groupe

Double/Evah
Stooks/Hatcha
Pag/Quilly

Cinquième groupe

Bernd/Gully
Hilt/Ocka
Eris/Viz

Sixième groupe

Cla/Charlie

J'avais déjà vu des tableaux semblables, à la télé bien sûr, durant les Selection Sundays de la NCAA, mais en vrai – quand étaient annoncées, au printemps, les rencontres du tournoi Arcadia Babe Ruth sur des affiches, sur tous les terrains des équipes participantes. Tout cela était déjà très étrange, mais l'élément le plus surréaliste, c'était assurément ces deux mots au milieu : PAUSE DÉJEUNER. Flight Killer et sa suite allaient regarder neuf prisonniers s'entretuer… avant de s'offrir une collation.

« Qu'est-ce qui se passerait si on refusait tous de se battre ? » demanda Ammit d'un ton pensif auquel je ne m'attendais pas de la part d'un type qui donnait l'impression d'avoir gagné sa croûte autrefois en ferrant des chevaux. En les assommant d'un coup de poing s'ils refusaient de coopérer. « Simple question. »

Ocka, un balèze qui plissait les yeux à la manière des myopes, éclata de rire.

« Tu veux faire la grève ? Comme les meuniers du temps de mon père ? Et priver Flight Killer de sa distraction du jour ? Je crois que je préfère vivre jusqu'à demain plutôt que de hurler de douleur toute la journée. Alors, sans façon. »

Je songeai qu'Ocka vivrait certainement jusqu'à demain, en effet, étant donné qu'il devait affronter Hilt, un type maigrelet avec une hanche de traviole. Ocka mourrait peut-être au deuxième tour, mais s'il l'emportait aujourd'hui, il pourrait se laver ensuite et dîner ce soir. En regardant autour de moi, je perçus le même calcul sur de nombreux visages. Mais pas sur celui de Hamey. Après avoir jeté un coup d'œil au tableau, il était allé s'asseoir sur un banc, tête baissée. Je détestais le voir ainsi, mais je détestais mille fois plus ceux qui l'avaient placé dans cette terrible situation.

Je reportai mon attention sur le tableau. Je m'étais attendu à voir Fremmy affronter Stooks, et les deux femmes, Jaya et Eris, opposées l'une à l'autre : un combat de filles, qu'y avait-il de plus amusant, hein ? Eh bien, non. Apparemment, les duels n'avaient pas été choisis. Peut-être avaient-ils été tirés au sort, dans un chapeau. Exception faite du dernier, évidemment. Rien que nous deux sur le terrain. Le grand final du jour.

Cla contre Charlie.

CHAPITRE VINGT-QUATRE

Premier tour. Le dernier groupe. Mon prince. « À ton avis ? »

1

Jaya s'assit à côté de Hamey sur le banc et lui prit la main. Il la laissa pendre mollement dans la sienne.

« Je ne veux pas, dit-elle.

– Je sais, dit Hamey sans la regarder. C'est pas grave.

– Peut-être que tu vas me battre, si ça se trouve. Je ne suis pas très forte… pas autant qu'Eris.

– Oui, peut-être. »

La porte s'ouvrit et deux soldats de la nuit firent leur entrée dans le vestiaire. Ils semblaient aussi excités que peuvent l'être des cadavres animés ; leurs auras palpitaient comme si des cœurs morts battaient encore en eux.

« Premier groupe ! Allez, allez ! Ne faites pas attendre Sa Majesté, petits ! Il est déjà installé. »

Tout d'abord, personne ne bougea, et pendant un moment fou, je crus que la grève suggérée par Ammit allait se produire… jusqu'à ce que je songe aux conséquences, pour les grévistes s'entend. Après avoir jeté un nouveau coup d'œil au tableau afin de s'assurer qu'un miracle n'avait pas modifié la liste des duels, la première demi-douzaine de combattants s'avança : Fremmy et Murf, Ammit et un type de petite taille, rondouillard, nommé Wale, Hamey et Jaya. Elle le tenait toujours par la main, se faisant toute petite pour éviter l'aura d'un soldat de la nuit posté tout près d'elle.

À l'époque du règne des Gallien, on aurait entendu monter la clameur des spectateurs impatients entassés dans le stade au moment où apparaissaient les combattants. En tendant l'oreille, je crus percevoir quelques applaudissements épars, mais c'était peut-être mon imagination. Certainement. Car les tribunes du Terrain d'Elden (anciennement Terrain des Monarques) étaient quasiment vides. Le garçon que j'avais rencontré sur la route avait raison : Lilimar était une ville hantée, un endroit où ne subsistaient que les morts, les zombies et quelques lèche-culs.

Il n'y avait plus aucun papillon.

Sans la présence des soldats de la nuit, il serait possible de s'évader, songeai-je. Puis je me souvins qu'il fallait compter également avec deux géantes… sans oublier Flight Killer lui-même. Je ne savais pas ce qu'il était désormais, quelle métamorphose éventuelle il avait subie, mais une chose semblait certaine : ce n'était plus le petit frère de Leah, le garçon aux deux pieds bots, avec sa bosse sur le dos et sa grosseur dans le cou.

Difficile de dire combien de temps s'écoula. Plusieurs d'entre nous utilisèrent la rigole à pisse, moi y compris. Rien de tel que la peur de mourir pour vous donner envie de pisser. Enfin, la porte du vestiaire s'ouvrit et Ammit entra. Il avait une légère entaille sur le dessus de sa main velue, mais cela mis à part, il était indemne.

Mesel se précipita vers lui dès que le mort-vivant qui l'escortait recula.

« Comment ça s'est passé ? Wale est vraiment… »

Ammit le repoussa, si violemment que Mesel s'affala sur le carrelage.

« Je suis revenu et pas lui. C'est tout ce que j'ai à dire, et c'est tout ce que tu as besoin de savoir. Fous-moi la paix. »

Il alla s'asseoir à l'extrémité du banc et se prit la tête à deux mains, penché en avant. Une posture que j'avais vue bien souvent sur les terrains de baseball, quand un lanceur était exclu après avoir manqué un coup important. La posture d'un perdant, pas celle d'un vainqueur. Mais évidemment, on serait tous perdants en définitive, si rien ne se passait.

Sauve-la, m'avait murmuré la domestique de Leah. Étais-je censé les sauver tous, maintenant, uniquement parce que sous plusieurs épaisseurs de crasse mes cheveux étaient blonds ? C'était absurde. Cla continuait à me mater. De toute évidence, il avait bien l'intention d'être encore là pour le dîner.

Quand viendrait le dernier duel de la journée, je n'aurais même pas l'occasion de sauver ma propre peau.

Murf fut le suivant à revenir dans le vestiaire. Il avait un œil gonflé et l'épaule droite de sa chemise était imbibée de sang. Stooks comprit que son partenaire de comédie n'était plus. Il laissa échapper un sanglot et plaqua sa main sur ses yeux.

On attendait, toute notre attention était fixée sur la porte. Lorsqu'elle s'ouvrit de nouveau, Jaya entra. Livide, mais indemne apparemment. Des larmes coulaient sur ses joues.

« J'étais obligée, dit-elle. Pas uniquement pour moi, pour nous tous. J'étais obligée… sinon, ils nous auraient tués tous les deux. »

2

Le deuxième groupe fut appelé sur le terrain. Yanno devait affronter Doc Freed, Iota se battrait contre Jackah, et Mesel contre Sam. Après leur départ, je m'assis à côté de Jaya. Elle refusait de me regarder, mais un flot de paroles jaillit de sa bouche, comme si elle ne pouvait pas les garder en elle, de peur d'exploser.

« Il ne pouvait pas vraiment se battre, tu as bien vu dans quel état il est… dans quel état il était. Mais il a donné le change. Pour moi, je pense. Ils réclamaient du sang. Tu les entendras quand viendra ton tour. Ils lui criaient de tuer cette chienne, ils me criaient de passer derrière lui pour le poignarder dans le cou…

– Il y a des couteaux ?

– Non, des sortes de lances courtes. Et des gants avec des pointes en fer aux jointures. Ils sont posés sur la table où il y avait les tasses à l'entraînement. Ils veulent qu'on se batte de près, ils veulent voir un maximum de coups de poing et de poignard avant qu'un des deux adversaires meure, mais j'ai pris un des bouts de bois, tu vois et… »

Elle mima un mouvement de balancier.

« Les bâtons de combat ?

– Oui. On se tournait autour. Fremmy était déjà mort, la gorge tranchée, et à un moment, Hamey a failli glisser dans le sang. Wale, lui, était couché sur la piste.

– Ouais, confirma Ammit, sans lever la tête. Cet imbécile a essayé de fuir.

– Il ne restait plus que Hamey et moi. Soudain, Aaron a annoncé que dans cinq minutes, ils nous tueraient tous les deux. Il voyait bien qu'on ne se battait pas vraiment. Hamey s'est jeté sur moi en agitant sa petite lance sur le côté, bêtement, et je lui ai donné un coup dans l'estomac avec le bout de mon bâton. Il a hurlé. Il a laissé tomber sa lance dans l'herbe, sans cesser de hurler. »

Un coup dans l'estomac, songeai-je. Son estomac qui le faisait souffrir nuit et jour.

« Je ne supportais pas de l'entendre. Ils applaudissaient, ils riaient et faisaient des commentaires du genre *Joli coup* ou *La petite chatte l'a humilié*. Et Hamey continuait à hurler. J'ai ramassé la lance. Je n'avais jamais tué personne, mais je ne supportais pas de l'entendre hurler, alors je… je…

– Tu peux t'arrêter là », dis-je.

Elle me regarda, les yeux remplis de larmes, les joues mouillées.

« Tu dois faire quelque chose, Charlie. Si tu es le prince qu'on nous a promis, tu dois faire quelque chose. »

J'aurais pu lui répondre que la première tâche du Prince Charlie consisterait à ne pas se faire tuer par Cla, mais elle était suffisamment torturée, alors je me contentai d'une brève étreinte.

« Il est présent ? Flight Killer ? »

Elle répondit par un hochement de tête.

« À quoi il ressemble ? »

Je repensai à ce siège d'honneur aux accoudoirs tournés vers l'extérieur, comme pour accueillir une personne extraordinairement obèse, ou du moins extrêmement corpulente.

« Il est affreux. *Affreux.* Il a le teint vert comme si quelque chose clochait à l'intérieur. De longs cheveux blancs pendent sur ses joues, sous sa couronne. Ses yeux globuleux ressemblent à des œufs à la coque et son visage est tellement épais qu'il n'a presque plus rien d'humain. Il a de grosses lèvres toutes rouges, comme s'il mangeait des fraises. C'est tout ce que j'ai pu voir. Il est enveloppé d'une immense robe violette, du menton jusqu'aux pieds, mais je la voyais *bouger*. Comme s'il cachait un animal domestique dessous. Il est horrible. Monstrueux. Et son rire… Les autres ont applaudi quand je… quand Hamey est mort, mais lui, il riait. De la bave coulait des coins de sa bouche, je l'ai vue dans la lumière des brûleurs. Il y avait une femme près de lui, grande et belle, avec un petit grain de beauté à côté de la bouche…

– Petra, dis-je. Un homme l'a embrassée dans le cou en lui pelotant les nichons quand j'ai envoyé Ammit au tapis.

– Elle… elle… » Jaya frémit de nouveau. « Elle l'a embrassé elle aussi, à l'endroit où coulait la bave. *Elle a léché son visage vert.* »

Iota revint, escorté par un soldat de la nuit. En me voyant, il hocha la tête. Jackah était mort donc.

3

Dès que la porte du vestiaire se referma, je m'approchai d'Iota. Je ne remarquai aucune blessure, aucune marque.

« Cette grosse chienne est là, dit-il. Red Molly. Elle nous regarde de la piste, sous la tribune des huiles. Ses cheveux sont pas vraiment rouges, plutôt orange. Couleur carotte. Ils se dressent sur son crâne comme des plumes. Elle mesure au moins quatre mètres de la tête aux pieds. Elle porte une jupe en cuir. Ses nichons ressemblent à deux rochers. Chacun doit peser aussi lourd qu'un gamin de cinq ans. Elle porte un couteau à la ceinture, dans un fourreau. Presque aussi long que les petites lances avec lesquelles on doit se battre. Je parie qu'elle nous observe afin de repérer la technique des gagnants. Pour plus tard, tu vois. »

Cela me fit penser au coach Harkness et à nos entraînements du jeudi soir avant les matchs du vendredi. À ces après-midi où on finissait vingt minutes plus tôt pour se retrouver dans un vestiaire moins chic que celui-ci, mais presque semblable sinon. Le coach poussait une télé sur un chariot et on regardait les matchs de nos futurs adversaires en vidéo, leurs déplacements, leurs combinaisons. Surtout le quarterback. Le coach nous le montrait vingt ou trente fois, sous des angles isolés : ses feintes, ses esquives, son jeu de jambes. Un jour, j'avais raconté ça à mon oncle Bob. Il avait éclaté de rire. « Ton coach a raison, Charlie. Si tu coupes la tête de ton ennemi, le corps meurt. »

« Ça me plaisait pas de la voir nous regarder comme ça, dit Iota. J'espérais qu'elle me sous-estimerait, et que le moment venu je pourrais peut-être la planter ou l'estourbir. Au lieu de ça, elle va avoir quatre fois l'occasion de regarder comment je fais, et moi, je pourrai même pas voir comment *elle* fait. »

Je ne lui fis pas remarquer qu'il partait du principe que je serais mort d'ici là, prince ou pas.

« Cla pense que ce sera lui », dis-je.

Iota s'esclaffa, alors qu'il venait de tuer un compagnon de détention de longue date.

« Quand il en restera plus que deux, ce sera moi contre Cla, c'est certain. J'ai fini par te trouver sympathique, Charlie, mais à mon avis, t'arriveras même pas à le toucher. Mais moi, je connais son point faible.

– À savoir ?

– Il m'a envoyé au tapis l'autre fois. En me filant un coup dans la gorge, si fort que c'est un miracle que je puisse encore parler. Mais ça m'a appris un truc. »

Il ne répondait pas à ma question.

Mesel revint à son tour. Adieu Sam. Quelques minutes plus tard, la porte s'ouvrit de nouveau et je fus surpris de voir entrer Doc Freed, même s'il avait besoin d'être soutenu. Pursey l'accompagnait. Il avait passé une de ses mains-nageoires sous l'aisselle de Freed pour l aider à marcher. Sa cuisse droite saignait abondamment à travers un bandage de fortune, son visage tuméfié avait un aspect grotesque, mais il était vivant. On ne pouvait pas en dire autant de Yanno.

J'étais assis avec Double et Eris.

« Il ne pourra plus se battre, commentai-je. À moins que le prochain tour ait lieu dans six mois. Et encore.

– Ce ne sera pas dans six mois, dit Eris. Ni même dans six jours. Et s'il ne se bat pas, il mourra. »

Ça ne ressemblait décidément pas à un match de foot.

4

Bult et Bendo survécurent dans le troisième groupe. Cammit également. Il revint couvert de plaies et déclara qu'il avait cru sa dernière heure arrivée. Puis ce pauvre Dommy avait été victime d'une de ses terribles quintes de toux, qui l'avait plié en deux. Profitant de cette chance inespérée, Cammit lui avait planté sa lance dans le cou.

Le Doc était allongé sur le sol, endormi peut-être – c'était peu probable, compte tenu de ses blessures – ou évanoui. Pendant qu'on attendait que se termine le troisième groupe, Cla continuait à me dévisager, sans se départir de son grand sourire. Je parvins à y échapper en allant chercher de l'eau dans le seau, au creux de ma main. Mais quand je revins, il était toujours là à me mater.

Je connais son point faible, avait dit Iota. *Il m'a envoyé au tapis l'autre fois, mais ça m'a appris un truc.*

Qu'avait-il appris ?

Je me repassai mentalement le combat (si on pouvait appeler ça ainsi) dans la cellule d'Iota : l'impressionnante rapidité du coup à la gorge, le seau qui roule sur le sol, Cla qui se retourne pour le regarder, Yanno (feu Yanno) qui dit : *Si tu l'as tué, tu vas le payer cher*, Iota qui se relève et regagne sa paillasse, pendant que Cla se baisse et ramasse le seau. Peut-être pour assommer Iota au cas où celui-ci riposterait.

S'il y avait un indice à remarquer, il m'échappait.

Après le troisième groupe, Pursey fit son entrée en poussant un chariot. Aaron l'accompagnait. Je sentis une odeur de poulet grillé qui m'aurait paru alléchante dans d'autres circonstances, mais je savais que c'était peut-être mon dernier repas.

« Mangez de bon cœur, petits ! lança Aaron. Vous ne pourrez pas dire que vous n'êtes pas bien traités ! »

La plupart de ceux qui avaient remporté leur duel se jetèrent sur la nourriture. Ceux qui devaient encore se battre s'abstinrent… à une exception près. Cla prit un demi-poulet dans le chariot de Pursey et mordit dedans à pleines dents, sans cesser de me regarder.

Le coup à la gorge.

Iota allongé sur les pierres de sa cellule.

Le seau qui roule.

Iota qui rampe jusqu'à sa paillasse en se tenant la gorge.

Cla cherche le seau, il le ramasse.

Qu'avait donc vu Iota, qui m'échappait ?

Le chariot arriva à ma hauteur. Aaron observant Pursey, celui-ci s'abstint de me saluer. Doc Freed émit un grognement, roula sur le côté et vomit sur le sol. Aaron se retourna et désigna Cammit et Bendo assis côte à côte sur un banc, non loin de là.

« Toi et toi ! Nettoyez-moi ce merdier ! »

Je profitai de cette distraction pour lever la main, en pinçant mon pouce et mon index, et je mimai le geste d'écrire. Pursey répondit par un haussement d'épaules à peine perceptible, peut-être pour signifier qu'il comprenait, ou pour me demander d'arrêter avant qu'Aaron me voie. Quand Aaron revint sur nous, j'étais occupé à choisir un pilon de poulet dans le buffet ambulant, en songeant : *Qu'importe que Pursey ait compris le message ou pas, si Cla me tue au cours de l'ultime combat de la journée.*

« Ton dernier repas, petit, me lança le colosse. Savoure-le. »

Il essaie de m'intimider, pensai-je.

Je le savais déjà, évidemment, mais formuler cette vérité la rendit plus réelle, plus concrète. Les mots possèdent ce pouvoir. Et ils ouvrirent quelque chose en moi. Un trou. Peut-être même un puits. Comme lors de mes sales expéditions avec Bertie Bird ou, plus récemment, dans mes confrontations avec Christopher Polley et Peterkin le nain. Si j'étais un prince, je n'étais pas le ravissant blondinet insipide qui étreint la ravissante nunuche à la fin du film. Mes cheveux enduits de boue séchée n'avaient rien de ravissant et mon combat contre Cla ne serait pas beau à voir, lui non plus. Il serait peut-être bref, mais beau, non.

Je pensai : *Je ne veux pas être un prince à la Disney. Au diable toutes ces histoires. Si je dois être prince, je veux être un prince des ténèbres.*

« Arrête de me regarder, tête de nœud », dis-je.

Une expression d'étonnement teinté de perplexité remplaça son sourire et je compris pourquoi, avant même de lui lancer mon pilon au visage. L'expression *tête de nœud* venait du puits, elle était sortie *en anglais*, et il ne l'avait pas comprise. Je loupai ma cible d'un kilomètre – le pilon de poulet heurta un des seaux et retomba par terre –, mais Cla sursauta sous l'effet de la surprise et tourna la tête en direction du bruit. Eris éclata de rire. Le colosse se retourna vers elle et se leva. Dans un grognement.

« Nan, nan, nan ! s'écria Aaron. Garde tes forces pour le terrain, petit, sinon je t'envoie une telle décharge que tu pourras même pas sortir d'ici et Charlie sera déclaré vainqueur par abandon. Flight

Killer n'aimera pas ça, et je ferai en sorte que ça te plaise encore moins ! »

Furieux et manifestement frustré, Cla se rassit. En me foudroyant du regard. À mon tour d'afficher un grand sourire. Je me sentais l'âme sombre, et c'était bon. Je pointai mon doigt sur lui.

« Je vais te massacrer, trésor. »

Des paroles impudentes. Je les regretterais peut-être plus tard, mais sur le moment, ça faisait du bien.

5

Peu après la « pause déjeuner » vint le tour du quatrième groupe. L'attente recommença et les combattants revinrent un par un : Double d'abord, puis Stooks et Quilly enfin. Stooks avait une entaille si profonde à la joue que je voyais l'éclat de ses dents à travers, mais il marchait sans être soutenu. Jaya lui donna une serviette pour étancher le gros du saignement et il s'assit sur un banc près des seaux. La serviette blanche devint vite écarlate. Freed était appuyé dans le coin le plus proche. Stooks lui demanda s'il pouvait soigner son visage ouvert. Freed secoua la tête, sans même lever les yeux. L'idée qu'ils puissent bientôt obliger ce blessé à retourner au combat était insensée – c'était plus que du sadisme –, et pourtant je n'en doutais pas un instant. Murf avait déjà éliminé la moitié du duo comique ; s'il tombait contre Stooks au tour suivant, il le liquiderait sans peine, malgré sa blessure à l'épaule.

Cla continuait à me regarder, mais son sourire avait disparu. Apparemment, il ne me considérait plus comme une proie facile, et par conséquent, je ne pouvais plus miser sur son relâchement.

Il va agir vite, me dis-je. *Comme il l'a fait avec Eye.* Dans mon rêve, Leah disait : *Tu es plus rapide que tu ne le crois, Prince Charlie...* Mais c'était faux. À moins, évidemment, que je trouve une vitesse surmultipliée, alimenté par la haine.

Le cinquième groupe fut convoqué sur le terrain : Bernd contre

Gully, le petit Hilt contre le grand Ocka, Eris contre un type trapu et musclé nommé Viz. Avant qu'Eris sorte du vestiaire, Jaya l'étreignit.

« Nan, nan, pas de ça ! s'exclama un des soldats de la nuit qui avait une voix de sauterelle. Allez, allez ! »

Eris sortit la dernière, mais revint la première. Elle saignait d'une oreille, mais rien de plus. Jaya se précipita vers elle, et cette fois, il n'y avait personne pour interrompre leur étreinte. On nous avait laissés seuls. Ocka revint à son tour. Débuta ensuite une longue attente. Enfin, Gully réapparut, porté par un homme gris (autre que Pursey) qui l'allongea sur le sol. Inconscient, respirant à peine. Un côté de son visage était enfoncé, au-dessus de la tempe.

« Je veux tomber sur lui au tour suivant, dit Bult.

– Et moi, j'espère tomber sur *toi*, grogna Ammit. Ferme-la. »

L'attente reprit. Par terre, Gully remua, sans se réveiller. Je marchai jusqu'à la rigole à pisse. J'avais envie de me soulager, mais impossible. Je retournai m'asseoir, les mains jointes entre les genoux, comme avant les matchs de baseball et de football, avant que l'hymne retentisse. J'évitais de regarder Cla, mais je sentais qu'il m'observait, comme si son regard pesait des tonnes.

La porte s'ouvrit. Deux soldats de la nuit se placèrent de chaque côté pour laisser passer Aaron et le Grand Intendant.

« Dernier duel du jour, annonça Aaron. Cla contre Charlie. Allez, petits, on y va. »

Cla se leva aussitôt et passa devant moi en tournant la tête pour m'adresser un dernier sourire. Je le suivis. Iota me regardait. Il me fit un étrange salut en portant sa main non pas au front, mais sur le côté de son visage.

Je connais son point faible.

Alors que je passais devant Kellin, celui-ci lâcha :

« Je serai content d'être débarrassé de toi, Charlie. Si je n'avais pas eu besoin de trente-deux combattants, je m'en serais déjà chargé moi-même. »

Deux soldats de la nuit ouvraient la marche, Cla avançait devant moi, la tête légèrement baissée, ses mains se balançant le long de son corps, les poings presque serrés, déjà. Derrière nous marchaient le

Grand Intendant et Aaron, son lieutenant. Mon cœur cognait dans ma poitrine à grands coups lents.

Il m'a envoyé au tapis, mais ça m'a appris un truc.

On suivit le couloir en direction des éclatantes rangées de lampes à gaz qui bordaient le stade. On passa devant les autres vestiaires. Et la Salle du Matériel.

Le coup à la gorge. Iota s'écroule, le seau roule sur le sol, Iota rampe vers sa paillasse, Cla tourne la tête pour regarder le seau.

On passa ensuite devant la Salle des Officiels, d'où il était possible de s'enfuir, à en croire le message de Pursey.

Je lance le pilon de poulet. Il heurte un seau. Cla se retourne pour regarder.

Je commençais à comprendre. Je pressai le pas au moment où on émergeait du couloir, sur la piste de course qui entourait le terrain. Je me portai presque à la hauteur de Cla. Il ne me regarda pas. Toute son attention était fixée sur le centre de la pelouse, là où étaient alignées les armes. Les anneaux et les cordes avaient disparu. Deux gants de cuir aux jointures hérissées de pointes attendaient sur la table où étaient disposés les rafraîchissements durant les entraînements. Les bâtons étaient rangés dans leur panier en osier. Un autre contenait deux courtes lances.

Iota n'avait pas répondu à mes questions, mais peut-être l'avait-il fait à sa façon, au moment où je quittais le vestiaire. Cet étrange salut qu'il m'avait adressé n'en était peut-être pas un. C'était peut-être un message.

Quelques applaudissements retentirent tandis qu'on suivait les soldats de la nuit vers la loge VIP, mais je les entendis à peine. De même que j'ignorai, tout d'abord, les spectateurs qui flanquaient la loge, et même Elden Flight Killer. Je me concentrai sur Cla qui s'était retourné pour regarder le seau rouler sur le sol de la cellule qu'il partageait avec Iota, et sur le pilon de poulet avec lequel je l'avais visé dans le vestiaire. Cla qui semblait ne pas s'apercevoir que je m'étais presque porté à sa hauteur. Pourquoi ?

Je connais son point faible, avait dit Iota, et je pensais le connaître moi aussi maintenant. Iota ne m'avait pas adressé un salut, il avait mimé une œillère, comme celle que porterait un cheval.

Cla avait une vision périphérique restreinte, voire inexistante.

6

On nous conduisit, comme du bétail, jusqu'à la portion de la piste située devant la loge royale. Je me plaçai à côté de Cla qui, au lieu de se contenter de me jeter un coup d'œil en biais, tourna la tête pour me regarder. Aussitôt, Kellin lui asséna un coup de badine sur la nuque, faisant couler un filet de sang.

« Ne t'occupe pas du faux prince, imbécile. Rends plutôt hommage au véritable roi ! »

Ainsi, Kellin était au courant des croyances des autres prisonniers. Étais-je surpris ? Pas vraiment. La boue ne pouvait pas cacher éternellement le spectaculaire changement de couleur de mes cheveux ; et mes yeux, noisette autrefois, devenus gris, viraient au bleu. Si Elden n'avait pas insisté pour que les combattants soient au complet, j'aurais été tué plusieurs semaines auparavant déjà.

« À genoux ! brailla Aaron de sa voix désagréable. À genoux, toi de l'ancien sang ! Agenouille-toi devant le nouveau sang ! Agenouille-toi devant ton roi ! »

Petra – grande, brune, un grain de beauté au coin de la bouche, vêtue d'une robe de soie verte, la peau aussi blanche que du cottage cheese – s'écria :

« *À genoux, ancien sang ! À genoux, ancien sang !* »

Les autres spectateurs (une soixantaine seulement, soixante-dix au maximum) reprirent en chœur :

« *À genoux, ancien sang ! À genoux, ancien sang !* »

La même scène s'était-elle produite avec les autres combattants ? À mon avis, non. On avait droit à un accueil spécial car notre duel était le dernier de la journée, l'attraction vedette. On s'agenouilla, Cla et moi, car on n'avait pas envie de recevoir des coups de badine ou, pire encore, d'être électrocutés par les auras de nos gardiens.

Elden avait l'apparence d'un homme à l'article de la mort – *un pied au bord de la tombe, l'autre sur une peau de banane*, aurait dit mon oncle Bob. Telle fut ma première pensée. La seconde, qui la talonnait, fut : *Ce n'est pas un homme.* Autrefois peut-être, mais plus maintenant. Sa peau avait la couleur d'une poire pas mûre. Ses yeux – bleus et humides, aussi gros que ma paume – jaillissaient de leurs orbites ridées et affaissées. Ses lèvres très rouges avaient quelque chose de féminin et elles pendaient mollement. Sa couronne, posée de travers sur ses cheveux blancs et fins, exprimait une effroyable insouciance. Sa robe violette, ornée de fines volutes dorées, ressemblait à un gigantesque caftan qui le couvrait entièrement, depuis son cou boursouflé. Et en effet, la robe bougeait. *Comme s'il cachait un animal domestique dessous*, avait dit Jaya. Mais elle se soulevait et retombait à plusieurs endroits à la fois.

À ma gauche, sur la piste, se tenait Red Molly, vêtue d'une minijupe en cuir, une sorte de kilt. Ses cuisses étaient énormes et musclées. Son long couteau pendait sur sa hanche droite dans un fourreau. Ses cheveux orange formaient de petits épis sur son crâne, à la punk. De larges bretelles soutenaient sa jupe et masquaient une partie de ses seins nus. Voyant que je la regardais, elle fit une bouche en cul-de-poule pour m'envoyer un baiser.

Flight Killer parla d'une voix obstruée qui ne ressemblait pas au bourdonnement insectoïde des soldats de la nuit. À croire que sa gorge était remplie d'un liquide visqueux. Non, les autres n'avaient pas eu droit à ce « traitement de faveur », sinon ils nous l'auraient dit. Comment oublier l'horreur de cette voix inhumaine ?

« *Qui est le roi du Monde Gris, anciennement nommé Empis ?* »

Les personnes présentes dans la loge royale et les spectateurs répondirent habilement, à pleins poumons :

« Elden ! »

Flight Killer nous toisait de ses énormes yeux semblables à des œufs. Des badines s'abattirent sur ma nuque et celle de Cla.

« Dites-le, bourdonna Kellin.

– Elden.

– *Qui a vaincu à la fois les monarques sur terre et les monarques dans les airs ?*

– *Elden !* » brailla Petra, plus fort que tous les autres.

Sa main caressait une des bajoues vertes d'Elden. La robe violette se soulevait et retombait, se soulevait et retombait, à une demi-douzaine d'endroits différents.

« Elden, répéta-t-on, Cla et moi, pour éviter de nouveaux coups de badine.

– *Que le duel commence !* »

Une annonce qui n'appelait aucune réaction, hormis quelques applaudissements et cris d'encouragement.

Kellin se tenait entre nous deux, assez loin cependant pour éviter que son aura nous touche.

« Faites face au terrain », ordonna-t-il.

On s'exécuta. Je voyais Cla du coin de l'œil, sur ma droite. Il tourna brièvement la tête vers moi, et s'empressa de regarder devant lui. À environ soixante-dix mètres de là nous attendaient les armes du duel. Il y avait quelque chose de surréaliste dans la manière dont elles étaient soigneusement espacées, tels des trophées décernés au cours d'un jeu télévisé mortel.

Je constatai immédiatement que quelqu'un (Flight Killer lui-même peut-être, mais je misais plutôt sur le Grand Intendant) avait fait pencher la balance en faveur de Cla, pour ne pas dire qu'il l'avait trafiquée. Le panier d'osier contenant les courtes lances (armes de prédilection, assurément) se trouvait sur la droite, c'est-à-dire du côté de Cla. Vingt mètres plus à gauche, il y avait la table avec les gants de cuir hérissés de piques. Et vingt mètres plus à gauche encore, en face de moi plus ou moins, un panier contenant des bâtons. Utiles pour assommer quelqu'un, beaucoup moins quand il s'agissait de tuer. Nul ne nous informa de ce qui allait se passer ensuite, mais c'était inutile. On allait se précipiter vers les armes, et si je voulais une arme blanche plutôt qu'un gant ou un bâton de bokken, il faudrait que je double Cla.

Tu es plus rapide que tu ne le crois, m'avait dit Leah. Mais c'était dans un rêve. Là, c'était la vraie vie.

Vous voulez peut-être savoir si j'étais terrifié. Oui, mais je pouvais puiser dans ce puits sombre que j'avais découvert enfant, lorsque mon père semblait décidé à honorer la mémoire de sa femme – ma mère – en noyant son chagrin dans l'alcool et en faisant de nous des sans-abri. Je l'avais haï pendant toute une période, tout en me haïssant de le haïr. Résultat, je m'étais mal comporté. Aujourd'hui, j'avais d'autres choses à haïr, et aucune raison de m'en vouloir. Alors, oui, j'étais terrifié. Mais une partie de moi-même était impatiente d'en découdre.

Une partie de moi-même en avait envie.

Flight Killer lança, de son gargouillis inhumain (autre objet de haine) :

« MAINTENANT ! »

7

On s'élança. Cla s'était déplacé à une vitesse vertigineuse quand il avait attaqué Iota, mais c'était une explosion de violence soudaine dans un espace clos. Soixante-dix mètres nous séparaient des armes. Il devait trimbaler un sacré poids, au moins cent cinquante kilos, et je me disais qu'en sprintant, je parviendrais à sa hauteur à mi-chemin des armes. La Leah de mon rêve avait raison : j'étais plus rapide que je ne le croyais. Malgré cela, je serais quand même obligé de lui couper la route, et à ce moment-là je me retrouverais en plein dans son champ de vision, si réduit soit-il. Plus dangereux encore : je lui tournerais le dos.

C'est pourquoi je bifurquai sur la gauche, lui laissant la voie libre jusqu'aux lances. J'eus à peine un regard pour les gants à pointes car s'ils pouvaient se révéler mortels, ils m'obligeraient à approcher de Cla, à portée d'un coup de lance, et j'avais vu combien il pouvait être rapide dans cette situation. Ce que je visais, c'étaient les bâtons. Grâce aux « récréations », j'avais appris à les manier.

J'en sortis un du panier, me retournai et vis Cla qui fonçait déjà sur moi en tenant la courte lance au niveau de la taille. Il exécuta un mouvement de bas en haut, dans l'espoir de m'ouvrir en deux, des couilles au ventre, et d'en finir au plus vite. Je reculai d'un pas et abattis mon bâton sur son bras, pour tenter de le désarmer. Il poussa un cri de douleur et de colère, sans lâcher toutefois son arme. Quelques applaudissements crépitèrent dans le public et j'entendis une femme, certainement Petra, brailler : « *Coupe-lui le pénis et apporte-le-moi !* »

Cla chargea de nouveau, la lance levée au-dessus de l'épaule cette fois. Il n'y avait aucune finesse en lui, à l'image de Mike Tyson dans ces vieilles vidéos de boxe que je regardais avec Andy Chen et mon père. C'était le castagneur de base, habitué à envoyer ses adversaires au tapis grâce à une attaque frontale et brutale. Pour Cla, cela avait toujours marché, et ça marcherait encore aujourd'hui face à un adversaire beaucoup plus jeune. Il avait l'avantage du poids et de l'allonge.

À en croire la Leah de mon rêve, j'étais plus rapide que je le croyais. En tout cas, j'étais plus rapide que le croyait Cla. Je fis un pas de côté comme un torero qui esquive un taureau et assénai un nouveau grand coup de bâton sur son bras, juste au-dessus du coude. La lance lui échappa et atterrit dans l'herbe. Les spectateurs émirent un *Aaahhhh.* Petra exprima son mécontentement d'un cri strident.

Cla se baissa pour ramasser son arme. Je lui donnai un coup sur la tête en tenant mon bâton à deux mains, de toutes mes forces. Le bâton se brisa. Le sang jaillit du cuir chevelu de Cla, inondant ses joues et son cou. Ce coup aurait étendu n'importe qui – y compris Iota et Ammit – mais Cla, lui, secoua la tête, récupéra sa lance et me fit face. Il ne souriait plus. Il grognait, les yeux rouges.

« Approche, fils de chienne ! cracha-t-il.

– Dans tes rêves. Montre-moi ce que tu sais faire. Tu es aussi débile que moche. »

Je brandis ce qui restait de mon bâton. L'extrémité était un bouquet d'esquilles. C'était du bois dur et si Cla se jetait dessus, elles ne ploieraient pas. Elles s'enfonceraient dans son ventre, et il le savait. Je fis mine d'attaquer et quand il recula, je me faufilai sur sa droite. Ce qui l'obligea à tourner la tête pour me déloger de son point aveugle. Il bondit et je le frappai dans le gras de l'avant-bras, arrachant un lambeau de peau et projetant une giclée de sang dans l'herbe verte.

« *Achève-le !* » beugla Petra. Je reconnaissais sa voix maintenant et je la haïssais. Je haïssais cette femme, je les haïssais tous. « *Achève-le, espèce de gros balourd hideux !* »

Cla chargea de nouveau. Cette fois, je me déplaçai vers la gauche, en reculant derrière la table sur laquelle étaient posés les gants cloutés. Cla ne ralentit pas. Il respirait vite, par à-coups. Je me jetai sur le côté. La pointe de sa lance manqua de peu mon cou. Il heurta la table, la renversa et retomba dessus, brisant un des pieds. Il s'accrocha à sa lance malgré tout, mais ça m'allait très bien. Je me plaçai dans son point aveugle, sautai sur son dos et enserrai son abdomen avec mes cuisses, pendant qu'il se cabrait. J'appuyai mon morceau de bâton en travers de sa gorge, au moment où il se relevait d'un bond. Il tenta de m'agripper par-derrière en martelant mes épaules de ses poings énormes.

S'ensuivit une folle chevauchée. J'avais les jambes nouées autour de sa taille épaisse et mon bâton brisé écrasait sa gorge. Je sentais chacune de ses tentatives pour déglutir. Il commença à émettre des gargouillis. Finalement, n'ayant plus d'autre option que l'évanouissement, suivi de la mort, il se jeta en arrière pour m'écraser sous lui.

Je m'y attendais (que pouvait-il faire d'autre ?), mais j'eus quand même le souffle coupé. Conséquence des cent cinquante kilos. Il se balança de droite à gauche pour m'obliger à lâcher prise, mais je tins bon. Même lorsque des points noirs commencèrent à danser devant mes yeux et que les cris des spectateurs se mirent à résonner de manière lointaine. Seule me parvenait distinctement la voix de la favorite du roi, une aiguille pointue qui s'enfonçait dans mon crâne.

« *Debout ! Libère-toi, grosse brute ! DEBOUT !* »

J'allais peut-être mourir écrasé sous cette grosse brute, mais pas question de relâcher mon étreinte. J'avais effectué une grande quantité de pompes dans ma cellule et autant de tractions avec les anneaux. Je fis bon usage de ces muscles, alors même que ma lucidité commençait à décliner. Je tirai le bâton vers moi… tirai… et enfin, je sentis qu'il se débattait plus faiblement. Rassemblant mes dernières forces, je repoussai l'arrière de son crâne et gigotai pour essayer de me libérer de la masse de son corps. Je me contorsionnai dans l'herbe, les cheveux dans les yeux, j'aspirai de grandes bouffées d'air. J'avais l'impression que je n'arrivais pas à en avaler assez, ou bien l'air n'arrivait pas au fond de mes poumons écrasés. Ma première tentative pour me mettre debout échoua, alors je continuai à ramper sur le dos, suffoquant et toussant, certain que ce salopard, ce fils de pute de Cla allait se relever derrière moi, et que j'allais sentir sa lance s'enfoncer entre mes omoplates.

La seconde tentative fut la bonne. Je parvins à me relever, en titubant comme un ivrogne, et fis face à mon adversaire… Il se relevait à son tour… ou plutôt il essayait. La majeure partie de son visage était masquée par le sang, après le coup sur la tête que je lui avais asséné. Le peu que je voyais était violacé par la strangulation.

« *À mort !* » hurla Petra. Des taches rouges marbraient son fond de teint blanc. Elle avait changé de camp, apparemment. Mais je n'avais que faire de ses encouragements. « *À mort ! À mort !* »

Les autres reprirent en chœur : « *À MORT ! À MORT ! À MORT !* »

Cla roula sur le côté et me regarda. S'il demandait grâce, ce n'était pas à moi de la lui accorder.

« *À MORT ! À MORT ! À MORT !* »

Je ramassai sa lance…

Il leva la main et porta le talon de sa main à son front.

« Mon prince. »

… et la laissa retomber.

J'aimerais vous dire que je retrouvai ma bonté d'âme à la fin. Vous dire que j'éprouvais des regrets. Ce serait faux. Il y a un puits sombre en chacun de nous. Et il ne se tarit jamais. Mais vous vous y abreuvez à vos risques et périls. Car c'est une eau empoisonnée.

8

On m'obligea à m'agenouiller devant Elden, sa putain et d'autres membres éminents de sa suite.

« Joli combat, joli combat », dit le roi d'un air absent. De la bave coulait des commissures de sa bouche molle et un liquide épais, qui n'était pas des larmes, suintait aux coins de ses yeux énormes. « Porteurs ! Je veux mes porteurs ! Je suis fatigué et je dois me reposer avant le dîner ! »

Un quatuor d'hommes gris – difformes, mais baraqués – dévalèrent un des escaliers raides en tenant un palanquin orné de moulures en or, avec de gros coussins en velours violet.

Je n'eus pas l'occasion de voir Flight Killer s'y hisser car une main puissante m'agrippa par les cheveux et me remit debout. Je suis grand, mais Red Molly me dominait. En levant les yeux vers elle, je repensai à la statue sur laquelle j'avais grimpé pour assister au vol des monarques. Son visage terreux, rond et plat, ressemblait à un large plat à tarte saupoudré de farine. Ses yeux étaient noirs.

« Aujourd'hui, tu as affronté un ennemi. » Le grondement de sa voix de basse n'avait rien de réconfortant, mais c'était moins désagréable que le bourdonnement de sauterelles des soldats de la nuit ou les gargouillis d'Elden. « La prochaine fois, tu affronteras un ami. Si tu survis, c'est moi qui te couperai la bite. » Elle baissa la voix. « Et je l'offrirai à Petra. Pour compléter sa collection. »

Je suis sûr que le héros d'un film d'action aurait trouvé une réplique humoristique, mais en regardant ce large visage et ces yeux noirs, pas une seule putain de repartie ne me vint à l'esprit.

9

Ce fut le Grand Intendant en personne qui m'escorta jusqu'au vestiaire. Je me retournai avant de pénétrer dans le couloir, juste à temps pour voir le palanquin, rideaux tirés, gravir l'escalier abrupt en chancelant. Je supposai que Petra, la créature au grain de beauté, se trouvait à l'intérieur avec Flight Killer.

« Tu m'as surpris, Charlie », avoua Kellin. Maintenant qu'il était débarrassé de la pression de son rôle de maître de cérémonie, il paraissait détendu, presque joyeux. « Je pensais que Cla ne ferait qu'une bouchée de toi. La prochaine fois, tu te battras contre un ami. Pas Iota, je pense qu'on le gardera pour plus tard. La petite Jaya peut-être. Ça te plairait d'arrêter son cœur comme tu as arrêté celui de Cla ? »

Je ne répondis pas. Je continuai d'avancer devant lui dans le couloir pentu en demeurant le plus loin possible de son aura à haute tension.

Quand on atteignit le vestiaire, Kellin ne me suivit pas à l'intérieur, se contentant de refermer la porte derrière moi. Trente-deux détenus s'étaient affrontés sur le terrain. Maintenant, ils n'étaient plus que quinze à exprimer leur étonnement en découvrant que ce n'était pas Cla mais votre serviteur qui revenait, amoché mais vivant. Non, quatorze seulement, car Gully était toujours inconscient.

Pendant un instant, tous me regardèrent sans rien dire. Puis treize d'entre eux tombèrent à genoux et plaquèrent leur paume sur leur front. Doc Freed ne pouvait pas s'agenouiller, mais il salua comme les autres, adossé au mur.

« Mon prince, dit Jaya.

– *Mon prince* », répétèrent les autres.

Jamais je ne m'étais autant réjoui que les caméras de surveillance n'existent pas à Empis.

10

On se débarrassa de la terre et du sang. L'horreur de la journée, elle, demeura. Eris baissa le pantalon de Freed pour nettoyer au mieux sa profonde entaille à la cuisse. De temps à autre, elle s'interrompait et me regardait. Ils me regardaient tous, d'ailleurs. Au bout d'un moment, parce que ça me faisait flipper, je leur demandai d'arrêter. Ils prirent soin alors de bien montrer qu'ils ne me regardaient pas, ce qui n'était pas mieux, peut-être même pire.

Après dix ou quinze minutes, quatre soldats de la nuit firent leur entrée. Le leader agita sa badine pour nous ordonner de le suivre. En l'absence d'hommes gris, il fallut porter Gully. Je voulus le prendre par les bras mais Ammit m'écarta d'un coup d'épaule, gentiment.

« Nan, non. Moi et le balèze, on s'en occupe. »

Il devait parler d'Iota étant donné que l'autre « balèze » n'était plus qu'un tas de viande en train de refroidir.

« Aide le Doc, si tu veux. »

Mais là encore, on ne me laissa pas faire. Après tout, j'étais le prince annoncé. À leurs yeux. Même s'il y avait la couleur de mes cheveux et de mes yeux, moi j'avais des doutes. Je me voyais comme un garçon de dix-sept ans, plutôt en forme, qui avait eu de la chance de tomber sur un adversaire doté d'un champ de vision restreint et qui avait su domestiquer ses pires instincts, assez longtemps pour survivre. En outre, avais-je envie de jouer le rôle du prince dans ce sombre conte de fées ? Non. Ce que je voulais, c'était récupérer ma chienne et rentrer à la maison. Maison qui ne m'avait jamais paru aussi lointaine.

On regagna lentement nos cellules à Deep Maleen. Murf avec son épaule en bouillie, Jaya, Ammit, Iota, Doc Freed, Bult, Bendo, Mesel, Cammit, Double et Stooks avec son visage salement amoché, Quilly, Ocka, Gully toujours inconscient… et moi. Seize prisonniers. Doc Freed et Gully ne pourraient pas participer au prochain tour. Mais je devinais qu'ils ne seraient pas exemptés. On les obligerait à affronter des adversaires qui les massacreraient en moins de deux, pour le plaisir d'Elden, de Petra et d'une poignée de sujets. Ceux qui tomberaient contre Freed et Gully remporteraient une victoire par abandon. Par ailleurs, Murf et Stooks avaient peu de chances de survivre jusqu'au carré final.

La porte au fond du couloir était ouverte. Iota et Ammit passèrent les premiers, en transportant Gully. Quilly et Freed les suivirent. Quilly soutenait le Doc pour qu'il n'essaie pas de s'appuyer sur sa patte folle. De toute façon, Freed ne marchait pas vraiment, il était plus ou moins dans les vapes. Son menton rebondissait contre sa poitrine. Au moment où on retrouvait Deep Maleen, il dit une chose si terrible, si désespérée, que jamais je ne l'oublierai : « Je veux ma maman. »

L'applique installée derrière la porte était tombée de nouveau, elle pendait au bout de son tuyau métallique. La lampe s'était éteinte. Un de nos gardes la remit en place d'un geste brusque et la foudroya du regard, comme pour la mettre au défi de retomber. Elle n'osa pas.

« Ce soir, dîner spécial, petits ! annonça un des autres. Une super bouffe, avec un dessert pour finir ! »

On entra dans nos cellules. Iota, Stooks et moi avions le plaisir – si je peux employer ce terme – d'être seuls maintenant. Quilly porta Freed dans sa cellule, l'allongea délicatement sur sa paillasse et regagna celle qu'il partageait avec Cammit. On attendit que les soldats de la nuit ressortent, bras écartés pour commander à distance la fermeture des cellules, mais ils se contentèrent de verrouiller la porte qui donnait sur le monde extérieur : un verrou, deux verrous, trois verrous, quatre verrous. Apparemment, en plus de la « super bouffe », on avait le droit de se mélanger, pour quelque temps du moins.

Eris se rendit dans la cellule de Gully afin d'examiner sa plaie à la tête. Une blessure horrible (inutile d'entrer dans les détails). Il respirait par à-coups, son souffle était rauque. Eris leva vers moi ses yeux fatigués.

« Il ne passera pas la nuit, Charlie. » Et puis, avec un éclat de rire amer : « Et nous non plus, car il fait toujours nuit ici ! »

Je tapotai son épaule et rejoignis Iota dans sa cellule, qu'il avait choisi de ne pas quitter. Il était assis contre le mur, les poignets sur les genoux, les mains dans le vide. Je m'assis à côté de lui.

« Qu'est-ce que tu veux, bordel ? Je préfère rester seul. Si Sa Majesté royale de mes deux n'y voit pas d'inconvénient. »

Tout bas, je demandai :

« S'il y avait un moyen de sortir d'ici – un moyen de s'enfuir –, tu tenterais le coup avec moi ? »

Il leva lentement la tête. Me regarda. Et se mit à sourire.

« Montre-moi le chemin, trésor. C'est tout.

– Et les autres ? Ceux qui sont valides ? »

Son sourire s'élargit.

« Ton sang royal te rend débile, prinçounet ? À ton avis ? »

CHAPITRE VINGT-CINQ

Un festin. Je reçois un visiteur. L'inspiration entre sans frapper. « Qui veut vivre éternellement ? »

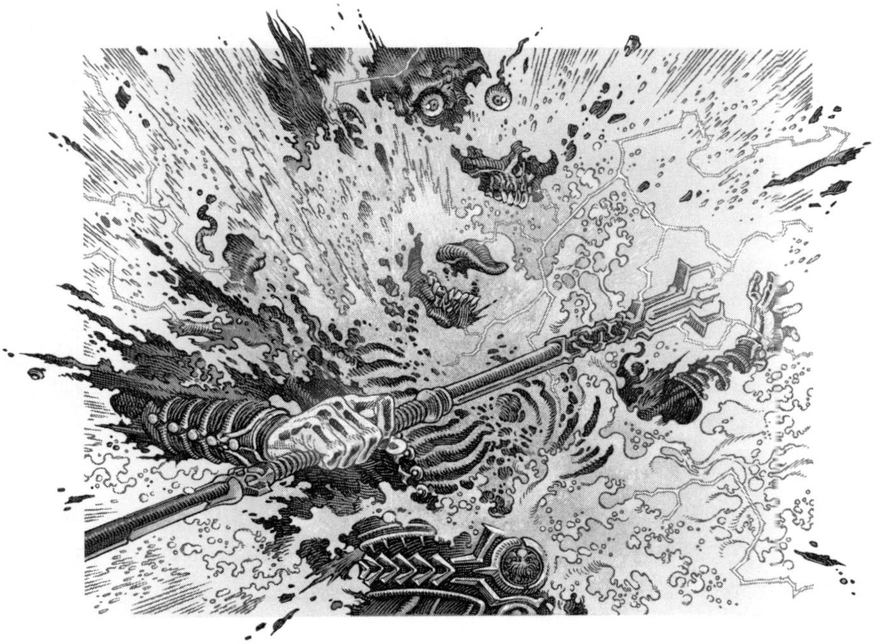

1

Ce soir-là, les survivants n'eurent pas seulement droit à des morceaux de viande mal cuits. Pursey et deux autres personnes grises, un homme et une femme, vêtus de tuniques blanches tachées, firent leur entrée en poussant non pas un chariot, mais trois. Ils étaient escortés, devant et derrière, par deux soldats de la nuit prêts à faire usage de leurs badines souples. Le premier chariot contenait une énorme marmite qui me fit penser à la cuisine de la méchante sorcière dans *Hansel et Gretel*. Autour étaient empilés des bols. Le deuxième chariot contenait un récipient en céramique très haut et de petites tasses. Et le troisième, une demi-douzaine de tourtes à la croûte brune et dorée. Le mélange des odeurs était divin. On était des meurtriers, des meurtriers qui avaient tué leurs compagnons, mais on avait faim, et sans la présence des deux Skeletor qui nous surveillaient, on se serait jetés sur les chariots. Au contraire, on recula sagement à l'intérieur de nos cellules et on attendit. Double n'arrêtait pas d'essuyer sa salive avec son bras.

On nous distribua des bols et des cuillères en bois. Pursey remplit chaque bol à ras bord en plongeant sa louche dans la grande marmite de ragoût. Il était épais et crémeux (de la vraie crème, à mon avis), avec de gros morceaux de poulet, des petits pois, des carottes et du maïs. Plusieurs fois, je m'étais demandé d'où venaient ces aliments, mais présentement, je ne pensais qu'à manger.

« Ttendez en vos ellules, ordonna Pursey de sa voix éraillée et mourante. Y a aut chose. »

Le récipient en céramique cachait une salade de fruits : pêches, myrtilles et fraises. Incapable d'attendre – sentir et voir de véritables fruits me faisait perdre tout contrôle –, je renversai le contenu de la tasse dans ma bouche, directement, essuyai le jus sur mon menton et me léchai les doigts. Mon corps accueillit avec bonheur ce délice après un régime strict composé de viande et de carottes, de viande et de carottes et encore de viande et de carottes. Les tourtes furent divisées en quinze parts (Gully ne mangerait plus jamais). Comme il n'y avait pas d'assiettes, on les mangea dans nos mains. Iota engloutit la sienne avant même que la dernière part ait été distribuée.

« C'est aux pommes ! s'exclama-t-il en postillonnant des miettes. Un vrai régal !

– Profitez-en, petits ! » lança un des soldats, et il éclata de rire.

Car demain on va mourir, pensai-je, en espérant que ça ne serait pas vraiment demain. Ni après-demain. Ni le jour suivant. Je ne savais toujours pas comment on allait faire pour sortir d'ici, ni même si Pursey connaissait le moyen de quitter la Salle des Officiels. Je savais juste que je voulais agir avant le deuxième tour du Un Contre Un, où je risquais – c'était fort probable – d'être opposé à Jaya. Et dans ce cas, ce ne serait pas vraiment équitable.

Les gardes et les employés de la cuisine repartirent, mais les portes des cellules restèrent ouvertes encore un moment. Je plongeai ma cuillère dans le ragoût. Il était délicieux. Oh, la vache ! *Bon bon pour mon bidon*, aurait dit Bird Man à la grande époque où, assis sur nos vélos devant le Zip Mart, on mangeait des Twinkies ou des Slim Jim. En regardant dans la cellule voisine, je vis Stooks s'empiffrer obligé de plaquer sa main sur sa joue pour empêcher la sauce de s'échapper par la plaie. Certaines images de mon séjour à Deep Maleen resteront gravées en moi à tout jamais. Celle-ci en fait partie.

Quand mon bol fut vide (j'ai honte d'avouer que je le léchai jusqu'à la dernière goutte, comme Jack Sprat et sa femme), je pris ma part de tourte et mordis dedans. La mienne n'était pas aux pommes, mais à la crème anglaise. Soudain, mes dents rencontrèrent quelque chose de dur. Je découvris un petit bout de crayon qui dépassait de la crème. Autour était enroulée une bande de papier.

Personne ne me regardait : ils étaient tous concentrés sur leur repas, si différent du traitement habituel. Je glissai le bout de crayon et le papier sous la paillasse de Hamey. Il ne dirait rien.

Les portes étant ouvertes, on eut tout loisir de se retrouver après le dîner pour bavarder. Iota se rendit dans ma cellule. Bientôt rejoint par Ammit. Ils m'encadrèrent, mais je n'avais pas peur d'eux. Je sentais que mon statut de prince me protégeait des actes de brutalité.

« Comment tu comptes franchir l'obstacle des soldats de la nuit, Charlie ? » demanda Iota.

Il n'avait pas dit *Comment tu comptes*, mais c'est ce que j'entendis.

« Je ne sais pas », avouai-je.

Grognement d'Ammit.

« Pas encore, ajoutai-je. À votre avis, combien ils sont ? En comptant Kellin ? »

Iota, qui était à Deep Maleen depuis très longtemps, réfléchit.

« Vingt, je dirais. Vingt-cinq au maximum. Très peu de soldats de la Garde du Roi ont rejoint Elden quand il est revenu dans la peau de Flight Killer. Et tous ceux qui ont refusé sont morts.

– C'est *eux* qui sont morts », dit Ammit en parlant des soldats de la nuit.

Il n'avait pas tort.

« Ouais, dit Iota, mais quand il fait jour – dans le monde du dessus –, ils sont plus faibles. La lumière bleue autour d'eux brille moins. Tu as dû t'en apercevoir, Charlie. »

En effet. Néanmoins, il suffisait d'en toucher un, d'essayer simplement, pour recevoir une décharge paralysante. Iota le savait. Les autres aussi, forcément. Et le contexte ne jouait pas en notre faveur. Avant le premier tour du Un Contre Un, on était en supériorité numérique. Plus maintenant. Si on attendait après le deuxième tour, on ne serait plus que huit. Moins même, s'il y avait des blessés graves comme Freed et Gully.

« En fait, tu n'as pas une seule putain d'idée », dit Ammit et il attendit… en espérant que je le contredise, sans doute.

Hélas, j'en étais incapable, mais je savais une chose qu'ils ignoraient.

« Écoutez-moi bien, tous les deux. Et passez le mot. Il existe une sortie. » À en croire Pursey, du moins. « Et si on réussit à contourner les soldats de la nuit, on pourra l'emprunter.

– En passant par où ? demanda Iota.

– Peu importe pour l'instant.

– Admettons. Comment on fera pour éviter les bleus ? »

On en revenait toujours à la même question.

« Je cherche. »

Ammit eut un geste d'agacement, dangereusement près de mon visage.

« T'as aucune idée. »

Je ne voulais pas jouer mon atout dès maintenant, mais je ne voyais pas d'autre solution. Je passai ma main dans mes cheveux pour faire apparaître mes racines blondes.

« Je suis le prince annoncé, oui ou non ? »

Cette fois, ils ne trouvèrent rien à redire. Iota alla même jusqu'à plaquer sa paume sur son front. Évidemment, il était plus porté à se montrer magnanime le ventre plein.

2

Pursey et son duo d'employés des cuisines revinrent peu de temps après cet échange, de nouveau accompagnés par deux soldats de la nuit. Leurs enveloppes bleues étaient nettement plus faibles – pastel et non plus indigo –, ce qui voulait dire que dehors, le soleil s'était levé, sans doute caché derrière les bancs de nuages habituels. Si on m'avait donné le choix entre un bol de ragoût et la lumière du jour, j'aurais choisi la lumière.

Facile à dire quand on est rassasié, pensai-je.

On déposa nos bols et nos tasses dans le chariot. Ils brillaient, comme neufs, et je songeai à Radar qui léchait sa gamelle jusqu'au bout en des temps meilleurs. Les portes de nos cellules se refermèrent violemment. Tout là-haut, il faisait jour. Pour nous, une nouvelle nuit commençait.

Le calme s'installa sur Maleen, troublé par davantage de rots et de pets qu'à l'accoutumée, mais ils furent bientôt remplacés par des ronflements. Tuer est une activité fatigante et déprimante. J'envisageai de réquisitionner la paillasse de Hamey pour m'isoler un peu plus du sol de pierre sur lequel on dormait, mais je ne pus m'y résoudre. Allongé sur le dos, je contemplais la fenêtre à barreaux, toujours noire. Malgré mon immense fatigue, chaque fois que je fermais les yeux, je voyais ceux de Cla dans les derniers instants, quand c'étaient encore les yeux d'un être vivant, ou bien Stooks qui plaquait sa main sur sa joue pour empêcher le ragoût de couler.

Je finis par m'endormir. Et je rêvai de la Princesse Leah au bord de l'étang, tenant sur ses genoux le sèche-cheveux stylé de ma mère, le Pistolaser violet de la mort. Ce rêve avait une raison d'être, qu'il s'agisse de la magie d'Empis ou de la magie plus ordinaire de mon inconscient qui essayait de me transmettre un message, mais avant que je puisse le comprendre, un bruit me réveilla. Des cliquetis et quelque chose qui frottait contre la pierre.

Je me redressai et regardai autour de moi. Le brûleur à gaz mural bougeait dans son trou. Dans le sens des aiguilles d'une montre, d'abord, puis en sens inverse.

« Qu'est-ce que... ? »

C'était la voix d'Iota, provenant de la cellule d'en face. Je posai mon index sur ma bouche. *Chut !*

J'obéissais à mon instinct. Tous les autres dormaient, en gémissant parfois (des cauchemars sans doute), et il n'y avait certainement pas de micros, pas ici, à Empis.

On regarda l'applique bouger de droite à gauche. Au bout d'un moment, elle se détacha du mur et resta suspendue au tuyau métallique. Il y avait un truc dans le trou. Tout d'abord, je crus que c'était un gros rat, mais la silhouette semblait trop *anguleuse.* Soudain, la chose s'extirpa de l'orifice et descendit le long du mur à toute vitesse, jusque sur le sol de pierre marbré de flaques.

« Putain, c'est quoi ça ? » murmura Iota.

Stupéfait, je regardai un criquet rouge aussi gros qu'un chat sautiller dans ma direction sur ses puissantes pattes arrière. Arrivé devant les barreaux de ma cellule, il leva vers moi ses yeux noirs. Les longues antennes qui sortaient de sa tête me rappelaient les oreilles de lapin du vieux téléviseur de M. Bowditch. Je remarquai une sorte de plaque renforcée entre ses yeux et sa bouche, qui était comme figée en un sourire démoniaque. Et sous son ventre, ce qui ressemblait à un bout de papier.

Je posai un genou à terre.

« Je me souviens de toi. Comment va ta patte ? Mieux, on dirait. »

Le criquet sauta à l'intérieur de la cellule. Pour un spécimen du monde d'où je venais, cela n'aurait posé aucun problème. Celui-ci était si gros qu'il dut entrer en force. Il me regarda. Lui aussi se *souvenait* de moi. J'avançai la main, lentement, et caressai le dessus de sa tête chitineuse. Comme s'il attendait ce signal, il bascula sur le côté. Il y avait effectivement un bout de papier sous la plaque de son ventre, fixé à l'aide d'une sorte de colle. Je le détachai délicatement pour éviter de le déchirer. Le criquet se redressa sur ses six pattes (quatre pour marcher, apparemment, et deux grosses à l'arrière pour sauter) et il bondit sur la paillasse de Hamey. D'où il continua à m'observer.

Encore de la magie. Je commençais à m'y habituer.

Je dépliai le bout de papier. Le message était rédigé en lettres si minuscules que je dus l'approcher de mon visage pour lire, mais mon attention fut attirée par une chose bien plus importante : une touffe de poils fixée sur le message avec la même colle. Je la reniflai. L'odeur était légère, mais reconnaissable.

Radar.

Le message disait : *Es-tu vivant ? Peut-on t'aider ? RÉPONDS SI TU PEUX STP. La chienne va bien. C.*

« C'est quoi ? murmura Iota. Qu'est-ce qu'il t'a apporté ? »

J'avais un papier – un tout petit morceau – fourni par Pursey et un bout de crayon. Je pouvais répondre. Mais que dire ?

« Charlie ! Qu'est-ce que… ?

– La ferme ! J'ai besoin de réfléchir ! »

Peut-on t'aider ? demandait le message.

La grande interrogation était liée à ce pronom. Le mot venait de Claudia, évidemment. Grâce à son flair et à son sens de l'orientation, inné sans doute, ma chienne avait réussi à retrouver la maison de brindilles de Claudia. C'était une bonne nouvelle. Formidable. Mais Claudia vivait seule. Elle disait *je*, pas *on*. Woody l'avait-il rejointe ? Ou bien Leah, montée sur sa fidèle Falada ? Cela ne suffirait pas, sang royal ou pas. Mais s'ils rassemblaient d'autres personnes, le peuple gris… Était-ce un espoir insensé ? Oui, certainement. Toutefois, s'ils croyaient réellement que j'étais le prince annoncé, peut-être que…

Réfléchis, Charlie, réfléchis.

Je pensai au stade, le Terrain des Monarques autrefois, devenu le Terrain d'Elden. Il n'y avait pas d'électricité pour l'éclairer – le générateur de fortune, alimenté par des esclaves, que m'avait montré Aaron était insuffisant –, pourtant le stade était illuminé, durant le Un Contre Un au moins, grâce aux rangées de brûleurs à gaz XXL qui bordaient la structure circulaire.

J'avais mille questions en tête et juste une petite bande de papier. Ce n'était pas l'idéal, d'autant qu'il y avait fort peu de chances que j'obtienne des réponses. Mais j'avais une idée, ce qui était mieux que rien. Problème : cette idée ne fonctionnerait pas si je ne trouvais pas un moyen de neutraliser les soldats de la nuit.

Si j'y parvenais… et si ce criquet rouge providentiel, auquel j'avais rendu un fier service un jour, transmettait mon message à Claudia…

Je pliai mon précieux bout de papier et le déchirai soigneusement en deux. Puis, en tout petit, j'écrivis : *Vivant. Guettez le prochain soir où le Terrain des Monarques s'éclaire. Venez si vous êtes nombreux. Sinon, ne venez pas.* J'envisageai de signer, comme elle l'avait fait, puis me ravisai. En bas de ma bandelette de papier, en plus petit encore, j'ajoutai (non sans une certaine gêne) : *Prince Sharlie.*

« Approche », murmurai-je au criquet.

Il demeurait posé sur la paillasse de Hamey. Les articulations de ses pattes arrière démesurées saillaient comme des coudes. Je claquai des doigts et il bondit pour atterrir devant moi, sacrément plus vivace que lors de notre première rencontre. Je le poussai délicatement du bout des doigts et il se coucha sur le côté complaisamment. La substance étalée sur son ventre était encore très collante. J'y fixai mon message et dis :

« Vas-y. Apporte la réponse. »

Le criquet se redressa, sans bouger toutefois. Iota le dévisageait de ses gros yeux exorbités qui menaçaient de jaillir de leurs orbites.

« Va, murmurai-je et je montrai le trou au-dessus de l'applique qui pendait. Retourne chez Claudia. »

Je m'aperçus soudain que j'étais en train de donner des instructions à un criquet. Et j'en conclus que j'avais perdu la tête.

Il me regarda avec ses yeux noirs empreints de gravité pendant une ou deux secondes encore, puis il se retourna et se faufila entre les barreaux. Il sautilla jusqu'au mur, le palpa avec ses pattes avant, comme pour tester la pierre, et grimpa vite fait bien fait.

« Putain, c'est *quoi*, ça ? » demanda Stooks dans la cellule voisine.

Je ne pris pas la peine de répondre. Certes, il était rouge et gigantesque, mais si Stooks ne reconnaissait pas un criquet, il était aveugle.

Le trou était beaucoup plus étroit que l'espace entre les barreaux de ma cellule, mais le criquet parvint à s'y glisser sans perdre mon message. Et je m'en réjouis, songeant aux personnes qui auraient pu le lire si ce bout de papier était tombé sur le sol. Impossible de savoir, évidemment, s'il demeurerait collé au ventre du criquet pendant que celui-ci empruntait en sens inverse les méandres qui l'avaient conduit jusqu'à moi. Et s'il serait encore en place quand il atteindrait Claudia. Ni même s'il parviendrait jusqu'à elle. Mais avais-je – avions-nous – une autre option ?

« Stooks. Eye. Faites passer le mot. On est obligés d'attendre le deuxième tour, mais on foutra le camp d'ici avant qu'il débute. »

Le regard de Stooks s'illumina.

« Comment ?

– Je continue à réfléchir. Maintenant, laissez-moi. »

Je voulais me concentrer. Je voulais également caresser la petite touffe de poils que m'avait envoyée Claudia, en rêvant que je caressais la chienne à qui elle appartenait. Mais le simple fait de savoir que Radar était vivante m'avait soulagé d'un poids que je portais sans en avoir conscience.

« Je comprends pas pourquoi cet insecte rouge est venu vers toi, dit Iota. C'est parce que tu es le prince ? »

Je secouai la tête.

« Tu connais l'histoire de la souris qui ôte une épine plantée dans la patte du lion ?

– Non.

– Je te la raconterai un jour. Quand on sera sortis d'ici. »

3

Le lendemain, il n'y eut pas de « récréation », ni de festin. Mais on eut droit à un petit-déjeuner malgré tout, et Pursey étant seul, je pus lui remettre un message que j'avais rédigé sur l'autre moitié du bout de papier qu'il m'avait donné. Ce message tenait en quelques mots : *Comment sortir de la Salle des Officiels ?* Sans le lire, Pursey le glissa sous sa chemise ample qui ressemblait à une blouse et continua à pousser son chariot dans le couloir.

La nouvelle se répandit : *Le Prince Charlie a un plan d'évasion.*

Si les soldats de la nuit venaient effectuer une inspection – c'était peu probable dans la journée, mais c'était déjà arrivé –, j'espérais qu'ils ne percevraient pas cette énergie nouvelle, cette vivacité, qui habitait leurs gladiateurs captifs. Sans doute que non car la plupart me paraissaient assez lourdauds. Mais ce n'était pas le cas d'Aaron, ni du Grand Intendant.

Quoi qu'il en soit, les dés étaient jetés (toujours en supposant que Jiminy Cricket apporte mon message à Claudia). À l'occasion du deuxième tour du Un Contre Un, les derniers héritiers de Gallien allaient peut-être se présenter à l'entrée de la ville hantée avec une horde d'êtres gris. Si on parvenait à sortir d'ici et à les rejoindre, on avait une chance de recouvrer la liberté, et même de renverser la créature qui avait fait main basse sur le pouvoir et jeté une malédiction sur le royaume autrefois si agréable d'Empis.

Mais je me contenterais de la liberté. Je ne voulais pas mourir dans cette cellule humide ou sur le champ de bataille pour le plaisir d'Elden et de ses lèche-bottes ; et je ne voulais pas voir mes compagnons mourir non plus. On n'était plus que quinze. Gully était décédé la veille au soir, pendant qu'on profitait du festin, semblait-il. Deux hommes gris vinrent le chercher au petit-déjeuner, sous la surveillance d'un soldat de la nuit qui s'appelait peut-être Lemmil, ou Lammel, ou bien Lemuel. Pour moi, ça ne changeait rien. J'avais envie de le tuer. J'avais envie de tous les tuer.

« S'il existe un moyen d'éliminer les soldats de la nuit, tu as intérêt à le trouver rapidement, prinçounet, me glissa Ammit quand ils eurent emmené Gully. Pour Flight Killer, je sais pas, mais cette chienne qui est avec lui, cette Petra, elle va bientôt exiger un nouveau meurtre. Elle prend son pied. »

Il n'utilisa pas cette expression, mais je compris le sens de ses paroles. Et il n'avait pas tort.

Ce soir-là, le lendemain du festin, le dîner se composa de morceaux de porc mal cuit. Rien qu'en regardant le mien, j'avais des haut-le-cœur et je faillis le balancer dans la fosse à merde. Une chance que je ne l'aie pas fait car Pursey avait caché un autre message à l'intérieur, rédigé de cette même écriture de personne éduquée : *Déplacer grande vitrine. Porte. Peut être verrouillée. Détruire ce mot. Votre dévoué, Perceval.*

J'aurais aimé en savoir plus, mais je devrais me contenter de ces indications, qui seraient utiles seulement si on atteignait la Salle des Officiels, de toute façon. Les badines, on pourrait s'en charger, à condition de régler le problème du champ à haute tension qui entourait nos ravisseurs. Mais supposons qu'on y arrive…

Pouvait-on les tuer, alors qu'ils étaient déjà morts ?

4

Je redoutais le petit-déjeuner du lendemain, sachant que si Pursey nous apportait des saucisses, le deuxième tour aurait lieu avant que je trouve le moyen de neutraliser les bleus. Mais on eut droit à de grosses barres de céréales recouvertes d'une sorte de sirop de fruits rouges. J'attrapai la mienne au vol, la mangeai et me servis du gobelet percé pour me laver les mains. Iota me regardait à travers les barreaux de sa cellule en se léchant les doigts. Il attendait que Pursey s'en aille.

Après son départ, il dit :

« Une journée de plus pour permettre aux blessés de se rétablir un peu, mais si c'est pas demain, ce sera sûrement après-demain. Ou dans trois jours au maximum. »

Il avait raison, et ils comptaient tous sur moi. C'était absurde de leur part de placer toute leur confiance dans un lycéen, mais ils avaient besoin d'un faiseur de miracles, et j'avais été choisi.

Dans ma tête, j'entendis le coach Harkness ordonner : *Au sol et fais-moi vingt pompes, espèce de bon à rien.*

N'ayant pas de meilleure idée, et parce que j'avais le sentiment d'être un bon à rien, en effet, je fis des pompes. Mains bien écartées. Je descendais lentement. Je touchais le sol avec mon menton. Et je remontais lentement.

« Pourquoi tu fais ça ? me demanda Stooks en m'observant à travers les barreaux.

– Ça me détend. »

Une fois passée la raideur initiale (et les protestations inévitables du corps auquel on demande de travailler), c'est un exercice détendant, oui. Je repensais à mon rêve. Dans lequel Leah tenait le sèche-cheveux violet de ma mère. Croire que la réponse à mon problème – *notre* problème – se trouvait dans un rêve s'apparentait indubitablement à de la pensée magique. Mais pourquoi pas, puisque j'avais échoué dans un lieu où régnait la magie ?

Pour l'anecdote (mais ce n'en est pas vraiment une, attendez et vous verrez), j'avais lu *Dracula* l'été qui avait précédé mon entrée en cinquième. Sur les conseils pressants de Jenny Schuster, là encore, peu de temps avant que sa famille et elle partent vivre dans l'Iowa. Je voulais lire *Frankenstein* (je l'avais emprunté à la bibliothèque), mais elle m'avait dit que c'était rasoir : un style merdique mélangé à une tonne de philosophie à deux balles. *Dracula* était cent fois mieux, affirmait-elle. L'histoire de vampires la plus cool de tous les temps.

Je ne sais pas si elle avait raison – difficile de prendre très au sérieux les jugements littéraires d'une ado de douze ans, même si c'est une experte en matière d'horreur –, mais *Drac* était vraiment un bon bouquin. Pourtant, bien que j'aie oublié depuis longtemps ces histoires de buveurs de sang, de pieux plantés dans le cœur et d'ail qu'on fourrait dans la bouche des morts, je me souvenais d'une chose que disait Van Helsing à propos du rire, qu'il appelait le Rire Roi. Il affirmait que le Rire Roi ne frappait pas à la porte, il entrait sans frapper. Vous savez que c'est la vérité si, un jour, vous n'avez pas pu vous empêcher de rire en voyant un truc drôle, pas uniquement sur le coup, mais chaque fois que vous y repensiez. Eh bien, je crois qu'il en va de même de l'inspiration. Impossible de déceler un enchaînement, vous ne pouvez pas dire : *Je pensais ceci et ça m'a amené à penser cela*. L'inspiration ne frappe pas à la porte.

J'avais dépassé les vingt pompes, puis les trente, et au moment où j'allais arrêter… une illumination. L'idée qui se dérobait une seconde plus tôt était là maintenant, dans toute sa splendeur. Je me levai et approchai des barreaux.

« Je sais ce qu'on va faire. Je ne sais pas si ça va marcher, mais on n'a pas le choix.

– Je t'écoute », dit Iota.

Je lui parlai du sèche-cheveux de ma mère et bien évidemment, il ne comprit rien. Dans son monde, une femme aux cheveux longs les laissait sécher au soleil après les avoir lavés. Il saisit parfaitement le reste, en revanche. Tout comme Stooks qui nous écoutait de sa cellule, voisine de la mienne.

« Faites passer le mot », leur dis-je.

Stooks plaqua sa paume sur son front et s'inclina. Ces marques de dévotion me filaient les jetons, mais si cela permettait de maintenir leur unité, j'étais prêt à les supporter jusqu'à ce que je puisse redevenir un gars ordinaire. Mais je ne croyais pas vraiment que ce soit possible, même si je survivais à cette aventure. Certains changements sont éternels.

5

Le lendemain matin, saucisses.

Habituellement, Pursey restait muet quand il nous servait, mais ce matin-là, il avait quelque chose à dire. Ce fut bref : « Gez, gez. » Je devinai que ça signifiait *Mangez, mangez.*

Tous les autres eurent droit à trois saucisses. Et moi, à quatre. Pas uniquement parce que j'étais le Prince de Deep Maleen. Dans chaque saucisse était cachée une allumette enrobée d'une tête en soufre. J'en glissai deux dans une de mes chaussettes sales et deux dans l'autre. Je croyais savoir à quoi elles devaient servir. J'espérais ne pas me tromper.

6

Après une nouvelle attente insupportable, la porte du couloir s'ouvrit enfin. Aaron fit son entrée, accompagné de Lemmil (ou quel que soit son nom) et de deux autres gardes.

« Dehors, petits ! brailla Aaron en écartant les bras pour ouvrir nos cellules. Une belle journée en perspective pour huit d'entre vous, une mauvaise pour les autres ! Allez, allez ! »

On obéit. Hatcha n'était plus là pour essayer de se faire porter pâle, Stooks s'était occupé de lui, mais le visage de ce pauvre Stooksie ne serait plus jamais comme avant. Iota me regarda avec un demi-sourire. Un mouvement rapide de sa paupière aurait pu être un clin d'œil. J'y puisai du courage. Et je me disais que, même si on ne réussissait pas à s'enfuir, Elden, Petra et sa bande de lèche-culs se verraient privés de leur Un Contre Un.

Au moment où je passais devant Aaron, il m'arrêta en appuyant l'extrémité de sa badine sur les lambeaux de mon T-shirt. Le visage humain semi-transparent qui recouvrait sa tête de mort souriait.

« Tu te crois différent, hein ? Les autres te croient différent ? Ils vont comprendre leur erreur.

– Traître, répondis-je. Vous avez trahi tous vos serments. »

Ce qui restait d'humain en lui perdit son sourire. Seul le squelette de son crâne affichait un rictus éternel. Il leva sa badine pour l'abattre sur mon visage et le fendre en deux, de la naissance des cheveux au menton. J'attendis sans bouger, allant jusqu'à lever la tête pour recevoir le coup. Quelque chose s'était exprimé par ma bouche et avait prononcé des paroles vraies.

Aaron laissa retomber sa badine.

« Nan, nan, je ne veux pas te défigurer. Je laisse ça à celui qui aura la joie de te supprimer. Allez, hop ! Avant que je décide de te faire un câlin qui te fera chier dans ton froc. »

Il n'oserait pas, je le savais. Et Aaron le savait aussi. Les duels du deuxième tour avaient été décidés et il ne pouvait pas se permettre de foutre en l'air le tableau en m'infligeant une décharge électrique capable de me faire perdre connaissance ou même de me tuer.

Je suivis les autres et il en profita pour me frapper à la cuisse, déchirant mon pantalon. La douleur initiale fut suivie d'une intense sensation de brûlure et d'un flot de sang. Je n'émis pas un son. Je ne voulais pas offrir ce plaisir à cet enfoiré de mort-vivant.

7

On nous conduisit dans le même vestiaire, à deux portes de la Salle des Officiels, qui était peut-être – *peut-être* – notre ticket de sortie. Le tableau d'affichage avait été installé au centre de la salle, comme la fois précédente. Seule différence : il y avait moins de duels au programme.

UN CONTRE UN – DEUXIÈME TOUR

Premier groupe

Ocka/Gully (d)
Charlie/Jaya
Murf/Freed

Deuxième groupe

Bendo/Bult
Cammit/Stooks
Eris/Quilly
Double/Mesel

Troisième groupe

Ammit/Iota

Ainsi, cette fois, les deux costauds avaient été choisis pour le dernier duel. Je me disais que cela aurait fait un beau combat, mais quoi qu'il arrive au cours des prochaines minutes, il n'aurait pas lieu.

Le Grand Intendant nous attendait comme il l'avait fait avant le premier tour, dans son bel uniforme d'apparat. Qu'aurait pu arborer le dictateur de quelque pays d'Amérique centrale déshérité le jour de la fête nationale.

« C'est reparti, dit-il de sa voix bourdonnante. Certains d'entre vous sont mal en point, mais prêts à se battre et impatients, j'en suis sûr. N'est-ce pas ?

– Oui, Grand Intendant, dis-je.

– Oui, Grand Intendant », répétèrent mes compagnons.

Il regarda le sang sur ma cuisse.

« Tu m'as l'air légèrement amoché déjà, Prince Charlie. »

Je ne répondis pas.

Il balaya les autres du regard.

« N'est-ce pas ainsi que vous l'appelez ? Prince Charlie ?

– Non, Grand Intendant, dit Ammit. Ce n'est qu'un petit fils de pute qui se donne de grands airs. »

Cette réponse plut à Kellin. Ses lèvres humaines esquissèrent un sourire. Sans masquer l'éternel rictus dessous. Il reporta son attention sur moi.

« On dit que le véritable prince peut flotter dans les airs et changer de forme. Tu flottes dans les airs ?

– Non, Grand Intendant.

– Tu changes de forme ?

– Non. »

Il leva sa badine, plus longue et plus épaisse que celles de ses troupes.

« Non *qui* ?

– Non, Grand Intendant.

– C'est mieux. Je vais vous laisser un peu de temps pour vous préparer, petits. Lavez-vous pour faire honneur à vos supérieurs, je vous en prie, et profitez-en pour réfléchir à l'ordre de bataille du jour. Lavez vos cheveux et peignez-les en arrière, ils voudront voir vos visages. Je compte sur vous pour offrir un spectacle de qualité à Sa Majesté, comme vous l'avez fait lors du premier tour. Compris ?

– Oui, Grand Intendant », répondit-on comme des élèves du cours préparatoire bien sages.

De nouveau, il promena sur nous ses yeux sans fond comme s'il nous soupçonnait de mijoter quelque chose. Et peut-être qu'il se méfiait, en effet. Puis il s'en alla. Suivi des autres.

« Regardez ça ! fanfaronna Ocka. Je vais me battre contre un mort ! Je devrais sortir vainqueur, non ?

– Aujourd'hui, il n'y aura que des vainqueurs, ou aucun », dis-je.

Je regardai l'étagère sur laquelle étaient alignés seize seaux. Eh oui, ils en avaient même mis un pour Gully.

« Bien vu, grogna Iota.

– Jaya et Eris, placez-vous de chaque côté de la porte. Je veux que vos deux seaux soient remplis à ras bord. Les autres, prenez des seaux vous aussi, mais mettez-vous à terre. À quatre pattes.

– Pourquoi donc ? » demanda Bendo.

Une vieille blague de collégien me revint en mémoire : Adam et Ève sont sur le point de faire l'amour pour la première fois. « Recule, ma chérie, dit Adam. Je ne sais pas jusqu'où ce machin peut grandir. »

« Parce que je ne sais pas ce qui va se passer. »

Et parce que, songeai-je, *on ne doit jamais utiliser un sèche-cheveux quand on prend un bain.* Ma mère me l'avait appris.

À voix haute, j'ajoutai :

« Ce n'est pas *nous* qu'on va laver. Et ça va marcher. »

Je paraissais optimiste, mais j'avais des doutes. Je n'étais sûr que d'une chose : tout irait très vite.

8

« J'entends un bruit de pas, murmura Eris. Ils arrivent.

– Attendez qu'ils entrent, dis-je. Ils ne vous verront pas, ils regarderont droit devant eux. »

Espérais-je.

Les deux femmes plaquèrent leur seau contre leur poitrine. Pendant qu'on était tous à quatre pattes, un seau rempli d'eau à portée de main. Ammit et Iota m'encadraient de manière protectrice. La porte s'ouvrit. C'étaient les deux mêmes soldats qui avaient escorté les combattants du premier groupe, lors du premier tour. J'avais espéré voir Kellin ou Aaron, mais je ne fus pas surpris. Ils se trouvaient certainement sur le terrain, pour gérer les festivités.

Les soldats s'arrêtèrent et nous regardèrent, tous à quatre pattes sur le sol, en rang d'oignons. Un des deux demanda :

« Qu'est-ce que… ?

– MAINTENANT ! » criai-je.

Jaya et Eris les aspergèrent d'eau.

Comme je l'ai dit, j'ignorais ce qui pouvait se passer, mais jamais je n'aurais pu imaginer ce qui se passa : les deux gardes explosèrent ! Une fraction de seconde, deux éclairs recouvrirent mon champ de vision d'un voile blanc J'entendis quelque chose – non, plusieurs « quelque chose » – passer dans un souffle au-dessus de ma tête, et une brûlure semblable à une piqûre de guêpe enflamma mon avant-bras. Il y eut un hurlement strident, un cri de guerre poussé par une femme. Ayant la tête baissée, je ne vis pas si c'était Jaya ou Eris. Suivirent plusieurs cris de douleur teintés de surprise, de tous les côtés.

« Debout ! » hurlai-je.

À ce stade, difficile de dire ce qui s'était passé, mais je savais qu'on devait foutre le camp. Les explosions des deux soldats de la nuit n'avaient pas fait beaucoup de bruit : un gros meuble qui tombe sur un tapis. En revanche, le cri de guerre de cette femme n'avait pas pu passer inaperçu. Sans oublier cette rafale de projectiles. En me relevant, je vis un truc planté dans le front d'Iota, au-dessus de son œil gauche. Du sang dégoulinait sur le côté de son nez. C'était un éclat d'os. J'en avais un dans le bras. Je le retirai et le laissai tomber.

Plusieurs autres prisonniers avaient été blessés, mais personne ne semblait estropié, excepté Freed, déjà gravement atteint. Murf, son adversaire désigné dans le premier groupe, le soutenait.

Iota retira l'éclat d'os planté dans son front et promena autour de lui un regard incrédule. Il y avait des morceaux d'os partout, semblables à des éclats de vaisselle brisée. Des deux soldats de la nuit il ne restait que les uniformes, réduits en lambeaux, comme s'ils avaient subi un tir de grenaille à bout portant.

Une main se referma autour de mon cou et Ammit, indemne, me serra brutalement contre lui.

« Si tu ne nous avais pas fait mettre à quatre pattes, on aurait tous été réduits en bouillie. » Il déposa un baiser sur ma joue. « Comment tu as su ?

– Je ne savais pas. » Je n'avais eu qu'une idée en tête : nous tenir en position accroupie, prêts à charger comme l'escouade offensive d'une équipe de football. « Sortez tous ! m'écriai-je. Et prenez vos seaux. Eye et Ammit, passez devant. On va dans la Salle des Officiels, deux portes plus loin. Si d'autres soldats de la nuit rappliquent, vous les aspergez et vous vous jetez à terre. *Tout le monde* se jette à terre, mais essayez de ne pas renverser vos seaux. On sait ce qui se passe maintenant. »

Alors qu'on sortait avec nos seaux (Eris écarta du pied un des uniformes déchiquetés et cracha dessus), je jetai un dernier coup d'œil derrière moi. Le vestiaire où on était censés attendre notre tour pour aller nous battre était devenu un cimetière.

Tant mieux.

9

Ammit et Iota nous précédèrent. Eris avait pris le seau destiné au regretté Gully pour remplacer le sien. Jaya, dont le seau était vide désormais, fermait la marche. Au moment où on atteignait la Salle des Officiels, deux autres soldats de la nuit dévalèrent le couloir depuis le terrain très éclairé.

« Oi ! s'écria l'un d'eux (je suis quasiment sûr d'avoir entendu *oi*). Qu'est-ce que vous faites tous là ? C'est juste le premier groupe ! »

Ammit et Iota s'arrêtèrent. On les imita. Ammit joua à merveille la confusion :

« On y va pas tous ensemble cette fois ? Pour saluer Sa Majesté ? »

Les soldats se rapprochèrent.

« Le premier groupe seulement, abrutis ! brailla le second. Les autres, retournez dans... »

Ammit et Iota se regardèrent. Iota hocha la tête. Tous les deux avancèrent avec une parfaite synchronisation, comme s'ils avaient répété. Ils lancèrent l'eau de leurs seaux et se jetèrent au sol. On les avait devancés, en nous jetant carrément à plat ventre. On avait eu une chance incroyable la première fois ; cela ne se reproduirait peut-être pas.

Les deux soldats explosèrent comme leurs camarades. Les éclairs et les bruits sourds s'accompagnèrent d'un grésillement électrique, évoquant un petit transfo juste avant qu'il soit grillé par une surtension, et je perçus une odeur d'ozone. Des nuages d'os éclatés nous survolèrent. Ils heurtèrent les murs et rebondirent sur le sol.

Ammit se releva et se tourna vers moi, dévoilant toutes ses dents dans un immense sourire qui n'était pas seulement féroce, mais diabolique.

« Tirons-nous d'ici, Charlie ! Il nous reste une douzaine de seaux ! On va en exploser un max !

– Non. Même si on réussit à en liquider quelques-uns, ils vont nous massacrer ensuite. Ce qu'on veut, c'est s'enfuir, pas se battre ! »

Mais Ammit était remonté, et pas qu'un peu. Je sentais qu'il ne m'écouterait pas. Heureusement, Iota le prit par le cou et le secoua.

« C'est qui le prince, ducon ? Lui ou toi ?

– Lui.

– Exact. Alors on fait ce qu'il dit.

– Venez, dis-je. Bendo ? Bult ? Vos seaux sont pleins ?

– À moitié, répondit Bult. J'avoue que j'en ai renversé un peu, mon prin...

– Passez devant, jusqu'à la sortie. Toi aussi, Double. Avec Cammit. Si d'autres soldats se pointent...

– On leur fera prendre un bain », dit Cammit.

Je précédai les autres en tenant mon propre seau. J'avais perdu un peu d'eau moi aussi – mes jambes de pantalon étaient mouillées –, mais le seau était encore aux trois quarts plein. La porte de la Salle des Officiels était fermée à clé.

« Ammit. Eye. Voyez ce que vous pouvez faire. »

Ils percutèrent la porte en tandem. Elle s'ouvrit à la volée. Il faisait sombre à l'intérieur et l'image résiduelle de l'explosion, encore imprimée sur ma rétine, n'arrangeait rien.

« Quelqu'un voit quelque chose ? criai-je. On cherche une grande vitrine. Qui… »

Un cri retentit à l'arrière du groupe. Une seconde plus tard, un éclair jaillit. Grâce auquel j'aperçus le meuble en question, accossé au mur du fond, flanqué d'une demi-douzaine de chaises en bois. Un hurlement de douleur retentit, suivi d'un second éclair aveuglant.

Bendo, Double et Cammit entrèrent dans la salle. Cammit saignait abondamment du visage et du bras. Des fragments d'os dépassaient de ses blessures, semblables à des piquants de porc-épic jaunâtres.

« J'en ai eu deux autres, haleta Bendo, mais le deuxième a eu le temps de cramer Bult. Il l'a serré contre lui… il s'est mis à *trembler…* »

On avait donc perdu un homme, mais si Bendo disait vrai, les soldats de la nuit en avaient perdu six au total. Un joli score, même s'ils étaient encore nombreux.

« Eye, aide-moi à déplacer ce meuble. »

Je n'eus pas l'occasion de participer. Iota marcha à grands pas vers ce qui ressemblait au vaisselier de ma mamie. Il y colla son épaule et poussa de tout son poids. Le meuble se déplaça de plus d'un mètre, chancela, puis bascula avec fracas. Derrière, il y avait une porte, comme promis dans le message transmis par Pursey.

D'autres cris – semblables à des bourdonnements – s'élevèrent quelque part. Lointains, mais affolés. Le Grand Intendant avait-il deviné que ses prisonniers tentaient de s'enfuir ? Ses hommes et lui savaient en tout cas qu'il se passait *quelque chose.*

Stooks souleva le loquet de la porte et l'ouvrit. J'éprouvai un mélange d'étonnement et d'optimisme. *Porte peut être verrouillée*, disait le message. Pas *peut-être*, mais *peut être*. J'espérais ne pas me tromper sur la signification de cette formulation.

« Allez-y, dis-je. Tous. »

Ils se précipitèrent. Murf soutenait toujours Freed. Ma vision s'était éclaircie et j'avisai une lanterne en forme de torpille posée sur une des chaises. Béni soit Pursey… *Perceval.* S'ils découvraient qu'il nous avait aidés et que notre tentative d'évasion échouait, il aurait de gros ennuis. Et peut-être même si elle réussissait.

Iota ressortit.

« Putain, il fait nuit noire là-dedans, Charlie. Je… » Il aperçut la lanterne. « Oh ! Si seulement on avait de quoi l'allumer… »

Je posai mon seau, glissai la main dans ma chaussette et en sortis une allumette. Iota nous regarda d'un air hébété, elle et moi.

« Tu es vraiment le prince. »

Je lui tendis l'allumette.

« Peut-être, mais je sais pas comment ça fonctionne. Fais-le, toi. »

Pendant qu'il allumait la lanterne (le réservoir en verre contenait du pétrole ou un combustible quelconque), des pas en provenance du terrain se ruèrent vers nous.

« Oi ! Oi ! Qu'est-ce qui se passe ici ? » Je connaissais cette voix, bourdonnement d'insecte ou pas. « Pourquoi cette porte est-elle ouverte ? »

Iota me regarda et leva les mains. L'une tenait la lanterne, l'autre rien. Pas de seau.

« Entre là-dedans, dis-je. Et ferme la porte. Je crois qu'elle se verrouille de l'intérieur.

– Je refuse de te…

– ENTRE ! »

Il entra.

Aaron apparut à l'entrée de la salle. Son aura palpitait d'une lueur si vive qu'elle faisait mal aux yeux. Et je me retrouvai face à lui, un seau à la main. Il se figea, trop estomaqué pour réagir.

Dommage qu'il n'ait pas continué à avancer, songeai-je. Je fis un pas vers lui et l'aspergeai d'eau.

Je la vis décrire un arc de cercle au ralenti : un énorme cristal informe. Sous la peau, la tête de mort continua à sourire, mais sur les vestiges de son visage humain, je vis la stupeur. J'eus juste le temps de penser à la Méchante Sorcière de l'Ouest qui hurle *Je fonds ! Je fonds !* Aaron laissa tomber sa putain de badine et leva le bras, comme pour contrer ce qui allait se produire. Je me jetai à plat ventre une fraction de seconde avant que la détonation éclatante expédie Aaron dans un au-delà que j'espérais infernal.

Des fragments d'os passèrent au-dessus de moi… non sans causer quelques dégâts. Cette fois, ce ne fut pas une simple piqûre de guêpe au bras, mais des traînées de douleur sur mon cuir chevelu et dans mon épaule gauche. Je me relevai malgré tout, titubai et me retournai vers l'entrée de la salle. Des renforts accouraient. Il me fallait de l'eau. Il y avait un lavabo au fond de la pièce, mais je n'avais pas le temps.

Je soulevai le loquet et tirai la porte vers moi, m'attendant à ce qu'elle soit verrouillée. Elle ne l'était pas. J'entrai, la refermai aussitôt et me saisis de la lanterne par l'anse en bois. En l'abaissant, je découvris deux verrous sur la porte. Ils paraissaient solides. Je priai pour qu'ils le soient. Au moment où je poussais le second, je vis le loquet intérieur se soulever et la porte trembler sur ses gonds. Je reculai. La porte était en bois, et non en métal, néanmoins je ne voulais pas courir le risque d'être électrocuté.

« Ouvrez ! Au nom d'Elden Flight Killer !

– Au nom d'Elden Flight Killer, va te faire foutre ! » répliqua quelqu'un derrière moi.

Je me retournai. Dans la lumière dérisoire de la lanterne, je dénombrai treize personnes. On était rassemblés dans un couloir bordé de carreaux blancs. J'avais l'impression d'être dans un couloir du métro. Des brûleurs à gaz éteints, fixés à hauteur de visage, disparaissaient dans l'obscurité. Tous les prisonniers – ex-prisonniers, pour le moment – me regardaient, yeux écarquillés ; à l'exception d'Ammit et d'Iota, ils paraissaient terrifiés. Et ils attendaient – bon sang ! – que le Prince Charlie les guide.

Des poings martelaient la porte. Une lumière bleue éclatante filtrait sur les côtés et en dessous.

Prendre la tête de ce petit groupe n'était pas difficile, pour le moment du moins, car il n'y avait qu'une seule direction. Je me frayai un passage au milieu de mes compagnons en brandissant la lanterne. Je me sentais idiot : la Statue de la Liberté tenant sa torche à bout de bras. Je songeai à une réplique entendue dans un film de guerre vu sur TCM. Elle sortit de ma bouche avant même que je décide de la prononcer. C'était grotesque ou inspiré.

« Allez, fils de putes ! Vous voulez vivre éternellement ? »

Ammit s'esclaffa et me tapa dans le dos, si fort que je faillis lâcher la lanterne, ce qui nous aurait plongés dans ce que les vieux romans d'horreur appelaient « l'obscurité vivante ».

Je me mis en marche. Ils me suivirent. Les coups frappés à la porte faiblirent, puis on les laissa derrière nous. Les soldats de la nuit allaient en baver pour l'enfoncer, parce qu'elle s'ouvrait vers l'extérieur et parce que, à l'intérieur de leurs auras, il n'y avait pas grand-chose… comme on le savait maintenant.

Béni soit Perceval, dont le message n'était pas timoré, comme je l'avais cru tout d'abord. C'était une invitation : la porte peut être fermée. Comprenez : *derrière vous.*

« Qui veut vivre éternellement ? » rugit Iota et les carreaux renvoyèrent l'écho assourdi de sa voix.

« Moi », dit Jaya… et croyez-le si vous voulez, on éclata de rire.

Tous autant qu'on était.

CHAPITRE VINGT-SIX

Le tunnel et la station. Grattements. Le Dépôt du Tramway. Red Molly. La réception de bienvenue. Le chagrin d'une mère.

1

Je pense que le tunnel mesurait environ deux kilomètres, entre la Salle des Officiels et l'endroit où il débouchait enfin à l'air libre, mais sur le coup, avec une unique lanterne pour nous guider, il paraissait sans fin. Il montait en permanence, interrompu parfois par de courtes volées de marches : six ici, huit là, quatre un peu plus loin. Soudain, le tunnel tourna brutalement à droite, et on tomba sur un autre escalier, plus long celui-ci. Murf n'avait plus la force de soutenir Freed, alors ce fut Ammit qui le porta. Quand j'arrivai en haut, je m'arrêtai pour reprendre ma respiration. Ammit me rejoignit. Nullement essoufflé, maudit soit-il.

« Freed prétend qu'il sait où débouche le tunnel, déclara-t-il. Dis-lui, Freed. »

Celui-ci leva les yeux vers moi. Dans la lumière pâle de la lanterne, son visage offrait un horrible spectacle de bosses, d'hématomes et de coupures. De tout cela, il pourrait se remettre, mais sa plaie à la jambe était infectée. Je sentais l'odeur.

« J'accompagnais parfois les officiels, à l'époque, dit-il. Les juges et les arbitres. Pour soigner les entailles, les fractures et les crânes brisés, ce genre de choses. C'était pas comme le Un Contre Un, où on tue pour tuer, mais le (*un mot que je ne compris pas*), c'était quand même violent. »

Le reste de notre joyeuse bande était regroupé un peu plus bas dans l'escalier. On ne pouvait pas se permettre de s'arrêter, mais on avait (j'avais) besoin de savoir ce qui se trouvait devant nous, alors j'agitai le poing devant Freed en lui ordonnant de m'en dire plus, mais rapidement.

« On n'empruntait jamais ce tunnel pour rejoindre le Terrain des Monarques, mais on s'en servait souvent pour repartir. Et chaque fois qu'Empis perdait, à cause de la foule enragée.

– À mort l'arbitre, dis-je.

– Hein ?

– Non, rien. Où débouche ce tunnel ?

– Au Dépôt du Tramway, évidemment. » Freed parvint à grimacer un sourire. « Vous devez bien comprendre une chose : quand Empis perdait une rencontre, il valait mieux quitter la ville.

– Ce Dépôt, il est loin de la porte principale ? »

Freed me dit ce que je voulais entendre et craignais de ne pas entendre.

« Non, tout près.

– En route, alors. »

Je faillis ajouter *Allez, allez, petits,* mais je me retins. C'était le langage de nos ravisseurs, et je refusais d'employer ce mot méprisant. On avait liquidé sept d'entre eux. Quoi qu'il se passe au bout de ce tunnel, c'était déjà ça.

« Qui a encore un seau avec de l'eau ? » lançai-je.

Six d'entre nous avaient encore un seau, mais aucun n'était plein. Je leur demandai de venir se placer derrière moi. On utiliserait ce qu'on avait, et après, on ferait ce qu'on pourrait.

2

On atteignit un autre escalier et Ammit, enfin essoufflé lorsqu'on arriva en haut, remit Freed à Iota.

« Laissez-moi ici, dit le Doc. Je suis un poids mort.

– Garde ton souffle pour refroidir ton porridge », grogna Iota.

Il avait peut-être dit *porridge*, comme dans l'histoire de Boucle d'or et les Trois Ours, ou bien *soupe.*

Le couloir devenait plus raide, comme celui qui menait au terrain. Je priai pour qu'on arrive bientôt au bout car le réservoir de la lanterne était presque vide et la lumière faiblissait. Soudain, sur notre droite, j'entendis des grattements et des raclements, derrière les carreaux du mur. Tout près. Je repensai alors à ma course désespérée vers la porte de la ville, lorsque j'avais trébuché sur les pierres tombales, et les poils de ma nuque se dressèrent.

« C'est quoi, ça ? demanda Quilly. On dirait... »

Il n'acheva pas sa phrase, mais on savait tous à quoi ressemblaient ces bruits : des doigts. Des doigts qui creusaient la terre vers le tunnel.

« Je ne sais pas », dis-je.

Une réponse qui ressemblait certainement à un mensonge.

Eris dit :

« Quand son esprit n'est pas en paix – je parle d'Elden –, les morts s'agitent. C'est ce qu'on m'a raconté. Mais c'est peut-être juste une histoire pour faire peur aux enfants. Et même si c'est vrai, je... je pense pas qu'ils peuvent entrer ici. »

Je n'en étais pas aussi sûr. J'avais vu des mains sortir de terre, les morts tendre leurs bras dans le monde des vivants, et j'avais entendu grincer des gonds rouillés, comme si *quelque chose* émergeait des cryptes et des tombes. Plusieurs *quelque chose*, peut-être.

« C'est juste des rats », dit Mesel. Il essayait de prendre un ton autoritaire. « Ou des campagnols. Ou des furets. Tout le reste, c'est des histoires pour effrayer les enfants, comme elle l'a dit. »

Je ne pensais pas vraiment qu'ils puissent franchir le mur carrelé qui nous séparait ; néanmoins, je ne fus pas mécontent de laisser ces grattements derrière nous. S'ils provenaient bel et bien du cimetière, j'avais une vague idée de l'endroit où on se trouvait, et si je ne me trompais pas, on était tout près de la porte, en effet.

Au moment où on atteignait un nouvel escalier, long et raide, la flamme de la lanterne se mit à vaciller.

« Laissez-moi ici, laissez-moi, gémissait Freed. Je suis foutu.

– Ferme-la ou je t'achève pour de bon », haleta Iota, et il attaqua la montée de l'escalier en portant Freed dans ses bras. Je les suivis et tous les autres en firent autant. Au sommet se trouvait une petite pièce avec des bancs disposés de chaque côté et une porte. Celle-ci était verrouillée, mais pas de l'intérieur cette fois. Cela aurait été trop facile. La poignée était un levier rouillé. Ammit l'empoigna, l'abaissa et tira de toutes ses forces. La poignée se brisa.

« Merde ! » Il la lâcha et examina sa main qui saignait. « Eye ! Amène-toi ! Mets-toi à côté de moi et vas-y ! »

Iota remit Freed à Cammit et à Quilly, avant de venir se coller à Ammit, épaule contre épaule. À l'intérieur de la lanterne, la flamme eut un dernier soubresaut, comme un mourant qui pousse son ultime soupir. L'espace d'un court instant, je vis nos ombres projetées sur les carreaux blancs, puis on se retrouva plongés dans l'obscurité la plus totale. Jaya gémit.

« Avec moi ! rugit Ammit. À trois, tu enfonces cette porte comme tu n'as jamais enfoncé quoi que ce soit dans ta putain de vie ! Un… deux… TROIS ! »

Un mince filet de lumière apparut lorsque la porte trembla dans son encadrement, avant qu'on replonge dans le noir complet.

« Oh, tu peux cogner plus fort que ça, espèce de… »

Femmelette ? Gonzesse ? Les deux mots se chevauchèrent dans mon esprit.

« À trois ! Un… deux… TROIS ! »

La serrure devait être solide car elle tint bon. Ce furent les gonds qui cédèrent, envoyant valdinguer la porte. Iota et Ammit trébuchèrent. Iota tomba à genoux, Ammit l'aida à se relever. On les suivit.

« Bénis soient les dieux ! » s'exclama Ocka.

Un vaste espace vide renvoya l'écho de sa voix : *ni-ni… ieu-ieu.* Une seconde plus tard, un nuage d'ailes parcheminées nous enveloppa.

3

Eris et Jaya poussèrent des cris stridents dans une harmonie parfaite. Mais elles ne furent pas les seules à hurler de terreur. Je faisais partie du lot. Je lâchai la lanterne pour protéger ma tête et l'entendis se briser sur le sol de pierre.

« Des chauves-souris, dit Freed d'une voix sifflante. C'est juste des chauves-souris. Elles perchent dans… »

Pris d'une quinte de toux, il ne put achever sa phrase, mais il pointa le doigt vers les ombres profondes sous le toit.

Ammit prit le relais en beuglant : « *C'est des chauves-souris ! Elles vous feront pas de mal ! Restez où vous êtes et chassez-les !* »

On agitait les bras, et pour ma part, j'espérais que ce n'étaient pas des vampires car elles étaient énormes, comme celles qui vivaient dans le tunnel entre l'Illinois et Empis. Je les voyais tournoyer grâce à la faible lumière extérieure – un clair de lune dans un linceul de nuages, devinai-je – qui entrait par un alignement de petites fenêtres très hautes. La plupart de mes compagnons gesticulaient frénétiquement. Cammit et Quilly, obligés de porter Freed, ne pouvaient pas chasser les chauves-souris, mais le Doc agitait faiblement les bras, en crachant ses tripes.

Enfin, la colonie s'enfuit et regagna les hauteurs de la gigantesque salle dans laquelle on se trouvait. Cette partie du dépôt abritait le garage visiblement. Il y avait là au moins vingt wagons, parfaitement alignés. Sur leurs capots qui ressemblaient à des nez écrasés étaient peintes différentes destinations : FRONT DE MER, DEESK, ULLUM, TAYVO NORD, TAYVO SUD, ÎLES VERTES. Les perches installées sur les toits, destinées à recevoir l'électricité provenant des câbles suspendus (la plupart gisaient dans les rues désormais), pendaient mollement et tristement. Sur les côtés des quelques wagons que je pouvais voir figuraient, en lettres dorées, des mots qui n'avaient plus cours à Empis : AMITIÉ, BONNE ENTENTE, BONTÉ, AMOUR.

« Comment on va sortir de là ? » demanda Stooks.

Eris répondit : « Tu n'as pas appris à lire ?

– Aussi bien que n'importe quel garçon de labour, je suppose », répliqua Stooks, grognon.

Moi aussi, je serais grognon, songeai-je, si j'étais obligé de plaquer ma main sur ma joue pour éviter que les aliments foutent le camp.

« Lis ce qui est marqué là, alors », dit Eris en montrant une haute arche centrale au fond du garage.

Au-dessus, on pouvait lire : SORTIE.

On passa sous cette arche : treize aspirants à l'évasion marchant derrière leur prince qui ne savait pas où il allait. On déboucha dans une pièce presque aussi vaste que le garage où s'alignaient, d'un côté, d'anciens guichets ; et de l'autre, une succession d'arches plus petites, au-dessus desquelles étaient peintes des destinations là encore. Les vitres des guichets avaient été brisées ; une immense statue de papillon avait été fracassée en mille morceaux, et une peinture murale représentant elle aussi des papillons avait été éclaboussée de peinture, mais les vandales n'avaient pas réussi à dégrader la totalité de la fresque : tout en haut, des carreaux d'un jaune éclatant faisaient le tour de la salle. Sur chacun figurait un monarque. Je me sentis réconforté en voyant ce qui avait échappé aux sbires d'Elden, et si je ne me trompais pas, il y avait non loin d'ici quelque chose qui pourrait m'être utile.

« Venez », dis-je en montrant une rangée de portes.

Je me mis à courir.

4

On jaillit dans le monde extérieur ; certains d'entre nous tenaient encore leurs seaux. On se rassembla au sommet de l'escalier qui descendait jusqu'à la Route des Gallien. Cammit et Quilly portaient Freed en ahanant sous l'effort. Soudain, j'entendis le fracas métallique du bus trapu du Grand Intendant, devant lequel couraient une douzaine de soldats de la nuit étalés sur toute la largeur de la voie. J'avais cru que le petit véhicule de Kellin était le dernier moyen de transport motorisé de Lilimar, mais je me trompais. Un autre véhicule précédait la meute des soldats de la nuit, et contrairement au bus, il ne fonctionnait pas à l'électricité. Il fonçait droit sur nous en bêlant et en pétaradant. Un gigantesque guidon dépassait à l'avant d'un large wagon. Quatre roues cerclées de fer arrachaient des étincelles aux pavés.

Assise sur une chaise surélevée, Red Molly pédalait comme une furie pour décupler l'énergie, quelle que soit sa nature, fournie par le moteur du wagon. Ses genoux énormes montaient et descendaient à toute allure. Elle était penchée sur le guidon tel un motard casse-cou juché sur son engin. On pourrait atteindre la porte de la ville avant les soldats, mais Red Molly allait trop vite.

Je vis des poteaux rayés rouge et blanc, je vis l'enchevêtrement des câbles de tramway tombés sur le sol qui avaient failli me faire trébucher, et je vis le nid de ronces dans lequel j'avais lancé mon sac à dos pour courir un peu plus vite. Je n'avais pas réussi la première fois, et je ne réussirais pas davantage cette fois-ci. Mes camarades non plus. À moins que mon sac à dos soit toujours là.

« Je vais me la faire, cette chienne ! grogna Iota, poings serrés.

– On sera deux, dit Ammit. Tu peux me croire.

– Non », dis-je. Je pensais à Aloysius, le neveu de Woody, que la mère de Red Molly avait décapité d'un revers de la main. « Attends, Eye.

– Je peux… »

Je l'agrippai par l'épaule.

« Elle ne nous a pas encore vus. Elle regarde droit devant elle. J'ai un truc. Fais-moi confiance. » Je me tournai vers les autres. « Vous tous, restez là. »

Plié en deux, je dévalai l'escalier. Le wagon motorisé et pétaradant était si près maintenant que je distinguais les traits de Red Molly… mais elle continuait à regarder droit devant elle, les yeux plissés – peut-être était-elle myope ? –, s'attendant sans doute à voir notre groupe courir vers la porte de la ville.

J'aurais pu l'attaquer par surprise, peut-être, mais soudain une petite forme humaine vêtue d'un pantalon vert – au fond déchiré – se précipita au milieu de la chaussée en agitant les bras. « *Il est là !* » brailla Peterkin en me montrant du doigt. Comment avait-il pu nous voir ? Nous attendait-il ? Je ne l'ai jamais su, et je m'en foutais déjà. Cette saleté d'avorton avait le don d'apparaître toujours au plus mauvais moment.

« *Il est là ! Juste là !* » Doigt pointé, il sautait sur place, surexcité. « *Tu le vois donc pas, espèce de grosse chienne bigleuse ? IL EST JUSTE…* »

Sans ralentir une seule seconde, la géante se pencha sur le côté et le frappa au passage. Peterkin s'envola. J'eus le temps d'entrevoir son visage, déformé par l'étonnement et la stupeur, avant que son corps se sépare par le milieu. Le coup de Red Molly avait été si violent qu'il avait littéralement coupé le nain en deux. Ses intestins s'éparpillèrent, alors qu'il planait à six ou sept mètres du sol. Une fois de plus, je pensai à Rumplestiltskin. Impossible de faire autrement.

Red Molly affichait un large sourire qui dévoilait des dents taillées en pointe.

Dieu merci, ils n'avaient pas trouvé mon sac à dos. Je m'égratignai les bras en l'extirpant de l'amas de ronces, mais je ne sentais rien. Une des lanières qui fermaient le sac coulissa sans peine, l'autre s'entortilla. Je l'arrachai d'un coup sec et sortis des boîtes de sardines, un pot de beurre de cacahuètes, un bocal de sauce à spaghettis contenant de la nourriture pour chien, un T-shirt, ma brosse à dents, un caleçon…

Iota agrippa mon épaule. Ma petite bande de guerriers armés de seaux d'eau l'avait suivi au pied de l'escalier, malgré mes ordres, mais c'était aussi bien, finalement.

« Eye, prends-les avec toi et courez ! Tu porteras Freed. Ceux qui ont encore de l'eau formeront ton arrière-garde ! En arrivant à la porte, tu cries : *Ouvrez au nom de Leah des Gallien !* Tu t'en souviendras ?

– Ouais.

– À MOOOORT ! » brailla Red Moly.

De sa voix de baryton, alimentée par de puissants poumons.

« Courez ! »

Iota fit signe aux autres en agitant son bras épais.

« Suivez-moi ! Magnez-vous ! »

La plupart s'élancèrent à sa suite. Sauf Ammit, qui resta près de moi. Apparemment, il s'était attribué le titre de garde du corps.

Je n'avais pas le temps de le faire changer d'avis. Enfin, je trouvai le calibre 22 de Polley au fond du sac et le sortis d'un geste brusque, en même temps que d'autres boîtes de sardines et un paquet de crackers Graham que je ne me souvenais pas d'avoir emporté. Red Molly s'arrêta à une dizaine de mètres du Dépôt du Tramway et descendit de son siège surélevé. Un de ses bras était trempé jusqu'au coude du sang de Peterkin. Ammit se plaça devant moi, ce qui posait un problème, à moins que j'aie l'intention de lui tirer une balle dans la tête. Je l'écartai.

« *Dégage, Ammit !* »

Il m'ignora. Et fonça sur Red Molly en poussant un hurlement de rage. C'était un colosse, mais à côté de la géante, il ne semblait pas plus grand que Peterkin, qui gisait maintenant sur la route un peu plus loin, en deux morceaux. Un court instant, surprise par cette attaque inattendue, elle ne réagit pas. Et Ammit en profita tant qu'il le pouvait. Il agrippa une des larges bretelles de la géante et se hissa à la force du poignet. La bouche grande ouverte, il planta ses dents dans le bras de Red Molly, juste au-dessus du coude.

Elle poussa un hurlement de douleur, agrippa Ammit par sa tignasse de cheveux gras et éloigna cette tête. Elle serra le poing et l'écrasa non pas sur le visage de son adversaire, mais *à travers*. Les yeux d'Ammit jaillirent de leurs orbites dans deux directions différentes, comme s'ils ne voulaient pas voir le trou rouge à l'endroit où se trouvaient autrefois son nez et sa bouche. Red Molly le souleva, toujours d'une seule main, et secoua ce colosse comme une vulgaire marionnette. Après quoi elle le balança en direction du cimetière, dans une gerbe de sang provenant de la morsure de son bras. Ammit était un type baraqué et intrépide, et pourtant, se débarrasser de lui avait été pour elle un jeu d'enfant.

Et elle se tourna vers moi.

J'étais assis sur les pavés de la Route des Gallien, jambes écartées. Et je tenais le pistolet automatique de Polley à deux mains. Je n'avais pas oublié ce que j'avais ressenti quand le canon de cette arme appuyait sur l'arrière de mon crâne. Une fois de plus, je pensai à Rumplestiltskin, et à combien Polley m'avait rappelé ce nain de conte de fées. *Qu'est-ce que tu me donnes si je trempe ta paille dans l'or ?* Polley m'aurait tué après avoir mis la main sur les pépites de M. Bowditch, et il m'aurait balancé dans le puits magique caché dans le cabanon au fond du jardin.

Mais je me souviens surtout d'avoir prié pour que ce petit pistolet puisse arrêter une géante, de même que la petite pierre de David avait arrêté Goliath. Possible, s'il était bien chargé. Il avait déjà tiré deux fois, dans un monde moins magique que celui-ci.

Red Molly s'avança vers moi avec un grand sourire. Son bras pissait le sang. Elle s'en fichait, visiblement. L'ultime morsure d'Ammit allait peut-être provoquer une infection qui la tuerait, si je n'y parvenais pas…

« Tu n'es pas un prince, dit-elle de sa voix grondante. Tu es un microbe. Rien de plus qu'un microbe. Je vais te piétiner et… »

Je tirai. Le pistolet émit un *bang* poli, à peine plus bruyant que la carabine à air comprimé qu'on m'avait offerte pour mes six ans. Un petit trou noir apparut au-dessus de son œil droit. Elle se cabra et je tirai de nouveau. Cette fois, la balle pénétra dans sa gorge, et son hurlement de douleur provoqua un jet de sang, soumis à une telle pression qu'il paraissait solide, comme la hampe d'une flèche rouge. Je fis feu de nouveau, et cette fois, le trou noir, à peine plus gros que le point qui ponctue une phrase, apparut en haut de son nez. Rien ne l'arrêta.

« *TOIIIII… !* », beugla-t-elle, et elle tendit le bras vers moi.

Je ne reculai pas, je n'essayai même pas d'esquiver, cela m'aurait fait viser de travers, et de toute façon, il était trop tard pour fuir. Elle m'aurait rattrapé en quelques enjambées. Mais juste avant que sa main se referme sur ma tête comme elle s'était refermée sur celle d'Ammit, je tirai cinq balles coup sur coup. Chacune pénétra dans sa bouche grande ouverte. Les deux premières (ou les trois premières) arrachèrent la plupart de ses dents. Dans *La Guerre des mondes*, nos armes les plus sophistiquées ne parvenaient pas à arrêter les Martiens destructeurs, finalement décimés par des germes terrestres. Je pense qu'aucune des balles tirées par le petit pistolet de Polley ne parvint à tuer Red Molly, ni même les huit dans leur ensemble, c'est-à-dire toutes celles qui restaient dans le chargeur.

Je crois qu'elle avala ses dents… et s'étouffa.

5

Si elle avait basculé sur moi, son poids aurait pu me clouer au sol jusqu'à l'arrivée de Kellin et de ses soldats de la nuit, ou même me tuer directement. Elle devait peser dans les deux cent cinquante kilos, minimum. Heureusement, elle tomba à genoux d'abord, en suffoquant, tenant à deux mains sa gorge sanglante. Les yeux exorbités et aveugles. Je reculai en rampant sur les fesses, basculai sur le flanc et roulai sur moi-même. Les soldats de la nuit se rapprochaient. Je n'avais aucune chance d'atteindre la porte avant eux, et mon arme était vide.

Dans un ultime effort, Red Molly tendit vers moi son bras blessé, aspergeant mes joues et mon front de son sang. Avant de basculer face contre terre. Je me relevai. Je pouvais courir, mais à quoi bon ? Mieux valait faire front et mourir de la meilleure des manières.

À cet instant, je pensai à mon père, qui espérait encore me voir rentrer à la maison. Avec Lindy Franklin et mon oncle Bob, ils avaient dû inonder toutes les villes entre Sentry et Chicago de photos de moi et de Radar. AVEZ-VOUS VU CE GARÇON OU CE CHIEN ? Plus personne ne garderait le passage menant à Empis, et c'était peut-être plus grave que l'affliction d'un père ; pourtant, en voyant approcher les soldats de la nuit, c'était à lui que je pensais. Il avait cessé de boire, et tout ça pour quoi ? Sa femme était décédée et son fils avait disparu sans laisser de trace.

Mais si Iota pouvait conduire les autres de l'autre côté du mur d'enceinte, où les soldats de la nuit ne pouvaient pas s'aventurer, devinais-je, ils seraient libres. C'était déjà ça.

« *Approchez, fils de putes !* » criai-je.

Je balançai le pistolet, désormais inutile, et écartai les bras. Derrière l'alignement de formes bleues, Kellin avait arrêté son petit bus. Il se contenterait d'assister à ma mise à mort, songeai-je tout d'abord, mais ce n'était pas moi qu'il regardait. C'était le ciel. Les soldats de la nuit s'arrêtèrent à leur tour, à soixante-dix ou quatre-vingts mètres de moi. Eux aussi levaient les yeux et une stupéfaction identique se lisait sur les visages humains diaphanes qui recouvraient leurs têtes de mort.

La lumière était suffisante, même si les deux lunes poursuivaient leur course incessante derrière les nuages. L'un d'eux, plus bas que les autres, passait au-dessus du mur d'enceinte. Il fonçait en direction de la Route des Gallien, des commerces chics et des arches, et du palais au-delà, où les trois flèches de verre vert étincelaient dans les lumières qui entouraient le stade.

C'était un nuage de monarques, le genre de regroupement qu'on appelle un kaléidoscope. Ils me survolèrent sans s'arrêter. C'étaient les soldats de la nuit qu'ils visaient. Ils s'arrêtèrent au-dessus d'eux, tournèrent en rond et attaquèrent en piqué, tous ensemble. Les soldats de la nuit levèrent les bras, comme l'avait fait, disait-on, Flight Killer après son coup d'État, mais ils ne possédaient pas son pouvoir et les papillons ne périrent pas. Exception faite des premiers qui heurtèrent les auras à haute tension, provoquant des éclairs bleus aveuglants. Comme si une foule d'enfants invisibles agitait des cierges magiques le jour de la fête nationale. Des centaines de papillons s'embrasèrent, mais des milliers d'autres les suivirent, étouffant les auras mortelles ou provoquant des courts-circuits fatals. Le nuage parut se solidifier à mesure qu'il engloutissait les soldats de la nuit.

Mais pas le Grand Intendant Kellin. Son petit bus électrique effectua un demi-tour serré pour regagner rapidement le palais. Quelques monarques se lancèrent à sa poursuite, mais il allait trop vite pour eux, et de toute façon, le toit de son véhicule aurait protégé ce salopard. En revanche, les soldats qui nous avaient pourchassés étaient morts. Tous. Là où ils se trouvaient un peu plus tôt, les seuls mouvements encore perceptibles étaient des battements d'ailes fragiles. Je vis une main décharnée se lever… puis retomber dans la masse orange et rouge qui la recouvrait.

Je courus vers la porte. Elle était ouverte. Mon groupe de prisonniers était sorti de la ville, mais quelque chose arrivait à toute allure. Une forme noire, au ras du sol, qui aboyait furieusement. J'avais cru que mon seul désir était de quitter cette cité hantée, mais je m'apercevais maintenant qu'il y avait une chose que je désirais encore plus. Je repensai à Dora quand elle avait aperçu ma chienne : elle l'avait appelée, tant bien que mal, de sa voix brisée. J'avais la voix brisée moi aussi, non pas à cause de quelque malédiction, mais par les sanglots. Je tombai à genoux et tendis les bras.

« *Radar ! Radar ! RADAR !* »

Elle me percuta et me fit tomber à la renverse, en gémissant et en léchant mon visage à grands coups de langue. Je l'étreignis de toutes mes forces. Et je pleurai. Je ne pouvais plus m'arrêter. Ce n'était pas digne d'un prince, je suppose, mais comme vous l'avez peut-être déjà deviné, nous ne sommes pas dans ce genre de conte de fées.

6

Une voix tonitruante que je connaissais bien brisa nos joyeuses retrouvailles.

« SHARLIE ! PRINCE SHARLIE ! SORS DE LÀ, BORDEL, QU'ON PUISSE FERMER LA PORTE ! REJOINS-NOUS, SHARLIE ! »

OK, OK, pensai-je en me relevant. *Et magne-toi la rondelle, Prince Sharlie.*

Radar dansait autour de moi en aboyant. Je courus vers la porte. Claudia se tenait juste de l'autre côté, et elle n'était pas seule. Woody l'accompagnait et, entre eux, à cheval sur Falada, j'aperçus Leah. Et derrière eux d'autres personnes, une foule que je n'arrivais pas à discerner.

Claudia refusait de mettre un pied à l'intérieur de Lilimar, mais dès que je franchis la porte, elle m'agrippa et me serra contre elle, si fort que je sentis ma colonne vertébrale craquer.

« Où est-il ? demanda Woody. J'entends la chienne, mais où…

– Ici, dis-je. Juste là. »

Cette fois, l'étreinte vint de moi.

Quand je le relâchai, Woody porta sa paume à son front et mit un genou à terre.

« Mon prince, c'était vous dès le début, et vous êtes venu, comme le racontaient les vieilles histoires.

– Debout », dis-je. Avec les yeux mouillés de larmes, qui continuaient à couler (mêlées à la morve, que j'essuyai d'un revers de main) et couvert de sang, jamais je ne m'étais senti moins noble. « Je vous en prie, Woody, relevez-vous. Debout. »

Il obéit. Je me retournai vers mon groupe, qui nous regardait avec stupeur et émerveillement. Eris et Jaya s'étreignaient. Iota portait toujours Freed dans ses bras. À l'évidence, certains de mes amis, peut-être même tous, savaient exactement qui étaient ces trois personnes : pas uniquement des êtres sains, mais des êtres sains au sang pur. Les membres de la famille royale d'Empis exilés et, à l'exception peut-être de Yolande la folle et de Burton l'ermite, les derniers représentants de la lignée des Gallien.

Derrière les évadés du cachot se massaient une bonne soixantaine de personnes grises ; certaines brandissaient des torches, d'autres des lanternes semblables à celle que Pursey avait déposée à mon intention. Je remarquai quelqu'un que je connaissais. Radar s'était déjà élancée vers elle. Je lui emboîtai le pas, à peine conscient que toutes ces personnes difformes, victimes de la malédiction d'Elden (ou de la créature qui l'avait manipulé comme une marionnette) se mettaient à genoux autour de moi, la paume plaquée sur le front. Dora essaya elle aussi de s'agenouiller. Pas question de la laisser faire. Je l'étreignis, embrassai ses joues grises et le coin de sa bouche en croissant de lune.

Je la ramenai auprès de Woody, de Claudia et de Leah.

« FERME-TOI AU NOM DE LEAH DES GALLIEN ! » brailla Claudia.

La porte se mit à coulisser lentement. Le mécanisme gémissait comme une créature qui souffre. C'est alors que je vis une silhouette énorme parcourir à grandes enjambées l'artère centrale. Des nuées de monarques voltigeaient au-dessus et autour d'elle ; certains n'hésitant pas à se poser sur ses larges épaules et sa tête monolithique, mais cette silhouette massive n'étant pas celle d'un soldat de la nuit, ils l'ignoraient. Au moment où la lourde porte atteignait le milieu de son rail invisible, l'apparition poussa un gémissement de chagrin, si puissant, si terrible, que tout le monde, à l'exception de Claudia, se boucha les oreilles.

« MOLLY ! hurla Hana. OH, MA MOLLY ! OH, MA CHÉRIE, POURQUOI ES-TU AUSSI IMMOBILE ? »

Elle se pencha au-dessus de sa fille morte, puis se redressa. On était nombreux devant la porte qui continuait à se fermer, mais c'était moi qu'elle regardait.

« REVIENS ICI ! » Elle leva et secoua ses poings aussi gros que des rochers. « REVIENS, ESPÈCE DE LÂCHE, QUE JE TE TUE POUR CE QUE TU AS FAIT À MA FILLE CHÉRIE ! »

La porte se referma avec fracas, masquant la vision de la mère dévastée de Red Molly.

7

Je levai les yeux vers Leah. Pas de robe bleue ce soir-là. Pas de tablier blanc. Elle portait un pantalon noir glissé dans des cuissardes en cuir et un gilet bleu matelassé orné d'un monarque, les armoiries royales des Gallien sur le côté gauche, au-dessus du cœur. Une large ceinture entourait sa taille. Un poignard pendait sur sa hanche. De l'autre côté, un fourreau contenait une courte épée dotée d'une poignée en or.

« *Hello*, Leah, dis-je, intimidé soudain. Je suis très content de vous revoir. »

Elle me tourna le dos comme si elle ne m'avait pas entendu. Peut-être était-elle aussi sourde que Claudia. Son visage sans bouche restait de marbre.

CHAPITRE VINGT-SEPT

Réunion. Le Snab. Pas un prince Disney. Prince et princesse. Le pacte.

1

J'ai gardé deux souvenirs très précis de notre réunion. Personne ne prononça le nom Gogmagog et Leah ne me regarda pas une seule fois.

2

Six personnes et deux animaux étaient réunis dans le hangar ce soir-là, ce même hangar où, avec Radar, j'avais trouvé refuge avant de pénétrer dans Lilimar. Woody, Claudia et moi, on était assis par terre. Radar, allongée à côté de moi, avait posé sa truffe sur ma jambe pour être certaine que je ne m'enfuie pas de nouveau. Leah s'était assise à l'écart, sur le marchepied du tramway du Front de mer. Dans le coin le plus reculé se tenait Franna, la femme grise qui m'avait murmuré *Sauve-la*, juste avant que je quitte la ferme de la « gardedoi ». Elle caressait la tête de Falada, laquelle était plongée dans un sac de grains que tenait Iota. Dehors, les autres rescapés de Deep Maleen avaient été rejoints par un nombre grandissant de personnes à la peau grise. Aucun hurlement ne se faisait entendre : apparemment, les loups n'aimaient pas la foule.

Le revolver de M. Bowditch avait retrouvé sa place sur ma hanche. Claudia était peut-être sourde, mais elle possédait de bons yeux. Elle avait vu briller les pierres bleues de la ceinture dans les broussailles qui bordaient le mur d'enceinte. Il avait besoin d'être nettoyé et graissé avant que je puisse être sûr qu'il fonctionnait, et je devrais m'en occuper plus tard. Nul doute que je trouverais tout ce dont j'avais besoin sur les établis encombrés, au fond du hangar. Un ancien atelier de réparation, de toute évidence. En des temps meilleurs.

Woody déclara :

« Le serpent est blessé mais il vit toujours. Nous devons lui couper la tête avant qu'il renouvelle son poison. Et tu dois être notre leader, Charlie. »

Il sortit de la poche de son manteau un joli stylo à plume et un calepin, sur lequel il se mit à écrire, d'une main aussi rapide et sûre que n'importe qui, malgré sa cécité. Il le tendit ensuite à Claudia. Elle lut ce qu'il avait noté et hocha la tête vigoureusement.

« TU DOIS PRENDRE LA TÊTE, SHARLIE ! TU ES LE PRINCE QU'ON NOUS A PROMIS ! L'HÉRITIER D'ADRIAN VENU DU MONDE MAGIQUE ! »

Leah leva brièvement les yeux vers Claudia, puis baissa la tête de nouveau. Un rideau de cheveux masquait son visage. Ses doigts jouaient avec le manche moleté de son épée.

Je n'avais rien promis, à personne. J'étais épuisé et effrayé, mais il y avait quelque chose de plus important.

« Supposons que vous ayez raison, Woody, dis-je. Supposons qu'il soit dangereux pour nous, et pour tout Empis, de laisser Flight Killer renouveler son poison.

– C'est certain.

– Soit. Je refuse de pénétrer en ville à la tête d'une bande de gens majoritairement désarmés, si c'est ce que vous pensez faire. La moitié des soldats de la nuit sont morts, mais ils n'étaient pas très nombreux au départ…

– En effet, approuva Woody. La plupart ont préféré connaître une véritable mort plutôt que de devenir des morts-vivants au service d'un monstre. »

J'observais Leah (à vrai dire, j'avais du mal à en détacher mon regard) et je la vis tressaillir, comme si Woody l'avait frappée.

« On en a tué sept, et les monarques encore plus, dis-je. Mais il reste les autres.

– Pas plus d'une douzaine, grogna Iota dans le coin. Les monarques en ont tué dix, j'ai compté, et ils étaient moins de trente au départ dans la bande à Kellin.

– Tu es sûr ? »

Il haussa les épaules.

« Je suis resté enfermé dans ce trou pendant une éternité, sans rien d'autre à faire que de compter. Quand je comptais pas les soldats de la nuit, je comptais les gouttes qui tombaient du plafond ou le nombre de blocs de pierre sur le sol de ma cellule. »

Il y en avait quarante-trois dans la mienne.

« Même une douzaine, c'est trop, dis-je, vu qu'ils peuvent te faire perdre connaissance rien qu'en te touchant. Et te tuer s'ils te serrent contre eux. De plus, Kellin est toujours là pour commander ceux qui restent. »

Woody griffonna KELLIN sur son calepin et le montra à Claudia.

Étant aveugle, il le tendit dans la mauvaise direction et je dus me déplacer pour lire ce qui était écrit.

« KELLIN ! OUI ! s'écria Claudia. ET N'OUBLIEZ PAS HANA ! »

Oui, il ne fallait pas oublier Hana, assoiffée de sang.

Woody soupira et se frotta le visage.

« Kellin commandait la Garde du Roi quand mon frère régnait. Un homme intelligent et courageux. À l'époque, j'aurais ajouté "loyal". Jamais je n'aurais pu imaginer qu'il se retourne contre Jan. Mais bon, je n'aurais jamais pu imaginer qu'Elden fasse ce qu'il a fait. »

Il ne pouvait pas voir Leah lui tourner le dos comme elle l'avait fait lorsque j'avais levé les yeux vers elle pour la saluer. Mais cela ne m'échappa pas.

« Voici comment je vois les choses, dis-je. On doit arrêter Flight Killer avant qu'il commette une autre atrocité. Regardez ce qu'il a déjà fait. Il a peint en gris ce foutu royaume. Et même les habitants, à l'exception de quelques-uns, comme nous qui sommes des… » J'allais dire des *bâtards*, un terme que j'avais entendu dans la bouche de mon père à propos de Scooter MacLean, un copain de collège affublé de feuilles de chou à la place des oreilles. « Des gens sains, dis-je maladroitement. Qu'il a exterminés. Je ne sais pas comment m'en prendre à lui. Ni quand.

– Quand, c'est facile », dit Iota. Il avait fini de nourrir Falada et il fourra le sac vide dans une sacoche fixée sur les flancs de la jument. « En plein jour. Les bleus sont plus faibles, et ils ne peuvent pas sortir sous le soleil. Ou sinon… *pouf !* Il ne reste qu'un tas d'os. » Il se tourna vers moi. « À ce qu'on raconte, du moins.

– J'ai entendu la même chose, confirma Woody. Toutefois, j'ignore si c'est vrai. »

Il se remit à griffonner sur son calepin et le tendit à Claudia. Je ne voyais pas ce qu'il avait écrit, mais elle secoua la tête et sourit.

« NAN, NAN, IL NE PEUT PAS FAIRE PLUS QU'IL N'A DÉJÀ FAIT SANS ALLER OÙ ON SAIT, ET POUR ÇA IL FAUT ATTENDRE QUE LES LUNES S'EMBRASSENT ! C'EST LA LÉGENDE ET JE LA CROIS VRAIE ! »

Leah leva la tête et, pour la première fois, elle parut concernée. Elle se tourna vers Falada. Quand la jument se mit à parler, la réaction d'Iota prêta à sourire, c'est le moins qu'on puisse dire.

« Ma maîtresse les a vues ce soir, quand les nuages se sont écartés pendant un instant, dit Falada. Bella a failli rattraper Arabella ! »

Woody tapota le bras de Claudia pour obtenir son attention. Il pointa le doigt en direction de Leah, puis il montra le ciel et promena deux doigts devant le visage de Claudia, l'un derrière l'autre. Claudia ouvrit de grands yeux et son sourire disparut. Elle regarda Leah.

« TU AS VU ÇA ? »

Leah acquiesça.

Claudia revint à moi, elle affichait une expression que je ne lui connaissais pas. La peur.

« ALORS, C'EST SÛREMENT DEMAIN ! TU DOIS L'ARRÊTER, SHARLIE ! TOI SEUL PEUX LE FAIRE ! IL FAUT LE TUER AVANT QU'ARABELLA EMBRASSE SA SŒUR ! IL NE FAUT PAS LE LAISSER OUVRIR LE PUITS OBSCUR ENCORE UNE FOIS ! »

Leah se leva d'un bond, prit la bride de Falada et l'entraîna vers la sortie. Radar dressa la tête en gémissant. Franna rejoignit Leah et lui toucha l'épaule. Leah la repoussa. Je me levai à mon tour

« LAISSE-LA, LAISSE-LA. ELLE A LE CŒUR BRISÉ IL A BESOIN DE TEMPS POUR GUÉRIR », dit Claudia.

Cela partait d'un bon sentiment, certainement ; hélas, sa voix de stentor dépouillait ses paroles de toute compassion. Et faisait fuir Leah.

Je la rattrapai malgré tout.

« Leah, s'il vous plaît. Reve… »

Elle me repoussa. Si fort que je faillis tomber.

Et elle s'en alla, tirant derrière elle la jument qui était sa voix.

3

Elle n'eut pas besoin d'ouvrir la porte du hangar car en l'absence de loups dans les parages, on n'avait aucune raison de la fermer. La foule des gens gris grossissait encore, et quand Leah apparut, tenant sa monture par la bride, ceux qui étaient debout s'agenouillèrent. Et plaquèrent leur paume sur leur front. Pour moi, cela ne faisait aucun doute : si Leah ou les deux autres survivants de la famille royale leur ordonnaient de reprendre la ville, ou d'essayer du moins, ils obéiraient.

C'était ma venue qui avait provoqué cette situation. Toute tentative de ma part pour le nier se heurtait à une réalité simple : ces gens pensaient réellement que j'étais le prince qu'on leur avait promis. Pour Leah, je ne savais pas, mais Woody et Claudia le croyaient. Par conséquent, cette foule de rebelles potentiels, parmi lesquels se trouvait Dora, était sous ma responsabilité.

Je voulus rattraper Leah, mais Claudia me retint par le bras.

« NAN, RESTE ICI ! FRANNA VEILLERA SUR ELLE ! »

Woody intervint :

« Détends-toi, Charlie. Repose-toi, si tu peux. Tu dois tomber de fatigue. »

Je lui expliquai que mes compagnons et moi, on aurait peut-être sommeil au lever du jour, mais que pour le moment, on était parfaitement réveillés. L'adrénaline et la joie incommensurable d'avoir réussi à fuir notre cachot et le champ de bataille ne favorisaient pas l'envie de dormir.

Woody m'écouta attentivement et il écrivit quelques mots à l'intention de Claudia. J'étais fasciné par la précision de son écriture, alors qu'il ne voyait rien. Son mot disait : *Charlie et ses compagnons sont habitués à rester éveillés la nuit et à dormir le jour.*

Claudia hocha la tête pour signifier qu'elle comprenait.

« Elle est furieuse parce qu'elle l'aimait beaucoup, c'est ça ? demandai-je. Quand je l'ai rencontrée, elle m'a confié – par l'intermédiaire de Falada – qu'Elden avait toujours été bon avec elle. »

Woody écrivit sur son calepin et le tendit à Claudia : *Il veut savoir au sujet de L. et E.* Dessous, il avait ajouté un point d'interrogation.

« DIS-LUI CE QUE TU VEUX ! UNE LONGUE NUIT NOUS ATTEND ET LES LONGUES NUITS SONT PROPICES AUX HISTOIRES ! IL MÉRITE DE SAVOIR.

– Soit, dit Woody. Charlie, sache que Leah a décidé de croire qu'Elden était mort car elle ne veut pas – elle ne *peut* pas – croire qu'il est devenu Flight Killer. Enfants, ils étaient comme ça… » Il joignit ses mains et entrelaça ses doigts. « Notamment en raison des circonstances de leur naissance. Ils étaient les deux plus jeunes. Et quand on ne les ignorait pas, on les embêtait. Les sœurs aînées – Dru, Ellie, Joy et Fala – haïssaient Leah car, étant la petite dernière, elle était la chouchoute de leurs parents. Mais aussi parce qu'elles avaient un physique quelconque, alors qu'elle était jolie…

– QU'EST-CE QU'IL RACONTE ? tonna Claudia, et j'en conclus qu'elle savait lire sur les lèvres, finalement. IL PREND DES GANTS, COMME LE DIPLOMATE QU'IL ÉTAIT DU TEMPS OÙ JAN OCCUPAIT SON TRÔNE ? NAN, NAN, DIS LA VÉRITÉ, STEPHEN WOODLEIGH ! LEAH AVAIT LA BEAUTÉ D'UN MATIN D'ÉTÉ ET LES QUATRE AUTRES ÉTAIENT AUSSI LAIDES QU'UN BATEAU DE PIERRE ! ELLES AVAIENT HÉRITÉ DU PHYSIQUE DE LEUR PÈRE, ALORS QUE LEAH ÉTAIT LE PORTRAIT DE SA MÈRE ! »

Une fois encore, Claudia ne dit pas exactement *aussi laid qu'un bateau de pierre*, mais c'est ce que j'entendis. Je n'ai pas besoin de vous préciser, je pense, que j'avais droit à un autre conte de fées. Il ne manquait que la pantoufle de vair.

« Les filles ont aiguisé sur Elden leurs langues déjà bien affûtées, reprit Woody. Elles l'appelaient Courtaud, Pied-Bot, Loucheur ou encore Gueule Grise.

– Gueule Grise ? Vraiment ? »

Woody grimaça un sourire.

« Tu commences à comprendre la nature de sa vengeance, hein ? Depuis qu'Elden Flight Killer a pris le pouvoir, Empis est peuplé presque exclusivement d'individus au visage gris. Il a chassé les rares personnes qui étaient immunisées contre cette malédiction et il se ferait un plaisir de tuer tous les papillons monarques s'il le pouvait. Il ne veut aucune fleur dans son jardin, uniquement des mauvaises herbes. »

Il se pencha en avant et empoigna ses genoux en tenant son calepin dans une main.

« Les filles se limitaient aux paroles. Son frère, lui, terrorisait Elden à coups de poing et de pied quand il n'y avait personne pour le voir, hormis sa fidèle bande de lèche-bottes. Un acharnement gratuit. Robert était aussi beau qu'Elden était laid ; ses parents le dorlotaient et le chouchoutaient, alors qu'ils ignoraient Elden la plupart du temps, et Robert n'avait aucune raison d'éprouver de la jalousie à cause du trône, étant donné qu'il était l'aîné et certain, par conséquent, de succéder à Jan quand celui-ci mourrait ou se retirerait. Il détestait et haïssait son jeune frère, voilà tout… » Le vieil homme s'interrompit, songeur. « Je pense que l'amour a toujours ses raisons, alors que parfois, la haine n'en a pas. C'est un mal sans cause véritable. »

Je songeai à mes deux Rumplestiltskin : Christopher Polley et Peterkin. Pourquoi le nain s'était-il donné la peine d'effacer la piste des initiales qui m'aurait permis de quitter la ville bien avant la nuit ? Pourquoi avait-il risqué (et perdu) sa vie pour me dénoncer à Red Molly ? Parce que je l'avais empêché de faire du mal au criquet rouge ? Parce que j'étais grand et qu'il était petit ? Je n'y croyais pas une seconde. Il l'avait fait parce qu'il pouvait le faire, simplement. Et parce qu'il voulait jouer les trouble-fêtes.

Franna revint et murmura quelque chose à l'oreille de Woody. Celui-ci acquiesça.

« Elle dit qu'il y a, non loin d'ici, une église qui n'a pas été détruite. Leah est allée y dormir, avec Dora – la femme qui répare les chaussures – et quelques autres.

Je me souvenais d'avoir vu cette église.

« C'est peut-être une bonne idée. Elle doit être fatiguée. »

Pour Claudia, je montrai Franna à la porte et posai ma joue sur mes mains jointes pour mimer quelqu'un qui dort.

« FATIGUÉS ? LEAH ET NOUS TOUS ! ON A FAIT UN LONG VOYAGE. DES JOURS ET DES JOURS POUR CERTAINS !

– Continuez, je vous prie, dis-je à Woody. Vous disiez que les filles haïssaient Leah, et que Robert haïssait Elden.

– Ils haïssaient tous Elden. Tous sauf Leah. À la cour, on avait le sentiment qu'il ne vivrait pas au-delà de vingt ans. »

Je repensai à cette chose flasque et baveuse installée dans la loge des spectateurs VIP, dont la peau n'était même plus grise, mais d'un vert maladif, et je me demandais quel âge avait Elden maintenant. Je me demandais également ce qui remuait sous sa longue robe-caftan violette… sans être certain de vouloir le savoir.

« La haine et les mépris des autres ont soudé les deux plus jeunes, d'autant qu'ils éprouvaient une authentique affection l'un pour l'autre et aussi, je pense, parce qu'ils étaient plus intelligents. Ils exploraient le palais dans ses moindres recoins, du sommet des flèches où ils n'avaient pas le droit d'aller, mais où ils allaient quand même, aux niveaux les plus bas.

– Deep Maleen ?

– Sans doute, et plus bas encore. Il existe de nombreux et anciens passages sous la ville, où peu de gens se sont aventurés durant des années. J'ignore si Leah était avec Elden quand il a découvert par hasard le Puits Profond, car elle refuse de parler de leur adolescence, mais ils allaient presque partout ensemble, sauf peut-être à la bibliothèque du palais. Si intelligente soit-elle, Leah n'a jamais été une grande lectrice, contrairement à Elden. »

Iota intervint :

« Je parie que son frère se moquait de lui pour ça aussi. »

Woody se tourna vers lui et sourit.

« Exact, ami de Charlie. Ses sœurs aussi.

– QU'EST-CE QUE TU LUI RACONTES MAINTENANT ? » demanda Claudia.

Woody griffonna à son intention un bref résumé.

« PARLE-LUI D'ELSA ! »

Je me redressai.

« La sirène ?

– Oui, confirma Woody. La sirène du palais. L'aurais-tu rencontrée, par hasard ? »

J'acquiesçai. Mais je m'abstins de préciser dans quel état.

« Elle vivait dans un petit renfoncement caché, précisa Woody. Presque une grotte. J'aimerais croire qu'elle y vit toujours, mais j'en doute fort. Elle a dû mourir de faim, ou de manque d'attention. Ou de chagrin. »

Elle était morte, en effet, mais ce n'étaient pas le manque d'attention, ni la faim, ni le chagrin qui l'avaient tuée.

« Elden et Leah la nourrissaient, et elle leur chantait des chansons. Des chansons étranges mais belles. Leah en chantait certaines… Du temps où elle avait encore une bouche pour chanter. »

Je caressai la tête de Radar. Elle leva vers moi un regard ensommeillé. Notre périple avait été rude pour elle comme pour moi, mais pour elle, les choses s'étaient bien terminées. Elle avait droit à une nouvelle jeunesse et elle était entourée de gens qui l'aimaient. En repensant à sa fuite, je songeai à la manière dont j'avais appris qu'elle était toujours en vie.

« Parlez-moi du criquet, dis-je en m'adressant à Claudia. Le criquet rouge. Gros comme ça… » J'écartai les mains. « Je ne comprends pas comment il est parvenu jusqu'à vous. Il est arrivé avec Radar ? Et pourquoi… »

Elle me jeta un regard chargé d'exaspération.

« TU AS OUBLIÉ QUE JE NE T'ENTENDS PAS, SHARLIE ? »

En fait, oui. Je pourrais vous expliquer que c'était à cause de ses cheveux, défaits ce soir-là, qui masquaient les côtés de son visage, où les oreilles étaient absentes, mais ce ne serait pas vrai. J'avais oublié, voilà tout. Je racontai à Woody comment j'avais sauvé le criquet rouge des griffes de Peterkin, et comment, plus tard, je l'avais vu sortir d'un trou dans le mur du cachot, porteur d'un message collé sous son ventre. Message qui contenait également une touffe de poils de Radar. Et enfin, comment j'avais attaché mon propre message sur le ventre du criquet avant de le renvoyer là d'où il venait, en suivant la maxime de mon père : *Ne rien attendre, mais ne jamais perdre espoir.*

« Sage conseil », dit Woody, et il se remit à écrire sur son calepin. Il écrivait vite, et chaque ligne était étonnamment droite. Dehors, les personnes grises s'installaient pour la nuit ; celles qui avaient apporté des couvertures les partageaient. Un peu plus loin, j'apercevais Falada attachée à un poteau devant l'église, occupée à brouter de l'herbe.

Woody passa le calepin à Claudia, et alors qu'elle lisait ce qui était écrit, un sourire se dessina sur ses lèvres. Ce sourire la rendait belle.

Et quand elle parla, ce fut d'une voix beaucoup plus douce qu'en temps normal, comme si elle s'adressait à elle-même.

« En dépit de tous les efforts d'Elden pour le compte de l'entité qu'il sert – peut-être ne croit-il pas être l'instrument de cette chose, mais c'est le cas –, la magie survit. Car il est très difficile de la détruire. Tu as pu le constater par toi-même, hein ? »

Je hochai la tête et caressai Radar, mourante autrefois et redevenue jeune et robuste, après ses six tours de cadran solaire.

« Oui, la magie survit. Il se fait appeler Flight Killer maintenant, mais tu l'as vu de tes propres yeux : des milliers, non des MILLIONS de monarques vivent encore. Et si Elsa est sans doute morte, le Snab, lui, est toujours vivant. Grâce à toi, Sharlie.

– Le Snab ? » répéta Iota en dressant le buste. Sa grosse main frappa son front. « Par tous les dieux, pourquoi je l'ai pas reconnu ?

– Quand il est venu à moi…, reprit Claudia. Oh, Sharlie… Quand il est venu… »

Affolé, je la vis se mettre à pleurer.

« ENTENDRE à nouveau, Sharlie ! Oh, ENTENDRE à nouveau, même si ce n'était pas une voix humaine, quelle MERVEILLE… »

Radar se leva et marcha jusqu'à elle. Claudia approcha sa tête de la sienne pendant quelques secondes. En quête de réconfort. Woody la prit par les épaules. Je faillis faire de même, mais me retins. Prince ou pas, j'étais trop timide.

Claudia releva la tête et sécha ses larmes sur ses joues avec sa main. Sa voix retrouva son volume habituel.

« ELSA LA SIRÈNE CHANTAIT POUR LES ENFANTS. STEPHEN TE L'A DIT ?

– Oui », répondis-je.

Me souvenant qu'elle était sourde, je hochai la tête.

« ELLE CHANTAIT POUR TOUS CEUX QUI S'ARRÊTAIENT AFIN DE L'ÉCOUTER. MAIS SEULEMENT S'ILS CHASSAIENT DE LEUR ESPRIT TOUTES LEURS AUTRES PENSÉES. ROBERT ET LES SŒURS DE LEAH N'AVAIENT PAS DE TEMPS À PERDRE AVEC CE GENRE D'IDIOTIES. MAIS ELDEN ET

LEAH NE LEUR RESSEMBLAIENT PAS. C'ÉTAIENT DE BELLES CHANSONS, N'EST-CE PAS, WOODY ?

– Oui, très belles », confirma celui-ci, mais à en juger par son expression, je devinai que lui non plus n'avait jamais eu le temps de s'intéresser aux chansons d'Elsa.

Je tapotai mon front, puis tapotai celui de Claudia. Et levai les mains dans un geste interrogateur.

« OUI, SHARLIE. CE N'ÉTAIENT PAS DES CHANSONS QU'ON ENTEND AVEC LES OREILLES CAR LES SIRÈNES NE PARLENT PAS.

– Mais le criquet ? » Je mimai des bonds avec ma main. « Le… comment vous appelez ça ? Un snab ? »

Je vous épargne le timbre assourdissant de Claudia pendant un petit moment, d'accord ? Le criquet rouge n'était pas *un* snab, mais *le* Snab. Claudia l'appelait le roi du petit monde. Je supposais qu'elle parlait des insectes (*c'est rien qu'un foutu inseck*, avait dit Peterkin), mais par la suite, j'en vins à penser que le Snab régnait peut-être sur la plupart des créatures que j'avais croisées. Et à l'instar d'Elsa la sirène, le Snab pouvait s'adresser aux humains. Il avait parlé à Claudia après avoir accompagné Radar jusque chez elle. D'après Claudia, le Snab avait effectué la majeure partie du trajet sur le dos de ma chienne. J'avais du mal à me représenter la scène, mais je comprenais pourquoi : le criquet était encore convalescent après sa blessure à la patte.

Le Snab avait expliqué à Claudia que le maître de la chienne avait été tué ou fait prisonnier à Lilimar. Il avait demandé s'il pouvait faire quelque chose, maintenant qu'il avait conduit Radar en sécurité. Car, dit-il, ce jeune homme lui avait sauvé la vie et ce genre de dette devait être remboursée. Si le jeune homme était toujours en vie, dit-il, il était emprisonné à Deep Maleen, et le Snab connaissait un moyen d'y entrer.

« Le Snab, répéta Iota d'un air songeur. J'ai vu le Snab sans le savoir. Quel abruti !

– Il ne m'a pas parlé », dis-je.

Cette remarque fit sourire Woody.

« Est-ce que tu écoutais ? »

Non, bien sûr que non. J'avais l'esprit rempli de mes propres pensées… de même que la plupart des personnes qui passaient devant Elsa n'entendaient pas ses chansons, trop occupées pour écouter. Il en va de même dans mon monde, pour les chansons (et bien d'autres histoires). Elles parlent d'un esprit à l'autre, mais seulement si vous savez écouter.

Je songeai alors que je devais ma liberté non seulement au sèche-cheveux de ma mère, aperçu dans un rêve, mais aussi à un criquet auquel j'avais rendu un service. Vous vous souvenez quand je disais, au début, que personne ne me croirait ?

4

Woody et Claudia étaient fatigués, je le voyais bien. Radar somnolait elle aussi. Mais j'avais besoin d'en savoir plus.

« Que voulait dire Leah en parlant des lunes qui s'embrassent ? »

Woody répondit :

« Ton ami peut peut-être t'expliquer. »

Iota ne se fit pas prier. On lui avait raconté l'histoire des sœurs du ciel quand il était enfant, et vous le savez certainement, chère lectrice et cher lecteur, ce sont les histoires de notre enfance qui nous marquent le plus profondément et le plus longtemps.

« Elles se courent après, comme tout le monde peut le voir. Ou *pouvait* le voir, avant que les nuages deviennent si épais en permanence. » Son regard s'attarda sur les cicatrices de Woody. « Ceux qui avaient des yeux, du moins. Parfois, c'est Bella qui est devant, parfois c'est Arabella. La plupart du temps, la première est loin devant, puis l'écart se réduit. »

Je l'avais vu de mes propres yeux, les rares fois où les nuages s'étaient dissipés un court instant.

« Au bout d'un moment, l'une dépasse l'autre, et ce soir-là, elles fusionnent. On dirait qu'elles s'embrassent. »

Woody reprit la parole :

« Jadis, les esprits avisés affirmaient qu'un jour elles entreraient en collision pour de bon. Et seraient pulvérisées l'une et l'autre. D'ailleurs, il n'était peut-être pas nécessaire qu'elles se percutent pour être détruites : leur attraction mutuelle pouvait suffire à les réduire en miettes. Comme cela se produit parfois dans la vie des êtres humains. »

Iota n'avait que faire de ces postulats philosophiques.

« On raconte aussi que le soir où les sœurs du ciel s'embrassent, toutes les choses maléfiques sont libérées pour déverser leur cruauté sur le monde. » Il s'interrompit. « Quand j'étais gamin, on n'avait pas le droit de sortir ces soirs-là. Les loups hurlaient, le vent hurlait, mais il n'y avait pas que les loups et le vent. » Il posa sur moi un regard sombre. « Le *monde* hurlait, Charlie. Comme s'il souffrait.

– Et ce soir-là, Elden peut ouvrir ce Puits Profond ? C'est ce que dit la légende ? »

Aucune réponse de la part de Woody ou d'Iota, mais leur expression indiquait que pour eux, ce n'était pas une légende.

« Et une créature vit dans ce Puits Profond ? Cette chose qui a transformé Elden en Flight Killer ?

– Oui, confirma Woody. Tu connais son nom. Et dans ce cas, tu sais combien c'est dangereux de simplement le prononcer. »

Oui, je le savais.

« ÉCOUTE-MOI, SHARLIE ! » En entendant la voix tonitruante et monocorde de Claudia, Radar ouvrit les yeux et leva la tête, avant de la reposer sur le sol. « DEMAIN ON ENTRE EN VILLE ET ON LA REPREND PENDANT QUE LES SOLDATS DE LA NUIT SONT AFFAIBLIS ! LEAH NOUS CONDUIRA, COMME ELLE EN A LE DROIT, MAIS TU DEVRAS TROUVER ELDEN ET LE TUER AVANT QU'IL PUISSE OUVRIR LE PUITS ! CETTE TÂCHE DEVRAIT REVENIR À LEAH EN TANT QU'HÉRITIÈRE LÉGITIME DU TRÔNE… C'EST SON DEVOIR… MAIS… »

Elle n'avait pas envie d'en dire plus, de même qu'elle refusait de prononcer le nom de Gogmagog, qui rôdait dans le Puits Profond. Et ce n'était pas nécessaire. Leah était fermement convaincue que son frère adoré, avec qui elle avait écouté les chansons de la sirène, ne pouvait pas être Flight Killer. En dépit de tout ce qu'elle avait entendu, et de tout ce qu'elle-même devait endurer, c'était plus facile de croire qu'Elden était mort, que le monstre qui régnait sur les ruines de Lilimar et ses derniers habitants était un imposteur qui avait pris son nom. Si elle découvrait qu'il s'agissait bel et bien d'Elden, et si elle tombait sur lui, quelque part dans le labyrinthe de tunnels et de catacombes, sous terre, elle pourrait hésiter.

Et se faire tuer, comme tant d'autres membres de sa famille.

« TU ES LE PRINCE QU'ON NOUS A ANNONCÉ ! TU POSSÈDES TOUS LES SENS DONT NOUS AVONS ÉTÉ PRIVÉS. TU ES L'HÉRITIER D'ADRIAN. CELUI QUI VIENT DU MONDE MAGIQUE. TU ES CELUI QUI DOIT TUER ELDEN AVANT QU'IL OUVRE CE GOUFFRE INFERNAL ! »

Iota écoutait, yeux exorbités et bouche bée. Finalement, ce fut Woody qui brisa le silence. Il parlait tout bas, néanmoins chacune de ses paroles me faisait l'effet d'un coup de poing.

« Mais il y a pire encore. Voici la plus terrible des possibilités : ce qui est descendu dans le Puits Profond peut ne pas revenir. En l'ouvrant, Elden ne prend pas seulement le risque de plonger notre monde dans le gris, mais de le détruire entièrement. Et ensuite ? Qui sait ce que peut faire cette chose ? »

Il se pencha en avant, jusqu'à ce que son visage sans yeux soit à quelques centimètres du mien.

« Empis... Bella... Arabella.... Il existe d'autres mondes que celui-ci, Charlie. »

Exact. Ne venais-je pas de l'un d'eux ?

Je crois que c'est à cet instant que le froid commença à s'emparer de moi, celui dont j'avais gardé le souvenir lors de mes plus terribles expéditions avec Bertie Bird. Et lorsque j'avais brisé les poignets de Polley. Ou encore quand j'avais lancé ce pilon de poulet sur Cla en disant : *Je vais te massacrer, trésor.* Ce que j'avais fait ensuite, sans aucun regret. Je n'étais pas un prince à la Disney, et c'était peut-être une bonne chose. Un prince à la Disney, ce n'était pas ce dont avaient besoin les habitants d'Empis.

5

Claudia et Woody dormaient. Tout comme les gens gris qui les avaient accompagnés jusqu'ici. Leur voyage avait été difficile et de lourdes tâches les attendaient, le lendemain ou dans les jours suivants. Moi, en revanche, j'étais réveillé comme jamais, et pas uniquement parce que mes heures de veille et de sommeil avaient été totalement chamboulées. Mille questions sans réponses se bousculaient dans ma tête. La plus effrayante étant : que pouvait faire Gogmagog s'il parvenait à sortir de ce puits ? J'étais hanté par l'idée qu'il puisse atteindre notre monde, comme l'avait fait ce cafard géant.

Le cafard qui avait tout déclenché, pensai-je, et je faillis éclater de rire.

Je sortis. Les bruits émis par les dormeurs – les grognements, les gémissements, un pet parfois – me rappelaient mes nuits à Deep Maleen. Adossé au mur du hangar, je contemplai le ciel, espérant une trouée dans les nuages, juste assez pour voir une étoile ou deux, peut-être même Bella et Arabella, mais il n'y avait rien. Ce qui, en plein jour, voudrait dire encore plus de gris. Au-delà de la Route du Royaume, Falada continuait à paître devant l'église. Quelques feux de camp mourants éclairaient d'autres dormeurs là-bas. Il devait y avoir au moins une centaine de personnes en tout. Ce n'était pas encore une armée, mais on s'en approchait.

Des ombres bougèrent près de moi. Tournant la tête, je découvris Iota et Radar. Iota était accroupi. Radar était assise à côté de lui, sa truffe remuait délicatement : elle reniflait les odeurs de la nuit.

« Impossible de dormir ? demandai-je.

– Nan. L'horloge dans ma tête est toute détraquée. »

Bienvenue au club.

« Les lunes passent combien de fois dans le ciel ? »

Il réfléchit.

« Trois fois par nuit, au moins. Dix fois, certains jours. »

Pour moi, cela n'avait aucun sens car je venais d'un monde où l'horloge de l'univers était toujours ponctuelle. Les heures de lever et de coucher de la lune pouvaient être calculées dix, cinquante ou cent ans à l'avance. Pas dans ce monde. Dans ce monde, des sirènes et un criquet rouge nommé le Snab pouvaient projeter des chansons et des pensées dans les esprits de ceux qui les écoutaient.

« J'aimerais tant les voir. Voir si elles sont vraiment proches l'une de l'autre.

– C'est impossible, mais tu peux les voir briller à travers les nuages quand elles passent. Plus elles brillent, plus elles sont près. Mais pourquoi tu veux absolument les voir ? Sauf si tu penses que la princesse a menti en racontant ce qu'elle avait vu ? »

Je secouai la tête. L'inquiétude sur le visage de Leah ne laissait aucune place au doute.

« C'est vrai que tu viens d'un Autre monde ? me demanda Iota de but en blanc. Un monde magique ? J'ai jamais vu une arme comme celle que tu portes à la ceinture. » Une pause. « J'ai jamais vu quelqu'un comme toi non plus. Je remercie les dieux de ne pas être tombé contre toi au premier tour du Un Contre Un. Je serais plus là.

– Tu m'aurais envoyé au tapis, Eye.

– Nan, nan. Tu es un prince, pour de vrai. Je l'aurais jamais cru au départ, mais c'est la vérité. Y a en toi un truc aussi dur que de la vieille peinture. »

Et aussi sombre, pensai-je. *Mon propre puits obscur, dont je ferais bien de me méfier.*

« Tu pourrais le retrouver ? demanda-t-il en caressant la tête de Radar de sa grosse main zébrée de cicatrices. Ses sbires, on peut s'en occuper, j'en suis sûr. En plein jour, les soldats de la nuit sont trop faibles pour les protéger. Les lèche-culs d'Elden vont décamper comme des lapins… et on les massacrera comme des lapins. Mais Flight Killer ! Tu pourras le retrouver s'il a disparu sous terre ? Tu possèdes un… je sais pas… un… ? »

Un sixième sens d'araignée, pensai-je, mais ce n'est pas ce qui sortit de ma bouche.

« Un sens noble ? »

Cela le fit rire, mais oui, c'était bien ça qu'il voulait dire.

« Non.

– Et Pursey ? Celui qui nous a aidés ? Il pourrait trouver le chemin du Puits Obscur ? »

Je réfléchis à cette possibilité, puis secouai la tête. J'espérais de tout mon cœur que Pursey était toujours vivant, en sachant que les chances étaient minces. Kellin comprendrait qu'on ne s'était pas échappés tout seuls. Il m'attribuerait peut-être le mérite de l'astuce des seaux d'eau, mais comment aurais-je pu connaître l'existence de cette porte derrière l'armoire ? Cette info venait de quelqu'un de l'intérieur. Et même si Pursey avait échappé à la mort et au petit séjour dans la salle de torture pour l'encourager à parler, il était peu probable qu'il connaisse le chemin du Puits Obscur.

Autour de nous, la nuit était si intense que même la lueur des derniers feux de camp ne parvenait pas à l'atteindre, alors je sortis de ma chaussette une autre allumette, que je frottai contre le mur du hangar. Je repoussai mes cheveux sur mon front et tins la flamme devant mes yeux.

« Qu'est-ce que tu vois ? Ils sont toujours couleur noisette ? »

Iota se pencha vers moi.

« Nan. Ils sont devenus bleus. D'un bleu éclatant, mon prince. »

Je n'étais pas surpris.

« Appelle-moi Charlie. » Je secouai l'allumette. « Pour ce qui est du monde d'où je viens… Je pense que tous les mondes sont magiques. On s'y habitue, voilà tout.

– Et maintenant ?

– Pour moi ? Je vais attendre. Tu peux attendre avec moi ou retourner à l'intérieur.

– Je reste.

– Nous aussi », dit une voix. Je me retournai et vis les deux femmes : Eris et Jaya. C'était Eris qui avait parlé. « Qu'est-ce qu'on attend, mon prince ?

– Appelle-le Charlie, dit Iota. Il préfère. Il est modeste. Comme un prince de conte de fées.

– On verra peut-être ce que j'attends, peut-être pas. Pour le moment, silence. »

On resta muets. Des criquets (sans doute pas rouges) chantaient dans les mauvaises herbes et les gravats du faubourg dévasté qui s'étendait à l'extérieur de la ville. On respirait l'air frais. C'était bon. Le temps passa. Falada avait cessé de brouter, mais sa tête restait penchée vers le sol ; sans doute somnolait-elle. Radar dormait à poings fermés. Au bout d'un moment, Jaya montra le ciel. Derrière la masse des nuages, deux boules de lumière éclatante filaient à toute vitesse. Elles ne se touchaient pas, ne « s'embrassaient » pas, mais malgré l'écran nuageux, on voyait bien qu'elles étaient très très proches. Elles passèrent derrière les trois flèches du palais, puis disparurent. Les énormes brûleurs à gaz qui entouraient le stade étaient éteints. La cité était plongée dans l'obscurité, mais de l'autre côté du mur d'enceinte, les derniers soldats de la nuit devaient patrouiller.

Une heure s'écoula, puis deux. Mon horloge interne était aussi détraquée que celle d'Iota, mais l'aube approchait lorsque ce que j'attendais – ce que la part sombre de ma nature espérait – se produisit. La Princesse Leah sortit de l'église. Impossible de se tromper avec ce pantalon, ces cuissardes et cette épée. Iota se redressa et ouvrit la bouche. Je plaquai la main sur son torse et portai mon index à mes lèvres. Chut. On la regarda détacher Falada et l'entraîner vers la porte de la ville en prenant soin d'éviter la route pavée car le *clip-clop* des sabots risquait d'alerter une personne au sommeil léger. La princesse n'était qu'une tache plus sombre dans l'obscurité quand elle se mit en selle.

Je me levai.

« Nul n'est obligé de m'accompagner, dis-je. Mais après tout ce qu'on a vécu, si vous décidez de me suivre, je ne vous en empêcherai pas.

– Je te suis de ce pas, déclara Iota.

– Je viens aussi », dit Eris.

Jaya se contenta de hocher la tête.

« Non, pas toi, Radar, dis-je. Reste avec Claudia. »

Ses oreilles retombèrent. Sa queue cessa de battre la mesure. L'espoir et la supplication se lisaient dans ses yeux.

« Non, dis-je. Un seul séjour à Lily pour toi.

– La femme prend de l'avance, Charlie, dit Iota. Et la porte principale est proche. Si on veut la rattraper…

– Suis-la, mais sans te presser. On a largement le temps. Elle n'essaiera pas d'entrer en ville avant le lever du jour. Elle voudra constater de ses propres yeux que Flight Killer n'est pas son frère, et j'imagine qu'elle voudra sauver Elden s'il est toujours en vie, mais elle n'est pas idiote. On la rejoindra avant qu'elle entre et j'essaierai de la convaincre de se joindre à nous.

– Comment ? demanda Eris.

– En employant tous les moyens nécessaires. » Aucun commentaire. « Elden est peut-être déjà descendu au Puits Obscur, à attendre que les deux lunes s'embrassent. On doit le retrouver et le neutraliser avant que cela se produise.

– En employant tous les moyens nécessaires, répéta Eris, tout bas.

– Et si Leah ne connaît pas le chemin ? demanda Iota.

– Alors on est mal.

– Mon prince, dit Jaya. Euh, pardon, Charlie… »

Elle se retourna et pointa le doigt.

Radar avançait à pas feutrés derrière nous. Voyant que je la regardais, elle s'élança vers nous. Je m'agenouillai et pris sa tête entre mes mains.

« Vilaine chienne ! Retourne là-bas ! »

Elle me dévisagea, sans bouger.

Je soupirai et me relevai.

« Bon, d'accord. Allez, viens. »

Elle m'emboîta le pas et c'est ainsi que tous les quatre – cinq en comptant Radar –, on prit le chemin de la cité hantée.

6

On approchait de la porte – imposante – lorsqu'une chose jaillit d'une construction en ruine sur le bord de la route, devant nous. Je dégainai le calibre 45 de M. Bowditch, mais avant que j'aie le temps de lever le canon, et à plus forte raison de viser, la chose fit un grand bond (un peu de travers) et atterrit sur le dos de Radar. C'était le Snab. On était tous abasourdis. Sauf ma chienne. Elle avait déjà transporté ce passager particulier, et semblait disposée à recommencer. Le Snab s'installa sur sa nuque, telle une vigie.

Aucun signe de Leah et de Falada à proximité de la porte. Je n'aimais pas ça. Je m'arrêtai pour essayer de prendre une décision. Le Snab descendit de sa monture, sautilla presque jusqu'à la porte, puis tourna à droite. Radar le rejoignit, lui donna un coup de truffe (sans qu'il s'en formalise) et se retourna pour voir si on suivait.

Une voie pavée, sans doute destinée à la maintenance au bon vieux temps, passait entre les amas de gravats à l'extérieur du mur d'enceinte, lequel était tapissé de lierre grimpant à cet endroit. Le Snab ouvrit la marche ; il sautillait dans les herbes hautes et enjambait avec agilité les briques éparpillées. Après moins d'une centaine de pas, je discernai une silhouette blanche dans la pénombre devant nous. Elle poussa un hennissement. Assise en tailleur à côté de Falada, la Princesse Leah attendait l'aube. Elle vit d'abord le criquet, puis notre petit groupe. Elle se leva aussitôt et porta la main à son épée, campée sur ses deux jambes, prête à en découdre.

Falada prit la parole en se dispensant de parler à la troisième personne.

« *Sir* Snab vous a conduits jusqu'à moi. Eh bien, maintenant que vous m'avez retrouvée, vous devez repartir.

– Qui garde vos oies en votre absence, ma Dame ? »

Ce n'était pas ce que j'avais voulu dire et jamais Charlie Reade de Sentry, Illinois, ne se serait exprimé de cette manière.

Ses yeux s'écarquillèrent, puis se plissèrent légèrement aux coins. Comme elle n'avait pas de bouche, c'était difficile à dire, mais j'avais l'impression que l'amusement se mêlait à la surprise.

Falada répondit :

« Les employés de ma maîtresse, Whit et Dickon, savent très bien s'en occuper. »

Comme Dick Whittington, songeai-je.

Jaya demanda :

« C'est le cheval qui… »

Leah lui fit signe de se taire. Jaya recula et baissa les yeux.

« Maintenant que vous avez obtenu la réponse à votre question idiote, partez. J'ai une chose importante à faire. »

Je scrutai son visage relevé, magnifique si on exceptait la cicatrice à la place de sa bouche et la vilaine lésion à côté.

« Avez-vous mangé ? demandai-je. Vous devez prendre des forces avant ce qui vous attend, madame.

– J'ai mangé ce dont j'avais besoin », répondit Falada. Je voyais la gorge de Leah se contracter sous l'effort qu'elle devait produire pour projeter sa voix. « Maintenant, allez-vous-en. C'est un ordre. »

Je pris ses mains. Elles étaient minuscules dans les miennes et froides. Elle faisait bonne figure – la princesse hautaine qui contrôle ses émotions –, mais je la devinais terrassée par la peur. Elle essaya de retirer ses mains. Je résistai.

« Non, Leah. C'est moi qui donne des ordres. Je suis le prince annoncé. Et je pense que vous le savez.

– Pas le prince de ce monde », rétorqua Falada.

J'entendais les petits bruits secs et les marmonnements dans la gorge de Leah. Son discours poli répondait à une nécessité plus qu'à un désir. Si elle n'avait pas été obligée – au prix d'un terrible effort – de parler par l'intermédiaire de sa jument, elle m'aurait passé un sacré savon. Il n'y avait plus aucune trace d'amusement dans ses yeux, uniquement de la fureur. Cette femme qui nourrissait les oies en leur lançant des graines avait l'habitude qu'on lui obéisse sans protester.

« En effet, dis-je. Je ne suis pas le prince de ce monde, et je ne suis pas un prince dans mon monde, mais j'ai fait un long séjour dans un cachot. J'ai été contraint de tuer et j'ai vu mes compagnons mourir. Vous me comprenez, Princesse ? Vous comprenez que j'ai le *droit* de vous commander ? »

Falada ne dit rien. Une larme s'échappa de l'œil gauche de Leah et roula lentement sur sa joue lisse.

« Faites quelques pas avec moi, je vous prie. »

Elle secoua la tête, si violemment que ses cheveux balayèrent son visage. Une fois de plus, elle tenta de libérer ses mains, et une fois de plus, je résistai.

« On a encore le temps, au moins une heure, avant que le jour se lève, et le sort de votre monde tout entier dépend peut-être de notre échange. Le mien est peut-être en danger lui aussi. Alors, *s'il vous plaît.* »

Je lâchai ses mains. Et sortis une des dernières allumettes de ma chaussette. Je la frottai contre les pierres rugueuses du mur après avoir écarté quelques branches de lierre. J'approchai la flamme de mon visage, comme je l'avais fait avec Iota. Leah se dressa sur la pointe des pieds pour m'observer, de si près que j'aurais pu déposer un baiser sur son front.

« Bleus, dit Falada.

– Elle parle, murmura Eris.

– Nan, nan, c'est la femme », dit Iota, tout bas lui aussi.

Ils étaient estomaqués. Comme moi. Et quoi de plus naturel ? Il y avait de la magie dans tout ça, et j'en faisais partie désormais. Cette idée me terrifiait car je n'étais plus vraiment moi-même, et en même temps, cela m'exaltait.

« Venez, ma Dame. Il faut qu'on parle. S'il vous plaît, venez. »

Elle obéit.

7

On s'éloigna sur le chemin, à l'écart des autres, entre le mur tapissé de lierre sur notre gauche et les ruines du faubourg sur notre droite, sous le ciel obscur.

« Il faut l'arrêter, dis-je. Avant qu'il provoque un effroyable cataclysme. »

Radar marchait entre nous, avec le Snab perché sur son dos, et ce fut le criquet qui répondit. D'une voix beaucoup plus nette que celle qu'utilisait Leah quand elle s'exprimait par le biais de Falada.

« Ce n'est pas mon frère. Flight Killer n'est *pas* Elden. Jamais il ne ferait des choses aussi affreuses. Il était doux et affectueux. »

Les gens changent, pensai-je. *Mon père a changé et j'ai changé quand j'étais avec Bertie. Je me souvenais de m'être demandé pourquoi quelqu'un de bien comme moi pouvait faire des trucs aussi dégueulasses.*

« S'il est toujours vivant, dit le Snab, il est prisonnier. Mais je n'y crois pas. Je pense qu'il est mort, comme tant d'autres membres de ma famille.

– C'est aussi ce que je pense », dis-je.

Ce n'était pas un mensonge car assurément, le Elden qu'elle avait connu – celui qui lui tenait la main quand ils exploraient les coins secrets du palais, celui qui écoutait les chansons de la sirène –, cet Elden était mort. Ne restait que la marionnette de Gogmagog.

On s'arrêta. Je voyais remuer sa gorge pendant que le Snab parlait. Tout ce ventriloquisme devait être douloureux, même si le Snab était un intermédiaire idéal, mais elle ressentait le besoin d'exprimer ce qu'elle gardait dans son cœur depuis si longtemps.

« S'il est prisonnier, je le libérerai. S'il est mort, je le vengerai, pour que soit levée la malédiction qui pèse sur ce triste royaume. C'est mon devoir, pas le tien, fils d'Adrian Bowditch. »

Je n'étais pas son fils, juste son héritier, mais ce n'était pas le bon moment pour la détromper.

« Flight Killer a sans doute rejoint le Puits Obscur, Princesse. Il va attendre que les deux lunes s'embrassent et que le passage s'ouvre. Pouvez-vous le localiser ? »

Elle hocha la tête, mais paraissait hésitante.

« Acceptez-vous de nous y conduire ? Sans vous, on n'a aucune chance de le trouver. Si je vous promets de remettre le sort de Flight Killer entre vos mains quand on sera face à lui ? »

La réponse se fit attendre. Elle n'était pas sûre que je tienne ma promesse, et elle avait raison de se méfier. Si elle reconnaissait Elden mais ne pouvait se résoudre à le tuer – même en songeant à ce qu'il était devenu –, exaucerais-je son souhait de le laisser vivre ? Je pensai au visage ravagé et à la bonté de Dora. Je pensai au courage de Pursey, qui lui avait sans doute coûté très cher. Je pensai aux réfugiés à la peau grise qui fuyaient le Front de mer en quête d'un asile qui n'existait probablement pas. Si vous placiez ces êtres blessés et maudits dans un plateau de la balance, et dans l'autre le cœur sensible d'une princesse, elle penchait forcément d'un côté.

Es-tu prêt à faire une telle promesse à Leah des Gallien ?

Ce n'était pas un retour à la troisième personne ; je pense que le Snab parlait en son nom cette fois, mais j'étais convaincu que Leah se posait la même question.

« Oui. »

Elle demanda :

« Tu le jures sur la tête de ta mère, qu'elle brûle dans les flammes de l'enfer si tu romps ta promesse ?

– Je le jure », répondis-je sans hésitation, et c'était une promesse que j'avais l'intention de tenir.

Quand Leah verrait ce qu'était devenu son frère, peut-être le tuerait-elle elle-même. Je ne pouvais qu'espérer. Dans le cas contraire, je donnerais le revolver de M. Bowditch à Iota. Il n'avait jamais tiré avec, mais je n'étais pas inquiet à cet égard. Une arme à feu, c'est comme un appareil photo bon marché : il suffit de viser et d'appuyer.

Tes amis et toi vous suivrez Leah et vous lui obéirez ?

« Oui. »

Elle savait sans doute qu'elle ne pouvait pas m'empêcher de la suivre. Les autres obéiraient peut-être à un ordre émanant de la future Reine d'Empis, mais pas moi. Comme elle l'avait dit elle-même par l'intermédiaire de Falada, je n'étais pas un prince dans ce monde, et par conséquent, je n'étais pas tenu de lui obéir.

Au-dessus de nous, le ciel s'éclaircit. Les humains levèrent la tête. Radar aussi. Et même le Snab. Deux globes éclatants illuminèrent les nuages. Les lunes étaient si proches l'une de l'autre maintenant qu'elles semblaient dessiner un huit allongé. Ou le symbole de l'infini. En quelques secondes elles disparurent derrière les flèches du palais et le ciel s'assombrit de nouveau.

« Soit, dit le Snab. J'accepte les termes de ce marché. Mais arrêtons de parler, s'il te plaît. Ça me fait mal.

– Je sais. Désolé. »

Radar poussa un gémissement et lécha la main de Leah. Elle se pencha pour la caresser. Le pacte était scellé.

CHAPITRE VINGT-HUIT

Dans la ville. Le son du deuil. Hana. Celle qui chantait autrefois. Or. La cuisine. La salle de réception. Monter pour descendre.

1

Leah nous conduisit à l'endroit où attendaient les autres. Elle s'assit, sans que Falada ou le Snab prononce un seul mot. Iota me regarda. Je hochai la tête : marché conclu. On s'assit avec elle et on attendit l'aube. La pluie recommença à tomber, fine, mais ininterrompue. Leah sortit un poncho de l'unique sacoche que transportait Falada et l'enfila par la tête. Elle fit signe à Radar, qui se tourna vers moi pour quêter ma permission, avant de rejoindre Leah. Celle-ci couvrit la chienne avec son poncho. Le Snab la suivit. Tous les deux restèrent secs. Nous autres, vêtus des hardes avec lesquelles on s'était évadés, on fut vite trempés. Jaya se mit à grelotter. Eris la serra dans ses bras. Je leur dis qu'ils pouvaient faire demi-tour. Les deux femmes secouèrent la tête. Iota ne se donna même pas cette peine ; il resta assis, tête baissée et mains jointes.

Le temps passa. En levant la tête au bout d'un moment, je m'aperçus que je voyais Leah maintenant. Je levai la main pour lui poser une question. Elle secoua la tête. Enfin, lorsqu'une aube diluée éclaira le jour naissant, elle se leva et attacha Falada à un piquet en fer qui saillait d'un mur de brique écroulé. Elle s'engagea sur le chemin, sans se retourner pour voir si on la suivait. Le Snab était sur le dos de Radar. Leah marchait lentement le long du mur, écartant parfois l'épais rideau de lierre grimpant pour regarder en arrière, avant de repartir. Après cinq minutes environ, elle s'arrêta et entreprit d'arracher le lierre. Je m'approchai pour l'aider, mais elle secoua la tête de nouveau. On avait conclu un arrangement – un pacte –, mais il était évident que cela ne l'enchantait pas.

Elle continua à arracher le lierre et je découvris une petite porte cachée derrière. Sans loquet ni poignée. Cette fois, elle me fit signe d'approcher et me la montra. Tout d'abord, je ne compris pas ce qu'elle attendait de moi. Puis je percutai.

« Ouvre-toi au nom de Leah des Gallien », récitai-je et la porte s'ouvrit.

2

On pénétra dans un bâtiment tout en longueur qui ressemblait à une grange, rempli d'un antique matériel d'entretien. Un linceul de poussière recouvrait les pelles, les bêches et les brouettes. Aucune trace n'apparaissait sur le sol, poussiéreux lui aussi, hormis celles qu'on laissait nous-mêmes. J'avisai un autre exemplaire d'engin hybride bus/charrette. Jetant un coup d'œil à l'intérieur, je vis une batterie à ce point corrodée qu'elle n'était plus qu'un amas verdâtre. Je me demandais d'où venaient ces petits véhicules, au nombre de deux au moins, dont un en état de marche. M. Bowditch avait-il apporté les pièces de notre monde, petit à petit, pour les assembler ici ? Je l'ignorais. En revanche, je pouvais affirmer que le régime actuel ne se souciait guère de l'entretien et de la propreté de Lilimar. Ce qui l'intéressait, c'étaient les sports sanglants.

Leah nous précéda jusqu'à une porte située au fond. On se retrouva dans une sorte de casse envahie de wagons de tramway démontés, de poteaux électriques entassés et de longs enchevêtrements de câbles. On zigzagua au milieu de tout ce matériel devenu inutile et on gravit une volée de marches en bois pour pénétrer dans une salle qu'on reconnut tous, les fugitifs et moi : le Dépôt du Tramway.

On traversait le terminus principal quand la cloche du matin fit entendre son unique *BONG* (dont la réverbération se prolongea). Leah se figea jusqu'à ce que le son meure, après quoi elle se remit en route. Sans se retourner, là encore. Nos pas résonnaient. Au-dessus de nos têtes, un nuage de chauves-souris géantes s'agita lorsqu'elles battirent des ailes, sans s'envoler cependant.

« On refait le chemin en sens inverse, commenta Eris tout bas. J'ai un compte personnel à régler avec cette grosse chienne. »

Je ne répondis pas. Ça ne m'intéressait pas. Ma décision était prise.

On ressortit sous la pluie. Soudain, Radar dévala les marches du dépôt et passa devant un des poteaux rayés rouge et blanc surmonté de son papillon de pierre. Elle renifla les ronces. J'avisai une des sangles de mon sac à dos et entendis au même moment quelque chose que jamais je n'aurais pensé entendre ici, mais que je reconnus immédiatement. Radar revint vers moi au trot, en tenant dans sa gueule son singe couineur. Elle le laissa tomber à mes pieds en remuant la queue.

« Gentille fifille. »

Je confiai le jouet à Iota. Il avait des poches, pas moi. La large allée qui menait au palais était déserte, mais pas vide. Si le corps de Red Molly avait disparu, les os des soldats de la nuit qui nous avaient pourchassés s'éparpillaient sur une cinquantaine de mètres, ensevelis pour la plupart sous des amas de monarques morts.

Leah s'était arrêtée au pied des marches. La tête penchée sur le côté, elle écoutait. On la rejoignit. Je l'entendais moi aussi : une sorte de gémissement aigu, comme le vent qui s'engouffre sous un avant-toit par une nuit d'hiver. Il enflait, puis retombait, enflait puis retombait, se transformait en murmure strident, avant de redevenir un gémissement.

« Par tous les dieux, c'est quoi, ça ? chuchota Jaya.

– Le son du deuil, dis-je.

– Où est le Snab ? lança Iota.

– Peut-être qu'il n'aime pas la pluie », suggérai-je.

Leah prit la Route des Gallien en direction du palais. Je posai la main sur son épaule pour l'arrêter.

« On ferait mieux d'entrer par-derrière et de ressortir près du terrain de sport. Je ne retrouve plus le chemin, à cause d'une petite merde nommée Peterkin qui a effacé tous les repères de M. Bowditch, mais je parie que vous savez comment y aller. »

Leah posa les mains sur ses hanches fines et me regarda d'un air exaspéré. Elle pointa le doigt en direction des lamentations de Hana qui pleurait sa fille. Et au cas où je serais trop bête pour comprendre, elle leva les mains très haut au-dessus de sa tête.

« La princesse a raison, Charlie, dit Iota. Pourquoi passer par là si on peut éviter cette grosse garce en entrant par-devant ? »

Je comprenais son raisonnement, mais il y avait d'autres facteurs plus importants à mes yeux.

« Parce qu'elle mange de la chair humaine. Et je suis quasiment sûr que c'est pour ça qu'elle a été chassée de Géant-Ville, ou je ne sais quoi. Vous comprenez ce que je vous dis ? *Elle mange de la chair humaine*. Et elle est à *son* service. »

Leah leva la tête pour soutenir mon regard. Très lentement, elle acquiesça, et montra le revolver que je portais à la ceinture.

« Oui, dis-je. Et il y a une autre raison, ma Dame. Une chose que je veux vous montrer. »

3

On continua à avancer sur la Route des Gallien, puis Leah tourna à gauche, sur une voie secondaire si étroite que ce n'était guère qu'une ruelle. Elle nous conduisit ensuite à travers un dédale de rues, sans jamais hésiter. J'espérais qu'elle savait où elle allait. Cela faisait des années qu'elle n'était pas venue ici. D'un autre côté, les hurlements de chagrin de Hana étaient là pour nous guider.

Jaya et Eris me rattrapèrent. Eris affichait une mine sombre, déterminée. Jaya, elle, semblait effrayée. Elle dit :

« Les maisons bougent. Je sais que c'est de la folie, mais je vous assure ! Chaque fois que je tourne la tête, je les vois changer de forme du coin de l'œil.

– Et moi, j'arrête pas d'entendre des voix, ajouta Iota. Cet endroit m'a l'air… hanté.

– Parce qu'il l'est, répondis-je. Mais on va lui offrir un exorcisme. Ou bien on mourra en essayant.

– Quel exercice ? » demanda Eris.

Les hurlements de Hana ne cessaient de s'amplifier.

« Peu importe, dis-je. Chaque chose en son temps. »

Leah nous précéda dans une ruelle flanquée de constructions si proches les unes des autres qu'on avait l'impression de s'enfoncer dans une crevasse. Je voyais les briques d'une façade et les pierres d'une autre gonfler et se dégonfler lentement, comme si les maisons respiraient.

On émergea dans une rue que je reconnus. Il s'agissait de ce boulevard séparé par un terre-plein central envahi de mauvaises herbes et bordé par les vestiges de boutiques chics destinées aux membres de la famille royale et aux parasites. Iota tendit la main vers une des énormes fleurs jaunes pour la toucher (ou bien la cueillir), mais j'agrippai son poignet.

« Non, je te le déconseille, Eye. Elles mordent. »

Il me regarda.

« Sérieux ?

– Sérieux. »

J'apercevais maintenant les toits de l'énorme maison de Hana qui enjambait la rue. Leah bifurqua sur sa droite pour longer les devantures brisées. À travers le rideau de pluie on voyait la place déserte et sa fontaine sans eau. Les lamentations de Hana étaient presque insupportables désormais, chaque fois que ses sanglots enflaient pour devenir des cris stridents. Leah se retourna enfin. Elle me fit signe d'approcher et tapota le vide d'une main : *Tout doucement.*

Je me penchai vers Radar pour lui chuchoter de ne pas faire de bruit. Après quoi, je rejoignis la princesse.

Hana était assise sur son trône orné de pierres précieuses. Le cadavre de sa fille gisait en travers de ses genoux. La tête de Red Molly pendait d'un côté du trône, ses jambes de l'autre. Pas de chanson sur Joe mon chéri ce matin. Hana caressa les mèches orange de Molly, puis elle tendit son visage bosselé vers la pluie et se remit à hurler. Elle glissa son bras épais sous le cou de la morte pour soulever sa tête et couvrit de baisers son front et ce qui restait de sa bouche ensanglantée.

Leah la montra du doigt et leva les mains, paumes ouvertes : *On fait quoi maintenant ?*

Ça, pensai-je en traversant la place vers le trône. Une main posée sur la crosse du revolver. Je m'aperçus de la présence de Radar à côté de moi lorsqu'elle se mit à aboyer. Des aboiements retentissants, venus du fond de sa gorge, accompagnés d'un grognement chaque fois qu'elle reprenait sa respiration. Hana leva la tête et nous vit arriver.

« Du calme, fifille, dis-je. Reste avec moi. »

Hana repoussa le corps de sa fille et se leva. Une des mains de Red Molly atterrit sur un tas de petits os.

« *TOI !* » brailla-t-elle et sa poitrine se souleva comme une lame de fond. « *TOIIIII !*

– Exact, dis-je. Moi. Le prince annoncé. Alors agenouille-toi devant moi et accepte ton sort. »

Je ne m'attendais pas à ce qu'elle obéisse… et je n'avais pas tort. Elle marcha vers moi à grandes enjambées. Cinq lui suffiraient pour m'atteindre. Je lui en laissai trois car je ne voulais pas louper ma cible.

Je n'avais pas peur. Cette obscurité qui m'habitait s'était répandue en moi. Froide, mais lucide. Un paradoxe peut-être, mais je le maintiens. Je distinguais la crevasse bordée de rouge qui barrait le milieu de son front, et au moment où elle masquait le ciel au-dessus de ma tête en hurlant une chose que je ne compris pas, je tirai deux balles dedans. Il y avait autant de différence entre le revolver calibre 45 et le petit calibre 22 de Polley qu'entre un fusil à canon scié et un pi tolet à bouchon. Son front infesté de furoncles s'affaissa comme une croûte neigeuse quand on marche dessus avec de grosses chaussures. Ses mèches brunes hérissées furent projetées en arrière, en même temps qu'une gerbe de sang. Sa mâchoire se décrocha, dévoilant des dents aiguisées qui ne pourraient plus jamais déchiqueter la chair des enfants.

Ses bras se levèrent dans le ciel gris. La pluie dégoulina sur ses mains. Je sentais l'odeur de la fumée du canon, forte et âcre. Hana décrivit un demi-cercle en titubant comme si elle voulait regarder une dernière fois sa fille chérie. Puis elle s'écroula. Le choc se répercuta à travers les pierres, sous mes pieds.

Ainsi périt Hana la géante, gardienne du cadran solaire, de l'étang et de l'entrée du Terrain des Monarques derrière le palais de Lilimar.

4

Iota se tenait devant l'aile droite de la maison de Hana, l'aile des cuisines. À côté de lui, il y avait un homme gris dont le visage avait quasiment disparu ; on aurait dit que la peau s'était détachée du crâne et avait glissé, engloutissant un œil et la totalité du nez. Il portait une ample chemise blanche tachée de sang et un pantalon blanc. Je devinai qu'il s'agissait du cuisinier de Hana, celui qu'elle traitait d'eunuque. Je n'avais rien contre lui. Ce qui m'intéressait se trouvait à l'intérieur du palais.

Mais Leah n'en avait pas fini avec Hana, apparemment. Elle marcha vers la géante à terre en dégainant son épée. Le sang formait une flaque autour de la tête de Hana et ruisselait entre les pierres.

Eris s'avança à son tour et prit le bras de Leah. Celle-ci se retourna vivement. Son expression n'avait pas besoin de mots : *Comment oses-tu me toucher ?*

« Sauf votre respect, ma Dame des Gallien, je vous demande d'attendre juste un instant. S'il vous plaît. Pour moi. »

Leah parut réfléchir, puis elle recula.

Alors, Eris se rapprocha de la géante et plaça les pieds de part et d'autre d'une des énormes jambes écartées. Elle remonta sa jupe crasseuse et pissa sur la cuisse blanche et flasque de la morte. Quand elle s'éloigna du corps, des larmes coulaient sur ses joues. Elle se tourna vers nous.

« Je viens du Sud, du village de Wayva, un endroit dont personne n'a jamais entendu parler et n'entendra jamais parler, car cette truie infâme y a semé la désolation et tué des dizaines de personnes. Parmi lesquelles mon grand-père. Et ma mère. Maintenant, faites ce que vous voulez, ma Dame. »

Sur ce, Eris esquissa une révérence.

Je rejoignis Iota et le cuisinier, qui tremblait de tous ses membres. Iota plaqua sa paume sur son front en me regardant et le cuisinier l'imita.

« Tu as abattu non pas une géante, mais deux, dit Iota. Tant que je vivrai – pas très longtemps, je pense –, je ne l'oublierai jamais. Ni Eris qui pisse sur elle. D'ailleurs, je m'étonne que ta chienne n'ait pas envie d'en faire autant. »

Leah s'arrêta à côté de la géante, leva son épée au-dessus de sa tête et l'abattit sans hésiter. C'était une princesse, héritière du trône, mais elle avait exercé le métier de fermière durant son exil, et elle ne manquait pas de force. Néanmoins, elle dut s'y reprendre à trois fois pour trancher la tête de Hana.

Elle s'agenouilla, essuya son épée sur un bout de la robe violette de la géante et la remit dans son fourreau. Cela étant fait, elle marcha vers Iota, qui s'inclina pour la saluer. Quand il se redressa, elle montra les six mètres de la géante morte, puis la fontaine sans eau.

« À vos ordres, ma Dame. Et avec grand plaisir. »

Il s'approcha du corps. Si fort et costaud soit-il, il dut utiliser ses deux mains pour soulever la tête. Qui se balança tandis qu'il la transportait jusqu'à la fontaine. Eris ne le vit pas, elle pleurait dans les bras de Jaya.

Iota poussa un grognement sonore en hissant son fardeau – *HUH !* – et sa chemise se fendit sur les côtés. La tête atterrit dans la fontaine d'où ses yeux ouverts regardaient tomber la pluie. Semblable à la gargouille devant laquelle j'étais passé en venant.

5

On suivit une des voies en forme de moulin à vent, et c'était moi qui ouvrais la marche désormais. L'arrière du palais nous toisait, et une fois de plus, j'eus la certitude de voir une chose vivante. Assoupie, peut-être, mais ne dormant que d'un œil. J'aurais juré que certaines tourelles s'étaient déplacées. *Idem* concernant les escaliers qui se croisaient et les parapets, qui semblaient en pierre au premier coup d'œil et qui, quand on les regardait une seconde plus tard, étaient taillés dans un verre vert foncé, rempli de formes noires qui se tortillaient. Je songeai au poème d'Edgar Allan Poe qui parlait d'un palais hanté où se pressait en permanence une foule hideuse qui riait mais ne souriait plus.

Ici, les initiales de M. Bowditch restaient visibles. J'avais l'impression de retrouver un ami dans un lieu malfamé. On atteignit les portes rouges et leur embouteillage de wagons endommagés, puis les arcs-boutants vert foncé. J'obligeai mon petit groupe à les contourner, et même si ça prenait un peu plus de temps, je n'entendis aucune objection.

« Encore des voix, dit Iota. Tu les entends ?

– Oui.

– C'est quoi ? Des démons ? Les morts ?

– Je ne pense pas qu'ils puissent nous faire du mal. Mais il y a un pouvoir ici, quelque part, c'est certain. Un pouvoir malfaisant. »

Je me tournai vers Leah, qui mima un cercle avec sa main droite : *Vite.* Je comprenais son impatience. On ne pouvait pas gâcher cette précieuse lumière du jour, mais il fallait que je lui montre quelque chose. Il fallait qu'elle voie, car voir, c'est le début de la compréhension. De l'acceptation d'une vérité trop longtemps niée.

6

Notre trajet en arc de cercle nous conduisit à proximité de l'étang entouré d'une couronne de palmiers, dont les feuilles pendaient mollement sous la pluie. J'apercevais l'espèce de totem au centre du cadran solaire, mais il n'était plus surmonté du soleil. Après le « voyage » effectué par Radar sur le cadran, le soleil regardait de l'autre côté maintenant. Il avait été remplacé par les deux lunes d'Empis. Dotées elles aussi de visages et d'yeux mobiles… qui se regardaient, comme s'ils estimaient la distance qui les séparait encore. J'avisai le dernier repère laissé par M. Bowditch, celui dont la flèche partait de la pointe du A pour indiquer le cadran solaire droit devant.

Et l'étang.

Je me retournai vers mon petit groupe.

« Princesse Leah, venez avec moi, je vous prie. Vous autres, attendez que je vous appelle. » Je me penchai vers Radar. « Toi aussi, fifille. Ne bouge pas. »

Là encore, il n'y eut ni questions ni protestations.

Leah marchait à ma hauteur. Je la conduisis jusqu'à l'étang et lui fis signe de regarder. Elle découvrit ce qui restait de la sirène gisant dans une eau souillée par la décomposition. Elle découvrit la lance qui saillait du flanc d'Elsa et la spirale des intestins qui s'en échappait.

Leah émit un gémissement étouffé qui aurait été un hurlement si elle avait pu l'exprimer. Elle plaqua ses mains sur ses yeux et se laissa tomber sur un des bancs où les Empisariens, venus de leurs villes et de leurs villages, s'asseyaient peut-être jadis pour s'émerveiller de la beauté de la créature qui nageait dans l'étang, et l'écouter chanter peut-être. Elle se pencha en avant et continua à émettre ces grognements sourds qui à mes oreilles étaient plus terribles – plus déchirants – que l'auraient été de véritables sanglots. Je posai ma main dans son dos, craignant soudain que cette impossibilité d'exprimer pleinement sa douleur finisse par la tuer, comme une personne malchanceuse meurt étouffée par un aliment coincé dans sa gorge.

Finalement, elle redressa la tête, contempla de nouveau la dépouille grise d'Elsa, puis leva les yeux vers le ciel. La pluie et les larmes coulaient sur ses joues lisses, sur la cicatrice de sa bouche et la petite lésion rouge qu'elle devait masser pour l'écarter afin de se nourrir, malgré la souffrance que cela impliquait. Elle brandit les poings en direction des cieux.

Je pris ses mains dans les miennes, délicatement. C'était comme tenir deux pierres. Enfin, elle desserra les poings. J'attendis qu'elle me regarde.

« Flight Killer l'a assassinée. S'il ne l'a pas tuée de ses propres mains, il en a donné l'ordre. Parce qu'elle était belle, et la force qui le gouverne déteste toute forme de beauté : les monarques, les êtres bons comme Dora qui étaient autrefois des gens sains, et l'ensemble de ce royaume sur lequel vous devez régner. Ce qu'il aime, c'est la violence, la souffrance et le meurtre. Il aime le gris. Quand on le retrouvera – *si* on le retrouve –, le tuerez-vous au cas où j'échouerais ? »

Elle me regarda d'un air perplexe, les yeux mouillés de larmes. Puis elle hocha la tête.

« Même si c'est Elden ? » demandai-je.

Cette fois, elle secoua la tête avec la même force que précédemment et libéra ses mains. Et de l'étang où gisait la sirène morte s'éleva la voix projetée de Leah, éplorée et tremblante.

« Jamais il n'aurait tué Elsa. Il était amoureux d'elle. »

Ce n'est pas vraiment un « non », songeai-je.

Le temps passait. Il restait encore quelques heures de jour, mais j'ignorais si les lunes devaient s'embrasser au-dessus d'Empis afin que le Puits Obscur s'ouvre. Pour ce que j'en savais, elles pouvaient très bien passer de l'autre côté du monde avec les mêmes conséquences effroyables. Au sommet du poteau planté au centre du cadran solaire, les yeux de Bella et d'Arabella allaient de droite à gauche – *tic-tac tic-tac* – comme pour souligner cette idée.

Je me retournai et appelai les autres.

7

On contourna tous le cadran solaire, à une exception près : Radar le traversa et s'y arrêta, juste le temps de pisser à côté du poteau central. Un geste qui me rappela Eris et la géante morte.

Les chemins en moulin à vent se rejoignaient dans la vaste allée principale qui s'achevait devant les sept portes. J'essayai celle du milieu. Verrouillée. Je lui ordonnai de s'ouvrir au nom de Leah des Gallien, version empisarienne du *Sésame, ouvre-toi*. Et elle obéit. Sans surprise. En revanche, il se produisit une chose à laquelle je ne m'attendais pas : le palais dans sa totalité sembla reculer en entendant le nom de la princesse. Je le sentis plus que je le vis, comme j'avais senti les vibrations sous mes pieds lorsque le poids mort (au sens propre) des trois cents kilos de Hana avait heurté le sol.

L'enchevêtrement de murmures, perceptible moins par les oreilles que par le centre du cerveau, se tut brusquement. Je n'étais pas assez bête pour penser que tout le palais avait été *nettoyé* (*exorcisé*, avais-je dit à Iota), mais il me semblait que tout le pouvoir n'appartenait pas au seul Flight Killer. *Ce pouvoir serait plus fort si elle pouvait s'exprimer par sa propre bouche*, songeai-je, mais évidemment, ce n'était pas possible.

Les portes s'ouvraient sur un immense hall. Décoré jadis, à l'image du Dépôt du Tramway, d'une vaste fresque circulaire. Cette fresque était maculée de projections de peinture noire. Seuls quelques monarques en vol subsistaient tout là-haut près du plafond. Une fois de plus, je pensai aux fanatiques de Daech qui détruisaient les artefacts culturels des civilisations qui les avaient précédés.

Au centre du hall se dressaient plusieurs guichets peints en rouge qui n'étaient pas sans rappeler ceux devant lesquels j'étais souvent passé avec mon père, au Guaranteed Rate Field, le stade où on allait voir jouer les White Sox à Chicago.

« Je sais où on est », me glissa Iota. Il leva le doigt. « Attends, Charlie. Une minute. »

Il gravit d'un pas lourd une des rampes d'accès, regarda autour de lui et redescendit en courant.

« Les gradins sont vides. Le terrain aussi. Ils ont tous fichu le camp. Même les corps. »

Leah lui jeta un regard agacé qui semblait demander : *Qu'est-ce que tu espérais ?* Elle nous entraîna vers la gauche. On suivit une allée circulaire qui passait devant un certain nombre de box fermés, sans doute des loges privées. Radar marchait à ma hauteur. En cas de danger, je me disais qu'elle le sentirait avant nous. Pour l'instant, elle paraissait vigilante, mais calme. Juste après le dernier box, je m'arrêtai pour regarder ce qui se trouvait devant moi. Les autres en firent autant. Seule Leah semblait indifférente à cette chose qui me stupéfiait. Et elle continua à avancer, avant de s'apercevoir que personne ne la suivait. Elle refit ce petit geste circulaire de la main – *Vite !* –, mais on était tous figés.

À cet endroit, le mur de pierre avait été remplacé par un panneau de verre incurvé d'au moins dix mètres de long. Comme tout le palais, il était poussiéreux, mais on voyait encore ce qu'il y avait à l'intérieur, éclairé par un alignement de brûleurs à gaz capuchonnés faisant office de projecteurs. Je contemplais un caveau qui renfermait plusieurs tas de pépites d'or semblables à celles que j'avais découvertes dans le coffre de M. Bowditch. Il y en avait pour des milliards de dollars. Éparpillées au milieu des pépites, j'apercevais des pierres précieuses : opales, émeraudes, diamants, rubis, saphirs. M. Heinrich, le vieux joaillier boiteux, en aurait fait une crise cardiaque.

« La vache », murmurai-je.

Eris, Jaya et Iota regardaient ça avec intérêt, sans être estomaqués.

« J'ai entendu parler de ce truc, dit Iota. C'est le trésor, hein, ma Dame ? Le trésor d'Empis. »

Le hochement de tête de Leah trahissait son impatience. Elle nous fit signe d'avancer. Elle avait raison, on devait continuer. Malgré cela, je m'attardai un instant pour m'abreuver du spectacle de cette richesse. Je repensai à toutes les fois où j'étais allé voir jouer les White Sox, et à ce dimanche hors du commun où j'avais vu les Bears à Soldier Field. Les deux stades possédaient des vitrines qui renfermaient des objets de collection. J'étais peut-être devant quelque chose de similaire. Les gens ordinaires qui, jadis, venaient assister dans cette enceinte à je ne sais quels jeux pouvaient s'arrêter pour admirer les richesses du trésor, certainement protégés par la Garde du Roi durant le règne des Gallien, et plus récemment par Hana. Je ne savais pas comment M. Bowditch avait pu y avoir accès, mais ce qu'il avait emporté, avec ou sans autorisation, n'était qu'une goutte d'eau dans l'océan.

Leah se fit plus pressante, nous faisant signe d'avancer avec ses deux mains. On la suivit. Je jetai un coup d'œil en arrière en songeant que si je sautais dans un de ces tas, je nagerais dans l'or jusqu'au cou. Et je pensai au roi Midas qui était mort de faim – à en croire la mythologie – car tout ce qu'il touchait se transformait en or.

8

Un peu plus loin dans le couloir, je perçus des effluves qui réveillèrent le douloureux souvenir de Deep Maleen : une odeur de saucisses. On arriva devant une porte à double battant ouverte. Elle donnait sur une immense cuisine équipée d'une rangée de fours encastrés dans la brique, de trois cuisinières, de rôtissoires et d'éviers si larges et profonds qu'on aurait pu s'y baigner. C'était là qu'on préparait à manger pour la foule qui se pressait les jours de festivités. Les portes des fours étaient ouvertes, les brûleurs à gaz éteints et rien ne tournait sur les broches des rôtissoires ; pourtant, l'odeur fantôme des saucisses persistait. *Je n'en mangerai plus jamais jusqu'à la fin de mes jours*, pensai-je. *Et du steak non plus, peut-être.*

Quatre hommes gris s'étaient réfugiés contre le mur du fond. Ils portaient des pantalons et des chemises amples comme ceux de Pursey, mais il n'était pas parmi eux. En nous voyant, l'un de ces malheureux leva son tablier devant son visage pour cacher ce qu'il en restait. Les autres nous regardaient et leurs traits à moitié effacés exprimaient différents degrés de désarroi et de peur. J'entrai, repoussant d'un mouvement d'épaule la main de Leah qui tentait de m'entraîner dans le couloir. L'un après l'autre, les employés des cuisines tombèrent à genoux et plaquèrent leur paume sur leur front.

« Nan, nan, levez-vous, dis-je, un peu dépité de les voir obéir si rapidement. Je ne vous veux aucun mal. Où est Pursey ? Perceval ? Je sais qu'il est des vôtres. »

Ils se regardèrent, puis revinrent sur moi, et sur ma chienne. Ils regardèrent Iota qui se tenait à côté de moi, imposant. Et, bien évidemment, ils regardèrent la princesse, de retour dans ce château qui avait été sa maison autrefois. Finalement, celui qui avait caché son visage laissa retomber son tablier et s'avança. En tremblant. Je vous épargne ses problèmes d'élocution car je le comprenais sans peine.

« Les soldats de la nuit sont venus le chercher et ils l'ont pris dans leurs bras. Il s'est mis à trembler et il s'est évanoui. Ils l'ont emmené. Je pense qu'il est mort, monsieur. Car quand ils vous touchent, ils vous tuent. »

Je le savais. Néanmoins, ce n'était pas toujours vrai. Sinon, je serais mort depuis plusieurs semaines.

« Pourquoi l'ont-ils emmené ? »

Ils secouèrent la tête, mais je croyais deviner la raison, et si, comme je le pensais, le Grand Intendant voulait interroger Pursey – Perceval –, peut-être était-il toujours en vie.

Pendant ce temps, Leah avait vu quelque chose. Elle traversa la cuisine d'un bond, jusqu'à l'immense plan de travail au centre. Dessus étaient posées une liasse de feuilles attachées par une ficelle et une plume d'oie noircie par la graisse et l'encre. Elle prit le tout et répéta ce geste d'impatience qui signifiait qu'on devait y aller. Elle avait raison, encore une fois, mais il lui faudrait d'abord consentir à faire un petit détour par les appartements que j'avais déjà visités. Je le devais à Perceval. Les autres aussi. Et je le devais à Kellin également.

Je lui devais un chien de ma chienne, plus précisément.

9

Non loin des cuisines, le couloir s'achevait sur une grande porte quadrillée d'impressionnantes barres de fer. Dessus figurait une inscription en lettres d'un mètre de haut. Quand je la regardais de face, je lisais : ENTRÉE INTERDITE. Mais si elle apparaissait dans mon champ de vision périphérique (qui avait fait cruellement défaut à Cla), ces deux mots devenaient un entrelacs de symboles runiques… que mes comparses pourraient déchiffrer aisément, devinais-je.

Leah me montra du doigt. J'approchai de la porte et prononçai les paroles magiques. De l'autre côté, des verrous claquèrent et elle s'entrouvrit.

« Tu aurais dû essayer de faire pareil à Deep Maleen, dit Eris. Ça nous aurait évité pas mal de problèmes. »

J'aurais pu répondre que je n'y avais pas pensé, ce qui était vrai, mais il n'y avait pas que ça.

« Je n'étais pas le prince à ce moment-là. J'étais encore…

– Encore quoi ? » demanda Jaya.

Encore en train de changer. Deep Maleen était mon cocon.

Heureusement, je fus dispensé de répondre car Leah me fit signe d'approcher, d'une main ; de l'autre, elle tira sur ce qui restait de mon T-shirt. Elle avait raison. On devait encore empêcher une apocalypse.

Le couloir derrière la porte était beaucoup plus large, et orné de tapisseries murales qui représentaient toutes sortes de scènes : des mariages et des bals royaux en tenue d'apparat, des parties de chasse ou encore des paysages de montagnes et des lacs. La plus spectaculaire, assurément, montrait un navire pris dans les pinces de quelque crustacé sous-marin. On parcourut presque un kilomètre avant d'atteindre une autre porte à double battant, de trois mètres de haut. D'un côté était accrochée une bannière à l'effigie d'un vieil homme vêtu d'une robe rouge qui le couvrait du cou jusqu'aux pieds. Il portait la couronne que j'avais vue sur la tête de Flight Killer : le doute n'était pas permis. Sur l'autre battant apparaissait une femme beaucoup plus jeune, coiffée elle aussi d'une couronne posée sur ses boucles blondes.

« Le Roi Jan et la Reine Cova, dit Jaya d'une petite voix chargée d'admiration. Ma mère avait un oreiller avec leurs visages dessus. On n'avait pas le droit d'y toucher, et encore moins d'y poser notre tête. »

Je n'eus pas besoin de prononcer le nom de Leah cette fois : la porte s'ouvrit vers l'intérieur dès qu'elle la toucha. On déboucha sur un large balcon. La pièce située en dessous dégageait une impression d'immensité, mais difficile d'en être sûr car il faisait très sombre. Leah se faufila sur la gauche, dans l'ombre, jusqu'à disparaître presque entièrement. J'entendis un léger grincement, suivi d'une odeur de gaz et d'un sifflement discret dans l'obscurité qui nous enveloppait. Un par un tout d'abord, puis deux par deux et trois par trois, les brûleurs à gaz s'enflammèrent. Il y en avait plus d'une centaine, qui entouraient une pièce immense, en effet. D'autres s'allumèrent, dans un énorme lustre aux innombrables branches. Je sais, ça fait beaucoup d'*immenses*, d'*énormes* et de *gigantesques*. Mais il faut vous y habituer car tout était comme ça… du moins jusqu'au cauchemar de claustrophobe dont je vous parlerai bientôt.

Leah actionna une petite molette. Les flammes s'intensifièrent. Le balcon était en fait une galerie bordée de chaises à haut dossier. Sous nos pieds s'étendait une salle au sol dallé d'un rouge éclatant. Au centre, sur une sorte d'estrade, on avait disposé deux trônes, l'un légèrement plus grand que l'autre. Autour étaient éparpillées des chaises (beaucoup plus confortables que celles de la galerie) et des petits divans, des sortes de causeuses.

Et ça puait. L'odeur était si épaisse, si infecte, qu'elle en devenait presque palpable. J'apercevais ici et là des monceaux de nourriture avariée grouillante d'asticots. Mais il n'y avait pas que ça. Il y avait également des tas de merde sur les dalles, et deux gros étrons sur les trônes. Du sang, séché et marron désormais, maculait les murs. Deux corps sans tête gisaient sous le lustre. Deux autres y étaient suspendus, de chaque côté, comme pour maintenir l'équilibre. Les visages, déformés, étaient presque momifiés. Les cous s'étaient allongés de manière grotesque, sans toutefois se détacher de la tête qu'ils étaient censés soutenir. J'avais l'impression de contempler les conséquences d'une effroyable *murder party*.

« Qu'est-ce qui s'est passé ici ? demanda Iota d'une voix éraillée. Par tous les dieux ! »

La princesse me tapota le bras. Son visage sans bouche exprimait à la fois la fatigue et la tristesse. Elle tendit une des feuilles qu'elle avait trouvées dans la cuisine. D'un côté, quelqu'un avait noté une recette compliquée, avec des pattes de mouche. De l'autre, Leah avait écrit, d'une jolie écriture : *C'était la salle de réception de mon père et de ma mère.* Elle montra une des deux momies pendues et ajouta : *Je pense que c'est Luddum. Le chancelier de mon père.*

Je la pris par les épaules. Elle posa sa tête sur mon bras, trop brièvement hélas, et recula.

« Les tuer ne suffisait pas, hein ? dis-je. Il fallait qu'ils profanent ce lieu ? »

Elle acquiesça d'un air las et montra une volée de marches derrière moi. On descendit et elle nous entraîna vers une autre porte à double battant, haute d'au moins dix mètres celle-ci. Hana aurait pu la franchir sans se baisser.

Leah fit signe à Iota. Celui-ci appliqua ses paumes contre les battants, se pencha en avant et les fit coulisser sur des rails invisibles. Pendant ce temps, Leah faisait face aux trônes souillés sur lesquels son père et sa mère écoutaient jadis les requêtes de leurs sujets. Elle mit un genou à terre et posa sa paume sur son front. Ses larmes tombèrent sur les dalles rouges et sales.

En silence.

10

La pièce située derrière la salle de réception aurait fait honte à la nef de Notre-Dame. L'écho transforma les bruits de pas de notre armée de cinq personnes en un défilé de bataillon. Et les voix avaient fait leur réapparition : ces murmures entrelacés, malveillants.

Au-dessus de nous se dressaient les trois flèches. Elles étaient comme d'immenses tunnels verticaux remplis d'ombres et de reflets verts qui prenaient parfois la couleur de l'ébène le plus pur. Le sol sur lequel on marchait se composait de centaines de milliers de petits carreaux. Jadis, ils avaient représenté un énorme papillon monarque, et malgré les actes de vandalisme qui les avaient ébréchés, la forme demeurait. Sous la flèche centrale se trouvait une plateforme dorée. Au milieu, un câble argenté s'élevait dans l'obscurité. Non loin, il y avait un piédestal sur le côté duquel dépassait une large roue. Leah convoqua Iota encore une fois. Elle montra la roue et fit mine de la tourner.

Iota s'avança, cracha dans ses paumes et se mit à actionner la roue. C'était un homme fort et il continua ainsi pendant un long moment sans faiblir. Lorsqu'il abandonna, je pris le relais. La roue tournait de façon continue, mais c'était une tâche épuisante. Au bout d'une dizaine de minutes, j'avais l'impression que cette saloperie était engluée dans une sorte de colle. Une main tapota mon épaule. Eris me relaya. Elle effectua une seule rotation avant d'être remplacée par Jaya. Une tentative purement symbolique, ou presque, mais elle voulait participer. Rien de mal à ça.

« Qu'est-ce qu'on fait ? » demandai-je à Leah. De toute évidence, la plateforme dorée était un ascenseur qui s'élevait à l'intérieur de la flèche centrale, mais elle n'avait pas bougé d'un pouce. « Et pourquoi, si Flight Killer est descendu dans les profondeurs ? »

Un croassement jaillit du vide, presque un mot. Je crus entendre *Faut*. Leah porta ses mains à sa gorge et secoua la tête comme pour nous faire comprendre que ce numéro de ventriloque était devenu trop douloureux. Alors elle écrivit au verso d'une des recettes en prenant appui sur le dos de Jaya. Il n'y avait presque plus d'encre sur la pointe de sa plume quand elle arriva à la fin de son message, mais je pus le lire quand même.

Il faut monter pour descendre. Fais-moi confiance.

Avais-je le choix ?

CHAPITRE VINGT-NEUF

L'ascenseur. L'escalier en colimaçon. Jeff. Le Grand Intendant. « La Reine d'Empis accomplira son devoir. »

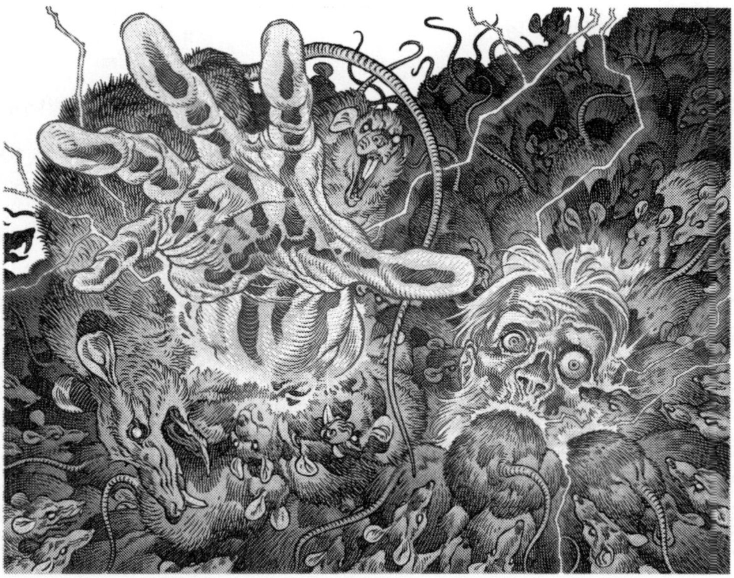

1

Iota reprit la roue, mais la résistance était si forte désormais qu'il ahanait à chaque quart de tour. Il parvint à la faire tourner une demi-douzaine de fois, de quelques centimètres seulement à la fin. Soudain, venu d'en haut, quelque part, un petit carillon retentit. L'écho se répandit dans la salle, puis mourut. Leah fit signe à Iota de reculer. Elle montra la plateforme, pointa le doigt sur nous, leva les bras et étreignit le vide.

« Nous tous ? demandai-je. C'est ce que vous voulez dire ? Collés les uns aux autres ? »

Elle acquiesça et parvint à exécuter un ultime numéro de ventriloque, en agrippant son cou. Des larmes de douleur coulèrent sur ses joues. Je ne voulais pas imaginer sa gorge tapissée de fil de fer barbelé, mais je ne pouvais pas m'en empêcher.

« Chien. Milieu. Maintenant. »

Tous les humains s'avancèrent. Radar demeura en retrait, accroupie, inquiète. Dès que notre poids commun pesa sur la plateforme, celle-ci commença à se soulever.

« Radar ! criai-je. Saute, saute ! »

Pendant un instant, je crus qu'elle allait rester là, seule. Puis son arrière-train s'affaissa et elle bondit. Sa laisse avait disparu depuis longtemps, mais elle portait toujours son collier. Iota s'en saisit pour la hisser sur la plateforme. On se déplaça à petits pas pour lui faire de la place au milieu. Elle s'assit, leva les yeux vers moi et gémit. Je savais ce qu'elle ressentait. Il y avait tout juste assez de place pour nous tous, même serrés comme des sardines.

Le sol s'éloignait. À deux mètres de hauteur, on aurait pu sauter sans se faire mal. À quatre mètres, on aurait pu sauter sans se tuer. À six mètres, n'y pensez même pas.

Iota se tenait sur un côté, les orteils dans le vide. J'étais du côté opposé et moi aussi, j'avais l'avant de mes pieds qui dépassait. Eris, Jaya et Leah étaient regroupées autour de Radar. De fait, Leah la chevauchait. On était au moins à vingt mètres du sol maintenant. De la poussière flottait dans l'air, et je songeai que si, par malheur, j'éternuais, je risquais de basculer dans le vide. Une fin indigne d'un prince.

Les voix murmuraient et s'entrelaçaient. L'une d'elles, distincte, disait : *Le cerveau de ton père se dévore.*

Jaya se mit à chanceler, les yeux fermés.

« J'ai le vertige, dit-elle. J'ai toujours eu le vertige. Même quand je montais au grenier de la grange. Oh, je ne peux pas rester là, laissez-moi descendre. »

Elle commença à se débattre et repoussa Eris, qui heurta Iota, manquant de le projeter par-dessus bord. Radar aboya. Si elle paniquait à son tour et se mettait à gesticuler, Leah tomberait. Et moi aussi.

« Eris, tiens cette femme, ordonna Iota. Immobilise-la avant qu'elle nous envoie tous à la mort. »

Eris tendit les bras pour étreindre Jaya par-dessus Radar et Leah, qui dut fléchir les genoux.

« Garde les yeux fermés, ma jolie, dit Eris. Et dis-toi que c'est un rêve. »

Jaya noua ses mains autour du cou d'Eris.

L'air était plus frais tout là-haut et une fine couche de transpiration recouvrait mon corps. Je me mis à frissonner. *Malaise*, murmura une voix qui passa devant moi en flottant telle une écharpe diaphane. *Malaise et glisser, glisser et tomber.*

Sous moi, le sol dallé n'était plus qu'un petit carré dans la pénombre. Le vent soufflait et les parois de la flèche, parfois en pierre, parfois en verre, craquaient.

Malaise, murmura la voix. *Malaise et glisser, glisser et tomber. Obligé.*

On continuait à monter, ce qui me paraissait insensé étant donné que Flight Killer se trouvait quelque part tout en bas, mais il était trop tard pour inverser le mouvement. Je pouvais juste espérer que Leah savait ce qu'elle faisait.

On passa entre d'épais étais de pierre coiffés de plusieurs centimètres de poussière, et maintenant on était entourés de verre de tous les côtés. Du verre traversé par des formes noires et sinueuses. Les parois se rapprochaient.

Et puis, soudain, la plateforme s'immobilisa.

Au-dessus de nous, la flèche s'effilait dans l'obscurité. Je distinguai quelque chose tout là-haut, un palier peut-être, mais il se situait à quinze mètres au moins au-dessus de la plateforme arrêtée sur laquelle on s'entassait autour de ma chienne, prête à bondir d'une seconde à l'autre. Dessous s'étendaient mille lieues de vide.

« Qu'est-ce qui se passe ? demanda Eris. Pourquoi on s'est arrêtés ? »

La terreur étouffait sa voix. Jaya sursauta dans ses bras et heurta de nouveau Iota. Obligé d'agiter les bras désespérément pour conserver son équilibre.

« On devrait plutôt se demander comment faire pour redescendre, grogna-t-il. C'est ce qu'on appelle une situation embarra-chiante. »

La tête renversée, Leah suivait des yeux d'un air inquiet le câble argenté.

« Franchement, c'est pas une façon de terminer cette histoire, dit encore Iota en ricanant. Entassés comme du bétail à cent mètres du sol. »

J'envisageai de crier : *Monte, au nom de Leah des Gallien*, en sachant que c'était absurde, et je m'apprêtais à essayer malgré tout, lorsque la plateforme ressuscita. Cette fois, c'est moi qui dus agiter les bras pour éviter de basculer dans le vide. Et je crois que je serais tombé si Leah n'avait pas passé son bras autour de mon cou. Si fort qu'elle m'étrangla pendant quelques secondes, mais compte tenu des circonstances, il aurait été malpoli de se plaindre.

Lorsque Radar se redressa sur ses quatre pattes, tout le monde chancela à l'unisson. La plateforme donna l'impression de rétrécir sous nos pieds. On pouvait presque toucher les parois incurvées de la flèche désormais. Je regardais le palier qui approchait, en priant pour qu'on l'atteigne avant que l'ascenseur s'arrête de nouveau, ou plonge vers le sol.

Ce qui n'arriva pas. La plateforme s'immobilisa au niveau du palier dans un léger soubresaut accompagné d'un carillon – plus fort à cette hauteur –, et Radar s'empressa de débarquer, bousculant avec son arrière-train Leah, qui alla percuter Eris et Jaya. Elles chancelèrent au-dessus du vide. Je poussai Leah d'une main, Jaya de l'autre. Iota poussa Eris et on s'écroula tous sur le palier, les uns sur les autres, tels des clowns qui jaillissent d'une petite voiture au cirque. Iota éclata de rire. Je l'imitai. Eris et Jaya en firent autant, même si Jaya pleurait également. Il y eut de nombreuses embrassades.

Leah appuya son visage sur le dos de Radar et tendit la main. Je la pris et la serrai dans la mienne.

« Y a un truc que j'aimerais savoir, dit Iota. J'aimerais savoir où on est et pourquoi on est montés jusqu'ici, pour commencer. »

Je montrai Leah et haussai les épaules.

C'est elle qui décide.

2

Le palier était étroit et il n'y avait pas de garde-fou, mais on pouvait y tenir alignés, ce qui était moins dangereux que de se coller les uns aux autres sur une plateforme en or massif de deux mètres sur deux. Une plateforme qui maintenant redescendait vers le sol, nous laissant coincés là.

Leah tendit la main vers la droite. Iota, premier de cordée, glissa à petits pas dans cette direction, les yeux fixés sur le gouffre noir à ses pieds et la plateforme qui s'éloignait. On le suivit. Jaya regardait obstinément la paroi opposée de la flèche. On se tenait par la main comme les personnages d'une guirlande en papier. Ce qui n'était sans doute pas très malin car si l'un de nous perdait l'équilibre, on risquait tous de faire le grand plongeon, mais cela ne nous arrêtait pas.

Le palier se terminait par une arche basse. Iota se plia en deux, lâcha la main d'Eris et passa dessous en marchant en canard. Radar le suivit, puis Jaya et Leah. Je passai le dernier et jetai un ultime regard à la plateforme qui avait presque disparu maintenant.

De l'autre côté de l'arche, il y avait une autre passerelle, incurvée, derrière laquelle s'ouvrait un autre gouffre. On avait presque atteint le sommet de la flèche centrale ; on se trouvait tout en haut de celle de droite. Leah décida de prendre la tête de notre petit défilé et chacun la tint par la taille lorsqu'elle passa devant nous. J'entendis le souffle rapide qui entrait et sortait par son nez. Elle avait dû déployer tant d'énergie pour s'exprimer… Je me demandais aussi depuis quand elle n'avait rien mangé. Elle fonctionnait à l'instinct et au courage désormais… comme nous tous, il est vrai.

« Tu n'es pas contente d'être là ? murmurai-je à Jaya alors qu'on contournait le sommet de cette deuxième flèche à petits pas prudents.

– La ferme, mon prince », répondit-elle tout bas.

La passerelle s'achevait du côté opposé de la flèche devant une autre arche, fermée celle-ci par une porte en bois qui mesurait moins d'un mètre cinquante. Pas besoin de formule magique. Leah fit coulisser un verrou installé en haut et souleva à deux mains un double loquet. Il ne faisait aucun doute qu'elle était déjà venue ici. Je les imaginais, Elden et elle, les deux vilains petits canards oubliés, explorant un palais qui devait s'étendre sur une cinquantaine d'hectares, pour découvrir ses secrets anciens, risquant la mort sur cette plateforme (comment avaient-ils eu assez de force pour tourner la roue qui l'actionnait ?) et affrontant je ne sais combien d'autres dangers. C'était un miracle qu'ils n'aient pas trouvé la mort au cours d'une de leurs expéditions. Finalement, il aurait été préférable pour tout le monde qu'Elden n'en réchappe pas.

Une fois la porte ouverte, on entendit le vent souffler dehors. Ces gémissements constants me rappelèrent les bruits qu'émettait Hana en serrant contre elle le corps de sa fille assassinée. Le palier juste derrière pouvait accueillir une seule personne à la fois (ou deux jeunes enfants curieux blottis l'un contre l'autre, songeai-je).

Leah passa la première. Je la suivis et découvris qu'on était au sommet d'un boyau qui semblait descendre jusqu'au niveau du sol. Sur notre gauche se dressait un mur fait de blocs de pierre. Sur la droite, il y avait un mur de verre vert, incurvé, à l'intérieur duquel flottaient paresseusement des capillaires noirs. Malgré le verre épais et sombre, grâce à la lumière du jour qui le traversait, je voyais un escalier étroit qui tournait sur lui-même en formant une spirale serrée. Il n'y avait pas de rampe. Je touchai le verre du bout des doigts. Le résultat fut stupéfiant. Les filaments noirs se rassemblèrent en un nuage qui flotta vers moi. Je m'empressai de retirer ma main et les vrilles reprirent leurs déambulations indolentes.

Ces choses nous voient ou nous sentent, pensai-je. *Et elles sont affamées.*

« Ne touchez pas la paroi de verre, dis-je aux autres. Je ne pense pas que ces choses puissent la traverser, mais inutile de les faire bisquer.

– Ça veut dire quoi ? demanda Jaya.

– Peu importe. Ne touchez pas aux parois de verre, c'est tout. »

Leah, une demi-douzaine de marches plus bas déjà, refit ce geste de la main qui décrit un cercle, comme un arbitre qui indique un *home run*.

On attaqua notre descente.

3

L'escalier était préférable à la plateforme-ascenseur – moins effrayant –, mais dangereux malgré tout. Il était raide et le mouvement hélicoïdal nous faisait tourner la tête, à l'exception de Radar peut-être. Regarder au centre de la spirale était une mauvaise idée car cela accentuait la sensation de vertige. Radar nous suivit, Leah et moi, puis ce fut au tour d'Iota et de Jaya ; Eris fermait la marche.

Après une descente d'une centaine de marches, on arriva devant une autre porte basse. Leah passa devant sans s'arrêter, mais j'étais curieux. Je jetai un coup d'œil dans une pièce tout en longueur, poussiéreuse et humide, remplie de formes sombres, certaines couvertes de draps. L'idée que j'étais en train de contempler un grenier me déconcerta tout d'abord, puis je me dis qu'il y en avait dans tous les palais. Simplement, les livres de contes ne prenaient pas la peine d'en parler.

Après avoir continué à descendre – le verre des parois était de plus en plus épais, la lumière plus faible –, on atteignit une autre porte. Je l'ouvris et découvris un couloir éclairé par quelques brûleurs à gaz. De nombreux autres étaient hors d'usage. Une tapisserie, froissée et poussiéreuse, gisait sur le sol, abandonnée.

« Attendez, Leah. »

Elle se tourna vers moi et leva les mains, paumes ouvertes.

« Il y a d'autres portes plus bas ? Qui s'ouvrent sur différentes parties du palais ? Des appartements peut-être ? »

Elle hocha la tête et refit ce geste qui voulait dire : *Dépêchez-vous.*

« Une minute. Vous connaissez des appartements qui sont éclairés à l'électricité et non au gaz ? » Ce que je dis en réalité, je pense, c'est : *Vous connaissez des chambres ?* Mais ce n'était pas la raison de son évidente perplexité. En fait, le mot *électricité* lui était étranger, de même que Jaya ne savait pas ce que voulait dire *faire bisquer*.

« Des lumières magiques », dis-je.

Ça, elle comprit. Elle leva trois doigts, réfléchit et en ajouta un quatrième.

« Pourquoi on s'arrête ? demanda Jaya. Je veux redescendre.

– Patience, dit Iota. Je sais ce qu'il manigance. Du moins, je crois savoir. »

Je voulus demander à Leah si c'était M. Bowditch qui avait installé les lumières magiques et le générateur destiné à les alimenter, mais je connaissais déjà la réponse. *Les lâches offrent des cadeaux.* Toutefois, à en juger par l'aspect vétuste du générateur, il l'avait installé longtemps auparavant, sans doute à l'époque où il s'appelait encore Adrian et pas Howard.

Parmi les suites qui bénéficiaient de l'électricité fournie par les esclaves figuraient certainement les appartements privés de feu le roi et la reine, mais ce n'étaient pas ceux-là qui m'intéressaient.

Leah ne se contentait pas d'indiquer le bas de l'escalier en colimaçon, elle pointait le doigt avec insistance. Elle n'avait que deux choses en tête : retrouver Flight Killer avant qu'il puisse ouvrir le Puits Obscur, et s'assurer que cet usurpateur n'était pas son frère. J'y tenais autant qu'elle, mais il n'y avait pas que ça. J'avais connu l'enfer particulier de Deep Maleen, tout comme Iota et les deux femmes qui avaient choisi de me suivre.

« Attendez encore un peu, Leah. Et écoutez-moi. Vous souvenez-vous d'appartements privés équipés de lumières magiques, avec un grand canapé en velours bleu foncé ? » Apparemment, ça ne lui disait rien, mais un autre détail me revint. « Et une table dont le plateau représente une licorne qui semble danser. Ça vous dit quelque chose ? »

Ses yeux s'écarquillèrent et elle hocha la tête.

« Il y a dans cet escalier une porte qui s'ouvre sur ces appartements ? »

Elle posa les mains sur ses hanches – épée d'un côté, poignard de l'autre – et me regarda d'un air exaspéré. Elle pointa un doigt rageur vers le bas de l'escalier.

J'adoptai le langage que j'avais appris à Maleen.

« Nan, nan, ma Dame. Dites-moi si, d'ici, on peut entrer dans ces appartements. Dites-le-moi ! »

Elle hocha la tête, à contrecœur.

« Conduisez-nous jusque-là. On a encore un bon moment de jour devant nous… » Il se peut que j'aie dit un *max* de jour. « … et nous aussi on a des affaires à régler.

– Quelles affaires ? demanda Jaya juste derrière moi.

– Je pense que c'est là qu'on trouvera le Grand Intendant, dis-je.

– Dans ce cas, allons-y, dit Eris. Il a des comptes à rendre. »

Et pas qu'un peu.

4

En poursuivant notre descente, on passa devant trois autres portes, et je commençai à croire que Leah cherchait à éviter le petit nid douillet de Kellin. Son petit nid électrifié. Mais elle s'arrêta devant la porte suivante, l'ouvrit et recula d'un pas, sous l'effet de la surprise. Je la retins d'une main ; de l'autre je dégainai le revolver de M. Bowditch. Avant que je puisse jeter un coup d'œil à l'intérieur, Radar passa devant moi en remuant la queue. Leah porta sa main à son front : ce n'était pas un salut cette fois, mais le geste spontané d'une femme qui sent que ses ennuis ne s'arrêteront jamais.

Tapi dans le couloir, hors d'atteinte du battant de la porte, je découvris le Snab. Radar lui donna un petit coup de truffe entre ses antennes en agitant la queue. Puis elle s'allongea à plat ventre et le criquet sauta sur son dos.

Iota assistait à la scène par-dessus mon épaule, fasciné.

« Vous bourlinguez, *sir* Snab, hein ? Comment vous nous avez trouvés ? » dit-il.

J'avais ma petite idée là-dessus. Claudia était capable d'entendre le Snab dans sa tête et ce don fonctionnait peut-être dans les deux sens. Dès lors, le Snab nous avait suivis grâce à une sorte de GPS télépathique. Une idée insensée, mais pas plus qu'une sirène dotée d'un pouvoir similaire, si ? Ou qu'un cadran solaire qui vous faisait rajeunir ? Quant à savoir comment il s'était retrouvé ici, je devinai que Leah n'était pas la seule à connaître les passages secrets du palais, et un criquet, si gros soit-il, pouvait aller là où un humain ne pouvait pas aller. J'avais pu le constater de mes propres yeux à Deep Maleen.

« Qu'est-ce qu'il fait ici ? demanda Eris. Il est là pour nous guider ? »

Dans ce cas, il s'était déplacé pour rien car je savais où on était, même si Aaron m'avait fait emprunter un autre chemin. Le même couloir large, les mêmes appliques capuchonnées de jolies cheminées en verre. Les mêmes tapisseries, les mêmes statues de marbre. Celle qui m'avait rappelé Cthulhu s'était brisée en deux en tombant sur le sol… Pas une très grosse perte, si vous voulez mon avis.

Je posai les mains sur mes genoux et me penchai en avant jusqu'à ce que mon visage touche presque la tête du Snab. Perché sur le dos de Radar, il me regarda sans peur.

« Que fais-tu ici ? Tu nous attendais ? Qu'est-ce que tu veux ? »

Claudia avait parlé de la nécessité de vider son esprit. Je tentai de vider le mien, et je crois que je me débrouillai pas mal, compte tenu des circonstances et de la pression que nous imposait le temps, mais si le criquet nous envoyait des messages télépathiques, ce n'était pas sur ma fréquence.

Toutefois, ils émettaient sur la fréquence de quelqu'un d'autre, apparemment.

Jaya dit :

« Prince Charlie, le Snab vous souhaite bonne chance et espère que vous réussirez. »

Je ne pensais pas qu'elle inventait, pas vraiment, mais je devinais qu'elle accomplissait son désir. Toutefois, elle ajouta quelque chose qui me fit changer d'avis.

Iota l'écouta et un large sourire apparut sur son visage, dévoilant de sérieux trous dans sa dentition.

« Sérieux ? dit-il. Ça me la coupe ! » Ce n'est pas ce qu'il dit, mais ce que j'entendis. « Laisse-moi m'en occuper, Charlie. Je peux ? Pour faire plaisir à quelqu'un qui a passé beaucoup plus de temps que toi à Deep Maleen… »

Je lui donnai l'autorisation. Je la reprendrais si je pouvais, et j'utiliserais le revolver, mais je n'en savais pas plus. Le Snab non plus, car il l'aurait certainement dit à Jaya sinon. Quand j'y pense, cela me rassérène. Mais pas assez. Dans toute l'histoire du monde – de tous les mondes –, l'ignorance n'a jamais rattrapé la moindre erreur.

5

Il y avait un trou de belle taille dans les lambris derrière le piédestal qui avait accueilli l'horreur à tentacules, et je repensai au brûleur à gaz défectueux dans le couloir de Deep Maleen. Un courant d'air gémissait dans les espaces vides derrière le mur, et des relents fétides s'en échappaient.

« C'est par là qu'est arrivé le petit lord, aussi sûr que la crème fait le beurre », commenta Iota.

Il avait pris la tête de notre procession, suivi de près par Leah. J'essayai de me placer à sa hauteur, mais elle traça sans m'accorder le moindre regard. Radar prit sa place ; elle transportait toujours le Snab sur son dos. Jaya et Eris fermaient la marche. On passa devant les miroirs dorés dont je me souvenais et on atteignit enfin la porte en acajou qui donnait sur les appartements du Grand Intendant. Comme ils faisaient partie des rares logements qui bénéficiaient de l'électricité, j'en déduisis qu'ils avaient abrité jadis le dénommé Luddum, le chancelier du roi Jan, mais je n'en ai jamais eu la certitude.

Leah dégaina son poignard et moi mon revolver, en prenant soin de rester derrière Iota. Celui-ci regarda Jaya et articula, sans le son : *Derrière la porte ?*

Elle acquiesça. Iota frappa avec ses grosses jointures sales.

« Y a quelqu'un ? On peut entrer ? »

Sans attendre la réponse, il tourna la poignée (en or, évidemment) et enfonça la porte d'un coup d'épaule. Elle s'ouvrit à la volée et un grognement se fit entendre. Iota tira la poignée vers lui et repoussa la porte contre le mur encore une fois. Nouveau grognement. Une troisième fois… une quatrième… les grognements cessèrent .. une cinquième fois. Radar aboyait. Quand Iota tira la porte vers lui de nouveau, l'homme caché derrière s'écroula sur l'épais tapis rouge qui couvrait le sol du vestibule. Son front, son nez et sa bouche saignaient. Il tenait un long couteau. Lorsqu'il leva les yeux vers nous, je reconnus un des hommes présents dans la loge VIP, le type à la cicatrice sur la joue qui avait murmuré à l'oreille de Petra. Il leva son couteau, et son bras décrivit un large cercle, ouvrant une entaille superficielle sur le tibia velu d'Iota.

« Nan, nan, pas de ça, petit », dit Iota et il posa le pied sur le poignet de l'homme en appuyant de tout son poids jusqu'à ce que l'autre lâche le couteau sur le tapis. Je le ramassai et le glissai dans la ceinture ornée de conchos de M. Bowditch, du côté opposé à l'étui du revolver.

Leah se laissa tomber à genoux à côté de l'homme à la cicatrice. Il la reconnut et sourit. Le sang coula de sa lèvre fendue.

« Princesse Leah ! Je suis Jeff. Un jour, je vous ai mis un pansement sur le bras quand vous vous étiez coupée. Vous vous souvenez ? »

Elle hocha la tête.

« Et un autre jour, j'ai sorti votre petite calèche d'un trou boueux. On était trois, mais mon amour pour vous était si fort que c'est moi qui poussais le plus fort. Vous vous souvenez ? »

Elle hocha la tête encore une fois.

« Je n'ai jamais voulu participer à tout ça, je vous le jure, Princesse. Acceptez-vous de me laisser partir, en souvenir du bon vieux temps, quand vous étiez une enfant, et Lilimar une belle cité ? »

Elle hocha la tête, là encore, pour signifier qu'elle voulait bien le laisser partir, et elle planta son poignard dans un de ses yeux levés vers elle, jusqu'à la garde.

6

Il n'y avait pas d'électricité dans les appartements ce jour-là, mais l'homme à la cicatrice, Jeff (peut-être qu'il écrivait ça « Geoff »), avait allumé partiellement les appliques à gaz afin d'éclairer sa sale besogne. À mon avis, vu l'endroit où il nous attendait, il ne pensait pas qu'on allait débarquer à cinq. Sans parler de l'apparition du Snab, un criquet cavalier qui chevauchait le dos de ma chienne.

Eris dénicha le petit levier de cuivre qui contrôlait le gaz et poussa les jets au maximum. On trouva Kellin dans la pièce voisine, allongé sur un gigantesque lit à baldaquin. La chambre était plongée dans l'obscurité. Ses mains étaient nouées sur sa poitrine. Ses cheveux coiffés en arrière. Il portait la même veste de smoking en velours rouge que le jour de mon interrogatoire. Une légère brume bleutée l'enveloppait. On aurait dit du fard à paupières sur ses yeux fermés. Il ne bougea pas lorsqu'on se déploya autour de son lit volé. Jamais un vieil homme n'avait paru aussi mort, et d'ailleurs il le serait bientôt. J'ignorais s'il y avait l'eau courante dans le cabinet de toilette que j'apercevais à gauche de la chambre, mais il y avait certainement une pompe. Je me disais que mon vieil ami le Grand Intendant aurait eu besoin d'un bon bain.

Jaya et Eris parlèrent en même temps.

Jaya : « Où est le Snab ? »

Eris : « C'est quoi, ce bruit ? »

C'était un mélange de couinements et de claquements de dents, ponctués de brefs sifflements aigus. Lorsque le bruit approcha, Radar se mit à aboyer. En me retournant vers le salon pour voir ce qui arrivait, je remarquai combien Iota avait blêmi. C'est ce qui me sembla du moins. Mon attention était presque entièrement fixée sur la porte de la chambre. Le Snab entra en deux bonds, puis sauta sur le côté. Bientôt suivi par les habitants du palais qui vivaient cachés dans les murs et les recoins obscurs : un torrent d'énormes rats gris. Jaya et Eris hurlèrent. Leah ne le pouvait pas, mais elle se colla contre le mur, les yeux écarquillés, les mains plaquées sur la cicatrice de sa bouche.

J'étais prêt à parier que ces rats répondaient à l'appel du Snab. N'était-il pas le seigneur des petites choses ? Même si la plupart de ces rats étaient plus gros que lui.

Je m'éloignai du lit. Iota vacilla. Je le retins. Il respirait vite. J'aurais dû me douter que quelque chose n'allait pas, mais j'étais obnubilé par les rats. Ils escaladèrent les draps et les couvertures qui pendaient sur les côtés du lit et grimpèrent sur le corps du Grand Intendant. Il ouvrit brusquement les yeux. Tellement brillants qu'on avait du mal à les regarder. L'aura bleu pâle qui l'entourait prit une teinte plus soutenue, plus pure. La première vague de rats fut calcinée à son contact. L'odeur de viande cuite et de fourrure roussie était insupportable. Cela ne les arrêta pas. Des troupes fraîches piétinèrent les corps carbonisés de leurs camarades en couinant et en claquant des dents. Kellin gesticula pour les repousser. Un bras jaillit de l'amas grouillant et se mit à leur taper dessus. L'un d'eux, accroché au pouce de Kellin, se balançait tel un pendule, la queue enroulée autour de son poignet. Le sang ne coulait pas car Kellin n'en avait pas à donner. J'apercevais par moments des éclats de lumière bleutée entre les rats qui le submergeaient. Il hurla et un des rats, de la taille d'un chat adulte, lui arracha la lèvre supérieure, faisant apparaître ses dents qui grinçaient. Et les rats continuaient à se déverser par la porte ouverte de la chambre et à se répandre sur le lit, jusqu'à ce que le Grand Intendant se retrouve enterré sous une couverture vivante de fourrure, de queues et de dents.

Un bruit sourd près de moi : Iota venait de s'écrouler dans un coin de la pièce, à l'opposé des trois femmes qui tremblaient et de Radar qui aboyait. Leah la tenait par son collier, à deux mains. De l'écume sortait des coins de la bouche d'Iota et coulait sur son menton. Il me regarda et essaya de sourire.

« Poi… »

Je crus tout d'abord qu'il parlait de légumes. Puis je compris le mot qu'il ne parvenait pas à prononcer.

Soudain, une explosion étouffée fut suivie d'un éclair. Les rats s'enfuirent dans tous les sens – certains en feu, d'autres simplement brûlés. L'un d'eux me frappa en pleine poitrine et glissa le long de mon T-shirt en haillons, laissant derrière lui une traînée de viscères. Les femmes qui le pouvaient hurlèrent de plus belle. Les ailes du Snab commencèrent à produire ce bruit caractéristique des criquets. Les rats obéirent immédiatement : ils firent demi-tour et ils battirent en retraite, abandonnant des centaines de cadavres. Le lit de Kellin était jonché de viscères et trempé de sang de rat. Kellin, quant à lui, n'était plus qu'un squelette désarticulé sous une tête de mort souriante, posée de travers sur l'oreiller en soie.

J'essayai de relever Iota, mais il était beaucoup trop lourd pour moi.

« Eris ! criai-je. Eye est tombé ! Viens m'aider ! C'est grave ! »

Elle se fraya un chemin au milieu du flot de rats qui se tarissait, sautillant et poussant des cris chaque fois qu'ils passaient sur ses pieds… mais aucun ne la mordit, ni elle ni aucun de nous. Leah la suivit. Jaya demeura en retrait, avant de nous rejoindre, finalement.

Je pris Iota sous les aisselles. Eris prit une jambe, Leah prit l'autre. On le porta à nous trois en essayant de ne pas trébucher sur les derniers rats, dont un qui n'avait plus de pattes arrière et se traînait vaillamment sur le sol pour rattraper ses semblables.

« Dommage », dit Iota. Sa voix gutturale s'échappait de sa gorge qui se refermait rapidement. Des postillons jaillirent de sa bouche. « Dommage, j'aurais voulu connaître la fin…

– Tais-toi. Garde ton souffle. »

On l'allongea sur le long canapé bleu. Pris d'une quinte de toux, il cracha de nouveaux caillots de bave au visage de Leah qui s'était agenouillée pour repousser les cheveux collés sur son front en sueur. Jaya prit un napperon, ou un truc semblable, sur la table à la licorne pour essuyer ce qu'elle pouvait. Leah sembla ne pas s'en apercevoir. Ses yeux restaient fixés sur ceux d'Iota. Ce que je voyais dans les siens, c'était de la bonté, de la pitié et de la compassion.

Il essaya de lui sourire, puis tourna la tête vers moi.

« C'était sur la lame de son couteau. Une vieille… ruse. »

Je songeai avec quelle désinvolture j'avais glissé le couteau dans ma ceinture. Si je m'étais coupé, même légèrement, Iota ne serait pas le seul à baver.

Son regard revint sur Leah. Il leva un bras, très lentement, comme s'il pesait cinquante kilos, et porta le talon de sa main à son front.

« Ma… reine. Quand l'heure viendra… accomplissez votre devoir. »

Sa main retomba.

Ainsi s'éteignit Iota qui, quand je l'avais vu pour la première fois, s'accrochait aux barreaux de sa cellule comme un singe. Après tout ce qu'il avait enduré, costaud comme il était, il avait suffi d'une entaille au tibia pour le tuer.

Ses yeux étaient restés ouverts. Leah les ferma, se pencha et appuya la cicatrice de sa bouche contre une joue mal rasée. Un baiser à sa manière. Puis elle se redressa et montra la porte. On la suivit en enjambant les cadavres de quelques rats morts durant leur fuite. Avant d'atteindre le couloir, elle s'arrêta, regarda en arrière et porta ses mains à sa gorge.

Iota parla une dernière fois, comme l'avaient fait Falada et le Snab.

« *La Reine d'Empis accomplira son devoir. Je le jure.* »

CHAPITRE TRENTE

Encore un arrêt. Le cachot. Déterminée. Étoiles impossibles. Le Puits Obscur. Gogmagog. La morsure.

1

On suivit une piste de rats morts ou blessés jusqu'au trou dans les lambris. Eris aida même un colosse à trois pattes à y retourner. Elle grimaça et s'essuya les mains sur sa chemise (ce qui ne servait pas à grand-chose, celle-ci étant couverte de crasse et de sang). On atteignit la porte qui donnait sur l'escalier en colimaçon, dont je devinais qu'il s'agissait d'une sorte d'issue de secours pour la famille royale en cas d'incendie. Je tapotai l'épaule de Leah.

« Encore un dernier arrêt avant qu'on s'occupe de Flight Killer. Au niveau de Deep Maleen et de la salle de torture. Vous voulez bien ? »

Elle ne protesta pas, se contentant d'un hochement de tête las. Elle avait encore un peu de bave ensanglantée sur la joue. Cette fois, quand je voulus l'essuyer, elle ne recula pas.

« Merci, dis-je. Il y aura peut-être là quelqu'un qui pourra nous aider à... »

Elle me tourna le dos avant que je finisse ma phrase. À cette heure, Woody, Claudia et leurs partisans – dont le nombre avait peut-être atteint celui d'une armée maintenant – avaient probablement franchi le mur d'enceinte de la ville. S'il y avait une caserne où dormaient les soldats de la nuit survivants, les gens gris devaient être en train de les massacrer, et tant mieux, mais ici le temps filait et il n'y avait pas de cadran solaire magique pour le faire revenir en arrière.

On descendit l'escalier, emportés par une spirale sans fin. Personne ne parlait. La mort d'Iota pesait sur nos épaules. Radar elle-même le sentait. L'étroitesse du boyau dans lequel on s'enfonçait ne lui permettait pas de rester à côté de moi, mais elle me suivait de près, oreilles baissées et queue basse ; sa truffe frôlait mon mollet. L'air devenait plus froid. De l'eau suintait de la mousse qui couvrait les blocs de pierre empilés ici des centaines d'années plus tôt. *Non*, rectifiai-je. *Des milliers d'années peut-être.*

Soudain, une odeur me parvint, très légère.

« Grands dieux, dit Eris avec un petit rire qui n'avait rien de joyeux. La roue tourne et nous voilà revenus au point de départ. »

On était passés devant plusieurs portes au cours de notre descente, de dimensions diverses. Soudain, Leah s'arrêta devant l'une d'elles, très petite, la montra du doigt et s'éloigna de quelques pas pour me laisser la place. Je tournai la poignée. La porte s'ouvrit. Je dus presque me plier en deux pour entrer. Et me retrouver dans une autre cuisine, à peine plus grande qu'un placard comparée à celle qu'on avait traversée en venant. Il n'y avait pas de four, juste une cuisinière et un long gril bas, fonctionnant sans doute au gaz mais présentement éteint. Dessus s'alignait une rangée de saucisses carbonisées.

Jaya produisit un son à mi-chemin entre une toux et un haut-le-cœur. Sans doute repensait-elle à tous les repas qu'on avait pris dans nos cellules, surtout ceux précédant les « récréations » et le premier tour du Un Contre Un. J'avais lu des trucs sur le syndrome de stress post-traumatique, mais lire et comprendre, ça n'a rien à voir.

Sur une étagère, à côté du gril, était posé un gobelet en fer-blanc semblable à ceux qu'on avait dans nos cellules, mais celui-ci n'avait pas de trou dessous qui obligeait à le boucher avec son doigt.

Il contenait des allumettes au soufre, comme celles que m'avait données Pursey. Je m'en saisis et, n'ayant pas de poche, je glissai le revolver dans la ceinture ornée de conchos et fourrai le gobelet dans l'étui.

Leah nous précéda jusqu'à la sortie, jeta un coup d'œil dehors et nous fit signe de la suivre, en répétant son geste qui voulait dire : *Vite, vite !* Combien de temps s'était écoulé ? Certes, il faisait encore jour, mais quelle importance, si Bella et Arabella s'embrassaient, de l'autre côté du monde ? Je devinais que Flight Killer avait déjà rejoint le Puits Obscur. Et il attendait que celui-ci s'ouvre pour essayer de conclure un nouveau pacte avec la chose qui vivait là, refusant de voir les terribles conséquences qui pouvaient en découler, à moins qu'il s'en contrefiche. Je misais sur la seconde hypothèse. Elden des Gallien, Elden Flight Killer, lutin cupide à la peau flasque et au visage vert, s'apprêtait à convoquer une créature d'un Autre monde pour l'introduire dans celui-ci… et peut-être ensuite dans le mien. Je faillis dire à Leah que ce n'était plus la peine de nous conduire à la salle de torture. Pursey – Perceval – ne s'y trouvait pas forcément, ou bien il était déjà mort. Neutraliser Flight Killer me paraissait plus important.

Eris posa sa main sur mon épaule.

« Prince Charlie… Tu es sûr de toi ? C'est judicieux ? »

Non, ça ne l'était pas. Mais sans Perceval – un homme frappé par la maladie grise, à tel point qu'il pouvait à peine parler –, aucun de nous ne serait là aujourd'hui.

« Allons-y », déclarai-je sèchement.

Eris porta sa paume à son front, sans rien dire.

2

Je reconnus le passage où Leah nous attendait en dansant d'un pied sur l'autre et en triturant la poignée de son épée. À droite de la cuisine annexe, un passage conduisait au cachot. À gauche, non loin de là, se trouvait la salle de torture.

Je m'élançai, laissant les autres derrière. Exception faite de Radar, qui bondissait à côté de moi, la langue pendante. C'était plus loin que dans mon souvenir. En arrivant devant la porte ouverte de la salle de torture, je m'arrêtai, juste le temps de formuler une brève pensée, une prière qui n'en était pas réellement une : *S'il vous plaît, s'il vous plaît.* Puis j'entrai.

Tout d'abord, je crus que la salle était vide… à moins qu'ils aient enfermé Perceval à l'intérieur de la vierge de fer. Mais dans ce cas, du sang s'en serait échappé. Soudain, un tas de haillons remua dans le coin le plus reculé. Pursey leva la tête, me vit et essaya de sourire avec ce qui restait de sa bouche.

« Pursey ! m'écriai-je en me précipitant vers lui. Perceval ! »

Il fit un gros effort pour me saluer.

« Nan, nan, c'est moi qui devrais vous saluer. Vous pouvez vous lever ? »

Avec mon aide, il parvint à se mettre debout. Je crus qu'il avait enveloppé une de ses mains dans un morceau de tissu crasseux, arraché à sa chemise, mais en regardant de plus près, je constatai que le tissu avait été enroulé autour de son poignet et serré fortement pour arrêter une hémorragie. Je remarquai une tache noire, croûtée, sur le sol de pierre, à l'endroit où il gisait un peu plus tôt. Un salopard lui avait coupé la main.

Les autres me rejoignirent. Jaya et Eris restèrent sur le seuil, mais Leah entra. En la voyant, Perceval porta sa main restante à son front. En s'écriant : « *Incè !* » *Princesse.* C'était le mieux qu'il puisse faire.

Il voulut mettre un genou à terre devant elle, et il serait tombé si je ne l'avais pas retenu. Il était sale, couvert de sang et défiguré ;

malgré cela, Leah passa un bras autour de son cou pour l'étreindre. Ce geste aurait suffi à me la faire aimer.

« Vous pouvez marcher ? demandai-je. Si vous prenez votre temps et si on s'arrête souvent ? Car on est pressés. *Terriblement* pressés. »

Il hocha la tête.

« Vous saurez retrouver la sortie ? »

Même réponse.

« Jaya ! dis-je. C'est là que nos chemins se séparent. Perceval te guidera vers la sortie. Accompagne-le et laisse-le se reposer quand il en a besoin.

– Mais je veux…

– Je me contrefiche de ce que tu veux ou pas. C'est ce que j'attends de toi. Emmène-le loin de… cet enfer. Les autres ont dû arriver maintenant. » *J'espère bien*, pensai-je. « Conduis-le auprès de Claudia ou de Woody et faites-lui passer un examen médical. »

Je n'avais pas dit *examen médical*, mais Jaya acquiesça.

J'étreignis Perceval comme Leah avant moi.

« Merci, mon ami. Si tout finit bien, ils devraient vous ériger une statue. »

Avec des papillons perchés sur vos bras écartés, pensai-je et je revins vers la porte. Leah m'y attendait.

Jaya prit Pursey par les épaules.

« Je vous accompagnerai à chaque pas, Pursey. Guidez-moi, c'est tout.

– *Incè !* » s'écria-t-il et je me retournai. Il faisait un terrible effort pour parler distinctement. « Ight iller ! » Il montra la porte. « *Atre aut ! A utain ! A utain !* » Cette fois, il désigna Leah. « *El onait e emin !* » Il pointa le doigt vers le plafond. « *Ella é Ara'ella ! Une ! Une ! Une !* »

Je regardai Leah.

« Vous avez compris ? »

Elle hocha la tête. Son teint était livide. La petite plaie par laquelle elle se nourrissait ressortait comme une tache de naissance.

Je me tournai vers Eris.

« Et toi ?

– Flight Killer. Quatre autres. La putain. Je pense qu'il parlait de Petra, la salope avec le grain de beauté sur le visage qui était à côté de lui dans la loge. Il a dit que la princesse connaissait le chemin. Et il a parlé de Bella et d'Arabella.

– Elles vont bientôt s'embrasser », annonça Jaya, et Perceval acquiesça.

« Prends soin de lui, Jaya. Emmène-le.

– J'espère qu'il connaît le chemin. Et faites en sorte qu'on se revoie. Vous tous. »

Elle se pencha pour caresser la tête de Radar, en guise d'au revoir.

3

Leah nous entraîna dans un autre couloir, tournant le dos à l'escalier en colimaçon. Elle s'arrêta devant une porte, l'ouvrit, secoua la tête et repartit.

« Elle sait vraiment où elle va ? me glissa Eris.

– Je crois.

– Non, tu *espères*. »

On atteignit une autre porte. Non plus. Puis une autre. Leah jeta un coup d'œil et nous fit signe. Il faisait noir à l'intérieur. Elle montra le gobelet d'allumettes que j'avais chapardé dans la cuisine. J'essayai d'en gratter une contre le fond de mon pantalon, un truc super cool que j'avais vu dans un vieux western sur TCM. Constatant que ça ne marchait pas, je la frottai contre le mur de pierres brutes à côté de la porte et la tins à bout de bras. Cette pièce aux murs tapissés de lambris (et non de pierre) était remplie de vêtements : uniformes, tenues blanches de cuistots, salopettes et chemises de laine. Des robes marron mangées aux mites formaient un tas sous une rangée de chevilles en bois. Dans un coin, une caisse contenait des gants blancs jaunis par le temps.

Leah traversait déjà la pièce. Radar lui emboîta le pas en se retournant vers moi. Je grattai une autre allumette et les suivis. Leah se dressa sur la pointe des pieds, agrippa deux des chevilles et tira. Rien ne se produisit. Elle recula et me montra du doigt.

Je confiai les allumettes à Eris, saisis à mon tour les deux mêmes chevilles et tirai. Sans résultat, là encore, mais je sentis du jeu. Alors je tirai plus fort et la totalité du mur pivota vers nous, libérant une bouffée d'air très ancien. Des gonds cachés gémirent. Eris gratta une autre allumette et je découvris des toiles d'araignée, déchirées, qui pendaient sous forme de lambeaux gris. Si on ajoutait à cela le tas de robes jusqu'à présent suspendues aux chevilles et qui gisaient maintenant sur le sol, le message était clair : quelqu'un avait franchi cette porte avant nous. Je repris les allumettes et en grattai une avant de me pencher vers le sol. Des empreintes de pas se chevauchaient dans la poussière. Si j'avais été un brillant détective à la Sherlock Holmes, j'aurais peut-être pu déduire combien de personnes étaient passées par là, et quelle avance elles avaient sur nous. Hélas, je n'étais pas Sherlock. Néanmoins, à en juger par l'aspect un peu flou des empreintes, je devinai que les individus en question transportaient quelque chose de lourd. Comme s'ils traînaient les pieds. Je pensai au luxueux palanquin de Flight Killer.

Un autre escalier s'enfonçait sous terre en s'incurvant vers la gauche. D'autres empreintes étaient visibles dans la poussière. Tout en bas, on apercevait une faible lumière verdâtre qui n'était pas dispensée par des brûleurs à gaz. Je n'aimais pas ça. J'aimais encore moins cette voix qui chuchotait dans le vide, devant moi. *Ton père agonise dans sa crasse*, disait-elle.

Eris retint son souffle tout à coup.

« Les voix sont revenues.

– Ne les écoute pas, dis-je.

– Tu pourrais aussi bien me demander de ne pas respirer, Prince Charlie. »

Leah nous fit signe de la suivre. On descendit l'escalier. Radar poussait des petits gémissements inquiets ; j'en déduisis qu'elle entendait des voix elle aussi.

4

On continua à descendre. La lumière verte s'intensifia. Elle émanait des murs. Elle *suintait* des murs. Les voix s'amplifiaient également. Et elles prononçaient des paroles désagréables. Beaucoup concernaient mes sinistres exploits avec Bertie Bird. Eris pleurait derrière moi, tout doucement, et à un moment elle murmura : « Taisez-vous ! Je ne voulais pas... Taisez-vous ! »

Pour un peu, j'aurais préféré affronter de nouveau Hana et Red Molly. Elles étaient abominables, mais au moins elles avaient de la substance. Avec elles, vous pouviez frapper dans quelque chose.

Si Leah entendait ces voix elle aussi, elle n'en laissait rien paraître. Elle descendait l'escalier d'un pas régulier, le dos bien droit ; ses cheveux tirés et attachés en arrière se balançaient entre ses omoplates. Je détestais son refus obstiné de reconnaître que Flight Killer était son frère – on avait entendu ses sbires crier son nom lors du Un Contre Un, non ? –, mais j'aimais son courage.

Je l'aimais *elle.*

Quand l'escalier prit fin devant une arche envahie de mousse et de toiles d'araignée, lacérées là aussi, on était au moins cent cinquante mètres plus bas que Deep Maleen. Les voix s'atténuèrent. Remplacées par un bourdonnement sombre qui semblait émaner des murs de pierre humides ou de la lumière verte, beaucoup plus vive maintenant. C'était une lumière *vivante*, et ce bourdonnement était sa voix. On approchait d'un pouvoir colossal, et si j'avais douté un jour de l'existence du mal comme une force réelle, une entité différente de ce qui vivait dans les cœurs et les esprits des mortels, hommes et femmes, ce n'était plus le cas. On était seulement à proximité de la chose qui générait cette force, mais chacun de nos pas nous en rapprochait.

Je touchai l'épaule de Leah. Elle sursauta, avant de se détendre en découvrant que ce n'était que moi. Ses yeux étaient écarquillés et sombres. En contemplant son visage et non plus son dos déterminé, je constatai qu'elle était aussi terrifiée que moi. Peut-être même davantage, car elle en savait plus que moi.

« Vous êtes déjà venue ici ? murmurai-je. Avec Elden, quand vous étiez *enfants* ? »

Elle hocha la tête et serra le vide dans son poing.

« Vous vous teniez par la main ? »

Hochement de tête. *Oui.*

Je les imaginais, main dans la main, courant partout… Non impossible. Ils ne couraient pas. Leah pouvait gambader, mais pas Elden, à cause de ses pieds bots. Alors, elle marchait à sa hauteur, même si elle avait envie de foncer vers la découverte suivante, la surprise suivante, l'endroit secret suivant, car elle l'aimait.

« Il avait une canne ? »

Elle fit un V avec ses doigts. Deux cannes, donc.

Ils allaient partout ensemble, à une seule exception. Leah n'avait jamais été une grande lectrice, m'avait confié Woody. Contrairement à Elden.

« Il connaissait cette porte dérobée dans la salle où sont entreposés les vêtements, hein ? Il avait découvert son existence dans un livre à la bibliothèque. Et sans doute qu'il connaissait d'autres endroits semblables.

– Oui. »

Des vieux livres. Des livres interdits peut-être, comme le *Nécronomicon*, cet ouvrage fictif inventé par Lovecraft. Je me représentais Elden plongé dans ce livre, le garçon laid affublé de deux pieds bots, de protubérances sur le visage et d'une bosse dans le dos ; celui qu'on oubliait, sauf quand il fallait faire une blague cruelle à quelqu'un (je savais de quoi je parlais car, avec Bertie, on n'était pas en reste dans ce domaine durant ma période sombre), celui que tout le monde ignorait, sauf sa petite sœur. Et pourquoi ne l'aurait-on pas ignoré, alors que son frère aîné, bel homme, hériterait du trône tôt ou tard ? De toute façon, le jour du couronnement de Robert, Elden le boiteux maladif, le rat de bibliothèque, serait sans doute déjà mort. Les êtres comme lui ne faisaient pas de vieux os. Ils attrapaient un virus, ils toussaient, ils avaient de la fièvre et ils mouraient.

Elden lisant les livres qu'il trouvait sur les étagères les plus hautes ou dans une vitrine fermée à clé dont il avait forcé la serrure. Au départ, peut-être qu'il cherchait uniquement un pouvoir à utiliser contre son tyran de frère et ses méchantes sœurs. Les idées de vengeance étaient venues plus tard.

« Ce n'est pas vous qui avez voulu explorer cet endroit, hein ? D'autres parties du palais, peut-être, mais pas celle-ci. »

Non.

« Vous n'aimiez pas cet endroit, hein ? Les pièces secrètes et la plateforme ascendante, ça pouvait aller, mais c'était mal de venir ici, et vous le saviez. Pas vrai ? »

Son regard était sombre, troublé. Elle ne fit aucun signe, ni oui ni non… mais ses yeux étaient mouillés.

« Elden en revanche, dis-je, lui… il était fasciné. N'est-ce pas ? »

Leah me tourna le dos et continua d'avancer, en réitérant ce geste de la main : *Allez.* Le dos droit.

Déterminée.

5

Radar avait pris de l'avance et voilà qu'elle reniflait quelque chose sur le sol du passage, un morceau de soie verte. Je le ramassai, l'examinai et le glissai dans l'étui du revolver avec le gobelet d'allumettes, sans m'y attarder.

Le passage, large et haut de plafond, ressemblait davantage à un tunnel. On atteignit un endroit où il se séparait en trois, chaque nouvelle galerie étant éclairée par cette même lumière verte palpitante. Au-dessus de chaque arche, une clé de voûte gravée représentait cette chose que j'avais vue pour la dernière fois brisée en deux sur le sol, dans l'aile des appartements privés : une sorte de calamar dont le nid de tentacules dissimulait le visage hideux. Les monarques étaient une bénédiction, cette horreur un blasphème.

Encore un conte de fées, songeai-je. *Destiné aux adultes celui-ci. Pas de grand méchant loup, pas de géant, pas de Rumplestiltskin. C'est une version de Cthulhu au-dessus de ces arches. Est-ce la représentation de Gogmagog, grand prêtre des anciens dieux qui alimente ses rêves malé-*

fiques dans les ruines de R'lyeh ? À qui Elden souhaite-t-il demander une autre faveur ?

Leah s'arrêta, fit un pas vers le passage de gauche, s'arrêta de nouveau, fit un pas vers le passage du centre et hésita de nouveau. En regardant droit devant elle. Quant à moi, je regardais le sol, où des traces de pas dans la poussière s'enfonçaient dans la galerie de droite. Flight Killer et ses disciples avaient pris cette direction, mais j'attendis de voir si Leah s'en souvenait… Oui. Elle pénétra dans le passage de droite. On la suivit. L'odeur – la puanteur, les *effluves méphitiques* – devint plus puissante, le bourdonnement plus fort, plus pénétrant aussi. Des champignons mous et difformes, blancs comme les doigts d'un cadavre, poussaient dans les interstices entre les pierres des murs. Ils pivotèrent pour nous regarder passer. Tout d'abord, je crus que mon imagination me jouait des tours. Mais non.

« C'est effroyable, commenta Eris d'une petite voix désespérée. Je croyais que Maleen était un endroit affreux… et le terrain où on était obligés de se battre… mais ce n'était rien comparé à ça. »

Je ne trouvai rien d'autre à dire, elle avait raison.

On marcha encore longtemps, sans cesser de descendre. L'odeur empirait, le bourdonnement s'amplifiait. Il n'était plus seulement à l'intérieur des murs. Je le sentais au centre de mon cerveau, où il ressemblait non pas à un bruit, mais à une lumière noire. Je n'avais aucune idée de l'endroit où on se trouvait par rapport au monde extérieur, mais on était au-delà de l'enceinte du palais, assurément. Bien au-delà. Les empreintes de pas s'effacèrent, puis disparurent. Aucune poussière ne s'était déposée à cette profondeur ; il n'y avait plus de toiles d'araignée. Elles-mêmes avaient déserté ce lieu maudit.

Les murs se transformaient. Par endroits, les pierres avaient été remplacées par de grands blocs de verre d'un vert sombre, dans les profondeurs desquels d'épaisses vrilles noires tourbillonnaient et pullulaient. L'une d'elles fonça sur nous, et son extrémité sans tête se déploya pour devenir une bouche. Eris laissa échapper un petit cri. Radar marchait si près de moi maintenant que ma jambe frôlait son flanc à chaque pas.

Enfin, on émergea dans une vaste salle voûtée tout en verre vert sombre. Les filaments noirs, omniprésents dans les murs, jaillissaient et se rétractaient, émanant d'étranges formes sculptées qui changeaient d'aspect quand vous les regardiez. Elles s'incurvaient, s'entortillaient, dessinaient des figures… des visages…

« Ne regarde pas ces machins », dis-je à Eris. Je pensais que Leah le savait. Si elle s'était rappelé comment venir jusqu'ici, elle se souvenait certainement de ces étranges formes changeantes. « Ils vont t'hypnotiser. »

Arrêtée au centre de cette horrible salle, Leah regardait autour d'elle, hébétée. La nef était bordée de différents passages qui tous vibraient d'une lumière verte. Il y en avait au moins une douzaine.

« Je crois que j'y arriverai pas, dit Eris dans un murmure tremblotant. Je suis désolée, Charlie. Je crois que j'y arriverai pas.

– Personne ne t'y oblige. » Ma voix me paraissait monotone, irréelle, à cause du bourdonnement sans doute. On aurait dit la voix du Charlie Reade toujours prêt à suivre les sales idées inventées par Bird Man… et à y ajouter les siennes. « Fais demi-tour, si tu peux retrouver ton chemin. Sinon, reste ici et attends-nous. »

Leah effectua un tour complet sur elle-même, lentement, en scrutant chaque passage. Elle me regarda, leva les mains et secoua la tête.

Je ne sais pas.

« Vous n'êtes jamais allée plus loin, n'est-ce pas ? Elden a continué seul à partir d'ici. »

Oui.

« Mais il a fini par revenir. »

Oui.

J'imaginais Leah enfant en train d'attendre dans cette chambre verte aux sculptures inquiétantes, avec ces machins noirs qui dansaient dans les murs. Une fillette qui tient bon – inébranlable –, en dépit de ce bourdonnement insidieux. Seule.

« Vous l'avez accompagné en d'autres occasions ? »

Oui. Elle leva un doigt, ce que je ne compris pas.

« Et après ça, il est venu sans vous ? »

Une longue pause… *Oui.*

« Et un jour, il n'est pas revenu. »

Oui.

« Mais vous n'êtes pas partie à sa recherche, n'est-ce pas ? Vous êtes venue jusqu'ici peut-être, mais pas plus loin. Vous n'avez pas osé. »

Elle se couvrit le visage. Réponse suffisante.

« Je m'en vais, lâcha Eris. Désolée, Charlie, mais… je ne peux pas. »

Elle s'enfuit. Radar l'accompagna jusqu'à l'entrée par où on était arrivés, et si elle était partie avec Eris, je ne l'aurais pas rappelée. Le bourdonnement envahissait mes os maintenant. J'avais le pressentiment, intense, que la Princesse Leah et moi, on ne reverrait jamais le monde extérieur.

Radar revint auprès de moi. Je m'agenouillai pour passer mon bras autour d'elle, et essayai de puiser un peu de réconfort.

« Vous pensiez que votre frère était mort. »

Oui. Elle referma ses mains autour de sa gorge et quelques paroles gutturales émergèrent devant elle.

« Est mort. »

La personne que j'étais devenue – et continuais à devenir – était plus âgée, plus sage que le lycéen qui avait émergé dans ce champ de coquelicots. Ce nouveau Charlie – le *Prince* Charlie – comprenait que Leah était obligée de croire à cette version. Autrement, le sentiment de culpabilité, dû au fait qu'elle n'avait pas essayé de sauver son frère, aurait été trop lourd à porter.

Et pourtant, je devinais qu'elle n'était pas dupe.

6

Le sol en verre vert lustré semblait s'enfoncer dans des profondeurs infinies. Les choses noires grouillaient sous nos pieds et le doute n'était pas permis : elles étaient affamées. Aucune poussière ici, je l'ai dit, et donc aucune trace de pas. S'ils en avaient laissé, un membre de la coterie de Flight Killer les avait effacées au cas où quelqu'un – nous, par exemple – aurait tenté de les suivre. Leah n'ayant conservé aucun souvenir, impossible de déterminer lequel de ces douze passages ils avaient emprunté.

Ou peut-être que si.

Je revis la femme au grain de beauté à côté de la bouche en train de brailler : *À genoux, ancien sang ! À genoux, ancien sang !* Elle s'appelait Petra, et elle portait une robe en soie verte ce jour-là.

Je repris le morceau d'étoffe que j'avais récupéré et le tendis à Radar, qui le renifla sans beaucoup d'intérêt : le bourdonnement et les formes noires à l'intérieur des blocs de verre l'affectaient elle aussi. Mais je n'avais qu'elle. *Nous* n'avions qu'elle.

« Lequel ? » demandai-je en montrant les tunnels. Elle ne bougea pas, se contentant de me regarder, et je compris que l'effroyable atmosphère qui régnait en ce lieu m'avait rendu idiot. Il y avait des ordres que Radar comprenait ; ma question n'est était pas un. J'approchai le bout de tissu de sa truffe, encore une fois.

« Cherche, Radar ! Cherche ! »

Cette fois, elle plaqua son museau au sol. Une des formes noires sembla se jeter sur elle, et Radar eut un mouvement de recul, mais elle colla sa truffe de nouveau sur la surface de verre – ma brave chienne, si courageuse ! – et se dirigea vers un des tunnels, revint sur ses pas pour marcher vers celui situé juste à droite. Elle se tourna vers moi et aboya.

Leah n'hésita pas. Elle se précipita à l'intérieur du tunnel. Je la suivis. La pente du sol en verre s'accentua. Si elle avait été un peu plus prononcée, je crois qu'on aurait perdu l'équilibre. Leah nous avait distancés. Elle était véloce ; moi, j'étais le balourd qui pouvait jouer uniquement au poste de première base.

« Leah, attendez ! »

Elle ne m'écouta pas. Je courais aussi vite que me le permettait la pente. Radar, plus proche du sol et dotée de quatre pattes, s'en sortait mieux que moi. Le bourdonnement faiblit, comme si, quelque part, une main avait baissé le volume d'un ampli géant. Quel soulagement. La lueur verte qui émanait des murs s'atténua elle aussi. Remplacée par une lumière plus tamisée, un peu plus vive à mesure qu'on approchait de la sortie du tunnel.

Ce que je découvris alors, même après tout ce que j'avais vécu ici, était tout bonnement incroyable, au sens littéral du terme. L'esprit se révoltait contre ce que montraient les yeux. Cette salle souterraine était beaucoup plus vaste que toutes celles qu'on avait pu voir jusqu'à maintenant. Et comment pouvait-on être dans une salle, alors qu'au-dessus de nous s'étendait un ciel nocturne parsemé d'étoiles jaunâtres qui palpitaient ? C'était de là que venait la lumière.

Non, ce n'est pas possible, me dis-je, puis je m'aperçus que si. N'avais-je pas précédemment émergé dans un autre monde, après avoir descendu d'autres marches ? J'étais arrivé dans le monde d'Empis. J'en découvrais un troisième.

Un escalier, un de plus, tournait autour d'un puits colossal qui avait été creusé dans la roche. Leah le descendait déjà, ventre à terre. Tout au fond, cent cinquante mètres plus bas, ou plus, j'apercevais le palanquin de Flight Killer. Les rideaux tissés de fils d'or étaient tirés. Les quatre hommes qui l'avaient porté s'étaient recroquevillés contre la paroi incurvée et ils levaient les yeux vers ces étoiles inconnues. Ce devaient être des hommes forts pour avoir porté Flight Killer jusqu'ici, et courageux, mais de là d'où je les observais, avec Radar, ils paraissaient minuscules et terrorisés.

Au centre du sol de pierre se dressait une grue d'au moins cent mètres de haut. Pas très différente de celles que j'avais pu voir sur des chantiers de construction dans ma ville natale, mais celle-ci semblait avoir été construite en bois, et elle évoquait étrangement une potence. La grue et sa flèche formaient un angle droit parfait. Le crochet de levage n'était pas attaché au couvercle de puits que je me représentais en imaginant le Puits Obscur, mais à une gigantesque trappe à charnières où palpitait une lumière verte répugnante.

À côté, vêtu de sa robe-caftan violette, la couronne d'or des Gallien posée de travers, de manière grotesque, sur ses cheveux blancs hirsutes, se tenait Flight Killer.

« *Leah !* hurlai-je. *Attendez !* »

Elle semblait ne pas m'avoir entendu. À croire qu'elle était aussi sourde que Claudia. Arrivée au pied de cette dernière volée de marches arrondies, elle courut sous la lumière diffuse et cauchemardesque de ces étoiles d'un autre univers. Je m'élançai à sa poursuite en dégainant le revolver de M. Bowditch.

7

Les hommes qui avaient transporté le palanquin gravirent les premières marches de l'escalier pour venir à sa rencontre. Les pieds écartés, dans une posture de combat, Leah sortit l'épée de son fourreau. Radar poussait des aboiements hystériques, terrorisée par cet endroit d'où on ne ressortirait jamais, j'en étais convaincu, ou parce qu'elle comprenait que ces hommes menaçaient Leah. Les deux peut-être. Flight Killer leva les yeux et sa couronne dégringola sur le sol. Il la ramassa, mais ce qui sortit de sous la robe violette ne ressemblait pas à un bras. Je n'eus pas le loisir de voir ce que c'était (ou bien je ne le voulais pas) et sur le coup, je m'en fichais. Il fallait que je rejoigne Leah si je le pouvais, mais j'avais déjà calculé que je n'arriverais pas à temps pour la sauver des griffes des sbires de Flight Killer. Ils étaient trop près d'elle, et trop loin du revolver ; et surtout, elle se trouvait dans ma ligne de mire.

Elle plaqua la poignée de l'épée contre son ventre. Celui qui était le chef (sans doute) cria quelque chose. Il agitait les bras en gravissant les marches, suivi des trois autres. Je saisis *Nan, nan !*, mais pas le reste. Leah n'eut pas besoin de porter une attaque car, pris de panique, l'homme se jeta de lui-même sur l'épée, sans ralentir. La lame s'enfonça jusqu'à la garde et ressortit de l'autre côté, dans une gerbe de sang. Il bascula vers le vide. Leah tira sur son épée pour la récupérer, mais elle resta coincée. Le choix était simple : lâcher prise et vivre, ou bien accompagner l'homme dans sa chute. Elle lâcha l'épée. L'homme embroché fit un plongeon d'une trentaine de mètres au moins et s'écrasa non loin du palanquin qu'il avait porté avec ses camarades. On lui avait peut-être promis de l'or ou des femmes ou une propriété à la campagne, ou même tout ça à la fois. Sa récompense avait été la mort.

Les trois autres s'avancèrent. Je me précipitai, sans penser au risque, bien réel, de trébucher (sur ma chienne, peut-être) et de faire une chute mortelle. Malgré cela, je vis que je n'arriverais pas à temps, là encore. Ils atteindraient Leah avant moi et elle n'avait plus que son poignard pour se défendre. Elle le dégaina et s'adossa au mur, bien décidée à se battre jusqu'à la mort.

Ce ne fut pas nécessaire. L'homme qu'elle avait tué n'avait sans doute pas eu l'intention de l'attaquer, lui non plus. *Nan, nan !*, avait-il crié juste avant d'être empalé. Ces types avaient leur dose. Tout ce qu'ils voulaient, c'était foutre le camp d'ici. Ils dépassèrent Leah en courant, sans même lui jeter un regard.

« *Revenez !* leur cria Elden. *Revenez, bande de lâches ! Votre roi vous l'ordonne !* »

Ils l'ignorèrent. Ils continuèrent à gravir les marches de pierre, deux par deux ou trois par trois. Je saisis Radar par son collier pour la plaquer contre moi. Les deux premiers porteurs passèrent devant nous, mais le troisième trébucha contre ma chienne, qui commençait à en avoir marre. Elle projeta sa gueule vers l'avant et planta ses crocs dans la cuisse du fuyard. Celui-ci battit furieusement des bras pour essayer de rétablir son équilibre, mais il bascula dans le vide malgré tout. Son cri aigu, de plus en plus lointain, s'arrêta net quand il heurta le sol.

Je repris ma descente. Leah n'avait pas bougé. Elle observait le personnage grotesque dans son ample robe violette mouvante, tentant de distinguer ses traits à la faible lumière des étoiles disséminées dans cet abîme démentiel au-dessus de nos têtes. J'allais l'atteindre lorsque la lumière s'intensifia. Mais elle ne provenait pas des étoiles. Le bourdonnement reprit, plus grave. Ce n'était plus *mmmmmm*, mais *AAAAAA* : le son produit par quelque créature extraterrestre, colossale et inconnue, qui hume un plat qu'elle devine délicieux.

Je levai la tête. Leah leva la tête. Radar leva la tête. Ce qu'on vit alors émerger de ce ciel obscur parsemé d'étoiles était effroyable, et d'autant plus terrible que c'était… beau.

Si ma notion du temps n'était pas totalement flinguée, il faisait encore jour quelque part au-dessus de nous. Bella et Arabella devaient se trouver à l'autre extrémité du monde dont Empis faisait partie, mais ici, ces deux lunes étaient identiques ; elles jaillissaient d'un vide noir qui n'avait aucune raison d'exister, et inondaient cet enfer de leur lumière blafarde et mystérieuse.

La plus grosse se rapprochait de la plus petite, et on voyait qu'elle ne passerait ni devant ni derrière. Après des milliers d'années – seuls les grands dieux auraient pu les compter –, les deux lunes, celles-ci et les vraies, quelque part derrière la courbure de la planète, allaient entrer en collision.

Elles se percutèrent dans un crash silencieux (il s'agissait bien d'une projection, donc), accompagné d'un éclair aveuglant. Des morceaux furent projetés dans toutes les directions, emplissant ce ciel obscur d'un miroitement, comme des débris de vaisselle lumineux. Le braiment monotone – *AAAAAAA* – s'amplifia encore. Jusqu'à devenir assourdissant. La flèche de la grue commença à se lever, réduisant l'angle du triangle entre elle et la tour. Il n'y eut aucun bruit de machinerie, mais de toute façon je ne l'aurais pas entendu.

La lumière violente des deux lunes en pleine désintégration masqua les étoiles et inonda le sol de son éclat. La trappe au-dessus du Puits Obscur se souleva, tirée par le crochet de levage. La créature grotesque en robe violette regardait vers le ciel elle aussi, et quand Leah baissa les yeux, leurs regards se croisèrent. Les yeux de Flight Killer s'enfonçaient dans leurs orbites verdâtres ; ceux de Leah étaient immenses et bleus.

En dépit de toutes les années écoulées, de tous les changements, elle le reconnut. Sa consternation et son effroi étaient visibles. Je voulus la retenir, mais elle se libéra d'un mouvement convulsif qui faillit la faire basculer dans le vide. J'étais sous le choc, paralysé par ce que j'avais vu : la collusion de deux lunes dans un ciel qui n'avait pas le droit d'exister. Les débris se répandaient et commençaient à s'éteindre.

Un croissant d'obscurité apparut autour de la trappe du Puits Obscur et s'élargit rapidement pour devenir un grand sourire noir. Ce long râle de satisfaction éraillé enfla. Flight Killer tituba vers le puits. Sa robe violette se souleva dans plusieurs directions. L'espace d'un instant, cette horrible tête flasque demeura cachée, puis la robe tomba d'un côté, sur le sol de pierre. L'homme qui se trouvait dessous n'était qu'une moitié d'homme, comme Elsa n'avait été qu'une moitié de femme. Ses jambes avaient été remplacées par un nœud de tentacules qui le propulsaient à toute vitesse, dans un dandinement de droite à gauche. D'autres saillaient de son ventre qui pendait tel un sac et se tendaient vers la trappe qui continuait à se soulever, évoquant des érections obscènes. Ses bras étaient des horreurs semblables à des serpents qui ondulaient autour de son visage comme des algues agitées par un courant puissant, et je compris que, quelle que soit cette chose dans le puits, ce n'était pas Cthulhu. Elden était le Cthulhu de ce monde aussi sûrement que Dora était la vieille femme qui vivait dans une chaussure et Leah la gardeuse d'oies. Il avait troqué ses pieds difformes et son dos bossu – cyphose – contre quelque chose de bien plus repoussant. Estimait-il que c'était un échange équitable ? La vengeance et la lente destruction de son royaume avaient-elles suffi à équilibrer les plateaux de la balance ?

Leah atteignit le bas de l'escalier. Tout là-haut, les fragments de Bella et d'Arabella continuaient à se répandre.

« Leah ! criai-je. Leah, pour l'amour du ciel, arrêtez-vous ! »

Après avoir dépassé le palanquin dont les rideaux pendaient mollement, elle s'arrêta, mais pas parce que je l'avais appelée. Je n'étais même pas sûr qu'elle m'ait entendu. Toute son attention était fixée sur cette créature flasque qui avait été son frère. Il s'était penché avidement au-dessus de la trappe, et la chair molle de son visage pendait comme de la pâte à pain. Sa couronne tomba de nouveau. D'autres tentacules noirs émergèrent de son cou, de son dos et d'entre ses fesses. Il se transformait sous mes yeux en Cthulhu, maître des dieux anciens – un conte de fées terrifiant devenu réalité.

Mais le véritable monstre était en dessous. Et il allait bientôt apparaître.

Gogmagog.

8

Je me souviens de ce qui se passa ensuite avec une précision déchirante. J'assistai à la scène depuis l'escalier, à une douzaine de marches au-dessus du palanquin abandonné ; et aujourd'hui encore, je la revois dans mes rêves.

Radar aboyait, mais je l'entendais à peine en raison du bourdonnement incessant, à rendre fou, qui montait du Puits Obscur. Leah leva son poignard et, sans la moindre hésitation, elle le plongea dans la plaie par laquelle elle se nourrissait et qui avait remplacé sa bouche. Puis, à deux mains, elle fit glisser la lame de gauche à droite.

« ELDEN ! » hurla-t-elle.

De fines gouttelettes de sang jaillirent de sa bouche réouverte. Sa voix était éraillée (abîmée par ses numéros de ventriloque, supposais-je), mais la force avec laquelle elle prononça son premier mot sans être obligée de le projeter des profondeurs de sa gorge suffit à attirer l'attention de son frère, malgré le bourdonnement. Il se retourna. Et il la vit, réellement, pour la première fois.

« ELDEN, ARRÊTE PENDANT QUE C'EST ENCORE POSSIBLE ! »

Il hésita. La forêt de tentacules – plus nombreux maintenant, beaucoup plus nombreux – dansait. Était-ce de l'amour que je voyais dans ces yeux brouillés ? Des regrets ? Du chagrin et de la honte pour avoir maudit la seule personne qui l'avait jamais aimé en même temps que tous ceux qui le méprisaient ? Ou bien était-ce uniquement le besoin de préserver ce qui lui échappait après un règne qui avait été trop court ? (Mais est-ce que nous n'avons pas tous cette impression, quand vient la fin ?)

Je l'ignorais. Je dévalai les dernières marches et dépassai le palanquin. Je n'avais aucun plan en tête, juste la volonté d'emmener Leah avant que la chose émerge du puits. Je repensai au cafard géant qui avait réussi à atteindre le cabanon et que M. Bowditch avait abattu. Cela me rappela – pas trop tôt ! – que j'avais toujours son revolver.

Leah pénétra au cœur de cette masse ondulante de tentacules sans avoir conscience du danger qu'ils représentaient, apparemment. L'un d'eux caressa sa joue. Elden continuait à la regarder. En pleurant ?

« Va-t'en, dit-il de sa voix rauque. Va-t'en pendant que tu le peux encore. Je suis incapable de… »

Un autre tentacule s'enroula autour du cou de Leah, qui se marbra de sang. De toute évidence, Elden n'était pas capable, en effet, de dompter la partie de lui-même qui avait été possédée par cette chose dans le puits. Parmi tous les livres qu'il avait lus à la bibliothèque du palais, n'y en avait-il pas un seul qui renfermait le récit le plus élémentaire, présent dans toutes les cultures, qui dit qu'il ne faut jamais signer un pacte avec le diable ?

J'agrippai le tentacule (il faisait peut-être partie d'un bras à l'époque où Elden avait conclu ce pacte maléfique) et tirai dessus de toutes mes forces pour l'obliger à lâcher prise. Il était dur et enduit d'une substance visqueuse. Maintenant qu'il n'étranglait plus Leah, je le lâchai. Un autre s'enroula aussitôt autour de mon poignet, et un autre autour de ma cuisse. Ils m'entraînèrent vers Elden. Et le puits qui s'ouvrait.

Je levai l'arme de M. Bowditch, mais avant que je puisse presser la détente, un tentacule enveloppa le canon et m'arracha le revolver, qu'il envoya valdinguer sur le sol en pierres brutes, en direction du palanquin abandonné. Radar s'était postée entre Elden et le puits, poil hérissé, et elle aboyait si rageusement que de la bave jaillissait de sa gueule. Elle bondit pour mordre. Un tentacule, relié à la jambe gauche d'Elden, claqua comme un fouet et expédia ma chienne au tapis. Pendant ce temps, j'étais entraîné vers l'avant. Si le monstre pleurait à cause de sa sœur, il affichait malgré tout un large sourire en savourant par avance son effroyable victoire, réelle ou imaginaire. Deux autres tentacules, plus petits, émergèrent de ce rictus pour humer l'air. La grue continuait à soulever la trappe, mais *quelque chose*, dessous, poussait en même temps pour élargir l'ouverture.

Il y a un autre monde là-dessous, pensai-je. *Un monde noir que jamais je ne veux voir.*

« Tu étais de mèche avec eux ! cria la créature flasque au visage vert à Leah. Tu étais de mèche, sinon tu serais venue avec moi ! Tu aurais été ma reine ! »

D'autres appendices de Flight Killer l'emprisonnèrent – les jambes, la taille, le cou encore – et l'attirèrent vers eux. Une chose sortait du puits, une substance noire et adipeuse, hérissée de longues épines blanches. Qui s'écrasa sur le sol dans un claquement humide. C'était une aile.

« C'EST MOI la reine ! hurla Leah. Tu n'es pas mon frère ! Mon frère était un homme bon ! Toi, tu es un assassin et un imposteur ! »

Elle plongea son poignard, encore rouge de son propre sang, dans l'œil de son frère. Les tentacules la lâchèrent. Elden recula en titubant. L'aile frappa le sol, projetant une bouffée d'air fétide en plein dans mon visage. Elle s'enroula autour d'Elden. Les épines le transpercèrent. Il fut entraîné vers le bord du puits. Et poussa un ultime hurlement strident avant que la chose plante ses épines crochues dans sa poitrine et l'attire dans le puits.

Mais avoir récupéré sa marionnette ne suffisait pas à cette chose. Une bulle de chair extraterrestre sortit du puits. D'énormes yeux dorés nous dévisagèrent, au milieu d'un visage qui n'existait pas. Il se produisit un raclement, un grincement, et une deuxième aile couverte d'épines émergea. Elle tapota le sol comme on cherche à tâtons, et un nouveau souffle d'air putride me frappa de plein fouet.

« Arrière ! » cria Leah. Le sang s'échappait de sa bouche déchiquetée, enfin libérée. Quelques gouttes de sang grésillèrent au contact de la chose qui émergeait. « Moi, Reine d'Empis, je te l'ordonne ! »

L'apparition continuait à sortir de son antre en battant maintenant de ses deux ailes épineuses. Des filaments de fluide pestilentiel en jaillirent. La lumière produite par les lunes brisées n'avait cessé de faiblir et je vis à peine la chose bossue et tordue qui s'élevait, et dont les flancs se gonflaient et se dégonflaient à la manière d'un soufflet. La tête d'Elden disparut à l'intérieur de cette chair répugnante. Son visage mort, figé dans une ultime expression d'horreur, nous regardait comme un homme qui s'enfonce peu à peu dans des sables mouvants.

Les aboiements de Radar ressemblaient davantage à des hurlements maintenant.

Je pense qu'il s'agissait peut-être d'une sorte de dragon, mais pas du genre de ceux qu'on voit dans les contes de fées. Il venait d'au-delà de mon monde. Et de celui de Leah. Le Puits Obscur s'ouvrait sur un autre univers, qui dépassait tout entendement humain. Et l'injonction de Leah ne parvint pas à arrêter le processus.

La chose sortait.

La chose sortait.

Les deux lunes s'étaient embrassées, et bientôt, elle serait libre.

9

Leah ne réitéra pas son ordre. Sans doute avait-elle jugé que c'était inutile. Elle se contenta de tendre le cou pour voir cette chose sortir du puits. Radar, elle, continuait à aboyer, sans s'arrêter, et – miraculeusement, héroïquement – elle tenait bon.

Je compris que j'allais mourir, et que ce serait un soulagement. En supposant, évidemment, que la vie ne se poursuive pas dans un effroyable bourdonnement infernal (*AAAAAA*) une fois que Leah, Radar et moi, on aurait été engloutis par cette créature extraterrestre.

J'avais lu quelque part que dans ces moments-là, on voyait sa vie défiler devant ses yeux. Ce que je vis passer, semblables aux illustrations d'un livre qu'on feuillette rapidement, ce sont tous les contes de fées que j'avais rencontrés à Empis : la savetière et la gardeuse d'oies, les maisons des Trois Petits Exilés, ou encore les méchantes sœurs qui refusaient d'emmener leur jolie petite sœur (ou leur petit frère difforme) au bal.

La chose grossissait, et grossissait encore. Ses ailes couvertes d'épines claquaient. Le visage d'Elden avait disparu dans ses entrailles insondables.

Je songeai alors à un autre conte de fées.

Il était une fois un méchant petit homme nommé Christopher Polley, qui voulait voler l'or de M. Bowditch.

Il était une fois un méchant petit homme nommé Peterkin qui s'amusait à torturer le Snab avec un poignard.

Il était une fois une femme, ma mère, renversée par la camionnette d'un plombier sur le pont de Sycamore Street, qui l'avait tuée sur le coup en l'écrasant contre le garde-corps. Sa tête et son torse avaient été projetés dans la Little Rumple River.

Encore et toujours Rumplestiltskin. Depuis le début. Le conte de fées originel, pourrait-on dire. Et comment la fille de la reine faisait-elle pour se débarrasser de ce nain horripilant ?

« JE CONNAIS TON NOM ! » m'écriai-je.

Cette voix n'était pas la mienne, de même qu'un grand nombre de pensées et d'idées dans cette histoire n'appartenaient pas au garçon de dix-sept ans qui avait débarqué à Empis. C'était la voix d'un prince. Qui n'était pas de ce monde, ni du mien. J'avais commencé par appeler Empis « l'Autre », mais l'autre c'était moi. Je demeurais Charlie Reade, bien sûr, mais j'étais aussi quelqu'un d'autre, et il ne faisait aucun doute dans mon esprit qu'on m'avait envoyé ici – que mon réveil avait été remonté et réglé des années plus tôt, quand ma mère avait traversé ce pont en grignotant une aile de poulet – uniquement en vue de cet instant. Plus tard, lorsque la personne que j'étais dans ce monde souterrain commencerait à s'estomper, je douterais, mais à ce moment précis ? Non.

« *JE CONNAIS TON NOM, GOGMAGOG, ET JE T'ORDONNE DE REGAGNER TA TANIÈRE !* »

Il hurla. Le sol de pierre trembla et se fissura. Au-dessus de nous, très loin, des tombes libéraient de nouveau leurs morts et une immense crevasse traversait en zigzag le Terrain des Monarques. En battant, ses énormes ailes faisaient pleuvoir des gouttes puantes, brûlantes comme de l'acide. Mais vous savez quoi ? J'*aimais* ce hurlement, car j'étais un prince des ténèbres et c'était un hurlement de douleur.

« GOGMAGOG, GOGMAGOG, TON NOM EST GOGMAGOG ! »

Il hurlait chaque fois que je prononçais son nom. Ces braillements résonnaient dans ce monde, mais aussi au plus profond de ma tête, comme le bourdonnement précédemment, menaçant de dynamiter mon cerveau. Les ailes battaient frénétiquement. Les yeux énormes me foudroyaient.

« RETOURNE DANS TA TANIÈRE, GOGMAGOG ! TU POURRAS REVENIR, GOGMAGOG. DANS DIX ANS OU MILLE ANS, GOGMAGOG, MAIS PAS AUJOURD'HUI, GOGMAGOG ! » J'écartai les bras. « SI TU M'ENGLOUTIS, GOGMAGOG, JE FERAI EXPLOSER TES TRIPES EN PRONONÇANT TON NOM AVANT DE MOURIR ! »

Il commença à reculer en repliant ses ailes sur ses horribles yeux fixes. Sa descente dans le puits produisit un bruit visqueux qui me donna envie de vomir. Je me demandais comment obliger cette grue à refermer la trappe, mais Leah détenait la réponse.

Sa voix était éraillée, brisée… Toutefois, n'étaient-ce pas des lèvres que je voyais émerger des ruines de sa bouche ? Je n'en étais pas certain, mais après avoir été contraint d'ingurgiter de force tant de réalités invraisemblables, j'avalai celle-ci de bon cœur.

« Ferme-toi au nom de Leah des Gallien. »

Lentement – beaucoup trop à mon goût –, la grue commença à abaisser la trappe. Le câble se détendit et enfin, le crochet se balança librement dans le vide. Je soufflai.

Leah se jeta dans mes bras et me serra aussi fort qu'elle le pouvait. Le sang qui coulait de sa « nouvelle » bouche était chaud dans mon cou. Quelque chose me percuta par-derrière. C'était Radar, dressée sur ses pattes arrière, ses pattes avant appuyées sur mes fesses. Elle remuait la queue frénétiquement.

« Comment tu as su ? me demanda Leah de sa voix enrouée.

– C'est une histoire que me racontait ma mère. » Et en un sens, c'était la vérité. En mourant jadis, elle m'avait raconté cette histoire aujourd'hui. « Il faut filer d'ici sans tarder, Leah. Sinon, on devra avancer à tâtons dans le noir. Et arrêtez de parler. Je vois que c'est très douloureux.

– Oui, mais c'est une douleur merveilleuse. »

Elle montra le palanquin.

« Ils ont certainement emporté au moins une lampe. Il te reste des allumettes ? »

Étonnamment, oui. Main dans la main, on marcha jusqu'au palanquin abandonné, avec Radar entre nous. Leah se baissa en chemin, mais je n'y prêtai pas attention. J'étais trop occupé à trouver de quoi éclairer mon chemin avant que la lumière des lunes fracassées disparaisse totalement.

J'écartai un des rideaux du palanquin et découvris, recroquevillé dans le coin, l'unique membre de la suite d'Elden que j'avais oublié. *Flight Killer*, avait dit Perceval. *Quatre autres. Et la putain.*

Les cheveux de Petra s'étaient détachés de l'enchevêtrement de perles qui les maintenait attachés. Son épais maquillage blanc s'était fissuré et avait coulé. Elle me regardait avec un mélange d'horreur et de haine.

« Tu as tout gâché, sale môme détestable ! »

L'expression *sale môme* me fit sourire.

« Nan, nan, ma jolie. Les coups font mal, mais les mots ne peuvent m'atteindre. »

À l'avant du palanquin, à un petit crochet de cuivre, était suspendu ce que j'espérais trouver : une de ces lampes en forme de torpille.

« J'étais sa consort, tu comprends ce que ça veut dire ? Il m'avait choisie ! Je le laissais me toucher avec ces horribles serpents qu'étaient devenus ses bras ! Je léchais sa bave ! Il n'en avait plus pour longtemps à vivre, tout le monde le voyait bien, et je serais montée sur le trône ! »

Cela ne méritait aucune réponse, à mon humble avis.

« *J'aurais été la Reine d'Empis !* »

Je pris la lampe. Les lèvres de Petra se retroussèrent sur des dents taillées en pointe, comme celles de Hana. C'était peut-être la dernière mode à la cour infernale de Flight Killer. Soudain, elle plongea vers moi et planta ses crocs dans mon bras. La douleur fut immédiate et atroce. Un filet de sang s'échappait de sa bouche. Ses yeux sortaient de leurs orbites. Je tentai de me libérer. Ma chair se déchira, mais ses dents y restèrent accrochées.

« Petra ! » La voix de Leah n'était plus qu'un grognement rauque. « Prends ça, vieille sorcière puante. »

Le rugissement du revolver de M. Bowditch, que Leah avait ramassé par terre, fut assourdissant. Un trou apparut dans la croûte de maquillage blanc, juste au-dessus de l'œil droit de Petra. Sa tête fut projetée en arrière, et avant qu'elle s'écroule sur le plancher du palanquin, je vis une chose dont je me serais volontiers passé : un morceau de mon avant-bras, de la taille d'une poignée de porte, pendait entre ses dents affilées.

Leah n'hésita pas. Elle arracha un des rideaux du palanquin et déchira une longue bande de tissu, dans le sens de la hauteur, qu'elle noua autour de la plaie. Il faisait presque noir maintenant. J'avançai mon bras valide dans l'obscurité du palanquin pour décrocher la lampe (l'idée que Petra puisse ressusciter et se jeter sur moi était ridicule, mais tenace). Je faillis la laisser tomber. Prince ou pas, je tremblais sous le choc. J'avais l'impression que Petra ne s'était pas contentée de me mordre le bras : elle avait versé de l'essence dans la plaie avant d'y mettre le feu.

« Allumez la lampe, dis-je. Les allumettes sont dans l'étui du revolver. »

Je la laissai farfouiller, puis je l'entendis frotter une des allumettes sur le côté du palanquin. Je soulevai le verre de la lampe. Leah tourna une petite molette sur le côté pour faire sortir la mèche et l'enflamma. Elle me prit ensuite la lampe des mains. Tant mieux, car je l'aurais laissée tomber.

Je me dirigeai vers l'escalier en colimaçon (en songeant que je serais heureux de ne plus jamais en revoir un seul), mais elle me retint et m'obligea à me baisser vers elle. Je sentis sa bouche déchiquetée frôler mon oreille lorsqu'elle murmura :

« C'était ma grand-tante. »

Elle était beaucoup trop jeune pour être votre « grande » quoi que ce soit, voulus-je répondre. Puis je repensai à M. Bowditch, qui était parti en voyage et était revenu dans la peau de son propre fils.

« Fichons le camp d'ici et n'y revenons jamais », dis-je.

10

On ressortit de ce gouffre très lentement. J'étais obligé de m'arrêter toutes les cinquante marches en moyenne. Mon bras m'élançait à chaque battement de cœur et je sentais le bandage improvisé par Leah se gorger de sang. Je ne cessais de revoir Petra tombant raide morte avec un morceau de mon bras entre les dents.

Quand on arriva enfin au sommet de l'escalier, je dus m'asseoir. Ma tête m'élançait elle aussi maintenant. Je me souvins d'avoir lu quelque part qu'en termes d'infection dangereuse, voire mortelle, seule la morsure d'un animal enragé l'emportait sur celle d'un être humain prétendument sain… et comment savoir si Petra était vraiment saine après avoir « fréquenté » (je n'osais pas employer un autre terme) Elden pendant des années ? J'imaginais que je sentais son poison remonter dans mon bras jusqu'à mon épaule, pour redescendre vers le cœur. J'avais beau me dire que je délirais, ça ne changeait rien.

Leah m'accorda un instant de repos auprès de Radar qui frottait sa truffe contre ma joue d'un air inquiet, puis elle montra le réservoir de la lampe. Il était presque vide et la lueur qui provenait des parois avait disparu avec la mort d'Elden et le repli de Gogmagog. Le message était clair : si on ne voulait pas marcher jusqu'à la sortie en tâtonnant dans le noir, il fallait se remettre en route.

On avait atteint le milieu de la pente raide qui menait à l'immense salle d'où partaient les douze passages, lorsque la flamme de la lampe vacilla, puis s'éteignit. Leah soupira et prit ma main valide. On continua à avancer lentement. Cette obscurité était déplaisante, mais le bourdonnement et les murmures s'étant tus, ce n'était pas si terrible. Contrairement à la douleur dans mon bras. Le sang ne s'était pas coagulé et je le sentais couler dans ma paume, entre mes doigts, chaud. Radar le renifla et poussa un gémissement. Je pensai à Iota, mort d'une simple entaille au tibia à cause d'un poignard empoisonné. Comme l'image de mon morceau de chair coincé entre les dents pointues de Petra, c'était une chose à laquelle je préférais ne pas penser, mais c'était plus fort que moi.

Leah s'arrêta et tendit le doigt. Je m'aperçus que si je voyais son geste, c'était grâce à la lumière qui éclairait de nouveau le passage. Non pas la lueur verdâtre qui irradiait de ces murs de pierre et de verre, mais une chaude lumière jaune, fluctuante. Lorsqu'elle s'intensifia, Radar fonça dans cette direction en aboyant à tue-tête.

« Non ! » criai-je. Ce qui amplifia mon mal de tête. « Reste ici, fifille ! »

Elle m'ignora. Ce n'étaient pas les aboiements rageurs et terrifiés qu'elle avait poussés dans cet univers ténébreux qu'on avait laissé derrière nous (pas assez loin, hélas, et ça ne serait jamais assez loin). C'étaient des aboiements d'excitation. Quelque chose émanait de cette lueur grandissante. Quelque chose en *jaillissait.*

Radar se coucha à plat ventre, sa queue et son arrière-train s'agitaient. Le Snab sauta sur son dos. Il était accompagné d'un essaim de lucioles.

« Le seigneur des petites choses, dis-je. J'y crois pas ! »

Les lucioles – il y en avait au moins un millier – formèrent un nuage incandescent au-dessus de ma chienne et du criquet rouge géant perché sur son dos. Splendides l'un et l'autre dans cette lumière tamisée et changeante. Radar se releva, obéissant, pensai-je, à un ordre muet de son cavalier, qui n'était pas destiné à des oreilles humaines. Elle poursuivit l'ascension de la pente. Les lucioles prirent cette même direction en tournoyant au-dessus d'eux.

Leah pressa ma main dans la sienne. On suivit les lucioles.

11

Eris nous attendait dans la salle-cathédrale aux douze passages. Le Snab avait entraîné un bataillon de lucioles à notre rencontre, mais avait pris soin de laisser un détachement auprès d'Eris pour qu'elle ne soit pas dans le noir complet. En nous voyant apparaître, elle se précipita et me serra dans ses bras. Je me raidis sous l'effet de la douleur. Elle recula aussitôt et regarda le bandage de fortune, imbibé et dégoulinant de sang.

« Par tous les dieux, qu'est-ce qui t'est arrivé ? » Elle se tourna vers Leah et ne put retenir un hoquet de stupeur. « Oh, ma Dame !

– Il y aurait trop de choses à raconter, dis-je, en songeant qu'il en serait peut-être toujours ainsi. Qu'est-ce que tu fais ici ? Pourquoi tu es revenue ?

– C'est le Snab qui m'a guidée. Et qui a apporté de la lumière. Comme tu peux le voir. Vous avez besoin de soins tous les deux. Malheureusement, Freed est beaucoup trop mal en point. »

Claudia devra s'en charger, alors, pensai-je. *Claudia saura quoi faire. S'il y a quelque chose à faire.*

« Il faut foutre le camp d'ici, déclarai-je. J'en ai marre d'être sous terre. »

Je regardai le criquet rouge sur le dos de Radar. Il me regarda en retour, de ses petits yeux noirs qui lui donnaient un aspect étonnamment solennel.

« Passez devant, *sir* Snab, si vous le voulez bien. »

Il s'exécuta.

12

Plusieurs personnes s'entassaient dans la pièce où étaient stockés les vêtements lorsqu'on émergea enfin du passage. Les lucioles se dispersèrent au-dessus de leurs têtes en une banderole lumineuse. Il y avait là Jaya, Perceval, et plusieurs autres personnes que j'avais connues lors de mon incarcération à Deep Maleen, mais j'ai oublié leurs noms. J'étais de plus en plus vaseux et mon mal de tête avait pris l'apparence d'une boule de douleur blanche qui palpitait à dix centimètres devant mes yeux. Je me souviens de deux choses précisément : le Snab n'était plus perché sur le dos de Radar et Perceval semblait aller mieux. Impossible d'établir un diagnostic plus précis à cause de cette boule blanche de douleur et des élancements profonds dans mon bras ravagé, mais il allait mieux, assurément. Les personnes présentes s'agenouillèrent en voyant la princesse et portèrent la main à leurs fronts baissés.

« Debout », coassa-t-elle.

Sa voix était presque éteinte. Elle avait trop forcé, supposais-je. Ça finirait par revenir. L'idée que ses cordes vocales aient été sectionnées de manière définitive m'était insupportable.

Ils se levèrent. Leah me soutenant d'un côté, Eris de l'autre, on quitta la pièce surpeuplée. Je réussis presque à atteindre le premier escalier avant que mes jambes se dérobent. Je sentis que plusieurs personnes me portaient, des amis de Deep Maleen peut-être, ou des gens gris, ou bien les deux. Je ne m'en souviens pas. En revanche, je me souviens d'avoir traversé la salle de réception et d'avoir vu au moins une trentaine de femmes et d'hommes gris nettoyer les immondices laissées là par les membres des courtisans du Roi Jan qui avaient choisi de prêter allégeance à Flight Killer. Je crus reconnaître Dora parmi eux, un foulard rouge sur la tête et ses superbes chaussures en toile aux pieds. Elle porta sa main à sa bouche et m'envoya un baiser avec des doigts qui ressemblaient un peu moins à des nageoires et plus à des doigts.

Non, ce n'est pas elle, me dis-je. *Tu délires, Prince Charlie. Et même si c'est elle, ses doigts ne peuvent pas se régénérer. Ce genre de choses, ça n'arrive que dans...*

Dans quoi ? Eh bien... dans ce genre d'histoires.

Je me dévissai le cou pour en avoir le cœur net, alors qu'on m'emportait dans la salle voisine, une sorte d'antichambre, et je vis le foulard d'un rouge éclatant et les baskets flashy, sans pouvoir affirmer que c'était bien Dora. Elle me tournait le dos et elle était à genoux pour récurer le sol.

On traversa d'autres pièces et on suivit un long couloir, mais à ce moment-là, je dérivais vers l'inconscience. Avec plaisir si elle m'emmenait dans un endroit où je n'aurais pas l'impression que mon crâne allait exploser et que mon bras était une bûche de Noël incandescente. Je m'accrochai malgré tout. Si j'étais à l'article de la mort (et tout le laissait croire), je voulais mourir dehors, à l'air libre.

Soudain, une lumière vive me frappa. Elle raviva ma migraine, mais c'était merveilleux néanmoins car ce n'était plus la lumière blafarde du monde souterrain sous Lilimar. Ni même la lumière beaucoup plus chaleureuse des lucioles. C'était la lumière du jour. Et pas seulement.

C'était *la lumière du soleil.*

On m'y conduisit, à moitié assis, à moitié allongé. Les nuages s'effilochaient et j'apercevais le ciel bleu au-dessus de la grande place devant le palais. Il n'y avait pas juste assez de bleu pour y découper une salopette, mais des hectares de bleu. Non, des kilomètres. Et ce soleil, bon sang ! En baissant les yeux, je découvris mon ombre. Je me crus alors dans la peau de Peter Pan, ce Prince des Garçons Perdus.

Une clameur s'éleva. La porte de la ville s'ouvrit et la place fut envahie par le peuple gris d'Empis. Quand ces gens virent Leah, ils tombèrent à genoux dans un grand bruissement qui me donna la chair de poule.

Elle me regardait. Et je crois que son regard disait : *J'aurais bien besoin d'un coup de main.*

« Posez-moi », ordonnai-je.

Mes porteurs obéirent et je m'aperçus que je pouvais tenir debout. La douleur était toujours là, intacte, mais il y avait autre chose. Une chose qui était déjà là quand j'avais crié le nom de Gogmagog d'une voix qui n'était pas la mienne, et qui était encore là. Je levai les bras, mon bras droit valide et mon bras gauche qui continuait à pisser le sang et faisait virer à l'écarlate le nouveau bandage que m'avait posé Jaya. Écarlate comme les coquelicots sur la colline derrière la petite maison bien entretenue de Dora.

En contrebas les gens étaient silencieux, ils attendaient, agenouillés. Et malgré le sentiment de pouvoir que je sentais monter en moi à cet instant, je me souvins qu'ils ne s'agenouillaient pas pour moi. Ce monde n'était pas le mien. Mon monde, c'était l'autre, mais j'avais encore une tâche à accomplir dans celui-ci.

« *Écoutez-moi, peuple d'Empis ! Flight Killer est mort !* »

Ils réagirent par un rugissement de satisfaction et de remerciements.

« *Le Puits Obscur est refermé. Et la créature qui y vit est emprisonnée à l'intérieur !* »

Nouveau rugissement.

Je sentais ce pouvoir, cette *altérité*, m'abandonner et emporter la force que je lui avais empruntée. Bientôt, je redeviendrais ce bon vieux Charlie Reade… si je ne succombais pas à la morsure de Petra, évidemment.

« Saluez Leah, peuple d'Empis ! Saluez Leah des Gallien ! SALUEZ VOTRE REINE ! »

Je trouvais que c'était une sortie de scène à tout casser, comme aurait dit mon père, mais je ne le saurais jamais car c'est à cet instant que les articulations de mes genoux cédèrent et que je perdis connaissance.

CHAPITRE TRENTE ET UN

Visiteurs. La Reine en blanc. Pitié. Woody et Claudia. Je quitte Empis.

1

Je passai un long moment dans une magnifique chambre aux rideaux blancs gonflés par le vent. Derrière lesquels les fenêtres ouvertes laissaient entrer la brise, ou plutôt un réservoir d'air frais. Ai-je passé trois semaines dans cette chambre ? Quatre ? Je l'ignore car ils ne comptaient pas en semaines à Empis. Pas nos semaines, en tout cas. Le soleil se levait et se couchait. Parfois, la nuit, les rideaux étaient éclairés par la lumière des lunes brisées. Les vestiges de Bella et d'Arabella avaient formé une sorte de collier dans le ciel. Hélas, je n'eus jamais l'occasion de le voir, uniquement son éclat mouvant à travers les rideaux en fin voilage. Certains jours, une de mes infirmières (Dora, Notre-Dame des Chaussures, était la meilleure d'entre elles) voulait fermer les fenêtres de crainte que « les vapeurs de la nuit » aggravent mon état déjà inquiétant, mais je l'en empêchai car cet air était un délice. Elle m'obéissait, puisque j'étais le prince, et ma parole faisait loi. Je n'avouai à personne que j'avais commencé à redevenir l'ancien Charlie Reade. De toute façon, ils ne m'auraient pas cru.

De nombreux visiteurs vinrent me voir dans ma chambre aux rideaux dansants. Certains d'entre eux étaient morts.

Iota me rendit visite un jour, je m'en souviens très bien. Il mit un genou à terre, plaqua sa paume sur son front et prit la chaise basse près de mon lit sur laquelle s'asseyaient mes infirmières à la peau grise pour arracher les vieux cataplasmes (ça faisait mal), nettoyer la plaie (ça faisait encore plus mal) et appliquer un nouveau cataplasme. Cette bouillasse verdâtre concoctée par Claudia puait comme pas permis, mais elle était apaisante. Ça ne veut pas dire que je n'aurais pas préféré deux ou trois Advil. Mieux encore : deux ou trois cachets d'oxycodone.

« Tu as une sale tronche, me dit Iota.

– Merci, c'est très aimable.

– C'est du venin de guêpe qui m'a tué. Sur la lame du couteau. Tu te souviens du couteau, et du type derrière la porte ? »

Oui, je m'en souvenais. Jeff, un bon vieux prénom américain. Ou Geoff, un bon vieux prénom anglais.

« Je suppose que Petra l'avait choisi pour en faire son consort quand Elden serait mort et qu'elle serait devenue reine.

– Il a sans doute demandé à un sbire de laisser ce couteau planté dans un nid assez longtemps pour que la lame soit bien couverte de venin. Ce pauvre gars a sûrement été piqué à mort. »

C'était plus que probable, si les guêpes d'Empis étaient aussi grosses que les cafards.

« Mais ce salopard n'en avait rien à foutre, poursuivit Iota. Que dalle. Les guêpes étaient pas aussi dangereuses dans le temps, mais… »

Il haussa les épaules.

« Les choses ont changé quand Flight Killer a pris le pouvoir, dis-je. Et pas en bien.

– Non, pas en bien. » Assis sur cette chaise basse, les genoux remontés jusqu'aux oreilles, il avait quelque chose d'amusant. « On attendait que quelqu'un vienne nous sauver. Et tu es arrivé. C'était mieux que rien. »

Je levai mon bras valide et dressai mon annulaire et mon auriculaire : un doigt d'honneur version Bertie.

Iota reprit :

« Le poison de Petra n'est peut-être pas aussi mortel que celui qui était étalé sur le couteau de ce fils de pute, mais à en juger par ton état, c'est du sérieux. »

Évidemment que c'était du sérieux. Petra avait léché la bave de ce monstre d'Elden et elle avait encore des résidus dans la bouche quand elle m'avait mordu. Rien que d'y penser, ça me faisait frissonner.

« Bats-toi, dit-il en se levant. Bats-toi, Prince Charlie. »

Je ne l'avais pas vu entrer, mais je le vis partir. Il passa à travers les rideaux qui ondulaient et disparut.

Une des infirmières à la peau grise entra à son tour, l'air inquiet. Il était possible, désormais, de discerner des expressions sur les visages des personnes infectées car même si les pires difformités demeureraient certainement, la lente progression de la maladie – de la malédiction – avait été stoppée. Mieux que ça : on notait une amélioration, lente mais régulière. Je voyais apparaître quelques couleurs sur de nombreux visages gris et les palmures qui transformaient les mains et les pieds en nageoires se résorbaient. Toutefois, je ne croyais pas à une guérison complète. Claudia avait retrouvé l'ouïe – un peu –, mais à mon avis, Woody resterait aveugle.

L'infirmière me confia qu'elle m'avait entendu parler tout seul, et elle craignait que je recommence à délirer.

« Je me parlais à moi-même », expliquai-je, et c'était peut-être le cas.

Car Radar n'avait même pas levé la tête, après tout.

Cla me rendit une petite visite lui aussi. Il ne prit pas la peine de porter la main à son front pour me saluer, et au lieu de s'asseoir, il me toisa du bord du lit.

« Tu as triché. Si tu t'étais battu à la loyale, je t'aurais envoyé au tapis, prince ou pas.

– Qu'est-ce que tu croyais ? répondis-je. Tu faisais au moins cinquante kilos de plus que moi, et tu étais rapide. Dis-moi que tu n'aurais pas fait pareil à ma place. »

Il s'esclaffa.

« Tu m'as eu, j'avoue. Mais je crois que c'est fini le temps où tu cassais des bâtons sur le crâne des gens. Tu penses que tu vas t'en remettre ?

– J'en sais foutre rien. »

Il rit de nouveau et se dirigea vers les rideaux.

« On peut dire que tu as le cuir bien tanné, je dois le reconnaître. »

Sur ce, il s'en alla. En supposant qu'il ait réellement été présent. *Tu as le cuir bien tanné* était une réplique tirée d'un vieux film que j'avais regardé avec mon père sur TCM, à l'époque où il était alcoolique. J'ai oublié le titre, je sais seulement que Paul Newman jouait le rôle d'un Indien. Vous trouvez que certains éléments de mon histoire sont difficiles à croire ? Essayez donc d'imaginer Paul Newman en Indien. Voilà un bon test de crédibilité.

Ce soir-là (ou un autre soir, je ne sais plus trop), je fus réveillé par les grognements de Radar et je vis Kellin, le Grand Intendant en personne, assis à mon chevet, vêtu de sa belle veste de smoking en velours rouge.

« Ton état empire, Charlie, me glissa-t-il. Ils te disent que la morsure cicatrise, et c'est peut-être vrai, mais ça veut dire que l'infection est plus profonde. Et bientôt, tu seras couvert de furoncles. Ton cœur enflera et explosera. Et moi, je t'attendrai, avec ma troupe de soldats de la nuit.

– Inutile de retenir votre souffle en attendant », rétorquai-je, mais c'était idiot : il ne pouvait pas retenir son souffle ni le relâcher. Il était déjà mort avant que les rats le dévorent. « Foutez le camp, sale traître. »

Il obéit, mais Radar continua à grogner. Suivant son regard, je découvris Petra dans l'ombre. Son large sourire dévoilait ses dents taillées en pointe.

Dora dormait souvent dans l'antichambre ; elle accourut sur ses jambes arquées lorsqu'elle entendit mon hurlement. Elle n'augmenta pas l'intensité des appliques à gaz, elle brandit une de ces lampes en forme de torpille. Elle me demanda si tout allait bien, et si mon cœur battait de manière régulière – toutes les infirmières avaient reçu pour consigne de guetter d'éventuelles modifications de mon rythme cardiaque. Je lui répondis que tout allait bien, ce qui ne l'empêcha pas de prendre mon pouls et d'examiner mon cataplasme.

« C'étaient des fantômes ? »

Je montrai le coin de la chambre.

Dora s'en approcha à petits pas, dans ses magnifiques chaussures de toile, et leva la lampe. Il n'y avait personne, mais je n'avais pas besoin qu'elle me le prouve car Radar s'était rendormie. Dora se pencha vers moi et déposa un baiser sur ma joue, autant que le permettait sa bouche tordue.

« Ien, ien. Tou a ien. Dors maintenant, Charlie. Dors et guéris. »

2

Je reçus la visite des vivants également. Cammit et Quilly d'abord, puis Stooks, qui roulait des mécaniques comme s'il était le maître des lieux. Sa joue ouverte avait été recousue avec une douzaine de points de suture au fil noir qui me faisaient penser à un film de Frankenstein que j'avais vu sur TCM avec mon père.

« Ça va laisser une putain de cicatrice, dit-il en massant les points. Je serai plus jamais beau comme avant.

– Stooks, tu n'as jamais été beau. »

Claudia venait souvent me voir elle aussi, et puis un jour – à peu près à l'époque où je commençais à croire que j'allais m'en sortir –, elle vint accompagnée de Doc Freed. Une des infirmières le poussait dans un fauteuil roulant qui avait dû appartenir à un roi quelconque car les rayons des roues semblaient être en or. Mon vieil ennemi Christopher Polley se serait chié dessus de jalousie.

Sa jambe estropiée et infectée avait été amputée, et à l'évidence il souffrait énormément, mais il affichait l'expression d'un homme qui va survivre. J'étais content de le voir. Claudia ôta délicatement mon cataplasme et nettoya la plaie. Ensemble, ils se penchèrent au-dessus pour l'examiner ; leurs fronts se touchaient presque.

« Ça cicatrise, déclara Freed. Vous ne croyez pas ?

– SI ! » cria Claudia. Elle entendait de nouveau – un peu mieux, du moins –, mais je pensais qu'elle continuerait à brailler sur ce ton monocorde jusqu'à la fin de sa vie. « CHAIR ROSE ! AUCUNE ODEUR SAUF CELLE DE LA MOUSSE DE VEUVE DANS LE CATAPLASME !

– L'infection est peut-être toujours là, dis-je. En profondeur. »

Claudia et Freed échangèrent un regard étonné. Le Doc souffrait trop pour rire, alors Claudia s'en chargea à sa place.

« D'OÙ TU SORS UNE IDÉE AUSSI STUPIDE ?

– Je me trompe ?

– Une maladie peut se cacher, Prince Charlie, dit Doc Freed, mais les infections aiment se faire remarquer. Elles puent et elles provoquent des pustules. » Il se tourna vers Claudia : « Quelle quantité de chair vous avez dû retirer autour de la morsure ?

– JUSQU'AU COUDE ET PRESQUE JUSQU'AU POIGNET ! ELLE L'A SACRÉMENT CHARCUTÉ, PUTAIN ! IL VA SE RETROUVER AVEC UN TROU LÀ OÙ LES MUSCLES POURRONT PAS REPOUSSER. SHARLIE, J'AI PEUR QUE TU PUISSES PLUS JAMAIS JOUER AU BALLON.

– En revanche, ajouta Freed, tu pourras te curer le nez avec les deux mains. »

Sa remarque me fit rire. Et c'était bon. Depuis mon retour du Puits Obscur, si les cauchemars ne manquaient pas, les éclats de rire étaient une denrée rare.

« Doc, dis-je, vous devriez vous allonger et demander à quelqu'un de vous refiler ces trucs contre la douleur qu'ils ont. Des petites feuilles qu'on mâche. Vous avez l'air encore plus mal en point que moi.

– Je me remets peu à peu. Tu sais, Charlie… tu nous as sauvé la vie. »

Il y avait une part de vérité dans cette affirmation, mais ce n'était pas toute la vérité. Ils devaient également une fière chandelle au Snab. Il était parti là où vont les snabs, mais il pouvait réapparaître à tout moment (c'était une habitude chez lui). Avec Perceval, en revanche, ce fut différent. Comme il ne venait pas me voir de son plein gré, je demandai qu'on me l'amène. Il entra timidement dans la chambre aux rideaux gonflés par le vent, vêtu de sa tenue blanche de cuistot et serrant contre sa poitrine un chapeau de style béret. L'équivalent d'une toque pour un chef empisarien.

Il s'inclina bien bas et salua d'une main tremblante. Il avait peur de me regarder, jusqu'à ce que je lui offre une chaise et un verre de thé glacé. Je le remerciai pour tout ce qu'il avait fait et lui dis combien j'étais heureux de le revoir. Cela lui délia la langue, un peu d'abord, puis plus largement. Il me donna des nouvelles de Lilimar, ce que personne n'avait pris la peine de faire. Sans doute parce qu'il voyait les choses avec l'œil d'un travailleur.

Les rues étaient nettoyées désormais, les détritus étaient ramassés. Des centaines de personnes qui étaient venues en ville pour aider à renverser le règne corrompu d'Elden avaient regagné leurs bourgades et leurs fermes, mais des centaines d'autres les avaient remplacées, désireuses de servir la reine avant de regagner leurs maisons, au Front de mer ou à Deesk. Cela me faisait penser aux grands travaux de l'époque du New Deal dont on nous avait parlé au lycée. Les fenêtres étaient nettoyées, on replantait des jardins et un expert en plomberie avait remis en marche les fontaines, les unes après les autres. Les morts, enfin en paix, avaient été réenterrés. Certaines boutiques avaient rouvert leurs portes. D'autres suivraient. Perceval s'exprimait encore d'une voix pâteuse et confuse, parfois même presque incompréhensible, mais je vous épargne ça.

« Le verre des trois flèches change de jour en jour, Prince Charlie ! Cet horrible vert foncé redevient bleu comme avant ! Des gens qui se rappellent comment les choses fonctionnaient au bon vieux temps réinstallent les câbles du tramway. C'est pas demain la veille que les wagons recommenceront à circuler, et de toute façon, ces saloperies tombaient toujours en panne, mais ce sera chouette de les retrouver.

– Je ne comprends pas comment le tramway peut fonctionner, dis-je. Il n'y a pas d'électricité, excepté ce petit générateur dans les sous-sols du palais. Acheté par mon ami M. Bowditch, je suppose. »

Perceval semblait perplexe. Il ne comprenait pas le mot *électricité*, qui avait dû sortir de ma bouche dans ma langue maternelle, et non en empisarien.

« L'énergie, dis-je. Qu'est-ce qui fait fonctionner les wagons du tramway ?

– Oh ! » Son visage – toujours difforme et bosselé, mais un peu moins – s'éclaira. « C'est les stations qui donnent l'énergie, évidemment. C'est… »

Cette fois, c'est moi qui ne compris pas le mot qu'il utilisa. Il s'en aperçut et mima des vagues avec sa main.

« Les stations sur la rivière, Prince Charlie. Ou sur les ruisseaux, quand ils sont gros. Et en mer aussi. Il y a une méga-station au Front de mer. »

Je devinai qu'il parlait d'une sorte d'énergie hydroélectrique. Dans ce cas, je n'ai jamais découvert comment elle était stockée. Un tas de choses à Empis demeuraient mystérieuses pour moi. Toutefois, comparée à la réalité de ce royaume, la question du stockage de l'énergie paraissait insignifiante. Presque vaine.

3

Le soleil se leva, le soleil se coucha. Des gens entrèrent dans ma chambre, des gens repartirent. Certains morts, d'autres vivants. Mais la personne que je désirais voir plus que n'importe qui – celle qui m'avait accompagné au puits – ne vint pas.

Jusqu'au jour où je la vis enfin. La gardeuse d'oies devenue reine.

Assis sur le balcon, derrière les rideaux, je contemplais la place centrale du palais et ressassais d'amers souvenirs, lorsque les rideaux se gonflèrent vers l'extérieur et non plus vers l'intérieur de la pièce, et elle passa entre les deux. Elle portait une robe blanche, resserrée à la taille (encore trop fine) par une chaînette en or. Elle ne portait pas de couronne, mais un de ses doigts s'ornait d'une bague représentant un papillon en pierres précieuses. Le sceau de son royaume, devinai-je. Il témoignait de son pouvoir quand se trimbaler avec un couvre-chef en or aurait été trop compliqué.

Je me levai pour la saluer, mais avant que je puisse porter ma main à mon front, elle la prit et la plaça entre ses seins.

« Nan, nan, pas de ça », dit-elle avec un parfait accent de femme du peuple qui me fit rire. Sa voix était encore voilée, mais plus éraillée. Une jolie voix, vraiment. Différente sans doute de ce qu'elle était avant la malédiction, mais peu importe.

« Serre-moi contre toi, plutôt, si ton bras te le permet. »

Oui. Je l'étreignis avec force. Je humai un léger parfum, quelque chose qui ressemblait au chèvrefeuille. J'aurais pu la serrer ainsi contre moi jusqu'à la fin des temps.

« Je commençais à croire que vous ne viendriez pas, dis-je. Je pensais que vous m'aviez rejeté.

– J'ai été très occupée, répondit-elle en fuyant mon regard. Asseyons-nous, mon cher. J'ai besoin de te regarder et il faut qu'on parle. »

4

La demi-douzaine d'infirmières qui s'étaient occupées de moi avaient été libérées pour accomplir d'autres tâches (le travail ne manqua pas au cours des semaines qui suivirent la chute de Flight Killer), mais Dora était restée. Elle nous apporta, à Leah et à moi, un grand pichet de thé d'Empis.

« Je bois énormément, me confia Leah. Parler ne me fait plus mal… enfin, presque plus…, mais j'ai toujours la gorge sèche. Et ma bouche… tu peux le voir par toi-même. »

Sa bouche, si elle n'était plus scellée, restait très abîmée, et elle le resterait. Ses lèvres étaient deux plaies en cours de cicatrisation, bordées de croûtes rouge foncé. L'horrible lésion qui lui servait à s'alimenter avait presque entièrement disparu, mais sa bouche ne retrouverait jamais une mobilité complète, pas plus que Woody ne retrouverait la vue ou Claudia une ouïe parfaite. Je repensai à Stooks disant : *Je ne serai plus jamais beau comme avant*. La Reine Leah des Gallien ne serait plus jamais belle comme avant, elle non plus, mais peu importait. Car elle était magnifique.

« Je ne voulais pas que tu me voies ainsi, dit-elle. Quand je suis avec des gens – du matin au soir, j'ai l'impression –, je dois prendre sur moi pour ne pas cacher mon visage. Quand je me regarde dans un miroir… »

Elle leva la main. Je la saisis avant qu'elle puisse la plaquer sur sa bouche et la posai fermement sur ses genoux.

« Je serais heureux de l'embrasser, si ce n'était pas si douloureux », dis-je.

Elle sourit. Un sourire de traviole, mais charmant. Peut-être parce qu'il était de traviole, justement.

« Tu es un peu jeune pour les baisers d'amour. »

Je vous aime quand même, pensai-je.

« Quel âge avez-vous ? »

Question impertinente adressée à une reine, peut-être, mais j'avais besoin de savoir à quel genre d'amour je devais me résoudre.

« Deux fois le tien. Peut-être plus. »

Je pensai alors à M. Bowditch.

« Vous n'êtes pas montée sur le cadran solaire, si ? Vous n'avez pas… cent ans ou un truc comme ça ? »

Elle parvint à paraître amusée et horrifiée en même temps.

« Non, jamais. Personne ne monte sur le cadran solaire, c'est trop dangereux. Lorsque les jeux et les compétitions étaient organisés sur le Terrain des Monarques – ce jour reviendra, mais avant cela il faut effectuer d'importants travaux –, le cadran solaire était immobilisé et gardé par-dessus le marché. De crainte que quelqu'un, parmi les milliers de visiteurs qui se déplaçaient en ce temps-là, succombe à la tentation. Ce cadran est très ancien. Elden m'a raconté qu'il datait d'avant la construction de Lilimar, avant même que quelqu'un en ait l'idée. »

Ces paroles me mettaient mal à l'aise. Je me baissai pour caresser ma chienne roulée en boule entre mes pieds.

« Radar est montée dessus, avouai-je. C'est la raison principale pour laquelle je suis venu ici : elle était mourante. Claudia vous l'a certainement dit.

– Oui », confirma Leah et elle se baissa elle aussi pour caresser Radar. Qui leva vers elle un regard endormi. « Mais ta chienne est un animal, innocente des mauvais penchants qui habitent le cœur de tous les hommes et de toutes les femmes. Ces penchants qui ont détruit mon frère. Je suppose qu'ils existent dans ton monde également. »

Je ne pouvais pas dire le contraire.

« Aucun membre de la royauté ne montera jamais sur ce cadran, pas même une fois, Charlie. Il change l'esprit et le cœur. Et ce n'est pas tout.

– Mon ami M. Bowditch est monté dessus, et ce n'était pas quelqu'un de mauvais. C'était même un homme bien. »

C'était vrai, mais rétrospectivement, je m'apercevais que ce n'était pas *totalement* vrai. Franchir l'obstacle de sa colère et de son tempérament solitaire n'avait pas été facile. Presque impossible. J'aurais renoncé si je ne l'avais pas promis à Dieu (*Dieu tel que je le conçois*, disaient les membres du groupe des AA de mon père). Et je n'aurais jamais fait sa connaissance s'il ne s'était pas cassé la jambe en tombant. Il n'avait pas de femme, pas d'enfants, pas d'amis. C'était un solitaire et un entasseur compulsif, un « écureuil » ; un type qui gardait un seau rempli de pépites d'or dans son coffre-fort et aimait les vieilleries : meubles, magazines, téléviseur et Studebaker vintage à l'abri. Il était, selon ses propres termes, un lâche qui avait apporté des cadeaux au lieu de prendre position. Et si on voulait être cruel – ce n'était pas mon intention, mais supposons –, il ressemblait un peu à Christopher Polley. C'est-à-dire à Rumplestiltskin. Voilà une comparaison que je n'avais pas envie de faire, sans pouvoir m'en empêcher. Si je n'étais pas intervenu, si je n'étais pas tombé amoureux de sa chienne, M. Bowditch serait mort sans que personne le sache, isolé et oublié, dans sa maison au sommet de la colline. Et le passage entre les deux mondes n'étant plus protégé, il aurait sans doute été découvert. Y avait-il songé ?

Leah me dévisageait en faisant tourner son sceau autour de son doigt, avec son petit sourire de traviole.

« Était-ce un homme bon par nature ? Ou bien l'as-tu rendu bon, Prince Charlie ?

– Ne m'appelez pas comme ça. »

Je serais son prince ou je n'en serais pas un. D'ailleurs, ce n'était pas un choix de ma part. Mes cheveux recommençaient à s'assombrir et mes yeux retrouvaient peu à peu leur couleur d'origine.

Leah porta sa main à sa bouche, mais s'obligea à la reposer sur ses genoux.

« Alors, Charlie, bon par nature ? Ou bien étais-tu sa miséricorde, envoyée par les dieux d'en haut ? »

Je ne savais pas quoi répondre. Durant la majeure partie de mon séjour à Empis, je m'étais senti plus mûr, parfois plus fort, mais maintenant je me sentais de nouveau faible et hésitant. Le fait de voir M. Bowditch sans le filtre adoucissant de la mémoire était un choc. Je me souvenais de l'odeur qui régnait dans la maison du 1 Sycamore Street avant que je l'aère : une odeur aigre et poussiéreuse. *De renfermé.*

Elle me demanda, non sans inquiétude :

« Tu n'es pas monté dessus, hein ?

– Non. J'ai juste récupéré Radar. Et elle a sauté en marche. Mais j'ai senti son pouvoir. Je peux vous poser une question ?

– Bien sûr.

– La plateforme en or. On est montés pour redescendre ensuite. Par l'escalier en colimaçon. »

Elle sourit, autant qu'elle le pouvait.

« Exact. C'était risqué, mais on a réussi.

– Cet escalier entre les murs, il descend jusqu'à cette salle souterraine ?

– Oui. Elden connaissait les deux passages. Celui-ci et celui qui part de la petite pièce remplie de vêtements. Il y en a peut-être d'autres, mais dans ce cas, il ne me les a jamais montrés.

– Alors pourquoi on a pris le chemin le plus long ? »

Au risque de basculer dans le vide, aurais-je pu ajouter.

« Parce qu'on racontait que Flight Killer ne pouvait pas gravir plus de quelques marches. Par conséquent, l'escalier entre les murs était plus sûr. Et je ne voulais pas courir le risque de tomber sur sa suite. Mais en définitive, on n'a pas eu le choix.

– Si on ne s'était pas arrêtés dans les appartements du Grand Intendant... Iota serait peut-être toujours en vie !

– On a fait ce qu'on devait faire, Charlie. Tu avais raison. J'avais tort. Dans plein de domaines. Je veux que tu le saches. Et je veux que tu saches autre chose. Je suis laide maintenant, du nez jusque...

– Non, vous... »

Elle leva la main.

« Chut ! Tu me vois avec les yeux d'un ami. Je t'en suis reconnaissante et je le serai toujours. D'autres verront les choses autrement. Pourtant, en tant que reine, je devrais me marier avant d'être trop âgée. Laide ou pas, nombreux seront ceux qui voudront m'enlacer, dans le noir tout du moins, et puis, il n'est pas nécessaire de s'embrasser pour produire un héritier. Mais les hommes qui montent sur le cadran solaire, même pour un tour, deviennent stériles. Et les femmes aussi. Si le cadran solaire donne la vie, il la reprend également. »

Ce qui expliquait l'absence de petits Bowditch, supposais-je.

« Petra ! dit-elle avec un ricanement amer. Son rêve était de régner sur les ruines que mon frère avait créées. Mais elle était stérile... » Elle soupira, vida son verre d'un trait et s'en servit un autre « Elle était folle, et cruelle. Si elle avait réussi à mettre la main sur Empis et Lilimar, elle aurait passé son temps sur le cadran solaire. Tu as vu quel genre de femme c'était. »

En effet. Et je l'avais senti. Je le sentais encore, d'ailleurs, même si son poison était sorti de ma plaie et si la douleur avait été remplacée par d'intenses démangeaisons, dont Dora jurait qu'elles finiraient par disparaître avec le temps.

« Elden est l'autre raison pour laquelle j'ai tant tardé à venir te voir, Charlie, même si tu n'as jamais quitté mes pensées, et ne les quitteras jamais, je suppose. »

Je faillis lui demander si elle était *certaine* que j'étais trop jeune pour elle, mais je m'abstins. Tout d'abord, je n'étais pas destiné à devenir le consort d'une reine, et encore moins roi. Ensuite, j'avais un père qui serait heureux d'apprendre que j'étais vivant. Enfin, il y avait une troisième raison qui me poussait à rentrer. La menace que Gogmagog faisait peser sur notre monde était peut-être écartée (pour le moment en tout cas), mais il restait la menace que notre monde représentait pour Empis. Si toutefois notre monde découvrait l'existence de ce royaume et de ses richesses incommensurables, auxquelles on pouvait accéder depuis un cabanon de jardin dans l'Illinois.

« Tu étais présent quand j'ai tué mon frère. Je l'aimais tel qu'il était autrefois, j'ai essayé de le voir tel qu'il était alors, mais tu m'as obligée à voir le monstre qu'il était devenu. Et maintenant, chaque fois que je te regarde, je pense à lui, à ce que j'ai fait. Je pense à ce qu'il m'en a coûté. Tu comprends ?

– Ce n'était pas une mauvaise action, Leah. Au contraire. Vous avez sauvé le royaume, mais pas dans le but de devenir reine. Vous l'avez sauvé car il devait l'être.

– C'est exact, et la fausse modestie n'a pas de raison d'être entre toi et moi qui avons vécu tant de choses, mais tu ne comprends pas. Je *savais*, vois-tu. Je savais que Flight Killer était mon frère. Quand Claudia me l'a dit, il y a des années, je l'ai traitée de menteuse. Et tant que je serai près de toi, je me répéterai que j'aurais dû agir plus tôt. Ce qui m'a retenue, c'est le besoin égoïste de chérir son souvenir. Pendant que le royaume souffrait, je nourrissais mes oies, je m'occupais de mon jardin et je m'apitoyais sur mon sort. Et toi… Je suis navrée, Charlie, mais quand je te vois, je vois ma honte. Tu me rappelles que j'ai choisi d'être une fermière muette, alors que ma terre et mon peuple mouraient à petit feu autour de moi. *Et je le savais depuis le début.* »

Elle pleurait. J'approchai ma main. Elle secoua la tête et me tourna le dos, comme si elle ne pouvait pas supporter que je voie ses larmes.

« Juste avant que vous entriez dans cette chambre, dis-je, j'étais en train de penser à un sale truc que j'ai fait. Un truc honteux. Je peux vous en parler ?

– Si tu veux. »

Elle refusait toujours de me regarder.

« J'avais un ami, Bertie Bird. Un bon ami, mais pas un *bon* ami, si vous voyez ce que je veux dire. Après la mort de ma mère, j'en ai bavé. Mon père aussi, mais je ne pensais pas trop à ce qu'il endurait car j'étais encore un gamin. Je savais juste que j'avais besoin de lui, et qu'il n'était pas là. Je suis sûr que vous pouvez comprendre ça.

– Tu le sais bien », confirma Leah et elle but encore du thé.

Elle avait presque vidé le pichet, et c'était un grand pichet.

« On a fait des trucs moches, Bertie et moi. Mais le sale coup auquel je pensais… On avait l'habitude de traverser un parc pour rentrer chez nous après l'école. Cavanaugh Park. Et un jour, on a vu un handicapé qui filait à bouffer aux pigeons. Il était en short et il portait des appareils orthopédiques aux jambes. Bertie et moi, on a trouvé qu'il avait l'air débile. “Hé, Roboman !”, lui a lancé Bertie.

– Je ne comprends pas ce…

– Peu importe. C'était un handicapé assis sur un banc au soleil. Bertie et moi, on s'est regardés, et Bertie a dit : “Viens, on va lui faucher ses béquilles.” Les mauvais penchants dont vous parliez, sans doute. Le mal. On a foncé vers lui et on a piqué les béquilles. Il a crié pour qu'on les lui rapporte, mais on ne l'a pas fait. On a couru à l'autre bout du parc et on a jeté les béquilles dans la mare aux canards. Chacun la sienne. En riant. On a balancé les béquilles de cet handicapé et on n'a jamais su comment il était rentré chez lui. On était morts de rire en les entendant tomber dans l'eau. »

Je versai le restant de thé dans mon verre. Il y avait juste de quoi en remplir la moitié, et c'était très bien car ma main tremblait et j'avais les yeux mouillés. Je n'avais pas pleuré depuis ce jour où j'avais pensé à mon père, dans le cachot de Deep Maleen.

« Pourquoi tu me racontes ça, Charlie ? »

Je ne connaissais pas la réponse à sa question en commençant à lui parler de tout ça – j'avais toujours cru que jamais je ne raconterais cette histoire à personne. Mais maintenant, je savais pourquoi je la lui avais racontée.

« C'est comme si j'avais volé vos béquilles. Tout ce que je peux dire pour ma défense, c'est qu'il le fallait.

– Ah, Charlie. » Elle caressa ma joue. « Tu ne serais pas heureux ici, de toute façon. Tu n'es pas de ce monde, tu appartiens à l'Autre monde, et si tu n'y retournes pas très vite, tu vas t'apercevoir que tu ne peux vivre dans aucun des deux. » Elle se leva. « Je dois y aller. Il y a tellement de choses à faire. »

Je l'accompagnai jusqu'à la porte. En quatrième, on avait étudié les haïkus en cours d'anglais et l'un d'eux me revint en mémoire à cet instant. Très délicatement, j'appuyai mon index sur sa bouche détruite.

« Quand on aime, les cicatrices ont la beauté des fossettes. Je vous aime, Leah. »

Elle posa sa main sur mes lèvres comme je l'avais fait sur les siennes.

« Moi aussi, je t'aime. »

Sur ce, elle se faufila par la porte et disparut.

5

Le lendemain, Eris et Jaya me rendirent visite à leur tour, vêtues l'une et l'autre d'un bleu de travail et coiffées de chapeaux de paille. Toutes les personnes qui travaillaient dehors portaient des chapeaux désormais, car le soleil brillait tous les jours, comme pour rattraper des années de nuages, et tous les habitants d'Empis – pas uniquement ceux qui avaient purgé des peines incompressibles à Deep Maleen – étaient blancs comme des cachets d'aspirine.

On passa un agréable moment. Les deux femmes me parlèrent de leur travail et je leur parlai de ma convalescence, presque achevée. Aucun de nous n'avait envie de parler de Deep Maleen, du Un Contre Un, de notre évasion ou des soldats de la nuit. Et encore moins des morts qu'on avait laissés derrière nous. Elles rirent lorsque je leur décrivis l'arrivée de Stooks roulant des mécaniques. En revanche, je m'abstins de leur parler des visites nocturnes de Kellin et de Petra, qui n'avaient rien de drôle. Elles m'apprirent qu'une délégation de géants était venue de Cratchy pour jurer fidélité à la nouvelle reine.

Avisant mon sac à dos, Jaya s'agenouilla devant et fit glisser ses paumes sur le nylon rouge et les bretelles en nylon noir. Eris, agenouillée à côté de Radar, enfouissait ses mains dans sa fourrure.

« Ooooh, c'est beau, Charlie, dit Jaya. Il a été fabriqué là d'où tu viens ?

– Oui. »

Au Vietnam sans doute.

« Je paierais cher pour avoir le même. » Elle le souleva par les bretelles. « Ce qu'il est lourd ! Tu arriveras à le porter ?

– Je vais me débrouiller », dis-je sans pouvoir réprimer un sourire.

Évidemment qu'il était lourd, car en plus de mes vêtements et du singe de Radar, il contenait un heurtoir en or massif. Claudia et Woody avaient insisté pour que je l'emporte.

« Tu repars quand ? interrogea Eris.

– D'après Dora, si demain je peux marcher jusqu'à la porte de la ville et revenir sans m'évanouir, je pourrai repartir après-demain.

– Déjà ? dit Jaya. C'est triste ! Il y a des fêtes le soir, quand la journée de travail est terminée.

– Tu devras faire doublement la fête pour nous deux. »

Ce soir-là, Eris revint. Seule. Les cheveux défaits. Elle avait troqué sa tenue de travail contre une jolie robe et elle ne perdit pas de temps. Ni de salive.

« Tu veux bien coucher avec moi, Charlie ? »

Je lui répondis que j'en serais ravi si elle voulait bien excuser ma maladresse, étant donné que je n'avais jamais eu ce plaisir jusqu'à maintenant.

« Tant mieux, dit-elle en commençant à déboutonner sa robe. Tu pourras transmettre ce que je vais t'apprendre. »

Quant à ce qui suivit… Si c'était une façon de me remercier, je ne veux pas le savoir. Et si c'était de la pitié, je dis : vive la pitié !

6

Je reçus encore deux autres visites avant de quitter Lilimar. Claudia fit son apparition en tirant Woody par la manche d'un manteau en alpaga noir. Les cicatrices qui zébraient les paupières du vieil homme s'étaient relâchées et disjointes, mais dans les interstices, je ne voyais que du blanc.

« ON EST VENUS TE SOUHAITER BON VOYAGE ET TE REMERCIER ! » tonna Claudia. Elle était tout près de l'oreille gauche de Woody, qui recula en grimaçant. « ON NE POURRA JAMAIS TE REMERCIER ASSEZ, SHARLIE. ON TE CONSTRUIRA UNE STATUE, À CÔTÉ DE L'ÉTANG D'ELSA. J'AI VU LES PROJETS. ILS SONT TRÈS...

– Elsa a eu le ventre transpercé par une lance ! » C'est en entendant ma voix que je découvris combien j'étais en colère contre eux. « Des tas de gens sont morts. Des milliers, peut-être même des dizaines de milliers. Pendant que vous restiez les bras croisés tous les deux. Leah, je peux le comprendre. Elle était aveuglée par l'amour. Elle ne pouvait admettre que son frère était l'auteur de tout ce... ce merdier. Mais vous deux, vous *saviez*, et pourtant vous êtes restés assis les bras croisés. »

Pas de réponse. Claudia refusait de me regarder. Woody ne pouvait pas.

« Vous étiez les derniers membres de la famille royale, outre Leah. Les seuls membres influents du moins. Les gens vous auraient suivis.

– Non, dit Woody. Tu te trompes, Charlie. Seule Leah pouvait les rallier à sa cause. C'est ta venue qui l'a poussée à faire ce que doit faire une reine : diriger.

– Vous n'êtes jamais allés lui parler ? Pour lui expliquer quel était son devoir, si douloureux soit-il ? Vous étiez plus âgés, plus sages *a priori*, et vous ne lui avez jamais donné aucun conseil ? »

Nouveau silence. C'étaient des êtres « sains », épargnés par la malédiction du gris, mais ils avaient souffert de leurs propres maux, et je comprenais que cela les avait affaiblis et rendus craintifs. N'empêche, j'étais en colère.

« Elle avait besoin de vous ! »

Claudia me prit les mains. Je faillis les retirer, puis me retins. D'une voix douce, qu'elle n'entendait sans doute pas, elle dit :

« Non, Sharlie. C'est de toi qu'elle avait besoin. Tu étais le prince annoncé, et la promesse s'est réalisée. Tu as raison cependant : on a été faibles, on avait perdu courage. Mais par pitié, ne pars pas en colère contre nous. Je t'en prie. »

Savais-je avant cet instant qu'on pouvait décider de ne pas être en colère ? Non, je ne crois pas. Mais je savais que moi non plus, je ne voulais pas partir en colère.

« Bon, d'accord, dis-je, assez fort pour qu'elle m'entende. Mais uniquement parce que j'ai perdu votre tricycle. »

Elle se rassit, souriante. Radar avait posé sa truffe sur la chaussure de Woody. Il se pencha pour la caresser.

« On ne pourra jamais assez te remercier pour ton courage, Charlie, mais si on possède une chose qui te fait envie, elle est à toi. »

J'avais déjà le heurtoir, qui devait peser dans les deux kilos. Si le prix de l'or n'avait pas fluctué depuis que j'avais quitté Sentry, il y en avait pour environ quatre-vingt-quatre mille dollars. Si on ajoutait les pépites contenues dans le seau, à moi la belle vie, comme on disait. Néanmoins, je pensai à une chose qui pourrait m'être utile.

« Vous auriez une masse ? »

Ce n'est pas exactement ce que je dis, mais ils saisirent l'idée.

7

Je n'oublierai jamais cette horrible créature ailée qui avait essayé d'émerger du Puits Obscur. C'est un mauvais souvenir. À l'inverse, mon départ de Lilimar le lendemain est un bon souvenir qui compense. Non, l'adjectif *bon* ne convient pas. C'est un joli souvenir, du genre de ceux qu'on ressort quand personne n'a un mot gentil pour vous et que la vie vous paraît aussi insipide qu'une tranche de pain rassis. Un joli souvenir non pas parce que je m'en allais (même si je serais un sacré menteur en niant le fait que j'avais hâte de retrouver mon père), mais en raison des adieux auxquels j'eus droit. Des adieux dignes d'un… j'allais dire *dignes d'un roi*, mais je crois que je voulais plutôt dire : dignes d'un prince qui s'en allait pour redevenir un adolescent vivant dans une banlieue de l'Illinois.

Je voyageai à la place du passager dans une charrette tirée par deux mules blanches. Dora, coiffée de son foulard rouge et portant ses belles chaussures en toile, tenait les rênes. Radar était assise derrière nous, oreilles dressées ; sa queue se balançait lentement de droite à gauche. Des gens à la peau grise bordaient les deux côtés de la Route des Gallien. À notre approche, ils s'agenouillèrent et plaquèrent leur paume sur leur front, puis ils se relevèrent et nous acclamèrent. Les survivants de Deep Maleen trottinaient à notre hauteur. Eris poussait Doc Freed dans son fauteuil roulant doré. Elle leva la tête et m'adressa un clin d'œil. Je répondis de la même manière. Au-dessus de nous volait un nuage de monarques si épais qu'il assombrissait le ciel. Plusieurs se posèrent sur mes épaules en battant lentement des ailes ; l'un d'eux atterrit sur la tête de Radar.

Vêtue d'une robe du même bleu que les flèches qui avaient retrouvé leur couleur d'origine, la couronne des Gallien sur la tête, Leah était postée devant la porte ouverte. Il me semblait la revoir dans l'escalier de pierre au-dessus du Puits Obscur, campée sur ses jambes écartées. Épée à la main. Déterminée.

Dora arrêta les mules en tirant sur les rênes. La foule qui nous accompagnait se tut. Leah tenait une guirlande de coquelicots rouges comme du sang, unique fleur qui avait continué à pousser durant les années grises, et je ne fus pas surpris (vous ne le serez pas non plus, je pense) d'apprendre que les habitants d'Empis l'appelaient l'Espoir Rouge.

Leah leva la voix pour se faire entendre de la foule qui encombrait la chaussée derrière nous.

« Le Prince Charlie rentre chez lui maintenant ! Il emporte dans ses bagages nos remerciements et ma gratitude éternelle. Accompagnez-le de toute votre affection, peuple d'Empis. Je vous l'ordonne ! »

Une nouvelle clameur s'éleva. Je baissai la tête pour recevoir la guirlande… et cacher mes larmes. Car, comme vous le savez, dans les contes de fées le prince ne pleure jamais. La Reine Leah m'embrassa et, malgré sa bouche détruite, jamais baiser ne m'avait paru aussi bon, depuis la mort de ma mère au moins.

Je le sens encore.

CHAPITRE TRENTE-DEUX

Le happy end que vous attendiez.

1

Ma dernière nuit à Empis, je la passai au même endroit que la première : dans la petite maison de Dora, non loin du puits des mondes. Après avoir mangé du ragoût, on sortit pour contempler dans le ciel cette immense alliance en or qui avait été Bella et Arabella. C'était magnifique, comme le sont parfois les choses brisées. Une fois de plus, je me demandai où se trouvait ce monde, puis décidai que ça n'avait pas d'importance. Qu'il existe me suffisait.

De nouveau, je dormis à côté de la cheminée de Dora, la tête posée sur l'oreiller orné d'un papillon. Je dormis sans recevoir de visites nocturnes et sans faire de cauchemars où apparaissaient Elden ou Gogmagog. Je me réveillai en milieu de matinée. Dora travaillait d'arrache-pied, si je peux dire, sur la machine à coudre offerte par M. Bowditch, entre une pile de chaussures abîmées sur sa gauche et une pile de chaussures réparées sur sa droite. Combien de temps encore durerait cette activité ? songeai-je.

On partagea un ultime repas : bacon, épaisses tranches de pain maison et une omelette faite avec des œufs d'oie. Le petit-déjeuner terminé, je bouclai pour la dernière fois la ceinture de M. Bowditch. Après quoi, je mis un genou à terre et posai ma paume sur mon front.

« Nan, nan, Charlie, lève-toi. »

Sa voix, encore étranglée et pâteuse, s'améliorait de jour en jour. Et même d'heure en heure. Je me relevai. Elle me tendit les bras. Je ne me contentai pas de l'étreindre, je la soulevai de terre et la fis tournoyer, provoquant de grands éclats de rire. Elle s'agenouilla pour nourrir ma chienne en lui offrant deux morceaux de bacon piochés dans la poche de son tablier.

« Rayy, dit-elle en la serrant contre elle. Je t'aime, Rayy. »

Elle m'accompagna jusqu'au milieu de la colline, en direction du rideau de lierre qui masquait l'entrée du tunnel. Les feuilles verdissaient désormais. Mon sac à dos pesait sur mes épaules et la masse que je balançais dans ma main droite paraissait plus lourde, mais le soleil sur mon visage était agréable.

Dora me donna une dernière accolade et une dernière tape à Radar. Des larmes mouillaient ses yeux, mais elle souriait. Car elle pouvait sourire maintenant. Je terminai la dernière partie du chemin seul et constatai qu'un autre ami nous attendait : tache rouge sur le fond de plus en plus vert du lierre. Aussitôt, Radar se coucha à plat ventre. Le Snab sauta sur son dos, d'un bond agile, et leva les yeux vers moi en agitant ses antennes.

Je m'assis par terre, à côté d'eux, me débarrassai de mon sac et soulevai le rabat.

« Comment ça va, *sir* Snab ? Votre patte est guérie ? »

Radar aboya. Une fois.

« Bien. Tant mieux. Mais c'est ici que vous vous arrêtez, hein ? Je crains que l'atmosphère de mon monde ne vous réussisse pas. »

J'avais enveloppé dans un T-shirt Hillview High et posé sur le heurtoir ce que Dora avait appelé une *iii-ampe*. Sans doute voulait-elle dire *mini-lampe*. Elle avait encore des problèmes avec les consonnes, mais cela s'arrangerait avec le temps. La mini-lampe en question était un morceau de bougie à l'intérieur d'un tube en verre. Je remis mon sac à dos sur mes épaules, soulevai le manchon et allumai la bougie avec une allumette.

« Allez, viens, Radar. Faut y aller. »

Elle se leva. Le Snab sauta à terre. Il se figea, nous regarda une dernière fois avec ses yeux noirs solennels, et s'éloigna en sautillant dans l'herbe. Je le vis encore un instant car il se déplaçait dans l'air immobile où les coquelicots demeuraient figés. Puis il disparut pour de bon.

Je regardai une dernière fois, au pied de la colline, la maison de Dora, qui paraissait encore plus jolie – plus douillette – sous le soleil. Radar se retourna elle aussi. Dora nous faisait signe, sous les alignements de chaussures suspendues. Je lui fis signe à mon tour. Enfin, je ramassai la masse et écartai le rideau de plantes grimpantes, dévoilant l'obscurité qui s'ouvrait au-delà.

« Tu veux rentrer à la maison, fifille ? »

Ma chienne me précéda dans le tunnel.

2

On atteignit la frontière entre les deux mondes et je ressentis cette impression de désorientation dont j'avais gardé le souvenir. Je vacillai légèrement et la mini-lampe s'éteignit, bien qu'il n'y ait aucun courant d'air. J'ordonnai à Radar de m'attendre et pris une allumette dans l'étui du revolver accroché à la ceinture de M. Bowditch. Je la frottai contre la pierre rugueuse et rallumai la bougie. Au-dessus de nous, les chauves-souris géantes s'agitèrent et piaulèrent, puis se calmèrent. On repartit.

Arrivé au puits entouré de son escalier en colimaçon étroit, je protégeai la flamme de la bougie avec ma main et levai les yeux, priant pour ne pas apercevoir de lumière tout là-haut. Cela voudrait dire que quelqu'un avait déplacé les planches et les paquets de vieux magazines avec lesquels j'avais masqué l'ouverture. Ce serait mauvais signe. Il me semblait voir une très faible lueur, mais ça ne voulait rien dire : mon camouflage n'était pas parfait, au départ.

Radar gravit quatre ou cinq marches, puis se tourna vers moi pour s'assurer que je la suivais.

« Nan, nan, fillette, moi d'abord. Je ne veux pas que tu arrives là-haut avant moi. »

Elle obéit, bien malgré elle. L'odorat des chiens est au moins quarante fois plus développé que celui des humains. Peut-être qu'elle sentait son ancien monde là-haut qui l'attendait. Dans ce cas, ce trajet devait être une torture pour elle car je devais sans cesse m'arrêter afin de me reposer. Je n'étais pas encore *totalement* rétabli. Freed m'avait recommandé d'y aller mollo, et j'essayais de suivre les conseils du docteur.

Quand on arriva au sommet de l'escalier, je constatai avec soulagement que le dernier paquet de magazines, celui que j'avais porté sur ma tête comme un ballot de linge sale, n'avait pas bougé. Je m'arrêtai sous les planches au moins une minute, plutôt deux ou trois même. Pas seulement pour me reposer cette fois. J'étais toujours aussi impatient de rentrer à la maison, mais je ressentais à présent une certaine angoisse. Et je crois que je regrettais un peu tout ce que je laissais derrière moi. Un monde où j'avais découvert un palais, une magnifique princesse et des actes de bravoure. Peut-être que dans certains coins – au large du Front de mer, par exemple – on trouvait encore des sirènes qui chantaient. Dans ce monde d'en bas, j'avais été un prince. Dans celui d'en haut, je serais obligé de remplir des dossiers pour entrer à la fac et de sortir la poubelle.

Radar me donna un coup de museau derrière le genou et poussa deux aboiements aigus. Qui a dit que les chiens ne savaient pas parler ?

« OK, OK. »

Je soulevai le paquet de magazines avec ma tête, gravis une marche de plus et l'écartai. Je repoussai les autres paquets des deux côtés, ralenti par mon bras gauche qui n'était pas très performant (ça va mieux maintenant, mais ce ne sera plus jamais comme à l'époque où je jouais au football et au baseball : merci, Petra, espèce de salope). Radar émit encore quelques aboiements, histoire de me motiver un peu. Je n'eus aucun mal à me faufiler entre les planches que j'avais disposées au-dessus de l'ouverture du puits car j'avais beaucoup maigri durant mon séjour à Empis, et particulièrement à Deep Maleen ; je dus néanmoins me débarrasser de mon sac à dos d'abord, en me trémoussant, et le faire glisser sur le sol. Quand j'émergeai enfin du puits, mon bras gauche m'élançait. Radar jaillit juste derrière moi, avec une aisance écœurante. J'examinai la cavité laissée par la morsure de Petra, craignant que la cicatrice, encore fraîche, se soit ouverte, mais apparemment, tout allait bien. En revanche, je fus surpris par le froid qui régnait dans le cabanon. Je voyais mon souffle dans l'air.

Le cabanon était comme je l'avais laissé. La lumière que j'avais vue d'en bas entrait par les interstices entre les planches sur les côtés. J'essayai d'ouvrir la porte et découvris qu'elle était cadenassée de l'extérieur. Andy Chen avait donc fait le nécessaire. Je n'avais pas vraiment cru que quelqu'un viendrait inspecter le cabanon en espérant me retrouver (moi ou mon corps), mais j'étais quand même soulagé. Enfin, cela voulait dire que j'allais devoir utiliser la masse. Ce que je fis. D'une main.

Heureusement, les planches étaient vieilles et sèches. L'une d'elles se fendit dès le premier coup et céda au second, laissant entrer un flot de lumière de l'Illinois… et quelques tourbillons de neige. Pendant que Radar poussait des aboiements d'encouragement, je brisai deux autres planches. Radar bondit hors du cabanon et s'accroupit immédiatement pour faire pipi. Je donnai un dernier coup de masse pour faire tomber un autre grand morceau de bois. Je balançai mon sac à dos dehors et me faufilai par l'ouverture. Je sortis sous le soleil. Dans dix centimètres de neige.

3

Radar traversa le jardin en sautillant, s'arrêtant parfois pour enfouir sa truffe dans la neige, qu'elle faisait voltiger. Ce comportement typique d'un chiot me fit rire. J'étais bouillonnant après avoir gravi l'escalier en colimaçon et manié la masse, et le temps que j'atteigne la terrasse de derrière, je grelottais. Il devait faire dans les cinq degrés en dessous de zéro. Si on ajoutait le vent, on pouvait diviser par deux.

Je récupérai la clé sous le paillasson (que M. Bowditch appelait le paillasson des importuns) et ouvris la porte. La maison sentait le moisi et elle était glaciale, mais quelqu'un – mon père sans doute – avait monté légèrement le chauffage pour éviter que les tuyaux gèlent. Je me souvenais d'avoir vu une vieille veste style Barbour dans la penderie de l'entrée : elle y était toujours. Avec une paire de caoutchoucs, d'où dépassaient des chaussettes en laine rouges. Les caoutchoucs étaient un peu trop petits, mais je ne les porterais pas longtemps. Jusqu'en bas de la colline seulement. La ceinture et le revolver se retrouvèrent sur l'étagère de la penderie. Je les rangerais dans le coffre plus tard… à supposer, bien évidemment, que le coffre et son butin secret soient encore là.

On ressortit par-derrière, on fit le tour de la maison et franchit le portillon que j'avais dû escalader la toute première fois, alerté par les aboiements de Radar et les faibles appels au secours de M. Bowditch. J'avais l'impression qu'un siècle s'était écoulé. Au moment où je tournais dans Sycamore Street Hill, quelque chose attira mon attention. Ce *quelque chose*, c'était moi. Je venais de voir mon visage sur le poteau téléphonique planté au coin de Sycamore et de Pine. La photo de ma carte de lycéen, précisément, et la première chose qui me frappa, c'était combien je paraissais jeune. *Voilà un gamin qui ne connaissait rien à rien*, pensai-je. *Il croyait peut-être savoir des choses, mais nan, nan, nan.*

En grosses lettres rouges au-dessus de la photo, on pouvait lire : AVEZ-VOUS VU CE GARÇON ?

Et dessous, en lettres rouges éclatantes : CHARLES MCGEE READE. 17 ANS.

Dessous encore : CHARLES « CHARLIE » READE A DISPARU EN OCTOBRE 2013. TAILLE : 1,95 M. POIDS : 105 KILOS. IL A ÉTÉ VU POUR LA DERNIÈRE FOIS...

Etc. Je remarquai deux choses : l'affiche avait souffert des intempéries et elle se trompait sacrément au sujet de mon poids actuel. Je scrutai les alentours, m'attendant presque à voir Mme Richland en train de m'observer avec sa main au-dessus des yeux, mais il n'y avait que Radar et moi sur le trottoir salé.

Arrivé à mi-chemin de chez moi, je m'arrêtai, pris par l'envie soudaine – insensée, mais forte – de faire demi-tour. De franchir le portillon du 1 Sycamore, de contourner la maison, d'entrer dans le cabanon, de descendre l'escalier en colimaçon et de me retrouver à Empis, où j'apprendrais un métier et ferais ma vie. Je deviendrais l'apprenti de Freed, par exemple ; il ferait de moi un chirurgien.

Mais je repensai à cette affiche, et à toutes les autres semblables apposées partout en ville, dans tout le comté, par mon père et mon oncle Bob, et le parrain de mon père, Lindy. Et par tous ses autres amis des AA peut-être. S'il n'avait pas recommencé à picoler.

Seigneur, je vous en supplie, faites que non.

Je me remis à marcher. Accompagné par le tintement des boucles des caoutchoucs d'un mort et par la chienne de celui-ci, rajeunie. Un petit garçon vêtu d'une doudoune rouge et d'un pantalon de ski remontait la colline dans ma direction d'un pas lourd. Il traînait derrière lui une luge à l'aide d'une corde à linge. Sans doute se rendait-il à la piste de Cavanaugh Park.

« Attends une minute, petit. »

Il me regarda d'un air méfiant, mais s'arrêta.

« On est quel jour ? »

Ces paroles étaient sorties assez facilement, mais on aurait dit qu'elles accrochaient. Ça n'a aucun sens, je m'en doute, mais c'était ce que je ressentais, et je savais pourquoi. J'avais recommencé à parler anglais.

Le gamin me jeta un regard qui demandait si j'étais né débile ou si je l'étais devenu.

« Samedi. »

Mon père serait à la maison, donc, à moins qu'il assiste à une réunion des AA.

« De quel mois ? »

Cette fois, son regard disait : *Sérieux, mec ?*

« Février.

– 2014 ?

– Ouais. Faut que j'y aille. »

Il continua vers le haut de la colline en nous jetant, à ma chienne et à moi, un regard méfiant par-dessus son épaule. Sans doute pour s'assurer qu'on ne le suivait pas, animés de mauvaises intentions.

Février. J'étais parti quatre mois. Ça faisait bizarre de penser ça, mais c'était moins bizarre que toutes les choses que j'avais vues et faites.

4

Je demeurai planté devant la maison pendant une minute. Je rassemblais mon courage pour entrer, en espérant que je n'allais pas découvrir mon père évanoui dans le canapé, devant *La Poursuite infernale* ou *Kiss of Death*, sur TCM. L'allée avait été dégagée au chasse-neige et le perron à la pelle. C'était bon signe.

Radar en avait marre. Elle gravit les marches en courant et s'assit en attendant qu'on la laisse entrer. Autrefois, j'avais la clé de cette porte, mais je l'avais perdue quelque part en chemin. *Comme le tricycle de Claudia*, songeai-je. *Ou mon pucelage.* Il s'avéra que ça n'avait pas d'importance. La porte n'était pas verrouillée. J'entrai, entendis le son de la télé – ce n'était plus TCM, mais une nouvelle chaîne – et Radar s'élança dans le couloir en aboyant pour dire bonjour.

Quand je la rejoignis dans le salon, elle était dressée sur ses pattes arrière ; celles de devant reposaient sur le journal que mon père était en train de lire. Il la regarda, puis il me regarda. Tout d'abord, il sembla ne pas comprendre qui se tenait dans l'encadrement de la porte. Et puis, le choc provoqua un relâchement des muscles de son visage. Je n'oublierai jamais qu'au moment où il me reconnut, il parut à la fois plus âgé – l'homme qu'il serait à soixante ou soixante-dix ans – et plus jeune : le garçon qu'il avait été à mon âge. Comme si un cadran solaire interne tournait simultanément dans les deux sens.

« Charlie ? »

Il voulut se lever, mais ses jambes se dérobèrent et il retomba dans le fauteuil. Radar, assise à côté de lui, frappait le sol avec sa queue.

« Charlie ? C'est vraiment toi ?

– Oui, papa, c'est moi. »

Cette fois, il parvint à se mettre debout. Il pleurait. Je fondis en larmes moi aussi. Il se précipita vers moi et se prit les pieds dans une petite table d'appoint. Il serait tombé si je ne l'avais pas retenu.

« Charlie, Charlie, Dieu soit loué. Je te croyais mort. On croyait tous que… »

Il ne pouvait pas en dire plus. J'avais un tas de choses à lui raconter, mais présentement, j'étais incapable de parler moi aussi. On s'étreignit au-dessus de Radar, qui agitait la queue en aboyant. Je devine ce que vous voulez, eh bien, le voici…

Votre happy end.

ÉPILOGUE

Des questions et des réponses (quelques-unes, du moins). Un dernier voyage à Empis.

1

Si vous vous dites que certains passages de ce récit n'ont pas pu être écrits par un garçon de dix-sept ans, vous avez raison. Je suis revenu d'Empis il y a neuf ans. Depuis, j'ai beaucoup lu et beaucoup écrit. Je suis sorti de NYU avec un diplôme d'anglais mention bien (j'ai loupé d'un cheveu la mention très bien). Aujourd'hui, j'enseigne au College of Liberal Arts de Chicago, où je dirige un séminaire très couru intitulé « Mythes et contes de fées ». Je suis considéré comme un intello, notamment à cause de l'édition augmentée d'un essai que j'ai écrit quand j'étais encore étudiant. Et qui a été publié dans la *Revue internationale des études jungiennes*. C'était payé des clopinettes, mais en termes de réputation, ça n'avait pas de prix. Et vous pouvez être certains que je n'ai pas oublié de citer un certain ouvrage dont la couverture représentait des étoiles qui remplissaient un entonnoir.

À la bonne heure, pensez-vous. *Mais j'ai quelques questions.*

Bienvenue au club. Personnellement, j'aimerais savoir comment se passe le règne de la Bonne Reine Leah. J'aimerais savoir si les gens gris le sont toujours. J'aimerais savoir si Claudia des Gallien braille encore. J'aimerais savoir si le passage qui mène à cet horrible monde souterrain – la tanière de Gogmagog – a été obstrué. J'aimerais savoir qui s'est occupé des derniers soldats de la nuit, et si certains de mes compagnons de détention à Deep Maleen ont participé à leur élimination (sans doute pas, mais on peut rêver). J'aimerais savoir comment les soldats de la nuit ouvraient nos cellules, juste en étendant les bras.

De votre côté, vous aimeriez savoir comment va Radar, je suppose. La réponse est : très bien, merci, même si Radar fonctionne un peu au ralenti. Il faut dire que ça fait neuf ans déjà, et c'est sacrément vieux pour un berger allemand, surtout si on additionne son ancienne vie et la nouvelle.

Vous aimeriez savoir si j'ai dit à mon père où j'étais allé durant ces quatre mois. La réponse, si je peux reprendre la réaction d'un gamin qui tirait sa luge, est : *Sérieux ?* Comment faire autrement ? Vous vouliez que je lui raconte qu'un remède miracle acheté à Chicago avait transformé une vieille chienne arthritique, à l'article de la mort, en un berger allemand en pleine forme qui semblait avoir quatre ans et se comportait comme tel ?

Je ne lui racontai pas tout d'emblée, il y avait trop de choses à dire, mais je ne lui cachai rien de l'essentiel. Il existait un passage, lui confiai-je, entre notre monde et un autre. (Je ne l'appelai pas Empis, mais l'Autre, simplement, comme je le faisais au début.) Je lui expliquai que je l'avais atteint en partant du cabanon de M. Bowditch. Il m'écouta attentivement, puis me demanda – vous l'aurez certainement deviné – où j'étais allé *réellement.*

Je lui montrai mon bras et la cavité au-dessus de mon poignet que je conserverais jusqu'à mon dernier jour. Il ne fut pas convaincu. Je sortis de mon sac à dos le heurtoir en or. Il l'examina, le soupesa et suggéra – en marchant sur des œufs – que c'était sûrement une bricole en plomb sans valeur enrobée d'or.

« Vas-y, essaie de le briser et tu verras par toi-même. De toute façon, il faudra le fondre tôt ou tard pour le vendre. Le coffre de M. Bowditch renferme un seau rempli de pépites d'or qui viennent du même endroit. Je te les montrerai quand tu seras prêt. C'est de ça qu'il vivait. Moi-même j'en ai vendu quelques-unes à un bijoutier de Stantonville. M. Heinrich. Hélas, il est mort maintenant. Je vais devoir trouver un autre acheteur. »

Cette révélation l'entraîna un peu plus loin sur le chemin de la croyance ; néanmoins, ce qui finit par le convaincre, c'est Radar. Elle avait retrouvé tous ses coins préférés dans la maison, mais le détail qui emporta le morceau, ce furent les petites cicatrices sur sa truffe, semblables à des pointillés, souvenir d'une malheureuse rencontre avec un porc-épic quand elle était jeune. (Certains chiens ne retiennent jamais la leçon, mais une seule fois avait suffi à Radar.) Mon père les avait remarquées à l'époque où on la gardait après l'accident de M. Bowditch puis la mort du vieil homme, quand elle-même était sur le point de tirer sa révérence. Ces cicatrices subsistaient sur la version rajeunie, sans doute parce que je l'avais fait descendre du cadran solaire avant qu'elle atteigne et dépasse en sens inverse l'âge auquel elle avait transformé son museau en pique-aiguilles. Mon père regarda longuement ces cicatrices, puis il posa sur moi ses yeux écarquillés.

« C'est impossible.

– Oui, c'est l'impression que ça donne.

– Il y a vraiment un seau d'or dans le coffre de M. Bowditch ?

– Je te le montrerai, répétai-je. Quand tu seras prêt. Je sais que ça fait beaucoup de choses à avaler. »

Assis en tailleur sur le sol, il caressait Radar en réfléchissant. Au bout d'un moment, il demanda :

« Ce monde que tu affirmes avoir visité, il est magique ? Comme Xanth dans les bouquins de Piers Anthony que tu lisais au collège ? Avec des lutins, des basilics, des centaures et tout ça ?

– Non, pas tout à fait. »

Je n'avais jamais vu de centaure à Empis, mais puisqu'il y avait des sirènes… et des géants…

« Je pourrais y aller moi aussi ?

– Je pense que tu devrais. Au moins une fois. »

Car Empis ne ressemblait pas vraiment à Xanth. Dans les romans de Piers Anthony, il n'y avait pas de Deep Maleen ni de Gogmagog.

On y retourna une semaine plus tard : le prince qui n'en était plus un et M. George Reade, agent d'assurances. Je passai cette semaine à manger de la bonne vieille cuisine américaine, à dormir dans un bon vieux lit américain et à répondre aux questions de bons vieux flics américains. Sans oublier les questions de l'oncle Bob, de Lindy Franklin, d'Andy Chen, de divers administrateurs de l'école, et même de Mme Richland, la commère du quartier. Entre-temps, mon père avait vu le seau de pépites. Je lui montrai également la mini-lampe, qu'il examina avec le plus grand intérêt.

Vous voulez connaître l'histoire que j'ai inventée vite fait avec l'aide de mon père ? Un as de l'expertise en matière d'assurances, vous vous souvenez, un gars qui connaissait tous les pièges dans lesquels tombaient les menteurs, et qui, par conséquent, savait les éviter ? Oui, sans doute, mais supposons que l'amnésie joue un rôle dans cette affaire, et que la chienne de M. Bowditch soit morte à Chicago avant que j'aie des ennuis, dont je ne me souvenais plus (même si je me souvenais d'avoir reçu un coup sur la tête). Mon père et moi, on avait une nouvelle chienne : Radar II. Je pense que M. Bowditch, qui était revenu à Sentry dans la peau de son fils, aurait apprécié cette histoire. Bill Harriman, le reporter du *Weekly Sun* sollicita une interview (il devait être de mèche avec un des flics locaux). Je déclinai. Je n'avais pas besoin de publicité, vraiment pas.

Vous vous demandez ce qu'est devenu Christopher Polley, le vilain petit Rumplestiltskin qui voulait me tuer et voler le butin de M. Bowditch ? Moi oui, alors j'ai effectué une recherche Google.

Vous vous souvenez peut-être qu'au début de mon histoire, j'avais peur que mon père et moi on se retrouve à la rue, obligés de dormir sous les ponts, avec toutes nos affaires dans un caddie de supermarché. On n'a pas connu ça, mais c'est exactement ce qui est arrivé à Polley (pour le caddie, je n'en suis pas sûr). La police a retrouvé son corps sous un échangeur d'autoroute à Stokie. Il avait reçu plusieurs coups de couteau. Il n'avait ni portefeuille ni pièce d'identité, mais ses empreintes figuraient dans son casier judiciaire, copieusement rempli depuis l'adolescence. L'article de journal citait les propos du capitaine de la police de Stokie, Brian Baker, qui expliquait que la victime n'avait pas pu se défendre car elle avait les deux poignets brisés.

Je pourrais me dire que Polley n'aurait pas survécu à cette agression de toute manière – il n'était pas très costaud et je lui avais pris son arme –, mais je ne peux pas l'affirmer avec certitude. De même que je ne peux affirmer que ce meurtre est lié au butin du braquage de la bijouterie. En a-t-il parlé à la mauvaise personne, pour essayer de le vendre, et l'a-t-il payé de sa vie ? Je n'en sais rien, je n'ai aucun moyen de le savoir, mais au fond de moi, j'en suis sûr. Je peux encore moins affirmer qu'il est mort au moment même où Red Molly écartait Peterkin d'un revers de la main avec assez de force pour couper en deux ce nain désagréable, mais je pense que c'est dans l'ordre des choses.

Je pourrais me dire également que Polley l'a bien cherché, et c'est la vérité, mais quand je l'imagine levant ses mains inutiles pour essayer de parer les coups de couteau de son meurtrier, sous cette bretelle d'autoroute jonchée d'ordures, je ne peux m'empêcher de ressentir de la pitié et de la honte. Vous pensez peut-être que je n'ai aucune raison d'avoir honte, que j'ai fait ce que je devais faire pour protéger ma vie et le secret du cabanon, mais la honte est comme le rire. Et l'inspiration. Elle entre sans frapper.

2

Le samedi qui suivit mon retour, une gigantesque tempête de neige nous arriva des Rocheuses. Mon père et moi, on grimpa péniblement jusqu'à la maison de M. Bowditch (au moins, mes bottes ne me faisaient pas mal aux pieds) et on la contourna pour accéder au jardin de derrière. Mon père regarda d'un air désapprobateur les planches explosées sur le côté du cabanon.

« Faudra réparer ça.

– Oui, je sais, mais c'était le seul moyen de sortir, vu qu'Andy avait cadenassé la porte. »

On n'avait pas besoin de la mini-lampe car on avait pris deux torches électriques. On avait laissé Radar à la maison. Aussitôt sortie du tunnel, elle aurait foncé directement à la Maison des Chaussures, et je ne voulais pas revoir Dora. Je ne voulais pas revoir les personnes que j'avais connues là-bas. Je voulais juste convaincre mon père que l'Autre monde existait et repartir. Et puis, il y avait une autre raison : étrange et sans doute égoïste. Je ne voulais pas entendre mon père parler l'empisarien. Cette langue m'appartenait.

On descendit l'escalier en colimaçon, moi devant. Mon père ne cessait de répéter qu'il n'arrivait pas à y croire, qu'il n'arrivait pas à y croire. Je priais pour que je ne sois pas en train de le pousser vers une dépression nerveuse, mais compte tenu de l'enjeu, je me disais que je n'avais pas le choix.

Je continue à le penser.

Dans le tunnel, je lui conseillai de pointer sa lampe sur le sol de pierre.

« À cause des chauves-souris. Énormes. Je n'ai pas envie qu'elles voltigent au-dessus de nous. Et on va arriver à un endroit où tu risques d'avoir des vertiges. Ça ressemble un peu à une expérience extracorporelle. C'est le point de basculement.

– Qui a fait ça ? demanda-t-il tout bas. Bon sang, Charlie, *qui a fait ça* ?

– Autant se demander qui a créé le monde. »

Le nôtre, et d'autres. Car je suis sûr qu'il en existe d'autres, peut-être aussi nombreux que les étoiles dans le ciel. On les sent. Ils pénètrent en nous par le biais des vieilles histoires.

On atteignit le point de basculement, et si je n'avais pas été prêt à retenir mon père par la taille, il serait tombé.

« Peut-être qu'on devrait faire demi-tour, dit-il. Je ne me sens pas bien.

– On y est presque. Tu vois cette lumière tout au bout ? »

On arriva devant le rideau de lierre. Je l'écartai et on débouchа à Empis, sous un ciel bleu sans nuages. La maison de Dora était nichée au pied de la colline. Aucune chaussure n'était suspendue sur les cordes à linge qui se croisaient, mais un cheval paissait près de la Route du Roi. La distance m'empêchait d'être formel, mais j'étais quasiment certain de reconnaître cette jument. Et pourquoi pas ? La reine n'avait plus besoin de Falada pour parler à sa place, et une ville, ce n'est pas un endroit pour un cheval.

Mon père regardait tout autour de lui, yeux écarquillés et bouche bée. Des criquets – pas rouges ceux-là – sautaient dans l'herbe.

« La vache, ils sont énormes !

– Si tu voyais les lapins. Assieds-toi, papa. »

Avant de tomber dans les pommes, aurais-je pu ajouter.

On s'assit. Je lui laissai le temps de tout enregistrer. Il me demanda comment il pouvait y avoir un *ciel* sous *terre*. Je lui répondis que je ne savais pas. Il me demanda pourquoi il y avait tant de papillons, uniquement des monarques, et là encore, je lui répondis que je ne savais pas.

Il montra la maison de Dora.

« Qui habite là-bas ?

– C'est la maison de Dora. Je ne connais pas son nom de famille.

– Elle est là ? On peut aller la voir ?

– Je ne t'ai pas amené ici pour faire des mondanités, papa. Je t'ai amené ici pour te montrer que ce monde existe, mais on ne reviendra plus jamais. Aucun habitant de notre monde ne doit connaître l'existence de celui-ci. Ce serait dramatique.

– À en juger par ce qu'on a fait à de nombreux peuples indigènes, sans parler de notre climat, je suis obligé d'être d'accord avec toi. » Il commençait à accepter la réalité, et c'était tant mieux. J'avais craint qu'il ne réagisse par le déni ou par un pétage de plombs magistral. « Qu'est-ce que tu as l'intention de faire, Charlie ?

– Ce que M. Bowditch aurait dû faire depuis longtemps. »

Et pourquoi ne l'avait-il pas fait ? À cause du cadran solaire, je pense. *Ces mauvais penchants qui habitent le cœur de tous les hommes et de toutes les femmes*, avait dit Leah.

« Allez, viens, papa. On rentre. »

Il se leva, mais s'arrêta pour jeter un dernier coup d'œil pendant que j'écartais les plantes grimpantes.

« C'est magnifique, hein ? commenta-t-il.

– Oui. Et ça le restera. »

On protégerait Empis de notre monde et on protégerait notre monde (on essaierait du moins) d'Empis. Car il y a sous Empis un monde de ténèbres où vit et règne toujours Gogmagog. Peut-être qu'il ne pourra plus jamais s'échapper maintenant que Bella et Arabella ont échangé un ultime baiser fracassant, mais avec des créatures aussi mystérieuses, mieux vaut être prudent. Autant que faire se peut.

Au printemps, mon père et moi, on répara le trou que j'avais fait sur le côté du cabanon. Durant l'été, je travaillai pour Cramer Construction, dans les bureaux essentiellement, à cause de mon bras, mais je passai pas mal de temps sur les chantiers, où j'appris un maximum de choses sur le béton. On trouvait pas mal d'infos dans les bons vieux tutos de YouTube, mais quand vous avez une tâche importante à accomplir, rien de tel que l'expérience concrète.

Deux semaines avant que je parte pour mon premier semestre à NYU, j'installai avec l'aide de mon père des plaques de tôle sur la bouche du puits. Une semaine avant mon départ, on les couvrit de béton, ainsi que le sol du cabanon. Pendant qu'il était encore frais, j'encourageai Radar à y laisser les empreintes de ses pattes.

Je vais vous dire la vérité : sceller ce puits sous des plaques de tôle et quinze centimètres de béton me brisa le cœur. Quelque part, dessous, il y a un monde magique et des gens que j'ai aimés. Une personne en particulier. Et pendant que le béton s'écoulait mollement de la bétonnière que j'avais empruntée à Cramer, je ne cessai de revoir Leah dans cet escalier, épée à la main, campée sur ses deux jambes, en position de combat. Et la manière dont elle avait déchiré sa bouche scellée pour hurler le nom de son frère.

En fait, je viens de mentir. Mon cœur n'était pas seulement brisé : il criait *Non, non, non…* Il me demandait comment je pouvais laisser derrière moi un tel miracle et tourner le dos à la magie. Il me demandait si j'étais vraiment décidé à boucher l'entonnoir dans lequel se déversaient les étoiles.

Je le fis parce que je devais le faire. Mon père l'avait compris.

3

Vous voulez savoir si je fais des rêves ? Bien sûr. Parfois, je rêve de la chose qui est sortie du puits, et je me réveille les mains plaquées sur la bouche pour étouffer mes cris. Mais au fil des ans, ces cauchemars sont moins fréquents. Ces temps-ci, je rêve plus souvent d'un champ tapissé de coquelicots. Je rêve de l'Espoir Rouge.

On a fait le bon choix, je le sais. Le seul choix possible. Malgré cela, mon père garde l'œil sur la maison du 1 Sycamore Street. Je reviens fréquemment pour faire la même chose, et un jour, je reviendrai à Sentry pour de bon. Peut-être que je me marierai, et si j'ai des enfants, la maison sur la colline leur reviendra. Quand ils seront encore petits et s'émerveilleront de tout, je leur lirai de vieilles histoires, celles qui commencent par *Il était une fois.*

25 novembre 2020 – 7 février 2022

Remerciements

Je pense que je n'aurais pas pu écrire ce livre sans Robin Furth, qui m'aide dans mes recherches. Elle en sait plus que moi sur Empis (et sur Charlie Reade). Alors, merci à elle, et merci également à ma femme, Tabby, qui me permet d'exercer ce métier fou, et de faire les rêves les plus fous. Merci à Chuck Verrill et à Liz Darhansoff, mes agents. Je dois remercier aussi Gabriel Rodriguez et Nicolas Delort, qui ont habillé mon histoire de magnifiques illustrations et lui ont donné l'apparence de ces romans de suspense et d'aventures, ces classiques d'autrefois, de *L'Île au trésor* à *Dracula*. Leur prodigieux talent s'étale en tête de chaque chapitre. Enfin, je tiens à te remercier, Fidèle Lectrice ou Fidèle Lecteur, qui as investi ton temps et ton imagination dans mon histoire. J'espère que tu as apprécié ta visite dans cet Autre monde.

Dernière chose : j'ai une Alerte Google associée à mon nom et au cours de l'année écoulée, j'ai vu passer de nombreuses notices nécrologiques de personnes victimes du Covid qui aimaient mes livres. Trop nombreuses. Je porte le deuil de chacune de ces personnes et j'adresse mes condoléances à leurs amis et aux membres de leur famille.

OUVRAGES DE STEPHEN KING

Aux Éditions Albin Michel

CUJO
CHRISTINE
CHARLIE
SIMETIERRE
L'ANNÉE DU LOUP-GAROU
UN ÉLÈVE DOUÉ – DIFFÉRENTES SAISONS
BRUME
ÇA (deux volumes)
MISERY
LES TOMMYKNOCKERS
LA PART DES TÉNÈBRES
MINUIT 2
MINUIT 4
BAZAAR
JESSIE
DOLORES CLAIBORNE
CARRIE
RÊVES ET CAUCHEMARS
INSOMNIE
LES YEUX DU DRAGON
DÉSOLATION
ROSE MADDER
LA TEMPÊTE DU SIÈCLE
SAC D'OS
LA PETITE FILLE QUI AIMAIT TOM GORDON
CŒURS PERDUS EN ATLANTIDE
ÉCRITURE
DREAMCATCHER
TOUT EST FATAL
ROADMASTER
CELLULAIRE
HISTOIRE DE LISEY
DUMA KEY

JUSTE AVANT LE CRÉPUSCULE
DÔME, tomes 1 et 2
NUIT NOIRE, ÉTOILES MORTES
22/11/63
DOCTEUR SLEEP
JOYLAND
MR MERCEDES
REVIVAL
CARNETS NOIRS
LE BAZAR DES MAUVAIS RÊVES
FIN DE RONDE
SLEEPING BEAUTIES
ANATOMIE DE L'HORREUR
L'OUTSIDER
L'INSTITUT
SI ÇA SAIGNE
APRÈS
BILLY SUMMERS

SOUS LE NOM DE RICHARD BACHMAN

LA PEAU SUR LES OS
CHANTIER
RUNNING MAN
MARCHE OU CRÈVE
RAGE
LES RÉGULATEURS
BLAZE